唐代中书舍人与文学

Palace Secretaries and Literature in the Tang Dynasty

刘万川 著

人民出版社

国家社科基金后期资助项目
出版说明

　　后期资助项目是国家社科基金项目主要类别之一，旨在鼓励广大人文社会科学工作者潜心治学，扎实研究，多出优秀成果，进一步发挥国家社科基金在繁荣发展哲学社会科学中的示范引导作用。后期资助项目主要资助已基本完成且尚未出版的人文社会科学基础研究的优秀学术成果，以资助学术专著为主，也资助少量学术价值较高的资料汇编和学术含量较高的工具书。为扩大后期资助项目的学术影响，促进成果转化，全国哲学社会科学规划办公室按照"统一设计、统一标识、统一版式、形成系列"的总体要求，组织出版国家社科基金后期资助项目成果。

全国哲学社会科学规划办公室

2014 年 7 月

目 录

上编 唐代中书舍人与文学综论

下编　唐代中书舍人（及他官知制诰）任职汇考

序 一

　　唐代中书舍人可谓唐代职官中最具文学素养,且其职务与文学最具关联者。《新唐书·职官二》即谓:"舍人掌侍奉进奏,参议表章。凡诏旨勅制,及玺书册命,皆按典故起草进画,既下,则署而行之。……所以重王命也。制勅既行,有误则奏而正之。凡大朝会,诸方起居,则受其表状而奏之。国有大事,若大克捷及大祥瑞,百僚表贺,亦如之。"《新唐书·百官志》亦云:"唐制,乘舆所在,必有文词、经学之士,下至卜、医、伎术之流,皆直于别院,以备宴见;而文书诏令,则中书舍人掌之。自太宗时,名儒学士,时时召以草制。"即因如此,故中书舍人被杜佑在《通典》中称为"文士之极任,朝廷之盛选"。中书舍人之职务与文学之关联如此重要密切,故近二三十年来研究唐代文史之学者,对中书舍人及其文学多有关注研究。20世纪末,刘万川君从我在厦门大学中文系研治隋唐五代文学,毕业后到河北师范大学任教。而后,我在厦门大学历史系博士点招收历史文献专业唐宋典籍与文化方向的博士研究生,刘万川君遂在2007年来攻读博士学位。其时,我对"唐代中书舍人及其文学"课题颇感兴趣,规划做《唐代中书舍人考论》《唐代中书舍人与文学》研究已有年,但因忙于其他研究,苦于无暇专攻,遂将此课题交予万川,作为他攻读博士学位的研究课题。历经十余年的刻苦钻研、撰著与反复修改,万川终于成就了五十多万言的《唐代中书舍人与文学》一书,并即将出版。

　　此书内容颇为丰富,分为上、下编。上编为唐代中书舍人与文学综论,关注角度有二:一为中书舍人职官沿革史,一为中书舍人与文学之关系。下编为唐代中书舍人(及他官知制诰)任职汇考,分朝对有唐一代的中书舍人及他官知制诰进行以任职为中心的考证编排。重点考订任中书舍人之时间,迁自何职,改为何官。全文以考证为主,考论结合,在行文中注重文史结合与文史互证。以此可见本书乃以传统的治学方法进行的扎扎实实的实学研究,故其多有符合历史实际之描述、发覆发明、总结与纠误,不仅多有学术建树,颇富学术价值,而且于今人相关的文史研究能提供实实在在的真实可靠的资料与结论,多有启发助益。

　　我以为今人的文史研究其要起码有三,即:一,尽量符合历史原貌;二,发覆纠误,有所发明;三,成果有利于为今人所用。读《唐代中书舍人与文学》一书,觉得此书是符合上述三要旨的。其实例颇多,在此仅略举一二以明之。如此书广泛搜集传世文献,补充大量出土碑志资料,考订任中书舍人者及其任职时间凡 446 人,使唐代中书舍人全貌基本如实呈现。又如在前人研究的基础上,利用新材料,折衷旧说法,深入研究了唐代人事变化背后的政治背景,如对于王维贬官的党争解读,对白居易任职中书舍人期间的职官背景讨论,对于元稹制诰变化原因的政治分析等等,均提出自己的新见解。再如认为李峤、苏颋、杜牧的制诰文带有较多时代特色,也有个人性格和学养的体现;而贾至、元稹、白居易三人,则更多因为政治和人事背景的变化带来了他们制诰文的写作变革。此外,在中书舍人的文学创作研究上,本书也择要说明中书舍人在当时的文学地位和时人的评价、主要人物的诗文流传情况,并指明中书舍人文学素质的多方面体现以及在唐代不同时期其文学活动的参与特点等。本书的有关章节还通过中书舍人在如寓直、雅集、交游等场合的文学活动,分析了中书舍人对诗歌创作的参与方式。还通过中书舍人权知贡举以及参与朝官的简拔,说明了中书舍人在人事上与文学走向上的作用与影响。所有这些阐述与立论,多有新见与创获,大大推进了学界对中书舍人与文学研究的认知深远度。

　　本书在纠正各种史籍文献记载之失误错讹上更是所在多有,屡屡可见。即以初唐时期而言,各种史书载籍对唐俭、孔绍安、温彦博、杜正伦、岑文本、许敬宗、马周、高季辅、柳奭、孙处约、张文瓘、李敬玄、徐齐聃、刘祎之、裴敬彝、董思恭、王勮、李峤、张柬之、韦嗣立、崔融、张说、刘允济、宋璟、徐坚、李适、裴漼等人的记载多有不实与讹误,此书则专设"纠谬"一栏,以可靠的文献资料加以审慎的纠误辨正,遂得历史真貌。此书初唐后至唐末设有"纠谬"栏的还有四十一位中书舍人,也同样比勘相关的各种文献资料,纠讹辨误,去伪存真。一本书中纠正这么多人在各种文献典籍中的错讹失误记载,还其历史本真,毫无疑问这一研究成果将极为方便与有利于学者们之相关研究,于此可见其学术成果之重,学术价值之高。

　　文史研究重在能达到我上述的三个方面,我认为万川的这本著作是当之无愧的。行文至此,我不由想起多年前傅璇琮先生在为我的《杜牧论稿》一书所作序中提出:"历史研究的第一步,是应当先把事情的真相搞清楚,这应当是不言自明的,……我们的唐代文学研究界确实需要这样踏踏实实的著作,而切不要放言高论而远离实际。"读万川《唐代中书舍人与文学》,比照傅璇琮先生的这段话,我为万川能有这样的著作而感到欣慰。

　　万川在此书将出版之际索序于余,我为他的这一厚重研究成果感到高

兴,也为他能出色实现我多年前寄托给他的学术愿景而欣慰,故欣然写下
此序。

吴在庆
写于厦门大学海韵北区寓所
2017 年 9 月 10 日

序　二

刘万川博士前些时候告诉我,经过几年的艰苦努力,他的专著《唐代中书舍人与文学》终于脱稿,即将由人民出版社付梓出版了。据我所知,这部书凝结了他多年的思考和心血,分量较大,最终能以国家社科规划后期资助项目立项并由人民出版社出版,我由衷地为他高兴。

万川博士的这本专著研究的是唐代中书舍人与文学的关系。我们知道,唐代职官群体与同时代文学发展存在多层面复杂的关系。其中的中书舍人,职掌是负责出令中书,起草诏敕,参议表章,一向被称为"宰相判官"。由于中书舍人政治地位清要,本身有制诰的职务写作,时常参与文学雅集,又多担任科举主考之官,与文学的关系实在是密不可分,因此杜佑称之为"文士之极任,朝廷之盛选"。万川博士在这部专著重点考察了唐代全部中书舍人的任职情况,并深入分析了其与文学发展之间存在的多方面关系。

是书分为上下两编。上编为唐代中书舍人与文学关系综论;下编为唐代中书舍人(及他官知制诰)汇考。从方法上看,全书以考证为主,问题讨论及其行文中明显注重了文史结合与文史互证。

从书稿看,上编的研究方法是考论结合,其关注角度有二:一是爬梳描述中书舍人职官史实,二是研究探讨其与文学之间的关系。职官制度方面,专著第一章主要关注中书舍人的职官设置,大体包括三方面:员额设置历史、规定及实际运行中的缺员应对;任期特点、迁转规律及影响因素;《唐六典》所规定的职能。第二章考察中书舍人在唐代历史上的实际履职情况和权责变化,包括四方面内容:中书省内官员和帝王宰相等人对草诏权的侵袭;翰林学士与中书舍人的人员关系;中书舍人权知贡举的历史与必然;中书舍人在唐前期朝政运转中的作用。与文学关系方面,专著第三章概观中书舍人的文学创作,其中包括:择要说明中书舍人在当时的文学地位和时人评价、主要人物的诗文流传情况;中书舍人文学素质的多方面体现;在唐代不同时期文学活动的参与特点;以白居易为例说明中书舍人的任职心态等。第四章以中书制诰为重点,分析名家创作。其中李峤、苏颋、杜牧带有较多时代特色,也有个人性格和学养的体现,而贾至、元稹、白居易三人,更多因政治和人事背景的变化而带来制诰文的写作变革。第五章试图探究中书舍人群体对文学发展的深层次人事影响,包括知贡举中对文学之士的取录;朝官简拔中志趣相投政治圈子的建设等。

专著的下编,分朝对有唐一代的中书舍人及他官知制诰进行以任职为中心的考辩。重点考订任中书舍人时间,迁自何职,改为何官。对两《唐书》无传者考订较详,有传者及学界已有较多研究成果者适当从略。我认为,本书的这一部分一定程度上带有工具书性质,所以后面附有的简要年表和人名索引也是非常必要的。

读完书稿,我觉得这部专著的突出特色和主要建树可以简单概括为以下方面:

第一,广泛搜集传世文献,补充大量出土碑志资料,考订人物较多,使唐代中书舍人全貌基本呈现。专著对史传中较易忽略的人物前期仕历尽力绘写,对史书无传记者生平尽量补充,且纠正了史料及此前学界的较多错漏,成果具有相当的学术价值和工具书作用。

第二,对于中书舍人在唐代职官体系和朝政运转中的法典规定和实际权责变迁进行了多角度描述。全书以考证为基础展开,从微观到宏观,结论都扎实有力。其中,对于员额的具体情况、与翰林学士的关系、在朝政运转的地位,都以关键年代为抽样对象详细考证;迁转的规律说明、任期特例的分析,均建立在对具体人物考辨的基础上。

第三,对中书舍人在唐代的文学创作与地位进行了多层次研究。专著对职官群与文学的关系主要从三方面展开:统计中书舍人中典型人物的作品存目,辅以时人评价,说明了唐代中书舍人的文士身份;通过其不同历史时期的文学活动,包括寓直、雅集、交游在不同时代的分布,分析了中书舍人对诗歌创作的参与方式;以白居易任职之际为例,对其诗歌和心态细致描绘,说明中唐时期中书舍人的社会地位;通过权知贡举的参与,朝官简拔中任命中书舍人相关因素的个案分析,说明了中书舍人在人事上与文学走向上的互动影响。

第四,以代表性中书舍人的制诰文为中心,勾勒出了唐代制诰发展简史。对制诰的特点与演变不以常见的"骈散"为评价尺度,对李峤制诰分析其懦弱个性,对苏颋制诰说明其时代印记,对贾至制诰说明其缺乏草诏经验的阴差阳错,对元稹制诰说明其特殊人事背景,对白居易制诰侧重旧体的复古,对杜牧制诰探究其中的史学色彩。

简单归纳刘万川博士这部专著以上四方面的特色和建树,我认为其学术价值自然就凸现出来了。

首先,这部专著是唐代文人资料库建设的重要组成部分。唐代职官研究中,仆射丞郎、九卿、刺史、郎官和翰林学士,学界已经有了较为详尽的考证。中书舍人是唐代职官体系中最关键的中转职务，也是与文学关系最为密切的群体，关于它的整体研究却尚存缺失，实为遗憾。书中全面呈现了唐代四百余名中书舍人的任职时间和职务迁转，也较为清晰地厘清了其与他官知制诰、翰林学士的关系，为研究者继续深入研究提供了重要的思路和资料参考。

其次，全书在细致考证的基础上，深入揭示了政治、职官与文学的关系。成果描绘了中书舍人寓直、参与宴游雅集、结交文人雅士等文学活动，细致勾画了重要中书舍人的制诰特征，说明了政治变化对作者及创作的影响，深入分析了中书舍人权知贡举及选拔朝官中的文学好恶，为唐代文学关系型研究提供了丰富而重要的资料，是大文学史研究的又一成功例证。

再次，本书有助于推进唐代文人生平和创作研究。唐代中书舍人任职者众多，不乏诗文名家。本成果在前人研究的基础上，利用新材料，折衷旧说法，深究了唐代人事变化背后的政治背景。如对白居易任职中书舍人期间的职官背景讨论，对于元稹制诰变化原因的政治分析，都有不同以往研究的新见。

最后，这部专著还为唐代散文文体研究提供了新的审视角度。学界关于制诰文的研究多以"骈散"为分析写作与评判演进的主要标准，本文立足制诰的气势与法度特征，着眼于制诰演变中的时代因素、作者个性、个人学养对文章面貌的影响，政治、人事变化对于草诏者的心态和创作影响，为更深入地认识唐代文体嬗变及其研究提供了新的思路。

作为一位年轻学者的第一部专著，万川博士在本书中的研究还存在些许不足，书中涉及的问题有些也尚待进一步深入研究。比如，书中以微观考证为基础透视宏观规律，在个体文人考证上较为全面，但在小部分人物的迁转上因为史料有限，目前尚不能确定精准任职时间。还有，对职官群与文学的关系，书中从诗歌与制诰创作、任职心态与诗文、知贡举和朝官任用的人事影响等方面进行说明，但材料尚不能完全呈现出整个职官群在近三百年历史过程中的文学影响，时段上以晚唐较为薄弱；与文学关系方面，任职期间的制诰外散文作品涉及似乎也偏少。我在这里提出这样近乎苛刻的问题，一是说明万川博士这项研究的复杂程度和难度，二是表达我对万川博士今后的学术研究寄予的殷切期待。万川博士为人和为文都扎实而厚重，学术的路子一直走得很正，而且受过良好且正规的学术训练，倘假以时日，相信他一定能够不断推出更多更优秀的研究成果。

万川博士是我过去的学生，又是我现在的同事，两个人的研究方向虽然

有别,但他有新作问世嘱我写序,我没有理由推辞。以上说的对与不对,中
不中肯綮,乞作者谅之,乞读者方家谅之。是为序。

王长华　谨识

2017 年 10 月 30 日于泉州

上　　编

唐代中书舍人与文学综论

引　言

中书舍人是唐代极其重要的中层文官,隶属中书省,主要职责是起草制诰和参与表章。他官知制诰是他官履行中书舍人职责的使职,也是事实上的中书舍人。"给、舍"二职历来为人所重,尤以中书舍人为甚。作为"宰相判官",中书舍人近半为相,杜佑称之为"文士之极任,朝廷之盛选"。①

中书舍人创作的制诰等公文本身即具备相当文学价值,其嬗变规律也是唐文发展的一种投射。中书舍人凭借其政治地位和自身文才,是文人雅集的组织者和重要参与者,在中晚唐更是权知贡举的考官。他们周围聚集了大量文人,成为交游和唱和的焦点,其喜憎好恶、取士标准影响了唐代文学发展的方向。

学界对唐代中书舍人的研究主要来自古代史和古代文学两类学者。

从历史角度全面研究唐代中书舍人的有宋靖的博士论文《唐宋中书舍人研究》。在对唐代中书舍人的分析中,他从职官构成、公文书类型、制命类型、制书格式等角度进行说明,认为其掌草外制、判省事、宣旨册命、掌察冤滞、考举、修撰律令和史籍,在政治活动中有举足轻重的作用。论文还对中书舍人的员额、品级、选任进行了研究。②

对唐中书舍人的权责较早进行考察的有张国刚的《唐代官制》③,该书部分章节分析了中书舍人的定额、称谓、选授、考课等,论述中书舍人的职责为起草诏书和参议表章等。其后,吴宗国主编的《盛唐政治制度》④一书中刘后滨所作的若干章节,以及刘后滨《唐代中书门下体制研究》⑤中,对中书舍人职责有全面分析,包括起草和进画制敕、侍奉进奏、册命大臣时使持节和读册命、劳问将帅宾客、受理天下冤滞、预裁百司奏议及文武考课等。另外,陈仲安、王素的《汉唐职官制度研究》⑥分析中书的成立和发展,总结中书舍人自设立之初到唐前期三省制形成期间的崛起和参政过程,并且提出

---

①　(唐)杜佑撰,王文锦等点校:《通典》,中华书局,1988年,第564页。
②　宋靖:《唐宋中书舍人研究》,黑龙江大学出版社,2010年。
③　张国刚:《唐代官制》,三秦出版社,1987年。
④　吴宗国编:《盛唐政治制度研究》,上海辞书出版社,2003年。
⑤　刘后滨:《唐代中书门下体制研究》,齐鲁书社,2004年。
⑥　陈仲安、王素:《汉唐职官制度研究》,中华书局,1993年。

中书舍人崛起的原因。张连城《论唐后期中书舍人的职权》①中探讨了中书舍人内涵的变化，认为在使职差遣制的冲击下，中书舍人有实任和寄禄之分，这种分化在贞元后渐趋明显。作为寄禄官的中书舍人主要是翰林学士中的中书舍人，同时中书舍人知吏部选事和知贡举的也是由实任转为寄禄。赖瑞和《论唐代中书舍人的使职化》②总结认为，唐代的中书舍人在唐初就遭到使职化，安史之乱后被翰林学士和知制诰取代，唐后期更多以本官充任使职，如翰林学士和知贡举。此外，赖瑞和的《唐代中层文官》③、宫超的《隋唐时期中书舍人研究》④也有对此职务权责的简单说明。

　　关于唐中书舍人的人数和迁转规律，孙国栋《唐代中央重要文官迁转途径研究》⑤一书全面勾画了唐代五品以上文官和其他由皇帝直接任命的部分官员的迁转规律，选择 279 例中书舍人进行考察，认为其在唐代的不同时期表现出不同的任职特点。其他论文中，对唐中书舍人的人数，朱红霞《唐代制诰研究》⑥认为有 400 人，宋靖《唐宋中书舍人研究》认为有 412 人。在中书舍人的迁转上，严耕望的《唐仆尚丞郎表》⑦，傅璇琮的《唐翰林学士传论》⑧，郁贤皓的《唐刺史考全编》⑨，郁贤皓、胡可先的《唐九卿考》⑩以及傅璇琮主编的《唐五代文学编年史》⑪中，在考证唐人仕历时均偶有涉及。因唐代翰林学士的职事官多为中书舍人，故傅作涉及中书舍人迁转任职较多。其他对个体文人的中书舍人任职的成果还有李峤、崔融、苏味道、张九龄、王维、权德舆、韩愈、元稹、白居易、杜牧、韩偓等诸家的年谱和生平研究文章，不再赘述。

　　他官知制诰即由其他职事官履行中书舍人权责，是唐代重要使职之一。对于这一"准中书舍人"的研究，岑仲勉《翰林学士壁记补注》认为知制诰本是中书舍人本职，其使用有低职和高职兼任两种情况。(《郎官石柱题名新

①　张连城：《论唐后期中书舍人的职权》，北京大学，硕士学位论文，1990 年。
②　赖瑞和：《论唐代中书舍人的使职化》，《清华大学学报》，2015 年第 2 期。
③　赖瑞和：《唐代中层文官》，台北联经出版事业股份有限公司，2008 年。
④　宫超：《隋唐时期中书舍人研究》，青海师范大学，硕士学位论文，2011 年。
⑤　孙国栋：《唐代中央重要文官迁转途径研究》，上海辞书出版社，2009 年。
⑥　朱红霞：《唐代制诰研究》，复旦大学，博士学位论文，2007 年。
⑦　严耕望：《唐仆尚丞郎表》，上海古籍出版社，2007 年。
⑧　傅璇琮：《唐翰林学士传论》，辽海出版社，2011 年；《唐翰林学士传论》(晚唐卷)，辽海出版社，2011 年。
⑨　郁贤皓：《唐刺史考全编》，安徽大学出版社，2000 年。
⑩　郁贤皓、胡可先：《唐九卿考》，中国社会科学出版社，2003 年。
⑪　傅璇琮主编：《唐五代文学编年史》，辽海出版社，1998 年。

考订》（外三种））①张东光在《唐宋的知制诰》②一文中提出，唐前期中书舍人中掌"进画"者为知制诰，实际是翰林学士院出现前舍人中掌"内制"者，唐代中期开始逐渐以他官知制诰形成定制，且成为中书舍人的前期试用阶段。最初是为了削弱中书舍人事权，或以他官代行其职，或以学士分其权，实际上，解决了两制职事差遣的无资序性和品阶迁转的有资序性之间的矛盾。赖瑞和的《唐代知制诰的使职特征》③也从使职的定义、官名结构、任命方式和白居易的唐人见证，说明知制诰并非担任职事官的中书舍人。张连城《论唐后期中书舍人的职权》认为，他官知制诰只是取代了寄禄官中书舍人，在唐后期的中书舍人院中，实任中书舍人的比例远高于他官知制诰，他官知制诰是实任舍人的补充。

对于中书舍人与政治的关系，沈悦的《古代中央秘书机构职权膨胀及其原因初探》④提出，中国古代秘书机构职权的发展是周期性的，在上升阶段，职权膨胀，根结在皇权的专制。秘书机构掌握关键的文书处理，所以能够深入到政务的决策，甚至结为帮派。从三省制角度研究中书舍人参议表章以参与政治的，主要是上文提到的《盛唐政治制度》和《唐代中书门下体制研究》，作者认为，中书舍人参议表章的主要表现为"六押"和"五花判事"，反映出中书省对政务裁决的加强和中书令在行政事务中地位的提高。李蓉的《唐代前期中书舍人参议表章问题》⑤论述唐代前期中书舍人最重要的执掌——参议表章，是高宗、武则天以后随着上行文书的大量增加而逐步取得的。张连城的《论唐后期中书舍人的职权》认为中书舍人的参议表章权中"六押"和"五花判事"不是两个制度，而是其参与表章的不同表述，这种制度在安史之乱后就废阙了，深层原因即为中书门下集权导致的三省制的破坏，尤其是中书出令权的破坏。相关文章还有熊燕军《唐代中书舍人的"侍奉进奏"与"参议表章"》⑥等。

此外，赖瑞和的《唐后期三大类词臣的升迁与地位——以白居易、元稹、权德舆、李德裕为例》⑦触及了中书舍人迁转的深层政治因素。该文提出在唐代后期，词臣要想获得政治上的实权，最便捷的途径就是成为翰林学

① 岑仲勉：《郎官石柱题名新考订》（外三种），中华书局，2004 年，第 325 页。

② 张东光：《唐宋的知制诰》，《文史知识》，1993 年第 1 期。

③ 赖瑞和：《唐代知制诰的使职特征》，《史林》，2014 年第 6 期。

④ 沈悦：《古代中央秘书机构职权膨胀及其原因初探》，《文教资料》，2014 年第 31 期。

⑤ 李蓉：《唐代前期中书舍人参议表章问题》，北京大学，硕士学位论文，1995 年。

⑥ 熊燕军：《唐代中书舍人的"侍奉进奏"与"参议表章"》，《东方论坛》，2011 年第 3 期。

⑦ 赖瑞和：《唐后期三大类词臣的升迁与地位——以白居易、元稹、权德舆、李德裕为例》，《学术月刊》，2014 年第 9 期。

士,只做到中书舍人的话只是闲官。

对于唐代中书舍人与文学关系的研究主要集中于制诰文。

中书舍人起草诏敕,这是其标志性职务特征。关于中书舍人起草诏敕的研究,朱红霞《唐代制诰研究》中的部分章节对中书舍人的来源、素质、草诏制度和人数进行了分析。论文通过中书舍人和翰林学士起草诏书的对应观照,提出学术界一般认为的翰林学士和中书舍人分掌内外制的看法是不正确的。论文还从制诰文体入手,认为其除具备骈体文特征外,其实又是一种代皇帝立言的特殊骈文,其主要作者翰林学士和中书舍人都属于政治型文人。张超的《唐代诏敕研究》①也在对唐代诏敕进行文体研究时简要说明了中书舍人起草诏敕的流程。

对于唐代诏敕作者的研究,魏丽的《论唐代皇帝与朝臣制令权之争》②认为,唐代中央政府的机枢权力核心经历了由中书舍人到翰林学士和知制诰,至出令权掌握在皇帝手中的演变,在皇帝和朝臣的斗争中,三省六部的政体架构被动摇,中书、门下二省日趋成为事务性机关。毛蕾的《唐代翰林学士》③提出,在两制格局中,翰林学士和中书舍人分别代表皇帝和宰相机构行使草诏出令职能,但并不存在泾渭分明的区分。张超的《初唐诏敕文撰制者述论》④列举了多种身份的诏敕作者。朱红霞的《唐代中书舍人盛事类比及因素研究》⑤一文列举了大量父子兄弟乃至三代、四代均为中书舍人的现象,并总结此类现象出现原因是个人的政治和文学才能、家族的基因和环境的因素、朝廷的延赏三方面。

以诏敕角度切入,进行中书舍人与文学关系研究的,有马自力的《中唐文人社会角色与文学》⑥。他提出中书舍人为文学色彩浓重的清要之官,元白制诰为唐代古文运动的重要实绩。鞠岩有博士论文《唐代中书舍人与文学关系考论》⑦,其主要内容曾以单篇文章发表,主要是以下三篇:《唐代制诰文改革与古文运动之关系》⑧提出,唐人对制诰文极其重视,从贾至、权德舆,到白居易、元稹,一直在进行改革,打破了骈文一统天下的局面,这是古

---

① 张超:《唐代诏敕研究》,郑州大学,硕士学位论文,2007 年。
② 魏丽:《论唐代皇帝与朝臣制令权之争》,《青海师范大学学报》,2013 年第 3 期。
③ 毛蕾:《唐代翰林学士》,社会科学文献出版社,2000 年。
④ 张超:《初唐诏敕文撰制者述论》,《北京化工大学学报》,2015 年第 1 期。
⑤ 朱红霞:《唐代中书舍人盛事类比及因素研究》,《兰州学刊》,2013 年第 8 期。
⑥ 马自力:《中唐文人社会角色与文学》,《北京科技大学学报》,2007 年第 3 期。
⑦ 鞠岩:《唐代中书舍人与文学研究》,中国人民大学,博士学位论文,2011 年。
⑧ 鞠岩:《唐代制诰文改革与古文运动之关系》,《文艺研究》,2011 年第 5 期。

文运动的一项重要成果;《贾至中书制诰与唐代古文运动》①一文梳理了贾
至担任中书舍人与古文创作之间的关系,贾至在制诰写作上的特点和对文
体的改革以及制诰的改革对唐代古文运动的影响;《唐代中书舍人权知贡
举的文学史意义》②纵向梳理了唐代中书舍人以各种方式对科举取士的影
响,提出,天宝时确立诗赋取士标准,广德至贞元完成科举改革,贞元之后主
持座主与门生唱和。

　　对唐代诏敕进行收录整理和说明的,有东洋文库唐代史研究委员会编
的《唐代诏敕目录》③、史文靓的《唐五代公务文书汇编研究》④、张超的《唐
代诏敕文献留存情况述论》⑤。

　　对唐代诏敕文体进行整体研究的成果,侧重格式说明的主要是日本学者
中村裕一《唐代制敕研究》⑥,进行文学分析的有朱红霞的《"典故"与唐代制
诰草拟》⑦,文中分析了唐代制诰写作中的常见格式,并说明了制诰文体在中
书舍人的写作中往往使用较为常见的典故。另外,禹成旼的《唐代德音考》⑧
提出,至迟在贞元、元和以后,德音成为唐代皇帝诏书的新种类,有制、敕两种
形式,赏赐、蠲免、赦宥是主要内容。此外,对唐代诏敕进行文体分析的还有
张超《唐代诏敕的用典艺术》⑨《唐代诏敕的"典雅"之美》⑩等文(二文内容
基本相同)。对唐代诏敕进行系年的主要有张超《〈全唐文〉初唐诏敕编年考
辨》⑪、宋颖芳《〈全唐文〉唐玄宗李隆基诏敕考辨》⑫、罗妮《〈全唐文〉唐代宗
李豫诏敕考辨》⑬、党秋妮《〈全唐文〉晚唐诏敕考辨》⑭等文。

　　对唐代文人个体的诏敕进行研究的,主要集中在白居易、元稹、苏颋等
文章大家。周京艳的《中唐元、白制诰研究》⑮认为,制诰可能成为文人政治

①　鞠岩:《贾至中书制诰与唐代古文运动》,《北京大学学报》,2010 年第 4 期。
②　鞠岩:《唐代中书舍人权知贡举的文学史意义》,《社会科学研究》,2011 年第 1 期。
③　[日]东洋文库唐代史研究委员会编:《唐代诏敕目录》,东洋文库,1981 年。
④　史文靓:《唐五代公务文书汇编研究》,南京师范大学,硕士学位论文,2014 年。
⑤　张超:《唐代诏敕文献留存情况述论》,《河南工业大学学报》,2015 年第 1 期。
⑥　[日]中村裕一:《唐代制敕研究》,汲古书院,1991 年。
⑦　朱红霞:《"典故"与唐代制诰草拟》,《宁夏师范学院学报》,2013 年第 4 期。
⑧　禹成旼:《唐代德音考》,《中国史研究》,2006 年第 2 期。
⑨　张超:《唐代诏敕的用典艺术》,《贵州文史丛刊》,2014 年第 1 期。
⑩　张超:《唐代诏敕的"典雅"之美》,《名作欣赏》,2011 年第 5 期。
⑪　张超:《〈全唐文〉初唐诏敕编年考辨》,《山东师范大学学报》,2014 年第 1 期。
⑫　宋颖芳:《〈全唐文〉唐玄宗李隆基诏敕考辨》,西北大学,硕士学位论文,2008 年。
⑬　罗妮:《〈全唐文〉唐代宗李豫诏敕考辨》,西北大学,硕士学位论文,2008 年。
⑭　党秋妮:《〈全唐文〉晚唐诏敕考辨》,西北大学,硕士学位论文,2008 年。
⑮　周京艳:《中唐元、白制诰研究》,《北京大学学报》,2012 年第 4 期。

斗争工具,也会影响文人间关系,他们很重视制诰对自己的评价。元白二人对制诰提出改革,内容真实、形式自由,具备了少有的文学性。付兴林《白居易散文研究》①中第三、四章,重点分析了白居易在担任翰林学士和中书舍人时的制诰和奏表等文体。作者的《从白居易诏诰文看中唐的对外交往和外交政策》②侧重对其文章的内容解析。傅绍磊的《论宦官内争与元稹及其制诰改革》③提出元稹在元和到长庆的政治斗争中的态度和立场反映到了制诰的创作。王婵的《元稹公文研究》④对元稹所作的授制类和表状类文章进行了内容和艺术特征的说明,并阐明了其公文理论。另外韩治宇的《元稹公文研究》⑤对元稹所作诏敕内容和文风特点也有简要总结。胡燕的《论苏颋制敕新变与唐文演变之关系》⑥从句式、用典、文采几个角度论述了苏颋所起草制敕对于后世的影响。王晓坤《论大手笔苏颋的骈文》⑦对苏颋制敕的部分特征也有所涉。其他对于唐文整体研究的部分专著和论文也有对唐人制诰的论述,限于篇幅,不再一一说明。

此外,侯佳的《中书舍人与北宋诗文研究》⑧从中书舍人与北宋文化建设、与北宋诗坛、北宋古文发展等方面的论述,也为唐代文学者展开类似研究提供了借鉴。

以上成果选择角度各异,历史学者多政治方面的宏观考虑,古代文学学者对中书舍人的创作着眼于内容分析。本编的研究集中于唐代中书舍人与文学的关系,以考带论,文史结合,拟从三个维度进行展开:一、职官史层面,结合中书舍人职官属性和嬗变特点,探讨其在唐代职官体系中地位的变迁;二、政治人事层面,根据分析任职特点和规律,结合个案分析,说明其对政治的参与和个人的沉浮;三、文学层面,通过对个体任职期间交游和唱和的考订,分析任职期间的诗文创作,探求这一文人群在当时文坛的地位、生存状态和创作心态,说明职官属性对文学创作的影响;以制诰为中心,通过中书舍人群体性的文体创作,找到审视唐文演进的新角度。

① 付兴林:《白居易散文研究》,陕西师范大学,博士学位论文,2006 年。
② 付兴林:《从白居易诏诰文看中唐的对外交往和外交政策》,《渭南师范学院学报》,2008 年第 6 期。
③ 傅绍磊:《论宦官内争与元稹及其制诰改革》,《西南交通大学学报》,2009 年第 5 期。
④ 王蝉:《元稹公文研究》,河南师范大学,硕士学位论文,2007 年。
⑤ 韩治宇:《元稹公文研究》,长春理工大学,硕士学位论文,2010 年。
⑥ 胡燕:《论苏颋制敕新变与唐文演变之关系》,《海南师范大学学报》,2015 年第 1 期。
⑦ 王晓坤:《论大手笔苏颋的骈文》,华中科技大学,硕士学位论文,2007 年。
⑧ 侯佳:《中书舍人与北宋诗文研究》,河南大学,博士学位论文,2012 年。

第一章　中书舍人的职官设置

"舍人"一职有较长历史。《周礼·地官》中记载:"舍人,上士二人,中士四人,府二人,史四人,胥四人,徒四十人。"①其职掌为:"舍人掌平宫中之政,分其财守,以法掌其出入。凡祭祀,共簠簋,实之,陈之。宾客,亦如之,共其礼,车米、筥米、刍禾……掌米粟之出入,辨其物。岁终,则会计其政。"②但这只是舍人早期名号,其职务执掌与唐代中书舍人相去甚远。

《史记》卷六记载秦时李斯曾为舍人。其注文为:"主厩内小吏官名。或云待从宾客谓之舍人也。"③颜师古认为:"舍人,亲近左右之通称也;后遂为司属官号。"④这个解释实际揭示了舍人在某些历史时期权力较大的原因:其身份接近帝王,故能参与决策、左右政事。

中书舍人的名称源自中书省。中书省起自魏晋,中书舍人之称也始于此,据《通典》卷二一所载:"魏置中书通事舍人,或曰舍人、通事,各为一职。晋江左乃合之,谓之通事舍人。武冠,绛朝服,掌呈奏案章。"⑤

中书舍人最风光的时代在南朝时期,据《通典》卷二一记载:

> 宋初,又置中书通事舍人四员,入直阁内,出宣诏命。凡有陈奏,皆舍人持入,参决于中,自是则中书侍郎之任轻矣。齐永明初,中书通事舍人四员,各住一省,时谓之"四户",权倾天下,与给事中为一流。梁用人殊重,简以才能,不限资地,多以他官兼领。后除"通事"字,直曰中书舍人,专掌诏诰,兼呈奏之事。自是诏诰之任,舍人专之。⑥

中书通事舍人凭借作为君王亲信的关系,能够直接觐见皇帝并参与对表章的处理意见。其所担任的不单纯是省职,而是皇帝秘书。梁代所谓的

---

① (清)孙诒让著,王文锦、陈玉霞点校:《周礼正义》,中华书局,1987年,第682页。
② (清)孙诒让著,王文锦、陈玉霞点校:《周礼正义》,中华书局,1987年,第1228—1234页。
③ (汉)司马迁:《史记》,中华书局,1972年,第223页。
④ (宋)司马光:《资治通鉴》,中华书局,1956年。本文引用《旧唐书》《新唐书》《资治通鉴》《唐会要》《唐尚书省郎官石柱题名考》《全唐文》《全唐诗》七种唐代基本史籍文集较多,为节约篇幅,只在首次出现时标明出版信息,其后均在正文标明卷数,不再一一注释。
⑤ (唐)杜佑撰,王文锦等点校:《通典》,中华书局,1988年,第563页。
⑥ (唐)杜佑撰,王文锦等点校:《通典》,中华书局,1988年,第563—564页。

他官兼领,是任职者以其他职务对外,而"中书通事舍人"一职成为其能够接近帝王参与决策的一种职务,或者说一种待遇。这时中书舍人的主要职责有二:掌诏诰和呈奏。前者起草"诏命"是对帝王权威的体现;后者呈奏是以帝王亲信的身份参与表章的分析决策。

北朝舍人所掌基本相同,《通典》卷二一记载:"北齐舍人省掌署敕行下,宣旨劳问,领舍人十人。"①后周,置春官府,设"小史上士二人",即中书舍人之任。

其后隋设"内史舍人八员,专掌诏诰。炀帝减四人,后改为内书舍人"。②

唐代的中书省名有过变更,所以中书舍人的称呼也随之变更。唐初,因袭隋制置内史省,中书舍人定名为内史舍人。武德三年,改内史省为中书省,内史舍人改称中书舍人。龙朔二年,中书省改称西台,中书舍人改称西台舍人,咸亨元年复称中书舍人。光宅二年时,中书省又改称凤阁,中书舍人改称凤阁舍人,神龙元年复旧。至开元元年,中书省改称紫微省,中书舍人改称紫微舍人,开元五年复旧。后至唐末,名称未变。(本书在对唐代中书舍人的考证和论述中都以"中书舍人"统称之。)

第一节　员额及缺员的应对③

朝廷草诏的人数,在汉代即为六人。《后汉书·百官志》载:"一曹有六人,主作文书起草。"④据《唐六典》卷九:"中书舍人六人,正五品上。"⑤则唐代中书舍人的员额为六人。《旧唐书·职官志》《新唐书·百官志》中所记一致,且有"以六员分押尚书六曹"的记载。故六人在任,为唐代中书舍人之官方定额。

中书舍人六人满员在任可以中宗神龙元年为例,在任者为刘允济、徐坚、薛稷、毕构、岑羲和崔湜。择要说明如下:

刘允济。《旧唐书》本传载:"长安中,累迁著作佐郎,兼修国史。未几,擢拜凤阁舍人。中兴初,坐与张易之款狎,左授青州长史。"又据《唐会要》卷六三"修史官"条:"长安二年,凤阁舍人修国史刘允济尝云:……"《册府

---

①　(唐)杜佑撰,王文锦等点校:《通典》,中华书局,1988年,第564页。
②　(唐)杜佑撰,王文锦等点校:《通典》,中华书局,1988年,第564页。
③　本节内容曾发表于《河北师范大学学报(哲学社会科学版)》2015年第4期。
④　(南朝宋)范晔:《后汉书》,中华书局,1965年,第3597页。
⑤　(唐)李林甫撰,陈仲夫点校:《唐六典》,中华书局,1992年,第275页。

元龟》卷四八一《台省部》"谴责"条载："刘允济中宗时为凤阁舍人。神龙初，坐与张易之欸狎，左授青州长史。"①其神龙初贬官。故其在任时间至少为长安二年至神龙元年。

徐坚。据张九龄《大唐故光禄大夫右散骑常侍集贤院学士赠太子少保东海徐文公神道碑铭并序》："稍迁给事中。以公代及文史，词不失旧，虽居琐闼，尚比缠牵，遂除中书舍人。君子曰：'舜之官人也。'二年，敕公修《则天圣后实录》及《文集》等绝笔，中宗嘉之，玺书敦慰，赐爵慈源县子，赉物五百段，旌良史也。迁刑部侍郎。"②《册府元龟》卷五五四《国史部》"选任"条："神龙元年十二月制：左散骑常侍静德郡王武三思与元忠……中书舍人岑羲、徐坚等修《则天实录》。"③则神龙元年四月给事中在任，十二月已迁中书舍人。又据《资治通鉴》卷二〇八：神龙二年四月，"左御史大夫苏珦、给事中徐坚、大理卿长安尹思贞皆以为方夏行戮，有违时令"。《唐会要》卷六三"修国史"条："神龙二年五月九日，左散骑常侍武三思、中书令魏元忠……中书舍人岑羲、徐坚等修《则天实录》二十卷、《文集》一百二十卷，上之。赐物各有差。"可知神龙二年五月仍在任。

薛稷。《金薤琳琅》卷九有《唐杳冥君铭》，为大唐神功元年丁酉岁十月一日立，题写者署"凤阁舍人河东薛稷"。④ 可知，薛稷至少神功元年凤阁舍人在任。《宝刻丛编》卷七记载《唐信行禅师兴教碑》神龙二年八月立，据《集古录目》为唐越王贞撰，中书舍人薛稷书。⑤ 可知其任职至少自神功元年始，至迟神龙二年仍在任。

毕构、岑羲。《资治通鉴》卷二〇八：神龙元年五月，"五王之请削武氏诸王也，求人为表，众莫肯为。中书舍人岑羲为之，语甚激切；中书舍人偃师毕构次当读表，辞色明厉"。则毕构和岑羲均在神龙元年时为中书舍人。

崔湜。《资治通鉴》卷二〇八：神龙元年五月，"敬晖等畏武三思之谗，以考功员外郎崔湜为耳目，伺其动静。湜见上亲三思而忌晖等，乃悉以晖等谋告三思，反为三思用；三思引为中书舍人"。又，神龙二年七月，"三思又讽太子上表，请夷晖等三族；上不许，中书舍人崔湜说三思曰：'晖等异日北归，终为后患，不如遣使矫制杀之。'"则崔湜神龙元年约五月自考功员外郎为中书舍人，神龙二年仍在任。

① （宋）王钦若等：《册府元龟》第6册，中华书局，1960年，第5742页。
② （唐）张九龄撰，熊飞校注：《张九龄集校注》，中华书局，2008年，第1021页。
③ （宋）王钦若等：《册府元龟》第7册，中华书局，1960年，第6651页。
④ （明）都穆：《金薤琳琅》，《历代碑志丛书》，江苏古籍出版社，1998年，第226页。
⑤ （宋）陈思：《宝刻丛编》，《历代碑志丛书》，江苏古籍出版社，1998年，第492页。

　　其他能考订确定有正拜者六人在任的年代,还有武德元年的唐俭、孔绍安、刘林甫、刘孝远、颜师古、崔善为,光宅元年的欧阳通、姚珦、贾大隐、元万顷、李景谌、邓玄挺,垂拱元年的贾大隐、孟诜、陆元方、欧阳彤、元万顷、范履冰,圣历元年的薛稷、韦承庆、韦嗣立、李峤、李迥秀、张柬之,长安三年的薛稷、崔融、刘允济、宋璟、张说、魏知古,长安四年的薛稷、崔融、刘知几、郑惟忠、刘允济、魏知古,景龙三年的徐坚、卢藏用、苏颋、马怀素、李适、李乂,开元元年的苏晋、贾曾、李献、吕延祚、郑勉、倪若水,开元五年的崔璩、崔琳、齐澣、萧嵩、王丘、韩休,开元六年、七年的源光裕、刘令植、萧嵩、王丘、韩休,开元二十二年、二十三年的崔翘、徐安贞、吕向、王敬从、徐峤、裴敦复,开元二十五年、二十六年的韦陟、李彭年、吕向、苗晋卿、梁涉、孙逖,贞元八年的高郢、顾少连、吴通微、吕渭、郑珣瑜、奚陟,元和十五年的杜元颖、武儒衡、段文昌、韦处厚、王起、李宗闵,长庆元年的白居易、武儒衡、元稹、韦处厚、王起、李宗闵,宝历元年的郑涵、韦表微、崔郾、高鈇、路随、李虞仲,宝历二年的郑涵、韦表微、崔郾、高鈇、路随、韦辞,大和三年的贾𫗧、李肇、宋申锡、高鈇、杨汝士、崔咸,大和四年的贾𫗧、崔郸、高元裕、高鈇、杨汝士、崔咸,大和五年的贾𫗧、崔郸、高元裕、高鈇、杨汝士、路群,大和六年的柳公权、崔郸、高元裕、高鈇、杨汝士、路群,大和七年的崔栢、崔郸、高元裕、许康佐、李珏、路群,大和八年的孙简、权璩、高元裕、归融、李珏、路群,大和九年的高锴、权璩、唐扶、归融、李珏、崔龟从,开成三年的高锴、崔蠡、唐扶、李让夷、李回、丁居晦,开成四年的高锴、周墀、唐扶、李让夷、李回、黎埴,开成五年的裴素、周墀、柳璟、李让夷、李回、黎埴,会昌四年的周敬复、白敏中、魏扶、崔玙、封敖、韦琮,大中三年的刘瑑、令狐绹、宇文临、崔玙、崔慎由、杜审权,大中六年的萧寊、萧邺、杜牧、韦澳、崔慎由、杜审权,大中十二年的苗恪、孔温裕、皇甫珪、裴坦、李藩、于德孙,大中十三年的苗恪、高湘、皇甫珪、裴坦、杨知温、于德孙,咸通元年的薛耽、高湘、郑从谠、裴坦、王凝、杨严,咸通五年的王铎、赵骘、李瓒、刘邺、王凝、于琮等。①

　　从目前所掌握的史料来看,中书舍人六人实任满员年代有两个趋向。第一是较多集中于唐代前期帝王改元之初,其原因在于前期中书省有较多政务处理,又以六舍人分押六部,故改元之初往往按照编制配置官员。第二是在翰林院运转较为顺畅的中唐时期,中书舍人虽未在中书省实际发挥较大政治作用,但在翰林学士以其为资历的情况下,常常配额较多,故也有较多的满员情形。

---

　　① 　上文各人任职时间,详见下编。

因相关文献中很少记载同时在任者，故后世对中书舍人的实际任职情况存在较多模糊认识，下文通过若干年在任人员的考索，说明职官典籍中所记载的"中书舍人六人"，实际存在多种情况。

一、缺　　员

史料文献记载何人曾任中书舍人，故充分收集资料可考证六人满员的情况，但没有直接证据，很难断言某年缺员。就目前留存文献，似多数年份唐代中书舍人不足六人。学界认为常有中书舍人只有一人在任的情况，举例常称孙处约、权德舆二人。① 通过详考唐代中书舍人任职时间，可以认定：唐代或有一人官中书舍人之时，但却非孙处约与权德舆。下文以孙处约为例简要考辨。

《旧唐书》卷八一《孙处约传》："中书令杜正伦奏请更授一舍人，与处约同知制诰，高宗曰：'处约一人足办我事，何须多也。'"此为人所常引之证，但爬梳史料，发现此时并非只有孙一人舍人在任。

孙处约任职可见《唐故司成孙公（处约）墓志铭并序》："永徽元年，礼部尚书骠骑都尉申公应诏举，游情文藻，下笔成章，射策甲科。蒙敕授著作佐郎，又迁礼部员外郎，转考功员外郎、弘文馆直学士，骑都尉。又频蒙敕授授考功郎中、上骑都尉，又迁给事中、中书舍人……显庆三年，诏加朝散大夫、弘文馆学士，余依旧任。"②永徽元年为著作佐郎，四迁为给事中，故约在永徽末或显庆初为中书舍人。在《旧唐书》本传中又记载其："累转中书舍人……三迁中书侍郎，与李绩、许敬宗同知国政。"据《资治通鉴》卷二〇〇，许敬宗为中书令在显庆三年，故孙处约自中书舍人为中书侍郎约在显庆三年。

若孙处约永徽末在任，据薛元超《旧唐书》本传记载："高宗即位，擢拜给事中，时年二十六……俄转中书舍人，加弘文馆学士，兼修国史……永徽五年，丁母忧解。"则薛元超永徽元年为给事中，"俄转"表示时间较短，约本年或二年拜中书舍人、弘文馆学士，永徽五年丁忧去职。又据《资治通鉴》卷一九九：永徽六年六月，"中书舍人饶阳李义府为长孙无忌所恶，左迁壁州司马。敕未至门下，义府密知之，问计于中书舍人幽州王德俭……上悦，召见与语，赐珠一斗，留居旧职。昭仪又密遣使劳勉之。寻超拜中书侍

---

① 详见朱红霞：《唐代制诰研究》，复旦大学博士论文，2007 年；吴宗国主编：《盛唐政治制度研究》，上海辞书出版社，2003 年。其中均论及唐代某时期只有一人在任。

② 吴钢编：《全唐文补遗》（第四辑），三秦出版社，1997 年，第 369 页。

郎。"李义府任中书侍郎事,见《新唐书·高宗本纪》:永徽六年,"七月乙酉,崔敦礼为中书令。是月,中书舍人李义府为中书侍郎,参知政事"。综上可见,此时在任的还有薛元超、李义府和王德俭。

若孙处约显庆初在任,据李安期《旧唐书》本传,其"永徽中迁中书舍人,又与李义府等于武德殿内修书,再转黄门侍郎"。《唐会要》卷三六"修撰"条载:"显庆元年十月,诏礼部尚书宏文馆学士许敬宗等修《东殿新书》。"又据《新唐书·艺文志》,记载《东殿新书》二百卷:"许敬宗、李义府奉诏于武德内殿修撰其书,自《史记》至《晋书》,删其繁辞。龙朔元年上,高宗制序。"则李安期在显庆元年中书舍人在任。又据《资治通鉴》卷二〇〇:显庆四年七月,"许敬宗又遣中书舍人袁公瑜等诣黔州,再鞫无忌反状,至则逼无忌令自缢"。可见显庆四年还有袁公瑜在任。

可见,此间相次为中书舍人的还有李义府、薛元超、李安期、王德俭、袁公瑜等人,孙并未单独为舍人。此时孙处约专为"起草进画",杜正伦是因孙处约一人草诏过于辛劳而请人同草诏书。此处"同知制诰",非后世所谓"兼知制诰"之中书舍人代称,也非再任命一人为舍人。

二、以他官知制诰补充缺额

中书省机务繁杂,舍人职务颇为清要,若任职人数不满六人,常以他官知制诰或翰林学士补充。

以他官知制诰充任补员而满六人的情况以开元二十一年为例。舍人在任者有徐安贞、徐峤、崔翘、吕向,他官知制诰者王丘和张九龄。如下:

徐安贞。《旧唐书》本传:"开元中为中书舍人、集贤院学士,上每属文及作手诏,多命安贞视草,甚承恩顾。累迁中书侍郎。"《全唐文》卷三〇五有徐安贞《授席豫尚书右丞等制》,《唐仆尚丞郎表》考订席豫为开元二十一年至二十二年春夏在尚书右丞任,[①]则徐安贞此制当在开元二十一年。又《文苑英华》卷四四八有徐安贞《除裴耀卿黄门侍郎张九龄中书侍郎同平章事制》,文后署开元二十一年十二月,[②]故徐安贞开元二十一年在任。据《宋高僧传》卷二六《唐杭州华严寺玄览传》:"(释玄览)以开元二十二年示疾,终于临平所造寺……工部侍郎徐安贞撰碑颂德焉。"[③]则二十二年已自中书舍人迁工部侍郎。

① 严耕望:《唐仆尚丞郎表》,上海古籍出版社,2007年,第463页。
② (宋)李昉等编:《文苑英华》,中华书局,1966年,第2266页。
③ (宋)赞宁撰,范祥雍点校《宋高僧传》,中华书局,1997年,第661页。

吕向。《新唐书》本传载:"以起居舍人从帝东巡……久之,迁主客郎中,专侍皇太子,眷赉良异……向终丧,再迁中书舍人,改工部侍郎。"据《新唐书》卷二一五下《突厥传》:开元十九年,"使金吾将军张去逸、都官郎中吕向奉玺诏吊祭,帝为刻辞于碑"。《旧唐书》卷一九四上《突厥传》、《太平寰宇记》卷一九六四记载略同,但时间为开元二十年,《资治通鉴》记载为十九年,具体时间不可考。则十九、二十年左右仍为都官郎中。又据《贞元新定释教目录》卷十四记载吕向纪金刚智大师:"复有灌顶弟子正议大夫行中书舍人、侍皇太子诸王文章、集贤院学士吕向,敬师三藏因而纪之曰……"①《唐洛阳广福寺金刚智传》记载其开元二十一年八月卒,十一月葬,②则吕向开元二十一年时已为中书舍人。吕向撰有《大唐故银青光禄大夫太仆卿驸马都尉中山郡开国公豆卢公(建)墓志铭并序》,署正议大夫、行中书舍人、侍皇太子诸王文章、集贤院学士。③ 墓主豆卢建于天宝三载三月去世,八月十二日葬于咸阳。可知,天宝三载八月时吕向中书舍人在任。其为工部侍郎当在此后,《唐仆尚丞郎表》考订其开元末由中书舍人翰林院供奉迁工部侍郎出院,④时间有误。

徐峤。据《新唐书》卷一九九《徐峤传》所附,其"开元中为驾部员外郎、集贤院直学士,迁中书舍人、内供奉、河南尹。封慈源县公"。据《大唐新语》卷十:"张果老先生者,隐于恒州枝条山,往来汾晋……开元二十三年……乃令中书舍人徐峤、通事舍人卢重玄,赍玺书迎之。"⑤《明皇杂录》卷下记载略同,《旧唐书》卷一九一、《新唐书》卷二〇四之《张果传》记此事为开元二十一年。此事小说家性质甚浓,从《唐书》,可推定为开元二十一年时徐峤中书舍人在任。

王丘。《旧唐书》本传载:"开元初,累迁考功员外郎……三迁紫微舍人,以知制诰之勤,加朝散大夫,再转吏部侍郎……典选累年……俄又分知吏部选事,入为尚书左丞,丁父忧去职,服阕,拜右散骑常侍,仍知制诰……及休作相,遂荐丘代崔琳为御史大夫。"韩休为相荐王丘为御史大夫之事,又见《资治通鉴》卷二一三,时在开元二十一年三月。此时,王丘为右散骑

---

① (唐)元照:《贞元新定释目录》,《大正新修大藏经》第55册,新文丰出版股份有限公司,1983年,第875页。
② (宋)赞宁撰,范祥雍点校:《宋高僧传》,中华书局,1997年,第6页。
③ 吴钢编:《全唐文补遗》(第三辑),三秦出版社,1997年,第73页。
④ 严耕望:《唐仆尚丞郎表》,上海古籍出版社,2007年,第258页;另,傅璇琮:《唐翰林学士传论》有相关考订。
⑤ (唐)刘肃撰,许德楠、李鼎霞点校:《大唐新语》,中华书局,1984年,第157页。

常侍、知制诰。

崔翘。《全唐文》卷三二八有王丘《授崔翘中书舍人制》:"朝议大夫、守给事中崔翘……可守中书舍人,散官如故。"王丘约开元五年至七年在中书舍人任(详见下编),若崔翘在此时任中书舍人,与开元元年及第时间相距过短,不合常理,故王丘起草本制当在散骑常侍知制诰之时,即开元十八年至二十一年间,崔翘此时在任。崔至有《唐故银青光禄大夫礼部尚书上柱国清河县开国男赠江陵郡大都督谥曰成崔府君(翘)墓志铭并序》:"三年,拜给事中。扈从祠汾阴后土。时肆赦海内,公述制立就,朝以为能。于是递相传写,帝用嘉之。乃命为中书舍人,知制诰……时东郡岁旱,天子思牧,乃诏为滑州刺史。"①离职时间《唐刺史考全编》考定为开元二十三年前后。②

张九龄。据《曲江集》中《知制诰敕》:"敕中大夫、守尚书工部侍郎、集贤院学士仍副知院事、上柱国、曲江县开国男、赐紫金鱼袋张九龄宜知制诰。"署开元二十年八月二十日。③ 而《加检校中书侍郎制》署开元二十一年五月二十七日,则本年五月离任。

由以上材料可见,王丘与张九龄当时任职为他官知制诰,相对于崔融等人的郎官知制诰,王、张二人都是以更高级的职务兼知制诰。就开元二十一年而言,中书舍人与他官知制诰合计仍为六人。

三、以翰林学士补充缺额

翰林学士出现的实质,在于"承导迩言,以通密名",使帝王的决策迅速成为国家政令。他们需要一定的朝廷编制下的正式职位,以备将来出院后的职务变更。钱大昕在《廿二史考异》卷五八《职官志》中曾说:"既而翰林学士、集贤、史观诸职,亦系差遣无品秩,故常假以他官,有官则有品,官有迁转,而供职如故也。"④同时,在翰林院内部,是否能为皇帝起草诏敕也需一定的名号。故而,翰林学士中以中书舍人以及他官知制诰作为其升迁和资历标志。

这就直接造成在中晚唐阶段,除中书省之外,又有翰林院的中书舍人和他官知制诰,他们处在朝廷皇权和相权的交集地带。那么,中书与翰林两个系统的中书舍人和知制诰加到一起会有多少人呢? 以元和九年为例,曾在

---

① 吴钢编:《全唐文补遗》(第九辑),三秦出版社,2007 年,第 369 页。
② 郁贤皓:《唐刺史考全编》,安徽大学出版社,2000 年,第 195 页。
③ 《知制诰敕》与下文《加检校中书侍郎制》均见熊飞校注:《张九龄集校注》(附录),中华书局,2008 年,1138—1139 页。
④ (清)钱大昕:《廿二史考异》,凤凰出版社,2008 年,第 996 页。

本年任职者有裴度、李逢吉、王涯三位中书舍人,还有翰林院的独孤郁、崔群、钱徽、令狐楚、萧俛五位他官知制诰的翰林学士,似乎超员。实际情况如下:

裴度。据《旧唐书》本传载:元和七年,"宪宗遣度使魏州宣谕……使还,拜中书舍人。九年十月,改御史中丞"。《旧唐书·宪宗本纪》记载此事:元和七年,"十一月丙辰朔乙丑,诏田兴以魏博请命,宜令司封郎中、知制诰裴度往彼宣慰赐三军"。裴度"宣述诏旨"为中书舍人之职能,此时是以郎官知制诰身份履行此职能。《旧唐书·宪宗本纪》:元和五年八月,"以都官郎中韦贯之为中书舍人,起居舍人裴度为司封员外郎、知制诰"。时间与《旧唐书》本传稍异,在韦贯之正拜后,以裴度递补知制诰较为合理,时间当为元和五年。离任时间据《旧唐书·宪宗本纪》:元和九年十一月,"戊戌,以中书舍人裴度为御史中丞"。与本传相差一月,暂从《本纪》。裴度任职中书舍人当在元和七年末至元和九年十一月。

李逢吉。《旧唐书》本传:"(元和)六年,迁给事中。七年,与司勋员外郎李巨并为太子诸王侍读。九年,改中书舍人。十一年二月,权知礼部贡举、骑都尉,赐绯。"

王涯。《旧唐书》本传:"(元和)七年,改兵部员外郎、知制诰。九年八月,正拜舍人。十年,转工部侍郎、知制诰,加通议大夫、清源县开国男,学士如故。"《旧唐书》卷一六六《白居易传》:"十年七月,盗杀宰相武元衡。居易首上疏论其冤……执政方恶其言事,奏贬为江表刺史。诏出,中书舍人王涯上疏论之,言居易所犯状迹不宜治郡,追诏授江州司马。"时在元和十年七月,则其为工部侍郎、知制诰当在七月之后。则王涯元和七年为兵部员外郎、知制诰,九年八月任中书舍人,十年(至少七月后)为工部侍郎、知制诰。

钱徽。丁居晦《重修承旨学士壁记》记载:"元和八年五月九日,自祠部郎中转司封郎中、知制诰。十一月,赐绯。十年七月二十三日,迁中书舍人。十一月出,守本官。"①又据《旧唐书》本传:"(元和)九年,拜中书舍人……长庆元年,为礼部侍郎。"时间稍有不同。参照《资治通鉴》卷二三九:元和十一年春正月,"翰林学士、中书舍人钱徽,驾部郎中、知制诰萧俛,各解职,守本官"。至少元和十一年正月仍在舍人任。又据《韩愈年谱及诗文系年》,元和十一年五月韩愈自中书舍人为太子右庶子,②此时有《奉酬卢给事

① (宋)洪遵:《翰苑群书》,傅璇琮、施纯德编:《翰学三书》,辽宁教育出版社,2003年,第33—34页。
② 陈克明:《韩愈年谱及诗文系年》,巴蜀书社,1999年,第451页。

云夫四兄曲江荷花行见寄并呈上钱七兄阁老张十八助教》,其中钱七即为钱徽,洪兴祖《韩子年谱》引诗中"岂如散仙鞭笞鸾凤终日相追陪",称"时公与徽同为庶子也",①则在元和十一年五月其已自中书舍人贬官。

独孤郁。丁居晦《重修承旨学士壁记》载:"元和五年四月一日,自右补阙史馆修撰改起居郎充。九月,出守本官。""元和八年十二月二十二日,自驾部郎中知制诰充,病免,改秘书少监。"②可知其元和七年为考功员外郎、知制诰,八年十二月为驾部郎中、知制诰入翰林院,九年出院,十一月迁秘书少监。

崔群。丁居晦《重修承旨学士壁记》载:"元和二年十一月六日,自左补阙充。三年四月二十八日,加库部员外郎。五月五日,加库部郎中、知制诰。十二月赐绯。七年四月二十九日,迁中书舍人。九年六月二十六日出院,拜礼部侍郎。"③则崔群元和三年五月为库部郎中、知制诰,七年四月为中书舍人,九年六月拜礼部侍郎。

萧俛。丁居晦《重修承旨学士壁记》:"元和六年四月十二日,自右补阙充。七年八月五日,加司封员外郎。九年十一月二十四日,加驾部郎中。十二月十日,加知制诰。十二日,赐绯。"④《资治通鉴》卷二三九也记载:元和十一年春正月,"翰林学士中书舍人钱徽,驾部郎中、知制诰萧俛,各解职,守本官。时群臣请罢兵者众,上患之,故黜徽、俛以警其余"。则萧俛元和九年十二月为驾部郎中、知制诰,十一年春解职,除太仆少卿。

令狐楚。据元稹《承旨学士院记》:"元和十二年二月二十四日,以职方郎中、知制诰、翰林学士、赐绯鱼袋充。三月二十日,正除。八月四日出,守本官。后自河阳节度拜中书侍郎平章事。"⑤丁居晦《重修承旨学士壁记》:"元和九年七月二十五日,自职方员外郎、知制诰充。十二月十一日,赐绯。十一月七日,转本司郎中。十二年三月,迁中书舍人。八月四日出,守本官。"⑥又

① (宋)洪兴祖:《韩子年谱》,(宋)吕大防等:《韩愈年谱》,中华书局,1991年,第64页。
② (宋)洪遵:《翰苑群书》,傅璇琮、施纯德编:《翰学三书》,辽宁教育出版社,2003年,第34页。
③ (宋)洪遵:《翰苑群书》,傅璇琮、施纯德编:《翰学三书》,辽宁教育出版社,2003年,第33页。
④ (宋)洪遵:《翰苑群书》,傅璇琮、施纯德编:《翰学三书》,辽宁教育出版社,2003年,第34页。
⑤ (宋)洪遵:《翰苑群书》,傅璇琮、施纯德编:《翰学三书》,辽宁教育出版社,2003年,第9页。
⑥ (宋)洪遵:《翰苑群书》,傅璇琮、施纯德编:《翰学三书》,辽宁教育出版社,2003年,第34页。

据《旧唐书·宪宗本纪》：元和九年十月，"甲寅，以刑部员外郎令狐楚为职方员外郎、知制诰。"则元和九年十月令狐楚自刑部员外郎为职方员外郎、知制诰，十一月为职方郎中、知制诰，十二年三月为中书舍人，十三年四月为华州刺史。

通过考索史料，可以发现，元和九年全年任职中书舍人的是裴度、李逢吉；本年始为他官知制诰，年中正拜中书舍人的是王涯；翰林学士中钱徽本年中一直为郎官知制诰；独孤郁和崔群在元和九年中前期为中书舍人或他官知制诰，而萧俛、令狐楚分别在十二月、十月为他官知制诰，与前两者形成对接，故全年一直保持了"中书舍人六人"的规定。

翰林学士院中的学士属皇帝近臣，以他官充入，其对外仍常以他官称之，但皇帝对翰林学士的封赏依然固守一定之规，即严格《唐六典》的员额规定。"中书舍人六人"，看似简单的员额规定，即使皇帝再对草诏权重视、收紧，也未能撼动其人员配额，可见封建官僚运行体制一旦形成，很难改变。

第二节　任期与迁转

一、任　期

《全唐文》卷一六二刘祥道《陈铨选六事疏》载："魏晋以来，事无可纪，今之在任，四考即迁。"《通典》卷十五载："凡居官以年为考，六品以下四考为满。"[1]一般情况下，唐代官员是以四年为期进行考核，以确定续任或升迁的。

中书舍人作为君王的亲近官员，承担诏书起草且接近中枢，其升迁和任期似乎较一般官员之规律又有特殊。贬官者不予考虑的话，一般升迁较快。

有的只是升任侍郎的短暂过渡，如高祖朝唐俭为内史舍人仅月余，即擢升中书侍郎，这种任职较短的现象在唐初，究其原因，当于建国初期官员缺少，急需人才，且官员建制尚未规范有关。

有时快速的升迁由于兵变从权。如刘幽求，据《旧唐书》本传载："授朝邑尉……及韦庶人将行篡逆，幽求与玄宗潜谋诛之……以功擢拜中书人舍人，令参知机务，赐爵中山县男，食实封二百户……睿宗即位，加银青光禄大夫，行尚书右丞，仍旧知政事。"据《旧唐书·中宗睿宗本纪》，刘幽求任中书舍人只在景龙四年六月辛丑至乙巳几日。刘幽求任中书舍人为政变时之

---

[1] （唐）杜佑撰，王文锦等点校：《通典》，中华书局，1988年，第361页。

举,故其未合迁转规律。且以中书舍人参知机务,也较为少见。

另外,翰林学士院中的中书舍人任职也是不合常见四年之期,如段文昌,元和十四年起以祠部郎中、知制诰,十五年正月为中书舍人,几日后便拜中书侍郎平章事。段文昌的极速迁转或与其任承旨学士和穆宗即位引为亲信相关。

中书舍人中任职较长者,有薛稷约八年,孙逖八年,杨炎约八年,高郢九年,若以其他官职知制诰一并计算,则又有权德舆八年,崔群八年。

以八年为最长之期,或许当时官员四考为满而留任,两个任期后迁官。

孙逖长期担任中书舍人,当与其在当时制诰被赏识有关。据《新唐书》卷二〇二《孙逖传》:"俄迁中书舍人。是时,嘉之且八十,犹为令,逖求降外官,增父秩。帝嘉纳,拜嘉之宋州司马,听致仕。父丧缺,复拜舍人。开元间,苏颋、齐澣、苏晋、贾曾、韩休、许景先及逖典诏诰,为代言最,而逖尤精密,张九龄视其草,欲易一字,卒不能也。居职八年,判刑部侍郎。"又据颜真卿《尚书刑部侍郎赠尚书右仆射孙逖文公集序》:

> 年数岁,即好属文。十五时,相国齐公崔日用试《土火炉赋》,公雅思遒丽,援翰立成。齐公骇之,约以忘年之契,尔後遂有大名。故其试言也,年未弱冠,而三擅甲科。吏部侍郎王邱试《竹帘赋》,降阶约拜,以殊礼待之。相国燕公张说览其策而心醉。其序事也,则《伯乐川记》及诸碑志,皆卓立千古,传于域中。其为诗也,必有逸韵佳对,冠绝当时,布在人口。其词言也,则宰相张九龄欲掎摭疵瑕,沈吟久之,不能易一字。公之除庶子也,苑咸草诏曰"西掖掌纶,朝推无对",议者以为知言。凡斯夥多,庸可悉数。故燕国深赏公才,俾与张九龄、许景先、韦述同游门庭,命子均、垍申伯仲之礼。(《全唐文》卷三三七)

张说和张九龄对孙逖的赏识也是孙逖长期掌诰的重要因素。

又如权德舆。《旧唐书》卷一四八《权德舆传》记载:"(贞元)十年,迁起居舍人,岁中,兼知制诰。转驾部员外郎、司勋郎中,职如旧。迁中书舍人。是时,德宗亲览庶政,重难除授,凡命于朝,多补自御札。始,德舆知制诰,给事有徐岱,舍人有高郢;居数岁,岱卒,郢知礼部贡举,独德舆直禁垣,数旬始归。尝上疏请除两省官,德宗曰:'非不知卿之劳苦,禁掖清切,须得如卿者,所以久难其人。'德舆居西掖八年,其间独掌者数岁。贞元十七年冬,以本官知礼部贡举。"韩愈《唐故相权公墓碑》也说其"凡撰命词九年"。①

---

① (唐)韩愈著,刘真伦、岳珍校注:《韩愈文集会校笺注》,中华书局,2010年,第2168页。

权德舆长期担任中书舍人,并非单纯是个人能力的突出,而是与德宗的个人品质有关。《新唐书·德宗本纪》对德宗评价是:"德宗猜忌刻薄,以强明自任,耻见屈于正论,而忘受欺于奸谀。"德宗皇帝"察物太精,躬临庶政,失其大体"。(权德舆《唐赠兵部尚书宣公陆贽翰苑集序》)①德宗欣赏的臣子多为谨慎之辈,曾因陆贽直言而不快。《旧传》称:"德舆自贞元至元和三十年间,羽仪朝行,性直亮宽恕,动作语言,一无外饰,蕴藉风流,为时称向。"李肇《翰林志》中说:"贞元末……上多疑忌,动必拘防,有守官十三考而不迁。"②所以,权德舆在中书舍人任上长期不迁在当时当并非孤例。同时的高郢也是如此,如《旧唐书》卷一四七《高郢传》:"未几,征拜主客员外,迁刑部郎中,改中书舍人。凡九岁,拜礼部侍郎。"也是两个任期方改任礼部。德宗曾听从张延赏的建议,简省官员数目,在中书舍人的任用上即是如此。

二、迁　转

据笔者考证,唐代正拜中书舍人者迁转如下:

高祖朝中书舍人迁转表

序号	姓名	迁入	迁出
1	唐俭	相国府记室	内史侍郎
2	孔绍安	降臣	卒于任
3	刘林甫	不详	中书侍郎
4	王孝远	不详	不详
5	颜师古	起居舍人	中书侍郎
6	崔善为	大将军府司户参军	尚书左丞
7	郑德挺	不详	不详
8	封德彝	降臣	内史侍郎
9	温彦博	总管府长史	中书侍郎
10	崔敦礼	通事舍人、检校右骁卫府长史	太常少卿

---

① (唐)权德舆撰,郭广伟校点:《权德舆诗文集》,上海古籍出版社,2008年,第501页。
② (宋)洪遵:《翰苑群书》,傅璇琮、施纯德编:《翰学三书》,辽宁教育出版社,2003年,第4页。

太宗朝中书舍人迁转表

序号	姓名	迁入	迁出
1	李百药	流人	礼部侍郎
2	辛谞	不详	不详
3	杜正伦	给事中、兼知起居注	中书侍郎
4	岑文本	秘书郎	中书侍郎、专典机密
5	许敬宗	著作郎	都督府司马
6	马周	侍御史	治书侍御史、兼知谏议大夫
7	裴孝源	不详	不详
8	萧钧	不详	谏议大夫
9	高季辅	监察御史	太子右庶子
10	柳奭	不详	兵部侍郎
11	来济	太子司议郎	中书侍郎
12	崔仁师	平民(自民部侍郎免)	中书侍郎、参知机务
13	杨弘礼	兵部员外郎、行军大总管府长史	兵部侍郎
14	王弘让	不详	不详
15	司马玄祚	膳部郎中	礼部侍郎

高宗朝中书舍人迁转表

序号	姓名	迁入	迁出
1	李义府	太子舍人	中书侍郎、参知政事
2	刘祥道	吏部郎中	御史中丞
3	李友益	不详	中书侍郎
4	薛元超	给事中	丁忧去职
5	李安期	度支郎中	黄门侍郎
6	王德俭	不详	不详
7	孙处约	给事中	中书侍郎
8	袁公瑜	不详	不详
9	王德本	不详	不详
10	张文瓘	不详	东台舍人
11	高正业	不详	不详
12	李敬玄	不详	右肃机、检校太子中护
13	李虔绎	不详	不详

续表

序号	姓名	迁入	迁出
14	徐齐聃	司城员外郎	蕲州司马
15	郭正一	不详	秘书少监、检校中书侍郎
16	刘祎之	流人	相王府司马、检校中书侍郎
17	欧阳通	不详	殿中监
18	裴敬彝	著作郎	吏部侍郎
19	姚璹	不详	兵部侍郎
20	贾大隐	不详	吏部侍郎
21	邓玄挺	不详	吏部侍郎
22	长孙祥	吏部员外郎	太子率更令
23	孙行	不详	不详

武后朝中书舍人迁转表

序号	姓名	迁入	迁出
1	李景谌	不详	凤阁鸾台平章事
2	元万顷	著作郎	凤阁侍郎
3	陆元方	殿中侍御史	凤阁侍郎
4	范履冰	不详	鸾台侍郎
5	孟诜	不详	台州司马
6	王隐客	不详	不详
7	韩大敏	不详	赐死
8	王勮	太子典膳丞	赐死
9	张嘉福	不详	不详
10	杜景佺	兵部员外郎	洛州司马
11	韦承庆	礼部员外郎	太子左谕德
12	李峤	润州司马	麟台少监
13	苏味道	不详	凤阁侍郎
14	逢弘敏	不详	不详
15	王处知	不详	不详
16	薛稷	礼部郎中	吏部侍郎
17	张柬之	不详	合州刺史
18	韦嗣立	莱芜令	刑部侍郎

续表

序号	姓名	迁入	迁出
19	李迥秀	考功员外郎	吏部侍郎
20	崔融	著作郎,兼右史内供奉	婺州长史
20①	崔融	春官郎中、知制诰	司礼少卿、知制诰
21	郑惟忠	水部员外郎	黄门侍郎
22	陆庆余	不详	左司郎中
23	崔玄暐	吏部郎中	吏部侍郎
24	张说	行军大总管判官	流放
25	刘允济	著作佐郎	青州长史
26	马吉甫	不详	不详
27	桓彦范	御史中丞	司刑少卿
28	宋璟	吏部员外郎	御史中丞
29	刘知几	不详	太子率更令
30	魏知古	著作郎	卫尉少卿
31	刘穆之	地官员外郎	括州司马
32	刘宪	给事中	吏部侍郎
33	梁载言	不详	不详
34	陈宪	给事中	大理少卿

中宗睿宗朝中书舍人迁转表

序号	姓名	迁入	迁出
1	毕构	吏部员外郎	润州刺史
2	岑羲	吏部员外郎	秘书少监
3	徐坚	给事中	刑部侍郎
4	崔湜	考功员外郎	兵部侍郎
5	郑愔	宣州司户	太常少卿
6	卢藏用	起居舍人、知制诰	吏部侍郎
7	李乂	右司郎中	吏部侍郎、知制诰
8	冉祖雍	给事中、兼侍御史	刑部侍郎
9	卢从愿	吏部员外郎	吏部侍郎

---

① 如一人曾两任中书舍人,则表格序号不变,列出前后两任迁转官职。下同。

续表

序号	姓名	迁入	迁出
10	苏颋	给事中	太常少卿、知制诰
11	马怀素	考功员外郎	检校吏部侍郎
12	李适	给事中	工部侍郎
13	刘幽求	朝邑尉	尚书右丞
14	张廷珪	不详	洪州都督
15	韩思复	给事中	谏议大夫
16	韦元旦	主客员外郎	卒于任
17	裴漼	不详	兵部侍郎
18	沈佺期	给事中	太子詹事
19	周思钧	不详	不详

玄宗朝中书舍人迁转表

序号	姓名	迁入	迁出
1	苏晋	不详	泗州刺史
2	贾曾	谏议大夫、知制诰	洋州刺史
3	李猷	主爵郎中	谋逆被杀
4	吕延祚	不详	太仆卿
5	郑勉	给事中	仪州司马
6	倪若水	慈州刺史	尚书右丞
7	张嘉贞	兵部员外郎	梁州都督
8	齐澣	给事中	秘书少监
9	萧嵩	祠部员外郎	宋州刺史
10	高仲舒	都官郎中	不详
11	王丘	主爵郎中	吏部侍郎
12	崔琳	屯田郎中	吏部侍郎
13	王琚	司勋郎中	秘书少监
14	柳涣	给事中	不详
15	韩休	给事中	礼部侍郎、知制诰
16	崔璩	给事中	礼部侍郎
17	源光裕	不详	刑部侍郎
18	刘令植	吏部郎中	不详

续表

序号	姓名	迁入	迁出
19	王易从	给事中	中书侍郎
20	苗延嗣	不详	不详
21	吕太一	户部员外郎	户部侍郎
22	许景先	给事中	御史中丞
23	崔禹锡	不详	不详
24	张九龄	司勋员外郎	太常少卿
25	陆坚	给事中	秘书监
26	寇泚	不详	兵部侍郎
27	席豫	考功员外郎	户部侍郎
28	赵冬曦	考功员外郎	太仆少卿
29	宋遥	度支郎中	登州刺史
30	刘升	不详	太子右庶子
31	张均	主爵郎中	户部侍郎
32	裴敦复	吏部郎中	不详
33	崔翘	给事中	滑州刺史
34	徐安贞	礼部员外郎	工部侍郎
35	吕向	都官郎中	工部侍郎
36	徐峤	吏部郎中	大理少卿
37	卢奂	不详	御史中丞
38	王敬从	给事中	御史中丞
39	李彭年	给事中	太仆少卿
40	梁涉	不详	不详
41	孙逖	考功员外郎	刑部侍郎
42	苗晋卿	吏部郎中	吏部侍郎
43	韦陟	吏部郎中	礼部侍郎
44	吴巩	库部郎中、知制诰	不详
45	赵良器	不详	不详
46	韦斌	国子司业	太常少卿
47	李玄成	考功郎中、知制诰	秘书少监
48	达奚珣	不详	礼部侍郎
49	苑咸	考功郎中、知制诰	司户
49	苑咸	司户	永州刺史

续表

序号	姓名	迁入	迁出
50	窦华	侍御史	被诛
51	张渐	不详	被诛
52	宋昱	不详	被诛

肃宗朝中书舍人迁转表

序号	姓名	迁入	迁出
1	贾至	起居郎、知制诰	著作郎
1	贾至	汝州刺史	尚书左丞
2	杜鸿渐	兵部郎中	武部侍郎
3	徐浩	襄阳太守	工部侍郎
4	崔漪	节度判官	太子右庶子
5	李揆	考功郎中、知制诰	礼部侍郎
6	萧昕	掌书记	礼部侍郎
7	王维	太子中允	给事中
8	姚子彦	礼部郎中	不详
9	阎伯屿	吏部郎中	荆州功曹
10	杨绾	职方郎中、知制诰	礼部侍郎
11	苏源明	考功郎中、知制诰	秘书少监
12	韦少华	不详	行军判官
13	李季卿	不详	通州别驾
13	李季卿	京兆少尹	秘书少监
14	卢载	不详	不详

代宗朝中书舍人迁转表

序号	姓名	迁入	迁出
1	王延昌	吏部郎中	吏部侍郎
2	潘炎	驾部员外郎、知制诰	右庶子
3	常衮	考功员外郎、知制诰	礼部侍郎
4	杨炎	礼部郎中、知制诰	吏部侍郎
5	庾准	职方郎中、知制诰	御史中丞
6	张延赏	御史中丞	河南尹

续表

序号	姓名	迁入	迁出
7	郗纯	谏议大夫	辞职
8	李纾	司封员外郎、知制诰	婺州刺史
9	崔佑甫	京师留后	河南少尹
10	薛播	不详	汝州刺史
11	令狐峘	司封郎中、知制诰	礼部侍郎
12	韦肇	不详	京兆少尹
13	孙宿	谏议大夫	华州刺史

德宗朝中书舍人迁转表

序号	姓名	迁入	迁出
1	赵赞	礼部郎中	户部侍郎
2	卫晏	不详	御史中丞
3	张薂	司封郎中、知制诰	不详
4	于邵	谏议大夫、知制诰	礼部侍郎
5	朱巨川	司勋员外郎、知制诰	卒于任
6	刘太真	驾部郎中、知制诰	工部侍郎
7	陆贽	谏议大夫	兵部侍郎
8	齐映	给事中	夔州刺史
9	高参	谏议大夫	不详
10	韩皋	考功郎中、知制诰	御史中丞
11	顾少连	礼部郎中、知制诰	户部侍郎
12	吴通微	礼部郎中、知制诰	卒于任
13	吕渭	驾部郎中、知制诏	太子右庶子
14	郑珣瑜	给事中	吏部侍郎
15	奚陟	左司郎中	刑部侍郎
16	高郢	刑部郎中	礼部侍郎
17	权德舆	司勋郎中、知制诰	礼部侍郎
18	杨於陵	京兆少尹	秘书少监
19	崔邠	兵部员外郎、知制诰	礼部侍郎
20	席夔	不详	不详
21	郑絪	司勋员外郎、知制诰	中书侍郎平章事

序号	姓名	迁入	迁出
22	崔枢	不详	不详
23	谢良弼	不详	不详
24	韩翃	驾部郎中、知制诰	卒于任

顺宗宪宗朝中书舍人迁转表

序号	姓名	迁入	迁出
1	李吉甫	考功郎中、知制诰	中书侍郎、同中书门下平章事
2	张弘靖	兵部郎中、知制诰	工部侍郎
3	裴佶	同州刺史	吏部侍郎
4	裴垍	考功郎中、知制诰	户部侍郎
5	卫次公	司勋员外郎、知制诰	兵部侍郎、知制诰
6	李绛	司勋员外郎、知制诰	户部侍郎
7	韦贯之	都官郎中、知制诰	礼部侍郎
8	裴度	司封郎中、知制诰	御史中丞
9	卢景亮	和州别驾	不详
10	崔群	库部郎中、知制诰	礼部侍郎
11	李逢吉	给事中	门下侍郎、同中书门下平章事
12	王涯	兵部员外郎、知制诰	工部侍郎、知制诰
13	李直方	司勋郎中	太常少卿
14	钱徽	司封郎中、知制诰	太子右庶子
15	李程	兵部郎中、知制诰	礼部侍郎
16	韩愈	考功郎中、知制诰	太子右庶子
17	令狐楚	职方郎中、知制诰	华州刺史
18	卫中行	不详	华州刺史
19	张仲素	司封郎中、知制诰	卒于任
20	武儒衡	谏议大夫、知制诰	礼部侍郎
21	李益	都官郎中、知制诰	河南少尹
22	于尹躬	不详	扬州刺史

穆宗敬宗朝中书舍人迁转表

序号	姓名	迁入	迁出
1	杜元颖	司勋员外郎、知制诰	户部侍郎、知制诰
2	段文昌	祠部郎中、知制诰	中书侍郎、平章事
3	韦处厚	户部郎中、知制诰	兵部侍郎、知制诰
4	王起	比部郎中、知制诰	礼部侍郎
5	李宗闵	驾部郎中、知制诰	兵部侍郎
6	白居易	主客郎中、知制诰	杭州刺史
7	元稹	祠部郎中、知制诰	工部侍郎
8	王仲舒	职方郎中、知制诰	刺史
9	沈传师	兵部郎中、知制诰	潭州刺史
10	冯宿	兵部郎中、知制诰	太常少卿
11	李绅	司勋员外郎、知制诰	御史中丞
12	李德裕	考功郎中、知制诰	御史中丞
13	杨嗣复	库部郎中、知制诰	礼部侍郎
14	徐晦	晋州刺史	福建观察使
15	崔郾	给事中	礼部侍郎
16	高鈇	户部郎中、知制诰	刑部侍郎
17	路随	谏议大夫、知制诰	兵部侍郎、知制诰
18	苏景胤	司封郎中	不详

敬宗朝中书舍人迁转表

序号	姓名	迁入	迁出
1	郑涵（瀚）	司封郎中、知制诰	礼部侍郎
2	韦表微	库部员外郎、知制诰	户部侍郎、知制诰
3	韦辞	吏部郎中	潭州刺史
4	王源中	户部郎中	户部侍郎、知制诰
5	李虞仲	兵部郎中、知制诰	华州刺史

文宗朝中书舍人迁转表

序号	姓名	迁入	迁出
1	李翱	谏议大夫、知制诰	少府少监
2	李肇	左司郎中	将作少监

续表

序号	姓名	迁入	迁出
3	宋申锡	户部郎中、知制诰	尚书右丞
4	杨汝士	职方郎中、知制诰	工部侍郎
5	崔咸	职方郎中、知制诰	陕州防御使
6	贾𫗧	太常少卿、知制诰	礼部侍郎
7	崔郸	考功郎中	工部侍郎
8	许康佐	谏议大夫	户部侍郎、知制诰
9	高元裕	谏议大夫	阆州刺史
10	路群	谏议大夫、知制诰	卒于任
11	崔楠	不详	不详
12	李珏	度支郎中、知制诰	户部侍郎
13	张元夫	不详	汝州刺史
14	归融	工部郎中	户部侍郎
15	权璩	不详	郑州刺史
16	高锴	谏议大夫	礼部侍郎
17	崔龟从	司勋郎中、知制诰	华州刺史
18	唐扶	职方郎中	福建观察使
19	柳公权	谏议大夫	谏议大夫、知制诰
20	孙简	谏议大夫、知制诰	不详
21	李景让	不详	礼部侍郎
22	敬昕	吏部郎中	江西观察使
23	李让夷	谏议大夫	尚书右丞
24	李回	库部郎中、知制诰	工部侍郎
25	崔蠡	司勋郎中、知制诰	礼部侍郎
26	丁居晦	司封郎中、知制诰	御史中丞
27	周墀	职方郎中、知制诰	工部侍郎、知制诰
38	黎埴	兵部郎中、知制诰	御史中丞
29	裴素	司封员外郎、知制诰	卒于任
30	柳璟	驾部郎中、知制诰	礼部侍郎
31	裴夷直	不详	御史中丞

武宗朝中书舍人迁转表

序号	姓名	迁入	迁出
1	周敬复	职方郎中、知制诰	华州刺史
2	李褒	库部郎中、知制诰	越州刺史
3	纥干臮	库部郎中、知制诰	江西观察使
4	崔玙	考功郎中、知制诰	礼部侍郎
5	崔铉	司封郎中、知制诰	中书侍郎、同中书门下平章事
6	白敏中	职方郎中、知制诰	户部侍郎、知制诰
7	魏扶	考功郎中	礼部侍郎
8	封敖	驾部员外郎、知制诰	工部侍郎、知制诰
9	韦琮	兵部郎中、知制诰	户部侍郎、知制诰
10	徐商	礼部郎中、知制诰	户部侍郎
11	李讷	礼部郎中、知制诰	浙东观察使

宣宗朝中书舍人迁转表

序号	姓名	迁入	迁出
1	孙毅	兵部郎中、知制诰	户部侍郎、知制诰
2	崔椴	考功郎中	端州刺史
3	毕诚	职方郎中	刑部侍郎
4	裴谂	司封郎中、知制诰	工部侍郎、知制诰
5	宇文临	礼部郎中、知制诰	复州刺史
6	刘瑑	司封郎中、知制诰	御史中丞
7	令狐绹	考功郎中、知制诰	御史中丞
8	崔慎由	职方郎中、知制诰	不详
9	杜审权	司勋郎中、知制诰	礼部侍郎
10	郑薰	考功郎中、知制诰	宣歙观察使
11	萧邺	考功郎中、知制诰	户部侍郎、知制诰
12	崔瑶	不详	礼部侍郎
13	萧寘	驾部郎中、知制诰	户部侍郎、知制诰
14	杜牧	考功郎中、知制诰	卒于任
15	韦澳	库部郎中、知制诰	工部侍郎、知制诰
16	杨绍复	不详	滁州司马
17	郑颢	给事中	礼部侍郎

续表

序号	姓名	迁入	迁出
18	沈询	不详	礼部侍郎
19	曹确	工部郎中、知制诰	河南尹
20	李汶儒	礼部郎中、知制诰	不详
21	郑宪	不详	洪州刺史
22	裴坦	职方郎中,知制诰	礼部侍郎
23	李藩	给事中	工部尚书
24	于德孙	驾部郎中、知制诰	御史中丞
25	皇甫珪	司封郎中、知制诰	工部侍郎、知制诰
26	孔温裕	司勋郎中、知制诰	河南尹
27	苗恪	库部郎中、知制诰	户部侍郎、知制诰
28	杨知温	礼部郎中、知制诰	工部侍郎、知制诰
29	高湘	员外郎、知制诰	谏议大夫
29	高湘	高州司马	礼部侍郎
30	蒋伸	驾部郎中、知制诰	兵部侍郎、知制诰

懿宗朝中书舍人迁转表

序号	姓名	迁入	迁出
1	薛耽	不详	不详
2	郑从谠	尚书郎、知制诰	礼部侍郎
3	王凝	考功郎中	同州刺史
4	杨严	不详	御史中丞
5	卫洙	不详	工部侍郎
6	严祁	库部郎中、知制诰	不详
7	王铎	驾部郎中、知制诰	礼部侍郎
8	杨收	库部郎中、知制诰	兵部侍郎、知制诰
9	刘邺	兵部员外郎、知制诰	户部侍郎、知制诰
10	路岩	屯田郎中、知制诰	户部侍郎、知制诰
11	曹汾	尚书郎、知制诰	河南尹
12	于琮	库部郎中、知制诰	刑部侍郎
13	李瓒	驾部员外郎、知制诰	桂管观察使
14	赵骘	驾部郎中、知制诰	礼部侍郎

序号	姓名	迁入	迁出
15	李蔚	员外郎、知制诰	礼部侍郎
16	裴璩	户部郎中、知制诰	工部侍郎、知制诰
17	独孤霖	库部郎中、知制诰	工部侍郎
18	侯备	司勋郎中、知制诰	户部侍郎、知制诰
19	崔彦昭	兵部郎中、知制诰	户部侍郎
20	李骘	太常少卿、知制诰	江西观察使
21	卢深	户部郎中、知制诰	户部侍郎、知制诰
22	崔虔	不详	不详
23	刘瞻	太原少尹	户部侍郎、知制诰
24	张裼	司勋郎中、知制诰	户部侍郎
25	郑畋	户部郎中、知制诰	户部侍郎
26	韦蟾	户部郎中、知制诰	工部侍郎、知制诰
27	高湜	兵部郎中	礼部侍郎
28	郑延休	司封郎中、知制诰	工部侍郎、知制诰
29	崔沆	员外郎、知制诰	循州司户
29	崔沆	循州司户	礼部侍郎
30	孔纬	考功郎中、知制诰	户部侍郎
31	封彦卿	不详	潮州司户
32	崔荛	尚书郎、知制诰	户部侍郎
33	刘蜕	不详	不详
34	郑仁规	尚书郎、知制诰	卒于任

僖宗朝中书舍人迁转表

序号	姓名	迁入	迁出
1	卢携	谏议大夫	户部侍郎
2	豆卢瑑	户部郎中、知制诰	户部侍郎
3	崔澹	不详	吏部侍郎
4	魏笫	谏议大夫、知制诰	不详
5	崔胤	给事中	兵部侍郎
6	张读	不详	礼部侍郎
7	王徽	职方郎中、知制诰	户部侍郎

续表

序号	姓名	迁入	迁出
8	张祎	不详	工部侍郎
9	韦昭度	尚书郎、知制诰	户部侍郎
10	萧遘	户部郎中、知制诰	户部侍郎
11	令狐澄	不详	不详
12	卢知猷	给事中	工部侍郎
13	柳玭	不详	御史中丞
14	韦庚	谏议大夫	不详
15	侯翲	不详	不详
16	杜让能	礼部郎中、知制诰	户部侍郎
17	崔凝	不详	不详
18	卢胤征	不详	制置副使
19	沈仁伟	不详	不详
20	郑昌图	不详	节度行军司马
21	郑彦昌	司勋员外郎	兵部侍郎
22	萧廪	谏议大夫、知制诰	京兆尹
23	司空图	礼部郎中、知制诰	辞官
23	司空图	无官	辞官
24	徐彦若	尚书郎、知制诰	御史中丞
25	李磎	吏部郎中	不详
26	孙揆	不详	刑部侍郎

昭宗朝中书舍人迁转表

序号	姓名	迁入	迁出
1	崔昭纬	不详	户部侍郎、平章事
2	崔涓	不详	户部侍郎、知制诰
3	牛徽	给事中	刑部侍郎
4	陆扆	祠部郎中、知制诰	户部侍郎
5	崔远	员外郎、知制诰	户部侍郎
6	赵光逢	祠部郎中、知制诰	户部侍郎
7	薛廷珪	司勋员外郎、知制诰	刑部侍郎
8	钱珝	某官知制诰	抚州司马

序号	姓名	迁入	迁出
9	薛昭纬	不详	礼部侍郎
10	张文蔚	祠部郎中、知制诰	户部侍郎
11	薛贻钜	司勋郎中、知制诰	户部侍郎
12	杜彦林	尚书郎、知制诰	御史中丞
13	杨钜	不详	户部侍郎
14	李渥	不详	礼部侍郎
15	颜荛	虞部郎中、知制诰	不详
16	韩偓	谏议大夫	兵部侍郎
17	吴融	礼部郎中	户部侍郎
18	令狐涣	不详	不详
19	苏检	不详	工部侍郎、同中书门下平章事
20	姚洎	不详	户部侍郎
21	封渭	不详	齐州司户
22	韦郊	礼部员外郎、知制诰	户部侍郎
23	杨注	刑部郎中、知制诰	不详
24	张策	兵部郎中、知制诰	工部侍郎

以上是唐代实任中书舍人人员的迁转情况,共410人。其中翰林学士中任中书舍人者因其虽然主要为内臣,但其迁转依然符合品阶规律,故计入其中,他官知制诰者未计入。

（一）中书舍人的迁入

立国初期,高祖朝中书舍人的迁入者,或为高祖起义时的幕僚,或为降臣;太宗高宗朝迁入职务较为多样,有给事中,也有著作郎、秘书郎等文学官员,其他还有员外郎和监察御史以及流人直接启用,这都和建国初期朝廷急需人才而选人不拘一格有关。

武后朝的李峤自润州司马迁,韦嗣立自莱芜令迁,都不符合后世常见的迁入特点,甚至不合官品一般迁转程序,当是武后临朝常打破常例任用官员以巩固自己势力的原因。

中宗开始,中书舍人的迁入逐步形成规律。给事中和各司郎中、员外郎成为中书舍人迁入官职的主体。

给事中是除知制诰官员外最常见迁入中书舍人的,二职品阶相同。在北省班序列中,中书舍人在给事中之下。《因话录》卷五记载:"北省班谏议,在给事中上,中书舍人在给事中下。裴尚书休为谏议大夫,形质短小,诸舍人戏之曰:'如此短何得向上立!'裴对曰:'若怪即曳向下着。'众皆大笑,后除舍人。"①但中书舍人在五品官中前途最被看好,故给事中转中书舍人,实为升迁。

给事中常迁中书舍人之原因,与给事中主掌封驳、当对诏敕起草和写作程序熟悉有关。给事中也有授命起草诏书的情况。崔至的《唐故银青光禄大夫礼部尚书上柱国清河县开国男赠江陵郡大都督谥曰成崔府君(翘)墓志铭并序》,在记述崔翘的迁转经历时有一段非常重要的文字:"拜给事中。扈从祠汾阴後土。时肆赦海内,公述制立就,朝以为能。于是递相传写,帝用嘉之。乃命为中书舍人,知制诰。"②中书、门下两省供奉官员常随君主左右,崔翘当时扈从銮驾,以给事中身份奉命起草赦书,而升为中书舍人。笔者颇为怀疑,中书舍人和给事中等两省官员在夜值时,虽中书舍人草诏理所当然,但其他官员均有临时指定草诏的可能性。

郎官为从五品上,直属于尚书省六部侍郎,而侍郎是正四品下,升入侍郎则为超拜,不合常理。且安史之乱后,侍郎位高权重,以郎官资历更不能直擢。当先迁台省五品官,如给事中、中书舍人、谏议大夫等职,或寺监的四品职务,再为尚书左右丞或各部侍郎。所以在武后、中宗、睿宗、玄宗时郎官成为中书舍人的主要官职来源。

安史之乱后,肃宗朝直至唐末这一较长的历史时期内,郎官知制诰成为迁入主体。肃宗朝时有较多舍人自地方太守、长史、少尹迁入,是当时政局混乱形势所逼。代宗以后,中书舍人的迁入职务十之八九为郎官知制诰,也有部分为谏议大夫(或带知制诰)。一方面知制诰是中书舍人当时的试用,以郎官的使职行使中书舍人权力,同时帝王或宰相掌控实际中书权力。另一方面,在翰林学士院中,学士基本以员外郎知制诰——郎中知制诰——中书舍人——六部侍郎、知制诰的迁转作为升迁规律。这段时期迁入者只有少数几人为给事中和各省郎中。

(二)　中书舍人的迁出

中书舍人为正五品上,属唐代清官。唐官所谓"清",大体有两种含义,一是指职务重要;一是指带有学术性。中书舍人两者意义兼备。杜佑称其"诸官莫比",实际是指这一官职迁出较同品级官员往往更有前途,是迁升

---

① (唐)赵璘:《因话录》,上海古籍出版社,1979年,第104页。
② 吴钢编:《全唐文补遗》(第九辑),三秦出版社,2007年,第369页。

侍郎甚至最终拜相的"有效"途径。

就迁出职务来看,中书侍郎、吏部侍郎、礼部侍郎和户部侍郎为中书舍人最常迁之官,六部侍郎是中书舍人的主要流向。在从初唐至晚唐的演进中,又有一定规律可循。

高祖朝有过半中书舍人升迁为中书侍郎。如唐俭、温彦博等人,任职舍人时间很短,只是向中书侍郎的短暂过渡,而刘林甫、颜师古二人到太宗朝迁中书侍郎,则是因在中书累年,能够熟练处理相关政务。太宗、高宗朝,还有大量升任中书侍郎的中书舍人,如杜正伦、岑文本、柳奭、孙处约、来济、崔仁师、李义府、李友益、孙处约、元万顷等。武后朝以后升任中书侍郎的已经很少,主要因为此时中书令已经少授,中书侍郎多同平章事为相,中书舍人资历尚浅,故直升中书侍郎者不多。

礼部侍郎一途在玄宗后为最主要流向。太宗朝李百药迁礼部侍郎,当与其对仪礼典章熟悉有关,据《旧唐书》卷七二《李百药传》,他在中书舍人任就"受诏修定《五礼》及律令,撰《齐书》"。其为特例。盖因中书舍人一职要求对历代典章制度熟悉。而后礼部侍郎有知贡举之责,需要较强文学修养,而中书舍人为诸官中最重文学才能者之一,故至中晚唐,或以中书舍人任权知贡举,或为礼部侍郎知贡举。

吏部侍郎在六部中权责最重,高宗后为主流。但德宗后较少迁授,只因此后吏部侍郎权重,中书舍人不便直迁此职。另外,御史中丞亦为常迁之官,御史中丞武德初为从五品上,贞观为正五品上,五年改四品,武后如意元年复为五品上,御史中丞负责天下纲纪,实为御史台负责人,故中书舍人任此职实为升迁。各寺少卿,非权力部门,故中书舍人任此职,虽品阶为升,但实为贬官,如《旧唐书》卷九九《张九龄传》:"十三年,车驾东巡,行封禅之礼……无几,说果为融所劾,罢知政事,九龄亦改太常太卿,寻出为冀州刺史。"

孙国栋的《唐代三百年间迁官情况的演变》在总结迁官规律时指出迁官演变有六种趋势,其中的第一种即为迁官由重视官的性质、多迁入同类性质的官,渐趋向于不重视官的性质,时时迁入不同性质的官。其中初唐时迁官的第一途径就是由中书舍人、中书侍郎、中书令组成。"中书侍郎是中书令的附贰;中书舍人在天宝以前称为'宰相判官',助中书令处理政务。所以中书舍人、中书侍郎、中书令的品阶地位虽高低不同,但职务性质却相近。""中书舍人论品阶与地位,应入各四品侍郎。但玄宗以前以入中书侍郎和礼部侍郎为主,绝无入户部侍郎的,显然由于户部侍郎掌财,与中书舍人性质距离较远之故。中唐以后渐见入户部侍郎,懿宗僖宗以后,竟以户侍为主途。这是初唐重官的性质,晚唐不重官的性质的又一证明。"①从以上迁转表来看,此种概括有一定道理。

但孙先生的统计当时局限于两《唐书》,有遗漏。自文宗之后,中书舍人的迁官实际变为:翰林院中的中书舍人出院知贡举者常为礼部侍郎;依然充翰林学士者往往为户部或工部侍郎,带知制诰,这实际如前文所述是翰林院中的等级标志。而中书省中的中书舍人,迁为侍郎后则不带此职。

还需要说明的是,中书舍人的部分迁官又有各州刺史和司马。虽按品阶,中下州刺史品阶为四品,与中央五品重要文官相互迁转在唐代并不鲜见。但在初盛唐,特别是中书舍人常有望直升中书侍郎且为相的时期,刺史和司马的政治前途显然黯淡得多,故当时视为贬官。但在中唐后,为显示对地方官的重视,又开始以中书舍人等朝官外任,故此后中书舍人任刺史不为贬官。尤其在晚唐时代,中书舍人任府尹、观察使、刺史已非特例。

三、中书舍人任期与迁转的深层问题

中书舍人的任期短长与升入何职存在很多特殊情形。比如前文刘幽求升迁之迅疾,《独异志》卷下所载:"刘幽求自朝邑尉为中书舍人,三日内拜相。"②再如王秀因为泄露机密而得罪,张鷟《中书舍人王秀漏泄机密断绞秀不伏款于掌事张会处传得语秀合是从会款所传是实亦非大事不伏科》中记载:"张会过言出口,驷马无追;王秀转泄于人,三章莫舍。若潜谋讨袭,理实不容;漏彼诸蕃,情更难恕。"(《全唐文》卷一七二)

历史上,更多的时间段中,中书舍人作为出令机构的主要人物,其任用较为敏感,受制于更多政治因素。

中书舍人的任用可以由帝王决定。如《新唐书》卷一一六《杜景佺传》载:"(景佺)改秋官员外郎,与侍郎陆元方按员外郎侯味虚罪,已推,辄释之。武后怒其不待报,元方大惧,景佺独曰:'陛下明诏六品、七品官,文辨已定,待命于外,今虽欲罪臣,奈明诏何?'宰相曰:'诏为司刑设,何预秋官邪?'景佺曰:'诏令一布,无台、寺之异。'后以为守法,擢凤阁舍人。"还有王仲舒,据韩愈《唐故江南西道观察使中大夫洪州刺史兼御史中丞上柱国赐紫金鱼袋赠左散骑常侍太原王公神道碑铭》记载:"为职方郎中知制诰。友人得罪斥逐,后其家亲知过门缩颈不敢视,公独省问,为计度论议直其冤,由是出为峡州刺史。转庐州,未至,丁母夫人忧。服除,又为婺州刺史……天

①　孙国栋:《唐代三百年间迁官情况的演变》,上海辞书出版社,2009年,第2页。

②　(唐)李冗撰,张永钦、侯志明点校:《独异志》,中华书局,1983年,第75页。

子曰:'王某之文可思,最宜为诰,有古风。岂可久以吏事役之!'复拜中书舍人。"①穆宗怀念王仲舒的制诰,所以重新任命其为中书舍人。

在中书省日益成为宰相办公机构之际,中书舍人的命运多系于宰相。如杨国忠是一代权相,与当时的中书舍人交往甚密。据《旧唐书》卷一〇六《杨国忠传》:"国忠既以宰臣典选,奏请铨日便定留放,不用长名……其所昵京兆尹鲜于仲通、中书舍人窦华、侍御史郑昂讽选人于省门立碑,以颂国忠铨综之能。"窦华和同时在任的宋昱也曾经给杨国忠出了不少"馊主意"。据《旧唐书》卷一〇八《韦见素传》:"天宝十三年秋……时兵部侍郎吉温方承宠遇,上意用之。国忠以温禄山宾佐惧其威权,奏寝其事。国忠访于中书舍人窦华、宋昱等,华、昱言见素方雅,柔而易制,上亦以经事相王府,有旧恩,可之。"中书舍人的亲属也因此具备了裙带关系。宋昱之子宋应,据陈章甫《唐故殿中省进马宋公(应)墓志铭并序》载:"以父掌纶掖垣,天恩特拜进马。"②当然,其结果也是一荣俱荣一损俱损,杨国忠伏诛后,窦华等人亦被诛。

中书舍人的贬官,有时是由于不能达到基本的草诏要求,如陆庆余。据《旧唐书》本传载:"少与知名之士陈子昂、宋之问、卢藏用、道士司马承祯、道人法成等交游,虽才学不逮子昂等,而风流强辩过之。累迁中书舍人。则天尝引入草诏,余庆惶惑,至晚竟不能措一辞,责授左司郎中。"或是由于心理过于紧张之故,但贬官却是事实。

毕构和岑羲的贬官则完全是出于对道义的坚持而卷入权争。如《旧唐书》卷七〇《岑羲传》:"神龙初为中书舍人。时武三思用事,侍中敬晖欲上表请削诸武之为王者,募为疏者。众畏三思,皆辞托不敢为之,羲便操笔,辞甚切直。由是忤三思意,转秘书少监。"《新唐书》一二八《毕构传》:"神龙初,迁中书舍人。敬晖等表诸武不宜为王,构当读表,抗声析句,左右皆晓知。三思疾之,出为润州刺史,政有惠爱。"

还有王维的贬官。③ 乾元元年春,王维复官为太子中允,加集贤殿学士,迁太子中庶子,中书舍人,当年秋季又为给事中,任职到上元元年夏。这一年中王维的迁转异常频繁,尤其在担任中书舍人不久后即为给事中,殊为可疑。

给事中和中书舍人同为正五品上,给事中在门下省,其职责主要在纠

① (唐)韩愈著,刘真伦、岳珍校注:《韩愈文集会校笺注》,中华书局,2010年,第2336页。
② 吴钢编:《全唐文补遗》(第三辑),三秦出版社,1996年,第100页。
③ 下文关于王维的内容曾发表于《王维生平研究中有关职官的几个问题》,《杭州电子科技大学学报(社会科学版)》,2014年第2期。

驳。故若给事中转中书舍人，实为升迁。给事中也是除郎官知制诰官员外最常见迁入中书舍人的，以玄宗朝为例，郑勉、齐澣、柳涣、韩休、王易从、许景先、陆坚、崔翘、王敬从、李彭年、崔璩均是如此。

王维这次迅速的迁官，不同寻常，涉及更深层的原因，可从同为中书舍人的贾至贬官一事见端倪。[①]

《新唐书》卷一一九《贾至传》记载："（贾至）历中书舍人。至德中，将军王去荣杀富平令杜徽，肃宗新得陕，且惜去荣材，诏贷死，以流人使自效。至谏曰……蒲州刺史以河东濒贼，彻傅城庐舍五千室，不使贼得保聚，民大扰。诏遣至尉安，官助营完，蒲人乃安。坐小法，贬岳州司马。"

贾至在贬岳州司马任前还有职务变化。据《新唐书·肃宗本纪》：乾元二年三月，"壬申，九节度之师溃于滏水。史思明杀安庆绪。东京留守崔圆、河南尹苏震、汝州刺史贾至奔于襄、邓"。说明在岳州司马前其任汝州刺史，此为本传未载。

据《新唐书纠谬》卷一一考"《贾至传》漏弃汝州贬岳州"条："今案：至本传，述王去荣杀人事，乃至德二载已后，乾元元年二月已前事也。其传中自后更无事，止是贬岳州司马，后遂言宝应初召复故官，且至德二载，岁在丁酉，乾元元年，岁在戊戌，二年岁在已亥，至宝应元年，岁在壬寅。而《肃宗纪》云：乾元二年三月，九节度之师溃于滏水，东京留守崔圆、河南尹苏震、汝州刺史贾至，奔于襄邓。案：崔圆留守东都，王师之败相州。圆惧委东都奔襄阳，诏削阶封，寻召拜。《济王传》又《苏震传》云：震为河南尹，九节度兵败，震与留守崔圆奔襄邓，贬济王府长史，起为绛州刺史。然则至之贬岳州司马正，当至德乾元之际，其贬岳州，即坐弃汝州而出奔之故也。本传既漏其为汝州刺史一节，又失其为岳州司马之因，止云坐小法而已。若以《肃宗纪》乾元二年崔圆崔震事考之，则其贬岳州之事，昭然可见也。"[②]

贾至贬官，杜甫有《送贾阁老出汝州》诗，钱谦益曾笺此诗："贾至本传，不载出守之故。杜有别贾严二阁老及寄岳州两阁老诗，知其为房琯党也。琯与武尚未贬，而先出至者，以普安郡制置下之诏，至实当制，故先去之也。岳州之谪，亦本于此。公诗有艰难、去住之语，情见乎词矣。"[③]杜甫又有《寄岳州贾司马六丈巴州严八使君两阁老五十韵》："每觉升元辅，深期列大贤。秉钧方咫尺，铩翮再联翩。禁掖朋从改，微班性命全。青蒲甘受戮，白发竟

① 参见傅璇琮：《唐代诗人丛考》，中华书局，1980年。
② （宋）吴缜：《新唐书纠谬》，张元济：《四部丛刊三编》，上海商务印书馆，1936年。
③ （唐）杜甫撰，（清）钱谦益笺注：《钱注杜诗》，上海古籍出版社，1979年，第332页。

谁怜。"①钱笺:"至出守汝州,在乾元元年,旧书不载,皆无可考。此诗云'秉钧方咫尺,铩翮再联翩',当是与公及严武先后贬官也。按十五载八月玄宗幸普安郡,制置天下之诏,房琯建议,而至当制,琯将贬而至先出守,其坐琯党无疑矣。至父子演纶,受知于玄宗,肃宗深忌蜀郡旧臣,至安能一日容于朝廷,其再贬岳州,虽坐小法,亦以此故也。'每觉升元辅,深期列大贤',盖琯既用事,则必汲引至、武,故其贬也,亦联翩而去。"②

贾至等人的贬官原因实际在肃宗汰清前朝旧臣。故乾元元年春,贾至出守,六月,房琯贬为邠州刺史,严武贬为巴州刺史。也在此时,王维职务发生变动,自中书舍人为给事中,当属共同原因。

此类事件在他朝也有。如《新唐书》卷一六五《权璩传》:"历监察御史,有美称。宰相李宗闵乃父门生,故荐为中书舍人。时李训挟宠,以周易博士在翰林,璩与舍人高元裕、给事中郑肃韩佽等连章劾训倾覆阴巧,且乱国,不宜出入禁中。不听。及宗闵贬,璩屡表辨解,贬阆州刺史。"

由此来看,任何职务都可能牵扯到政治斗争,因此带来人事上的变化,中书舍人这个敏感职位更是如此。

第三节　中书舍人的规定职能

唐中书舍人的权责在《唐六典》卷九记载较详:"中书舍人掌侍奉进奏,参议表章。凡诏旨、制敕及玺书、册命,皆按典故起草进画;既下,则署而行之。其禁有四:一曰漏泄,二曰稽缓,三曰遗失,四曰忘误,所以重王命也。制敕既行,有误则奏而改正之。凡大朝会,诸方起居,则受其表状而奏之;国有大事,若大克捷及大祥瑞,百僚表贺亦如之。凡册命大臣于朝,则使持节读册命之。凡将帅有功及有大宾客,皆使以劳问之。凡察天下冤滞,与给事中及御史三司鞫其事。凡有司奏议,文武考课,皆预裁焉。"③

《唐六典》是唐代未以法律名义颁行的法典,既有所掌,又有所禁,是中书舍人职掌的官方设计与规定。综合而言,唐代中书舍人的职掌归纳可包括:起草进画"王言";参议表章;奏改制敕;受奏表状、宣读册命;劳问;察冤滞。《旧唐书》与此基本相同。《通典》卷二一稍略:"专掌诏诰,侍从,署敕,宣旨,劳问,授纳诉讼,敷奏文表,分判省事。"④下文详述之。

---

① （唐）杜甫撰,（清）钱谦益笺注:《钱注杜诗》,上海古籍出版社,1979年,第363页。
② （唐）杜甫撰,（清）钱谦益笺注:《钱注杜诗》,上海古籍出版社,1979年,第364—365页。
③ （唐）李林甫撰,陈仲夫点校:《唐六典》,中华书局,1992年,第276页。
④ （唐）杜佑撰,王文锦等点校:《通典》,中华书局,1988年,第564页。

一、草　诏

对"王言"的起草,是中书舍人最重要和标志性职责,他官履行中书舍人权力以"知制诰"代称,也有此意。如同《论语·宪问》中所言:"子曰:为命,裨谌草创之,世叔讨论之,行人子羽修饰之,东里子产润色之。"①中书舍人所承担的使命,即是其中的"修饰"和"润色"。

史料中关于中书舍人草诏的记载甚多:

《旧唐书》卷七三《颜师古传》称颜师古任中书舍人时,"专掌机密。于时军国多务,凡有制诰,皆成其手。师古达于政理,册奏之工,时无及者"。②韦承庆"累迁凤阁舍人,掌天官选。属文敏无留思,虽大诏令,未尝著稿"。③(《新唐书》卷一一六《韦承庆传》)

苏颋起草制诰较多,《全唐文》卷二九五韩休《唐金紫光禄大夫礼部尚书上柱国赠尚书右丞相许国文宪公苏颋文集序》记载其"迁中书舍人,专知制诰。佥议允归,制命敕书,皆出自公手,笔不停缀,思无所让,深所叹伏焉。今上尝谓公曰:'朕每见卿文章,与诸人尤异。当令后代作法,岂惟独称朕心。'"④

苏晋和贾曾共以舍人之职共掌制诰,据《旧唐书》卷一〇〇《苏晋传》记载其"先天中,累迁中书舍人,兼崇文馆学士,玄宗监国,每有制命,皆令晋及贾曾为之。晋亦数进谠言,深见嘉纳"。贾曾"与苏晋同掌制诰,皆以词学见知,时人称为'苏贾'"。(《旧唐书》卷一九〇中《贾曾传》)

又有《旧唐书》卷一〇〇《王丘传》,载王丘"三迁紫微舍人,以知制诰之勤,加朝散大夫,再转吏部侍郎"。《旧唐书》卷一九〇中《齐澣传》称其自给事中"迁中书舍人。论驳书诏,润色王言,皆以古义谟诰为准的。侍中宋璟、中书侍郎苏颋并重之"。

孙逖在中书舍人任八年,而以诏诰著称,"开元间,苏颋、齐澣、苏晋、贾曾、韩休、许景先及逖典诏诰,为代言最,而逖尤精密,张九龄视其草,欲易一字,卒不能也"。(《新唐书》卷二〇二《孙逖传》)

《旧唐书》卷一三七《徐浩传》记载:"肃宗即位,召拜中书舍人,时天下事殷,诏令多出于浩。浩属词赡给,又工楷隶,肃宗悦其能,加兼尚书右丞。玄宗传位诰册,皆浩为之,参两宫文翰,宠遇罕与为比。"

---

① 程树德撰,程俊英、蒋见元点校:《论语集释》,中华书局,1990 年,第 959 页。

② (五代)刘昫等:《旧唐书》,中华书局,1975 年。

③ (宋)欧阳修、宋祁等:《新唐书》,中华书局,1975 年。

④ (清)董诰等:《全唐文》,中华书局,1983 年。

《太平御览》卷二二二《职官部》称:"杨炎为中书舍人,与常衮并掌纶诰,衮长于制书,炎善为德音。开元已来言诏制之美者,号'常杨'焉。"①

韩愈《唐故相权公墓碑》记载权德舆"转起居舍人,遂知制诰,凡撰命词九年,以类集为五十卷,天下称其能"。②

还有深受穆宗赏识的元稹。据《新唐书》本传载:"即擢祠部郎中,知制诰。变诏书体,务纯厚明切,盛传一时。然其进非公议,为士类訾薄。稹内不平,因《诫风俗诏》历诋群有司以逞其憾。俄迁中书舍人、翰林承旨学士。数召入,礼遇益厚,自谓得言天下事。"

凡此种种。

二、其他职掌

(一)参议表章

中书舍人参议表章,即关于中书舍人的"五花判事"和"六押",实际上是中书舍人参与处理军国大事。袁刚《隋唐中枢体制的发展演变》曾总结,汉武帝以后,掌司王言的宫官已经不是单纯的草诏,而是直接、间接地参与决策,参掌机衡,代表皇帝发布命令,其地位日益显著。尚书、中书、侍中等官,就都是通过掌司王言、出纳诏命而致身通显的。③

中书舍人草诏是起草下行文书,参议表章实际是对上行文书提前预裁。在《新唐书·百官志》中说:"大事,舍人为商量状,与本状皆下紫微令,判二状之是否,然后乃奏。"联署的好处在《唐会要》卷五五"中书舍人"条有载姚崇语:"中书舍人六员,每一人商量事,诸舍人同押,连署状进说。凡事有是非,理均与夺,人心既异,所见或殊,抑使雷同,情有不尽,臣令商量,其大事执见不同者,望请便作商量状,连本状同进,若状语交互,恐烦圣思,臣既是官长,望于两状后略言二理优劣,奏听进止。则人各尽能,官无留事。"

所谓"舍人为商量状""连署状进说"等,即是中书舍人的"五花判事"。也就是说,所谓"五花判事"就是舍人参议表章。"六押"则是六舍人分别负责尚书省六部,辅助宰相处理政务。并且在判事中,也有身份的区别。钱易《南部新书》乙篇载:"凡中书有军国政事,则中书舍人各执所见,杂署其名,谓之五花判事。其舍人中选一人明练政事者,专典机密,谓之解事舍人。"④解事舍人实际相当于中书舍人最接近宰相的机要秘书。"六押"中,中书舍

---

① (宋)李昉等:《太平御览》,中华书局,1995年,第1056页。

② (唐)韩愈著,刘真伦、岳珍校注:《韩愈文集会校笺注》,中华书局,2010年,第2167页。

③ 参见袁刚:《隋唐中枢体制的发展演变》,台北文津出版社,1994年,第9页。

④ (宋)钱易:《南部新书》,中华书局,1958年,第13页。

人权力较大,《新唐书·百官志》记载:"以(舍人)六员分押尚书六曹,佐宰相判案,同署乃奏,唯枢密迁授不预。"

这里中书舍人所行使的权力实际是对政治决策的参谋和咨询。虽然中书舍人并没有决策权,但由于君主和宰相日理万机,所以其先期的研判实际上会对最终事情的处理有倾向性作用。唐代中书舍人,参与表章再无南朝之重,只因舍人此时完全隶属中书省,是"宰相判官",而非南朝君主的"皇帝秘书"。草诏是秘书性工作,而"宰相判官"的名号实际上是对其"分押六部"和"五花判事"的解释。

起草诏书和参与表章两者,前者是形式参政。在唐代,"封还词头"对朝政的参与是有限的,何况还有翰林学士承担了重要诏敕的起草。后者才是可能对政治产生影响的部分,但遗憾的是,中书舍人参议表章的权力在安史之乱后被削弱,如《新唐书·百官志》所载:"兵兴,急于权便,政去台阁,决遣专出宰相,自是舍人不复押六曹之奏。"在元和十五年,穆宗曾有意恢复此制:"中书舍人职事,准故事,合分押六司,以佐宰臣等判案,沿革日久,顿复稍难。宜渐令修举,有须慎重者,便令参议。知关机密者,即且依旧。"(《唐会要》卷五五"中书舍人"条)武宗朝李德裕也在《请复中书舍人故事状》中提议:"前汉魏相,好观故事,以为古今异制,方今务在奉行故事而已,数条汉兴以来国家便宜行事,奏请施行。臣等商量,今日以后,除机密及诸镇奏请戎事、有司支遣钱粮等外,其他台阁常务、关于沿革、州县奏请、系于典章、及刑狱等,并令中书舍人依故事商量。"(《全唐文》卷七〇六)但都并没有改变中书舍人丧失参议表章权力的事实。参与表章之权被夺走,中书舍人实际已经成为撰写诏敕的纯文书人员。

(二)侍奉进奏

这一点实际是中书舍人源自君主近臣的表现,即原来"通事"之意。主要是对表章的解释分析。

如太宗朝的马周,"有机辩,能敷奏,深识事端,动无不中。太宗尝曰:'我于马周暂不见则便思之。'中书侍郎岑文本谓所亲曰:'吾见马君论事多矣,援引事类,扬搉古今,举要删芜,会文切理,一字不可加,一言不可减,听之靡靡,令人亡倦。'"(《旧唐书》卷七四《马周传》)是说马周能够对表章旁征博引,解释宣导。又如《资治通鉴》卷二〇八所载:神龙元年五月,"五王之请削武氏诸王也,求人为表,众莫肯为。中书舍人岑羲为之,语甚激切;中书舍人偃师毕构次当读表,辞色明厉"。是记载大臣上表,中书舍人负责宣读表章,对表章内容加以解释。

（三）受奏表状、宣读册命

此条职责可参见《通典》卷一二五记载：

> 前一日，守宫设受册者次于东朝堂。其日平明，受册者朝服，升辂，发第，备卤簿，诣朝堂，至降车所，降辂，谒者绛公服引就次。奉礼设受册者版位于东朝堂前，近南，北向。又设舍人宣册位于其北，南向。将册，舍人引受册者就版位立。舍人公服先以册书置于案，令史二人绛公服对举案。又舍人引中书舍人，持节者前导，持案者次之，出诣宣册位，持节者立于舍人之东，少南，西向，持案者立于舍人西南，东向。持节者脱节衣，持案者进舍人前，舍人取册，持案者退复位。舍人称："有制。"受册者再拜。宣册讫，又再拜。又舍人引受册者进舍人前，北面受册，退复位。持节者加节衣，典谒引舍人，幡节前导而入。谒者引受册者退，受册者升辂还第如来仪。①

册命过程中有两名中书舍人，一人持节，一人宣读册命。在仪式中，中书舍人更多的是充当仪礼官员。

册命主要对王妃、公主等人。如《册平昌公主文》："今遣使特进行尚书左仆射右相吏部尚书晋国公李林甫、副使朝散大夫守中书舍人李暐持节礼册。"（《全唐文》卷三八）《册陈王韦妃文》："今遣使尚书左仆射兼右相吏部尚书修国史晋国公李林甫、副使中书舍人兼判刑部侍郎孙逖持节礼册。"（《全唐文》卷三八）

（四）劳问将帅

中书舍人身份劳军的记载从初唐一直持续到中唐。这也是其作为皇帝近臣身份的历史遗留。

如高祖朝郑德挺的吊丧。《资治通鉴》卷一八七载：武德二年六月，"己酉，突厥遣使来告始毕可汗之丧，上举哀于长乐门，废朝三日，诏百官就馆吊其使者。又遣内史舍人郑德挺吊处罗可汗，赙帛三万段"。

太宗朝，崔敦礼和杜正伦以中书舍人身份慰问旱灾。《册府元龟》卷一六一《帝王部》"命使"条："太宗贞观三年五月旱，六月令中书舍人杜正伦、崔敦礼、守给事中尹文宪、张玄素等往关内诸州分道抚慰问。"②同卷还有崔仁师、柳奭巡察四方："（贞观）二十年正月丁丑，遣……中书舍人崔仁师、柳

---

① （唐）杜佑撰，王文锦等点校：《通典》，中华书局，1988年，第3211页。
② （宋）王钦若等：《册府元龟》第2册，中华书局，1960年，第1947页。

羹……等以六条巡察四方。"还有《新唐书》卷二二一《土谷浑传》载:贞观十五年,"帝又诏民部尚书唐俭、中书舍人马周持节抚慰"。

高宗朝时有李虔绎劳军。《新唐书》卷一一〇《泉男生传》载:"授(泉男生)平壤道行军大总管,兼持节安抚大使,举哥勿、南苏、仓岩等城以降。帝又命西台舍人李虔绎就军慰劳,赐袍带、金扣七事。"

还有玄宗朝的倪若水,开元二年十二月,"命紫微舍人倪若水往即便叙录功状,拜讷为左羽林军大将军,复封平阳郡公"。(《旧唐书》卷九三《薛讷传》)

德宗朝的齐映,《册府元龟》卷一三六《帝王部》"慰劳"条记载:"贞元元年六月,以兵部侍郎李纾宣慰于河东诸军,中书舍人齐映宣慰于朔方、河中、同绛、陕、虢等州诸军,兵部尚书崔汉衡宣慰于幽州。"①德宗朝的奚陟,"贞元八年,擢拜中书舍人。是岁,江南、淮西大雨为灾。令陟劳问巡慰,所在人安悦之"。(《旧唐书》卷一四九《奚陟传》)奚陟宣抚水灾事又见刘禹锡《唐故朝议郎守尚书吏部侍郎上柱国赐紫金鱼袋赠司空奚公神道碑》:"会江淮间民被水祸,上愍焉,特命公宣抚之。许以便宜及物。"②(《全唐文》卷五二又有《遣使宣抚水灾诏》)

另外,宪宗朝裴度的相关记载能够较好地说明中书舍人的劳问职责。《旧唐书》卷一七〇《裴度传》:

> 元和六年,以司封员外郎知制诰,寻转本司郎中。七年,魏博节度使田季安卒。其子怀谏幼年不任军政,牙军立小将田兴为留后。兴布心腹于朝廷,请守国法,除吏输常赋,宪宗遣度使魏州宣谕。兴承僭侈之后,车服垣屋,有逾制度,视事斋阁,尤加宏敞。兴恶之,不于其间视事,乃除旧采访使厅居之,请度为壁记,述兴廉降奉法,魏人深德之。兴又请度遍至属郡,宣述诏旨,魏人郊迎感悦。使还,拜中书舍人。

郎官知制诰本是中书舍人的试用,裴度"宣述诏旨"收到良好效果,故回朝后正拜中书舍人,是对其出使之功的肯定,也从某种程度上说明裴度圆满地完成中书舍人的职责。

(五) 察冤滞

《通典》卷二四记载:"(侍御史)又分值朝堂,与给事中、中书舍人同受

---

① (宋)王钦若等:《册府元龟》第2册,中华书局,1960年,第1648页。
② (唐)刘禹锡著,瞿蜕园笺证:《刘禹锡集笺证》,上海古籍出版社,1989年,第63页。

表理冤讼,迭知一日,谓之'三司受事'"。①以中书舍人、给事中、御史组成"三司"理冤狱,只在初唐阶段有记载。

如高宗朝,"令朝散大夫守御史中丞崔谧、朝散大夫守给事中刘景先、朝请郎守中书舍人裴敬彝等,于南牙门下外省,共理冤屈"。(《全唐文》卷一一《申理冤屈制》)又有《大唐新语》卷四:"张玄素为侍御史,弹乐蟠令叱奴骘盗官米,太宗大怒,特令处斩。中书舍人张文瓘执据律不当死。太宗曰:'仓粮事重,不斩恐犯者众。'魏征进曰:'陛下设法与天下共之,今若改张,人将法外畏罪,且复有重于此者何以加之?'骘遂免死。"②韩大敏"则天初为凤阁舍人。时梁州都督李行褒为部人诬告,云有逆谋,则天令大敏就州推究。或谓大敏曰:'行褒诸李近属,太后意欲除之,忽若失旨,祸将不细,不可不为身谋也。'大敏曰:'岂有求身之安而陷人非罪!'竟奏雪之。则天俄又命御史重复,遂构成其罪,大敏坐推反失情与知反不告同罪,赐死于家"。(《旧唐书》卷九八《韩休传》)

肃宗朝确立"凡鞫大狱,以(刑部)尚书侍郎与御史中丞、大理卿为三司使"(《新唐书·百官志》)的制度,中书舍人便很少再理查冤狱。

也曾出现例外。据《册府元龟》卷五二二《宪官部》"谴让"条:元和十二年,"楚材素与裴度善,时度与李逢吉不叶,宪宗以事连宰相,故召给事中张贾、中书舍人李程召干度,及比部郎中兼侍御史知杂宋景兼追楚材等鞫辩之"。③此中记载较为清晰。因事关宰相,宪宗才再次授命"三司"理事。

三、临 时 差 遣

中书舍人常有一些临时差遣,这些临时的使命虽然不是分内之事,但往往是君主根据中书舍人任职的特点而用。

中书舍人一任职要求便是对历代典章制度的熟悉,故对仪礼、法律格敕的修订整理,常选用中书舍人。

高祖时撰定律令,刘林甫、崔善为、王孝远三位中书舍人都曾参与。据《旧唐书·刑法志》:"及(高祖)受禅,诏纳言刘文静与当朝通识之士,因开皇律令而损益之,尽削大业所用烦峻之法。又制五十三条格,务在宽简,取便于时。寻又敕尚书左仆射裴寂……中书舍人刘林甫颜师古王孝远……等,撰定律令,大略以开皇为准。于时诸事始定,边方尚梗,救时之弊,有所

---

① (唐)杜佑撰,王文锦等点校:《通典》,中华书局,1988年,第672页。
② (唐)刘肃撰,许德楠、李鼎霞点校:《大唐新语》,中华书局,1984年,第55页。
③ (宋)王钦若等:《册府元龟》第7册,中华书局,1960年,第6235页。

未暇,惟正五十三条格,入于新律,余无所改。至武德七年五月奏上。"

高宗朝贾大隐自太常博士迁入,迁出为春官侍郎,为中书舍人时曾参与撰定礼制,就是看重其对典章制度的熟悉。《新唐书》卷一二二《韦叔夏传》记载:"高宗崩,恤礼亡缺,叔夏与中书舍人贾大隐、博士裴守真撰定其制。"李友益也曾参与法律和仪礼的修撰,《唐会要》卷三九"定格令"条记载其参与修订《永徽律》:"永徽二年闰九月十四日,上新册定律令格式。太尉长孙无忌……中书舍人李友益……等同修勒成律十二卷、令三十卷、式四十卷,颁于天下。"

玄宗朝吕延祚、源光裕也都参与格令的修订。《旧唐书·刑法志》记载:"开元初,玄宗敕黄门监卢怀慎、紫微侍郎兼刑部尚书李乂、紫微侍郎苏颋、紫微舍人吕延祚、给事中魏奉古、大理评事高智静、同州韩城县丞侯郢玼、瀛州司法参军阎义颙等,删定格式令,至三年三月奏上。名为《开元格》。"《旧唐书》卷九八《源光裕传》也记载其"为中书舍人,与杨滔、刘令植同删著《开元新格》"。

后世的典章制度法律格敕等基本没有大规模修订,故也少有记载。

另外的临时差遣是修史,这是利用中书舍人的文才史略,也主要在初盛唐阶段较多。

高祖朝选有才学之士修史,中书舍人孔绍安曾入选其中。太宗时有许敬宗,据《唐会要》卷六三"修前代史"条:"贞观十年正月二十日,尚书左仆射房元龄、侍中魏征、散骑常侍姚思廉、太子右庶子李百药、孔颖达、礼部侍郎令狐德棻、中书侍郎岑文本、中书舍人许敬宗等撰成周、隋、梁、陈、齐五代史,上之,进阶颁赐有差。"

高宗时来济、李安期都曾经修史。如《旧唐书》卷八〇《来济传》记载:"寻迁中书舍人,与令狐德棻等撰《晋书》。永徽二年,拜中书侍郎兼弘文馆学士,监修国史。"

武后时有魏知古、崔融,《唐会要》卷六三"修国史"条:"长安三年正月一日敕:宜令特进梁王三思与纳言李峤、正谏大夫朱敬则、司农少卿徐彦伯、凤阁舍人魏知古、崔融、司封郎中徐坚、左史刘知几、直史馆吴兢等修唐史,采四方之志,成一家之言。长悬楷则,以贻劝诫。"《全唐文》卷九六有《令武三思等修史敕》。

中宗朝有岑羲、徐坚,《唐会要》卷六三"修国史"条:"神龙二年五月九日,左散骑常侍武三思、中书令魏元忠、礼部尚书祝钦明、及史官太常少卿徐彦伯、秘书中监柳冲、国子司业崔融、中书舍人岑羲、徐坚等修《则天实录》二十卷、《文集》一百二十卷。上之,赐物各有差。"

　　此外，也有侍讲的临时任命。如裴光庭《请以三殿讲道德经编入史策奏》中载："遂命集贤院学士中书舍人陈希烈、谏议大夫王迴质、侍讲学士宗正少卿康子元、赞善大夫冯朝隐等，于三殿侍讲，敷畅真文。"（《全唐文》卷二九九）是对《道德经》的解读。还有预裁百官奏议和考校官员等，后者又见《唐六典》卷九中书舍人条注："今中书舍人、给事中每年各一人监考内外官使。"①但史料较少记述。

第二章　中书舍人的实际权责

封建王朝的朝廷权力运行呈现出一定规律,即皇帝扶植个人势力以分割和对抗宰相力量,新势力进入官僚体系成为新的宰相及关联力量,周而复始。如汉代的尚书和魏晋的中书。后者可见《册府元龟》卷五五〇《词臣部》"总序":"魏制,中书监、令并管机密,掌赞名,典作文书,属官通事,既掌草诏,即汉尚书郎之任。"①《通典》卷二二又载:"自魏晋重中书之官,居喉舌之任,则尚书之职,稍以疏远。至梁陈,举国机要,悉在中书,献纳之任,又归门下,而尚书但听命受事而已。"②

唐代前期为三省六部的政治运行体系,中书出令,门下审驳,尚书六部执行,三者相互制衡。中书省内,中书令、侍郎、舍人为直属官员,原有的史职归秘书省,礼乐归太常寺,理冤狱归大理寺,官员设置上,通事舍人为侍从官,起居舍人为史官,集贤殿书院为文馆,散骑常侍等为谏官,仍然保留着原来作为宫廷侍从和皇帝近属的部分形式特征。

但中书省的权责随着政治体系的变化而不断变化。中书令实为宰相,但自开元天宝时杨国忠死后,基本中书令不再除授(崔圆在至德二载曾任,德宗为雍王时曾兼任),或成为勋臣的荣誉称号。大历后,中书侍郎是"同平章事"常见人选,其次为门下侍郎和尚书省六部侍郎。中书舍人是中书省的实际负责者,这就使得中书舍人实际承担起中书省的日常事务,其权责地位实际是随着中书省的权力起伏而变化的。中书舍人标志性的草诏权不断受到侵袭,他们也开始被赋予新的责任。

第一节　中书舍人的草诏

一、中书省内的草诏权

《通典》卷二一记载了中书省内各级官员的职掌:

中书令:"掌侍从,献替,制敕,册命,敷奏文表,授册,监起居注,总判省事。"

---

① (宋)王钦若等:《册府元龟》第 7 册,中华书局,1960 年,第 6599 页。
② (唐)杜佑撰,王文锦等点校:《通典》,中华书局,1988 年,第 589 页。

中书侍郎:"掌侍从,献替,制敕,册命,敷奏文表,通判省事。"

中书舍人:"专掌诏诰,侍从,署敕,宣旨,劳问,授纳诉讼,敷奏文表,分判省事。"①

以上执掌,总判、通判、分判代表了三级官员在中书省的等级权力和分配。根据中村裕一在《唐代制敕研究》对仁井田陞复原制书式的补正,中书令、中书侍郎、中书舍人基本以宣、奉、行的签署方式行文。② 具体在行文中可见《大唐帝陵光业寺大佛堂之碑大唐开元十三年岁次乙丑六月癸丑朔二日甲寅赵州象城县光业寺碑并颂》,③其中有:

> 中书令臣李敬玄　　宣
> 中书侍郎门下三品臣薛元超　　奉
> 中书舍人弘文馆学士上柱国臣郭正一　　行

中书省负责出令,草诏权为中书省标志性权力,掌握草诏权的中书舍人成为中书省的标志。且中书舍人可以"封还词头"。如白居易《论左降独孤朗等状》:

> 今日宰相送词头,左降前件官如前,令臣撰词者。臣伏以李景俭因饮酒醉诋忤宰相,既从远贬,已是深文。其同饮四人,又一例左降。臣有所见,不敢不陈……其独孤朗等四人出官词头,臣已封讫,未敢撰进,伏待圣旨。④

对宰相下达的草诏命令,中书舍人是否起草,具备一定的主观性,可以否决再提交皇帝定夺。他们是否就是省内唯一的草诏权拥有者呢? 白居易《杨嗣复可库部郎中知制诰制》中曾有语:"朕闻前代制诰,中书令、侍郎、舍人通掌之,国朝以来,或以他官兼领,惟其人是用,不限于资秩职署焉。"⑤可见,中书令、中书侍郎恐怕也参与制诰写作。

1. 中书令

在高祖朝,颜师古的《匡谬正俗》卷八记载其自述:"武德中,余忝中书

---

①　(唐)杜佑撰,王文锦等点校:《通典》,中华书局,1988 年,第 562—564 页。
②　[日]中村裕一:《唐代制敕研究》,汲古书院,1991 年,第 63 页。
③　吴钢编:《全唐文补遗》(第一辑),三秦出版社,1994 年,第 14 页。
④　(唐)白居易著,谢思炜校注:《白居易文集校注》,中华书局,2011 年,第 1298 页。
⑤　(唐)白居易著,谢思炜校注:《白居易文集校注》,中华书局,2011 年,第 548 页。

舍人,专掌纶诰。于时,中书令密国公平原封德彝亦性爱《苍》《雅》,留心文字,诏敕宣行,务合训典,举余厘正,大改违失,因尔始为替代之字,自兹已后,莫不化焉。"①可知,封德彝亦曾经参谋诏敕。应当是以中书令身份修改诏令,而非起草。后世中书令已经较少实授,故不再涉及草诏之事。

2. 中书侍郎

《唐六典》卷九详细说明了中书侍郎的职责:"中书侍郎掌贰令之职,凡邦国之庶务,朝廷之大政,皆参议焉。凡监轩册命大,令为之使,则持册书以授之。凡四夷来朝,临轩则受其表疏,升于四阶而奏之;若献贽币弊则受之,以授于所司。"②其职责主要为参议国家朝政,册命,授纳四夷表疏等,并无起草制书的规定。但这并不意味着中书侍郎不参与制诰的起草。

唐初政体承接隋代,隋朝建立禁省制度,中书、门下本属外廷,但又设立禁中内省,薛道衡曾经以内史侍郎身份起草制书:

> 中书省有一盘石,初,道衡为内史侍郎,尝踞而草制,元超每见此石,未尝不泣然流涕。(《旧唐书》卷七三《薛元超传》)

说明在隋代内史侍郎(即中书侍郎)是诏书的起草者。又可参见《隋书》卷六七《虞世基传》:

> 未几,拜内史舍人……帝重其才,亲礼逾厚,专典机密……于时天下多事,四方表奏日有百数。帝方凝重,事不庭决,入阁之后,始召世基口授节度。世基至省,方为敕书,日且百纸,无所遗谬。其精审如是。

唐代前期有关中书侍郎的草诏的记载也不在少数,这是唐代政体对隋代的承袭。《唐会要》卷五四"中书侍郎"条记载:

> (贞观十九年)四月,中书侍郎颜师古以谴免职。温彦博言于太宗曰:"师古谙练政事,长于文诰,时无逮者,冀上复用之。"太宗曰:"我自举一人,公勿忧也。"遂以岑文本为中书侍郎,专典机密。

温彦博称颜师古长于文诰,即是称其在草诏上的优长,太宗亲自赏识提

---

① (唐)颜师古著,刘晓东平议:《匡谬正俗平议》,山东大学出版社,1999 年,第 297 页。
② (唐)李林甫撰,陈仲夫点校:《唐六典》,中华书局,1992 年,第 275 页。

拔的岑文本是以起草诏敕著称,他在萧铣麾下即为中书侍郎,典文翰,且委以机密。《旧唐书》卷七〇《岑文本传》:"萧铣僭号于荆州,召署中书侍郎,专典文翰。"其后又有许敬宗掌诏诰,《新唐书》卷二二三《许敬宗传》:"岑文本卒,帝驿召敬宗,以本官检校中书侍郎。驻跸山破贼,命草诏马前,帝爱其藻警,由是专掌诰令。"如果许敬宗"草诏马前"是岑文本去世不得已而为之,那此后其便是中书侍郎身份专掌诰令。

非但国初如此,到高宗时仍有中书侍郎的大量草诏记述。据崔融的《大唐故中书令兼检校太子左庶子户部尚书汾阴男赠光禄大夫使持节都督秦成武渭四州诸军事秦州刺史薛公(元超)墓志铭并序》记载:

> (薛元超)五十四,拜守中书侍郎,寻同中书门下三品,此后独知国政者五年,诏敕日占数百。帝曰:"得卿一人足矣。"①

上文说明当时诏敕的起草仍不专为中书舍人之权,而由中书侍郎负责。另外还有郭正一:"永淳二年,正除中书侍郎。正一在中书累年,明习旧事,兼有词学,制敕多出其手,当时号为称职。"(《旧唐书》卷一九〇《郭正一传》)以中书侍郎起草制敕,当时以为称职,可见中书侍郎在当时起草制敕也并无不妥。

刘祎之曾为"北门学士"之一,任中书侍郎后:"时军国多事,所有诏敕,独出祎之,构思敏速,皆可立待。"(《旧唐书》卷八七《刘祎之传》)再次说明高宗时诏敕起草仍为中书侍郎之事。可知,此时草诏权分属中书侍郎和舍人。

玄宗时期,建章立制。中书侍郎草诏已经需要"知制诰"的授权,如苏颋和李乂。

《旧唐书》卷八八《苏颋传》记载:"玄宗谓宰臣曰:'有从工部侍郎得中书侍郎否?'对曰:'任贤用能,非臣等所及。'玄宗曰:'苏颋可中书侍郎,仍供政事食。明日,加知制诰。'有政事食,自颋始也……时李乂为紫微侍郎与颋对掌文诰。他日上谓颋曰:'前朝有李峤、苏味道,谓之苏、李;今有卿及李乂,亦不让之。卿所制文诰,可录一本封进,题云臣某撰,朕要留中披览。'其礼遇如此。"

而同时的李乂,据《唐诗纪事》卷十:"乂为紫微侍郎,与苏颋对掌纶诰。明皇曰:'前有味道、峤,朕今有颋、乂,皆号苏李。时宰辅子将授太庙,颋草

---

① 吴钢编:《全唐文补遗》(第一辑),三秦出版社,1994年,第70页。

词久不就,曰:'以遵仲尼之问,而未能续。'又曰:'何不云宜采方山之能。'颋伏其敏。"①李乂曾撰《大唐故特进中书令博陵郡赠幽州刺史崔公(暠)墓志铭并序》,署银青光禄大夫、行紫微侍郎、知制诰、兼刑部尚书、昭文馆学士、中山郡开国公,②可知其在紫微侍郎任上依然知制诰,所以《唐诗纪事》中称其为"对掌纶诰",并且均上碑中署名行紫微侍郎、知制诰,更说明其"知制诰"是强调的某一权力。

从以上苏颋、李乂二人在官职上的称谓,可以推断:在玄宗开元时期,《唐六典》所记载的中书舍人草诏已经成为常例,中书侍郎草诏则需要特定的授权。此后,单纯以中书侍郎知制诰的记载已很难找到。

3. 中书舍人③

据《唐六典》卷九注:

> 其中书舍人在省,以年深者为阁老,兼判本省杂事;一人专掌画,谓之知制诰,得食政事之食;余但分署制敕。六人分押尚书六司,凡有章表皆商量,可否则与侍郎及令连署而进奏。其掌画事繁,或以诸司官兼者,谓之兼制诰。④

文中的"专掌画"与"知制诰"意义近似,意为专门负责起草制诰。可见,并非所有中书舍人均以草诏为主要职责。在唐代史料中有关中书舍人"专知制诰"的记载有:

梁载言,《旧唐书》本传载:"历凤阁舍人,专知制诰。"(《旧唐书》卷一九〇)梁为武后时人,但相关记载较少,不能知其详。

《旧唐书》卷八一《孙处约传》记载:"中书令杜正伦奏请更授一舍人,与处约同知制诰,高宗曰:'处约一人足办我事,何须多也。'"与孙处约同时任中书舍人者尚有多人(见后文),中书令杜正伦是因孙处约一人草诏过于辛劳而请人同草诏书,则此时孙处约知制诰当指专为"起草进画",即六典中的"一人专掌画"。

但中书舍人六人中并非一直只有一人专门负责草诏,且实际情况似乎多与《六典》所言不同。比如考察苏颋相关资料,《全唐文》卷二九五韩休

---

① (宋)计有功撰,王仲镛校笺:《唐诗纪事校笺》,中华书局,2007年,第314页。
② 吴钢编:《全唐文补遗》(第七辑),三秦出版社,2000年,第33页。
③ 本节关于"知制诰"相关观点曾在《燕赵学术》(2011年秋之卷)发表,部分内容有删改、修正。
④ (唐)李林甫撰,陈仲夫点校:《唐六典》,中华书局,1992年,第276页。

《唐金紫光禄大夫礼部尚书上柱国赠尚书右丞相许国文宪公苏颋文集序》记载其"迁中书舍人,专知制诰,佥议允归,制命敕书,皆出自公手,笔不停缀,思无所让,深所叹伏焉。今上尝谓公曰:'朕每见卿文章,与诸人尤异。当令后代作法,岂惟独称朕心。'"然而参考苏颋年谱,苏颋为中书舍人在景龙三年至景云元年,①同时为中书舍人者又有卢藏用、李乂、卢从愿、马怀素、李适、韦元徼、韩思复等,而据《新唐书》卷一一九《李乂传》:"迁中书舍人、修文馆学士……韦氏之变,诏令严促,多乂草定。进吏部侍郎,仍知制诰。"《旧唐书》李乂本传记载稍略,但也提到:"乂知制诰凡数载。"可见,苏颋任中书舍人"专知制诰"时并非一人掌制诰之权。又如《册府元龟》卷五五一《词臣部》"词学"条所载常衮"与杨炎同掌制诰,时称为'常杨'",②也是同掌制诰。

故而,"专知制诰"作为中书舍人的分工之一,应是唐代某一时期的规定,或者只是在某个时期曾经如此,而非指整个唐代。这也进一步说明,《唐六典》只是当时制定的一种理想法典,并未能得到完全的贯彻。历史是动态的,权责规定是静态的,以静态的书面规定探求动态历史,才会出现这种矛盾现象。

二、他官"知制诰"

"知制诰"的常见含义是他官不正除而行使中书舍人权力,即六典中所谓的"兼知制诰"的省略称呼,是唐代常见的使职。③ 其成为使职,经历了一定的发展历程。

"知制诰"最早不是较为固定的使职名称,而是临时差遣的一种使命。梁武帝时期的裴子野以中书侍郎、鸿胪卿,兼中书通事舍人,"别敕知诏诰",④有学者以此为知制诰之始,而据《南史》卷三三《裴子野传》记载:

---

① 郁贤皓:《苏颋年谱》,《中国典籍与文化》(第二辑),中华书局,1995 年,第 276—316 页。
② (宋)王若钦等:《册府元龟》第 7 册,中华书局,1960 年,第 6612 页。
③ 张东光的《唐宋的知制诰》(《文史知识》,1993 年第 1 期)认为唐代前期中书舍人中掌内制者为知制诰,中唐尤其是德宗后他官加知制诰代行中书舍人之职逐渐成为制度,且成为升任中书舍人之阶,翰林学士中除职为中书舍人者,包括侍郎乃至尚书均带知制诰衔;朱红霞的《唐代制诰研究》(复旦大学,2007 年博士论文)认为"知"为动词,自苏颋知制诰才成为一种职衔,加在原任官后,即可行使中书舍人之事;宋靖的《唐宋中书舍人研究》(东北师范大学,2008 年博士论文)认为知制诰分为三阶段:第一阶段为中书舍人专职;第二阶段为负责掌诰,他人可兼职;第三阶段为翰林学士加衔,掌内制。相关问题赖瑞和的《唐代知制诰的使职特征》也曾加以分析,参见《史林》,2014 年第 6 期,第 34—39 页。
④ "中书舍人"条注语,(唐)杜佑撰,王文锦等点校:《通典》,中华书局,1988 年,第 564 页。

顷之，兼中书通事舍人，寻除通直员外，著作、舍人如故。敕又掌中书诏诰……普通七年，大举北侵，敕子野为移魏文，受诏立成……俄又敕为书喻魏相元乂。其夜受旨，子野谓可待旦方奏，未之为也，及五鼓，敕催令速上。子野徐起操笔，昧爽便就。及奏，武帝深嘉焉。自是诸符檄皆令具草。①

上文所载是"掌中书诏诰"，"诏诰"与唐之"制诰"意义相同，则所谓"知"，为临时授命之意，是皇帝对其起草诏敕的一种特许，非为唐代职官中"知"是固定使职之称谓。

关于唐代的使职"知制诰"，岑仲勉曾经对"他官知制诰"做过解释，认为"知制诰即拜中舍之先声"，"知制诰犹云司制起草之事务，是中书舍人本职，惟以他官代知舍人事务时用之：一为官卑于舍人者，如员外、郎中等皆曰知制诰，既真除舍人，则知制诰正其本务，则不复用此三字。二为官高于舍人者，舍人既擢诸司侍郎等而仍命执行舍人事务，则不曰兼中书舍人而以知制诰字易之，其实一也"。② 这种观点在某个时期正确，但不能概括整个唐代。

唐代的他官知制诰实际有三种情况：

其一，郎官等低于中书舍人的官吏知制诰，是为中书舍人之试用，以晋升中书舍人为正途。

其二，品阶较高的侍郎等官员知制诰，是为皇权特命拥有中书草诏出令权。

其三，翰林院中的翰林学士加知制诰，是名义上可以草诏的标志，也是翰林院中的资历象征。

就本质而言，他官知制诰就是掌握原本属于中书舍人的标志性权力——草诏。先分析前两种情况：

（一）他官知制诰最初和最普遍的情况是郎官等低于中书舍人的官吏知制诰。较早的是武后时崔融。

据《旧唐书》卷九四《崔融传》："（圣历）四年，（崔融）迁凤阁舍人。久视元年，坐忤张昌宗意，左授婺州长史。顷之，昌宗怒解，又请召为春官郎中，知制诰事。"

---

① （唐）李延寿等：《南史》，中华书局，1975年，第866页。
② 岑仲勉：《翰林学士壁记补注》，《郎官石柱题名新考订》（外三种），中华书局，2004年，第232、325页。

　　崔融贬官时间在大足元年,召回任春官郎中"知制诰事",春官郎中即吏部郎中,从五品上,是二十六司郎中之首。故张昌宗对崔融虽有贬谪,但随即后悔,马上官复原职给人以朝令夕改之感,故召回为春官郎中,依旧草诏。"(长安)四年,除司礼少卿,仍知制诰……及易之伏诛,融左授袁州刺史。"此处仍知制诰是照应前文春官郎中、知制诰。而任司礼少卿仍知制诰,不为常例。太常寺掌管邦国礼乐、郊庙、社稷之事,少卿为协助太常卿佐理本寺事务,此职应视为贬官,但却带有草诏之权,应与张昌宗在当时把持朝政时"颇招集文学之士。融与纳言李峤、凤阁侍郎苏味道、麟台少监王绍宗等俱以文才降节事之"的史实有关。

　　崔融知制诰是在武后时期——政治制度屡破常规之朝才出现的,他也是以他官知制诰的唐代第一人。

　　崔融之后还有:

　　卢藏用。《旧唐书》卷九四《卢藏用传》:"神龙中,累转起居舍人,兼知制诰,俄迁中书舍人。"起居舍人为从六品上,官位距中书舍人正五品相差较大,以此职务兼知制诰也是特例。据《唐六典》卷九:"起居舍人掌修记言之史录,天子之制诰、德音,如记事之制,以纪时政之损益。"①此职虽为史职,但位居中书省,以本省较低职位知制诰,且很快转中书舍人,过渡性质明显。

　　贾曾。据《旧唐书》卷一九〇《贾曾传》:"玄宗在东宫,盛择宫僚,拜曾为太子舍人……俄特授曾中书舍人。曾以父名忠,固辞。乃拜谏议大夫、知制诰……开元初,复拜中书舍人,曾又固辞,议者以为中书是曹司名,又与曾父音同字别,于礼无嫌,曾乃就职。"据《唐六典》卷二六:"太子舍人掌侍从,行令书、令旨及表、启之事。"②实际是太子的重要文臣,履行的是东宫中书舍人职务,玄宗看重贾曾,从正六品上升正五品的中书舍人,也是看重其文采和起草文诰之能,其后两次任用贾曾为中书舍人也证明这一点。贾曾以避讳不任此职,而拜谏议大夫、知制诰。谏议大夫属门下省,《唐六典》卷八记载:"谏议大夫掌侍从赞相,规谏讽谕。"③本与起草制诰无关,但为正五品上,以相同品阶知制诰,开元初复拜中书舍人,才真正名正言顺。《新唐书·百官志》中记载:"开元初,以它官掌诏敕策命,谓之'兼知制诰'。"如按时代,正指贾曾之类。

---

①　(唐)李林甫撰,陈仲夫点校:《唐六典》,中华书局,1992年,第278页。
②　(唐)李林甫撰,陈仲夫点校:《唐六典》,中华书局,1992年,第671页。
③　(唐)李林甫撰,陈仲夫点校:《唐六典》,中华书局,1992年,第247页。

如上所述，"知制诰"在本质上是对草诏权的掌握，即将本属于中书舍人的职责以他官暂领。如果说上文中崔融的以春官郎中兼知制诰，是当时张昌宗不得已而使其以郎官之首拥草诏权的话，其后崔融的以司礼少卿兼知制诰，实际已经酝酿了其后他官知制诰的开端，其他如卢藏用（起居舍人、知制诰）、吴巩（库部郎中、知制诰）、李玄成（考功郎中、知制诰），都是以后晋升中书舍人的前阶，但这种使职在武后和玄宗时并非常例。

以他官知制诰的大量出现是在安史之乱玄肃二宗交接之时。如贾至"从玄宗幸蜀，拜起居舍人、知制诰。帝传位，至当撰册……历中书舍人"。（《新唐书》卷一一九《贾至传》）以起居舍人兼知制诰，品位较低而履行草诏权是权宜之计，故当稍迁后马上正拜。而肃宗即位后，亦无草诏之人，故有杨绾知制诰，据《旧唐书》卷一一九《杨绾传》：

> 天宝末，安禄山反，肃宗即位于灵武。绾自贼中冒难，披榛求食，以赴行在。时朝廷方急贤，及绾至，众心咸悦，拜起居舍人、知制诰。历司勋员外郎、职方郎中，掌诰如故。迁中书舍人，兼修国史。

杨绾知制诰前为右拾遗，从七品上，非常时期拜起居舍人知制诰，以较低品阶履行较高之权，亦是从权之计。杨绾在迁转几个职务后仍然掌诰，其职务的升迁顺序是逐渐向高，且后文中称，舍人年深者称之为"阁老"，则当时考虑到了杨绾的知制诰的身份也是舍人。

洪迈《容斋随笔》卷一二说："舍人官未至者，则云知制诰。"[1]是针对杨绾等人，他们以他官知制诰，以晋升中书舍人为正途。《册府元龟》卷五五〇《词臣部》"器识"条："李昭初自尚书郎出为苏州刺史，期月以中书舍人召还，不拜，谓宰辅曰：'拜舍人以知制诰为次序，便由刺史玷纶阁，非敢闻命。'乃以兵部郎中知制诰，翌岁拜舍人，受之。"[2]《太平广记》卷一八七引《卢氏杂说》："中书舍人时谓宰相判官、宰相亲嫌，不拜知制诰为'屦脚'，又云：不由三字，直拜中书舍人者谓之'挞额裹头'。"[3]都说明他官知制诰后来成为公认的正拜中书舍人的前奏。

他官知制诰以升舍人为正途，《全唐文》卷五三八有裴度《刘府君神道碑铭并序》，记载刘太真"迁驾部郎中知制诰。焕发人文，昭宣帝命。典谟

---

① （宋）洪迈撰，孔凡礼点校：《容斋随笔》，中华书局，2005 年，第 572 页。
② （宋）王钦若等：《册府元龟》第 7 册，中华书局，1960 年，第 6618 页。
③ （宋）李昉等：《太平广记》，中华书局，1986 年，第 1397 页。

载晖于紫闼,讽议独立于清朝,以称职赐绯鱼袋。建中四年夏,正授中书舍人"。这是对其称职的奖励。而吴通玄"自起居郎拜谏议大夫、知制诰。通玄自以久次当拜中书舍人,而反除谏议,殊失望"。从反面证明,若他官知制诰而未迁中书舍人,则是不合常例。

另外,元稹《中书省议举县令状》署"中书舍人臣武儒衡等奏,驾部郎中、知制诰臣李宗闵,中书舍人臣王起,库部郎中、知制诰臣牛僧孺,祠部郎中、知制诰臣元稹"。① 其署名顺序并未强调正授在前,他官知制诰在后,说明在履行职责上二者应该区别不大。

兼知制诰的官员以郎官最为普遍。《新唐书·百官志》载:"先是,知制诰率用前行正郎,宣宗时,选尚书郎为之。"《唐会要》卷五五"中书舍人"条又载:"大中六年六月敕:……选知制诰,于尚书六行郎中官精择有文学行实、公论显著者以备擢用,不得偏取前行正郎。"知制诰的人选本是高低参用,大中以前多用前行正郎,所以大中六年敕文强调于此。考察大中前的知制诰人选任职情况,确为前行郎官比较多,或属吏部或属兵部。但也有中行和后行,如王起为比部郎中,元稹为祠部郎中。

崔融之后到唐末的他官知制诰,基本以代宗为界。代宗前,任用较为随意,如崔融为春官郎中,卢藏用为起居舍人,吴巩为库部郎中,李玄成为考功郎中,贾至为起居郎,李揆为考功郎中,朱巨川为起居舍人,潘炎为驾部郎中,苏源明为考功郎中,杨绾为职方郎中;代宗之后,基本都是各司郎官和员外郎,偶有谏议大夫。

(二)他官知制诰,还有侍郎等品阶较高的官吏,如苏颋、李乂、张九龄、韩休等,以中书或六部侍郎身份知制诰的情况。苏颋等人均为起草制诰的著名人物,故虽官至侍郎仍让他们知制诰。这里的知制诰非是郎官知制诰时履行中书舍人的所有职责,而是只是在更高的职位上继续拥有草诏这一单项权力。

如前文所述,唐代有关中书侍郎草诏的记载不在少数,这实际属于职官权责上本省上级长官对下级权力的侵蚀。开元初自苏颋和李乂以后,"知制诰"被明确标识。苏颋诏敕可系年者,景龙三年中书舍人任上十二篇,开元元年始紫微侍郎知制诰起草者三十六篇。② 李乂撰《大唐故特进中书令博陵郡赠幽州刺史崔公(晕)墓志铭并序》署银青光禄大夫、行紫微侍郎、知

---

① (唐)元稹撰,冀勤点校:《元稹集》,中华书局,1982年,第414—418页。
② 详见陈钧:《苏颋诗文集编年考校》,山西古籍出版社,2000年。

制诰、兼刑部尚书、昭文馆学士、中山郡开国公。① 说明其知制诰是强调的权力。

此外，韩休开元十年至十二年以礼部侍郎兼知制诰，开元十六年至十七年以工部侍郎兼知制诰，且《大唐故银青光禄大夫行薛王府长史上柱国河东县开国男柳府君（儒）墓志铭并序》署为尚书兵部侍郎兼知制诰。② 其他，许景先在开元十七年秋至十八年间以工部侍郎兼知制诰；王丘开元十八年至二十一年以散骑常侍兼知制诰；张九龄开元二十年至二十一年以工部侍郎兼知制诰。

在玄宗朝出现的这些各部侍郎知制诰，不能以他官未至中书舍人者和翰林学士之有草诏权者去概括，从其中苏颋和张九龄所留存的诏敕来看，他们在以侍郎身份知制诰时承担着大量制诰的起草，也形成了所谓"大手笔"的创作现象。所以，这实际是当时对草诏权重视的一种表示，而以"知制诰"这一使职加以强调，本官的高品阶正是这种重视的一种说明。

三、制诰的其他参与者

在唐代，《六典》规定之外而会草诏的还有一部分人物。

（一）皇帝

皇帝亲手起草的制诰是手诏。《史记》卷六〇《三王世家》中元狩六年有武帝封齐、燕、广陵王的策书，司马贞《索隐》注曰："按，武帝集，此三王策皆武帝手制。"③唐代也有不少手诏，如玄宗的《答裴耀卿等手诏》：

> 《尚书》雅诰，《周易》精微。朕幼奉师资，未穷奥义，故时令讲说耳。至乎《庄子》及《道德经》，递为表里，详其所指，触类繁多。既问广成之道，复得方明之相。况之今日，千载一时，故宏斯义，以喻卿也。编诸简牍，随卿意焉。（《全唐文》卷三〇）

诏书的格式、语言均与当时苏颋等人近似。与手诏近似的还有御札，王维《京兆尹张公德政碑颂并序》有载："若夫皇帝敬问之诏，御札自书；天王命赐之衣，上宫所制。"④此外，帝王部分带有私人亲近之意的部分批答、赐书，也是自己书写，如玄宗的《赐宋璟手制》、肃宗的《赐诸王手札》等等。

---

① 吴钢编：《全唐文补遗》（第七辑），三秦出版社，2000年，第33页。
② 吴钢编：《全唐文补遗》（千唐志斋新藏专辑），三秦出版社，2006年，第165页。
③ 司马贞：《史记索隐》卷十六，《广雅丛书》本。
④ （唐）王维著，陈铁民校注：《王维集校注》，中华书局，1997年，第688页。

墨敕，是由皇帝亲笔书写不经中书门下的皇帝命令。[①] 墨敕与前文手诏等区别重点在于私人与公务，如果敕文所授者是皇帝亲近之人，则皇帝直接书写代表了重视和情份。如《新唐书》卷二二三《崔胤传》记载："帝急召之(指崔胤)，墨诏者四，朱札三，皆辞疾。"之所以众人常对墨敕颇多非议，在于"敕"字。敕文常用于官员任命。唐代王言之制有七种(详见后文)，其中发日敕、敕旨、论事敕书、敕牒均为敕，发日敕主要用于六品以下官员的任命。清代赵翼在《陔余丛考》卷二二曾提出："汉以后敕字犹通用。凡官长之谕其僚属，尊长之谕其子弟皆曰敕……至唐显庆中再定制，毕经凤阁鸾台，始名为敕。"[②]如果墨敕不经中书门下而直接任用官员，如《资治通鉴》卷二〇八中宗神龙元年四月条注解墨敕云："墨敕出于禁中，不由中书门下。"就是皇帝直接跳过了朝廷政体，以个人好恶左右朝政，当然会受到批评。抛开政治暂时不谈，从制诰作者角度，皇帝具备亲写墨敕的可能。

(二) 北门学士

墨敕的作者是否都是皇帝呢？答案是否定的。

墨敕常用于"斜封"，即不通过宰相而直接由宫廷任命官员。《通典》卷一九记载："天授二年，凡举人，无贤不肖，咸加擢拜，大置试官以处之……二年三月，又置员外官二千余人。"[③]这些员外官即为武后直接任用。但如此数量的斜封官，不可能都是皇帝起草制诰，皇帝可以使用私人秘书，比如"北门学士"。

《旧唐书·职官志》记载："武德、贞观时，有温大雅、魏征、李百药、岑文本、许敬宗、褚遂良；永徽后，有许敬宗、上官仪，皆召入禁中驱使，未有名目。乾封中，刘懿之刘祎之兄弟、周思茂、元万顷、范履冰，皆以文词召入待诏，常于北门候进止，时号'北门学士'。"《新唐书》卷二〇一《元万顷传》也有近似的记载："武后讽帝召诸儒论撰禁中，万顷与周王府户曹参军范履冰、苗神客、太子舍人周思茂、右史胡楚宾与选，凡撰《列女传》《臣轨》《百寮新戒》《乐书》等九千余篇。至朝廷疑议表疏皆密使参处，以分宰相权，故时谓'北门学士'。思茂、履冰、神客供奉左右，或二十余年。"

① 关于墨敕相关问题，参见裴恒涛：《唐代墨敕斜封官初探》(《青海社会科学》，2006年第2期)，魏丽：《论唐代皇帝与朝臣制令权之争》(《青海师范大学学报》，2013年第3期)，裴恒涛：《唐代墨敕斜封官初探》(《青海社会科学》，2006年第2期)，王使臻：《唐五代"墨敕"与"斜封"辨》(《青海社会科学》，2012年第4期)，张超：《初唐诏敕文撰制者述论》(《北京化工大学学报》，2015年第1期)等相关论文。
② (清)赵翼撰，曹光甫点校：《陔余丛考》，上海古籍出版社，1957年，第397—398页。
③ (唐)杜佑撰，王文锦等点校：《通典》，中华书局，1988年，第471—472页。

北门学士的设置时间,应在上元。① 北门学士中大部分是左史和右史,也就是起居郎和起居舍人,他们当然没有草诏和参与政事的权利。所谓"皆以文词召入待诏",实质如"翰林待诏"。《旧唐书·职官志》载,皇帝在大明宫、兴庆宫、西内、东都、华清宫都设立了待诏之所,"其待诏者,有词学、经术、合炼、僧道、卜祝、术艺、书弈,各别院以禀之,日晚而退。其所重者词学"。程大昌《雍录》卷四"南北学士"条曾经说:

> 唐世尝予草制而真为学士者,其别有三:太宗之弘文馆、玄宗之丽正、集贤,开元二十六年以后之翰林。此三地者皆置学士则是实任此职,真践此官也。若夫乾封间号为"北门学士"者,第从翰林院待诏中选取能文之士,待使草制,故借学士之名以为雅称。其实此时翰林未置学士,未得与弘文、集贤齿也,故曰"北门学士",言其居处在弘文、集贤之北也。②

关于"北门学士"是否草诏一直未有定论,实际可以结合上述"北门学士"的后续仕历进一步推测。

刘祎之。根据《大唐故中书侍郎同中书门下三品昭文馆学士临淮县开国男赠中书令刘氏先府君(祎之)墓志铭》:"授雍州万年县主簿,兼崇贤馆直学士,又迁著作佐郎,又转起居舍人。府君长兄中允君时任给事中,与府君同侍玉阶,分华两省,侍奉之美,朝论称荣。俄而坐事……特赦追还。未几,授中书舍人。"③上文杨晋碑文中记载:"(仪凤年间)五月,敕:……中书令臣李敬玄宣,中书侍郎同门下三品臣薛元超奉,中书舍人臣刘祎之行。"④

范履冰。《通典》卷四三载:"武太后临朝,垂拱元年,有司议圜丘、方丘及南郊、明堂严配之礼……凤阁舍人元万顷、范履冰等议……从之。"⑤可知范履冰垂拱元年时曾任凤阁舍人。

元万顷。《旧唐书》本传记载:"拜著作郎……前后撰《列女传》《臣轨》《百僚新诫》《乐书》等凡千余卷……则天临朝,迁凤阁舍人。无几,擢拜凤阁侍郎。"

周思茂。"自右史转太子舍人。与范履冰在禁中最蒙亲遇,至于政事

① 刘健明:《论北门学士》,《中国唐史学会论文集》,三秦出版社,1989 年,第 207—208 页。
② (宋)程大昌撰,黄永年点校:《雍录》,中华书局,2002 年,第 75—76 页。
③ 毛汉光、余扶危编:《洛阳流散唐代墓志汇编》,国家图书馆出版社,2013 年,第 150 页。
④ 吴钢编:《全唐文补遗》(第一辑),三秦出版社,1994 年,第 15 页。
⑤ (唐)杜佑撰,王文锦等点校:《通典》,中华书局,1988 年,第 1195—1197 页。

损益,多参预焉。累迁麟台少监、崇文馆学士。垂拱四年,下狱死。"(《旧唐书》卷一九〇中《周思茂传》)

在北门任职之后,其职务都向中书舍人转换,正说明对前期工作能力的认可。所以,大量的斜封官员的任命未经中书门下,作者非常有可能是"北门学士"等人。

（三）诸馆、院学士

1. 弘文馆学士

关于弘文馆的变迁,据《唐六典》卷八注语:"武德初,置修文馆。武德末,改为弘文馆。神龙元年,避孝敬皇帝讳,改为昭文。神龙二年又改为修文。景云二年改为昭文。开元七年又改为弘文。隶门下省。自武德、贞观已来,皆妙简贤良为学士。"①其职责是"或典校理,或司撰著,或兼训生徒"。② 弘文馆的本职职责并无草诏一项。

《唐会要》卷六四"弘文馆"条记载唐太宗"精选天下贤良文学之士……以本官兼学士令更宿直。听朝之隙,引入内殿,讲论文义,商量政事。或至夜分方罢"。其中的"商量政事"就已然说明,弘文馆不再是单纯的教育和文化机构,而是有秘书参议职能。《新唐书·百官志》又载:"自太宗时,名儒学士时时召以草制。"可表明弘文馆学士在一定程度上也拥有了皇帝临时赋予的草诏权。

弘文馆在高宗朝逐渐成为以修史、订经、制礼、编书和进行文化研讨活动为中心的机构,武后时日益败落。③

2. 集贤院学士

集贤院原为侍读修书的丽正书院,"(开元)十三年,诏改集仙殿为集贤殿。改丽正书院为集贤书院。以中书令张说、右散骑常侍徐坚,并为集贤学士。说知院事。自余并以旧官为学士及侍讲学士等。集贤学士之名,始于此矣"。④《唐六典》卷九记载:"集贤院学士掌刊缉古今之经籍,以辩明邦国之大典,而备顾问应对。凡天下图书之遗逸,贤才之隐滞,则承旨而征求焉。"《初学记》《开元礼》《六典》等一系列典籍的编写均与集贤院相关。

池田温在《盛唐之集贤院》中曾经总结:"皇帝征文学之士与诸馆院,其用凡有二途,一方管掌学艺,撰述编幕以辅文治,而他方领掌王言制诰,密迩于帝旨,专为天子之秘书也……只集贤一院,概不干预教育。虽是文学之士

---

① （唐）李林甫撰,陈仲夫点校:《唐六典》,中华书局,1992 年,第 254—255 页。

② （唐）李林甫撰,陈仲夫点校:《唐六典》,中华书局,1992 年,第 255 页。

③ 参见梁尔涛:《初唐弘文馆与文学》,郑州大学出版社,2014 年,第 68—77 页。

④ （唐）韦述撰,陶敏辑校:《集贤注记》,中华书局,2015 年,第 217 页。

任官捷径,其科第关系不甚密接。更不关于政治的机密,而专以斯文艺能为己任。有唐一朝,始终纯粹的文化机关也。集贤院之特色,盖在于兹矣。"①

与池田温先生的分析不同,根据《翰林院故事》和《翰林志》记载:"弘文馆学士会于禁中,内参谋猷,延引讲习,出侍舆辇,入陪宴私。""制诏书敕,犹或分在集贤。"②"至翰林置学士,集贤书诏乃罢。"③与弘文馆学士相同,集贤学士更多的是作为文馆人员出现的,学士被召入禁中草诏实际是重复了南朝临时授权中书舍人草制的历史,也是当时从权之举。

3.翰林学士(详见下节)

(四) 宰相

据叶梦得《石林燕语》卷五:"唐诏令虽一出于翰林学士,然遇有边防机要大事,学士所不能尽知者,则多为宰相以其处分之要者自为之辞,而付学士院使增其首尾常式之言而已,谓之'诏意',故无所更易增损。"④此类事件最典型的事例即为武宗时李德裕。据《资治通鉴》卷二四七:会昌三年,"三月,以太仆卿赵蕃为安抚黠戛斯使。上命李德裕草赐黠戛斯可汗书……自回鹘至塞上及黠戛斯入贡,每有诏敕,上多命德裕草之。德裕请委翰林学士,上曰:'学士不能尽人意,须卿自为之。'"可见,宰相因为事务的亲自处置和重大变故,也拥有皇帝授予的草诏权。

第二节　中书舍人与翰林学士

对中书舍人草诏权分割最多的机构当属翰林院。翰林院中拥有草诏权的学士有两种名号,一为中书舍人,二为他官知制诰。尤其后者与上节不同,先行辨析之。

一、翰林院中的"知制诰"

在翰林院中,学士基本以员外郎知制诰——郎中知制诰——中书舍人——侍郎知制诰的顺序作为升迁规律,上节中所列举的他官知制诰并未

---

① 〔日〕池田温:《盛唐之集贤院》,《唐研究论文选集》,中国社会科学出版社,1991年,第192页。

② (宋)洪遵:《翰苑群书》,傅璇琮、施纯德编:《翰学三书》,辽宁教育出版社,2003年,第15页。

③ (宋)洪遵:《翰苑群书》,傅璇琮、施纯德编:《翰学三书》,辽宁教育出版社,2003年,第1页。

④ (宋)叶梦得著,李欣校注:《石林燕语》,三秦出版社,2004年,第106页。

包括翰林学士中的知制诰情形。

张东光在《唐宋时期的中枢秘书官》中认为,在唐宋时期,翰林学士和中书舍人分别代表皇帝和宰相行使草诏出令职能,翰林院中的中书舍人和知制诰实际上是属于皇帝的秘书,而非宰相判官。① 这种说法很有道理。相应的,中书舍人和他官知制诰自翰林院设立后,实际存在着两个系统:即中书省中的中书舍人及知制诰;翰林院中书舍人及知制诰。

翰林院中的学士虽属皇帝近臣,但以他官充入,故其对外仍常以他官称之,且不入本曹办公。如李肇《翰林志》所记载:"凡学士无定员,皆以他官充,下自校书郎,上及诸曹尚书,皆为之所入,与班行绝迹,不拘本司,不系朝谒。"②例如元稹《杨嗣复权知兵部郎中》中说:"兵部郎中二员,一在侍从,不居外省,旁求其一,破甚难之。"③说明杨嗣复在任翰林学士时,并不参与兵部事务。可见,翰林学士中的充员,只为学士而不为本官之事务。

他官知制诰,是以他官履行中书舍人职责,翰林院中的知制诰者,并不参与中书省事务。据元稹《中书省议举县令状》,署"元和十五年八月日中书舍人臣武儒衡等奏:驾部郎中知制诰臣李宗闵、中书舍人臣王起、库部郎中知制诰臣牛僧孺、祠部郎中知制诰臣元稹"。④ 考元和十五年在任的中书舍人和郎官知制诰,包括中书省的元稹(祠部郎中、知制诰)、王起、牛僧孺(元和十五年库部郎中、知制诰)、李宗闵(驾部郎中、知制诰,后为中书舍人)、武儒衡、白居易(主客郎中、知制诰),翰林学士院的韦处厚(户部郎中、知制诰)、沈传师(闰正月为兵部郎中、知制诰)、段文昌、杜元颖(司勋员外郎、知制诰,闰正月为中书舍人,十一月户部侍郎、知制诰),文中杂署姓名者正是中书省官员,而翰林学士院中并无人参与。这是证明中书舍人以及"知制诰"存在两个系统的最直接证据。

李虞仲《授学士王源中等中书舍人制》中说:"朝庭之制,外有纶闱之职,以奉大猷,中有翰苑之司,以专密命。帝王懿范,备举而行,森然在前,其道一贯。"(《全唐文》卷六九三)也强调了中书和翰林的分工。文中还提到:"藉右掖之芳名,参内庭之重任。"从某种角度也在说明,中书舍人只是表面的名号,而翰林学士才是真正要履行的职务。所以王源中、宋申锡在分别权知中书舍人和任户部侍郎知制诰的同时,同时都任翰林学士。如叶梦得

---

① 详见张东光:《唐宋时期的中枢秘书官》,《历史研究》,1995年第4期。
② (宋)洪遵:《翰苑群书》,傅璇琮、施纯德编:《翰学三书》,辽宁教育出版社,2003年,第4页。
③ (唐)元稹撰,冀勤点校:《元稹集》,中华书局,1982年,第499页。
④ (唐)元稹撰,冀勤点校:《元稹集》,中华书局,1982年,第414页。

《石林燕语》卷五所云："如翰林学士、侍读学士、侍讲学士，乃是职事之名耳。"①

叶梦得《避暑录话》云："学士未满一年，未得为知制诰，不与为文。岁满，迁知制诰，然后始并直。"②按叶梦得的记载，"知制诰"是翰林学士取得草诏权的标志，但据岑仲勉等学者考证，未加知制诰，也能起草内制文书。③又如张仲素，《唐会要》卷五七"翰林院"记载："（元和）十三年，上御麟德殿，召对翰林学士张仲素、段文昌、沈传师、杜元颖，以仲素等自讨叛奉书诏之勤，赐仲素以紫，文昌等以绯。""讨叛"指评定吴元济之乱，元和十二年十一月诛杀吴元济，而后"（元和十三年）二月乙亥，御麟德殿，宴群臣，大合乐，凡三日而罢，颁赐有差"。据丁居晦《重修承旨学士壁记》记载，其元和十一年八月十五日入翰林院，为礼部郎中，十三年二月十八日，改司封郎中、知制诰，期间正为平叛乱之时，其未加知制诰时即已草诏。

翰林学士中的他官知制诰，属于学士中资历和升迁的标志，刘禹锡有《唐故中书侍郎平章事韦公集纪》："内署故事与外廷不同，凡言翰林学士必草诏书，有侍讲兼备顾问。虽官为中书舍人或他官知制诰，第用其班次耳，不窜言于训词。"④

另外，根据长庆二年七月的规定，以员外郎知制诰的，通计二周年各依本行迁转，以郎中知制诰，亦经二周年后正拜中书舍人。如是中行（户部、刑部）、后行（礼部、工部）郎中，须转前行（吏部、兵部）一周年后正除舍人。如果本官低于员外郎知制诰，则转员外郎，另以二周年为限，谏议大夫知制诰正拜中书舍人，同前行郎中，经二周年正除。给事中、翰林学士兼知制诰不受上述限制（详见《唐会要》卷五五"中书舍人"）。这些都说明翰林学士院中的知制诰官员的特殊性。如段文昌，据丁居晦《重修承旨学士壁记》记载：

> （相）段文昌，元和十一年八月十五日，自祠部员外郎充。十三年正月十二日，加本司郎中。二月十八日，赐绯。十四年四月，加知制诰。十五年正月二十三日，迁中书舍人。闰正月一日，赐紫。八日，拜中书侍郎平章事。⑤

---

① （宋）叶梦得著，李欣校注：《石林燕语》，三秦出版社，2004年，第99页。
② （宋）叶梦得撰，田松青、徐时仪校点：《避暑录话》，上海古籍出版社，2012年，第146页。
③ 参见岑仲勉：《〈白氏长庆集〉伪文》，《岑仲勉史学论文集》，中华书局，1990年。
④ （唐）刘禹锡著，瞿蜕园笺证：《刘禹锡集笺证》，上海古籍出版社，1989年，第486页。
⑤ （宋）洪遵：《翰苑群书》，傅璇琮、施纯德编：《翰学三书》，辽宁教育出版社，2003年，第34页。

元和十四年四月为祠部郎中、知制诰,十五年正月正拜中书舍人,祠部郎中属后行郎中,如正除当在转前行后一周年,段文昌明显升迁过快。再看长庆二年之后的韦表微,丁居晦《重修承旨学士壁记》记载:

> 韦表微,长庆二年二月二日,自监察御史充。四日,赐绯。五月三日,迁右补阙内供奉。三年九月三十日,拜库部员外郎。四年五月二十四日,赐紫。二十七日,加知制诰。宝历元年五月二十五日,拜中书舍人。二年正月,迁户部侍郎、知制诰。大和二年二月二十八日,加承旨。三年八月二十日,以疾出,守本官。①

据《旧唐书》本纪,文宗于宝历二年十二月即位,傅璇琮认为韦表微当为宝历三年二月为户部侍郎、知制诰。② 长庆四年五月为库部员外郎、知制诰,宝历元年五月拜中书舍人,若按规定当二周年后以郎中知制诰,再二周年方可正拜,韦表微则是一年后直接迁升。

所以,知制诰只是作为一种升迁的资历,在朝廷上"脸面"的存在。无论是中书舍人任前的郎官知制诰,或者中书舍人后的侍郎知制诰,只要其在翰林学士院,履行的就是学士的职务,与外廷他官知制诰不同。

另外,皇帝在翰林学士中选择以知制诰和中书舍人作为其逐渐升迁的标志,其原因有三:其一,在翰林学士院设立初期,是将中书舍人引入院中为翰林学士,此成为传统,后世袭之。其二,翰林学士与中书舍人及他官知制诰在人员素质和行政职能上相似,都是起草诏书和提供意见供决策者参考,只是前者为皇帝,后者为宰相。其三,翰林学士院虽然是由最高统治者设立,但毕竟对原有的行政体系造成了冲击,为避免政令出于内廷不经外朝的议论,故在表面上仍以官职名称维系原来"中书出令"的形式。

既然翰林院中的翰林学士以知制诰和中书舍人为院内升迁的标识,并不去中书省办公。那中书省的中书舍人与翰林院有什么联系呢?

二、中书舍人与翰林学士之地位变化

翰林学士是唐代后期中枢机构的重要组成,是皇帝的顾问和秘书,是唐代后期制诰的主要起草者。

① (宋)洪遵:《翰苑群书》,傅璇琮、施纯德编:《翰学三书》,辽宁教育出版社,2003年,第36页。
② 傅璇琮:《唐翰林学士传论》,辽海出版社,2011年,第606页。

《旧唐书·职官志》记载了翰林院设置的过程：

> 武德、贞观时，有温大雅、魏征、李百药、岑文本、许敬宗、褚遂良。永徽后，有许敬宗、上官仪，皆召入禁中驱使，未有名目。乾封中，刘懿之刘祎之兄弟、周思茂、元万顷、范履冰，皆以文词召入待诏，常于北门候进止，时号"北门学士"。天后时，苏味道、韦承庆，皆待诏禁中。中宗时，上官昭容独当书诏之任。睿宗时，薛稷、贾膺福、崔湜，又代其任。玄宗即位，张说、陆坚、张九龄、徐安贞、张垍等，召入禁中，谓之翰林待诏。王者尊极，一日万机，四方进奏、中外表疏批答，或诏从中出。宸翰所挥，亦资其检讨，谓之视草，故尝简当代士人，以备顾问。至德已后，天下用兵，军国多务，深谋密诏，皆从中出。尤择名士，翰林学士得充选者，文士为荣。亦如中书舍人例置学士六人，内择年深德重者一人为承旨，所以独承密命故也。德宗好文，尤难其选。贞元已后，为学士承旨者，多至宰相焉。

学界对唐代翰林学士的研究已颇为深入，岑仲勉、傅璇琮、袁刚、毛蕾等人都有较为详尽的史料考述和分析，毛蕾《唐代翰林学士》中提出，翰林院设置之初，人选对象都是中书舍人，这是玄宗将草诏权向自己集中的体现。[1] 实际上，这是在三省制形成时，中书舍人成为宰相判官后，君主加强自己直属权力的表现。

首先，以中书舍人入院充翰林学士和翰林学士以中书舍人出院两种情况。考察这些人的入院与出院的细节，能探知中书舍人与翰林学士之部分关系。[2]

1. 自中书舍人充者包括吕向、张渐、窦华、苏源明、王涯、郑澣、归融、丁居晦、郑延休、杜让能、李蹊、薛贻矩、张文蔚、令狐涣、韦郊、杨注等人。择要考订如下：

吕向。据丁居晦《重修承旨学士壁记》："中书舍人充供奉，出院拜工部侍郎。"[3]吕向在入院之前即早有文名，曾经参与为《文选》作注，能作"连锦书"，《新唐书》本传记载其"开元十年，召入翰林，兼集贤院校理，侍太子及诸王为文章"。在玄宗读到他的诗作之后，所给的赞语是"族茂飞熊，才方

① 详见毛蕾：《唐代翰林学士》，社会科学文献出版社，1999年。
② 本节翰林学士任职所据为傅璇琮：《唐翰林学士传论》及晚唐卷所考唐代翰林学士年表。
③ （宋）洪遵：《翰苑群书》，傅璇琮、施纯德编：《翰学三书》，辽宁教育出版社，2003年，第29页。

班马。考理篇籍,抑扬风雅"。① 因此,在翰林学士院设置之时,吕向入院或许带有更多的理所当然性质。

张渐和窦华以中书舍人入翰林院,应该是杨国忠的提携。杨国忠在天宝十载之时,遥领剑南、山南西道采访处置使,"开幕府,引窦华、张渐、宋昱、郑昂、魏仲犀等自佐,而留京师"。张渐和窦华的相关史料缺失,入院之前没有发现更多超出旁人的才能,所以入院可能是当时杨国忠的安排。盖因此时翰林学士尚未在政治上成长,且如《旧唐书》卷一〇八《韦见素传》记载:"国忠访于中书舍人窦华、宋昱等。"中书舍人是宰相的近臣,颇有权势。

苏源明的入院应该是因为肃宗出于扶植自我力量的考虑。苏源明早年贫苦,《自举表》中自称"草莽臣",曾任国子司业,与郑虔、杜甫、独孤及有较多交往,《新唐书》本传记载:"安禄山陷京师,源明以病不受伪署。肃宗复两京,擢考功郎中知制诰。"据傅璇琮《唐翰林学士传论》考订当在乾元元年五月前正除。② 对于没有朝廷靠山又忠于唐王朝的官员,肃宗的封赏也在情理之中。

以上人物都在翰林院设置前期,入院之时带中书舍人职务似乎是惯例。从入院的考试也可以看出这一点,据叶梦得《避暑录话》卷下:"舍人不试。盖舍人乃其本职,且多自学士迁也。"③翰林院是皇帝的秘书机构,供奉中草诏是与中书舍人相同的工作,所以在某种意义上,翰林学士是与中书舍人工作地点不同的"秘书"。

其后的就不必如此。王涯以中书舍人入院为再入。其在德宗朝曾经入院,元和三年参加制科覆试,被贬官,后任礼部员外郎和兵部员外郎、知制诰。其后,据岑仲勉、吴汝煜、胡可先等学者考订,正除中书舍人后,对白居易有落井下石之言。《新唐书》本传记载:"涯文有雅思,永贞、元和间,训诰温丽,多所稿定。帝以其孤进自树立,数访逮,以私居远,或召不时至,诏假光宅里官第,诸学士莫敢望。"可见,王涯的再入院是宪宗看重了其制诰之能。

2. 以中书舍人出院者包括卫次公、令狐楚、徐商、崔慎由、郑薰、严祁、李瓒、郑彦昌。择要说明如下:

比如卫次公。丁居晦《重修承旨学士壁记》记载他"贞元八年四月二十日,自左补阙充,二十一年二月二十二日,加司勋员外郎,赐绯鱼袋,三月十

---

① （宋）王应麟辑:《玉海》卷一百六十七,广陵书社,2003年,第3062页。
② 傅璇琮:《唐翰林学士传论》,辽海出版社,2011年,第237页。
③ （宋）叶梦得撰,田松青、徐时仪校点:《避暑录话》,上海古籍出版社,2012年,第146页。

七日,知制诰,元和三年正月,权知中书舍人,出院"。①《旧唐书》本传记载
其"寻知礼部贡举,斥浮华,进贞实,不为时力所摇。真拜中书舍人,仍充史
馆修撰,迁兵部侍郎、知制诰,复兼翰林学士"。可见其带舍人出院是为
科举。

令狐楚。据《旧唐书》本传:"元和九年,(皇甫)镈初以财赋得幸,荐俛、
楚俱入翰林,充学士,迁职方郎中、中书舍人,皆居内职。时用兵淮西,言事
者以师久无功,宜宥贼罢兵,唯裴度与宪宗志在殄寇。十二年夏,度自宰相
兼彰义军节度、淮西招抚宣慰处置使。宰相李逢吉与度不协,与楚相善。楚
草度淮西招抚使制,不合度旨,度请改制内三数句语。宪宗方责度用兵,乃
罢逢吉相任,亦罢楚内职,守中书舍人。元和十三年四月,出为华州刺史。"
《新唐书》本传记载稍不同:"宪宗时,累擢职方员外郎,知制诰。其为文,于
笺奏制令尤善,每一篇成,人皆传讽。皇甫镈以言利幸,与楚、萧俛皆厚善,
故荐于帝。帝亦自闻其名,召为翰林学士,进中书舍人。方伐蔡,久未下,议
者多欲罢兵,帝独与裴度不肯赦。元和十二年,度以宰相领彰义节度使,楚
草制,其辞有所不合,度得其情。时宰相李逢吉与楚善,皆不助度,故帝罢逢
吉,停楚学士,但为中书舍人。俄出为华州刺史。后它学士比比宣事不切
旨,帝抵其草,思楚之才。"具体时间,可见丁居晦《重修承旨学士壁记》和元
稹《承旨学士院记》。罢学士之因《册府元龟》卷五五三《词臣部》"谬误"条
记载较详:"(元和)十二年七月丙辰,以中书侍郎平章事裴度为门下侍郎平
章事,充彰义军节度,由光蔡等州观察淮西宣慰处置等使,其制翰林学士中
书舍人令狐楚所草也,度以是行兼招抚,请改其辞中'未翦其类'为'未革其
志',又韩弘为都统,请改'更张琴瑟'为'近辍枢轴',又改'烦我台席'为
'授以成筭'。宪宗皆从之,乃罢楚学士。"②

可见,翰林院在开始成立之时,只是作为皇帝内廷中的秘书机构,尚且
遮遮掩掩,所以中书舍人进入翰林院依然有之前的待诏性质,对个人政治前
途而言无甚所谓。但在唐代后期,中书舍人与翰林学士的区别已然非常明
显。翰林学士因深处内廷而具备了前所未有的权力,他们可以在皇帝与朝
臣讨论完毕后对皇帝提出建议,有大概率升为宰相。中书舍人如以本官出
院,已然是贬谪,出院后,或者历练后重新入院,或者再次贬官。

此外,在社会地位上翰林学士高于中书舍人的记载开始出现。据《旧

---

① (宋)洪遵:《翰苑群书》,傅璇琮、施纯德编:《翰学三书》,辽宁教育出版社,2003年,第
32页。

② (宋)王钦若等:《册府元龟》第7册,中华书局,1960年,第6640页。

唐书》卷一六八《钱徽传》:"(元和)十一年,王师讨淮西,诏朝臣议兵,徽上疏言用兵累岁,供馈力殚,宜罢淮西之征。宪宗不悦,罢徽学士之职,守本官。"前文中所引的旧《令狐楚传》:"楚草度淮西招抚使制,不合度旨,度请改制内三数句语。宪宗方责度用兵,乃罢逢吉相任,亦罢楚内职,守中书舍人。元和十三年四月,出为华州刺史。"钱徽和令狐楚的职务变化明显是以翰林学士为重,而以中书舍人次之,对其惩戒均为罢学士之职,而守本官。

其次,以部分典型年份为例,考察中书舍人与翰林学士关系变迁的简单历程。

1. 开元二十六年

本年为翰林院初设。翰林学士在院者吕向、尹愔。①

此时中书舍人在任者有孙逖。据孙逖《旧唐书》本传:"二十四年,拜逖中书舍人……丁父丧免。二十九年服阕,复为中书舍人。其年充河东黜陟使。"同时还有苗晋卿,《旧唐书》本传载:"二十四年,与吏部郎中孙逖并拜中书舍人。二十七年,以本官权知吏部选事。"还有韦陟,《旧唐书》本传载:"张九龄一代辞宗,为中书令,引陟为中书舍人,与孙逖、梁涉对掌文诰,时人以为美谈。"张九龄开元二十二年五月至二十四年十一月中书令在任,可知此间韦陟被引为中书舍人。离任据《唐仆尚丞郎表》考订,开元二十九年韦陟由中书舍人迁礼部侍郎。② 前文所提到的梁涉在开元二十六年六月被贬官。

因此,此时至少孙逖、苗晋卿、韦陟在中书舍人任,且都是时人以为称职者,当时吕向则如前文所述,是以中书舍人入翰林学士院,吕向和尹愔在翰林院并未有更多记载。可见,这一时期,翰林学士群体未发挥更大作用。

2. 建中四年

翰林学士在院者张周、姜公辅、赵宗儒、归崇敬、陆贽、吴通微、吴通玄、顾少连。陆贽是整个唐代最著名的翰林学士,这是他入院的第一年。

根据傅璇琮《唐翰林学士传论》所考:张周本以洛阳县尉入院,其后在建中三年二月前迁为洛阳县丞,建中四年约在此任,再后为河南府兵曹参军;姜公辅约在德宗即位之初以左拾遗入院,一年后,也就是建中四年四月,为京兆户曹参军。与姜公辅同时的还有赵宗儒,赵自建中元年入院,建中四年四月为屯田员外郎,但本年十一月出院。归崇敬在建中元年与姜、赵同时入院,入时为国子司业,时年六十九岁,为高龄,建中四年为左散骑常侍。这

---

① 翰林学士在院根据傅璇琮《唐翰林学士传论》与毛蕾《唐代翰林学士》综合整理。
② 严耕望:《唐仆尚丞郎表》,上海古籍出版社,2007年,第124页。

一职位也较为特殊,为从三品。顾少连是在"德宗幸奉天,徒步诣谒,授水部员外郎、翰林学士"。所以,顾少连入院明显带有奖励性质。

陆贽在建中四年四月祠部员外郎入院,年仅二十八岁。陆贽是参与德宗政务最多的一个,据《资治通鉴》卷二二九,他曾在建中四年八月预警兵穷民困将生内变,在十一月,"上问陆贽以当今切务。贽以向日致乱,由上下之情不通,劝上接下从谏,乃上疏……"胡三省评:"德宗致乱之事,诚如贽言。"

吴通微与吴通玄为兄弟,通微在建中四年三月稍后以员外郎入院,建中四年十二月为郎中,本月通玄以侍御史入院。二人在十月均随德宗出逃,"同职禁署,人士荣之"。

本年中书舍人在任可考者只有刘太真。据《全唐文》卷五三八有裴度《刘府君神道碑铭并序》:"德宗皇帝即位,征拜起居郎,载笔丹陛,休风蔼然。改尚书司勋员外郎,寻转吏部员外郎……迁驾部郎中知制诰,焕发人文,昭宣帝命。典谟载晖于紫闼,讽议独立于清朝,以称职赐绯鱼袋。建中四年夏,正授中书舍人。是冬狂寇窃发,乘舆薄狩,奔走陪扈,遣恤其家。兴元反正,拜工部侍郎。"可知,约建中末刘太真为驾部郎中、知制诰,建中四年夏为中书舍人,兴元元年为工部侍郎。

相对于在院的翰林学士,刘太真是按部就班的外廷官员,而尽管陆贽等人此时职位不高(归崇敬因年龄而任职特殊),但其秘书和近臣的特征已经显示,他们可以与皇帝知无不言的交流(如陆贽),可以与王爷代表德宗宣慰诸臣(如姜公辅),尽管这种交流很难说是福是祸。

3. 贞元八年

这一年是陆贽出院的第二年。贞元七年,陆贽在朝廷斗争中失势,以兵部侍郎出院,本年权知贡举。在院者有归崇敬、吴通微、吴通玄、顾少连、韦执谊、梁肃、韦绶、郑绸、郑余庆、卫次公。

其中归崇敬贞元七年七月为工部尚书,八年为兵部尚书,八月致仕出院。吴通玄为谏议大夫、知制诰,与宰相窦参"共倾陆贽","令人造谤书,言贽考试举人不实,招纳贿赂"(《旧唐书》卷一九〇下《吴通玄传》),其后东窗事发,贬为陈州司马。通微七年时为礼部郎中,后改中书舍人,四月贬为泉州司马。顾少连本年为中书舍人,四月改户部侍郎出院。韦执谊本年为起居舍人知制诰,"德宗尤宠异"(《旧唐书》卷一三五《韦执谊传》)。梁肃为左补阙兼太子侍读,曾参与陆贽的知贡举,韦授为左补阙,"密政多所参逮"(《新唐书》卷一六九本传)。其他有三位本年四月入院者,郑绸为司勋员外郎、知制诰入院,郑余庆以库部郎中入院,卫次公以左补阙入院。

　　本年中书省舍人在任者有:

　　郑珣瑜。据《旧唐书·德宗本纪》:贞元八年八月,"甲午,给事中郑瑜为中书舍人"(据《旧唐书校勘记》,郑瑜即为郑珣瑜)。可知,郑珣瑜此时自给事中拜中书舍人。又有《唐会要》卷八一"考上"条:"(贞元八年)其年十月,以刑部尚书刘滋为校外官考使,吏部侍郎杜黄裳为校京官考使,给事中李巽宜监京官考,中书舍人郑珣瑜宜监外官考。"离任时间,据《唐仆尚丞郎表》,郑珣瑜约贞元十年任吏部侍郎。①

　　奚陟。《旧唐书》本传载:"贞元八年,擢拜中书舍人。是岁,江南、淮西大雨为灾。令陟劳问巡慰,所在人安悦之……迁刑部侍郎。"刘禹锡《唐故朝议郎守尚书吏部侍郎上柱国赐紫金鱼袋赠司空奚公神道碑》记载略同。权德舆《祭吕给事文》又载:"维贞元九年岁次癸酉,正月庚辰朔。二十一日庚子,右谏议大夫阳城,给事中徐岱、李衡,中书舍人奚陟,尚书驾部郎中知制诰张式,左补阙权德舆谨以清酌庶羞之奠,敬祭于故给事中吕公之灵。"②可见此时仍在任上。

　　高郢。《旧唐书》本传载:"德宗还京,命谏议大夫孔巢父、中人啖守盈赴河中宣慰怀光,授以太保……未几,征拜主客员外,迁刑部郎中,改中书舍人。凡九岁,拜礼部侍郎。"《唐会要》卷八二"甲库"条:"贞元八年闰十二月,给事中徐岱、中书舍人奚陟、高郢等奏:比来甲敕,祗下刑部,不纳门下省甲库。如有失落,无处检覆,今请准制敕,纳一本入门下甲库,以凭检勘。敕旨。依奏。"其他《全唐文》卷四七六崔损《祭成纪公文》记载贞元十二年,权德舆《祭故徐给事文》记载贞元十四年,③《祭故奚吏部文》记载贞元十五年十二月二十六日,④高郢均在中书舍人任上。《唐仆尚丞郎表》考订贞元十四年冬高郢以中书舍人权知礼部侍郎,贞元十六年正除。⑤

　　这一年,对翰林学士而言是大换班的一年,陆贽前一年出院,但未完全失宠,吴氏兄弟却彻底丧失了德宗的信任,取而代之的是韦执谊和韦授继续以较低的职事官职为德宗出谋划策。而中书舍人郑珣瑜、奚陟、高郢三人无功无过,升迁上按部就班。

　　4. 长庆元年

　　本年,李德裕在翰林院,"禁中诏书大手笔,多诏德裕草之"(《旧唐书》

---

①　严耕望:《唐仆尚丞郎表》,上海古籍出版社,2007年,第154页。
②　(唐)权德舆撰,郭广伟校点:《权德舆诗文集》,上海古籍出版社,2008年,第780页。
③　(唐)权德舆撰,郭广伟校点:《权德舆诗文集》,上海古籍出版社,2008年,第778页。
④　(唐)权德舆撰,郭广伟校点:《权德舆诗文集》,上海古籍出版社,2008年,第779页。
⑤　严耕望:《唐仆尚丞郎表》,上海古籍出版社,2007年,第157页。

卷一七四《李德裕传》），而白居易在本年为中书舍人，在《白氏长庆集》中也有专门的中书制诰。

本年翰林学士在院者：

沈传师。元和十五年正月为司勋郎中在院，长庆元年二月迁中书舍人，长庆二年二月以中书舍人出院。据杜牧《唐故尚书吏部侍郎赠吏部尚书沈公行状》："岁久，当为其长者凡再，公皆逡巡不就。上欲面授之，公奏曰：'学士院长，参议大政，出为宰相，臣自知必不能为。凡宰相之任，非能尽知天下物情，苟为之必致败挠。况今百姓其困，燕、赵适乱，臣以死不敢当，愿得治人一方，为陛下长养之。'因出称疾，特降中使刘泰伦起之，公称益笃。故相国李公德裕与公同列友善，亦欲公之起，辞说甚切，公终不出。"①可见，是沈传师在政治上的主动退缩造成了其后的出院。

杜元颖。"多识朝章，尤被宠"，元和十五年闰正月由司勋员外郎、知制诰正除为中书舍人，十一月为户部侍郎、知制诰，长庆元年二月同中书门下平章事。如《旧唐书》本传所说，"辞臣速达，未有如元颖之比"。

李绅。元和十五年正月以右拾遗入院，长庆元年三月为司勋员外郎、知制诰，二年时正拜。留有元和十五年六月所作《授韩弘河中节度使制》一篇。

其他：李肇，长庆元年正月出院。庾敬休，元和十五年礼部员外郎入院，长庆元年十月为礼部郎中出院。韦处厚，元和十五年二月以户部郎中、知制诰入院，为侍讲学士，以备咨询。路随，元和十五年二月自司勋员外郎入院为侍读学士，二人均至长庆二年为中书舍人。元和十五年三月，柳公权右拾遗入院为侍书学士，长庆二年九月为右补阙。高铢，长庆元年十一月以起居郎，蒋访以右补阙入院。以上都是旨在弥补前者出院的人员缺额。

李德裕。在元和十五年闰正月以监察御史入院，二月迁为屯田员外郎，长庆元年三月为考功郎中、知制诰，本年李德裕有《杜元颖平章事制》。二年正月为承旨学士。元稹，长庆二年以祠部郎中、知制诰入院，即拜中书舍人，十月出院。期间有大量制诰。

本年尤其值得注意的是李德裕为穆宗起草策问，而当时贤良方正直言极谏科的主考官却是中书舍人白居易。不预外廷，是唐代翰林院的原则。

本年中书舍人在任者：

冯宿。据《旧唐书》本传："长庆元年，以本官（刑部郎中）知制诰。二年，转兵部郎中，依前充职。"

_____

① （唐）杜牧撰，吴在庆校注：《杜牧集系年校注》，中华书局，2008年，第925页。

王起。据《旧唐书》本传:"元和十四年,以比部郎中知制诰。穆宗即位,拜中书舍人。长庆元年,迁礼部侍郎。"

李宗闵。据《旧唐书·穆宗本纪》:元和十五年九月,"乙巳,以驾部郎中、知制诰李宗闵为中书舍人"。长庆元年四月,"贬礼部侍郎钱徽为江州刺史,中书舍人李宗闵为剑州刺史"。

杨嗣复。据《旧唐书·穆宗本纪》:长庆元年冬十月,"辛未,以中书舍人知贡举王起为礼部侍郎,兵部郎中杨嗣复为库部郎中、知制诰"。元稹有《杨嗣复可库部郎中知制诰》。正拜中书舍人约为长庆三年。又见《册府元龟》卷七〇七《令长部》"贪黩"条:"庞骥为遂宁县令,长庆四年,东川观察使奏骥犯赃事,下大理寺以法论。中书舍人杨嗣复等参酌曰……"①本年再为礼部侍郎。

白居易。《旧唐书》本传载:"明年(元和十五年),转主客郎中、知制诰,加朝散大夫,始著绯。时元稹亦征还为尚书郎、知制诰,同在纶阁……居易累上疏论其事,天子不能用,乃求外任。(长庆二年)七月,除杭州刺史。"

本年是穆宗即位的第二年。穆宗一方面整顿翰林院,维持人员数量,在名目上确立侍读、侍讲、侍书学士等名目;一方面在中书省也维持了正常的运行。双方互不干扰地进行了外廷与内廷的分工,在后世,渐成定制。

通过上述四个具备关节性质的年份,可以基本勾勒出中书舍人与翰林学士在历史发展中的此消彼长:中书舍人地位日降,而翰林学士势力日强。

三、翰林学士与中书舍人的内外制分工

关于翰林学士的产生,《唐会要》卷五七"翰林院"条载:"玄宗以四隩大同,万枢委积,诏敕文诰,悉由中书,或虑当剧而不周,务速而时滞,宜有编掌列于宫中,承遵迩言以通密命。由是始选朝官有词艺学识者,入居翰林供奉敕旨。于是中书舍人吕向、谏议大夫尹愔元充焉。虽有密近之殊,亦未定名制,诏书敕犹或分在集贤,时中书舍人张九龄、中书侍郎徐安贞等迭居其职,皆被恩遇。至二十六年,始以翰林供奉改称学士,由是别建学士院,俾掌内制,于是太常少卿张洎、起居舍人刘光谦等首居之,而集贤所掌,于是罢息。"可知,制诰的起草是翰林供奉、集贤院学士、中书舍人共同为之。其分工,据《新唐书·百官志》载:"玄宗初,置'翰林待诏',以张说、陆坚、张九龄等为之,掌四方表疏批答、应和文章;既而又以中书务剧,文书多壅滞,乃选文学之士,号'翰林供奉',与集贤院学士分掌制诏书敕。"

---

①　(宋)王钦若等:《册府元龟》第9册,中华书局,1960年,第8418页。

翰林学士和中书舍人的内外制有别，《文苑英华》收录制诰时（卷三八〇至四七二）曾经进行划分，其中中书制诰分为北省、翰苑、南省、宪台、卿寺、诸监、馆殿、环卫、东宫、京府、诸使、郡牧、幕府、上佐、宰邑、封爵、加阶、内官、命妇等十九目，翰林制诏分为赦书、德音、册文、制书、诏敕、批答、蕃书、铁券文等八目（岑仲勉等人对这种分类不准确已有辨析），提供了当时大体上内外制的主要类型区别。从内容可见，翰林学士所起草都是军国大事，中书舍人所草更多是国家庶务。如权德舆《答杨湖南书》所说：“德音宥密皆出自中禁，而西掖所掌，止于命官。”①

翰林学士和中书舍人分掌内、外制主要酝酿于德宗时期。如有关陆贽的记载：“建中四年，朱泚谋逆，从驾幸奉天。时天下叛乱，机务填委，征发指踪，千端万绪，一日之内，诏书数百。贽挥翰起草，思如泉注，初若不经思虑，既成之后，莫不曲尽事情，中于机会；胥吏简札不暇，同舍皆伏其能。”“尝以‘词诏所出，中书舍人之职，军兴之际，促迫应务，权令学士代之；朝野又宁，合归职分，其命将相制诏，却付中书行遣’。又言‘学士私臣，玄宗初令待诏，止于唱和文章而已’。物议是之。”（《旧唐书》卷一三九《陆贽传》）这里尤其要注意的是陆贽要求将草诏的权力回归中书省，也就是由中书舍人起草，这是对中书舍人权力的尊重，也是对中书门下体制的回归。

德宗朝，以陆贽为首的翰林学士大量起草重要诏书，原因在于前朝“政事多托于宰相，而元载专权乱国事”。② 德宗要将大部分权力收归自己手中，主要表现就是两省官员缺额但并不补员，尤其表现在对有草诏权的“宰相判官”——中书舍人的态度上，从德宗朝中书舍人和翰林学士人员数量的配备上即可看到这一点。权德舆“居西掖八年，其间独掌者数岁”，而此八年中，翰林学士有吴通微、韦执谊、韦绥、郑絪、郑余庆、卫次公等人。

当然，这种冷落中书省只是德宗的个人行为，并没有在制度上给予固定，如陆贽《奏天论赦书事条状》：

> 右隐朝奉宣圣旨，并以中书所撰赦文示臣，令臣审看可否，如有须改张处，及事宜不尽，条录奏来者。
> 臣谨如诏旨，详省再三，犹惧所见不周，兼与诸学士等参考得失。佥以为纲条粗举，文理亦通，事多循常，辞不失旧，用于平昔，颇亦可行，

---

① （唐）权德舆撰，郭广伟校点：《权德舆诗文集》，上海古籍出版社，2008 年，第 648 页。
② （宋）王谠撰，周勋初校正：《唐语林》，中华书局，1987 年，第 191 页。

施之当今,则恐未称。①

文中"中书所撰赦文"说明,在德宗时,赦书这种内制依然是由中书省起草。真正形成分化是在宪宗朝。朝廷诏书中的外制需经门下省,并加天子之宝为制敕,而内制为重要诏书,并且在宪宗之前,内制不经两省,不用六宝。自"元和初,学士院别置书诏印。凡赦书、德音、立后、建储、大诛讨、拜免三公将相曰'制',百官班于宣政殿而听之。赐与征召,宣索处分之诏,慰抚军旅之书,祠飨道释之文,陵寝荐献之表,答奏疏赐军号,皆学士院主之,余则中书舍人主之。"(《册府元龟》卷五五〇《词臣部》"总序")②此后,翰林学士和中书舍人分掌内外制算是从形式上成立。

韦执谊《翰林院故事》记载:"故事,中书省用黄白二麻,为纶命重轻之辨,近者所出,独得黄麻;其白麻皆在此院,自非国之重事,拜授将相、德音赦宥,则不得由于斯。"③进一步,按照李肇《翰林志》所言,对翰林学士所草诏敕进行总结,应该包括:制,包括德音、赦书、立后、建储、大诛讨、拜免三公宰相、命将;诏,包括对节度和藩镇的征召、宣索文书;青词,包括慰劳军旅、批答奏疏、祭祀文书、与周边藩属的外事公文;等等。

当然,内外制草诏权的划分并没有十分严格。以具体留存制书为例,代宗时杨炎存文章两卷,其中有制文两篇《王缙兼幽州节度使制》和《杜鸿渐兼东都留守制》,王、杜二人均为宰相,二人兼职之授命属重要制书,当时杨炎是以中书舍人之权撰写。与杨炎齐名的常衮在任中书舍人时所撰制词,《大历四年大赦天下制》《大历五年大赦天下制》《大历七年大赦天下制》等赦书也属于重要内制。还有于邵,大历末时为谏议大夫、知制诰,未入翰林学士院,但"当时大诏令,皆出于邵"(《旧唐书》卷一三七《于邵传》)。张连成曾分析肃宗后主要中书舍人和翰林学士的所草制书,进而得出结论,肃宗、代宗时期,草内制的权力分散在中书舍人、翰林学士、集贤院学士三个群体中,其中中书舍人拥有大部分的内外制草诏权力。

人们往往重视李肇《翰林志》中所说的:"赋权日重,于是凡赦书、德音、立后、建储、大诛讨、免三公宰相、命将相,皆出于斯。"认为这是重要的诏敕,但其中还有一类是尤其值得注意,即批答。白居易所留翰林制诰保存较为完整,参照岑仲勉《〈白氏长庆集〉伪文》的考订,其中有大量帝王批复,此

---

① (唐)陆贽撰,王素点校:《陆贽集》,中华书局,2006年,第413页。
② (宋)王钦若等:《册府元龟》第7册,中华书局,1960年,第6600页。
③ (宋)洪遵:《翰苑群书》,傅璇琮、施纯德编:《翰学三书》,辽宁教育出版社,2003年,第16页。

类文章不是家国大事,不是"大手笔",但却说明翰林学士地位上异常重要,这实际是代表帝王对朝廷日常事务的处理。

内外制分工问题,在有关翰林学士的研究成果中已然较多,上文是个人的补充,不再赘言。

第三节 中书舍人的权知贡举

一、唐代知贡举人员的变迁

唐代礼部侍郎主持科举,他官主持则称为权知贡举。对于知贡举人员的过程,《册府元龟》卷六三九《贡举部》"总序"中有清晰记载:

> 武德旧制,以考功郎中监试贡举,贞观以后,则考功员外郎专掌之……明皇开元二十四年制,令礼部侍郎专掌贡举……其后礼部侍郎缺人,亦以它官主之,谓之权知贡举。①

高祖武德五年有申世宁监试贡举,时为考功郎中,武德九年有房玄龄以记室考功郎中履行知贡举之职务。考功郎中为吏部官员,从五品上,"掌内外文武官吏之考课"(《唐六典》卷二)。② 此为唐代各项制度草创之时,人员不能固定,科举制度也在摸索期。

贞观元年为考功员外郎路澄清专门负责科举。就可考的自贞观至开元年间,担任知贡举的考功员外郎人员,③包括:

贞观十八年,来济;贞观二十年,王师旦;贞观二十二年,王师旦;贞观二十三年,王师旦;咸亨四年,杜易简;上元二年,骞味道;永隆二年,刘思立;开耀二年,刘思立;永淳二年,贾大隐;嗣圣元年,刘廷奇;光宅二年,刘廷奇;证圣元年,李迥秀;天册万岁二年,李迥秀;长安二年,张说;长安二年,沈佺期;长安四年,崔湜;神龙元年,崔湜;神龙二年,赵彦昭;神龙三年,苏颋;景龙二年,马怀素;景龙三年,宋之问;景龙四年,武平一;景云二年,卢逸;景云三年,房光庭;先天二年,房光庭;开元二年,王邱;开元三年,杨滔;开元四年,邵昇;开元五年,裴耀卿;开元六年,裴耀卿;开元七年,李纳;开元八年,李

---

① （宋）王钦若等:《册府元龟》第 8 册,中华书局,1960 年,第 7661 页。
② （唐）李林甫撰,陈仲夫点校:《唐六典》,中华书局,1992 年,第 41 页。
③ 本节知贡举人员据徐松《登科记考》和孟二冬《登科记考补正》整理,其中部分争议人物,笔者以注释说明。

纳;开元九年,员嘉静;开元十年,员嘉静;开元十三年,赵冬曦;开元十四年,严挺之;开元十五年,严挺之;开元十六年,严挺之;开元十七年,赵不为;开元十八年,刘日政;开元十九年,裴敦复;开元二十年,裴敦复;开元二十一年,李彭年;开元二十二年,孙逖;开元二十三年,孙逖;开元二十四年,李昂。

但开元二十四年的李昂却出现插曲,成为最后一位以考功员外郎知贡举者。据《大唐新语》卷十:

> 开元二十四年,李昂为考功,性刚急,不容物,乃集进士,与之约曰:"文之美恶,悉知之矣。考校取舍,存乎至公。如有请托于人,当悉落之。"昂外舅尝与进士李权邻居,相善,为言之于昂。昂果怒,集贡士数权之过。权曰:"人或猥知,窃闻之于左右,非求之也。"昂因曰:"观众君子之文,信美矣。然古人有言,瑜不掩瑕,忠也。其有词或不安,将与众详之,若何?"众皆曰:"唯。"及出,权谓众人曰:"向之斯言,意属吾也。昂与此任,吾必不第矣。文何籍为"乃阴求瑕。他日,昂果摘权章句小疵,榜于通衢以辱之。权引谓昂曰:"礼尚往来,来而不往,非礼也。鄙文之不臧,既得而闻矣。而执事有雅什,尝闻于道路,愚将切磋,可乎?"昂怒而应曰:"有何不可!"权曰:"耳临清渭洗,心向白云闲。岂执事辞乎?"昂曰:"然。"权曰:"昔唐尧衰怠,厌卷天下,将禅许由。由恶闻,故洗耳。今天子春秋鼎盛,不揖让于足下,而洗耳何哉?"昂闻,惶骇,诉于执政,以权不逊,遂下权吏。初,昂以强愎不受属请,及有吏请,求者莫不允从。由是庭议,以省郎位轻,不足以临多士。乃使吏部侍郎掌焉。宪司以权言不可穷竟,乃寝罢之。①

由于李权事件的争议,"开元二十四年冬,遂移贡举属于礼部。侍郎姚奕,颇振纲纪焉"。② 自本年开始,掌贡举之礼部侍郎依次为:

开元二十五年,姚奕;开元二十六年,姚奕;开元二十七年,崔翘;开元二十八年,崔翘;开元二十九年,崔翘;天宝元年,韦陟;天宝二年,达奚珣;③天宝三载,达奚珣;天宝四载,达奚珣;天宝五载,达奚珣;天宝六载,李严;天宝七载,李严;天宝八载,李严。其后人员职务有变动:天宝九载,李�(《唐语

---

① (唐)刘肃撰,许德楠、李鼎霞点校:《大唐新语》,中华书局,1984年,第153—154页。
② (唐)封演撰,赵贞信校注:《封氏闻见记校注》,中华书局,2005年,第16页。
③ 据《唐语林》卷八"补遗",达奚珣以中书舍人守礼部侍郎权知贡举。

林》作中书舍人）；天宝十载，李麟（兵部侍郎，《唐语林》作中书舍人①）；天宝十一载，李麟；天宝十二载，阳浚；天宝十三载，阳浚；天宝十四载，阳浚；天宝十五载，阳浚；至德二载，薛邕（右补阙兼礼部员外郎）；崔涣（门下侍郎），裴士淹（礼部侍郎）、李希言（礼部侍郎）；至德三载，裴士淹（礼部侍郎）。

《文献通考》卷三〇《选举考》中称："开元时以礼部侍郎专知贡举，其后或以他官领，多用中书舍人及诸司四品清资官。"②中书舍人的权知贡举实质是从乾元二年开始，直至唐末，间有参与。如下：

乾元二年，李揆（中书舍人兼礼部侍郎）；乾元三年，姚子彦（中书舍人）；善元二年，姚子彦（中书舍人）；宝应二年，萧昕（礼部侍郎）；广德二年，杨绾（礼部侍郎）；永泰元年，③上都：杨绾（尚书左丞）；东都：贾至（礼部侍郎）；永泰二年，上都：贾至（尚书右丞）；大历二年，上都：薛邕（礼部侍郎）；大历三年，上都：薛邕（礼部侍郎）；大历四年，上都：薛邕（礼部侍郎）；大历五年，上都：薛邕（礼部侍郎）；大历六年，上都：刘单（礼部侍郎）；大历七年，上都：张谓（礼部侍郎）；大历八年，上都：张谓（礼部侍郎）；大历九年，上都：张谓（礼部侍郎）东都：蒋涣（留守）；大历十年，上都：常衮（礼部侍郎）东都：蒋涣（留守）；大历十一年，④常衮（礼部侍郎）；大历十二年，常衮（礼部侍郎）；大历十三年，潘炎（礼部侍郎）；大历十四年，潘炎（礼部侍郎）；建中元年，令狐峘（礼部侍郎）；建中二年，赵赞（中书舍人）权知；⑤建中三年，赵赞（中书舍人）；建中四年，李纾（礼部侍郎）；兴元元年，鲍防（礼部侍郎）；贞元元年，鲍防（礼部侍郎）；贞元二年，鲍防（礼部侍郎）；贞元三年，鲍防（礼部侍郎）；贞元四年，刘太真（礼部侍郎）；贞元五年，刘太真（礼部侍郎）；贞元六年，张濛（礼部侍郎）；⑥贞元七年，杜黄裳（刑部侍郎）；⑦贞元八年，陆贽（兵部侍郎）；贞元九年，顾少连（户部侍郎）；贞元十年，顾少连（礼部侍郎）；贞元十一年，吕渭（礼部侍郎）；贞元十二年，吕渭（礼部侍郎）；贞元十二年，吕渭（礼部侍郎）；贞元十四年，顾少连（尚书左丞）；贞元十五年，高郢（中书舍人）；贞元十六年，高郢（中书舍人）；贞元十七年，高郢（礼部侍郎）；贞元十八年，权德舆（中书舍人）；贞元十九年，权德舆（礼部侍郎）；贞

① 《唐语林》卷八"补遗"记载此二人为中书舍人，但为孤证，不确。可见（宋）王谠撰，周勋初校正：《唐语林》，中华书局，2012年，第713页。
② （元）马端临：《文献通考》，中华书局，1986年，第281页。
③ 本年开始两都贡举。
④ 本年停东都贡举。
⑤ 知贡举为礼部侍郎于邵。
⑥ 《张说传》不言为礼部侍郎，称为中书舍人，不确。
⑦ 张濛礼部侍郎知贡举未毕。

元二十一年,权德舆(礼部侍郎);元和元年,崔邠(中书舍人);元和元年,崔邠(礼部侍郎);元和三年,卫次公(中书舍人);元和四年,张弘靖(中书舍人);元和五年,崔枢(礼部侍郎);元和六年,于尹躬(中书舍人);元和七年,许孟容(兵部侍郎);元和八年,韦贯之(中书舍人);元和九年,韦贯之(礼部侍郎);元和十年,崔群(礼部侍郎);元和十一年,李逢吉(中书舍人);元和十二年,李程(中书舍人);元和十三年,庾承宣(中书舍人);元和十四年,庾承宣(中书舍人);元和十五年,李建(太常少卿);长庆元年,钱徽(礼部侍郎);长庆二年,王起(礼部侍郎);长庆三年,王起(礼部侍郎);长庆四年,李宗闵(礼部侍郎);宝历元年,杨嗣复(礼部侍郎);宝历二年,杨嗣复(礼部侍郎);大和元年,崔郾(礼部侍郎);大和二年,崔郾(礼部侍郎);大和三年,郑瀚(礼部侍郎);大和四年,郑瀚(礼部侍郎);大和五年,贾餗(中书舍人);大和六年,贾餗(中书舍人);大和七年,贾餗(中书舍人);大和八年,李汉(礼部侍郎);大和九年,崔郸(工部侍郎);开成元年,高锴(中书舍人);开成二年,高锴(礼部侍郎);开成三年,高锴(礼部侍郎);开成四年,崔蠡(中书舍人);开成五年,李景让(礼部侍郎);会昌元年,柳璟(礼部侍郎);会昌二年,柳璟(礼部侍郎);会昌三年,王起(吏部尚书);会昌四年,王起(左仆射);会昌五年,陈商(左谏议大夫);会昌六年,陈商(礼部侍郎);大中元年,魏扶(礼部侍郎);大中二年,封敖(礼部侍郎);大中三年,李褒(礼部侍郎);大中四年,裴休(礼部侍郎);大中五年,韦悫(礼部侍郎);大中六年,崔瑰(礼部侍郎);大中七年,崔瑶(中书舍人);大中八年,郑薰(礼部侍郎);大中九年,沈询(礼部侍郎);[1]大中十年,郑颢(礼部侍郎);大中十一年,杜审权(中书舍人);大中十二年,李潘(中书舍人);大中十三年,郑颢(兵部侍郎);大中十四年,裴坦(中书舍人);咸通二年,薛耽(中书舍人);咸通三年,郑从谠(中书舍人);咸通四年,萧倣(左散骑常侍);咸通五年,王铎(中书舍人);咸通六年,李蔚(中书舍人);咸通七年,赵骘(礼部侍郎);咸通八年,郑愚(礼部侍郎);咸通九年,刘允章(中书舍人);咸通十年,王凝(礼部侍郎);咸通十二年,高湜(中书舍人);咸通十三年,崔殷梦(礼部侍郎);咸通十四年,崔瑾(中书舍人);咸通十五年,裴瓚(礼部侍郎);乾符二年,崔沆(中书舍人);乾符三年,崔沆(礼部侍郎);乾符四年,高湘(中书舍人);乾符五年,崔澹(中书舍人);乾符六年,张读(中书舍人);广明元年,崔厚(礼部侍郎);广明二年,韦昭度(户部侍郎);中和二年,归仁绍(礼部侍郎);中

---

[1]　《登科记考补正》考订为中书舍人,据《唐翰林学士传论》,以中书舍人入院,后出院为礼部侍郎知贡举。

和三年,夏侯潭(礼部侍郎);中和五年,归仁泽(礼部侍郎);光启二年,郑损(中书舍人);光启三年,柳玭(尚书右丞);光启四年,郑彦昌(京兆尹);龙纪元年,赵崇(礼部侍郎);大顺元年,裴贽(御史中丞);大顺二年,裴贽(御史中丞);景福元年,蒋泳;景福二年,杨涉(礼部侍郎);乾宁元年,李择(礼部侍郎);乾宁二年,崔凝(刑部尚书);乾宁三年,独孤损(礼部侍郎);乾宁四年,薛昭纬(礼部侍郎);乾宁五年,裴贽(礼部尚书);光化二年,赵光逢(礼部侍郎);光化三年,李渥(礼部侍郎);光化四年,杜德祥(礼部侍郎);天复四年,杨涉(尚书左丞);天佑二年,张文蔚(礼部侍郎);天佑三年,薛廷珪(吏部侍郎);天佑四年,于兢(礼部侍郎)。

综合上文,除官方所规定的考功员外郎和礼部侍郎之外,中书舍人是对科举的参与是最多的职官群体。

二、中书舍人与权知贡举

上述知贡举人员,与中书舍人职务相关者主要有以下三种。

（一）以中书舍人职位权知贡举

中书舍人的权责并没有主持科举,但有以下人员曾经权知贡举:

> 杨滔(《朝野佥载》卷二:"唐阳(杨)滔为中书舍人。时促命制敕,令史持库钥他适,无旧本捡寻,乃斫窗取得之。时人号为斫窗舍人。"阳滔即为杨滔。孟二冬《登科记考补正》认为其在开元三年知贡举。①)

> 达奚珣(《唐语林》卷八:"神龙元年以来累为主司者:……达奚珣四,天宝二年、三年、四年、五年。"②天宝二年以中书舍人守礼部侍郎。)

> 李揆(《旧唐书》本传:"扈从剑南,拜中书舍人。乾元初,兼礼部侍郎……未及毕事,迁中书侍郎、平章事、集贤殿崇文馆大学士,修国史。"《唐会要》卷七六"进士"条:"乾元初,中书舍人李揆兼礼部侍郎。")

> 姚子彦(《唐语林》卷八:"后有……中书舍人……姚子彦……等杂主之。"③《登科记考》卷十载:乾元三年和上元二年,知贡举均为中书舍人姚子彦。)

① （清）徐松撰,孟二冬补正:《登科记考补正》,北京燕山出版社,2003年,第716页。
② （宋）王谠撰,周勋初校正:《唐语林校正》,中华书局,2012年,第713页。
③ （宋）王谠撰,周勋初校正:《唐语林校正》,中华书局,2012年,第713页。

　　赵赞（《新唐书·选举志》："建中二年,中书舍人赵赞权知贡举,乃以箴、论、表、赞代诗、赋,而皆试策三道。"《唐会要》卷七五"进士"条载为建中二年十月。《登科记考》卷十一考建中二年十月中书舍人赵赞权知贡举;建中三年:知贡举为中书舍人赵赞。① 又据《旧唐书·德宗本纪》:建中三年五月乙巳,"以中书舍人赵赞为户部侍郎判度支"。)

　　高郢（《旧唐书》本传:"征拜主客员外,迁刑部郎中,改中书舍人,凡九岁,拜礼部侍郎。"《唐仆尚丞郎表》考订贞元十四年冬高郢以中书舍人权知吏部侍郎,贞元十六年正除。② 参见《新唐书·选举志》:"(贞元)十六年,中书舍人高郢奏罢。议者是之。"《唐诗纪事》卷三九"白居易"条:"德宗贞元十六年庚辰,中书舍人高郢下及第第四人。省试《性习相近远赋》、《玉水记方流诗》。"③《唐会要》卷五九"礼部侍郎"条:"贞元十五年十月,高郢为礼部侍郎。时应进士举者,多务朋游,以取声名。唯务燕集,罕肆其业。")

　　权德舆（《旧唐书》本传:"贞元十七年冬,以本官(中书舍人)知礼部贡举,来年,真拜侍郎,凡三岁掌贡士,至今号为得人。")

　　崔邠（《旧唐书》本传:"以兵部员外郎、知制诰至中书舍人,凡七年。又权知吏部选事。明年,为礼部侍郎。")

　　卫次公（《旧唐书》本传:"久之,以本官知制诰,赐紫金鱼袋,仍为学士,权知中书舍人。寻知礼部贡举,斥浮华,进贞实,不为时力所摇。真拜中书舍人,仍充史馆修撰,迁兵部侍郎、知制诰,复兼翰林学士。")

　　张弘靖（《旧唐书》本传:"转殿中侍御史、礼部员外郎,迁兵部郎中、知制诰、中书舍人、知东都选事,拜工部侍郎,转户部侍郎。")

　　于尹躬（《唐诗纪事》卷五十引陈彦博《前定录》:"彦博元和中与谢楚同为广文生,梦一官司,列几案上,有尺牍如金字者,问之,曰:明年进士之名。见其名在三十二,从上二人,皆李姓,而无楚名。明年,果如梦,二李即李顾行、李仍叔也。时元和五年。明年,楚于于尹躬下擢第。"④)

　　韦贯之（《旧唐书》本传:"俄征为都官郎中、知制诰。逾年,拜中书舍人,改礼部侍郎。凡二年,所选士大抵抑浮华,先行实,由是趋竞者稍息。")

---

①　(清)徐松撰,孟二冬补正:《登科记考补正》,北京燕山出版社,2003年,第488页。

②　严耕望:《唐仆尚丞郎表》,上海古籍出版社,2007年,第156页。

③　(宋)计有功撰,王仲镛校笺:《唐诗纪事校笺》,中华书局,2007年,第1299页。

④　(宋)计有功撰,王仲镛校笺:《唐诗纪事校笺》,中华书局,2007年,第1706页。

李逢吉(《旧唐书》本传:"(元和)九年,改中书舍人。十一年二月,权知礼部贡举、骑都尉、赐绯。"又有《太平广记》引《续前定录》:"李凉公"条载:"李逢吉未掌纶诰前,家有老婢好言梦,后多有应。李公久望除官,因访于婢。一日,婢至惨然,公问故。曰:昨夜与郎官作梦不好。意不欲说,公强之,婢曰:梦有人舁一棺至堂后,云:且置在地,不久即移入堂中,此梦恐非佳也。公闻梦窃喜,俄尔除中书舍人,后知贡举,未毕而入相。"①知贡举又见《唐诗纪事》卷五二"皇甫曙":"曙,元和十一年:中书舍人李逢吉下登第。"②)

李程(《旧唐书》本传:"(元和)十年,入为兵部郎中,寻知制诰。韩弘为淮西都统,诏程衔命宣谕。明年,拜中书舍人,权知京兆尹事。十二年,权知礼部贡举。十三年四月,拜礼部侍郎。")

庾承宣(据《唐语林》卷八及孟二冬《登科记考补正》,元和十三年和十四年庾承宣以中书舍人权知贡举。③)

贾𫗧(《旧唐书》本传:"(长庆)二年,以本官知制诰。三年七月,拜中书舍人。四年九月,权知礼部贡举。五年,榜出后,正拜礼部侍郎。凡典礼闱三岁,所选士七十五人,得其名人多至公卿者。")

高锴(《旧唐书》本传:"(大和)七年,迁中书舍人。九年十月,以本官权知礼部贡举。开成元年春,试毕……然锴选擢虽多,颇得实才,抑豪华,擢孤进,至今称之。寻转吏部侍郎。")

崔蠡(《旧唐书》本传:"开成初,以司勋郎中徵,寻以本官知制诰。明年,正拜舍人。三年,权知礼部贡举。四年,拜礼部侍郎,转户部。")

崔瑶(《旧唐书》本传:"瑶大和三年登进士第,出佐藩方,入升朝列,累到中书舍人。大中六年,知贡举,旋拜礼部侍郎,出为浙西观察使。")

杜审权(《旧唐书》本传:"以本官知制诰,正拜中书舍人。(大中)十年,权知礼部贡举。十一年,选士三十人,后多至达官。正拜礼部侍郎。")

李藩(《旧唐书·武宗本纪》:大中十一年,"以中书舍人李藩权知礼部贡院"。十二年二月,"以朝议郎、守中书舍人、权知礼部贡举、上柱国、赐绯鱼袋李藩为尚书户部侍郎"。)

---

① (宋)李昉等:《太平广记》,中华书局,1961年,第2204页。
② (宋)计有功撰,王仲镛校笺:《唐诗纪事校笺》,中华书局,2007年,第1754页。
③ (清)徐松撰,孟二冬补正:《登科记考补正》,北京燕山出版社,2003年,第760、764页。

裴坦(据《旧唐书·宣宗本纪》：大中十一年，"四月，以职方郎中、知制诰裴坦为中书舍人"。又据《旧唐书·懿宗本纪》：大中十四年，"以中书舍人裴坦权知礼部贡举"。另，《旧唐书》卷一七二《令狐滈传》："是岁，中书舍人裴坦权知贡举，登第者三十人。有郑羲者，故户部尚书浣之孙，裴弘余故相休之子，魏筜故相扶之子，及滈，皆名臣子弟，言无实才。")

薛耽(《旧唐书·懿宗本纪》：咸通元年，"十一月丙午朔。丁未，上有事于郊庙，礼毕，御丹凤门，大赦，改元。以中书舍人薛耽权知贡举"。)

郑从谠(《旧唐书》本传："故相令狐绹、魏扶，皆父贡举门生，为之延誉，寻迁中书舍人。咸通三年，知贡举，拜礼部侍郎，转刑部，改吏部侍郎。")

王铎(《旧唐书》本传："咸通初，由驾部郎中、知制诰，拜中书舍人。五年，转礼部侍郎，典贡士两岁，时称得人。")

李蔚(《旧唐书》本传："大中七年，以员外郎、知台杂，寻知制诰，转郎中，正拜中书舍人。咸通五年，权知礼部贡举。六年，拜礼部侍郎，转尚书右丞。"又见《旧唐书·懿宗本纪》："十月丙辰，以中书舍人李蔚权知礼部贡举。")

刘允章(《旧唐书·懿宗本纪》：咸通八年十月，"以中书舍人刘允章权知礼部贡举，以吏部侍郎卢匡、吏部侍郎李蔚、兵部员外郎薛崇、司勋员外郎崔殷梦考吏部宏词选人"。)

高湜(据《旧唐书·懿宗本纪》：咸通十一年，"十月，以给事中薛能为京兆尹，以中书舍人高湜权知礼部贡举"。《旧唐书》卷一六八《高钺传》称："湜，咸通十二年为礼部侍郎。"《新唐书》本传："咸通末，为礼部侍郎。时士多缘权要干请，湜不能裁，既而抵帽于地曰：'吾决以至公取之，得谴固吾分！'乃取公乘亿、许棠、聂夷中等。")

崔瑾①

崔沆(《旧唐书》本传："乾符初，复拜舍人，寻迁礼部侍郎，典贡举。选名士十数人，多至卿相。")

高湘(《旧唐书》本传："乾符初，复为中书舍人。三年，迁礼部侍郎，选士得人。"《登科记考》卷二三记载，知贡举为中书舍人高湘。)

崔澹(《旧唐书·懿宗本纪》：乾符二年二月，"以翰林学士崔澹为

---

① 《登科记考补正》考证咸通十四年为中书舍人崔瑾知贡举，理由不当，此处暂引，存疑。

中书舍人。"乾符四年，"八月，以中书舍人崔澹权知贡举。"乾符六年，"三月，以吏部侍郎崔沆、崔澹试宏词选人，驾部郎中卢蕴、刑部郎中郑颙为考官。制以彬宁节度使李侃检校户部尚书，兼太原尹、北都留守，充河东节度等使"。)

张读(《旧唐书》本传："累官至中书舍人、礼部侍郎，典贡举，时称得士。"又据《旧唐书·懿宗本纪》：乾符五年十二月，"以中书舍人张读权知礼部贡举"。)

郑损(《唐仆尚丞郎表》卷一六"郑损"条："郑损，光启二年夏，以中书舍人权知礼部贡举。六月放榜。"①)

共 34 人。

另，《唐语林》卷八称李麟以中书舍人权知贡举。② 据《旧唐书》本传："迁给事中。七载，迁兵部侍郎。同列杨国忠专权，不悦麟同职，宰臣奏麟以本官权知礼部贡举。俄而国忠为御史大夫，麟复本官。"较为明晰，当以本传为准，未知贡举。

(二) 以考功员外郎知贡举后迁中书舍人

考功员外郎从六品上，职能与考功郎中相同，但品阶稍低。在开元二十四年前知贡举的人员中，又多其后迁中书舍人者，包括：

来济(《旧唐书》本传："俄除考功员外郎。十八年，初置太子司议郎，妙选人望，遂以济为之，仍兼崇贤馆直学士。寻迁中书舍人，与令狐德棻等撰《晋书》。")

张说(《旧唐书》本传："长安初，修《三教珠英》毕，迁右史内供奉，兼知考功贡举事，擢拜凤阁舍人。")

沈佺期(《旧唐书》本传："考功受赇，劾，未究。会张易之败，遂长流驩州，稍迁台州录事参军，事入计得召见，拜起居郎兼修文馆直学士。既侍宴帝诏学士等舞回波，佺期为弄辞悦，帝还赐牙绯，寻历中书舍人、太子少詹事，开元初卒。")

崔湜(《旧唐书》本传："神龙初，转考功员外郎。时桓彦范、敬晖等既知国政，惧武三思谗间，引湜为耳目，使伺其动静。俄而中宗疏忌功臣，于三思恩宠渐厚，湜乃反以桓、敬等计议潜告三思。寻迁中书

---

① 严耕望：《唐仆尚丞郎表》，上海古籍出版社，2007 年，第 208 页。

② (宋)王谠撰，周勋初校正：《唐语林校正》，中华书局，2012 年，第 713 页。

舍人。")

马怀素(《旧唐书》本传:"迁考功员外郎。时贵戚纵恣,请托公行,怀素无所阿顺,典举平允,擢拜中书人。")

赵冬曦(《唐故国子祭酒赵君(冬曦)圹》:"迁考功员外郎,中书舍人、太仆少卿,以亲累,贬合州刺史。"①)

裴敦复(《唐语林》卷八:"裴敦复再,开元十九年、二十年。"②《唐尚书省郎官石柱题名考》卷三"吏部郎中"、卷十"考功员外郎"均有载,《全唐文》卷三二八王丘《授裴敦复中书舍人制》:"朝议郎检校吏部郎中裴敦复等……可依前件。"中书舍人之前任职吏部郎中。)

孙逖(《旧唐书》本传:"二十一年,入为考功员外郎、集贤修撰。逖选贡士二年,多得俊才……二十四年,拜逖中书舍人。")

共 8 人,均其后转任中书舍人。

(三) 中书舍人任后以礼部侍郎(或他职)知贡举

礼部侍郎"掌天下礼仪、祠祭、燕飨、贡举之政令"。③ 据《登科记考》,唐代知贡举的礼部侍郎(或其他职务)由中书舍人转任者有:

崔翘(崔至《唐故银青光禄大夫礼部尚书上柱国清河县开国男赠江陵郡大都督谥曰成崔府君(翘)墓志铭并序》:"于是递相传写,帝用嘉之。乃命为中书舍人,知制诰。"④《唐语林》卷八:"命春官小宗伯主之,崔翘三:开元二十七年,二十八年,二十九年。"崔翘开元二十七年至二十九年以礼部侍郎知贡举。)

李昕(《登科记考补正》考订天宝九载以礼部侍郎知贡举,⑤《唐语林》作中书舍人李韦。⑥)

韦陟(《旧唐书》本传:"张九龄一代辞宗,为中书令,引陟为中书舍人,与孙逖、梁涉对掌文诰,时人以为美谈。后为礼部侍郎。")

萧昕(据《唐仆尚丞郎表》,萧昕宝应元年冬,自中书舍人迁礼部

① 吴钢编:《全唐文补遗》(第四辑),三秦出版社,1997 年,第 458 页。
② (宋)王谠撰,周勋初校正:《唐语林校正》,中华书局,2012 年,第 719 页。
③ (唐)李林甫撰,陈仲夫点校:《唐六典》卷四,中华书局,1992 年,第 108 页。
④ 吴钢编:《全唐文补遗》(第九辑),三秦出版社,2007 年,第 368 页。
⑤ (清)徐松撰,孟二冬补正:《登科记考补正》,北京燕山出版社,2003 年,第 367 页。
⑥ (宋)王谠撰,周勋初校正:《唐语林校正》,中华书局,2012 年,第 713 页。

侍郎。①)

　　杨绾(《旧唐书》本传:"迁中书舍人,兼修国史……再迁礼部侍郎。")

　　贾至(《新唐书》本传:"历中书舍人……坐小法,贬岳州司马。宝应初,召复故官,迁尚书左丞……转礼部侍郎,待制集贤院。")

　　常衮(《旧唐书》本传:"永泰元年,迁中书舍人……大历九年,迁礼部侍郎,仍为学士。")

　　潘炎(丁居晦《重修承旨学士壁记》:"右骁卫兵曹充,累迁中书舍人,出守本官。"②《旧唐书·代宗本纪》:大历十二年夏四月,"以右庶子潘炎为礼部侍郎"。)

　　令狐峘(《旧唐书·德宗本纪》:大历十四年九月,"丙戌,秘书少监邵说为吏部侍郎,给事中刘乃为兵部侍郎,中书舍人令狐峘为礼部侍郎"。)

　　李纾(《旧唐书》本传:"累迁司封员外郎、知制诰,改中书舍人。寻自虢州刺史,征拜礼部侍郎。")

　　刘太真(《全唐文》卷五三八裴度《刘府君神道碑铭并序》载:"建中四年夏正授中书舍人……兴元反正,拜工部侍郎……贞元元年转刑部侍郎,详刑议狱,无复烦累,改秘书监,遗编脱简,有以刊正。三年拜礼部侍郎。")

　　张濛(《张说传》不言为礼部侍郎,称为中书舍人。《唐会要》卷五五"中书舍人"条:"贞元初,中书舍人五员皆缺,在省唯高参一人。未几,亦以病免,唯库部郎中张濛独知制诰。"又据《全唐文》卷五九八欧阳詹《唐天文述》:"皇唐百七十有一载,皇帝御宇之十四祀也。岁在辛未,实贞元七年……范阳张公濛为春官之三年。"可证张濛以礼部侍郎知贡举。)

　　陆贽(《旧唐书》本传:"德宗还京,转中书舍人……七年,罢学士,正拜兵部侍郎,知贡举。")

　　顾少连(丁居晦《重修承旨学士壁记》:"建中四年,自水部员外郎充。贞元四年二月,加知制诰。七年,迁中书舍人。八年四月,改户部侍郎,赐紫金鱼袋,出院。"③)

① 　严耕望:《唐仆尚丞郎表》,上海古籍出版社,2007年,第135页。
② 　(宋)洪遵:《翰苑群书》,傅璇琮、施纯德编:《翰学三书》,辽宁教育出版社,2003年,第30页。
③ 　(宋)洪遵:《翰苑群书》,傅璇琮、施纯德编:《翰学三书》,辽宁教育出版社,2003年,第31页。

　　吕渭(《旧唐书》本传:"累授舒州刺史,吏部员外,驾部郎中、知制诰、中书舍人,母忧罢。服阕,授太子右庶子、礼部侍郎。")

　　崔枢(《全唐诗》卷三一九崔枢小传:"顺宗朝历中书舍人,充东宫侍读,终秘书监。"《唐诗纪事》卷五十:"裴垍举宏词,崔枢考之落第,及垍为宰相,擢枢为礼部,笑谓枢曰:'聊以报德也。'终于秘书监。"①)

　　崔群(《旧唐书》本传:"元和初,召为翰林学士,历中书舍人……迁礼部侍郎。")

　　李建(白居易《有唐善人墓碑》:"知制诰时,笔削间有以自是不屈者,因请告改少尹。少尹时,与大议岁减府税钱十三万。在沣时,不鞭人,不名吏,居岁余,人人自化。在礼部时,由文取士,不听誉,不信毁。"②)

　　钱徽(《旧唐书》本传:"(元和)九年,拜中书舍人。十一年,王师讨淮西,诏朝臣议兵,徽上疏言用兵累岁,供馈力殚,宜罢淮西之征。宪宗不悦,罢徽学士之职,守本官。长庆元年,为礼部侍郎。")

　　王起(《旧唐书》本传:"元和十四年,以比部郎中知制诰。穆宗即位,拜中书舍人。长庆元年,迁礼部侍郎。")

　　李宗闵(《旧唐书》本传:"复入为中书舍人。(长庆)三年冬,权知礼部侍郎。四年,贡举事毕,权知兵部侍郎。")

　　杨嗣复(《旧唐书》本传:"长庆元年十月,以库部郎中、知制诰,正拜中书舍人……四年,僧孺作相,欲荐拔大用,又以于陵为东都留守。未历相位,乃令嗣复权知礼部侍郎。")

　　崔郾(《旧唐书》本传:"长庆中,转给事中。昭愍即位,选侍讲学士,转中书舍人……其年转礼部侍郎,东都试举人。")

　　郑澣(《旧唐书》本传:"长庆中,征为司封郎中、史馆修撰,累迁中书舍人……大和二年,迁礼部侍郎。")

　　崔郸(《旧唐书》本传:"大和三年,以本官充翰林学士,转中书舍人。六年,罢学士。八年,为工部侍郎、集贤殿学士,权知礼部,真拜兵部侍郎,本官判吏部东铨事。")

　　柳璟(《旧唐书》本传:"开成初,换库部员外郎、知制诰,寻以本官充翰林学士……五年,拜中书舍人充职。武宗朝,转礼部侍郎,再司贡籍,时号得人。")

---

① (宋)计有功撰,王仲镛校笺:《唐诗纪事校笺》,中华书局,2007 年,第 1705 页。
② (唐)白居易著,谢思炜校注:《白居易文集校注》,中华书局,2011 年,第 163 页。

　　封敖(《旧唐书》本传:"会昌初,以员外郎、知制诰,召入翰林学士,拜中书舍人……宣宗即位,迁礼部侍郎。")

　　李褒(丁居晦《重修承旨学士壁记》:"开成五年三月二十日,自考功员外郎集贤院直学士充。其年六月,转库部郎中、知制诰。十二月十二日,赐绯。会昌元年五月,拜中书舍人。十二月,加承旨。六日,赐紫。二年五月十九日,出守本官。"①大中三年以礼部侍郎知贡举。)

　　崔玙(《旧唐书》本传载:"长庆初进士擢第,又制策登科。开成末,累迁至礼部员外郎。会昌初,以考功郎中、知制诰,拜中书舍人。大中五年,迁礼部侍郎。")

　　郑薰(丁居晦《重修承旨学士壁记》:"大中三年九月十八日,自考功郎中充。闰十一月二十七日,特恩加知制诰。四年十月七日,拜中书舍人,并依前充。十三日,守本官出院。"②《全唐文》卷七六一有《授郑薰礼部侍郎制》。)

　　沈询(《旧唐书》本传:"询历清显,中书舍人、翰林学士、礼部侍郎。")

　　郑颢(《旧唐书·宣宗本纪》:大中九年十一月,"以中书舍人郑颢为礼部侍郎"。)

　　王凝(《旧唐书》本传:"换考功郎中,迁中书舍人。时政不协,出为同州刺史,赐金紫。暮年,移疾华州甫水别墅。逾年,以礼部侍郎征。")

　　韦昭度(《旧唐书》本传:"乾符中,累迁尚书郎、知制诰,正拜中书舍人。从僖宗幸蜀,拜户部侍郎。中和元年,权知礼部贡举。")

　　柳玭(《唐才子传》卷九"郑谷"条,柳玭光启三年以尚书右丞知贡举,放郑谷及第。③)

　　崔凝(《全唐文》卷八一二有刘崇望《授中书舍人崔凝右补阙沈文伟并守本官充翰林学士制》;据《唐摭言》卷一四:"乾宁二年,崔凝榜放,贬合州刺史。"④)

---

①　(宋)洪遵:《翰苑群书》,傅璇琮、施纯德编:《翰学三书》,辽宁教育出版社,2003 年,第41 页。

②　(宋)洪遵:《翰苑群书》,傅璇琮、施纯德编:《翰学三书》,辽宁教育出版社,2003 年,第44 页。

③　傅璇琮:《唐才子传校笺》第四册,中华书局,1989 年,第156 页。

④　(五代)王定保撰,江汉椿校注:《唐摭言校注》,上海社会科学院出版社,2003 年,第289 页。

薛昭纬(《旧唐书·昭宗本纪》:乾宁三年,"十月戊申朔,以中书舍人、权知礼部贡举薛昭纬为礼部侍郎"。)

赵光逢(《旧唐书》本传:"景福中,以祠部郎中知制诰,寻召充翰林学士,正拜中书舍人、户部侍郎、学士承旨。")

李渥(《旧唐书》本传:"累拜中书舍人、礼部侍郎。光化三年,选贡士。")

张文蔚(《旧唐书》本传:"乾宁中,以祠部郎中知制诰,正拜中书舍人,赐紫。崔胤擅朝政,与蔚同年进士,尤相善,用为翰林学士、户部侍郎,转兵部。")

薛廷珪(《旧唐书》本传:"光化中,复为中书舍人。迁刑部、吏部二侍郎,权知礼部贡举,拜尚书左丞。")

共 41 人,任礼部侍郎前均曾任中书舍人。

综合上文,唐代知贡举人物中,开元二十四年前的考功员外郎或有升任中书舍人者,但在开元二十四年后,可以说中书舍人权知贡举成为升任礼部侍郎的固有途径。可见,中书舍人与唐代科举有着密切的关系。

三、中书舍人权知贡举的合理性

开元二十三年,考功员外郎失去了知贡举的权利,此后选人自吏部转至礼部。当时张九龄有《敕令礼部掌贡人》:

> 敕:每岁举人,求士之本,专典其事,宁不重欤! 顷年以来,惟考功郎中所职,位轻事重,名实不伦。欲尽委长官,又铨选猥积。且六官之列,体国是同;况宗伯掌礼,宜主宾荐。自今以后,每诸色举人及斋郎等简试,并于礼部集,既众务烦杂,仍委侍郎专知。①

考功员外郎属吏部,科举目的为选官,则吏部主选有其道理。"考功郎中、员外郎之职,掌内外文武官吏之考课。凡应考之官,皆具录当年功过、行能,本司及本州长官对众读,议其优劣,定为九等考第,各于其所由司准额校定,然后送省。内外文武官,量远近,以程限之有差。其外官附朝集使送簿

---

① (唐)张九龄撰,熊飞校注:《张九龄集校注》,中华书局,2008 年,第 484 页。

至省。"①而礼部的职责,则是"掌天下礼仪、祠祭、燕飨、贡举之政令。"②《旧唐书》载有部分礼部侍郎曾经参与礼部具体行政的行为,如:"上皇自蜀还,令中使祭奠,诏令改葬。礼部侍郎李揆曰:'龙武将士诛国忠,以其负国兆乱。今改葬故妃,恐将士疑惧,葬礼未可行。'乃止。上皇密令中使改葬于他所。"(卷五一)"太常卿韦挺、礼部侍郎令狐德棻为封禅使,参考其仪,时论者竞起异端。"(卷七三)此二种当为礼部侍郎原有的职责所在。

自考功员外郎转由礼部侍郎专门掌贡举,这两者都是尚书省职位,如考功员外郎主持,则意义在于为国选官;如礼部侍郎主持,意义在于选民入朝。但为何中书省的中书舍人大批量地加入权知贡举行列?

中书舍人的文学才能自不待言,其对科举的参与也其他方面。如《旧唐书·穆宗本纪》记载:"礼部侍郎王起奏:当司所试贡举人,试讫申送中书,候覆讫下当司,然后大字放榜。从之。"这可能就是中书舍人对礼部考试的参与。

在唐代近三百年的历史中,中书舍人这一职务对知贡举考功员外郎、礼部侍郎两职务的过渡衔接以及自身权知贡举,是中书舍人的素质恰好能够应对科举取士。

《通典》卷二三载:"(礼部侍郎)掌策试、贡举及斋郎、弘、崇、国子生等事。"③任职要求上并未特别强调其中的文学才能,但从留存的官方制诰来看礼部侍郎和任职者的要求却有这一点。例如常衮《授张谓礼部侍郎制》:"称秩元杞,春官职焉。举秀兴廉,国朝兼领,非文儒硕茂,鉴裁精实,重于一时者,不在此地。"(《全唐文》卷四一一)是强调礼部侍郎自身的文章、德行。白居易《中书舍人韦贯之授礼部侍郎制》中说:"典郊祀之礼,献贤能之书,今小宗伯,实兼二事,非直清明正者,不足以处之。"④是强调礼部侍郎有郊祀礼和主持科举两方面的任务需要正直清明的人品。郑处海《授郑薰礼部侍郎制》说礼部侍郎"总百郡之俊造,考五礼之异同"(《全唐文》卷七六一)也是此意,上述制诰都强调礼部侍郎要求任职者有德行之外,要有文才。还有王凝的任职,《故宣州观察使检校礼部王公行状》:"相国夏侯公用(王凝)为中书舍人,旋以同列或非清议,遂移疾乞免,拜同州防御使兼御史中丞,赐金紫。励精为治,表率列城,吏民守阙乞留遮道,宰相言状,上降玺书褒允。竟谢疾,茸居华下。中外之议,谓公不司文柄,为朝廷阙政,竟拜礼

---

① (唐)李林甫撰,陈仲夫点校:《唐六典》卷二,中华书局,1992年,第41—42页。
② (唐)李林甫撰,陈仲夫点校:《唐六典》卷四,中华书局,1992年,第108页。
③ (唐)杜佑撰,王文锦等点校:《通典》,中华书局,1988年,第639页。
④ (唐)白居易著,谢思炜校注:《白居易文集校注》,中华书局,2011年,第942页。

部侍郎。"(《全唐文》卷八一〇)王凝的表现被认为必须担文柄,可见中书舍人迁授礼部侍郎当时已成惯例。

对任职者的所具备的条件同样也在说明这点。如《授张谓礼部侍郎制》中称张谓:"博涉群籍,通其源流。振起鸿藻,正其声律。翰飞北阁,焕发司言。居部长人,不忘惠训。"白居易《中书舍人韦贯之授礼部侍郎制》中评价韦贯之:"沉实坚峻,文以礼乐,行成于内,移用于官,公直之声,满于台阁。顷以词藻,选登禁掖,秉笔书命,时称得人。久积勤劳,宜有迁转,可使典礼,以和神人,可使考文,以第俊秀。"①还有《授郑薰礼部侍郎制》认为郑薰"文谐骚雅,鼓吹前言。誉洽搢绅,领袖时辈。操守必修其谦柄,进退常践于德藩。叠中词科,亟升清贯,持橐列金华之侍,挥毫擅紫闼之工。贰职冬官,克扬休问。是用俾司贡籍,以振儒风。朕以化天下者,莫尚于人文;序多士者,以备乎时选。育材之本,惟善是从。搴拔既尚于幽贞,旌劝勿遗于曹绪。无求冠玉,无采雕虫。当思取实之方,必有酌中之道"。(《全唐文》卷七六一)

这种文学才能要求与中书舍人的近似,造成了两者互通的可能。另外,科举包括秀才、明经、进士等六科。就考试内容而言:

> 《礼记》《左氏春秋》为大经,《毛诗》《周礼》《仪礼》为中经,《周易》《尚书》《公羊春秋》《谷梁春秋》为小经。通二经者,一大一小,若两中经。通三经者,大、小、中各一。通五经者,大经并通。其《孝经》《论语》《老子》并须兼习。凡明经先帖经,然后口试并答策,取粗有文理者为通。凡进士先贴经,然后试杂文及策,文取华实兼举,策须义理惬当者为通。凡明法试律、令,取识达义理,问无疑滞者为通。凡明书试《说文》《字林》,取通训诂,兼会杂体者为通。凡明埴试《九章》《海岛》《孙子》《五曹》《张丘建》《夏侯阳》《周髀》《五经》《缀术》《缉古》,取明数造术,辨明术理者为通。凡此六科,求人之本,必取精究理实而升为第。其有博综兼学,须加甄奖,不得限以常科。其弘文、崇文馆学生虽同明经、进士,以其资荫全高,试取粗通文义。太庙斋郎亦试两经,文义粗通,然后补授,考满简试。其郊社斋郎简试亦如太庙斋郎。其国子监大成十员,取明经及第人聪明灼然者,试日诵千言,并口试,仍策所习业十条通七,然后补充,各授散官,依色令于学内习业,以通四经

---

① (唐)白居易著,谢思炜校注:《白居易文集校注》,中华书局,2011年,第942页。

为限。①

当然，这只是规定，在近三百年中，考试内容不断变化。据《通典》卷一五："其初止试策，贞观八年，诏加进士试读经史一部。至调露二年，考功员外郎刘思立始奏二科并加帖经。其后，又加《老子》《孝经》，使兼通之。永隆二年，诏明经帖十得六，进士试文两篇，识文律者，然后试策。"②在相当长的历史时间内，科举考试是考策文的。后来开始考试帖经。杂文两篇，按照《登科记考》的解释："谓箴铭论表之类，开元间始以赋居其一，或以诗居其一，亦有全用诗赋者，非定制也。杂文之传用诗赋，当在天宝之季。"③科举的考试内容，便成为《唐六典》卷四中的"凡进士先帖经，然后试杂文及策"三类内容。

虽然考试的顺序间有变化，但考试内容基本如此：策问，诗赋，帖经。④其中帖经属于客观试题，不需要更多的知贡举者更高的素质，而关键在诗赋和策问。

进士考试要考生作诗赋。如李观的《帖经日上侍郎书》："乡贡进士李观长跪荐书侍郎座右……昨者奉试《明水赋》《新柳诗》。"(《全唐文》卷五三三)以大多中书舍人的文才，观诗之优劣当然是行家里手。

更重要的在于策问。关于唐代科举的试策，陈飞《唐代试策考述》与《文学与制度——唐代试策及其他考述》已经有较多论述，综合看这些试策的内容，基本包括治道、风俗、政理、任官、治乱、求贤、财赋、徭役、阴阳灾变、天人之际等方面。⑤ 如果来看《全唐文》所存部分策文，唐初对策文的要求，主要在于文章的辞藻和浮艳。如骆宾王《对策文三道》(《全唐文》卷一九七)、上官仪《对用刑宽猛策》(《全唐文》卷一五五)等，都是堆砌藻饰之作。《封氏闻见记》卷三"贡举"条："贞观二十年，王师旦为员外郎。冀州进士张昌龄、王公瑾并文辞俊雅，声振京邑。师旦考其文策为下等，举朝不知所以。及奏闻，太宗怪无昌龄等名，问师旦。师旦曰：'此辈诚有辞华，然其体轻薄，文章浮艳，必不成令器。臣惧之，恐后生仿效，有变陛下风俗。'上深然

---

① （唐）李林甫撰，陈仲夫点校：《唐六典》卷四，中华书局，1992年，第109—110页。
② （唐）杜佑撰，王文锦等点校：《通典》，中华书局，1988年，第354页。
③ 徐松：《登科记考》，中华书局，1984年，第70页。
④ 详见傅璇琮：《唐代科举与文学》，陕西人民出版社，2007年，第172—173页；吴宗国：《唐代科举制度研究》，辽宁大学出版社，1992年，第145—155页。
⑤ 参见陈飞：《文学与制度——唐代试策及其他考述》，商务印书馆，2015年，第231页。

之。"①其后,《册府元龟》卷六三九《贡举部》"条制"条记载开元六年二月,玄宗下诏:"比来选人试判,举人对策,剖析案牍,敷陈奏议,多不切事宜,广张华饰,何大雅之不足,而小能之是衒! 自今以后,不得更然。"②是对策文的不切实际提出了批评。所以,有理由认为,唐代对策文的"经世致用"的要求,实际要求任职者能够处理各项政务,因此知贡举者也具备判断考生试策文的准确、恰当与否的素质。

中书舍人的"五花判事"实际上正是这一能力的体现。《资治通鉴》卷一九三:"故事:凡军国大事,则中书舍人各执所见,杂署其名,谓之五花判事。中书侍郎、中书令省审之,给事中、黄门侍郎驳正之。上始申明旧制,由是鲜有败事。"上文曾引的《唐会要》卷五五"中书舍人"条姚崇所奏:"中书舍人六员,每一人商量事,诸舍人同押,连署状进说。凡事有是非,理均与夺,人心既异,所见或殊,抑使雷同,情有不尽,臣令商量,其大事执见不同者,望请便作商量状,连本状同进,若状语交互,恐烦圣思,臣既是官长,望于两状后略言二理优劣,奏听进止,则人各尽能,官无留事。"

"五花判事"就是舍人参议表章。"六押"则是六舍人分别负责尚书省六部,辅助宰相处理政务。中书舍人会接触相当多的奏章,他们也会有针对性地提出很多意见。而这些恰恰是对科举考试尤其是进士考试中对策的考试。所以中书舍人以本职务的擅长去考察考生的策文水平,再恰当不过。

第四节　中书舍人与朝政运转
——以玄肃之交时期为例

本节属于个案研究。天宝十五载,李亨在灵武登基,奉玄宗为太上皇,这是唐代历史上一次不比寻常的帝王更迭。历来学界对玄肃之交的政治颇多分析,下文拟从中书舍人的任命入手,来说明在"名正言顺"的观念中,中书舍人职务对于朝政运转的重要性。

一、安史之乱前在任的中书舍人

安史叛乱前一段时期内,中书省的权力控制在李林甫和杨国忠的手中。从以下天宝中后期中书舍人的任命可一窥端倪。

---

① (唐)封演撰,赵贞信校注:《封氏闻见记校注》,中华书局,2005年,第15页。
② (宋)王钦若等:《册府元龟》第8册,中华书局,1960年,第7751页。

1. 苑咸

据苑论《唐故中书舍人集贤院学士安陆郡太守苑公(咸)墓志铭并序》，称苑咸为"故中书舍人、集贤院学士、安陆郡太守、馆陶县开国男"，其仕历为"历左拾遗、集贤院学士。旋除左补阙，迁起居舍人，仍试知制诰。时有事于南郊，撰册文，封馆陶县开国男，改考功郎中、兼知制诰，拜中书舍人。诸弟犯法，公素服诣阙，请以身代，由是贬汉东司户。未几，服除中书舍人。天宝末……出守永阳郡"。① 初任中书舍人时间，据颜真卿《尚书刑部侍郎赠尚书右仆射孙逊文公集序》、《旧唐书》卷一九〇下《孙逊传》所考，首次任中书舍人在天宝五载。

苑咸与李林甫关系，据《新唐书·艺文志》载《六典》三十卷："开元十年，起居舍人陆坚被诏集贤院修《六典》……萧嵩知院，加刘郑兰、萧晟、卢若虚。张九龄知院，加陆善经。李林甫代九龄，加苑咸。二十六年书成。"李林甫代张九龄为相在开元二十四年，则此时苑咸是在李林甫的提携下参撰《六典》。李林甫与苑咸是旧相识。《新唐书》卷二二三上《李林甫传》载："林甫无学术，发言陋鄙，闻者窃笑。善苑咸、郭慎微，使主书记。"苑咸为李林甫近从，由此可见。也是由于李林甫，据《资治通鉴》二一六，天宝十二载二月："(李林甫)近亲及党与坐贬者五十余人。"

据《宋高僧传》卷十七《唐越州焦山大历寺神邕传》载："天宝中……俟遇禄山兵乱，东归江湖，经历襄阳，御史中丞庾光先出镇荆南，邀留数月。时给事中窦绍、中书舍人苑咸镂仰弥高俱受心要，著作郎韦子春有唐之外臣也，刚气而赡学，与之诃抗，子春折角，满座惊服。苑舍人叹曰：'阇梨可谓尘外摩尼，论中师子。'时人以为能言矣。"②天宝十四载安禄山反范阳，十五载玄宗幸蜀，苑咸的二次任职在天宝十四载后，但其后无更多记载。

2. 窦华

《唐御史台精舍题名考》卷三："知杂御史"中有窦华，注曰"自天宝元载已后"，则窦华当在天宝后为侍御史，所据为《旧唐书·职官志》："侍御史年深者一人判台事，知公廨杂事。"侍御史职为从六品上，当为中书舍人任前之职。

据《明皇杂录》(补遗)记载："天宝中诸公主相効进食。上命中官袁思艺为检校进食使，水陆珍羞数千一盘之贵，盖中人十家之产。中书舍人窦华尝因退朝遇公主进食，方列于通衢，乃传呵按辔行于其间，宫苑小儿数百人

---

① 吴钢编：《全唐文补遗》(第九辑)，三秦出版社，2007年，第389—390页。
② (宋)赞宁撰，范祥雍点校：《宋高僧传》，中华书局，1997年，第422页。

奋挺而前,华仅以身免。"①《资治通鉴》卷二一六记此事为天宝九载,可知,窦华在九载已任中书舍人。

窦华也是杨国忠的亲信,前文引述过杨国忠"所昵京兆尹鲜于仲通、中书舍人窦华、侍御史郑昂讽选人于省门立碑,以颂国忠铨综之能"。《旧唐书》卷一〇八《韦见素传》记载杨国忠:"以温禄山宾佐惧其威权,奏寝其事。国忠访于中书舍人窦华、宋昱等。"韦执谊《翰林院故事》载:"二十六年始以翰林供奉改称学士,由是遂建学士俾专内命。太常少卿张垍、起居舍人刘光谦等首居之,而集贤所掌于是罢息。自后给事中张垍、中书舍人张渐、窦华等相继而入焉。"②据《唐翰林学士传论》考订,其当在天宝十二载以中书舍人入为翰林学士。可见杨国忠对窦华的信任和提携。

3. 张渐

《唐尚书省郎官石柱题名考》卷一六"金部员外郎"条有载,或为天宝初之职。陈公亮《(淳熙)严州图经》卷一载:"张渐,天宝九载十月日,自饶州刺史拜。张朏,天宝十载三月十日,自抚州刺史拜。"③可知,其天宝九载为饶州刺史,九载十月至十载三月为严州刺史。

任中书舍人时间,据《旧唐书》卷一一五《赵国珍传》:"中书舍人张渐荐国珍有武略,习知南方地形。国忠遂奏用之。"据杨国忠在天宝十载十一载遥领剑南,则此时其已为中书舍人。杨国忠"开幕府,引窦华、张渐、宋昱、郑昂、魏仲犀等自佐。"张渐约此时以中书舍人入幕府。《新唐书》卷二〇二《萧颖士传》曾记载:"倭国遣使入朝,自陈国人愿得萧夫子为师者,中书舍人张渐等谏不可而止。"据《萧颖士系年考证》,时为天宝十二载三月。④

《全唐文补遗》有其《唐故中大夫平凉郡都督陇右群牧使赐紫金鱼袋上柱国修武县开国男赠太仆卿韦公(衡)墓志铭并序》署中书舍人,⑤墓主去世时天宝十二载五月。又有《皇第五孙女墓志铭并序》署中大夫,行中书舍人,翰林院待制,上柱国张渐,⑥墓主在天宝十三载十一月下葬,均为此时仍在任证明。

① (唐)郑处海:《明皇杂录》(附补遗、校勘记),王云五:《丛书集成初编》,商务印书馆,1935年,第19页。
② (宋)洪遵:《翰苑群书》,傅璇琮、施纯德编:《翰学三书》,辽宁教育出版社,2003年,第15页。
③ (宋)陈公亮:《严州图经》,商务印书馆,1936年,第56页。
④ 陈铁民:《唐代文史研究丛稿》,中国社会科学出版社,2013年,第136—168页。
⑤ 吴钢编:《全唐文补遗》(第八辑),三秦出版社,2005年,第67页。
⑥ 吴钢编:《全唐文补遗》(第七辑),三秦出版社,2000年,第56页。

4. 宋昱

《唐会要》卷七四"掌选善恶"条载:"至来年(天宝二年)正月二十一日,遂于勤政楼下,上亲自重试。惟二十人比类稍优,余并下第。张奭不措一词,时人谓之'曳白'。吏部侍郎宋遥贬武当郡太守、苗晋卿贬安康郡太守,考官礼部郎中裴朏、起居舍人张烜、监察御史宋昱、左拾遗孟国朝并贬官。"监察御史为宋昱较早职务。

杨国忠与其关系上文已述,宋昱任中书舍人时间,据《旧唐书》卷一五三《刘乃传》:"天宝中举进士,寻丁父艰,居丧以孝闻。既终制从调选曹乃常,以文部选才未为尽善,遂致书于知铨舍人宋昱曰……其载补剡县尉,改会稽尉,宣州观察使殷日用奏为判官。"《资治通鉴》卷二一六记此事为天宝十二载。《唐会要》卷七四"论选事"条、《册府元龟》卷八三一为天宝十载。若以天宝十二载在杨国忠幕府,则知铨当为天宝十二载,则其以中书舍人知铨选事。又据《旧唐书》卷一〇八《韦见素传》载:"天宝十三年秋……国忠访于中书舍人窦华、宋昱等。"则天宝十三载中书舍人在任。

以上三人之被杀,均由自杨国忠,"凭国忠之势,招来赂遗,车马盈门,财货山积;及国忠败,皆坐诛灭"。(《旧唐书》卷一〇六《杨国忠传》)杨国忠伏诛在天宝十五载,本年三人亦被诛。所以,在唐玄宗被迫幸蜀之际,实际在身边竟无草诏之人,当然,其可以临时授权他人草诏,这就是贾至。

二、特殊的上任者——贾至

至德元载七月十二日,肃宗在灵武即位。三天后,尚未得知消息的玄宗发出《命三王制》,在任命李亨为天下兵马大元帅的同时,永王李璘、盛王李琦、丰王李珙都被玄宗委以重任,显示出玄宗不甘以此退出政坛,在试图削弱李亨的势力。八月十二日,玄宗得知肃宗灵武即位,十六日颁布《令肃宗即位诏》,十八日颁布《肃宗即位册文》。

据《新唐书》卷一一九《贾至传》记载,其"解褐单父尉。从玄宗幸蜀,拜起居舍人,知制诰。帝传位,至当撰册,既进稿,帝曰:'昔先天诰命,乃父为之辞,今兹命册,又尔为之,两朝盛典,出卿家父子手,可谓继美矣。'至顿首,呜咽流涕。"贾至当时任起居舍人,以起居舍人兼知制诰在唐代历史上仅此一例,也说明在当时玄宗的艰难处境。

在《贾至传》中,玄宗所言"两朝盛典,出卿家父子手,可谓继美","盛典"恐怕言不由衷,贾至的诏书与册文在当时极得玄宗之心倒是事实。《唐大诏令集》卷三〇中有《明皇令肃宗即位诏》:

敕:帝王受命,必膺图录,上叶天道,下顺人心,不可以智求,不可以力取。是故,我国家之有区夏也。乾符叠委,人瑞荐臻,土应其德,山呼其祚。高祖当宝运,太宗定鸿业,高宗宁蒸黎,中宗复旧绩,睿宗弘至理。朕承五圣之谟训,师三代之淳朴,常以道德为念,不以富贵为心,爰自弱龄,即尚玄默,属神龙之际,邦家中否,是用愤发,扫除欃枪,翼戴先皇,再正宸极。盖宗庙是为,岂朕私躬哉!先帝以朕有戡难之功,命朕掌主鬯之任,辞不获已,遂践皇极,聿来临御垂五十载,常思我烈祖玄元之道,保其清静之宗,伊万方事殷,或日昃不暇食。昔尧厌倦勤,尚以禅舜,高居汾阳;况我元子,某睿哲聪明,恪慎克孝,才备文武,量吞海岳,付之神器,不亦宜然!今宗社未安,国家多难,其英勇雄毅,总戎专征,代朕忧勤,斯为克荷,宜即皇帝位,仍令所司择日,宰相持节,往宣朕命。其诸礼仪,皆准故事,有如神祇简册申令须及者,朕称诰焉;衣冠表疏礼数须及者,朕称太上皇焉。且天下兵权,制在中夏;朕处巴蜀,卒应则难。其四海军郡,先奏取皇帝进止,仍奏朕,知皇帝处分讫,仍量事奏报。防难未定,朕实同忧。诰制所行,须相知悉;皇帝未至长安已来,其有与此便近,去皇帝路远,奏报难通之处,朕且以诰防随事处置,仍令所司奏报皇帝。待克复上京已后,朕将凝神静虑,偃息大庭,纵姑射之人,绍鼎湖之事於戏。禅让之礼,圣贤高蹈,前代明王非不慕之,皆享祚短促而不暇也。唯唐虞灵长,能擅厥美,俱革命易姓,宗庙失尊,非一其心万古不易之道也。朕之传位有异虞典,不改旧物,其命维新,奉禋祀于祖宗,继雍熙于宇宙。布告亿兆,咸使闻知。(至德元载八月十六日)①

诏书在内容上很有设计心机。首先,诏书为玄宗下野找到了很好的台阶,说自己本性清净,因勘难有功而临大位。其次,太子"睿哲聪明,恪慎克孝,才备文武",是继承皇位的当然人选,所以,以后自己的命令称诰,为太上皇。但在特殊的情况下,自己还要知悉朝廷政令,且自己仍能随机处理各类事物,时间直至收复长安。贾至在毫无草诏经验的情况下,写出这等有情感、有节制、深得玄宗心思的诏书,相当不易。

贾至任中书舍人记载见《旧唐书》卷一○八《韦见素传》:天宝十五载八月,"肃宗使至,始知灵武即位。寻命见素与幸臣房琯赍传国宝玉册奉使灵武,宣传诏命,便行册礼。将行,上皇谓见素等曰……见素等悲泣不自胜。仍以见素子谔及中书舍人贾至充册礼使判官"。然《旧唐书》卷一一一《房

---

① (宋)宋敏求编:《唐大诏令集》,中华书局,2008 年,第 117 页。

绾传》记载："（十五载）八月，与左相韦见素、门下侍郎崔涣等奉使灵武，册立肃宗……肃宗以琯素有重名，倾意待之，琯亦自负其才，以天下为己任。时行在机务，多决之于琯。凡有大事，诸将无敢预言。寻抗疏自请将兵以诛寇孽，收复京都，肃宗望其成功，许之……起居郎、知制诰贾至、有司郎中魏少游为判官，给事中刘秩为参谋。"

上文记载相矛盾，充册礼使称中书舍人，而后又称起居郎、知制诰。《唐大诏令集》卷三〇贾至的《明皇令肃宗即位诏》署至德元载八月十六日。此重要诏书由起居郎、知制诰草诏似欠妥，故疑本年八月由起居郎、知制诰正除中书舍人，旧《房绾传》误记。

《唐大诏令集》卷三六《命三王制》署天宝十五载七月十五日，卷三八《册汉中王瑀文》称："维天宝十二载岁次景申七月戊子朔日，皇帝若曰……"① 此二篇或为起居郎、知制诰时作。《唐大诏令集》卷三六《停颖王等节度诰》署至德元载八月二十一日。据《旧唐书》卷一一一《高适传》："至成都，八月，制曰：'侍御史高适……可谏议大夫。'"制为贾至所行，当为中书舍人任上作。《资治通鉴》卷二一九：至德二载，"六月……将军王去荣以私怨杀本县令，当死。上以其善用炮，壬辰，敕免死，以白衣于陕郡效力。中书舍人贾至不即行下，上表，以为……"又见《册府元龟》卷一八〇《帝王部》"失政"条。

贾至自中书舍人迁官，贬谪意味颇浓。《唐五代文学编年史》称乾元元年三月贾至坐房琯党出守汝州，杜甫以诗送之。② 傅璇琮《贾至考》（《唐代诗人丛考》），其出守当在暮春。③ 前文中，《新唐书纠谬》卷一一考《贾至传》漏弃汝州贬岳州，其乾元二年贬官。实际贾至乾元元年曾任著作郎，所据为《册府元龟》卷五六〇《国史部》"谱谍"条："贾至为著作郎，肃宗乾元元年撰《百家类例》十卷。"④ 著作郎虽为从五品上，与中书舍人同，但实权相距较远，亦失去了常见的由舍人升侍郎机会，故疑乾元元年贾至已然失宠。

贾至以玄宗册史身份见肃宗，肃宗对其当然不会引为亲信，更何况其所草诏书中明显体现了玄宗恋位之意。所以，肃宗马上任用了自己的中书舍人。

---

① （宋）宋敏求编：《唐大诏令集》，中华书局，2008 年，第 172 页。
② 傅璇琮主编：《唐五代文学编年史》（中唐卷），辽海出版社，1998 年，第 43 页。
③ 傅璇琮：《唐代诗人丛考》，中华书局，1980 年，第 182 页。
④ （宋）王钦若等：《册府元龟》第 7 册，中华书局，1960 年，第 6728 页。

三、肃宗即位后的任命

战乱中,肃宗要调兵遣将,匡扶李唐基业。起草制诰急需人才,所以,他立即任命了其他的中书舍人。这些中书舍人有两个特点:第一是迁授均未遵循业已形成的迁转惯例;第二是均为启用的新臣。

1. 徐浩

据《旧唐书》本传:"肃宗即位,召拜中书舍人,时天下事殷,诏令多出于浩。浩属词赡给,又工楷隶,肃宗悦其能,加兼尚书右丞。玄宗传位诰册皆浩为之,参两宫文翰,宠遇罕与为比。除国子祭酒,坐事贬庐州长史。"肃宗至德元载七月即位于灵武,则此时拜中书舍人,张式《大唐故银青光禄大夫彭王傅上柱国会稽郡开国公赠太子少师东海徐公神道碑铭》称:"召公诣行在所,拜中书舍人、集贤殿学士。"(《全唐文》卷四四五)

2. 杜鸿渐

《旧唐书》本传载:"天宝末,累迁大理司直,朔方留后支度副使……肃宗即位,授兵部郎中,知中书舍人事,寻转武部侍郎。"任职据《旧唐书·肃宗本纪》:天宝十五载,"七月甲子,即皇帝位于灵武……以朔方度支副使、大理司直杜鸿渐为兵部郎中,朔方节度判官崔漪为吏部郎中,并知中书舍人"。其后判武部可见《全唐文》卷三六六贾至《授杜鸿渐崔漪中书舍人制》:"知中书舍人鸿渐等……鸿渐可守中书舍人,判武部。"可知其任中书舍人即已判武部事,约本年即正除武部侍郎。

3. 崔漪

《旧唐书·肃宗本纪》载:天宝十五载六月,"上在平凉,数日之间未知所适,会朔方留后杜鸿渐、魏少游、崔漪等遣判官李涵奉笺迎上,备陈兵马招集之势,仓储库甲之数"。另据《旧唐书》卷一〇八《杜鸿渐传》:"肃宗北幸,至平凉,未知所适。鸿渐与六城水运使魏少游、节度判官崔漪、支度判官卢简金、关内盐池判官李涵谋曰……"可知,天宝十五载时其为节度判官。

任中书舍人可据《资治通鉴》卷二一八:"肃宗即位于灵武城南楼,群臣舞蹈,上流涕歔欷。尊玄宗曰上皇天帝,赦天下,改元。以杜鸿渐、崔漪并知中书舍人事。"《全唐文》卷三六六贾至有《授杜鸿渐崔漪中书舍人制》:"敕知中书舍人鸿渐等……漪守中书舍人,判文部侍郎。"肃宗至德元载七月即位,其任中书舍人当在至德元载七月。

4. 杨绾

据《旧唐书》本传:"天宝末,安禄山反,肃宗即位于灵武。绾自贼中冒难,披榛求食,以赴行在。时朝廷方急贤,及绾至,众心咸悦,拜起居舍人、知制诰。历司勋员外郎、职方郎中,掌诰如故。迁中书舍人,兼修国史。"肃宗至德元载七月即位,则杨绾本年拜起居舍人、知制诰。其后,据《通典》卷十五载:"宝应二年六月,礼部侍郎杨绾奏……"①可知宝应二年杨绾已礼部侍郎在任。然《全唐文》卷三六六有《授杨绾礼部侍郎制》,其中写道:"太常少卿兼修国史杨绾……可守礼部侍郎,仍修国史。"则宝应二年前杨绾自中书舍人为太常少卿,此为本传未载。

5. 苏源明

《新唐书》本传载:"安禄山陷京师,源明以病不受伪署,肃宗复两京,擢考功郎中知制诰……源明数陈政治得失。及史思明陷洛阳,有诏幸东京,将亲征。源明因上疏极谏曰……帝嘉其切直,遂罢东幸,后以秘书少监卒。"《资治通鉴》卷二二〇记载与《新唐书》本传略同:至德二载十月,"国子司业苏源明称病不受禄山官,上擢为考功郎中、知制诰"。据《册府元龟》卷一一四《帝王部》"巡幸"条第三:"肃宗乾元元年十月……帝以制命已行不纳。考功郎中、知制诰苏源明及给舍等上言切谏。"②此时仍在任,其后,傅璇琮疑在肃宗末代宗初,则约广德元年,迁秘书少监。

从以上任命可以看出,肃宗在灵武完全是另起一套草诏人马。当然,贾至当时留在肃宗身旁,并且起草了部分诏书,但从徐浩的相关记载来看,当时的大量诏敕是由徐浩所作。贾至与肃宗之间始终存在隔阂,这也是一朝天子一朝臣的必然。

肃宗在即位之时,"文武官不满三十人,披草莱,立朝廷,制度草创"。(《资治通鉴》卷二一八)其时需要发布的命令甚多,故而出现了大量不是中书舍人而履行中书舍人职务的人物,其中徐浩、杜鸿渐、崔漪都是以地方官承担草诏之命。杨绾"自贼中冒难,披榛求食,以赴行在",恰如杜甫之因肃宗感动而授职。当然,收复两京之后又有了对苏源明的奖励性任命,这已经是后话。

值得一提的是李揆,他并未如贾至一般因为属于玄宗旧臣而在肃宗朝被冷落和贬官。据《旧唐书》本传载:"举进士,补陈留尉,献书阙下,诏中书试文章,擢拜右拾遗。改右补阙,起居郎,知宗子表疏。迁司勋员外郎、考功郎中,并知制诰,扈从剑南,拜中书舍人。乾元初,兼礼部侍郎……未及毕事,迁中书侍郎、平章事、集贤殿崇文馆大学士,修国史。"李揆到肃宗朝反而官运亨通,为什么和贾至相比却有相反的境遇?

① (唐)杜佑撰,王文锦等点校:《通典》,中华书局,1988 年,第 358 页。
② (宋)王钦若等:《册府元龟》第 2 册,中华书局,1960 年,第 1357—1358 页。

　　李揆扈从剑南,据《资治通鉴》卷二一八:至德元载五月,"庚辰,上皇至成都;从官及六军至者千三百人而已"。可知,其至德元载稍前为考功郎中、知制诰,五月拜中书舍人。李揆具备为皇帝草诏的条件,但不知为何玄宗没有选择李揆而选择并没有权力草诏的贾至,史料不详。在肃宗朝任职期间,《旧唐书》所载的一件事情应该是李揆仕途的转折:

　　　　揆美风仪,善奏对,每有敷陈,皆符献替。肃宗赏叹之,尝谓揆曰:"卿门地、人物、文章,皆当代所推。"故进人称为三绝。其为舍人也,宗室请加张皇后"翊圣"之号,肃宗召揆问之,对曰:"臣观往古后妃,终则有谥。生加尊号,未之前闻。景龙失政,韦氏专恣,加号翊圣,今若加皇后之号,与韦氏同。陛下明圣,动遵典礼,岂可踪景龙故事哉!"肃宗惊曰:"凡才几误我家事。"遂止。时代宗自广平王改封成王,张皇后有子数岁,阴有夺宗之议。揆因对见,肃宗从容曰:"成王嫡长有功,今当命嗣,卿意何如?"揆拜贺曰:"陛下言及于此,社稷之福,天下幸甚,臣不胜大庆。"肃宗喜曰:"朕计决矣。"自此颇承恩遇,遂蒙大用。

　　本传未载时间,《资治通鉴》卷二二一载为乾元二年二月壬子。正是其应对得体,让肃宗避免大错,才有了以后的恩遇和大用。据《宣室志》卷十:"唐丞相李揆,乾元初为中书舍人,尝一日退朝归,见一白狐在庭中捣练石,上命侍僮逐之,已亡见矣。时有客于揆门者,因话其事,客曰:'此祥符也,某敢贺。'至明日,果迁礼部侍郎。"①此当为小说家言,但迁礼部侍郎是事实。其后据《资治通鉴》卷二二一:乾元二年三月,"以京兆尹李岘行吏部尚书,中书舍人兼礼部侍郎李揆为中书侍郎,及户部侍郎第五琦并同平章事"。

　　中书舍人是皇帝的秘书官和发令官,紧急时刻尤其需要中书舍人(后世此职转化为翰林学士),所以在玄宗需要传位时启用了贾至。肃宗在小朝廷初建时,除了大量任用地方官为太守保护自己,只分封了三个人物为中央直属官员:御史中丞裴冕为中书侍郎、同中书门下平章事,另外两个就是朔方度支副使、大理司直杜鸿渐为兵部郎中知中书舍人,朔方节度判官崔漪为吏部郎中知中书舍人。

　　中书舍人在朝政运转中的重要和必要,从玄肃转换之际,可见一斑。

---

　　①　(唐)张读:《宣室志》,中华书局,1983年,第132页。

第三章 中书舍人的文学创作

第一节 中书舍人的文学身份

唐代中书舍人中有相当多的人在当时是著名的文学人物，留存有大量的诗文作品。也有部分在当时是诗文名家，但作品大多亡佚。他们写过制诰，也作过其他文章，也会有诗歌的酬唱或者抒写心曲。以下通过对史料的爬梳，认识唐代中书舍人在当时声名与其文坛地位。

以文著称者有：

岑文本。据《旧唐书》本传："遇太宗行藉田之礼，文本上《藉田颂》。及元日临轩宴百僚，文本复上《三元颂》，其辞甚美。文本才名既著，李靖复称荐之，擢拜中书舍人，渐蒙亲顾。"岑文本为人"博考经史，多所贯综，美谈论，善属文"，曾任萧铣手下中书侍郎，专典文翰。《资治通鉴》卷一九七记载其"性质敦厚，文章华赡；而持论据经远，自当不负于物"。《旧唐书》本传、《旧唐书·经籍志》、《新唐书·艺文志》均载《岑文本集》六十卷；《新唐书·艺文志》记其合撰《大唐氏族志》一百卷、《文思博要》一百二十卷。郑亚《太尉卫公会昌一品制集序》称赞其擅长制诰："在贞观中，则颜公师古、岑公文本兴焉。"（《全唐文》卷七三〇）《全唐文》卷一五〇存文十九篇；《全唐诗》卷三三有诗四首。①

崔融，"文章四友"之一。据《旧唐书》本传："中宗在春宫，制融为侍读，兼侍属文，东朝表疏，多成其手。圣历中，则天幸嵩岳，见融所撰《启母庙碑》，深加叹美，及封禅毕，乃命融撰朝觐碑文。"《旧唐书》本传与《新唐书·艺文志》均载有集六十卷，《旧唐书·经籍志》称《崔融集》四十卷。参撰《则天皇后实录》二十卷、《宝图费》一卷、编《珠英学士集》五卷。碑刻方面，据《宝刻丛编》，有《唐崔府君碑》《唐瀛州任丘令王君德政碑》《唐西崇福寺怀素律师碑》《游东林寺诗》；《宝刻类编》记有《启母庙碑》《周封中岳碑》《西崇福寺怀素律师碑》。《全唐文》卷二一七有文章五十篇，《唐文拾

---

① 本节所涉及人物诗文多有今人校注整理本，为避免篇幅臃肿，只引《全唐文》《全唐诗》简要证明其作品传世，并非存世作品之绝对数量。

遗》卷十六有文章一篇,《唐文续拾》卷二有文章一篇;《全唐诗》卷六八有诗
一卷。

张说,一代文宗。《旧唐书》本传称其"为开元宗臣。前后三秉大政,掌
文学之任凡三十年。为文俊丽,用思精密,朝廷大手笔,皆特承中旨撰述,天
下词人,咸讽诵之。尤长于碑文、墓志,当代无能及者。喜延纳后进,善用己
长,引文儒之士,佐佑王化,当承平岁久,志在粉饰盛时。其封泰山,祠雁上,
谒五陵,开集贤,修太宗之政,皆说为倡首。"《旧唐书》本传载有文集三十
卷;《旧唐书·经籍志》称《张燕公集》共二十五卷;《新唐书·艺文志》载有
《张说集》二十卷、《洪崖先生传》一卷、《今上实录》二十卷。碑刻方面,《宝
刻丛编》记载有《唐左监门卫将军赵元亨碑》《唐豫州刺史魏叔瑜碑》《唐张
说题玄宗御书记》《唐龙池颂》《唐广州都督冯君衡碑》《唐赠吏部尚书萧灌
碑》《唐赠夔州都督王方翼碑》《唐郇国长公主碑》《唐赠太尉裴行俭碑》;
《关中金石记》记有《祁国昭宣公王仁皎神道碑》《温泉箴》。《全唐文》卷二
二一至二三三有文章十三卷,《唐文拾遗》卷十六有文章三篇;《全唐诗》卷
八五至八九有诗五卷。

苏颋,与张说并称为"燕许大手笔"。《旧唐书》本传载苏颋"机事填委,
文诰皆出颋手,中书令李峤叹曰:'舍人思如涌泉,峤所不及也。'"《新唐书》
本传载:"玄宗平内难,书诏填委,独颋在太极后阁,口所占授,功状百绪,轻
重无所差。"韩休《唐金紫光禄大夫礼部尚书上柱国赠尚书右丞相许国文宪
公苏颋文集序》记载:"制命敕书,皆出自公手,笔不停缀,思无所让,及是见
君深所叹伏焉。今上尝谓公曰:'朕每见卿文章,与诸人尤异。当令后代作
法,岂惟独称朕心。'"(《全唐文》卷二九五)《新唐书·艺文志》记载《苏颋
集》三十卷,《郡斋读书志》作二十卷。碑刻方面,《宝刻丛编》中记有《唐黄
门监卢怀慎碑》《唐斛斯府君碑》《唐崔慎碑》《唐太子宾客庞承宗碑》《唐高
安长公主碑》《唐凉国长公主碑》《唐孔子弟子赞》《天竺寺碑》《同州刺史解
琬碑》;《宝刻类编》记有《国子监祭酒武承规墓志》《县令薛缙德政碑》《赠
梁州都督郭知运碑》。《全唐文》卷二五〇至二五八有文章九卷,《唐文续
拾》卷二有文章一篇;《全唐诗》卷七三至七四存诗二卷。

张九龄,文章宰相。《旧唐书》本传载:"(张说)常谓人曰:'后来词人
称首也。'"徐浩《唐尚书右丞相中书令张公神道碑》对张九龄文采称许更
详:"渤海国王武艺违我王命,思绝其词,中书奏章不惬上意,命公改作援笔
立成,上甚嘉焉,即拜尚书工部侍郎兼知制诰。扈从北巡便祠后土,命公撰
敕,对御为文凡十三纸,初无稿草,上曰:'比以卿为儒学之士,不知有王佐
之才,今日得卿,当以经术济朕。'"(《全唐文》卷四四〇)据《新唐书·艺文

志》《郡斋读书志》《直斋书录解题》均记载有《张九龄集》二十卷。碑刻方面，《宝刻丛编》记载有《唐刺史靳恒遗爱颂并阴》《唐龙门西龛石像碑》《唐右监门卫上将军黎景仁碑》《唐宣义郎王已墓志》《唐赠太师裴光庭碑》；《金石录》中有《唐泾州刺史牛意碑》。《全唐文》卷二八三至二九三有文章十一卷；《全唐诗》卷四七至四九有诗三卷。

孙逖。《旧唐书》本传载："逖掌诰八年，制敕所出，为时流叹服。议者以为自开元已来，苏颋、齐澣、苏晋、贾曾、韩休、许景先及逖，为王言之最。"《新唐书·艺文志》记《孙逖集》二十卷。碑刻方面，《宝刻类编》记有《王同晊碑》《宋公神道碑》。《全唐文》卷三〇八至三一四有文章七卷，《唐文拾遗》卷一九有制三篇；《全唐诗》卷一一八存诗一卷。

常衮。《旧唐书》本传载："衮文章俊拔，当时推重，与杨炎同为舍人，时称为'常杨'。"《新唐书·艺文志》记载《常衮集》十卷、《诏集》六十卷。碑刻方面，《宝刻丛编》记载有《唐京兆尹王鉷墓志》《唐赠婕妤河内董氏墓志》《唐承天皇帝子新平郡王俨墓志》《唐宗子赠太傅信王珵墓志》《唐赠司徒扶风郡王马璘碑》《唐承天皇帝墓文》。《全唐文》卷四一〇至四二二文章有十三卷，《唐文续拾》卷六有文章六篇；《全唐诗》卷二五四存诗九首。

杨炎。《旧唐书》本传称："炎有风仪，博以文学，早负时称，天下翕然，望为贤相。""衮长于除书，炎善为德音，自开元已来，言制之美者，时称常、杨焉。"碑刻据《宝刻丛编》有《唐赠太尉卫国文宪公杜鸿渐墓志》《唐赠工部尚书郝王碑》《唐赠扬州都督段宽神道碑》《唐赠司空李楷碑》《唐刑部尚书李光进碑》；《寰宇访碑录》有《营州都督李楷洛碑》。《全唐文》卷四二一、四二二有文章两卷；《全唐诗》卷一二一有诗二首。

陆贽。据《旧唐书》本传："建中四年，朱泚谋逆，从驾幸奉天。时天下叛乱，机务填委，征发指踪，千端万绪，一日之内，诏书数百。贽挥翰起草，思如泉注，初若不经思虑，既成之后，莫不曲尽事情，中于机会；胥吏简札不暇，同舍皆伏其能……故奉天所下书诏，虽武夫悍卒，无不挥涕感激，多贽所为也。""其于议论应对，明练理体，敷陈剖判，下笔如神，当时名流，无不推挹。"《新唐书·艺文志》载有《论议表疏集》十二卷、《翰苑集》十卷、《遣使录》一卷、《备举文言》二十二卷、《集验方》十五卷。《全唐文》卷四六〇至四七五文章有十六卷；《全唐诗》卷二八八有诗三首。

权德舆。《唐故相权公墓碑》记载："凡撰命词九年，以类集为五十卷，天下称其能。"根据《新唐书·艺文志》，参集《元和格敕》三十卷、《童蒙集》十卷、又《集》五十卷、《制集》五十卷。《崇文总目》著录《权公文集》、《直斋书录解题》著录《权丞相集》、《郡斋读书志》著录《权德舆集》均为五十卷

(《郡》著录五卷,当为五十卷)。碑刻方面存目较多,据《宝刻丛编》有《唐左仆射裴倩碑》《唐左仆射魏国元靖公贾耽墓志》《唐杜佑郊居记》《唐章敬寺百岩大师碑》《唐岐国安简公杜佑墓志》;另外《宝刻类编》记有《相国赵璟碑》《于頔先庙碑》《宣武节度董晋碑》《赠右仆射王谦光碑》《宣武节度董晋碑》《赠右仆射王谦光碑》《赠太尉咸宁郡王浑瑊碑》《左仆射裴倩碑》《左仆射魏国元靖公贾耽墓志》《赠吏部尚书武就碑》《章敬寺百岩大师碑》《赠扬州大都督孙荣义碑》。《全唐文》卷四八三至五〇九有文章七卷;《全唐诗》卷三二一至三二九有诗歌九卷。

韩愈,古文大家。据《旧唐书》本传:"常以为自魏、晋已还,为文者多拘偶对,而经诰之指归,迁、雄之气格,不复振起矣。故愈所为,文,务反近体;抒意立言,自成一家新语。后学之士,取为师法。当时作者甚众,无以过之,故世称'韩文'焉。"根据《新唐书·艺文志》,有《韩愈集》四十卷、《注论语》十卷、《顺宗实录》五卷(参撰)。韩愈文集在长庆四年由门人李汉编辑共《四十卷》,诗文合刊,传于后世。《全唐文》卷五四七至五六八有文章二十二卷;《全唐诗》卷三三六至三六五有诗歌十卷。

令狐楚。《新唐书》本传载:"其为文,于笺奏制令尤善,每一篇成,人皆传讽。"据《新唐书·艺文志》,令狐楚与人合撰《元和辨谤略》十卷、《漆奁集》一百三十卷、又《梁苑文类》三卷、《表奏集》十卷、《断金集》一卷(李逢吉令狐楚唱和)、《彭阳唱和集》三卷(令狐楚刘禹锡)、僧广宣与令狐楚唱和一卷。碑刻方面,《宝刻丛编》记载有《唐建后周逍遥公韦夐晒书台铭》《唐太清宫宿齐寄张弘靖诗》《唐章敬寺百岩大师灵塔碑》《唐周先生住山碑》《白杨新庙碑》《太府寺丞李泳墓志》。《全唐文》卷五三九有文章五卷;《全唐诗》卷三三四存诗一卷。

李德裕。据《旧唐书》本传:"禁中书诏大手笔,多诏德裕草之。"李德裕著作较多,《新唐书·艺文志》记载有《次柳氏旧闻》一卷、《异域归忠传》二卷、《西蕃会盟记》三卷、《西戎记》二卷、《英雄录》一卷;《御臣要略》卷亡、《西南备边录》十三卷、《会昌一品集》二十卷、又《姑藏集》五卷、《穷愁志》三卷、《杂赋》二卷、《吴蜀集》一卷(合撰)。《宝刻丛编》有《唐圯上图赞》《唐平泉山居诗》《唐平泉草木记》《唐秋日登楼望赞皇山诗》《唐李石神道碑》《唐赠开府仪同三司王弘规碑》《唐右领军卫将军马存亮碑》《唐玉蕊花诗》《唐瘗舍利记》《唐茅山三像记》。《全唐文》卷六九六至七一〇有文章十五卷;《全唐诗》卷四七五存诗一卷。

裴度。《旧唐书》本传载:"度劲正而言辩,尤长于政体,凡所陈谕,感动物情。"《新唐书·艺文志》记其有《书仪》二卷、《汝洛集》一卷。碑刻方面,据《宝刻丛编》,有《唐文宣王庙记》《唐歙州刺史卢瑗碑》《唐无量寺多宝塔碑》《唐高瑀神道诗》《唐赠司徒赵郡贞孝公李绛先庙碑》《唐兴州节度裴玢碑》《唐司徒乌重碑》《唐礼部侍郎信州刺史刘太真碑》《裴度白居易联句》。《全唐文》卷五三七、五三八有文章两卷,《唐文拾遗》卷二五有文章两篇;《全唐诗》卷三三五存诗一卷。

杜牧,诗文兼善。据《旧唐书》本传:"好读书,工诗为文。"有裴延翰所编辑《樊川文集》二十卷,宋人又曾编《樊川外集》和《别集》,但有较多他人作品混入。《全唐文》卷七四八至七五三有文章六卷;《全唐诗》卷五二〇至五二七有诗歌八卷。

以诗歌著称于世者有:

李百药,宫廷诗人。据《旧唐书》本传,李百药在当时深有文名:"七岁解属文。""皇太子勇又召为东宫学士。诏令修五礼,定律令,撰阴阳书。台内奏议文表,多百药所撰。""百药以名臣之子,才行相继,四海名流,莫不宗仰。藻思沈郁,尤长于五言诗,虽樵童牧竖,并皆吟讽。""太宗尝制《帝京篇》,命百药并作,上叹其工,手诏曰:'卿何身之老而才之壮,何齿之宿而意之新乎!'"《新唐书》卷二〇一《谢偃传》:"时李百药工诗,而偃善赋,时人称'李诗谢赋'。"《旧唐书》卷一九〇上《崔信明传》:"信明颇蹇傲自伐,常赋诗吟啸,自谓过于李百药。时人多不许之。"《旧唐书·经籍志》《新唐书·艺文志》记载《李百药集》三十卷。同时《新唐书·艺文志》载李百药修史《北齐书》五十卷;合撰《大唐仪礼》一百卷。所作碑志,据《金石录》有《隋文帝舍利塔碑》《唐正解碑》《唐大理卿郎颖碑》《唐尚书左丞郎茂碑》《唐化度寺邕禅师塔铭》《唐黄君汉碑》《唐益州长史裴镜民碑》《唐弘济寺碑》等存目。《全唐文》卷一四二存文十四篇,《唐文拾遗》卷一四有碑铭三篇;《全唐诗》卷四三存诗一卷。

苏味道,"文章四友"之一。据《旧唐书》本传:"(苏味道)援笔而成,辞理精密,盛传于代。"据《旧唐书·经籍志》《新唐书·艺文志》有《苏味道集》十五卷。碑刻据《宝刻类编》,有《冠军大将军杨公碑》《崇福寺怀素塔铭》。《全唐诗》卷六五存诗一卷。

李峤,"文章四友"之一。据《旧唐书》本传:"则天深加接待,朝廷每有大手笔,皆特令峤为之。"证圣元年四月,武后造天枢成,"武三思为文,朝士献诗者不可胜纪,唯峤诗冠绝当时"。万岁登封元年武后封嵩山,李峤作《大周降禅表》。《旧唐书》本传记有文集五十卷;《旧唐书·经籍志》载有《李峤集》三十卷;《新唐书·艺文志》载《李峤集》五十卷、《军谋前鉴》十卷、《杂咏诗》十二卷。《郡斋读书志》著录《李峤集》一卷,可知宋代其大量作品已佚。碑刻方面,据《宝刻丛编》又有《周封中岳碑》《武士護碑》两篇。《全唐文》卷二四二至二四九有文章八卷;《全唐诗》卷五七至六一存诗歌五卷。

沈佺期,初唐宫廷诗人。《旧唐书》本传载:"善属文,尤长七言之作,与宋之问齐名,时人称为'沈宋'。"《旧唐书·经籍志》《新唐书·艺文志》《直斋书录解题》记载有《沈佺期集》十卷,《郡斋读书志》作五卷;《新唐书·艺文志》还记载曾合撰《道藏音义目录》一百一十三卷、《三教珠英》一千三百卷。《全唐文》卷二三五存文章六篇;《全唐诗》卷九五至九七有诗三卷。

王维,盛唐诗人。《旧唐书》本传记载:"维以诗名盛于开元、天宝间,昆仲宦游两都,凡诸王驸马豪右贵势之门,无不拂席迎之,宁王、薛王待之如师友。维尤长五言诗。"王缙《进王右丞集表》云:"诗笔共成十卷",《崇文总目》著录《王维文集》十卷,《郡斋读书志》作《王维集》十卷,《直斋书录解题》作《王右丞集》十卷。《全唐文》卷三二四至三二七有文四卷;《全唐诗》卷一二五至一二八存诗四卷。

韩翃,"大历十才子"之一。《旧唐书》卷一一三《卢纶传》记载:"大历中,诗人李端、钱起、韩翃辈能为五言诗。"《唐才子传》卷四载:"翃工诗,兴致繁富如芙蓉出水,一篇一咏朝士珍之,比讽深于文房,筋节成于茂政。当时盛称焉,有诗集五卷行于世。"[①]《新唐书·艺文志》《崇文总目》《郡斋读书志》《直斋书录解题》也记载有诗五卷。《全唐文》卷四四四有文章十四篇;《全唐诗》卷二四三至二四五存诗三卷。

元稹,中唐诗人。《旧唐书》本传:"工为诗,善状咏风态物色,当时言诗者,称元、白焉。"白居易所作元稹墓志称其有文一百卷,据《新唐书·艺文志》,有《元氏类集》三百卷、《元氏长庆集》一百卷、又《小集》十卷、《元白继和集》一卷、《三州唱和集》一卷、《元和制策》三卷(合撰)。《宝刻丛编》有《唐修桐栢宫碑》。《全唐文》卷六四七至六五五有文章九卷;《全唐诗》卷三九六至四二三有诗歌二十八卷。

白居易,中唐诗人。《旧唐书》本传:"文辞富艳,尤精于诗笔。自雠校至结绶畿甸,所著歌诗数十百篇,皆意存讽赋,箴时之病,补政之缺。而士君子多之,而往往流闻禁中。"据《新唐书·艺文志》,有《白氏长庆集》七十五卷、《八渐通真议》一卷、《七科义状》一卷、《白氏经史事类》三十卷(一名《六帖》)、《元白继和集》一卷(元稹、白居易)、《三州唱和集》一卷(合撰)、《元和制策》三卷(合撰)。碑刻也存目较多,据《宝刻丛编》,有《唐香山寺

---

① 傅璇琮:《唐才子传校笺》第二册,中华书局,1989年,第28—29页。

碑》《唐修香山寺诗三十韵》《唐醉吟先生传》《唐八节滩诗并龙门二十韵》《唐照公塔铭》《唐崔敦礼碑》《唐白乐天游王屋山诗》《唐武昌军节度使元稹碑》《唐新造白苹洲五亭记》《唐兴果寺律大德奏公塔碣》《唐东林寺白氏文集记》《唐抚州景云寺上宏和尚石塔碑》《张诚碑》。《全唐文》卷六五六至六八一有文章二十六卷;《全唐诗》卷四二四至四六二存诗三十九卷。

韩偓,唐末诗人。"所著歌诗颇多,其间绮丽得意者数百篇,往往脍炙人口,或乐工配入声律,粉墙椒壁窃咏者不可胜纪。"①《唐才子传》记载有诗一卷,又作《香奁集》一卷,《金銮密记》五卷。《全唐诗》卷六八〇至六八三有诗歌十卷。

在唐代前期,还有部分中书舍人在古籍、典章整理方面用力较多,颇多建树。如:

许敬宗。《旧唐书》本传载:"太宗大破辽贼于驻跸山,敬宗立于马前受旨草诏书,词彩甚丽,深见嗟赏。"又据《大唐新语》卷七:"太宗破高丽于安市城东南……因名所幸山为驻跸山,许敬宗为文刻石纪功焉。"②《中吴纪闻》卷六:"若乃学如马融,博如许敬宗,文如班固、如柳子厚亦可矣。"《旧唐书》本传、《旧唐书·经籍志》《新唐书·艺文志》均载有《许敬宗集》八十卷;《天一阁书目》卷四之三集部记《许敬宗集》一卷。《旧唐书·经籍志》《新唐书·艺文志》:合撰《晋书》一百三十卷、《高宗实录》三十卷、《文官词林文人传》一百卷、《姓氏谱》二百卷、《累璧》四百卷、《芳林要览》三百卷、《文馆词林》一千卷、《丽正文苑》二十卷。此外,《新唐书·艺文志》载其合撰《永徽五礼》一百三十卷、《皇帝实录》三十卷、《文思博要》一千二百卷、《瑶山玉彩》五百卷、《东殿新书》二百卷、合撰《本草》二十卷。碑刻存目据《金石录》又有《凉国太夫人鬱久闾氏碑》《益州都督程知节碑》《尉迟宝琳碑》。《全唐诗》卷三五存诗二十七首,多为奉和诗歌,卷八百八十二存诗二首;《全唐文补遗》第一辑有《大唐故辅国大将军荆州都督上柱国嘉川襄公周君(护)碑文并序》、第七辑有《大唐弘福寺故上座首律师(智首)高德颂》两篇文章。

颜师古。《旧唐书》本传载:"少传家业,博览群书,尤精诂训,善属文。"任中书舍人时,"专掌机密。于时军国多务,凡有制诰,皆成其手。师古达于政理,册奏之工时无及者"。《大唐新语》卷六:"颜师古谙练故事,长于文

---

① 桂第子译注:《宣和书谱》卷十,湖南美术出版社,1999 年,第 194 页。
② (唐)刘肃撰,许德楠、李鼎霞点校:《大唐新语》,中华书局,1984 年,第 112 页。

诰,时无逮者。"①《全唐文》卷四《授颜师古秘书监制》称其"体业淹和,器用详敏。学资流略,词兼典丽。"《全唐诗》卷三〇有《奉和正日临朝》诗一首。其著作据《旧唐书·经籍志》,有《颜师古集》四十卷;《新唐书·艺文志》记载有《颜师古集》六十卷;《匡缪正俗》八卷、合注《史记》一百三十卷、《安兴贵家传》(卷亡)、《王会图》(卷亡)、合撰《大唐仪礼》一百卷、合撰《周易正义》十六卷、合撰《武德律》十二卷、《式》十四卷、《令》三十一卷。另据《郡斋读书志》,合撰《周易正义》十四卷、《尚书正义》二十卷、《南部烟花录》一卷;《崇文总目辑释》卷五记载合撰《唐初表草》一卷。《集古录》卷五载《等慈寺碑》。《全唐文》卷一四七有文章十九篇。

　　卢藏用。《旧唐书》本传:"藏用少以辞学著称。初举进士选,不调,乃著《芳草赋》以见意。寻隐居终南山,学辟谷、练气之术。""藏用常以俗多拘忌,有乖至理,乃著《析滞论》以畅其事。"据《旧唐书》本传和《旧唐书·经籍志》,有《卢藏用集》二十卷;《新唐书·艺文志》记载有《卢藏用集》三十卷、《春秋后语》十卷、《注老子》二卷、《注庄子内外篇》十二卷、《子书要略》一卷。碑刻方面,据《宝刻丛编》记载有《唐建福寺三门颂成碑》《周立汉太尉纪信碑》《唐景星寺碑》《周都官郎中孔昌寓碑》《赠右仆射王泂碑》。《全唐文》卷二三八有文章十三篇;《全唐文补遗》第五辑有《大唐故鸿胪卿兼检校右金吾大将军上柱国赠兵部尚书曹国公甘府君(元柬)墓志文》一篇。《全唐诗》卷九三存诗八首。

　　李吉甫。《旧唐书》本传:"吉甫少好学,能属文。年二十七,为太常博士,该洽多闻,尤精国朝故实,沿革折衷,时多称之。"李吉甫著作颇多:"吉甫尝讨论《易象》异义,附于一行集注之下;及缀录东汉、魏、晋、周、隋故事,讫其成败损益大端,目为《六代略》,凡三十卷。分天下诸镇,纪其山川险易故事,各写其图于篇首,为五十四卷,号为《元和郡国图》。又与史官等录当时户赋兵籍,号为《国计簿》,凡十卷。纂《六典》诸职为《百司举要》一卷。皆奏上之,行于代。"据《新唐书·艺文志》记载,有《李吉甫集》二十卷、注《一行易》卷亡、《六代略》三十卷、《元和国计簿》十卷、《元和百司举要》一卷、《元和郡县图志》五十四卷、《十道图》十卷、《古今地名》三卷、《删水经》十卷、《古今说苑》十一卷、《一行传》一卷、《古今文集略》二十卷、《国朝哀策文》四卷。碑刻据《宝刻丛编》有《唐赠太傅岐国公杜佑碑》《唐大觉禅师碑》《唐诗述碑阴记》《唐杂言神女诗》《唐仙都观王阴二真君影堂碑》。《全唐文》卷五一二有文章二十一篇;《全唐诗》卷三一八存诗四首。

_____

①　(唐)刘肃撰,许德楠、李鼎霞点校:《大唐新语》,中华书局,1984年,第89页。

王涯。《旧唐书》本传记载:"涯博学好古,能为文,以辞艺登科。践扬清峻,而贪权固宠,不远邪佞之流,以至赤族。涯家书数万卷,侔于秘府。前代法书名画,人所保惜者,以厚货致之;不受货者,即以官爵致之。厚为垣窍,而藏之复壁。"据《新唐书·艺文志》,王涯除有集十卷外,还有《唐循资格》五卷、《注太玄经》六卷、《月令图》一轴。《全唐文》卷四四八有文章二篇;《全唐诗》卷三四六存诗一卷。

刘知几。《旧唐书》本传载:"知几乃著《思慎赋》以刺时,且以见意。凤阁侍郎苏味道、李峤见而叹曰:'陆机《豪士》所不及也。'""时知几又著《史通子》二十卷,备论史策之体。太子右庶子徐坚深重其书,尝云:'居史职者,宜置此书于座右。'知几自负史才,常慨时无知己,乃委国史于著作郎吴兢,别撰《刘氏家史》十五卷、《谱考》三卷……学者服其该博。"据《旧唐书》本传:"自幼及长,述作不倦,朝有论著,必居其职。预修《三教珠英》《文馆词林》《姓族系录》,论《孝经》非郑玄注、《老子》河上公注,修《唐书实录》,皆行于代,有集三十卷。"又据《新唐书》本传,还有《史通》内、外四十九篇;《旧唐书·经籍志》载有《刘子玄集》十卷;《新唐书·艺文志》又有《太上皇实录》十卷、《刘子玄集》三十卷。《唐文拾遗》卷十七有文章两篇;《全唐诗》卷九四有诗歌一首。

如上文所列,唐代中书舍人就整体而言,是以文人身份担任。其中大部分以文章著称,在作者已考证出正拜的中书舍人中,绝大多数有作品存目。究其纵向趋势,在初盛唐时期,诗文名家居多,而在中晚唐,尤其是晚唐时期,中书舍人中的名家已经急剧减少,越来越成为处理庶务的职业宰相秘书官。当然,这与翰林学士的兴起有密切关系,大量文士流向翰林学士,且因为翰林学士更多近似于使职,不拘官阶便可入院,而中书舍人毕竟属于五品清官,受到较多束缚,故晚唐阶段文士名流减少。

第二节　中书舍人的文学素质①

中书舍人的主要职能是起草制诰,历代帝王均重视王者之言的表达。《文心雕龙·诏策》载:"皇帝御宇,其言也神。渊嘿黼扆,而响盈四表,唯诏策乎!刘勰又说:"诰命动民,若天下之有风矣。"②

① 本节少数观点曾发表于《乐山师范学院学报》,2014年第7期,有较大删改。
② (梁)刘勰著,范文澜注:《文心雕龙注》,人民文学出版社,2015年,第358页。

"汉代诏令最可观,至今犹诵述,盖皆简才学士充郎署之选。"①汉代启用文学之士为草诏者,唐代也是如此。《旧唐书》卷一九〇中《齐澣传》记载其"论驳书诏,润色王言,皆以古义谟诰为准的。"白居易评价裴度"以茂学懿文,润色训诰,体要典丽,甚得其宜。施之四方,朕命惟允。"②

如果梳理整个唐代散文发展史,唐代散文中重要的人物均在中书舍人之列,或有过中书舍人任职的经历。有的因为文章进入中书舍人行列。如崔翘"时肆赦海内,公述制立就,朝以为能。于是递相传写,帝用嘉之。乃命为中书舍人,知制诰"。(崔至《唐故银青光禄大夫礼部尚书上柱国清河县开国男赠江陵郡大都督谥曰成崔府君(翘)墓志铭并序》③)还有韩皋,"立草数千言,德宗嘉之。及免丧,执政者拟考功郎中,御笔加知制诰。迁中书舍人"。(《旧唐书》卷一二九《韩皋传》)有的在中书舍人任上成就文章的名气。如《旧唐书》卷一九〇中《许景先传》记载:"自开元初,景先与中书舍人齐澣、王丘、韩休、张九龄掌知制诰,以文翰见称。中书令张说尝称曰:'许舍人之文,虽无峻峰激流崭绝之势,然属词丰美,得中和之气,亦一时之秀也。'"王仲舒"文思温雅,制诰所出,人皆传写。"(《旧唐书》卷一九〇《王仲舒传》)还有韦陟:"张九龄一代辞宗,为中书令,引陟为中书舍人,与孙逖、梁涉对掌文诰,时人以为美谈。"(《旧唐书》卷九二《韦陟传》)齐澣"论驳书诏,润色王言,皆以古义谟诰为准的,侍中宋璟、中书侍郎苏颋并重之"。(《旧唐书》卷一九〇中《齐澣传》)

正因如此,中书舍人的选用需要很高的文学素质。崔嘏的《授李讷中书舍人李言大理少卿制》称:"彰施帝载,润色王猷。朝出乎九重,夕驰于四表。必资其金相玉立之器,怀其腾蛟吐凤之才,以发挥人文,流布天泽。"(《全唐文》卷七二六)《授朱巨川中书舍人敕》也有"典掌王言,润色鸿业"(《全唐文》卷五四)之言,都提出君王诏敕是"王言",代表着国家体面,需要有才能的人来铺写、润色、修饰。张说《唐西台舍人赠泗州刺史徐府君(神道)碑(铭并序)》曾云:"经天地,揭日月,文之义也;掌邦籍,出王命,位之崇也。"④

这一点尤其体现在制诰文对他人任职中书舍人时的评价。如李虞仲《授李渤给事中郑涵中书舍人等制》中说:"举才命官,得人斯重。询事考绩,称职为难,况较正违失,典司文诰,参我密命,为吾近臣,非望实兼优,则

---

① (清)赵翼著,王树民校正:《廿二史札记校正》,中华书局,1994年,第86页。
② (唐)白居易著,谢思炜校注:《白居易文集校注》,中华书局,2011年,第906页。
③ 吴钢编:《全唐文补遗》(第九辑),三秦出版社,2007年,第368页。
④ (唐)张说著,熊飞校注:《张说集校注》,中华书局,2013年,第898页。

不在兹选。"(《全唐文》卷六九三)同卷还有其《贾餗等中书舍人制》:"参掌宥密,斧藻训诰,侍立于文陛之下,挥翰于禁署之中,非第一流,不在其位。"

《翰苑遗事》则记载了翰林学士入院须进行的必要考试:"故学士入,皆试五题,麻、诏、敕、诗、赋,而舍人不试,盖舍人乃其本职,且多自学士迁也。"① 中书舍人的任用没有如翰林学士一般的固定考试,白居易的《钱徽司封郎中知制诰制》中提道:"中台草奏,内庭掌文,西掖书命,皆难其人也。非慎行敏识、夙学懿文四者兼之,则不在此选。"② 在某种程度上说明了对中书舍人任职在品行、思力、学养、文采几方面的要求。

任用中书舍人或他官知制诰时,制文中对其特点的评价中,也很强调其文学素质,如元稹《沈传师授中书舍人制》说沈传师"焕有文章,发为辞诰,使吾禁中无漏露之患,而朕语言与三代同风,勤亦至矣"。③ 还有元稹的《白居易授尚书主客郎中知制诰制》:

> 敕:先帝付朕四海九州之重,尚赖威灵。天下甫定,思获议论文章之臣,以在左右。俾之详考今古,周知物情。而朝议郎、行尚书司门员外郎白居易,州里举进士,有司升甲科。元和初,对诏称旨,翱翔翰林,蔼然直声,留在人口。朕尝视其词赋,甚喜与相如并处一时,由是召自南宾,序补郎位。会牛僧孺以御史丞制诰职,嗣掌书命,人推尔先。予亦饱其风猷,尔宜副兹超异。可守尚书主客郎中、知制诰,余如故。④

欲求议论文章之臣,而将白居易之辞赋比作司马相如,是以朝廷名义对白居易文采的肯定。又如薛庭珪《授膳部郎中知制诰钱珝守中书舍人制》称赞钱珝:"观其书词,复绝尘滓,褒贬尽春秋之要旨,指归决训诰之源流。传闻四方,平视三代。"(《全唐义》卷八三七)

中书舍人在文学才能上主要要求其准确表意、文采润色、符合程式、熟悉典章、才思敏捷。

制诰的首要要求是表意。所谓"宣王道之正义,发话言于臣下"。⑤ 如《新唐书》卷一八〇《李德裕传》记载:"德裕在位,虽遽书警奏,皆从容裁决,

---

① (宋)洪遵:《翰苑群书》,傅璇琮、施纯德编:《翰学三书》,辽宁教育出版社,2003年,第110页。
② (唐)白居易著,谢思炜校注:《白居易文集校注》,中华书局,2011年,第1002页。
③ (唐)元稹撰,冀勤点校:《元稹集》,中华书局,1982年,第488页。
④ (唐)元稹撰,冀勤点校:《元稹集》,中华书局,1982年,第491页。
⑤ (唐)刘知几著,张振佩笺注:《史通笺注》,贵州人民出版社,1985年,第5页。

率午漏下还第,休沐辄如令,沛然若无事时。其处报机急,帝一切令德裕作诏,德裕数辞,帝曰:'学士不能尽吾意。'"制诰要求真实、准确地传达圣意,令狐楚、崔嘏等都因草诏不和君主之意而贬官。如前者:"元和十二年,度以宰相领彰义节度使,楚草制,其辞有所不合,度得其情。时宰相李逢吉与楚善,皆不助度,故帝罢逢吉,停楚学士,但为中书舍人。俄出为华州刺史。后它学士比比宣事不切旨,帝抵其草,思楚之才。"(《新唐书》卷一六六《令狐楚传》)令狐楚因草诏失误而失去了亲近君主的翰林学士职位,只能为中书舍人,甚至外出为刺史,但其后的学士更加不能恰当地表达君主的意思,所以宪宗悔恨。在中唐后,中书舍人已经很少直接承受君主意义草诏。上文之例是帝王对诏书的要求,同样对中书舍人也成立。

诏敕在准确达意的基础上,还要求要有文学性的表达。孔颖达《尚书正义》序曰:"古之王者事总万机,发号出令,义非一揆:或设教以驭下,或展礼以事上,或宣威以肃震曜,或敷和而散风雨,得之则百度惟贞,失之则千里斯谬。枢机之发,荣辱之主,丝纶之动,不可不慎。所以辞不苟出,君举必书,欲其昭法诫,慎言行也。"[1]孔颖达强调了君王制诰的重要作用。"夫《书》者,人君辞诰之典。"《尚书》是历来统治者追求的"王言"的典范。也说明《尚书》是制诰的典范,历代君主都以此作为自己制诰的标准。这也是唐代评价制诰的标准,白居易的《元稹除中书舍人翰林学士赐紫金鱼袋制》中说:"去年夏拔自祠曹员外,试知制诰。而能芟繁词,划弊句,使吾文章言语与三代同风。引之而成纶綍,垂之而为典训。凡秉笔者,莫敢与汝争能。"[2]元稹任中书舍人的前提就是知制诰时能够写出"与三代同风"的诏令。

制诰还要因人而异,因事不同。《文心雕龙》有载:"夫王言崇秘,大观在上,所以百辟其刑,万邦作孚。故授官选贤,则义炳重离之辉;优文封策,则气含风雨之润;敕戒恒诰,则笔吐星汉之华;治戎燮伐,则声有洊雷之威;眚灾肆赦,则文有春露之滋;明罚敕法,则辞有秋霜之烈;此诏策之大略也。"[3]制诰中也要求有"微言大义"。如《旧唐书》卷一五八《武元衡传》所载:

儒衡气岸高雅,论事有风彩,群邪恶之。尤为宰相令狐楚所忌。元

---

① (汉)孔安国传,(唐)孔颖达正义:《尚书正义》,上海古籍出版社,2007年,第1页。
② (唐)白居易著,谢思炜校注:《白居易文集校注》,中华书局,2011年,第620页。
③ 刘勰著,范文澜注:《文心雕龙注》,人民文学出版社,2015年,第358页。

和末年,垂将大用,楚畏其明俊,欲以计沮之,以离其宠。有狄兼谟者,梁公仁杰之后,时为襄阳从事。楚乃自草制词,召狄兼谟为拾遗,曰:朕听政余暇,躬览国书,知奸臣擅权之由,见母后窃位之事。我国家神器大宝,将遂传于他人。洪惟昊穹,降鉴储祉,诞生仁杰,保佑中宗,使绝维更张,明辟乃复。宜福胄胤,与国无穷。及兼谟制出,儒衡泣诉于御前,言其祖平一在天后朝辞荣终老,当时不以为累。宪宗再三抚慰之,自是薄楚之为人。

任命拾遗的制书往往都是草草几笔,但令狐楚顾左右而言他,另有他意,武儒衡稍加思索便明白令狐楚的指桑骂槐,故而哭诉于前,令狐楚偷鸡不成蚀把米。

唐史上声名远播的制诰,有封敖的《赐阵伤边将诏》。《旧唐书》卷一六八《封敖传》记载:

> 敖构思敏速,语近而理胜,不务奇涩,武宗深重之。尝草《赐阵伤边将诏》,警句云:"伤居尔体,痛在朕躬。"帝览而善之,赐之官锦。李德裕在相位,定策破回鹘,诛刘稹。议兵之际,同列或有不可之言,唯德裕筹计指画,竟立奇功。武宗赏之,封卫国公,守太尉。其制语有:"遏横议于风波,定奇谋于掌握。逆积盗兵,壶关昼锁,造膝嘉话,开怀静思,意皆我同,言不他惑。"制出,敖往庆之,德裕口诵此数句,抚敖曰:"陆生有言,所恨文不迨意。如卿此语,秉笔者不易措言。"座中解其所赐玉带以遗敖,深礼重之。

就连武宗也因为"伤居尔体,痛在朕躬"而感动,这种感同身受的句子会在边关将士心中激起共鸣。

制诰的写作需要一定之规。"《君牙篇》称古来制诰之辞,必自述祖功宗德,而因及其臣子之祖父,此立言之体。"①这是内容上的要求。同时也有形式上的规定,白居易的制诰就曾经成为后世写作的典范。王楙《野客丛书》"白朴"条:

> 仆读元微之诗,有曰"白朴流传用转新",注云:乐天于翰林中,专取书诏批答词撰为秕式,禁中号为"白朴"。每新入学,求访宝重过于

---

① （清）纪昀:《四库全书总目提要》,河北人民出版社,2000年,第366页。

《六典》。检《唐·艺文志》及《崇文总目》无闻,每访此书不获,适有以一编求售,号曰"制朴",开帙览之,即微之所谓"白朴"者是也,为卷上、中、下三。上卷文武阶勋等,中卷制头、制肩、制腹、制腰、制尾,下卷将相、刺史、节度之类,此盖乐天取当时制文编类,以规后学者。①

也有人因为不了解制诰写作"故事"而窘迫。如《朝野佥载》记载的杨滔的故事:"唐阳(杨)滔为中书舍人。时促命制敕,令史持库钥他适,无旧本捡寻,乃斫窗取得之。时人号为斫窗舍人。"②

制诰也需要历史典制的相关知识。如《唐会要》卷五五"中书舍人"条记载"(开元)五年,高仲舒为中书舍人。侍中宋璟每询访故事,时又有中书舍人崔琳达于政治,璟等亦礼焉。尝谓人曰:'古事问高仲舒,今事问崔琳,又何疑也?'"所以在中书舍人中也有较多的杂家,他们参与制定礼乐、修书,也把大量历史礼制知识运用到了制诰文上。

《唐律疏议》第一百一十一条"稽缓制书官文书":"诸稽缓制书者,一日笞五十,誊、制、敕、符、移之类皆是。一日加一等,十日徒十年。"③从某种角度也是对中书舍人起草诏敕的速度提出要求。历史记载中有很多中书舍人就是以能快速草诏而名扬天下。

如岑文本"敏速过之。或策令丛遽,敕吏六七人泚笔待,分口占授,成无遗意"。(《新唐书》卷一〇二《岑文本传》)刘祎之"时军国多事,所有诏敕,独出祎之,构思敏速,皆可立待"。(《旧唐书》卷八七《刘祎之传》)韦承庆"属文迅捷,虽军国大事,下笔辄成,未尝起草"。(《旧唐书》卷八八《韦承庆传》)苏颋也是草诏的快手,"在太极后阁,口所占授,功状百绪,轻重无所差。书史白曰:'丐公徐之,不然,手腕脱矣。'中书令李峤曰:'舍人思若涌泉,吾所不及。'"(《新唐书》卷一二五《苏颋传》)

起草诏敕最著名的事件莫过于凤阁舍人王勮草五王册文,《旧唐书》卷一九〇上《王勮传》记载:"时寿春王成器、衡阳王成义等五王初出阁,同日授册。有司撰仪注,忘载册文。及百僚在列,方知阙礼,宰相相顾失色。勮立召书吏五人,各令执笔,口占分写,一时俱毕。词理典赡,人皆叹服。"

中书舍人常常缺员,而中书发诏较多,故文思敏捷是中书舍人适应过多的草诏工作而形成的必然要求,所以文思敏捷者入选中书也是常情。因不

---

① (宋)王楙撰,王文锦点校:《野客丛书》,中华书局,1987 年,第 345 页。
② (唐)张鷟撰,赵守俨点校:《朝野佥载》,中华书局,1979 年,第 48 页。
③ 岳纯之点校:《唐律疏议》,上海古籍出版社,2013 年,第 162 页。

能及时草诏而免职的就有陆余庆，"则天尝引入草诏，余庆惶惑，至晚竟不能措一辞，责授左司郎中"。（《旧唐书》卷八八《陆余庆传》）

第三节　中书舍人的诗歌

中书舍人实际的文学参与即是在任职期间的诗文创作。本节以诗歌为中心，考察这一文人群的在职期间写作情况，①包括寓直创作、文学雅集和交游等方面。由于史料有限，晚唐涉及较少，是为憾事。

一、中书寓直与文人唱和

"寓直"是朝廷行政运行的必要部分。西汉时期，侍御史"宿庐在石渠门外"。② 东汉"尚书郎主作文书起草，昼夜更直五日于建礼门内"。③ 唐代的情况，据《唐会要》卷八二"当直"条："尚书省官，每一日一人宿直，都司执直簿转以为次。""令宰相每日一人宿直，其后与中书门下官通值。""昼日并不得离本仗，纵有公事朝集，当值人亦不得去。"

在宿直的官员中，中书舍人恐怕是最为繁忙的一个职位。例如《全唐文》卷二八〇崔湜的《故吏部侍郎元公碑》所记载："是时天地初复，中外多务，章奏交驰，文诰叠委。公操斧则伐，悬衡不欺，至于献纳，多所施用。然而不乐处烦，屡乞外补，上优而不许。"中书舍人在寓直时按照规定要值守整整一夜，直至天明。如权德舆曾经有诗："迢迢五夜永，脉脉两心齐。"④按道理中书舍人应该轮换寓直，但如果遇到缺员，则会让一个人长时间内值守。如权德舆："始，德舆知制诰，给事有徐岱，舍人有高郢；居数岁，岱卒，郢知礼部贡举，独德舆直禁垣，数旬始归。"（《旧唐书》卷一六八《权德舆传》）

值守情况，据《明皇杂录》卷下："元宗尝器重苏颋，欲待以为相，礼遇顾问，与群臣特异，欲命相。前一日上秘密不欲左右知，迨夜将艾，乃令草诏，

---

① 本节部分诗歌涉及人物参照陶敏：《全唐诗人名汇考》，辽海出版社，2007 年，一并说明。

② （汉）卫宏撰，（清）孙星衍校：《汉旧仪》，王云五编：《丛书集成初编》，商务印书馆，第 2 页。

③ （唐）徐坚等：《初学记》引《汉官仪》，中华书局，1962 年，第 269—270 页。

④ 五夜之意，《文选》卷五十六有卢锤《新刻漏铭》："六日不辨，五夜不分。"李善注引卫宏《汉旧仪》："中黄门持五夜，五夜者，甲夜、乙夜、丙夜、丁夜、戊夜也。"也就是黎明之际，关于此点，顾建国《唐代"寓直"漫议》（《淮阴师范学院学报》，2002 年第 3 期）解释为连续五天有误。

访于侍臣曰：'外廷直宿谁？'遂命秉烛召来，至则中书舍人萧嵩。"①皇帝随时发布命令，则中书舍人随时要准备草诏。《唐会要》卷八二"当直"条记载，开元二十年九月，中枢舍人梁升卿和给事中元彦冲因故均未寓直，"其夜，有中使赍黄敕，见直官不见，回奏，上大怒，出彦冲为邠州刺史……出升卿为莫州刺史"。算是失职之罪。

寓直之地有禁中和中书省两地。禁中寓直为中书内省，据《贞观政要》卷二《政体》："自是诏京官五品以上，更宿中书内省。"②元人戈直注："唐制，中书内省在禁中。"寓直也在中书外省，李嘉佑有《和张舍人中书宿直》："汉主留才子，春城直紫微。对花闻阊静，过竹吏人稀。裁诏催添烛，将朝欲更衣。玉堂宜岁久，且莫厌彤闱。"（《全唐诗》卷二〇六）张舍人指张延赏，其《旧唐书》本传载："代宗幸陕，除给事中，转御史中丞、中书舍人。大历二年，拜河南尹，充诸道营田副使。"转河南尹又见《旧唐书·代宗本纪》所载大历二年秋七月，"以中书舍人张延赏检校河南尹"。诗云"对花闻阊静"，当春日所作，正在中书舍人任上，"裁诏催添烛，将朝欲更衣"或有夸张成分，第二日依然需要上朝却是事实，说明了中书舍人夜晚寓直的辛劳。

另外，张文琮有《和杨舍人咏中书省花树》一诗："花萼映芳丛，参差间早红。因风时落砌，杂雨乍浮空。影照凤池水，香飘鸡树风。岂不爱攀折，希君怀袖中。"（《全唐诗》三九）张文琮"贞观中为持书侍御史。三迁亳州刺史"；"永徽初，表献《太宗文皇帝颂》，优制褒美，赐绢百匹，征拜户部侍郎"。（《旧唐书》本传）诗歌也是贞观朝中所作，杨弘礼在贞观十八年左右为中书舍人，本诗当为杨弘礼和作。或非寓直，却也是中书省内之作，说明了当时文人的唱和之风。

寓直地点也偶在行宫。上官仪有《酬薛舍人万年宫晚景寓直怀友》一诗："奕奕九成台，窈窕绝尘埃。苍苍万年树，玲珑下冥雾。池色摇晚空，岩花敛余煦。清切丹禁静，浩荡文河注。留连穷胜托，凤期暌善谑。东望安仁省，西临子云阁。长啸披烟霞，高步寻兰若。金狄掩通门，雕鞍归骑喧。燕姝对明月，荆艳促芳尊。别有青山路，策杖访王孙。"（《全唐诗》卷四十）题中薛舍人指薛元超，薛诗不传。据《全唐文》卷一九六杨炯《中书令汾阴公薛振行状》载："高宗践位，诏迁朝散大夫，守给事中，年二十六。寻拜中书舍人、宏文馆学士。三十二，丁太夫人忧去职。"按照卒年推算，可知其永徽元年，迁朝散大夫、守给事中，本年或二年拜中书舍人、弘文馆学士，永徽五

①　（唐）郑处海：《明皇杂录》，王云五：《丛书集成初编》，商务印书馆，第13页。
②　（唐）吴兢：《贞观政要》，上海古籍出版社，1978年，第12页。

年丁忧去职。据《旧唐书》卷八三《薛仁贵传》:"永徽五年,高宗幸万年宫。"诗歌当作于丁忧前。九成宫是唐代行宫,可见,高宗驻跸行宫时依然有中书舍人寓直。

《唐诗纪事》卷四曾记载:"杜正伦,相州人。工属文,尝与中书舍人董思恭夜直论文。思恭归,谓人曰:'与杜公评文,今日觉吾顿进。'显庆初为相。"①可见寓直人员可以讨论文学创作的个人感悟与得失。寓直之所的诗歌创作较为丰富,其间有中书舍人之间的唱和,也有与其他官员的唱和。

中书舍人夜直中以诗歌怀友是常见现象,武元衡有诗《和杨三舍人晚秋与崔二舍人张秘监苗考功同游昊天观时中书寓直不得陪随追往年曾与旧僚联游此观纪题在壁已有沦亡书事感怀辄以呈寄兼呈东省三给事之作杨君继征鄙词因以继和》。诗歌题目稍长,杨三舍人指杨於陵。《旧唐书》本传:"出为绛州刺史。德宗……诏留之,拜中书舍人。时李实为京兆尹。"据《旧唐书·德宗本纪》,李实贞元十九年三月为京兆尹。权德舆《祭户部崔侍郎文》载:"维贞元十九年岁次癸未十月戊寅朔十二日己丑,中书舍人杨於陵、礼部侍郎权德舆谨以清酌庶羞之奠,敬祭于故户部侍郎赠右散骑常侍崔君之灵。"②可知至贞元十九年十月仍在任。崔二舍人指崔邠。《旧唐书》本传:"贞元中……以兵部员外郎知制诰至中书舍人,凡七年。又权知吏部选事。明年,为礼部侍郎。"崔邠自舍人转礼侍在元和元年夏秋间,见《唐仆尚丞郎表》。③ 张秘监指张荐。作者此时为左司郎中,为尚书都省官员。据《旧唐书》卷一五八《武元衡传》:"德宗知其才,召授比部员外郎。一岁,迁左司郎中。时以详整称重。贞元二十年,迁御史中丞。"诗作写对寓直而不能参加同僚游览的遗憾。诗作如下:

> 瑶圃高秋会,金闺奉诏辰。朱轮天上客,白石洞中人。佩响泉声杂,朝衣羽服亲。九重青琐闭,三秀紫芝新。化药秦方士,偷桃汉侍臣。玉笙王子驾,辽鹤令威身。叹逝颓波速,缄词丽曲春。重将凄恨意,苔壁问遗尘。(《全唐诗》卷三一七)

诗作对友人同游而自身不能相与的感慨。内容照应题中地点昊天观,大量吟咏道教人物,最后以旧游的感慨结尾。

---

① (宋)计有功撰,王仲镛校笺:《唐诗纪事校笺》,中华书局,2007年,第120页。
② (唐)权德舆撰,郭广伟校点:《权德舆诗文集》,上海古籍出版社,2008年,第761页。
③ 严耕望:《唐仆尚丞郎表》,上海古籍出版社,2007年,第160页。

另外,司空曙的《晚秋西省寄上李韩二舍人》是以下属身份对舍人寓直表示慰问:

> 昼漏传清唱,天恩禁旅秋。雁亲承露掌,砧隔曝衣楼。赐膳中人送,余香侍女收。仍闻劳上直,晚步凤池头。(《全唐诗》卷二九三)

李舍人是李纾,韩舍人指韩洄。权德舆《唐故太中大夫守国子祭酒颍川县开国男赐紫金鱼袋赠户部尚书韩公行状》称韩洄:"以本官知制诰,参掌宥密,式敷声明,炳然训辞,润色王度。时元载持衡,深相器重。"①韩洄当时以他官知制诰,称舍人是为敬称。李、韩大历八年十月在左补阙任,司空曙为右拾遗,为中书省谏官,故诗云"西省"。诗歌写清秋夜景,表达了李、韩二人夜直的辛劳。诗歌属于同省官员的交往之作。

元和三年,张弘靖在中书省夏夜寓直闻琴作诗(原诗不存),曾引得众人唱和。据其《旧唐书》本传:"德宗嘉其文,擢授盐察御史。转殿中侍御史、礼部员外郎;迁兵部郎中、知制诰、中书舍人、知东都选事;拜工部侍郎,转户部侍郎。"张弘靖《唐嵩岳寺明悟禅师塔铭并序》署"朝散大夫、守中书舍人",②永贞元年十二月九日建,可知此时在中书舍人任。众人相关诗作如下:权德舆此时从中书舍人离任不久,有《奉和张舍人阁老阁中直夜思闻雅琴》:"紫垣宿清夜,蔼蔼复沉沉。圆月衡汉净,好风松涤深。轩窗韵虚籁,兰雪怀幽音。珠露销暑气,玉徽结遐心。盛才本殊伦,雅诰方在今。伫见舒彩翮,翻飞归凤林。"③吕温在元和三年秋被贬,此时在刑部郎中任上,有《奉和张舍人阁中直夜思闻雅琴因书事通简僚友》:"迢递天上直,寂寞丘中琴。忆尔山水韵,起予仁智心。凝情在正始,超想疏烦襟。凉生子夜后,月照禁垣深。远风霭兰气,微露清桐阴。方袭缁衣庆,永奉南薰吟。"(《全唐诗》卷三七〇)当时权德舆、吕温、李益等皆在中书,同僚为官,几个人的诗作描绘场景近似,以夏夜月色为背景,凸显当时中书内省的清净和细微声响,以此衬托当时的琴声。另外,鲍溶为元和四年进士,《诗人主客图》中鲍溶为"博解宏拔主",将其与白居易、孟云卿、李益、孟郊、武元衡并列。此时有《窃览都官李郎中和李舍人益酬张舍人弘静夏夜寓直思闻雅琴见寄》诗(弘静即弘靖之误)。李舍人为对李益敬称,李时为都官郎中、知制诰,当时

---

① (唐)权德舆撰,郭广伟校点:《权德舆诗文集》,上海古籍出版社,2008年,第311页。
② 周绍良编:《唐代墓志汇编》,上海古籍出版社,1992年,第1843页。
③ (唐)权德舆撰,郭广伟校点:《权德舆诗文集》,上海古籍出版社,2008年,第31页。

李益曾经与张弘靖酬唱。

白居易既曾为翰林学士，又任过中书舍人，所以寓直诗作较多，有《八月十五夜禁中独直对月忆元九》(元稹当时有《酬乐天八月十五夜禁中独直玩月见寄》)、《中书连直寒食不归因怀元九》、《禁中九日对菊花酒忆元九》等寓直之作。其中《初除主客郎中知制诰已王十一李七元九三舍人中书同宿话旧感怀》写寓直同宿的感慨：

> 闲宵静话喜还悲，聚散穷通不自知。与分云泥行异路，忽惊鸡鹤宿同枝。紫垣曹署荣华地，白发郎官老丑时。莫怪不如君气味，此中来校十年迟。①

白居易自贬所刚到京城，几个人同宿话旧，感慨时光功业。王十一是王起，据其《旧唐书》本传："元和十四年，以比部郎中知制诰。穆宗即位，拜中书舍人。"李七是李宗闵，其《旧唐书》本传："蔡平，迁驾部郎中、知制诰。穆宗即位，进中书舍人。"元九是元稹，其《旧唐书》本传："长庆初……转祠部郎中、知制诰。"四人同宿，当是寓直之作，虽朝廷规定寓直人数记载不详，但从前文杜正伦与董思恭论文观之，再辅以本诗证据，几人同在或也可能。

中书舍人寓直的诗作多以写景为主，由于往往是夜作，故而景物凄清，环境幽冷。碍于朝廷大臣身份，诗作所抒发的感受又不便有牢骚之语，故倾吐心声者少。杜牧有《早春阁下寓直萧九舍人亦直内署因寄书怀四韵》：

> 御水初销冻，宫花尚怯寒。千峰横紫翠，双阙凭阑干。玉漏轻风顺，金茎淡日残。王乔在何处，清汉正骖鸾。②

杜牧据《旧唐书》本传："授湖州刺史，入拜考功郎中、知制诰，岁中迁中书舍人。"任职中书舍人在大中六年岁中，此时为早春之作，当时为考功郎中、知制诰，而萧九舍人指萧寘。据《重修承旨学士壁记》："大中四年七月二十四日自兵部员外郎充。十月十日，加知制诰。五年□月十四日，加驾部郎中。六年五月十九日，拜中书舍人。七年十月十二日，三殿召对赐紫。八年五月十九日，迁户部侍郎知制诰，并依前充。"③大中六年春，萧寘以驾部

① (唐)白居易著，朱金城笺注：《白居易集笺校》，上海古籍出版社，1988年，第1228页。
② (唐)杜牧撰，吴在庆校注：《杜牧集系年校注》，中华书局，2008年，第208页。
③ (宋)洪遵：《翰苑群书》，傅璇琮、施纯德编：《翰学三书》，辽宁教育出版社，2003年，第44页。

郎中、知制诰在内署。两人以诗书怀,尾联称王乔乘鹤升天,是对寓直无聊的一种解脱的想法。

在寓直诗作中,月色与宫廷楼阁成为常见意象。如刘禹锡《奉和中书崔舍人八月十五日夜玩月二十韵》:"静对挥宸翰,闲临襞彩笺。境同牛渚上,宿在凤池边。"①崔舍人为崔邠。李商隐有《令狐舍人说昨夜西掖玩月因戏赠》:"昨夜玉轮明,传闻近太清。凉波冲碧瓦,晓晕落金茎。露索秦宫井,风弦汉殿筝。几时帛竹颂,疑荐子虚名。"②令狐舍人为令狐绹,据《旧唐书》本传:"(大和)三年,拜中书舍人。"(《旧唐书》卷一七二)也是对月怀人。

综合而言,中书舍人在唐代的寓直一直没有停止,此类诗歌也成为中书舍人职务创作中最常见的作品。寓直诗中所显现的清幽环境,所表露的荣耀心态,都有一定相似性。

二、初盛唐时中书舍人的早朝唱和

如果说上文寓直诗歌更多的是中书舍人个人感触的表达,那么雅集和交游则是文人间交往的体现。唐代前期中书舍人在朝堂地位较高,参加雅集较多,而在后期地位下降,文人间、同僚间的交往较为频繁。

朝臣雅集在唐代较为普遍,贾晋华先生早有论述。中书舍人所参与的较为典型的是为张说巡边众人奉制和诗。

《旧唐书·玄宗本纪》记载,开元十年,"闰五月壬申,兵部尚书张说往朔方巡边"。张说巡边是唐代的一件政治大事,同时也是一件文学盛事。玄宗有《送张说巡边》,张说有《将赴朔方军应制》。当时,崔日用、张九龄、宋璟、张说、崔泰之、源乾曜、徐坚、胡皓、韩休、许景先、王丘、苏晋、崔禹锡、张嘉贞、卢从愿、袁晖、王光庭、徐知仁、席豫、贺知章、王翰均存有《奉和圣制宋张尚书巡边》等和作。

开元十年时,张九龄、许景先任中书舍人,韩休为他官兼知制诰。其他卢从愿、苏晋、宋璟、徐坚、王丘、崔玉玺、席豫等也均在本年前后任职中书舍人,一方面说明了当时张说周围文士的聚集,一方面也说明中书舍人在当时的文人雅集中承担着重要角色。许景先与韩休二人诗作如下:

文武承邦式,风云感国祯。王师亲赋政,庙略久论兵。汉主知三

①　(唐)刘禹锡著,瞿蜕园笺证:《刘禹锡集笺证》,上海古籍出版社,1989年,第600页。
②　刘学锴、余恕诚:《李商隐诗歌集解》(增订重排本),中华书局,2004年,第988页。

杰,周官统六卿。四方分阃受,千里坐谋成。介胄辞前殿,壶觞宿左营。
赏延颁赐重,宸赠出车荣。龙武三军气,鱼铃五校名。郊云驻旌羽,边
吹引金钲。训旅方称德,安人更克贞。伫看铭石罢,同听凯歌声。(许
景先)(《全唐诗》卷一一一《奉和圣制送张尚书巡边》)

一德光台象,三军掌夏卿。来威申庙略,出总叶师贞。受钺辞金
殿,凭轩去鼎城。曙光摇组甲,疏吹绕云旌。左律方先凯,中鼙即训兵。
定功彰武事,陈颂纪天声。祖宴初留赏,宸章更宠行。车徒零雨送,林
野夕阴生。路极河流远,川长朔气平。东辕迟返旆,归奏谒承明。(韩
休)(《全唐诗》卷一一一《奉和圣制送张说巡边》)

二者皆为奉和应制之作,在内容上当然以颂扬明主、鼓舞士气,期待凯
旋为主,其余二十余首诗均是如此。应制诗也有自己的个性,上文中许景先
诗作就更为流畅,而韩休则略显堆砌。

"闾阖连云起,岩廊拂雾开"(沈佺期《同韦舍人早朝》),[1]早朝之际,躬
逢盛事的荣耀感会油然而生,文人常有诗歌。如虞世南的《凌晨早朝》:"万
瓦宵光曙,重檐夕雾收。玉花停夜烛,金壶送晓筹。日晖青琐殿,霞生结绮
楼。重门应启路,通籍引王侯。"(《全唐诗》卷三六)虽是罗列铺排痕迹较
重,但也颇能显现晨起时众臣参拜的隆重。

唐代前期有一次以韦元旦为中心的《早朝》诗歌唱和。韦元旦,据《唐
诗纪事》卷一一:"舅陆颂妻,韦后弟也,元旦凭以复进,终中书舍人。"[2]韦
诗如下:

震维芳月季,宸极众星尊。佩玉朝三陛,鸣珂度九门。挈壶分早
漏,伏槛耀初暾。北倚苍龙阙,西临紫凤垣。词庭草欲奏,温室树无言。
鳞翰空为忝,长怀圣主恩。(《全唐诗》卷六九)

韦元旦当时有与韦后的关系,故而诗歌中所表现的情绪踌躇满志。诗
作形式与虞世南区别不大,对仗工整。

徐彦伯和郑愔均有和诗。"愿言乘日旰,携手即云峰"(《全唐诗》卷七
六《同韦舍人元旦早朝》)和"才良寄天紼,趋拜侣朝簪"(《全唐诗》卷一〇

---

① (唐)沈佺期、宋之问撰,陶敏、易淑琼校注:《沈佺期宋之问集校注》,中华书局,2001 年,第 176 页。

② (宋)计有功撰,王仲镛校笺:《唐诗纪事校笺》,中华书局,2007 年,第 396 页。

六《同韦舍人早朝》)都不无奉承之意。

沈佺期也有和诗。据其《新唐书》本传,他在张易之失势后,贬为感义尉。不久为主客员外郎,迁中书舍人。韦元旦任中书舍人约在景龙四年中,此时沈佺期为修文馆学士,《沈佺期宋之问简谱》认为约睿宗继位之际其迁官中书舍人,①他是中宗唱和诗歌高峰时期的风云人物,此时有《同韦舍人早朝》:

> 阊阖连云起,岩廊拂雾开。玉珂龙影度,珠履雁行来。长乐宵钟尽,明光晓奏催。一经推旧德,五字擢英才。俨若神仙去,纷从霄汉回。千春奉休历,分禁喜趋陪。②

诗作在承接转折和句式的工整上,明显超过徐、郑二人。行文中表现了对韦元旦的推重和谄媚之意。沈佺期的诗作表现出这类风格不是偶然。比如他对元万顷。天授二年,元曾经是受到武后垂青的"北门学士",沈佺期此时刚刚入朝,有《和元舍人万顷临池玩月戏为新体》:

> 春风摇碧树,秋雾卷丹台。复有相宜夕,池清月正开。玉流含吹动,金魄度云来。熠爚光如沸,翩翻景若摧。半环投积草,碎璧聚流杯。夜久平无唤,天晴皎未隤。镜将池作匣,珠以岸为胎。有美司言暇,高兴独悠哉。挥翰初难拟,飞名岂易陪。夜光殊在握,了了见沈灰。③

据《册府元龟》卷五八六《掌礼部》"奏议"条第十四:"元万顷为凤阁舍人,则天垂拱元年七月,有司议圆丘方丘及南郊明堂严配之礼。"④诗歌为此时作,"有美司言暇"正是对元万顷现在职务的书写。此外,还有景龙三年冬日所作的《同李舍人冬日集安乐公主》,李舍人为李适。

从沈佺期等人的诗作,也可以看到在这一时期中书舍人在朝堂的地位和众人对其重视程度。

另外,还有一次是以中书舍人贾至为中心的早朝唱和。乾元元年,贾至

---

①　详见陶敏、易淑琼:《沈佺期宋之问集校注》附《沈佺期宋之问简谱》,中华书局,2001年。

②　(唐)沈佺期、宋之问撰,陶敏、易淑琼校注:《沈佺期宋之问集校注》,中华书局,2001年,第176页。

③　(唐)沈佺期、宋之问撰,陶敏、易淑琼校注:《沈佺期宋之问集校注》,中华书局,2001年,第1页。

④　(宋)王钦若等:《册府元龟》第7册,中华书局,1960年,第7013页。

有《早朝大明宫呈两省僚友》：

> 银烛熏天紫陌长，禁城春色晓苍苍。千条弱柳垂青琐，百啭流莺绕建章。剑佩声随玉墀步，衣冠身惹御炉香。共沐恩波凤池上，朝朝染翰侍君王。（《全唐诗》卷二三五）

此诗作于肃宗收复京城之后。贾至当时正志得意满，故而如仇兆鳌引杨仲弘语："荣遇诗，如贾至诸公早朝篇，气格雄深，句意严整，宫商叠奏，音韵铿锵，真麟游灵囿，冯鸣朝阳也。"①诗作前六句都在凸显早晨的天色、风光，最后的尾联表明自己的草诏身份，充满对职务的优越感。

王维有和诗《和贾舍人早朝大明宫之作》："绛帻鸡人送晓筹，尚衣方进翠云裘。九天阊阖开宫殿，万国衣冠拜冕旒。日色才临仙掌动，香烟欲傍衮龙浮。朝罢须裁五色诏，佩声归向凤池头。"②安史之乱之后，王维并未被追责，而是被重用在中书舍人职位，所以尾联在情绪上与贾至近似。

杜甫时为左拾遗，为门下省官员，与贾至并非更为亲近的同僚，但杜甫投奔肃宗，被封官职，也终于为原来的长安困守画上句号。杜甫有《奉和贾至舍人早朝大明宫》：

> 五夜漏声催晓箭，九重春色醉仙桃。旌旗日暖龙蛇动，宫殿风微燕雀高。朝罢香烟携满袖，诗成珠玉在挥毫。欲知世掌丝纶美，池上于今有凤毛。③

杜甫在朝中的地位不高，贾至曾经为玄宗草诏、肃宗册封，所以杜甫最后四句对贾至职位的称许有目共睹。

同时唱和的还有岑参，他的《奉和中书舍人贾至早朝大明宫》中有"独有凤皇池上客，阳春一曲和皆难"。④ 三人的和作与贾至在气象上都比较似，充满了大国气象和盛世氛围，是典型的宫廷官僚作品。

其后，贾至卷入房琯党争，被贬出京。杜甫有《送贾阁老出汝州》："西掖梧桐树，空留一院阴。艰难归故里，去住损春心。宫殿青门隔，云山紫逻

---

① （唐）杜甫著，（清）仇兆鳌注：《杜诗详注》，中华书局，1979 年，第 431 页。

② （唐）王维著，陈铁民校注：《王维集校注》，中华书局，1997 年，第 488 页。

③ （唐）杜甫著，（清）仇兆鳌注：《杜诗详注》，中华书局，1979 年，第 427 页。

④ （唐）岑参著，陈铁民、侯忠义校注：《岑参集校注》，上海古籍出版社，1981 年，第 196 页。

深。人生五马贵,莫受二毛侵。"①诗中的西掖即指中书省,以中书省的落寞反衬主人的离去,"莫受二毛侵"纯粹是对贾至离京的安慰。

值得注意的是杜甫对贾至的称呼为"阁老",唐代两省称呼为阁老,尤其对长期担任中书舍人者更称阁老,杜甫以此命题,虽有敬语成分,也是对贾至受怨表示不满。在贾至贬官期间,李白有《巴陵赠贾舍人》,直接称贾至为舍人:"贾生西望忆京华,湘浦南迁莫怨嗟。圣主恩深汉文帝,怜君不遣到长沙。"②诗歌更是以汉代贾谊作比,带有对贾至贬官的同情。其后独孤及《贾员外处见中书贾舍人巴陵诗集览》依然称其贾舍人,其中:"取公咏怀诗,示我江海澜。暂若窥武库,森然矛戟寒。眼明遗头风,心悦忘朝餐。"(《全唐诗》卷二四六),贾至在贬官期间诗作颇为可观,可见,贾至的贬官实际上是"穷而后工"的又一个范例。

三、中唐时期中书舍人的文学交游

在大历和贞元时期,以中书舍人为中心的文学交游也值得注意。作为朝臣中重要的文士群体,他们成为当时文人交往的中心人物,如大历时期担任过中书舍人的徐浩、常衮、李纾、权德舆及"十才子"等人,以下做简要考察。

比如大诗人王维曾与当时中书舍人徐浩的交往。王维有《赠徐中书望终南山歌》:

　　　　晚下兮紫微,怅尘事兮多违。驻马兮双树,望青山兮不归。③

本诗作于代宗时。徐中书是指徐浩,据《旧唐书》本传及张式《大唐故银青光禄大夫彭王傅上柱国会稽郡开国公赠太子少师东海徐公神道碑铭》:"京师失守,翠辇西巡……传召公诣行在所,拜中书舍人、集贤殿学士……贬庐州长史。代宗践祚,公论勃兴,乃□复中书舍人。"(《全唐文》卷四四五)此时徐浩第二次任中书舍人。诗歌带有较强的王维风格,紫微指代中书省,徐浩虽在中书机要之地,但未免案牍繁杂,频生归隐之念,面对青山欣赏又颇感无奈。王维赠徐浩此诗,更多是文人交流,而非官场往来。王维还有一首《酬严少尹徐舍人见过不遇》:

---

① (唐)杜甫著,(清)仇兆鳌注:《杜诗详注》,中华书局,1979年,第443页。
② (唐)李白著,詹锳主编:《李白全集校注汇释集评》,百花文艺出版社,1996年,第1705页。
③ (唐)王维著,陈铁民校注:《王维集校注》,中华书局,1997年,第130页。

公门暇日少,穷巷故人稀。偶值乘篮人,非开辟白衣。不知炊黍谷,谁解扫荆扉。君但倾茶碗,无妨骑马归。①

严少尹指严武,其《旧唐书》本传:"至德初,肃宗兴师靖难,大收才杰,武杖节赴行在,累迁给事中。既收长安,以武为京兆少尹,兼御史中丞,时年三十二。"徐舍人仍为徐浩,王维诗作写未见之憾。

常衮,大历时期的重要政治人物,《旧唐书》本传称"性清直孤洁,不妄交游"。但实际上,在集贤院有过一次以他为中心的重要文人集会。

常衮当时有《晚秋集贤院即事寄徐薛二侍郎》一诗,题目中的徐侍郎即为上文徐浩,是常衮的前任,时为工部侍郎;薛侍郎指薛邕,时为吏部侍郎。

穆穆上清居,沈沈中秘书。金铺深内殿,石皱净寒渠。花树台斜倚,空殿阁半虚。缥囊披锦绣,翠轴卷琼琚。墨润冰文茧,香销蠹字鱼。翻黄桐叶老,吐白桂花初。旧德双游处,聊芳十载余。北朝荣严薛,西汗盛严徐。侍讲亲华辰,徽吟步绮疏。缀帘金翡翠,赐砚玉蟾蜍。序秩东南远,离忧岁月除。承明期重入,江海意何如。(《全唐诗》卷二五四)

钱起有《奉和中书常舍人晚秋集贤院即事寄徐薛二侍郎》(《全唐诗》卷二三八),诗中对常衮颇多赞誉。以"文星垂太虚,辞伯综群书。彩笔下鸳掖,褒衣来石渠"称赞常衮之文采,又以"述圣鲁宣父,通经汉仲舒"古人作比,最后的"定笑巴歌拙,还参丽曲余"说明自谦之意。

同时还有独孤及的和作《奉和中书常舍人晚秋集贤院即事寄徐薛二侍郎》(《全唐诗》卷二四七),前四句"汉家金马署,帝座紫微郎。图籍凌群玉,歌诗冠柏梁"先说明诗歌写作背景,又以"阴阴万年树,肃肃五经堂。挥翰忘朝食,研精待夕阳"表达舍人草诏宿直的辛劳,尾句"早晚朝宣室,归时道路光"是对常衮的前途祝愿。其他还有卢纶《和常舍人晚秋集贤院即事十二韵寄徐薛二侍郎》(《全唐诗》卷二七六)和包佶《奉和常阁老晚秋集贤院即事寄赠徐徐薛二侍郎》(《全唐诗》卷二〇五)写法大体相似,较多的辞藻堆砌,去铺排"登封思议草,侍讲忆同筵"的近臣生活,"望阙应多恋,临津不用迷。柏梁思和曲,朝夕候金闺"或是这些官员的现实选择。

"十才子"在当时是文人唱和的主角。颇有盛唐余味的韩翃,知制诰时

---

① (唐)王维著,陈铁民校注:《王维集校注》,中华书局,1997年,第493页。

间当为建中元年或二年,转中书舍人之时间不可考,约卒于贞元时。(见后文所考)韩翃在知制诰与中书舍人任上与十才子有很多诗作往来。钱起有《同王镈起居程浩郎中韩翃舍人题安国寺用上人院》:

> 慧眼沙门真远公,经行宴坐有儒风。香缘不绝簪裾会,禅想宁妨藻思通。曙后炉烟生不灭,晴来阶色并归空。狂夫入室无余事,唯与天花一笑同。(《全唐诗》卷二三九)

据陶敏《全唐诗人名汇考》,王镈当作王镈。① 据《宝刻丛编》卷七:"《唐赠司徒马璘新庙碑》,唐礼部郎中程浩撰……碑以大历十四年七月立(《集古录目》)。"《宝刻丛编》卷七又有《唐冬日集藏用上人院诗序》,当为另一次聚会。钱起诗所指集会当在大历末,其时王镈尚官起居。

韩翃还有与刘太真一起同游的诗作《同中书刘舍人题青龙上房》:

> 西掖归来後,东林静者期。远峰春雪里,寒竹暮天时。笑说金人偈,闲听宝月诗。更怜茶兴在,好出下方迟。(《全唐诗》卷二四四)

刘舍人指刘太真。《全唐文》卷五三八裴度《刘府君神道碑铭》:"迁驾部郎中、知制诰……建中四年夏,正授中书舍人。"韩翃为中书舍人也在此时,与刘太真同朝,诗歌是二人散朝之后同游寺庙的偶然之作。韦应物也有《寄中书刘舍人》,据傅璇琮《唐才子传校笺》中《韦应物传》补笺,韦应物建中三年秋由比部员外郎出守滁州,四年秋在滁州,②所以诗歌中先说二人本来都在朝堂为官,"比翼趋丹陛,连骑下南宫",但很快自己就外放,"迨予一出守,与子限西东"。"忽睹九天诏,秉纶归国工"是自己知晓刘太真已经升任中书舍人,"苍苍松桂姿,想在掖垣中"以松桂作比,对友人充满羡慕。

耿湋也有几首与韩翃的诗作,如《朝下寄韩舍人》:

> 侍臣鸣佩出西曹,鸾殿分阶翊彩旄。瑞气回浮青玉案,日华遥上赤霜袍。花间焰焰云旗合,鸟外亭亭露掌高。肯念万年芳树里,随风一叶在蓬蒿。(《全唐诗》卷二六九)

---

① 陶敏:《全唐诗人名汇考》,辽海出版社,2007年,第429—430页。
② 傅璇琮:《唐才子传校笺》第5册,中华书局,1989年,第197—198页。

《许下书情寄张韩二舍人》：

> 谪宦军城老更悲，近来频夜梦丹墀。银杯乍灭心中火，金镊唯多鬓上丝。绕院绿苔闻雁处，满庭黄叶闭门时。故人高步云衢上，肯念前程杳未期。（《全唐诗》卷二六九）

前诗中以"万年芳树"喻指韩翃随驾，"随风一叶"暗示自己漂泊；后诗更是直白地说明个人心灰意冷年华渐老。两首诗都暗示了自身的处境与对方之别，韩翃在当时已是中书舍人，虽然此时的舍人已与盛唐有较大地位的差异，但毕竟是皇帝钦点，而自己则平为路人。

李纾在大历时期也颇为引人注意。他是礼部侍郎李希言之子，《旧唐书》本传载："大历初，吏部侍郎李季卿荐为左补阙，累迁司封员外郎、知制诰，改中书舍人。寻自虢州刺史征拜礼部侍郎。"李纾在草诏的才能上一时无出其右者，据《唐语林》卷五："元相载用李纾侍郎、知制诰，元败，欲出官。王相缙曰：'且留作诰。'待发遣诸人尽，始出为婺州刺史。又曰独孤侍郎求知制诰，试见元相，元相知其所欲，迎谓常州曰：'知制诰可难堪？'心知不我与也，乃荐李侍郎纾。时杨炎在阁下，忌常州之来，元阻之。乃二人之力也。"[1]《旧唐书》本传中说他"好接后进，厚自奉养，鲜华舆马，以放达蕴藉称。虽为大官，而佚游佐宴，不尝自忘"。可见是个好交游之人，其原作虽已不存，但从旁人和答可见一斑。"十才子"之一的李端有《和李舍人直中书对月见寄》，其中"名卿步月正淹留"（《全唐诗》卷二八六）是对李纾月下寓直的呼应。卢纶也有同时之作《奉和太常王卿酬中书李舍人中书寓直春夜对月见寄》，诗歌较为潇洒，依然是他所擅长的七言："露如轻雨月如霜，不见星河见雁行。虚晕入池波自泛，满轮当苑桂多香。春台几望黄龙阙，云路宁分白玉郎。是夜巴歌应金石，岂殊萤影对清光。"（《全唐诗》卷二八〇）太常王卿是王纮，其诗未存。

卢纶还有《奉和李舍人昆季咏玫瑰花寄赠徐侍郎》：

> 独鹤寄烟霜，双鸾思晚芳。旧阴依谢宅，新艳出萧墙。蝶散摇轻露，莺衔入夕阳。雨朝胜濯锦，风夜剧焚香。断日千层艳，孤霞一片光。密来惊叶少，动处觉枝长。布影期高赏，留春为远方。尝闻赠琼玖，叩和愧升堂。（《全唐诗》卷二七九）

---

① （宋）王谠撰，周勋初校正：《唐语林校正》，中华书局，1987年，第503页。

李舍人昆季指李纵、李纾兄弟。当时,李纵为员外郎,李纾为中书舍人,二人以花赠徐浩,徐浩时为吏部侍郎。诗当作于大历五年春日。司空曙同和诗存。据《旧唐书》卷一六三《卢纶传》:"大历初,还京师,宰相王缙奏为集贤学士、秘书省校书郎。王缙兄弟有诗名于世,缙既官重,凡所延辟,皆辞人名士,以纶能诗,礼待逾厚。"卢纶是以校书郎身份作诗相和。

与仕途不顺的卢纶近似,张南史诗歌有成,却未能出仕,也是李纾的好友,二人诗歌常有往来。其《奉酬李舍人秋日寓直见寄》:"秋日金华直,遥知玉佩清。九重门更肃,五色诏初成。槐落宫中影,鸿高苑外声。翻从魏阙下,江海寄幽情。"(《全唐诗》卷二九六)也可以看到更多无官一身轻的布衣之乐。他还有《寄中书李舍人》:

> 昨宵凄断处,对月与临风。鹤病三江上,兰衰百草中。题诗随谢客,饮酒寄黄翁。早岁心相待,还因贵贱同。(《全唐诗》卷二九六)

品味诗意,与李纾虽是好友,但当下高低有别,心中难免无奈。张南史还有《早春书事奉寄中书李舍人》(《全唐诗》卷二九六),诗歌中言:"帝庭张礼乐,天阁绣簪裾。日色浮青琐,香烟近玉除。神清王子敬,气逐马相如。铜漏时常静,金门步转徐。唯看五字表,不记八行书。宿昔投知己,周旋谢起予。只应高位隔,讵是故情疏。"也是对李纾身居高位而自己无法亲近的遗憾。

权德舆也是当时中书舍人诗歌唱和的一个枢纽人物。他有《离合诗赠张监阁老》:

> 黄叶从风散,暗嗟时节换。忽见鬓边霜,勿辞林下筯。躬行君子道,身负芳名早。帐殿汉官仪,巾车塞垣草。交情剧断金,文律每招寻。始知蓬山下,如见古人心。①

权德舆当时为中书舍人权知礼部侍郎,张荐时为秘书监,在权德舆赠诗后有和诗《奉酬礼部阁老转韵离合见赠》:

> 移居既同里,多幸陪君子。弘雅重当朝,弓旌早见招。植根琼林圃,直夜金闺步。劝深子玉铭,力竞相如赋。间阔向春闱,日复想光仪。

---

① (唐)权德舆撰,郭广伟校点:《权德舆诗文集》,上海古籍出版社,2008年,第141页。

格言信难继,木石强为词。(《全唐诗》卷三三〇)

据《旧唐书》张荐本传:"(贞元)四年,回纥和亲,以检校右仆射、刑部尚书关播充使,送咸安公主入蕃,以荐为判官,转殿中侍御史。使还,转工部员外郎。"送公主入蕃时同去的还有中书舍人吕温。杨巨源有《和吕舍人喜张员外自北番回至境上》一诗。

对权张二人的唱和,中书舍人崔邠、杨於陵也有和诗,分别为《礼部权侍郎阁老史馆张秘监阁老有离合酬赠之什宿直吟玩聊继此章》(《全唐诗》卷三三〇)和《和权载之离合诗》(《全唐诗》卷三三〇)。

权德舆还有与张荐同日升职的唱和诗《酬张密监阁老喜太常中书二阁老与德舆同日迁官相代之作》:

珠树共飞栖,分封受紫泥。正名推五字,贵仕仰三珪。继组心知忝,腰章事颇齐。蓬山有佳句,喜气在新题。①

张密监指张荐。太常指高郢,据其《旧唐书》本传:"迁刑部郎中,改中书舍人。凡九岁,拜礼部侍郎……凡掌贡部三岁……拜太常卿。贞元十九年冬……守中书侍郎、同中书门下平章事。"中书指崔邠,贞元十八年十月正除中书舍人。当时权自舍人权知贡举正除礼部侍郎。高自礼部侍郎迁太常卿,权自中书舍人迁礼部侍郎,崔则正除中书舍人,故云"同日迁官相代"。他和崔邠还有《酬崔舍人阁老冬至日宿直省中奉简两掖阁老并见示》:"令节一阳新,西垣宿近臣。晓光连凤沼,残漏近鸡人。白雪飞成曲,黄钟律应均。层霄翔迅羽,广陌驻归轮。清切晨趋贵,恩华夜直频。辍才时所重,分命秩皆真。左掖期连茹。南宫愧积薪,九年叨此地。回首倍相亲。"注:"九月中,杨阁老权知吏部选事。"又:"十月中,崔阁老正拜本官,权舆正除礼部。"②杨阁老指杨於陵。可见权德舆《礼部侍郎举人自代状》:"举自代官朝议郎、守中书舍人、骁骑尉、赐绯鱼袋、权知吏部选事杨於陵。"③

朱巨川也是中唐时期的中书舍人,据李纾有《故中书舍人吴郡朱府君神道碑》:"由是擢起居舍人、知制诰,换司勋员外郎,掌诰如初。拜中书舍

---

① (唐)权德舆撰,郭广伟校点:《权德舆诗文集》,上海古籍出版社,2008年,第116页。
② (唐)权德舆撰,郭广伟校点:《权德舆诗文集》,上海古籍出版社,2008年,第99页。
③ (唐)权德舆撰,郭广伟校点:《权德舆诗文集》,上海古籍出版社,2008年,第711页。

人,赐以章绶。"(《全唐文》卷三九五)如后文所考,至德二载时在任。

武元衡有《春暮郊居寄朱舍人》:"幽深不让子真居,度日闲眠世事疏。春水满池新雨霁,香风入户落花余。目随鸿雁穷苍翠,心寄溪云任卷舒。回首知音青琐闼,何时一为荐相如。"(《全唐诗》卷三一七)据武元衡《旧唐书》本传:"元衡进士登第,累辟使府,至监察御史。后为华原县令。时畿辅有镇军督将恃恩矜功者,多挠吏民。元衡苦之,乃称病去官。放情事外,沉浮宴咏者久之。德宗知其才,召授比部员外郎。"此时正是武元衡落魄之际,尾句"回首知音青琐闼,何时一为荐相如",是希望朱巨川能够举荐自己。他还有《山中月夜寄朱张二舍人》:

> 午夜更漏里,九重霄汉间。月华云阙迥,秋色凤池闲。御锦通清禁,天书出暗关。嵇康不求达,终岁在空山。(《全唐诗》卷三一六)

张舍人指张荐,建中中为中书舍人。朱巨川在中书舍人任上政绩的记载可见李纾《故中书舍人吴郡朱府君神道碑》:"凡载书之传信者,赞书之加命者,诏策之封崇者,愍策之厚者,其词必温,其道必直,洪而不放,纤而不繁,实根作者之心,无愧前人之色。"(《全唐文》卷三九五)应该是平时喜提携后进,所以才会有武元衡几次对朱巨川的诗歌干谒。难怪陈羽《观朱舍人归葬吴中》诗中写到朱巨川去世后,有"几处州人临水哭"(《全唐诗》卷三四八)的场景。

中书舍人在任期间与其他官员和文人的交往在这一时期非常兴盛,从某种角度说明,在这一时期,中书舍人的帝王侍从身份虽然衰落。以普通的文人身份在交游中创作,更能显露个人心声,没有了初盛唐时期雅集诗歌中的拿捏和矜持。

第四节　白居易任职中书舍人之际的诗歌与心态

本节拟择取单一个体人物,探寻在翰林院崛起后中书舍人任职者的心态。傅璇琮先生在《从白居易研究中的一个误点谈起》一文中分析了白居易在元和二年十一月到六年四月他在翰林学士任上的经历与心态,[①]那么在贬官后,元和末年再次入京任中书舍人,取得草诏之权,心态会有哪些变化? 较低职务入院的翰林学士和品阶稍高的中书舍人,两者有何区别?

---

① 傅璇琮:《唐翰林学士传论》,辽海出版社,2011 年,第 93—108 页。

根据白居易《洛中偶作》："五年职翰林，四年莅浔阳。一年巴郡守，半年南宫郎。二年直纶阁，三年刺史堂。"①较完整地说明了这一段时期的仕历变化。其中所谓"二年直纶阁"即是任中书舍人。下面以白居易入朝为官至离京外放的两年时间为中心，考察白居易的诗歌创作以及其中透露出的心态特征。②

（一）元和十五年

本年初白居易在忠州刺史任。六月，奉诏为司门员外郎，回到长安。十二月，充重考订科目官，本月二十八日，改授主客郎中、知制诰。

白居易曾为翰林学士，言论直达天庭，但被贬官江州，后改为忠州刺史。在贬官生涯中，白居易的失落非常明显。"巫峡中心郡，巴城四面春。草青临水地，头白见花人。忧喜皆心火，荣枯是眼尘。除非一杯酒，何物更关身。"（《感春》）③诗中似乎是参破了功名，但在《我身》一诗中又说："我身何所似？似彼孤生蓬。秋霜剪根断，浩浩随长风。昔游秦雍间，今落巴蛮中。昔为意气郎，今作寂寥翁。"④在与朋友的聚会中也是念念不忘："仆本儒家子，待诏金马门。尘忝亲近地，孤负圣明恩。一旦奉优诏，万里牧远人。"他怀念京城："晚来春滟滟，天气似京都。"（《东城春意》）⑤怀念旧时的好友："因咏松雪句，永怀鸾鹤姿。六年不相见，况乃隔荣衰！"（《登龙昌上寺望江南山怀钱舍人》）⑥钱舍人是钱徽，其后白居易奉旨复试，钱徽被贬官。

正因如此，在得到为郎官重回长安的消息之后，白居易内心中颇有自得之意。《宿溪翁》一诗作者自注为"时初除郎官赴朝"，诗中有句："醉翁向朝市，问我何官禄。虚言笑杀翁，郎官应列宿。"⑦到长安之后任员外郎，有诗作《初除尚书郎脱刺史绯》："便留朱绂还铃阁，却著青袍侍玉除。"⑧据《旧唐书·职官志》："文武三品已上服紫，金玉带。四品服深绯，五品服浅绯，并金带。六品服深绿，七品服浅绿，并银带。八品服深青，九品服浅青，并鍮石带。"州刺史按照州的人口有正四品下到正三品，他所新任的司门员外郎为从六品上，白居易从绯衣转为"无奈娇痴三岁女，绕腰啼哭觅金鱼"。唐

① （唐）白居易著，朱金城笺注：《白居易集笺校》，上海古籍出版社，1988年，第451页。
② 相关创作和诗歌系年参见朱金城：《白居易年谱》，上海古籍出版社，1982年；王拾遗：《白居易生活系年》，宁夏人民出版社，1981年。
③ （唐）白居易著，朱金城笺注：《白居易集笺校》，上海古籍出版社，1988年，第1190页。
④ （唐）白居易著，朱金城笺注：《白居易集笺校》，上海古籍出版社，1988年，第597页。
⑤ （唐）白居易著，朱金城笺注：《白居易集笺校》，上海古籍出版社，1988年，第1160页。
⑥ （唐）白居易著，朱金城笺注：《白居易集笺校》，上海古籍出版社，1988年，第610页。
⑦ （唐）白居易著，朱金城笺注：《白居易集笺校》，上海古籍出版社，1988年，第615页。
⑧ （唐）白居易著，朱金城笺注：《白居易集笺校》，上海古籍出版社，1988年，第1202页。

代五品以上官员都有鱼袋。据《旧唐书·职官志》:"神龙元年二月,内外官五品已上依旧佩鱼袋。""职事三品已上龟袋,宜用金饰,四品用银饰,五品用铜饰。"对白居易特许可以佩戴鱼袋,又是一种恩赐。

年末,白居易任主客郎中、知制诰,主客郎中为从五品上,有《初除主客郎中知制诰与王十一李七元九三舍人中书同宿话旧感怀》,诗作中写对命运的不可把握,几人曾经天各一方,没有想到能有同日同为舍人的时刻。

（二）长庆元年

本年白居易在长安,任主客郎中、知制诰。四月重试进士。夏六月,白居易与元宗简加朝散大夫,转上柱国。十月十九日,转中书舍人。十一月二十八日,为制策考官。

本年白居易有《西掖早秋直夜书意》,自注为"自此后中书舍人时作",①诗歌作于夜直期间:"遇圣惜年衰,报恩愁力小。素餐无补益,朱绶虚缠绕。"有对自己年华衰老的感慨:"五品不为贱,五十不为夭。若无知足心,贪求何日了?"这是一种自我安慰。白居易在值夜期间有较多的诗作,其他还有《中书连直寒食不归因怀元九》:"去岁清明日,南巴古郡楼。今年寒食夜,西省凤池头。并上新人直,难随旧伴游。诚知视草贵,未免对花愁。鬓发茎茎白,光阴寸寸流。经春不同宿,何异在忠州?"②白居易对中书舍人的工作较为珍视,所以有"视草贵"之语,但夜直的孤独让他怀念友人,甚至怀念过往的忠州岁月。所以,他也写过《西省对花忆忠州东坡新花树因寄题东楼》《中书夜直梦忠州》等诗作。

元稹在本年二月自祠部郎中、知制诰,为翰林学士,十七日为中书舍人。白居易有《余思未尽加为六韵重寄微之》:

> 海内声华并在身,箧中文字绝无伦。遥知独对封章草,忽忆同为献纳臣。走笔往来盈卷轴,除官递互掌丝纶。制从长庆辞高古,诗到元和体变新。各有文姬才稚齿,俱无通子继余尘。琴书何必求王粲,与女犹胜与外人。③

"遥知独对封章草,忽忆同为献纳臣",细细品味,白居易对自己中书舍人的职务稍有遗憾。自己本先为翰林学士,而今元稹入院,自己在外廷中

---

① （唐）白居易著,朱金城笺注:《白居易集笺校》,上海古籍出版社,1988年,第617页。
② （唐）白居易著,朱金城笺注:《白居易集笺校》,上海古籍出版社,1988年,第1232页。
③ （唐）白居易著,朱金城笺注:《白居易集笺校》,上海古籍出版社,1988年,第1532页。

书,称许朋友的同时略带酸楚。他和元稹熟识,所以对此常以戏语出之。"纶闱惭并入,翰苑忝先攀。笑我青袍故,饶君茜绶殷。"(《待漏入阁书事奉赠元九学士阁老》)①二人同为中书舍人,自己青袍在身,对方却已经着绯。其与元宗简的诗作又一次提到自己的服饰:"凤阁舍人京亚尹,白头俱未著绯衫。"(《重和元少尹》)②"朝客朝回回望好,尽纡朱紫佩金银。此时独与君为伴,马上青袍唯两人。"(《朝回和元少尹绝句》)③

三月,钱徽知贡举。李绅、李德裕、元稹(人称"三俊")弹劾钱徽,二十三日,白居易与王起重试进士。结果礼部侍郎钱徽为江州刺史,中书舍人李宗闵为剑州刺史,右补阙杨汝士为开江令。对于友人因自己被贬,白居易曾经在表章中代为开脱,但无济于事。

六月,白居易加朝散大夫。朝散大夫为五品,在此时白居易耿耿于怀的着绯问题终于得到了解决。《酬元郎中同制加朝散大夫书怀见赠》中:"五品足为婚嫁主,绯袍著了好归田。"④似乎对自己的封赏十分满意。《初著绯戏赠元九》:"晚遇缘才拙,先衰被病牵。那知垂白日,始是著绯年。身外名徒尔,人间事偶然。我朱君紫绶,犹未得差肩。"⑤对着绯较晚颇感遗憾,且自己与好友元稹差一个等级(此时元稹为工部侍郎)。其后他又加上柱国,《初加朝散大夫又转上柱国》:"柱国勋成私自问,有何功德及生人。"⑥充满了感恩之心。

(三) 长庆二年

在长安,为中书舍人。这一年,朝廷党争激烈,二月,元稹以工部侍郎同中书门下平章事。三月,裴度司空同平章事。六月,裴度与元稹罢相。裴度为右仆射,元稹为同州刺史,李逢吉为相。

正月,白居易进状说明讨伐王庭凑。本月白居易有《曲江独行招张籍同游曲江》,张籍有《酬白二十二舍人早春》。

二月,白居易有《久不见韩侍郎戏题四韵以寄之》和《和韩侍郎题杨舍人林池见寄》,后诗又名《早春与张十八博士籍游杨尚书林亭寄第三阁老兼呈白冯二阁老》,杨为杨嗣复,库部郎中知制诰;冯宿为比部郎中转中书舍人。

① (唐)白居易著,朱金城笺注:《白居易集笺校》,上海古籍出版社,1988年,第1238页。
② (唐)白居易著,朱金城笺注:《白居易集笺校》,上海古籍出版社,1988年,第1236页。
③ (唐)白居易著,朱金城笺注:《白居易集笺校》,上海古籍出版社,1988年,第1235页。
④ (唐)白居易著,朱金城笺注:《白居易集笺校》,上海古籍出版社,1988年,第1250页。
⑤ (唐)白居易著,朱金城笺注:《白居易集笺校》,上海古籍出版社,1988年,第1251页。
⑥ (唐)白居易著,朱金城笺注:《白居易集笺校》,上海古籍出版社,1988年,第1254页。

三月，张籍迁尚书水部员外郎。白居易作《喜张十八博士除水部员外郎》："今日闻君除水部，喜于身得省郎时，"①表示祝贺，张籍有《新除水曹郎答拜舍人见贺》："最幸紫薇郎见爱，独称官与古人同。"②以为回报。

白居易在此期间，一方面认真履职，如《春夜宿直》和《夏夜宿直》，"禁中无宿客，谁伴紫微郎"③和"年衰自无趣，不是厌承明"④都是个人值守的落寞。

另一方面与同僚有大量的诗歌唱和往来。韩愈与张籍同游曲江时，韩愈作《同水部张员外曲江春游寄白二十二舍人》："漠漠轻阴晚自开，青天白日映楼台。曲江水满花千树，有底忙时不肯来？"⑤白居易以《酬韩侍郎张博士雨后曲江见寄》相酬唱："小园新种红樱树，闲绕花行便当游。何必更随鞍马队，冲泥蹋雨曲江头。"⑥皇帝赐食樱桃，白居易又有《与沈杨二舍人阁老同食敕赐樱桃玩物感恩成十四韵》，沈舍人指沈传师，《旧唐书》本传："召充翰林学士，历司勋、兵部郎中，迁中书舍人。"杨舍人指杨嗣复，据《旧唐书》本传："长庆元年十月，以库部郎中、知制诰，正拜中书舍人。"赐食樱桃一事，张籍有《朝日敕赐樱桃》："捧盘小吏初宣敕，当殿群臣共拜恩。"⑦当时韩愈有《和水部张员外宣政衙赐百官樱桃诗》相和。严谟任桂管观察使，白居易《严谟可桂管观察使制》送别，韩愈、张籍、王建在长安都有诗送别。

受到元稹的牵累，白居易七月诏罢中书舍人。罢官后，作《初罢中书舍人》："自惭拙宦叨清贵，还有痴心怕素餐。或望君臣相献替，可图妻子免饥寒。性疏岂合承恩久，命薄元知济事难。分寸宠光酬未得，不休更拟觅何官。"⑧去往杭州的路上，白居易又有《长庆二年七月自中书舍人出守杭州路次蓝溪作》中提到"伏阁三上章，戆愚不称旨"，所以才有了"凤诏停舍人，鱼书除刺史"。⑨《初下汉江舟中作寄两省给舍》中说："晨无朝谒劳，夜无直宿勤。不知两掖客，何似扁舟人？"⑩是写给同僚，也是自我宽解。《咏怀》诗中说的更为旷达："昔为凤阁郎，今为二千石。自觉不如今，人言不如昔。

① （唐）白居易著，朱金城笺注：《白居易集笺校》，上海古籍出版社，1988年，第1287页。
② （唐）张籍撰，徐礼节、余恕诚校注：《张籍集系年校注》，中华书局，2011年，第489页。
③ （唐）白居易著，朱金城笺注：《白居易集笺校》，上海古籍出版社，1988年，第1191页。
④ （唐）白居易著，朱金城笺注：《白居易集笺校》，上海古籍出版社，1988年，第1192页。
⑤ （唐）韩愈著，钱仲联集释：《韩昌黎诗系年集释》，上海古籍出版社，1984年，第1238页。
⑥ （唐）白居易著，朱金城笺注：《白居易集笺校》，上海古籍出版社，1988年，第1282页。
⑦ （唐）张籍撰，徐礼节、余恕诚校注：《张籍集系年校注》，中华书局，2011年，第511页。
⑧ （唐）白居易著，朱金城笺注：《白居易集笺校》，上海古籍出版社，1988年，第1313页。
⑨ （唐）白居易著，朱金城笺注：《白居易集笺校》，上海古籍出版社，1988年，第412页。
⑩ （唐）白居易著，朱金城笺注：《白居易集笺校》，上海古籍出版社，1988年，第428页。

昔虽居近密,终日多忧惕。有诗不敢吟,有酒不敢吃。今虽在疏远,竟岁无牵役。饱食坐终朝,长歌醉通夕。"①

上文对白居易两年间较为详尽的诗歌创作考察,能够透露出以下几个信息。

第一,中书舍人与地方官的交流成为常态。这在前章的中书舍人迁转表中即有直观感受。另外,也因为朝廷规定任职给事中和中书舍人等清官,须有地方任职经历。开元三年,左拾遗张九龄上书:"故臣以为欲理之本,莫若重刺史、县令,此官诚重,智能者可行。正宜悬以科条,定其资历;凡不历都督、刺史,虽有高第者,不得入为侍郎、列卿;不历县令,虽有善政者,亦不得入为台郎、给、舍;虽远处都督、刺史,至于县令,递次差降,以为出入,亦不十年频任京职,又不得十年尽任外官。"(《通典》卷一七)②张九龄的建议并未得到完全有效地实施,但京官与地方官的交流却成为较为普遍的现象。另外,外放成为朝廷在党争或者贬官中对敌手常见的处理方式。如牛李党争中,排斥异党时多放为外地刺史、司马。

第二,中书舍人的朝堂地位有所下降。中书舍人草诏权被分化,主持贡举的常态化,都显示出这一职务倾向于向庶务官员发展。从外地交流入朝任中书舍人为升职,但白居易等人经历过翰林学士等近臣的地位,对此有较为清晰的认识。中书舍人地位的高低不再由职位决定,而是要看与帝王的关系。同样为中书舍人的元稹能够得到皇帝的私人召见,所以升迁速度惊人,很快成为宠臣,但作为中书舍人的白居易,没有能够再次入院,几次上表也都落魄而归。所以,白居易不是没有再次深度参与政治的想法,而是已经失去了平台和机会。

第三,仅以白居易来看,与当时同省内其他官员的诗歌往来非常多。韩愈《开州韦侍讲盛山十二诗序》中就曾记载:"及此年,韦侯(处厚)为中书舍人,侍讲六经禁中。和者通州元司马(稹)为宰相,洋州许使君(康佐)为京兆,忠州白使君(居易)为中书舍人,李使君(景俭)为谏议大夫,黔府严中丞为秘书监,温司马(造)为起居舍人,皆集阙下。"③可见当时盛况。白居易的诗歌中有同时宿直的长谈,有与外地为官友人的交流,有对往昔生活的回忆,有同游的酬唱,包括了生活的各个方面。元白表现出将生活诗化,或者将诗生活化的倾向。

---

① (唐)白居易著,朱金城笺注:《白居易集笺校》,上海古籍出版社,1988年,第434页。
② (唐)杜佑撰,王文锦等点校:《通典》,中华书局,1988年,第413页。
③ (唐)韩愈著,刘真伦、岳珍校注:《韩愈文集会校笺注》,中华书局,2010年,第1235页。

　　诗歌可以成为自我抒情的手段,也可以与政治上相对立的同僚相互唱和。在白居易入京的这段期间,他与元稹、钱徽、王起、韩愈、张籍等人的关系就极其微妙。

　　白居易与钱徽是好友,但复试中无法左右其被贬的命运。与元稹交情多年,虽可无所不谈,但自己的命途高开低走,一直落后于元稹,而元稹又在政治的斗争中让自己左右为难。韩愈一直站在裴度一边,裴度与元稹长期有梗,所以韩愈对白居易一直若即若离。张籍与白居易关系尚好,但在后期的仕途主要得力于裴度,所以作为晚辈,与白居易终成君子之交。在长庆二年六月裴度与元稹罢相。裴度赋诗言志,韩愈、张籍和之,元白缺席。这些复杂的关系在诗歌中也有体现,如《久不见韩侍郎戏题四韵以寄之》:"近来韩阁老,疏我我心知。户大嫌甜酒,才高笑小诗。静吟乖月夜,闲醉旷花时。还有愁同处,春风满鬓丝。"[1]题目虽已说明是玩笑,但其中深意不言自明。在白居易这些交游性的诗歌中,语言的浅显固然是众人常有的认识,但更多的是对诗歌所承担的交际作用的强化。

　　这一时期白居易的诗作须分为两类:一类写给自己,诗中是自我对话,是一时一地心情的流露;一类写给他人,其中的情感成分有部分社会表演性质,但更多的是意义的传达,是交际的需要。

---

①　(唐)白居易著,朱金城笺注:《白居易集笺校》,上海古籍出版社,1988 年,第 1274 页。

第四章　中书舍人与制诰文

第一节　唐代制诰文的留存

制诰是"王言"①,自古以来具备高度的政治性,是应用文,但又是文学散文,《后汉书》卷四五有当时尚书陈忠之言:"古者帝王有所号令,言必弘雅,辞必温丽。垂于后世,列于经典。"②

在唐代,制诰属"笔",但深得时人重视。如杨嗣复《丞相礼部尚书文公权德舆文集序》中评论权德舆,"凡四任九年,专掌诏诰。大则发德音,修典册,洒朝廷之利泽,增盛德之形容;小则褒才能,叙官业,区分流品,申明诫劝。无诞词,无巧语,诚直温润,真王者之言。公昔自纂录为制集五十卷,托于友人湖南观察使杨公凭为之序,故今不在编次之内。其他千名万状,随意所属,牢笼今古,穷极微细,周流于亲爱情理之间,磅礴于勋贤久大之业,不为利疚,不以菲废,本乎道以行乎文,故能独步当时,人人心伏,非以德爵齿挟而致之。"(《全唐文》卷六一一)文中的"无诞词,无巧语,诚直温润"就是对制诰文写作的文学评价。在后世,制诰文逐步被史化,《唐大诏令集》等诏令奏议在《四库全书》中被归入史部即是一例。

制诰中对任职者的评价代表了圣上的恩旨,任职者极其看重。张元晏有《谢草词启》,其中说:"昨日获蒙转迁,出于提奖,伏知舍人次当视草,曲赐褒称。裁成五色之纷纶,启导九霄之渥泽。过劳江笔,润色尧言。指顽石为瑶瑾之流,谓驽马有骅骝之足。揣循惊感,倍切肺肝。"(《全唐文》卷八一八)对起草制诰的作者表示感谢。制诰也可以产生强烈社会反响,如兴元元年陆贽的《奉天改元大赦制》,"赦下,四方人心大悦。及上还长安明年,李抱真入朝,为上言:'山东宣布赦书,士卒皆感泣,臣见人情如此,知贼不足平也。'"(《资治通鉴》卷二二九)

李纾在《故中书舍人吴郡朱府君神道碑》(《全唐文》卷三九五)中简要

---

① 唐代"王言"有下文所列七种,学界多以制诰、诏敕、诏诰、制敕等泛指,本文用"制诰"一词。

② (南朝宋)范晔:《后汉书》,中华书局,1965年,第1537页。

回顾了唐代制诰所承与本朝的发展:"极以象为文,三辰章焉;地以植为文,百卉昌焉;辟以诰为文,万宇扬焉。故三才之文,人文为至;三代之文,周文为备。秦汉承式,简而未宏;魏晋继轨,则而方丽。在河朔也,其流靡清;至江介也,其细已甚,以逮于亡隋焉。国朝铲迹代之弊,振中古之业,掌文命官,发华归本。出入二百载,上下十数公,灿灿然与汉魏同风矣。而旷士之制博而通,豪士之制英而辩,道流之制精而密,君子之制直而温。"不同的人有不同的文风,在制诰也是如此。

按照《唐六典》卷九所载,唐代王言分为七类:册书、制书、慰劳制书、发日敕、敕旨、论事敕书、敕牒。敕牒带有转发之意,故不进入考察范围,其他简要说明如下:

册文主要用于册立王后、太子或分封诸王,再或者是三品以上官员的任命。远在商周就已经出现,在唐代,帝王即位、册立妃嫔和太子和哀册文是最为常见的册文。贾至所作对肃宗的册命就是唐代著名的册文。制书主要用于五品以上重要官员的任命和重要的朝政改革。发日敕主要用于六品以下官员的任免。其中后两类在现存唐代制诰文中数量最多。

慰劳制书主要用来对臣属的奖励和慰问。相对而言,慰劳制书不像授官制书的程序文章,可以有较多的个人色彩呈现。敕旨主要是对百官奏书的回复,篇幅一般较为短小。论事敕书主要是对臣属的敕戒,如玄宗曾作《赐司马承祯敕》。

上述文书均是"王言"的传达。就施用范围而言,皇室内部的人事变动用册书,外廷中官员的人事任免按照品级高低,依次用册文、制书、发日敕。就个人色彩而言,册文、制书需要堂而皇之,慰劳制书与论事敕书则或者春风化雨,或者雨电雷霆,表现出一定的个性。就篇幅而言,敕旨最为短小、随意,而其他则均是需要一定表达程序的正规文书。

唐代人物对制诰的重视非常,以此为荣,但要保存制诰,碍于各种政治因素,并非常态。《旧唐书》卷八八《苏颋传》记载:"上谓颋曰:'前朝有李峤、苏味道,谓之苏、李;今有卿及李乂,亦不让之。卿所制文诰,可录一本封进,题云'臣某撰',朕要留中披览。'"可见,苏颋应该留有制诰,否则玄宗不会要其"录一本",但苏颋并没有专门文集留存。

统计《新唐书·艺文志》,唐人留有制诰作品集的有:

总集类:温彦博《古今诏集》三十卷;李义府《古今诏集》一百卷;薛克构《圣朝诏集》三十卷;《唐德音录》三十卷;《太平内制》五卷;《明皇制诏录》一卷;《元和制集》十卷;王起《写宣》十卷;马文敏《王言会最》五卷;《唐旧制编录》六卷(费氏集);《拟状注制》十卷。

个人专集类：苏颋《文诰》四十卷；常衮《诏集》六十卷；杨炎《制集》十卷；陆贽《翰苑集》十卷；权德舆《制集》五十卷；段文昌《诏诰》二十卷；元稹《白氏长庆集》《制诰》十一卷；白居易《白氏长庆集》《中书制诰》七卷、《翰林制诰》三卷；武儒衡《制集》二十卷；李德裕《会昌一品集内制》十卷；王仲舒《制集》十卷；李虞仲《制集》四卷；崔嘏《制诰集》十卷；封敖《翰稿》八卷；郑畋《玉堂集》五卷，《凤池稿草》三十卷、《续凤池稿草》三十卷；令狐滈《令狐滈表制》一卷；李磎《制集》四卷；吴融《制诰》一卷；薛廷珪《凤阁书词》十卷。

《通志》制诰部分，①所载唐代的制诰集有：

《古今诏集》三十卷（温彦博集）；《古今诏集》一百卷（李义府集）；《唐德音录》三十卷；《太平内制》五卷；《明皇制诏录》一卷；《元和制集》十卷；《王言防最》十卷（马文敏集）；《唐旧制编录》六卷；《拟状注制》十卷（唐末中书拟状及所下制命）；《王元制勅书奏》一卷；《咸通后麻制》一卷（伪蜀毛文晏纂）；《东壁出言》三卷（毛文晏纂唐制诏）；《唐批答》一卷（李绅撰）；《唐杂诏册诰命》二十一卷；《陆贽制集》二卷；《元稹制集》二卷（李绅撰）；《常衮诏集》六十卷；《杨炎制集》十卷；《权德舆制集》五十卷；《武儒衡制集》二十卷；《段文昌诏诰》二十卷；《郑畋凤池稿草》三十卷，又《玉堂集》二十卷，《续凤池稿草》三十卷；《吴融诏诰》一卷；《令狐滈表制》一卷；《封敖翰稿》八卷；《中和制集》十卷（唐中书舍人刘崇望撰）；《崔嘏制诰集》十卷；《舟中录》二卷（唐中书舍人钱珝撰）；《李磎制集》四卷；《李虞仲制集》四卷；《凤阁书词》十卷（唐中书舍人薛廷珪撰）；《李白度北门集》一卷；《金马门待诏集》十卷（刘允济撰）；《纶阁集》十卷（唐乐朋龟撰）；《卢文度制集》一卷；《陆贽翰苑集》十卷；《王仲舒制集》十卷；《独孤霖玉堂集》二十卷。

综合以上，其中制诰专集存目的有苏颋、常衮、杨炎、陆贽、权德舆、段文昌、元稹、白居易、武儒衡、李德裕、王仲舒、李虞仲、崔嘏、封敖、郑畋、令狐滈、李磎、吴融、薛廷珪、钱珝。对于此类制诰，朱红霞等学者已然有过简单整理，本文所考察角度在于作者身份，即无论其是否曾经入翰林院，均曾任职中书舍人。中书舍人是唐代尤其是唐前期制诰的主要作者："舍人发挥帝业，润饰王言，三代典谟，焕然明具；两汉文雅，庸可比俦？"（李商隐《上韦舍人状》）②

统计《全唐文》，有较多制诰保存者包括：

---

① 详见（宋）郑樵：《通志》，中华书局，1987年。

② 刘学锴、余恕诚：《李商隐文编年校注》，中华书局，2002年，第1139页。

　　许敬宗(《全唐文》卷一五一),岑文本(《全唐文》卷一五〇),李峤(《全唐文》卷二四二),韩休(《全唐文》卷二九五),王丘(《全唐文》卷三二八),张九龄(《全唐文》卷二八三——二八九),贾曾(《全唐文》卷二七七),贾至(《全唐文》卷三六六——三六七),郑少微(《全唐文》卷三九六),徐安贞(《全唐文》卷三〇五),孙逖(《全唐文》卷三〇八——三一一),潘炎(《全唐文》卷四一二),常衮(《全唐文》卷四一〇——四一五),杨炎(《全唐文》卷四二一),崔祐甫(《全唐文》卷四〇九),陆贽(《全唐文》卷四六〇——四七五),权德舆(《全唐文》卷四八三),郑绹(《全唐文》卷五一〇),崔群(《全唐文》卷六一二),令狐楚(《全唐文》卷五三九),元稹(《全唐文》卷六四七——六五〇),白居易(《全唐文》卷六五七——六六六),李德裕(《全唐文》卷六九六——七一一),李虞仲(《全唐文》卷六九三),崔嘏(《全唐文》卷七二六),封敖(《全唐文》卷七二八)崔玙(《全唐文》卷七四一),杜牧(《全唐文》卷七四八——七五〇),沈询(《全唐文》卷七六七),李讷(《全唐文》卷四三八),蒋伸(《全唐文》卷七八八),裴坦(《全唐文》卷七六四),李磎(《全唐文》卷八〇三),陆扆(《全唐文》卷八二七),杨钜(《全唐文》卷八一九),吴融(《全唐文》卷八二〇),薛廷珪(《全唐文》卷八三七——八三八),钱珝(《全唐文》卷八三一——八三三)。

　　其他留有单篇制诰的还有颜师古、李迥秀、李乂、沈佺期、徐浩、张弘靖、高郢、韩愈、杨绍复、杜元颖、李绅、归融、崔瑶、杜审权、韩琮、王铎、独孤霖、崔涓等。

　　另,宋敏求编有《唐大诏令集》,今人李希泌有《唐大诏令集补编》,也存有大量制诰资料。

第二节　初盛唐制诰文的因袭与个性

唐文有"三变"之说,《新唐书·文艺传》中提出:

　　唐有天下三百年,文章无虑三变。高祖、太宗,大难始夷,沿江左余风,缔句绘章,揣合低卬,故王、杨为之伯。玄宗好经术,群臣稍厌雕瑑,索理致,崇雅黜浮,气益雄浑,则燕、许擅其宗。是时,唐兴已百年,诸儒争自名家。大历、贞元间,美才辈出,擩哜道真,涵泳圣涯,于是韩愈倡之,柳宗元、李翱、皇甫湜等和之,排逐百家,法度森严,抵轹晋、魏,上轧汉、周,唐之文完然为一王法,此其极也。

所谓"三变",实质即为初盛中唐时期唐文整体风貌之转换。一般学者常以"骈散之变"形容唐文发展,但在当时,骈散句式并非写作和评判散文的标准,至少不是主要标准,而《新唐书》对唐文着眼于气势与法度特征的概括,颇具眼光。

制诰,就传统意义的抒情性和个人化的纯文学标准而言,似乎距离较远,但它依然是文学的一个重要门类,常衮曾言"汉廷制诰,以文章侍从之臣润色"(常衮《千好试知制诰制》),①制诰是古代应用文中侧重政教的散文形式。唐代制诰文的政治特性和内容局限,使得它成为唐文中变化最小的文体之一。但纵观有唐三百年,依然表现出非常明显的变化,在个别名家手中,也体现出较为明显的个性特征。

李肇《翰林志》载:"元和初,置书诏印,学士院主之,凡赦书、德音、立后、建储、大诛讨、免三公宰相、命将,曰制,并用白麻纸,不用印。"②但这只是在翰林学士得宠后的一段时间,以中书制诰依然可以成为唐代制诰的主体,中书舍人也依然是唐代制诰的主要作者。本节不从骈散句式、公文格式等常见角度考察,③而是力求以几位有较多制诰存世的中书舍人作品为例,在帝王气象与个性表达、典故使用与以史为鉴等几个方面探讨初盛唐制诰文的演变。

一、承接六朝的李峤

据《旧唐书》卷八八《苏颋传》:"上谓颋曰:'前朝有李峤、苏味道,谓之苏、李;今有卿及李又,亦不让之。'"在苏颋之前,李峤和苏味道是文臣草制的代表。

《全唐文》有李峤所作制书四十四篇。可系年者,最早为《授武攸宁冬官尚书制》,据《资治通鉴》卷二〇五,长寿元年,"秋,七月,戊寅,以文昌左相、同凤阁鸾台三品武承嗣为特进,纳言武攸宁为冬官尚书"。可知此文撰于长寿元年。最晚的是《授崔融著作郎制》,据《旧唐书》卷九四《崔融传》:"圣历二年,除著作郎,仍兼右史内供奉。"此文圣历二年作。如其任职截止时间,李峤未有知制诰之职,则至少李峤长寿元年已凤阁舍人在任,万岁通

---

① 陈尚君辑校:《全唐文补编》,中华书局,2005 年,第 2282 页。
② (宋)洪遵:《翰苑群书》,傅璇琮、施纯德编:《翰学三书》,辽宁教育出版社,2003 年,第 2 页。
③ 此类角度参见《唐代诏敕研究》《唐代制诰研究》等文。

天元年亦在任,后至圣历二年起草之诏敕或以凤阁舍人身份,或以凤阁侍郎身份。

据《李峤年谱》,①李峤部分可系年的制敕有:

长寿三年有《授徐有功司刑少卿制》《授皇甫文备营缮少监制》;

证圣元年,天册万岁元年有《奉和天枢成宴夷夏群僚应制》《授豆卢钦望太府卿制》;

天册万岁二年(万岁登封元年,万岁通天元年)有《授宋元爽司膳少卿制》《授宣城县令储孝任等加阶制》《授右卫亲府中郎将裴思谅等加阶制》《授通州刺史于光远等加阶制》《授豆卢钦望秋官尚书制》;

万岁通天二年(神功元年)有《授武重规司属卿制》《授刘如玉崔融等右史制》《授崔融著作郎制》《授唐奉一兵部侍郎制》《授成善威甘州刺史卜处冲龙州刺史制》《授右武威卫将军沙吒忠义郕国公制》《授沙吒忠义右金吾卫将军骆务整左武威卫将军制》《授崔玄暐库部员外郎制》《授敬晖营缮少监制》《授张昌宗麟台监制》;

圣历元年春,知凤阁侍郎,九月转麟台少监,仍知凤阁侍郎,本年有《授于惟谦给事中制》《授崔升等侍御史制》《授冯嘉宾左台监察御史制》《授坊州刺史豆卢志静等官制》《授张元福胜州都督府长史制》《授陈璲遂凉州都督府长史制》《授杜从则雍州司马制》《授郑仙客长安县令制》。

在李峤的制文中,有制头的职务包括秋官尚书(正三品)、冬官尚书(正三品)、兵部侍郎(正四品下)、司属卿、太府卿(从三品)、麟台监(从三品)、金武卫大将军、左庶子(正四品上)、右金武卫将军(从三品)、左武威卫将军(从三品)等。而其他职务:给事中、右史、通事舍人、库部员外郎、侍御史、监察御史、司膳少卿、司刑少卿、营缮少监、著作郎、太子中允,都是一般官员,格式从简。

综合而言,李峤的制诰有两个特点。

(一) 延续六朝骈俪特征

六朝制诏的骈俪化以沈约、任昉为起始。这一特点,无论在制头、制腹、制尾,都是如此。如沈约的《张令为太常领国子祭酒诏》:"门下:庠议既敷,缙绅修属。师氏之任,宜归儒素。散骑常侍、中书令骁骑将军、扬州大宗正绪,器识清简,理怀恬约,誉洽朝闻,声缉民听。必能阐扬玄宗,式范胄子。兼掌宗伯,望实惟宜。"②制头四句开篇,制腹以器、理、誉、声四方面说明理

---

① 详见陈冠明:《苏味道李峤年谱》,中央文献出版社,2000年。
② (清)严可均:《全梁文》,商务印书馆,1999年,第377页。

由,最后制尾说明所授职务。中间的四句排比是后世制书最为常见的形式。

唐代初期的制书明显承接六朝,李峤制文的基本格式沿袭沈约和任昉。制文大多篇幅不长,如《授王方应麟台监修国史制》,在体式上较前代稍显铺排:

> 鸾台:芸阁秘文,蓬山奥府,是为国重,尤切帝难。银青光禄大夫行凤阁侍郎同平章事上柱国石泉县开国子王方庆,钟鼎高门,簪缨旧德,学富今古,才优舒向。自参机密,亟改凉暄,謇谔之风,不忘于献替;谦挹之美,屡陈于衰病。西垣掌诰,虽藉谟猷;东观属词,更资通博。宜辍凤凰之省,俾缉麒麟之署。可麟台监,仍修国史,勋封如故。主者施行。(《全唐文》卷二四二)

制头,李峤多以上文表现为特征,显露出皇家气象,以天人照应说明帝王统治的威严。其他制诰也是如此。如《授豆卢钦望秋官尚书制》:"天作机衡,实惟北斗;朕之喉舌,其在南宫。揆德而居,非才莫可。"(《全唐文》卷二四二)同卷的《授唐奉一兵部侍郎制》:"参贰百揆,枢衡九法,是司邦政,尤切帝难。"均要突出一个"大"字,如同其应制诗歌的代表《奉和天枢成宴夷夏群僚应制》一样:"辙迹光西崦,勋庸纪北燕。何如万方会,颂德九门前。灼灼临黄道,迢迢入紫烟。仙盘正下露,高柱欲承天。山类丛云起,珠疑大火悬。声流尘作劫,业固海成田。帝泽倾尧酒,宸歌掩舜弦。欣逢下生日,还睹上皇年。"(《全唐诗》卷六一)以颂德和祥瑞相标榜。

制腹,是说明任职理由,主要是对任职者的评价,这代表官方或者说帝王的评价。李峤制诰虽是对仗句式,但仍以任职四要素的铺展居多。如《授豆卢钦望太府卿制》:"体业贞简,干能详备,历官中外,具闻政绩。象河惟月,太府国泉。繁要所锺,委任斯在,宜加荣擢,允兹公议。"在对豆卢钦望的任职说明中,因其刚刚由外放回归,故所言仕历极其含蓄,"历官中外,具闻政绩",而后点明太府掌管国家钱库,事务重要,故任此职。

用历史人物事迹称许,并形成偶句,是李峤制文的写作习惯。《授武懿宗武重规左右金吾卫大将军制》中"昔程、李二将,分领东西之宅;周、召两藩,并行南北之化"(《全唐文》卷二四二)分用程不识长乐卫尉和李广未央卫尉,周公旦和召公奭分陕而治。《授王方庆左庶子制》中"昔张良以三杰之才,始傅储右;史丹资八舍之重,方护春宫。"(《全唐文》卷二四二)前句用高祖时张良召商山四皓辅佐太子事,元帝时史丹力保太子刘骜事,都是用与所任职务相近的事实为证,既激励后人,又增强制文的厚重感。

制尾是说明任职者担任何职,较为简单,但制腰的过渡在李峤的制文中表现得极其顺畅。如《授皇甫文俏营缮少监制》:

> 鸾台:正议大夫行司刑少卿皇甫文俏,早预衣簪,累居清显,恭勤无怠,历职有声。徽纆为官,已淹岁序;斧斤成用,更伫才能。宜辍掌于棘庭,俾昇营于梓匠。可行营缮少监,散官如故。主者施行。(《全唐文》卷二四二)

其中皇甫文备,由司邢少卿(从四品上)转营缮少监(从四品下),强调就是因时间关系,其任职理所当然,文中"早预""累居""已淹"都说明其转任的时间理由,"宜辍掌于棘庭,俾昇营于梓匠",上句说明应该免去大理寺职务,"棘庭"出自《礼记·王制》:"正以狱成告于大司寇,大司寇听之棘木之下。"①"梓匠"出自《孟子·尽心下》:"梓、匠、轮、舆、能与人规矩,不能使人巧。"梓匠就是木工的意思,孙奭疏曰:"梓人成其器械以利用,匠人营其宫室以安居。"②在此指将作监,"更伫才能"是希望他在这里得到更多的锻炼。

(二)软弱性格的呈现

李峤的制文很少有第一人称"朕"出现,与其他唐人制诰非常不同,这是其性格使然。虽然制文为君主之言,但李峤的制文倾向于客观陈述,缺少帝王的典重威严。如《授豆卢钦望秋官尚书制》中对豆卢钦望的评价:

> 鸾台:天作机衡,实惟北斗;朕之喉舌,其在南宫。揆德而居,非才莫可。新除司府卿上柱国芮国公豆卢钦望,践仁履义,抱质含文,出莅藩条,具闻威惠;入为朝谏,多所宏益。立身必由于清谨,处职无废于忠勤。外府国泉,虽藉干用;中台天宪,更资明允。宜膺尚德之举,令践诘奸之位。可银青光禄大夫守秋官尚书,勋封如故,主者施行。(《全唐文》卷二四二)

豆卢钦望自司府卿(从三品)转任秋官尚书(正三品),司府卿职责在于"掌邦国财货之政令,总京都四市、平准、左右藏、常平八署之官属,举其纲

---

① (清)孙希旦撰,沈啸寰、王星贤点校:《礼记集解》,中华书局,1989年,第372页。
② 焦循撰,沈文倬点校:《孟子正义》,中华书局,1987年,第965页。

目,修其职务",①秋官尚书职责是"掌天下刑法及徒隶句覆、关禁之政令",②制文首先回顾豆卢钦望的仕途经历,"出莅藩条,具闻威惠;入为朝谏,多所宏益",此事指《旧唐书》卷九〇《豆卢钦望传》所载自内史(即中书令)被贬为赵州刺史一事。在此时豆卢钦望已然有再上层楼之势,所以,李峤在此不再如前文有所顾忌,而是直接大书特书:"钦望作相两朝,前后十余年,张易之兄弟及武三思父子皆专权骄纵,图为逆乱。钦望独谨其身,不能有所匡正,以此获讥于代。"可见,制文中所谓"入为朝谏,多所宏益"可以理解为制文谀词,"立身必由于清谨,处职无废于忠勤",倒是与制文评价相同。

李峤在制文中表现出了退缩和对朝廷权臣的阿谀,所以制文虽然代表了王言,但个人在其中的措辞依然可以显露作者的倾向和性格。这种性格在李峤的表文中表现更为明显,如《为纳言姚璹等贺雪表》:

> 臣某言:自元冥授节,素液未流,宿麦翘滋,陈根俟拔。圣情回眷,天造曲成,载想狴牢,有矜幽滞,方临听讼之观,且阅明刑之书。中旨才宣,上元俄应,沛乎降泽,油然兴云,凝瑞色于千里,散祯祥于六出。积素弥昼,下集于琼台;飘花满空,旁霈于玉树。海神奔走而来贺,田畯讴吟而共舞。灵心昭发,事速于置邮;圣意冥通,有同于合契。臣等谬当枢近,亲觌休祥,抃跃之情,实百恒品。无任欣庆之至,谨奉表陈贺以闻。谨言。(《全唐文》卷二四三)

表文极尽颂扬,"圣情回眷,天造曲成"的欣慰,"中旨才宣,上元俄应"的惊喜,都充溢其中。又如《贺天尊瑞石及雨表》开篇的"臣开大悲握契,汲引之数盈千;元圣垂机,感现之瑞不一。随缘应俗,或作孺童;降迹通凡,常为长者。然则前佛皆同,一字可通,非道理两名,至矣哉!不可得而称也。伏惟天册金轮圣神皇帝陛下,功成尘劫,迹御金轮,万姓乐推,百灵欣戴。如来备记,昔避天女之宫;菩萨降生,遂坐人王之国。"(《全唐文》卷二四三)不单纯是堆砌辞藻,而是颇有情感。文如其人,制诰也是如此。

二、盛世气象的苏颋

《唐诗纪事》卷十载:"韦嗣立拜中书令,瑰署官告,颋为之词,薛程书,

---

① (唐)李林甫撰,陈仲夫点校:《唐六典》,中华书局,1992 年,第 540 页。
② (唐)李林甫撰,陈仲夫点校:《唐六典》,中华书局,1992 年,第 179 页。

时谓'三绝'."①苏颋现存的文章,主要是制和敕,即为"大手笔"。《全唐文》收苏颋文 9 卷 266 篇,其中有 196 篇制敕,占总数的三分之二以上,授官制文即有 177 篇,是其"润色王言"之作中最主要的构成部分,故能充分体现苏颋制诰的典型特征。

从苏颋所作对中书舍人任命的制文可以看到他对制文文体的标准和追求。《全唐文》卷二五○中的《授郑勉紫微舍人等制》称郑勉"措心精核,尤明理体",戴令言"属词方雅,深达政端",二人"咸蕴公忠,备闻学行"。同卷的《授崔琳紫微舍人制》称崔琳"素履纯懿,清心直谅。文辞为从政之端,忠孝是立身之本。分符作牧,共赖仁明;赐笔题工,咸推练习"。《授王邱紫微舍人制》中称王邱"思会风雅,文成典谟,介独为操,直方(阙四字)"。《授齐澣紫微舍人制》称齐澣"运心孤迈,怀器独立,属词每穷其雅实,临事益表其甄明"。还有对中书舍人升迁时功绩的描述:《授源乾曜等尚书右丞等制》称倪若水"刚正明断,有精核之才;并果行育德,以文饰吏事。闲达旧章,发挥大体"。(《全唐文》卷二五○)《授卢藏用检校吏部侍郎制》称卢藏用"含和育粹,直道正身,学贯儒墨,词精比兴。风尘之外,独秀瑶林;清白之中,常悬冰镜。自四年掌诰,九品作程,峻而不杂,重轻咸当,简而能要"。《授陆景初大理少卿制》称陆景初"识悟清真,虚心得妙,言符正直,独行邻几。故能儒元默知,文史明达。翔集仙署,翻飞禁省,而咎繇为理,释之不冤"。(《全唐文》卷二五一)

这些制文实际包含了什么样的人可以任中书舍人,中书舍人应该做到什么。前者盖而言之:忠、直、文、能,这也与中书舍人的任职要求对应;后者则是:"属词方雅,深达政端","思会风雅,文成典谟"。

苏颋在景龙二年十月四日被授修文馆学士,不久又拜中书舍人。本年苏颋的制诏最早的是《进封贺兰琬母杨氏宏农郡夫人制》:

> 门下:太仆卿员外置同正员贺兰琬母杨氏,家临桃塞,门映莲峰,赋黄实于周诗,承累叶于台相。言成箴戒,淑慎其仪;德宪图史,闲和其性。正家贻则,徙宅成规,姻亲载隆,宠章犹阙。宜比绛纱之学,用膺青绶之命。可封宏农郡夫人。主者施行。(《全唐文》卷二五三)

在这篇制文中,苏颋就已经显露出个人的创作风格。突出特点是对"言""仪""德""性"四个方面的罗列铺排,"正家贻则,徙宅成规,姻亲载

---

① (宋)计有功撰,王仲镛校笺:《唐诗纪事校笺》,中华书局,2007 年,第 345 页。

隆,宠章犹阙,宜比绛纱之学,用膺青绶之命"顺势而出,说明封为宏农郡夫人理所当然。第二年,苏颋为同僚卢藏用作《授卢藏用检校吏部侍郎制》:

> 敕:朝请大夫守中书舍人兼知吏部侍郎事修文馆学士上轻车都尉卢藏用,含和育粹,直道正身,学贯儒墨,词精比兴。风尘之外,独秀瑶林;清白之中,常悬冰镜。自四年掌诰,九品作程,峻而不杂,重轻咸当,简而能要,浮竞斯远。刀尺之委,铨衡已归,特选周才,更符佥望。可检校吏部侍郎,仍佩鱼如故。(《全唐文》卷二五〇)

这篇制文结构大体与李峤相近,但每一部分都已经显示出苏颋的个人特色。先以铺排形式说明任职者的个人品格和能力:"含和育粹,直道正身,学贯儒墨,词精比兴。"而后对此的补充以比兴手法加强:"风尘之外,独秀瑶林;清白之中,常悬冰镜。"这两句实意有所指。据《旧唐书》卷九二《卢藏用传》:"藏用少以辞学著称。初举进士选,不调,乃著《芳草赋》以见意。寻隐居终南山,学辟谷、练气之术。"正因为卢藏用的隐居经历才有"风尘之外"的评价。"自四年掌诰,九品作程,峻而不杂,重轻咸当,简而能要,浮竞斯远"之句,是对卢藏用任中书舍人以来功绩的总结。"峻而不杂,重轻咸当,简而能要,浮竞斯远",是同僚之间的评论,虽然只有短短四句,但确实只有了解的人才能说的实际评价。"刀尺之委,铨衡已归,特选周才,更符佥望",顺势说明任新职原因。

再看苏颋后期,在任紫微侍郎兼知制诰后所作制文。如开元二年的《授张廷珪黄门侍郎制》:

> 黄门:东西禁掖,出纳王言,精选贤良,用存驳正。正议大夫行尚书礼部侍郎上柱国兼判尚书左丞张廷珪,文儒秀士,謇谔忠贞,汪洋有大雅之风,明敏得至公之操。言唯及雷,曩岁尝闻;学则临池,当时莫比。自历迁台省,受理纲辖,声尘益茂,闻实攸称。俾登青闼之荣,式践丹墀之列。可黄门侍郎,勋如故。主者施行。(《全唐文》卷二五〇)

先说明黄门侍郎的重要性和选人的重要,然后谈张廷珪品德、操守、风骨等优长,在诸多方面享有盛誉,经过各个职务的锻炼,成绩和声望都该再进一步。在结构上大体与传统制文相同,但非对偶成分增多,"文儒秀士,謇谔忠贞"属于描述,"历迁台省,受理纲辖"则是叙事,都是顺承而来,这种内容在前代制文中完全可以写成对偶,显然苏颋并未在意于此。

皇甫湜《谕业》中曾云："燕公之文，如掫木榕枝，缔构大厦，上栋下宇，孕育气象，可以变阴阳阅寒暑，坐天子而朝群后。许公之文，如应钟覃鼓，笙簧裤磬，崇牙树羽，考以宫县，可以奉神明、享宗庙。"（《全唐文》卷六八七）姚铉《唐文粹序》对张、许二人也曾经说："洎张燕公以辅相之才，专撰述之任，雄辞逸气，耸动群听。苏许公继以宏丽，丕变习俗。"①

姚依所谓"宏丽"恰当地体现了苏文尤其是制诰的写作特征。"宏"表现为句式和文辞的铺排，"丽"表现为大量使用比喻，喻体丰富。

（一）苏颋制文"宏"的特征是铺排。如《授刘幽求同中书门下三品制》：

> 门下：弼谐庶政，亮采有邦，不遇人杰，孰膺王佐？金紫光禄大夫守尚书左仆射知军国大事兼修国史上柱国徐国公刘幽求，伟量天假，守才代出。子产之道四，既取诸身；咎繇之德九，以成其用。伊昔遘屯，感义谋始。洎于开泰，防萌蚌初，景化俟其丹青，谗词变于白黑。顷居炎瘴，受厘之对莫闻；重践台衡，从政之言益启。眷兹密勿，方听訏谟，宜兼委于掖垣，仍具瞻于礼闼。可同中书门下三品，余如故。主者施行。（《全唐文》卷二五〇）

在制腹中先说明刘幽求人才之难得，接着用经、史两个典故：《论语》中的"子谓子产：'有君子之道四焉：其行己也恭，其事上也敬，其养民也惠，其使民也义。'"②《史记》中的"皋陶曰：'然，於！亦行有九德，亦言其有德。'"③后又引《易经》，遘屯指遇屯卦，屯卦为难，故指遭难。据《旧唐书》刘幽求本传："韦庶人将行篡逆，幽求与玄宗潜谋诛之。"泰也是卦："泰。小往大来，吉亨。"④《魏书·高闾传》："今天下开泰，四方无虞，岂宜盛世，干戈妄动。"⑤"顷居炎瘴"指"流幽求于封州"，"重践台衡"指其为尚书左仆射。可谓不厌其繁。

再如《授刘幽求左仆射制》。两篇制文任职者相同，写作时间也相差无几，如何措辞颇为考验作者写作功力。

①　《全宋文》第十三册，上海辞书出版社、安徽教育出版社，2006年，281页。
②　（清）刘宝楠撰，高流水点校：《论语正义》，中华书局，1990年，第188页。
③　（汉）司马迁：《史记》，中华书局，1959年，第77页。
④　（清）李道平：《周易集解纂疏》，中华书局，1994年，第163页。
⑤　（北齐）魏收：《魏书》，中华书局，1974年，第1198页。

门下：尚书佐理，四方取则；端揆成务，百工是师：非允具瞻，孰康庶绩？封州流人刘幽求，风云元感，川岳粹灵，学综九流，文穷三变。义以临事，精能贯日，忠以成谋，用若投水。茂勋立艰难之际，嘉话盈启沃之初，存说直以不回，为奸邪之所忌。衅萌颇露，谮端潜发，元宰见逐，逵人孔多。既殄群凶，方宣大化，期问政于经始，载登贤于梦卜。可依旧金紫光禄大夫守尚书左仆射知军国大事监修国史上柱国徐公，仍依旧还实封七百户，并赐锦衣一袭，主者施行。(《全唐文》卷二五〇)

其中对刘幽求各方面才能的描述直接而不厌其烦。从"学，文，义，精，忠，用"六个方面加以罗列，对刘幽求功绩的描述又有史实可据。"茂勋立艰难之际，嘉话盈启沃之初"指的是景龙四年夏六月，平复韦后之事；"是夜所下制敕百余道，皆出于幽求"，(《旧唐书》卷九七《刘幽求传》)"衅萌颇露，谮端潜发，元宰见逐，逵人孔多"，指的是刘幽求与张暐密谋诛杀奸党，无奈张暐泄密，幽求下狱，最后玄宗屡救获免，流于封州。对刘幽求的过往和才能介绍详密，语言精准。

铺排在苏颋所作很多重要官员的任命中体现得都很明显。如《授姚崇兼紫微令制》评价姚崇："河山粹气，礼乐清英。德量在宽，公心益厚。词必体要，行之自远，学以穷微，志于可大。"(《全唐文》卷二五〇)《授崔日用黄门侍郎制》中说崔日用："果行育德，修辞立诚。孝则扬亲，忠于事主。堂堂乎貌，畅君子之风；谔谔其言，蕴大臣之节。"(《全唐文》卷二五一)等。

(二)苏颋制文"丽"表现为：常用比喻且喻象丰富，多用典故而典故精深。对任职者德行的评价、对某人品格的形容，本是最难以言表和容易重复的评价，但苏颋的制授文书中表现出丰富的词汇与文采，尤其是以自然天象和山水作为喻体，让其文章能够突破书卷而顿觉开阔。试看《全唐文》卷二五一至二五三的几篇制诰文：

盛门华绪，当代贤戚，不言而自有阳秋，从信而罔愆风雨。轩星作范，已宠于金穴；鲁馆增辉，更芳于玉树。(《授王仁皎开府仪同三司制》)

精义析于连环，规矩同于匪石。(《授裴漼兵部侍郎制》)

物宁滞用，若遇盘根。人或蒙求，似开明镜。(《授李杰御史大夫制》)

秋风始击，励每励鹰。岁寒后凋，斯见松柏。(《授张游侍御史制》)

雍容文雅，自然素徵清商。萧散风华，莫不瑶林琼树。(《授陆余

庆大理卿制》

　　探六经之奥,如叩鸿钟。穷百氏之源,若披明镜。(《授柳冲兼温王师制》)

　　顷除蛇豕之孽,特建殊勋。洎肃熊罴之旅,盖称重器。(《授许辅虔左羽林将军制》)

　　山称多玉,已鸣弦于属城。地是雨金,将候眸于驰道。(《授元钦裕栎阳县令制》)

　　游刃之美,尽中桑林。含香之能,独推兰握。(《授赵昇卿长安县令制》)

　　漾流为汉,尝藉美于珠皋。泗达于河,爰驰声于磬水。(《授韦表玘泗州别驾制》)

　　龙城达邑,俾居铜墨之班。鲸海安波,仍掌舳舻之事。(《授王璬柳城县令制》)

　　例如以“岁寒松柏”比喻政治风雨的考验,且兼用《论语》之典,以“叩鸿钟”“披明镜”比喻钻研学问,都简明通俗,而让呆板的制诰富于变化。

　　典故的嵌入,让文章有了更多回味。《授李怀让兵部郎中制》中,李怀让是大理正任兵部郎中,作者称其“爽鸠作士,虽参听棘之言;司马训兵,重践握兰之任”。(《全唐文》卷二五一)爽鸠氏,传说为少皞氏的司寇。司马更是殷商时代始置,与六卿地位相当,与司徒、司空、司士、司寇并称五官。“听棘之言”出自《礼记·王制》:“正以狱成告于大司寇,大司寇听之棘木之下。”①郑玄注:“司寇听之朝,王之外朝也。”②汉应劭《汉官仪》卷上:“(尚书郎)握兰含香,趋走丹墀奏事。”③后以“握兰”指皇帝左右处理政务的近臣。这只是一篇授郎官之文,尚且有如此的讲究,可见苏颋学问之深,文采之盛。李德裕《文章论》中说:“近世诰命,唯苏廷硕叙事之外,自为文章,才实有余,用之不竭。”所谓自为文章,当指苏颋在传统制诰之外,个人文采的加入。

　　(三)宏丽的另一方面表现,是语言的风格上由李峤的精粹变化为个人的铺展。内容上表现为对任职者介绍的角度更多,由两个方面变为四个方面,如《授崔日用黄门侍郎制》(《全唐文》卷二五〇)中称崔日用“果行育

①　(清)孙希旦撰,沈啸寰、王星贤点校:《礼记集解》,中华书局,1989年,第372页。
②　(汉)郑玄注、(唐)孔颖达等正义:《礼记正义》,上海古籍出版社,1990年,第259页。
③　(汉)应劭撰:《汉官仪(及其他三种)》,商务印书馆,1939年,第22页。

德,修辞立诚。孝则扬亲,忠于事主"。

形式上表现为原有一句的评价变为两小句,如"堂堂乎貌,畅君子之风;谔谔其言,蕴大臣之节";"徵先王之体要,敷衽必陈;折佞臣之怙权,拂衣而谢"。(《全唐文》卷二五一《授尹思贞御史大夫制》)

同时在句式结构上,隔句对增多。如"传为书癖,成诵在心;言应笔精,目悬于手";(《全唐文》卷二五〇《授王晙左散骑常侍制》)"入称三杰,帷幄所以运筹;出总六师,塞垣由其卧鼓";(同卷《授张仁愿兵部尚书制》)"器无不综,含清明以见微;言有可观,负忠说以居直"(同卷《授毕构户部尚书制》)等。

在语句关系上,适当地使用反问,让平铺直叙有所变化。如《授姚元之等兼太子庶子制》:"元储者,万国之贞;端士者,一时之选。自匪英杰,孰当调护?"(《全唐文》卷二五二)《授崔秀太子左庶子等制》:"古者官宿其业,吏不数变,将欲劝其始终,因以别其能否。若用舍非当,迟速不伦,是开趋竞之门,岂曰和均之道?"(《全唐文》卷二五二)均是如此。

句式的变化,更多的体现在论事敕书。这种敕文都是祈使和命令,故而在语句上辗转变化却又斩钉截铁。如《禁断锦绣珠玉制》(《全唐文》卷二五三):

敕:朕闻召公曰:"弗作无益害有益。"孔子曰:"奢则不逊俭则固。"
　　　　　　　　　　　　　　　　　　　　　　　　　　　骈
斯乃圣人之至言矣。叔代迁讹,僻王骄纵。惟崇于玉杯象箸,不胜于捐
　　散　　　　　　　骈　　　　　　　　骈
金抵璧。好之者君也,习之者人也,即用匹帛服长缨之类欤?朕爱在幼
　　　　　　骈　　　　　　　　　　散
冲,每期质朴,手未曾持珠玉,目未尝观锦绣,愿言其志,造次不忘。自
骈　　　　　　骈　　　　　　　　　　　散
寅奉休图,勉康政道, 常想汉文衣绨之德,晋武焚裘之事, 竟未能令
散　　　　　　　　　骈
行禁止,敦本弃末,朕甚惧之。今王侯勋戚,下洎厮养, 所得者重于远,
骈　　　　散　　　　　　散　　　　　　　骈
所求者贵于异, 虽 雕文刻镂,衣纨履丝, 习俗相夸,殊涂竞爽, 有妨于
骈　　　　　　　骈　　　　　　　骈
政,无补于时, 岂朕 言之不明,教之未笃 也?且 一夫一女,不耕不织,则
骈　　　　　　　骈　　　　　　　散

天下有受春饥寒者。今四方晏如，而百姓不足，岂不以尚于珠玉，珍于
　　　　　　　　　　　　　　　　　　　　　　　　骈
锦绣，垦田畴而夺其务，出布帛而害其功欤？其珠玉锦绣等，自今以
骈　　　　骈　　　　　　　　　　　　　　　　散
後，切令禁断，如更循旧弊，并归罪长官。仍令御史金吾，严加捉搦，州
　　　　　　　　　　　　　　　　　　　　　　骈
牧县宰，劝督农桑。待至秋收，课其贮积，数纤知礼节，俗登仁寿。有司
　　　　　　　　　　　　　　散
仍为条例，称朕意焉。
散

　　开篇要强调禁断锦绣珠玉的理所当然、天经地义，故而先以前代先贤的
话语为证。其后"叔代迁讹，僻王骄纵""汉文衣绨之德，晋武焚裘之事"是
历史事件，说明朝廷政策以史为鉴。然后以句式的骈散分布造就气势的蓄
积。若以句读为基本单位，则其骈散变化为：骈，散，骈，骈，骈，散，骈，骈，
散，散，骈，骈，散，散，骈，骈，骈，骈，骈，散，骈，骈，骈，散，骈，散，散。在描述
句中均是以骈句罗列，在背景介绍和祈使、结语部分均是散句，这样的文字
在诵读中产生起伏跌宕效果。

　　这种行文风格和骈散句的体现于其他短小制文中。如《令道士女冠僧
尼拜父母敕》（《全唐文》卷二五四）：

　　　　敕：夫孝者，天之经，地之义，人之行。故上自天子，下至庶人，资于
　　　　　　散（排）　　　　　　　　　　　　　骈
敬爱，以事父母，所谓冠五常之表，称百行之先。如或不由，其何以训？
散　　　　　　　　骈　　　　　　　　　　散
如闻道士女冠僧尼等，有不拜父母之礼，朕用思之，茫然罔识。且道释
　　　　　　　　散
之教盖惩恶而劝善，父子之仪，岂缘情而易制？安有同人代而离怙恃哉？
　　　　　　散　　　　　　　　　　　　散
哀哀父母，生我劳瘁，故六亲有不和之戒，十号有报恩之旨：此又穷源
　　散　　　　　　　　　骈　　　　　　　　散
本而启宗极也。今若为子而忘其生，傲亲而徇于末，背礼而强名于教，
　　　　　　　　　　　　　　骈
伤于教则不可行；行教而不废于礼，合于礼则无不遂：二亲之与二教，
骈　　　　　　　　　　　　　　　　　　散

复何异焉？自是已后,道士女冠僧尼等,并令拜父母,丧纪变除,亦依月数,^散庶能正此颓弊,用明典则,冈亏爱敬之风,自叶仙真之意。

这篇制文是以长句较多,骈句嵌入长句中,骈句形成铺展,短句收束,形成节奏变化,短句与反问等形式配合,造成情绪的起伏。

据《新唐书·文艺传》:"玄宗好经术,群臣稍厌雕瑑,索理致,崇雅黜浮,气益雄浑。"受玄宗"崇雅黜浮"政策影响,苏颋作为专门知制诰的近臣,自是对玄宗的文艺政策体察颇深,认真执行。

张说评价苏颋:"雍容文雅,当代知名,通才博艺。"(《龙门西龛苏合宫等身观世音菩萨像颂》)①面对数以万计的文书,能够"手操口对,无毫厘差误""思若涌泉",(《唐会要》卷五五"中书舍人"条)能够如此大量地创作磅礴文章,确实如韩休《苏颋集序》中的评价:"发挥造化之微,鼓动江山之气。"(《全唐文》卷二九五)

三、文如西汉的贾至

贾至生活在天宝初至大历末,实质是盛、中唐之交的文人。与他共同交游的有李白、杜甫、王维等盛唐标志性人物,也有独孤及、梁肃等中唐古文运动的先驱。李舟《独孤常州集序》说他与萧颖士、李华、独孤及皆"宪章六艺,能操古人述作之旨"。(《全唐文》卷四四三)梁肃《补阙李君前集序》也说他们四人比肩而出,酝酿了天宝以来的文体文风改革。

贾至草诏有家学,其父贾曾在玄宗即为中书舍人,与苏晋同掌制诰。贾至在草诏初期,即写作了关系重大的罪己诏和传位诏,这是真正政治意义上的"大手笔"。贾至这几篇文章又是真正的文学之文,饱含深情,所以深得玄宗欣赏,例如《元宗幸普安郡制》:

门下:我唐受命百有十载,德泽浸于荒裔,声教被于殊邻,绍三代之统绪,综百王之礼乐。我高祖神尧皇帝奄有大宝,应天顺人;我太宗文武圣皇帝戡难造邦,光宅天下;我高宗天皇大帝修文偃武,惠绥四方;我中宗孝和皇帝聿遵孝德,惟新景命;我睿宗大圣真皇帝清明在躬,元化溥畅。朕承累圣之洪训,荷祖宗之丕绪,兢兢业业,不敢自宁。往岁韦氏作逆,宗社将坠,是用翼戴先后,扫荡凶徒。宸极既贞,寰区载晏,尔

---

①　(唐)张说著,熊飞校注:《张说集校注》,中华书局,2013 年,第 647 页。

来在位,乘五十年,中原幸无师旅,戎锹岁来朝贡。夙兴旰食,勤念苍生,庶宏至理,就跻仁寿。愧无帝尧之圣德,而有寄体之不明,致令贼臣,内外为患,蔽朕耳目,远朕忠良,或窃弄威权,或厚敛重赋。泉壤一漏,成此滔天。构逆召戎,驰突中夏,倾覆我河洛,扰乱我崤函,使衣冠奔走于草莽,黎庶狼狈于锋镝。伊朕薄德,不能守厥位,贻祸海内,负兹苍生。是用罪己责躬,痛痹战灼,上愧乎天地,下愧乎庶人,外平四海,内愧乎九族,乾乾惕厉,思雪大耻。夫定祸乱者必仗于群才,理国家者先固其根本。太子亨,忠肃恭懿,说礼敦诗,好勇多谋,加之果断。永王璘、盛王琦、丰王珙,皆孝友谨恪,乐善好贤,顷在禁中,而习政事,察其图虑,可试艰难。夫宫相之才,师傅之任,必资雅善,允属忠贞,况四海多虞,二京未复,今当慎择,实惟其人……於戏!咨尔元子等,敬听朕命;谨恭祗敬,以见师傅;端庄简肃以莅众官;慈恤惠爱,以养百姓;忠恕哀敬,以折庶狱;色不可犯,以临军政;犯而必恕,以纳忠规。往钦哉!无替朕命。各颁所管,咸令知悉。(《全唐文》卷三六六)

制文回顾唐王朝的建立,以排比方式列举历代帝王的功业,最后说自己平定韦后之乱,在位五十年,天下安定,但最终为贼臣遮蔽耳目,疏远忠良,乃有今日恶果。文章在此之前是为颂圣,笔触至此,情感渐渐加重,盖因作者痛心、玄宗痛心,此为两者同病相怜之情:"泉壤一漏,成此滔天。构逆召戎,驰突中夏,倾覆我河洛,扰乱我崤函,使衣冠奔走于草莽,黎庶狼狈于锋镝。伊朕薄德,不能守厥位,贻祸海内,负兹苍生。"

前章贾至的《明皇令肃宗即位诏》也是一篇深得玄宗之心的制文。因为肃宗已经即位,所谓传位只是冠冕堂皇之语。因为制文既要传位,又要力求保持权力,所以制文不是简单的权力赋予,而是在细微处见玄宗内心,让肃宗也能有所领会。

前面两篇制诰都是在回顾唐王朝的历史,说明在玄宗内心、在贾至内心甚至在百姓内心,唐代的百年基业毁于一旦非常让人痛心,故而两篇制文都对这一罪过有深深地自责。然后在玄宗本身在位的功绩表述上,一方面玄宗确有盛世之治,一方面也是贾至的为臣之道,对玄宗仍以颂扬为主。其后两篇制文内容出现差异,上文为罪己,并采取实际措施,故分配明晰,下文却不可不为的传位,故在推脱中表现出对权位的不舍。

贾至笔下,初期的这几篇重要制诰,并无传统的制诰特征。盖因其没有经历制诰的写作训练,也无任何准则,而是以文人身份起草诏书。但正是这种机缘巧合,造就了贾至制诰与前人的不同,甚至说是一种变革。

贾至《工部侍郎李公集序》说:"唐虞赓歌,殷周雅颂,美文之盛也……而公当颓靡之中,振洋洋之声,可谓身见尧舜之道,宣尼之旨,鲜哉希矣。"(《全唐文》卷三六八)无论叙历代文章流变,还是评价具体作家作品,都表现出鲜明的宗经立场。《议杨绾条奏贡举疏》提道:"今试学者以帖字为精通,而不穷旨意,岂能知迁怒贰过之道乎? 考文者以声病为是非,而惟择浮艳,岂能知移风易俗化天下之事乎?"(《全唐文》卷三六八)表明贾至反对浮艳之文,要求作者精通六经旨意,使文章能够发挥教化作用。这些文学观念,影响了贾至制诰的文风。

贾至在制诰写作中最大的特点,也是在唐文发展中最大的贡献,在于对两汉文章的学习和恢复。李舟的《独孤常州集序》说:"贾(至)为玄宗巡蜀分命之诏,历历如西汉时文。"(《全唐文》卷四四三)所谓"历历如西汉时文"就是指制诰语言的骈散相间,典雅纯厚,颇具西汉乃至三代文风。

西汉的诏书多是皇帝自己写作,其后多由尚书。西汉制文最大的特点是帝王躬亲,应时而作,应事而作,没有后世特定的程序化和骈偶特征。如《汉书》卷六一《张骞李广利传》中记载有汉武帝的《封李广利诏》:

> 匈奴为害久矣。今虽徙幕北,与旁国谋,共要绝大月氏,使遮杀中郎将江故雁门守攘危须以西及大宛,皆合约杀期门车,令中郎将朝及身毒国使隔东西道。贰师将军广利,征讨厥罪,伐胜大宛,赖天之灵,从泲河山、涉流沙、通西海、山雪不积,士大夫径度获王首虏,珍怪之物毕陈于阗,其封广利为海西侯,食邑八千户。①

诏书以叙事为主,基本顺序是说明匈奴危害,李广利的功绩,然后顺势说明依此封赏何官职。所以,贾至所谓的如同西汉文,实质是帝王身份感的代入,即以主人翁身份去表述命令,抒发情感。

这个不但在前面特殊情况下起草的制文是这样,在其后的制文中也出现了这种倾向。如《授畅璀谏议大夫制》:

> 敕:为川者决之使导,为臣者宣之使言,故尧有敢谏之鼓、诽谤之木,此其所以圣也。楚灵称凡百箴谏,吾尽知之,无怫吾虑,此其所以败也。朕嗣守鸿业,时方艰难,实赖有位之士,匡其不及,故注意谏臣,必求诸道。关内监河判官畅璀,颐真养正,精洁惠和,有质直而无流心,秉

---

① (汉)班固:《汉书》,中华书局,1962年,第2703页。

忠信而持谠议。顷岁去职,晦迹邱园,爱其身以有待,养其志以有为。厥德不回,允谐司议。可兼谏议大夫,余如故。於戏!宫之奇懦不能强谏,春秋以为失常,臧僖伯继论纳郜鼎,君子称必有余庆。予违汝弼,汝无面从。(《全唐文》卷三六六)

这也是一篇行文上打破常规的制文。制头尤其改变了以前四句和六句的惯例。前文是史实的正反对比,圣主与昏君的对比,然后说明肃宗即位后对谏臣的需要。对畅璀的介绍依然是由传统骈句构成,但在"可某官"之后,却很突然地加入感叹和议论,以史为鉴,说明自己对谏臣的渴望。

对历史的熟稔,使得贾至常常引前代圣贤之例,如《全唐文》卷三六六的《授房琯刑部尚书制》:"蛮夷猾夏,舜命皋陶作士,秩功迈德,黎民怀之。周官大司寇,亦以五刑纠万民之命,邦典定诸侯之狱。明德慎罚,先王至理。"《授韦陟文部尚书制》:"周官大冢宰,以九职任万人,三岁大计群吏之诛赏,选部综覈。时惟厥任,非正人表臣,齐明敏哲,不可处此。"不但对于高官如此,贾至对低级官吏的任职制文,也存在较长的制头,这与前文所述李峤等的大不相同。实质上,贾至是以之成为训导臣子的一种方式。如《授裴综起居郎制》:

> 敕:左史记事,君举必书,先王之制也。晋则董狐,书法不隐;楚则倚相,能读典坟。善恶成败,实由其言;慎择端士,永难其人。殿中侍御史裴综,绪业清纯,言行惇敏,俾之直笔,庶勖厥官。可行起居郎。(《全唐文》卷三六六)

起居郎,据《唐六典》卷八:"掌录天子之动作法度,以修记事之史。"其注曰:"因起居注以为名。起居注者,记录人君动止之事。《春秋传》曰:'君举必书'。"①贾至以史臣董狐、倚相为例,说明这一职务对帝王的重要性,但制腹对裴综的德行才能只是简单八个字加以概括。同样写法的又如《授向蕚光禄少卿制》:"百里之长,九卿之亚,参于军事,职比廷评。必举才能,以匡庶政。荆南奏事官守太子仆同正向蕚等,咸膺推擢,俾在兹任。可守光禄少卿同正。"亦是如此。同样写得打破常规的还有《授韦启左拾遗制》:

> 敕:剑门县令韦启,雅有文词,仍兼政术。谏官近密,必择正人,忠

---

① (唐)李林甫撰,陈仲夫点校:《唐六典》,中华书局,1992年,第248页。

诐之言,期于无隐。可左拾遗。(《全唐文》卷三六六)

　　任命左拾遗的制诰一般不会写制头,但"谏官近密,必择正人,忠诐之言,期于无隐",实际上是对左拾遗职务重要性的介绍,最后八个字也是对任职者的期望。这是一种便条性的任命。

　　综上,贾至在程式化的制诰写作中,对结构形式最大的变革就是制头的加强和制腹的减弱。在制头部分有较多地对于周礼中官制的引用,借以说明任职的理由并凸显制文的郑重与历史感。这种此消彼长,使得制诰由原来单纯地传达人员职务变化,过渡为乱世中君臣礼教思想的宣扬。其"应时而作"的特点正是对西汉的呼应。

　　除此之外,还有以现实需求引入任职制文的,体现了"为事而作"的特征。如《授李峘武部侍郎制》的制头:"全蜀奥区,梁岷设险,时清作镇,恒难其人。况中夏未宁,上皇南幸,益州之政,允资忠谅。非亲非贤,何以兼腹心爪牙之任?"制腹也是娓娓道来,并无传统制文的规整:"贞固简肃,宗枝标秀,历践中外,咸克有声。今巴蜀之地,停銮驻跸,举尔以文武之才,倚尔以维城之固。且小司马之职,连率之重,兼而处之,不曰厚寄? 懋哉厥德,无替朕命。"(《全唐文》卷三六六)

　　与此近似,还有《授崔器御史中丞制》,在制文中以拉杂叙述为主,非双行文笔较多,文中称崔器"闲邪存诚,公而不党,有栾枝贞慎,抱史鰌正直。历践清列,名与实偕。今豺狼未宁,中外多故,群才杂用,则哲惟将。肃其准绳,举其宪则,俾不仁者远,邪佞以悛。"(《全唐文》卷三六七)将任用崔器的原因主要归结于形势,对形势的表述虽是四言整句,但极少偶句。

　　乱世上任,让贾至可以不受传统的束缚,是初期的纯粹文人身份而非秘书身份,让其以黑马身份杀入制诰领域,故而贾至制诰强烈的个人色彩,造就了唐代新的制诰文风。

第三节　元稹的身份与其制诰的新变

　　元稹是唐代最有制诰文体意识的作者。《旧唐书》本传记载:"词诰所出,然与古相侔,遂盛传于代,由是极承恩顾。"《新唐书》本传记载:"变诏书体,务纯厚明切,盛传一时。"两者都涉及元稹的制诰写作较前代或者通行制诰出现了很大的变化,为时人注目和帝王垂青的理由。所以,在对制诰发展的了解中,元稹尤其需要关注。

　　元稹知制诰的时间,据《资治通鉴》卷二四一:元和十五年,"夏,五月,庚戌,以稹为祠部郎中、知制诰"。任中书舍人时间可据元稹本人所作《承旨学士院记》:"长庆元年二月十六日,自祠部郎中、知制诰,行中书舍人,翰林学士,仍赐紫金鱼袋。其年十月十九日,拜工部侍郎出院。二年二月,拜本官平章事。"①参见白居易《元稹除中书舍人翰林学士赐紫金鱼袋制》。离任时间见《旧唐书·穆宗本纪》:长庆元年十月,"河东节度使裴度三上章,论翰林学士元稹与中官知枢密魏弘简交通,倾乱朝政。以稹为工部侍郎,罢学士"。

所以,元稹约有九个月为郎中知制诰,所作为中书制诰,又有八个月为翰林学士(也是翰林院中的中书舍人),起草内制,为翰林制诰。这段时间紧密相连,故而对其制诰一并考察。

一、元稹的制诰观

元稹的《制诰序》谈到了他对制诰文的看法和部分写作背景。

> 制诰本于《书》,《书》之诰命训誓,皆一时之约束也。自非训导职业,则必指言美恶,以明诛赏之意焉。是以读《说命》,则知辅相之不易;读《胤征》则知废怠之可诛。秦汉以来,未之或改。近世以科试取士文章,司言者苟务刬饰,不根事实,升之者美溢于词,而不知所以美之之谓;黜之者罪溢于纸,而不知所以罪之之来;而又拘以属对,蹄以圆方,类之于赋判者流,先王之约束盖扫地矣。元和十五年,余始以祠部郎中知制诰,初约束不暇,及后累月,辄以古道干丞相,丞相信然之。又明年,召入禁林,专常内命。上好文,一日,从容议及此,上曰:"通事舍人不知书便其宜,宣赞之外无不可。"自是司言之臣,皆得追用古道,不从中覆。然而余所宣行者,文不能自足其意。率皆浅近,无以变例。追而序之,盖所以表明天子之复古,而张后来者之趣尚耳。②

这是元稹对制诰文的认识和处理原则。"必指言美恶,以明诛赏之意","读《说命》则知辅相之不易,读《胤征》则知废怠之可诛",元稹所强调的制诰不再是单纯的任命,其中须有圣意,有自己的处理原则。

在内容上,批评已有制诰"言者苟务刬饰,不根事实,升之者美溢于词,

而不知所以美之之谓;黜之者罪溢于纸,而不知所以罪之之来",反对泛泛而谈。

形式上,批评"拘以属对,跼以圆方,类之于赋、判者流"。称之为类于赋判,当然指的是文体。也就是,以赋的思维描述、以判的句式铺排罗列任职者的优长及任职理由。赋、判在当时均侧重以科举为目的,赋"写物图貌,蔚似雕画"①为人熟知,此处对判需要加以说明。

判,根据《文章辨体》卷五〇所言:"按唐制,凡选人入选其选之之法有四:一曰身,体貌丰伟;二曰言,言辞辨正;三曰书,楷法遒美;四曰判,文理优长……徐师曾曰:判,断也……唐制选士,判居其一,则其用弥重矣。故今所传,如称某某有姓名者,则断狱之词也。称甲乙,无姓名者,则选士之词也。要之,执法据理,参以人情,虽曰弥文,而去古意不远矣。"②为何元稹认为制诰近于判,则在于判词,特指在盛唐时期所流行的铺排之风。以《对著服六年判》为例:

> 田才地居邹鲁,家习文儒,业擅赢金,道光珍席。夙渐外堂之教,早传藏壁之书,学市修开,几筵爰设,故得询疑请益,积乡北海之前;函丈抠衣。更似西河之上。平辩雩川童子,关里诸生,常因闭户之勤,豫受专门之业,庶祈荣于青紫,希变采于朱蓝。日就月将,罚水之恩何极?陵夷谷徙,颓山之痛已深。旧宅凄清,空闻丝竹;遗坛寂寞,无复琴歌:嗟二物之长收,愿百身而奚赎? 方思重服,用表深衷,一对松楸,六迁檀柘。曩时儒肆,喜遇祥鳣;今日凶庐,悲逢吊鹤。论情虽会于宁戚,据理未允于通途。刺史职在宣风,政乖道俗,沉忧六载,亦可惊嗟,积禁三年,固其未得。少女以衔冤伏奏,雅叶于鸡鸣;大使以纠慝弹豪,正谐于隼击。即宜录奏,伏听宸衷。(《全唐文》卷九八三)

上文明显带有铺叙渲染痕迹,且以大量无关言辞涌入本该立竿见影的判词。而元稹所谓的"美溢于词""罪溢于纸"便由此而来。元稹要改变的就是这种写作方式。如同白居易在《唐故武昌军节度处置等使正议大夫检校户部尚书鄂州刺史兼御史大夫赐紫金鱼袋赠尚书右仆射河南元公墓志铭(并序)》中所记载:"制诰,王言也。近代相沿,多失于巧俗。自公下笔,俗

---

① 刘勰著,范文澜注:《文心雕龙注》,人民文学出版社,2015年,第136页。
② (明)吴讷著,于北山校点:《文章辨体序说》,人民文学出版社,1998年,第55页。

一变至于雅,三变至于典谟。时谓得人。"①

二、元稹制诰写作的人事背景

陈寅恪《读莺莺传》说:"今《白氏长庆集·中书制诰》中有'旧体'、'新体'之分别。其所谓'新体'即微之所主张,而乐天所从之复古改良公式文字新体也……在昌黎平生著作中,《平淮西碑文》乃一篇极意写成之古文体公式文字,诚可称勇敢之改革,然此文终遭废弃……就改革当时公式文字一端言,则昌黎失败,而微之成功,可无疑也。至北宋继昌黎古文运动之欧阳永叔为翰林学士,亦不能变公式文之骈体。司马君实竟以不能为四六文,辞知内制之命。然则朝廷公式文体之变革,其难若是。微之于此,信乎卓尔不群矣。"②确实如此,元稹在制诰上的变革之影响远胜于贾至。

元稹制诰的写作背景在于:穆宗的宠信和升迁的迅疾,让他可以不在意传统制诰的写作模式;同时以帝王师自居,可以让他在制诰中,完全替代帝王立言,而毫无违和感。

在穆宗时期,翰林学士已经成为帝王的私人秘书。中书舍人,这一本为帝王冷落的职位,突然出现了转机。

元和十五年五月,穆宗即位,元稹为祠部郎中、知制诰。同时在翰林院的还有李德裕、李绅、庚敬休三人。元稹常为穆宗召见(见元稹《文稿自叙》《同州刺史谢上表》《谢准朱书撰田弘正碑文状》),此时元稹撰写的《中书省议举县令状》中,强调应不考书判,不限资历,量才录用;并主张以开荒垦田、增加新户、申雪冤人为考核政绩的标准,及时指出了中书省议县令时的政策偏颇,实行"连坐举主"制度,以杜绝所举不实。这种"按才录用"的想法,非常符合年轻得志官员的特点。

两《唐书》的《元稹传》和《资治通鉴》均言元稹能够取得草诏权是借宦官崔潭峻之力。《旧唐书》本传:"穆宗皇帝在东宫,有妃嫔左右尝诵稹歌诗以为乐曲者,知稹所为,尝称其善,宫中呼为元才子。荆南监军崔潭峻甚礼接稹,不以椽吏遇之,常征其诗什讽诵之。长庆初,潭峻归朝,出稹《连昌宫辞》等百余篇奏御。穆宗大悦,问稹安在。对曰:'今为南宫散郎。'即日转祠部郎中、知制诰。"当然,元稹的《叙奏》则说是段文昌的推荐。

穆宗长庆元年正月,萧俛罢相,为右仆射。杜元颖平章事。元稹为中书舍人,翰林承旨学士。元稹《翰林承旨学士记》提出承旨学士之设始于永贞

---

① (唐)白居易著,谢思炜校注:《白居易文集校注》,中华书局,2011年,第1928页。
② 陈寅恪:《元白诗笺证稿》(增订本),三联书店,2001年,第118—119页。

元年,"位在诸学士上,居东第一阁……大凡大诏令、大废置、垂相之密画、内外之密奏、上之所甚注意者,莫不专对,他人无得而参"。① 虽仅为使职差遣,但其权力能与外廷宰相抗衡,故时人其相当于"内相"。卞孝萱认为其此时改革制诰,创造新体,白居易效仿。正是元稹这一任职,造就了制诰文发展史上的大变化。元稹入翰林院不久,好文的穆宗就让他进奉其诗,其《进诗状》云:"臣面奉圣旨,令臣写录杂诗进来者。伏惟皇帝陛下,学深江海,文动星辰,乙夜观书,秋风咏赋。微臣入院之始,学士等盛传陛下亲批《贺雨》一章,体备鸾凰,思含珠玉。"②

"其兴也勃焉,其亡也忽焉"。在这一时期,元稹对政治的参与程度达到最高,也成为朝廷上的众矢之的,"道日长而毁日至,位益显而谤益多"。

在长庆元年进士考试中,宰相段文昌、翰林学士李绅等与考官钱徽发生矛盾,元稹卷入。对于考试案中的问题,矛头直指唐朝朋党。元稹在《戒励风俗德音》中以历史为喻,对朋党的结党营私加以批驳。元稹在翰林承旨学士任期内,恰逢穆宗生日,元稹撰写《贺降诞日德音状》。在河北平叛中爆发成裴度与元稹的激烈冲突,元稹受到诬陷。十月,裴度充镇州四面行营都招讨使,弹劾元稹结交宦官、扰乱国政。元稹罢翰林学士,为工部侍郎。

长庆元年七月二十八日夜,镇州衙将王延凑与朱克融联兵反唐。元稹代穆宗撰写的《招讨镇州制》中招、抚并用。在其他诏文中,则充分肯定了他们以往的功绩,以此激励其平叛的忠心和杀敌的勇气,如《起复田布魏博节度使等使制》《牛元翼可深冀等州节度使制》等文章。

在河朔的平叛中,由于裴度的弹劾,元稹这一时期的实际职责,已经从作为穆宗左膀右臂的"内相"降为一般的六部主管,离开了朝廷政治决策、人事任免的核心圈子,失去了参与讨论朝廷核心机密的权力与机会,只是负责一些具体的国家事务。当河北平叛以失败告终之时,穆宗任命元稹为相。

在深受穆宗宠信的背景下,元稹的制诰所表现出的是对恩主形象的塑造。如《赠郑余庆太保》:"朕闻仲尼殁而鲁公诔之,柳庄死而卫灵请往。夫以区区鲁卫,而犹念贤臣硕德也如是。况朕小子,获承祖宗,实赖一二元老,朝夕教诲,以仪刑于四方。天胡不仁,遽尔歼夺,而今而后,谁其屏余?"③充满了帝王口吻的谦卑和责任。

也有对官员的勉励。如《裴注等侍御史》:"法者,古今所公共也。一日

---

①　(宋)洪遵:《翰苑群书》,傅璇琮、施纯德编:《翰学三书》,辽宁教育出版社,2003 年,第8 页。

②　(唐)元稹撰,冀勤点校:《元稹集》,中华书局,1982 年,第 405 页。

③　(唐)元稹撰,冀勤点校:《元稹集》,中华书局,1982 年,第 548 页。

去之,则百职尽坠,是以秦汉以降,御史府莫不用刚果劲正之士,以维持纪纲。季代而还,埋轮破柱之徒,绝不复出,朕甚异焉。去岁以来,比命御史丞为宰相,盖欲慰荐人之不敢为也。尔等或以吏最,或以学文,当僧孺慎拣之初,遇朝廷渴用之日,又安可回惑顾虑于豪黠,而姑以揖让步趋之际为塞责乎?"①又如《授王师鲁等岭南判官制》:"古称南海为难理,盖蛮蜒獠俚之难俗,有珠玑玳瑁之奇货。为吏者不能洁身,无以格物。是以非吴处默之清德,不可以耀远人;非孙子荆之长才,不可以参密画。"②

　　还有以古为鉴,对臣属语重心长地教导,如《授李愿检校司空宣武军节度使制》中的制头:"昔者鲁侯伯禽,徒以周公之故,遂荒大东;重耳以定倾之劳,子孙不绝于晋。昔我太师西平王,在德宗时,能复京邑,书于鼎彝。每怀宗庙之安,实念山河之永。而又继其英哲,克生令人,惟弟惟兄,莫非颇牧,尚想德施于十代,何啻恩积于一门?"其后在勉励李愿时又说:"於戏!睢阳在尔之东,张巡效忠之诚尚在;夷门在尔之境,侯嬴报恩之迹犹存。又安知憧憧往来之徒,不有以仁义匡于尔者? 勉服休命,其惟戒之。"③都让人看到虽然年轻,但礼贤下士、为人亲近的圣明君主形象。

三、元稹在制诰文体上的新变

(一) 重在训导,强调尊礼崇德

　　元稹制诰中较之传统,形式变化是对制头简化甚至省略,内容改变为制腹重在训导,而前人制诰往往都是说明帝王的权威或者任职的重要。如《授李绛检校右仆射兼兵部尚书制》论述为臣之道:

　　　　敕:中大夫、守御史大夫、赐紫金鱼袋李绛:昔先皇帝诲予小子曰:"尧时有神羊在廷,屈轶指佞,汝知之乎? 夫邪正在人,焉有异物? 朕有臣李绛,犹汉臣之汲黯也。我百岁后,尔其用之,为神羊屈轶斯可矣。"予小子铭镂盂训,夙夜求思。是用致理之初,付授邦宪,且欲吾丞相以降,皆卑下之,以示优遇。朕亦常命安其步武,无为屑屑之仪。而绛屡以疾辞,不宁其职,又焉敢以劳倦之故,烦先帝旧臣。昔晋仆射何季元病足求免,犹命坐家视事。张子儒拜大司马,仍令兼录尚书,则卧理不独专于郡符,端右可以旁绥戎政,由古道也。尔其处议持平,勉居

---

① (唐)元稹撰,冀勤点校:《元稹集》,中华书局,1982 年,第 506—507 页。
② (唐)元稹撰,冀勤点校:《元稹集》,中华书局,1982 年,第 667 页。
③ (唐)元稹撰,冀勤点校:《元稹集》,中华书局,1982 年,第 469 页。

喉舌,慎所观德,为人司南。可检校尚书右仆射兼兵部尚书,散官、勋封如故。①

在格式上,没有四六制头,直接称呼被任命官员(更有部分制诰直接说任职者姓名,不带职务)。对先皇教诲的回顾,非常口语化的说明任用正人的重要性,接着直接提到先皇对李绛的认识和嘱托,再说明个人想要任用但一直未能如愿,最后是希望李绛以古人为鉴,履行职务。制文娓娓而谈,并没有传统的人物评价和职务重要,只是回顾,言辞中颇见对臣子的关心和对先皇的敬重。这种行文变化又如《授崔郾谏议大夫》:

> 敕:郾:昔我太宗文皇帝以魏征为人镜,而奸胆形于下,逆耳闻于上。及徵没,而犹叹过失之不闻。夫以朕之不敏不明,托于人上,月环其七,而善恶蔑闻。岂谏争之臣未尽规于不德耶? 朕甚惧焉! 以尔郾端厚诚明,济之文学,柔而能立,谦而逾光,命汝弼予,式冀无过。於戏! 宋景公一诸侯耳,而陈星退之词;齐威王独何人哉? 能辨日闻之佞。尔其极谏,朕不漏言。可守谏议大夫,余如故。②

也是通过回顾太宗与魏征的关系,说明个人对于谏臣的需要,对于崔郾的评价非常简短,又以古人为例,说明对崔郾的希望。

通过对古人古事的思考,借以为鉴,是元稹制诰中训导最常用的方法。如《崔宏礼郑州刺史制》中:"朕读《诗》至于《羔裘》《缁衣》之章,未尝不三复沉吟,盖明有国善善之功,且思舍命不渝之君子也。春秋时,郑多良士,是以师子大叔之政,而群盗之气潜消;闻颖考叔之言,而孝子之心不匮。山川在地,日月在天,今古虽殊,人存政举。"③关于《羔裘》,据《毛诗序》说:"《羔裘》,刺朝也。言古之君子,以风其朝焉。"④而对《缁衣》,《毛诗序》说:"美武公也。父子并为周司徒,善于其职,国人宜之,故美其德,以明有国善善之功焉。"⑤通过对诗大序的解读,说明地方官任职的重要性。然后回顾春秋时郑国子大叔为政宽厚,郑国的颖考叔曾经为郑庄公谏言"黄泉见母",实质上勉励崔弘礼为官体恤百姓,忠厚待民,所用二事均与郑州有关。

---

① (唐)元稹撰,冀勤点校:《元稹集》,中华书局,1982 年,第 484—485 页。
② (唐)元稹撰,冀勤点校:《元稹集》,中华书局,1982 年,第 490 页。
③ (唐)元稹撰,冀勤点校:《元稹集》,中华书局,1982 年,第 511 页。
④ 李学勤主编:《毛诗正义》,北京大学出版社,1999 年,第 291 页。
⑤ 李学勤主编:《毛诗正义》,北京大学出版社,1999 年,第 276 页。

（二）考语改"铺排罗列"为"合情入理"

传统制诰中,篇幅最长的部分就是对任职者的评价。这种评价与唐代官员每年的考语十分近似。所以,有必要先对原有的制诰制腹部分四言、铺排的写法原因做一回顾。

尚书省考校百官,是由吏部考功司负责。其中考功郎中负责京官,考功员外郎负责外官。此外还有校考使和监考使,其中的监考使由给事中二人和中书舍人二人担任,两边各有一人监京官和监外官。其中的考语常以四言形式写作,如《册府元龟》卷六三五《铨选部》"考课"条记载:"(开元)十七年三月,左丞相张说知京官考,特注其子中书舍人坰曰:父教子忠,古之善训。祁奚举午,义不务私。至如润色王言,章施帝道。载参坟典,例绝常功。恭闻前烈,尤难以任。岂以嫌疑,敢挠纲纪? 考以上下。"①对官员的考课其标准据《唐六典》卷二所载:"凡考课之法有四善:一曰德义有闻,二曰清慎明著,三曰公平可称,四曰恪勤匪懈。善状之外,有二十七最:一曰献替可否,拾遗补阙,为近侍之最;二曰铨衡人物,擢尽才良,为选司之最;三曰扬清激浊,褒贬必当,为考校之最;四曰礼制仪式,动合经典,为礼官之最;……二十七曰边境肃清,城隍修理,为镇防之最。"②所以在元稹《屯田官考绩判》中,可以看到评价,也可以看到各方面的描述。如下:

> 《屯田官考绩判》
> 戊为营田,使申屯田,官考课违常限,省司不收,辞云:待农事毕,方知殿最。
>
> 　对
> 要会有期,诚宜献状。籍敛未入,何以稽功。戊也将俟农收,方明绩用。三时罔害,然有别于耗登;五稼未终,安可议其诛赏。当从责实,宁俾课虚,苟欲考于岁成,姑合毕其田事。虽贤能是献,比要宜及于计偕;而稼穑其难,收功当俟于协入。详徵著令,固有常规。农扈之政不乖,兰省之非斯在。③

当然,任职制诰中句式的四言为主应该受到多种因素的影响,包括骈体文传统、沈约等开创的制诰文体传统等,但应该也与考课相关,因为任用官

---

① (宋)王钦若等:《册府元龟》第8册,中华书局,1960年,第7623页。
② (唐)李林甫撰,陈仲夫点校:《唐六典》,中华书局,1992年,第42—43页。
③ (唐)元稹撰,冀勤点校:《元稹集》,中华书局,1982年,第656页。

员本身必然涉及对人各方面的评价。上文中所谓"四善",有"德义有闻"与"清慎明著",任职制诏对任职者的介绍无不以德义为首要条件,并且强调为人所知。"公平可称"与"恪勤匪懈",就是要求任职者要公平,为人称赞,勤勉而不松懈。这几方面往往是任免制书所重点强调。作为官员任职的必然要求,也是要向外人宣示的必要说明。

例如《全唐文》卷二四二李峤《授杨沁通事舍人制》中的"肃承簪笏,颇著声芳。趋奉轩墀,兼效勤恪。宜加恩命,俾从优奖",即是从声誉和勤勉两个角度加以说明。同卷《授宋元爽司膳少卿制》中的"艺能详洽,局量优深,践行不亏,历官著称,参守仆正,以表公勤",也是如此。

元稹制文的变化在于由前代的铺排变为"合情入理"。元稹在《进田弘正碑文状》中说:"臣若苟务文章,广征经典。非唯将吏不会,亦恐弘正未详。虽临四达之衢,难记万人之口。臣所以效马迁史体,叙事直书,约李斯碑文,勒铭称制,使弘正见铭而戒逸,将吏观叙而爱忠。不隐实功,不为溢美,文虽朴野,事颇彰明。"①所以,元稹的理与情都表现为一种"真实"。

所谓理,也就是说明任职的理所当然,所以,元稹常称引别人对任职者的评价,而不是代表皇帝评价。比如《杨嗣复授权知尚书兵部郎中制》:

> 敕:吏部郎中杨嗣复:官天下之文武,重事也。兵部郎中二员,一在侍从,不居外省,旁求其一,颇甚难之。而执事者皆曰:"近以文章词赋之士为名辈。"由此者,坐至公卿,娴达宪章,用是稀少。而吏曹郎嗣复,州里秀异,议论宏博,宜其以所长自多。然而操刬吏事,细大无遗。用副虚求,允谓宜称。尔其试守兹任,为予简稽。苟能修明,旋议超陟。可权知兵部郎中,余如故。②

"执事者"虽没有具体说明是何人,但也代表半官方评价。在《高允恭授侍御史知杂事制》中,则直接说明任命高允恭为侍御史是因为御史丞牛僧孺的推荐,元稹因为与牛僧孺关系较好,所以其对高允恭才有其话语的直接引用:

> 敕:御史府不以一职名官,盖总察郡司,典掌众政。副其丞者,是选尤难。而御史丞僧孺,首以朝议郎守尚书户部郎中、判度支案、飞骑尉

---

① （唐）元稹撰,冀勤点校:《元稹集》,中华书局,1982 年,第 405 页。
② （唐）元稹撰,冀勤点校:《元稹集》,中华书局,1982 年,第 499 页。

高允恭闻于予曰:"允恭始以儒家子,能文入官。在监察御史时,分务
东台,无所顾虑。为刑部郎中,能守训典。复以人曹郎佐掌邦计,悬石
允厘,挠而不烦,简而不傲,静专动直,志行修明。乞以台郎,兼授宪简,
杂错之务,一以咨之。"朕俞其言,尔其自勉无他。僧孺狭于知人,可以
本官兼侍御史、知杂事,余如故。①

在形式上打破了原有的泛泛而论,进一步证明元稹实际参与当时的决
策。这种身份的变化,也放弃了前代制诰对帝王的神化。皇帝不可能了解
任何大臣,根据上级和同僚的评价任用官员本身就是最为合理的事情。退
一步说,如果将来官员出现问题,也不会有皇帝的责任。传统制诰作者不可
能对任职者有更深入的了解,所以造成了夸饰和铺排。元稹的制诰对人的
评价强调人物才能和经历,改变了泛泛而谈的旧有方式。

元稹的制诰也有部分不是从德、才角度说明,而改为直接因功行赏。如
《剑南西川节度使下将士史宪等叙勋》:"蜀形胜之地也,南控蛮蜑,西搤戎
羌,厉禁之劳,实赖汝三千八百六十有六人之力。使之必报,并赐崇勋。各
懋乃诚,勖率以敬。"②也有部分说明职务的重要,并以正职推荐副职,如《高
允恭授侍御史知杂事制》中牛僧孺推荐侍御史。

所谓情,则是在浮泛之风盛行的制诰中,直接以情动人。如《授韩皋尚
书左仆射制》,任用韩皋意在起用老臣:"(韩皋)始以直言事代宗皇帝,司谏
诤;复以文章政术事德宗皇帝,为舍人中丞京兆尹;在顺宗、宪宗时,出领藩
方,入备卿长;逮予小子。历事五君,勤亦至矣。而又处权近之位,未尝以恩
幸自宠于一时;当趣向之间,终不以薄厚见窥于众目。岂所谓徐公之行已有
常,而诗人之风雨不改耶?"③将韩皋自代宗,乃至德宗、顺宗、宪宗直至自己
五代帝王期间的表现,一一道来,德行过人,不邀宠、不改德,以此评价,韩皋
定要感恩戴德了。还有《授张籍秘书郎制》,张籍本就是元稹好友,对其任
命显然由于个人的了解,但文中将其转化为官方的考语:

敕:张籍:《传》云:"王泽竭而诗不作。"又曰:"采诗以观人风。"斯
亦警予之一事也。以尔籍雅尚古文,不从流俗,切磨讽兴,有取政经。
而又居贫宴然,廉退不竞。俾任石渠之职,思闻木铎之音。可守秘

---

① (唐)元稹撰,冀勤点校:《元稹集》,中华书局,1982 年,第 501 页。
② (唐)元稹撰,冀勤点校:《元稹集》,中华书局,1982 年,第 540 页。
③ (唐)元稹撰,冀勤点校:《元稹集》,中华书局,1982 年,第 483—484 页。

书郎。①

张籍早年怀抱利器,仕途坎坷,但以皇帝口吻倡言"雅尚古文,不从流俗","居贫宴然,廉退不竞",这是对张籍极高的评价。

（三）古文作法的引入

唐代制诰的传统写法是六朝骈体。元稹的写作变化表现将古文做法应用在句法、章法,也带来了文章气势的变化。

首先,是句法的多样化。《高允恭授尚书户部郎中判度支案制》中,元稹说:"用尔无害之文,以惩刻下。惟不欲过,过则不逮;文不欲繁,繁则不逮。"②文中说文章贵在简而不在繁,在其公文中也体现了这一点。如《许刘总出家制》:

> 门下:朕闻西方有金仙子,自著书云:"昔我于无量劫中,舍国城妻子,以求法要。"朕尝闻其语,未见其人,安知股肱之间,目验兹事! 脱身羁网,诚乐所从;舍我絷维,能无永叹! 遂其高尚,良用怃然。具官刘总,五岳孕灵,三台降瑞,位兼将相,代袭勋庸。视轩冕若浮云,弃妻孥犹脱屣。屡陈章表,恳愿舍家,勉喻再三,终然不夺。朕又移之重镇,宠以上公,莫顾中人之情,遂超开士之迹。於戏! 张良却粒,尚想高踪;范蠡登舟,空瞻遗象。功留鼎鼐,誓著山河,长存鱼水之欢,勿忘香火之愿。宜赐法号大觉,仍赐僧腊五十夏。主者施行。③

即因其以古文笔法创作,故而曾被收入挑选非常严格的《唐宋文举要》乙编中。钱基博认为:"白居易之文,不废排比,而出以坦迤,陆贽之支流乎? 元稹之笔,力跻遒古,而出之峻重,韩愈之别子也。"④

当然,元稹毕竟在当时的环境中,不可能完全抛弃原有作法。元稹也有较为骈俪的言语,诸如《授杨巨源郭同元河中兴元少尹制》中"诗律铿金,词锋切玉,相如有凌云之势,陶潜多把菊之情"⑤等句。元稹制诰对不同类人物有不同的写法,对女性的封赏,还是与传统近似,旁征博引,且多用偶句。如《七女封公主制》:"抱子弄孙之荣,贵贱之大情也。朕以四海奉皇太后于

---

① （唐）元稹撰,冀勤点校:《元稹集》,中华书局,1982 年,第 661 页。
② （唐）元稹撰,冀勤点校:《元稹集》,中华书局,1982 年,第 500 页。
③ （唐）元稹撰,冀勤点校:《元稹集》,中华书局,1982 年,第 466—467 页。
④ 钱基博:《中国文学史》,中华书局,1996 年,第 418 页。
⑤ （唐）元稹撰,冀勤点校:《元稹集》,中华书局,1982 年,第 665 页。

南宫,问安之时,诸女侍侧。螽斯之庆,上慰慈颜。鸤鸠之仁,内怀均养。"①
《王承宗母吴氏封齐国太夫人》:"鲁文在手,燕梦徵兰,道以匡夫,仁而训
子。教日殚竭诚之操,义必资忠;戒陈婴自大之心,明于处顺。"②赠官的制
诰也偏于此。《赠郑余庆太保》中"贵而能谦,卑以自牧。謇直行于台阁,柔
睦用于闺门。受命有考父之恭,待士比公孙之广"③对品格的称颂;《追封宋
若华》"班妃裂素之咏,谢氏散盐之章"④以古代才女作比等等。其至也有
部分全篇四字句为主的制文,如《授萧睦凤州周载渝州刺史制》:"由文学
古,施于有政。三验所至,莫非良能。河池近藩,南平东险。绥戎阜俗,必藉
长才。副我虚求,牧兹凋瘵。事时农劝,用节人安,三年有成,惟乃之效。"⑤

　　其次,是古文的章法勾连照应。在篇幅短小、意义明确的制诰文中,很
少有章法布局,但元稹的部分制诰,不但篇幅增长,而且有了在制头、制肩、
制腹、制腰、制尾之间的起承转合。如《授牛元翼成德军节度使制》:

　　　　门下:王庭凑,山东一叛卒也。非有席勋藉宠之资,强大结连之势,
　　一朝驱朕赤子,弄吾甲兵,是犹以羊将狼,其下必当溃其心腹,而犹越月
　　逾时,莫见春其喉者,岂非常山无帅,赵子弟未有所归耶?翕而受之,我
　　有长画。某官某,燕赵间号为飞将,望其旗帜者,莫不风靡雨散,图其战
　　伐,不可胜书。而又忠孝谨廉,慈仁和惠,爱养士伍,均如鸤鸠,镇之三
　　军,争在麾下。自领深冀,殷若雷霆,居四战之中,坚一城之守,以少击
　　众,以智料愚,鼓角不惊,而梯冲自隤,人愿为用,寇不敢前。扫吾氛烟,
　　舍此安往?前所谓我有长画,莫若命尔以来镇人。是用益以二州,超之
　　八座,帅我成德,廉其四封。尔宜来者怀之,迷者谕之,老者视之,幼者
　　抚之,狂者遏之,逆者绝之。惟是六者,尔其懋哉!可镇州大都督,成德
　　军节度使镇深冀赵等州观察处置等使。⑥

　　开篇先说明王庭凑出身低微、暂且得势;如今朝廷所以未取得胜利,在
于有着深远谋划,故而隐忍。牛元翼为朝廷大将,有武有德,是荡寇之不二
人选,而我的长远谋划即是以其战敌,"来者怀之,迷者谕之,老者视之,幼

①　(唐)元稹撰,冀勤点校:《元稹集》,中华书局,1982年,第540—541页。
②　(唐)元稹撰,冀勤点校:《元稹集》,中华书局,1982年,第541页。
③　(唐)元稹撰,冀勤点校:《元稹集》,中华书局,1982年,第548页。
④　(唐)元稹撰,冀勤点校:《元稹集》,中华书局,1982年,第552页。
⑤　(唐)元稹撰,冀勤点校:《元稹集》,中华书局,1982年,第667页。
⑥　(唐)元稹撰,冀勤点校:《元稹集》,中华书局,1982年,第481页。

者抚之,狂者遏之,逆者绝之"六句铿锵有力,任命也就随之而来。

再如《加裴度镇州四面招讨使制》,先以"死者不可复生,刑者不可复续",说明先王以至自己对生命的爱惜。再说自己原来招安对方也是出于不忍之心,然后"豺狼当道,荆棘牵衣",故而才有"王师压境,义勇争先"的今日结果,但自己依然"未忍覆其巢穴,是犹爱稂莠而伤稼穑,养痈疽以溃肌肤",即使今天再次招讨,依然希望"猖獗之徒"能够改过自新。① 既说明个人的仁政,也是对失败找了借口。

再者,旧有制诰中骈偶格局容易造成呆滞的文气,元稹制诰文章则体现为外放的气势。尤其体现在封赏武将的制诰风格上,如《授牛元翼深冀等州节度使制》,开篇首先是"鹰隼击则妖鸟除,弧弓张则天狼灭,汤沐具而虮虱相吊,针石炽而痈疽立溃"四个排比句式,其后接以"苟得韩卢而示之狡兔,则可备俎豆而俟脯醢矣,复何忧于越逸乎? 夫将者,亦虮虱之汤沐,而渠魁之韩卢也。我得之矣,又何患焉?"两个反问,增强了文章的说服力。制腹中介绍牛元翼"挺生河朔之间,迥锺海岳之秀",再以时间为序,说明牛元翼的功绩,"幼为儿戏,营垒已成;长学神枢,风云谙晓。众推然诺,已任安危,善用奇兵,尤精技击",再用"陈安之矛丈八,颜高之弓六钧,或山立于军前,或肉飞于马上"说明为将之勇,"恸哭辕门,誓清妖孽"表明其忠,"以火焚枯,以石压卵。虫臂拒辙,鸡肋承拳"言明必胜。"镇之黎人,皆朕之赤子,尔之部曲,即镇之卒徒。闻尔鼙鼓之音,怀尔椒兰之德。吾知此辈,谁不革心? 尔其寒者衣之,饥者食之,无废室庐,无害农稼。苟获戎首,置之藁街,下以报忠臣之冤,上以告先帝之庙,则蚩蚩从乱,予又何诛? 於戏! 杀人盈城,尔其深戒。孥戮誓众,朕不忍言。"②整个文章极富鼓动性,也充满对胜利的渴望。

元稹制诰的气势主要体现在排比句式和反问语气。如《授刘总守司徒兼侍中天平军节度使制》:"百谷所以朝巨海,海不疑其贰于我也;五岳所以镇厚地,地不畏其轧于己也。故山泽之气上腾,天应之则为云为雨;台辅之精下降,君得之则称帝、称皇。""诚嘉素尚,难遂过中,纵妻子之可捐,岂君父之能舍? 朕惟邹鲁之地,郓实居多,俗尚师儒,人推朴厚。施之美化,岂无众善之因;革其非心,宁失大雄之旨。"③等。

---

① (唐)元稹撰,冀勤点校:《元稹集》,中华书局,1982年,第463页。
② (唐)元稹撰,冀勤点校:《元稹集》,中华书局,1982年,第479页。
③ (唐)元稹撰,冀勤点校:《元稹集》,中华书局,1982年,第465页。

第四节　白居易中书制诰的古文复归

白居易的制诰,有元和二年到六年任翰林学士所作翰林制诰 200 篇和长庆元年二年所作中书制诰 233 篇。本节以中书制诰为主,兼及部分翰林制诰,探究其制诰的写作特点。

白居易制诰有新旧二体。对此,除陈寅恪《读莺莺传》之语评述外,朱金城《白居易集笺校》也说:"'旧体'即用骈俪文体所草拟之制诰";"'新体'与旧体骈俪制诰对立之散体。"①孙昌武的看法相反,他在《唐代古文运动通论》中提出:"新体就是俗体、骈体;旧体则是改革后的散体,名之为'旧',是表示恢复'古道'的意思。"②《元稹评传》也认为"旧体"是改革后的骈体制诰,是在一定程度上散文化了的骈体文,名之曰"旧",犹散体文之名"古文",都是以复古求革新之意。③

白居易中书制诰中的新旧体的创作数量,旧体近百,新体百余,新体虽稍有优势,但并非压倒性。可以明确系年的长庆元年有旧体 48 篇,新体 25 篇,长庆二年有旧体 12 篇,新体 9 篇,其他不能完全判定年代。在封赏职位上,旧体包括大量刺史、长史和赠官。新体最高为左散骑常侍,右羽林大将军,常见的是刺史、司马,更低的是县尉,其他还有大量的赠官赐勋。这种新旧两体的夹杂和使用情况的近似,很难看出白居易创作的消涨趋势。

白居易的中书制诰有旧体和新体之别。元稹在《制诰序》中说:

> 秦汉以来,未之或改。近世以科试取士文章,司言者苟务刊饰,不根事实,升之者美溢于词,而不知所以美之之谓;黜之者罪溢于纸,而不知所以罪之之来。而又拘以属对,踞以圆方,类之于赋判者流,先王之约束盖扫地矣。元和十五年,余始以祠部郎中知制诰,初约束不暇,及后累月,辄以古道干丞相,丞相信然之……自是司言之臣,皆得追用古道,不从中覆。然而余所宣行者,文不能自足其意,率皆浅近,无以变例。④

在本质上,白居易的新旧二体和韩愈所言古文时文一致,这就从另一个

---

① （唐）白居易著,朱金城笺校:《白居易集笺校》,上海古籍出版社,1988 年,第 2875 页。

② 孙昌武:《唐代古文运动通论》,百花文艺出版社,1984 年,第 279 页。

③ 蹇长春:《白居易评传》附《元稹评传》,南京大学出版社,2002 年,第 631 页。

④ （唐）元稹撰,冀勤点校:《元稹集》,中华书局,1982 年,第 442 页。

角度补充了在公文领域古文运动的缺陷。实际是,新旧二体的出现也是唐代散文复古的突出表现。只要对照之前的制诏稍加比较,对制诏的发展流变清晰地加以呈现,所谓新旧也就一目了然。

白居易的制文特征有个人的时间演化过程。比如其《奉敕试制书诏批答诗等五首》作于元和二年十一月四日,是其自集贤院而至翰林院的考试作品。其第一篇《奉敕试边镇节度使加仆射制》带有明显的对偶骈行特征。

> 门下:镇宁三边,左右百揆,兼兹重任,必授全材。某镇节度使某乙,天与忠贞,日彰名节。德温以肃,气直而和。明略足以佐时,英姿足以遏寇。累经事任,历著勋庸。中权之令风行,外镇之威山立。戎夷慑服,汉兵无西击之劳;疆场底宁,胡马绝南牧之患。禁暴而三军辑睦,除害而百姓阜安。千里长城,一方内地。实嘉乃绩,爰简朕心。夫竭力输诚,为臣之大节;念功懋赏,有国之恒规。顾兹忠勤,宜进爵秩。尔有统戎之略,已授旌旄;尔有宣赞之猷,特加端揆。往践厥职,其为有终。可尚书左仆射,余如故。主者施行。①

句式骈行,虽非真实封赏,但能结合边关节度之事,根据人物品格、功绩、声望、资历加以说明。与制书不同,同样是考试中所作的《与崇文诏》则充满了交流感:

> 敕:崇文:卿忠廉立身,简直成性。董戎长武,边候乂安;授律西川,凶徒荡灭。是以宠崇外阃,秩进上公。而能省事安人,多方抚俗。谕朕念功之旨,勉其师徒;宣朕恤隐之心,慰彼黎庶。威力无暴,功成不居。累陈表章,恳请朝觐。虽殿邦之寄重,诚欲藉才;而望阙之恋深,固难夺志。且嘉且叹,弥感于怀。属时候严凝,山川修阻。永言跋涉,当甚勤劳。伫卿来思,副朕诚望。想宜知悉。冬寒,卿比平安好,遣书指不多及。②

所以,白居易也同韩愈一样,在学文初期以时下文字为主,而在中书制诰中,则因为时间的推移和文学观念的变化出现了对制诰文体的认识和与写作变化。

---

① (唐)白居易著,谢思炜校注:《白居易文集校注》,中华书局,2011年,第452—453页。
② (唐)白居易著,谢思炜校注:《白居易文集校注》,中华书局,2011年,第457页。

关于新旧体的差异,窃以为二者之别不单纯是骈句和散句多少,而是行文的整体改变。

"新体"规而整,是时下文字。"制用四六,以便宣读",皆云制用四六,这在白居易的新体制诰中被大量应用,且部分制文局限在四言,无其他句式。如《梁希逸除蔚州刺史制》:

> 敕:某官梁希逸,顷为蔡将,陷在贼庭。知有君臣,不顾妻子。率其所属,当战阵前。反斾倒戈,翻然归我。忘家之士,希逸有之。间从司空,再平淮右。指踪衔命,皆称所使。可以移用,俾之守疆。北边列城,蔚为冲要。雄右军号,务兼钱刀。酬勤选能,俾乃兼领。宜思来效,以续前劳。可蔚州刺史、兼横野军使,并知本州铸钱事。①

短篇制诰则如《华州及陕府将士吉少华二千三百三十五人各赐勋五转制》《邵同贬连州司马制》。当然,四言的大量使用并非是新体的必要特征,但其所体现的规整确实旧体所不具备的。

旧体的行文往往都是散体,带有很强的叙述口吻,所以,"旧体"简而省,是复古文字。

"旧体"首先的改变在制头。传统上"制头四句,能包尽题意为佳"②,但纵观白居易的旧体制诰文则不尽然,其制头处不是自远而至,而是直接切入任职原因。如《张彻宋申锡可并监察御史制》中的"旧制副丞相缺,中执宪得出入;御史缺,则于内外史中考核其实,封奏其名以补之。"谈的如何选官,其后,"今御史中丞僧孺奏:某官张彻、某官宋申锡,皆方直强白,文中御史。章下丞相府,丞相亦曰可。朕其从之。"③对张彻和宋申锡的评价源自宰相,都不是简单的评判,而且说明了官员任职的行政流程。又如《牛僧孺可户部侍郎制》:"户部侍郎,周之地官小司徒也。掌天下田户之图,生齿之籍,息赋役货币之政令,以待国用而质岁成。元和以还,日益宠重,善其职者,多登大任,中兹选者,莫匪正人。谁其称之,我有邦彦。"④回顾职官历史,说明在唐代的发展历程。

再如《裴度李夷简王播郑絪杨於陵等各赐爵并回授男爵制》:"《礼》云:'臣下竭力尽忠以立功于国者,必报之以爵禄。'此言上之不虚取于下也。

---

① (唐)白居易著,谢思炜校注:《白居易文集校注》,中华书局,2011年,第695页。
② (宋)胡应麟撰:《(合璧本)玉海》,京都中文出版社,1977年,第3795页。
③ (唐)白居易著,谢思炜校注:《白居易文集校注》,中华书局,2011年,第463页。
④ (唐)白居易著,谢思炜校注:《白居易文集校注》,中华书局,2011年,第489页。

而司空度等,咸以忠力作股肱心膂之臣,大节大劳,书在甲令。然则功如是,忠如是,高爵重秩,予何爱焉?故于统御之初,先行信赏。诏主爵者合为奏书。或加宠进封,或延恩任子。次勤第品,咸按旧章。行乎敬之,无忝予一人之嘉命。"①这篇制诰是事前封赏,所以无法论勤论功,但须师出有名,故制头部分引礼记、说古事,侃侃而谈。这种形式实际是对汉代诏制的模仿。如前文所引述的《封李广利诏》,还有邓太后的《以王石为郎中诏》亦如是:

> 夫忠良之吏,国家所以为理也,求之甚勤,得之至寡。故孔子曰:"才难,不其然乎!"昔大司农朱邑、右扶风尹翁归,政迹茂异,令名显闻,孝宣皇帝嘉叹愍惜,而以黄金百斤策赐其子。故洛阳令王涣,秉清修之节,蹈羔羊之义,尽心奉公,务在惠民,功业未遂,不幸早世,百姓追思,为之立祠,自非忠爱之至,孰能若斯者乎?今以涣子石为郎中,以劝劳勤。②

白居易旧体制诰中,还有的没有制头,直接谈任职者如何在各方面达到了任职要求。如《陈中师除太常少卿制》:

> 敕:尚书吏部郎中、兼侍御史陈中师,早以体物之文,待问之学,中乡里选,第甲乙科。及筮仕立身,皆有本末,不背俗以矫逸,不趋时以沽名。从容中道,自致问望。累践郎署,再参宪司。官无卑崇,事无简剧。如玉在佩,动必有声。为时所称,何用不可?朕以立国之本,礼乐为先。今之太常,兼掌其事。贰兹职者,不亦重乎?历代迄今,谓之清选。往复是命,伫观有成。予方急才,尔宁久次?可太常少卿。③

这类行文也源自汉代,如光武帝《策邓禹为大司徒》:"制诏前将军邓禹:深执忠孝,与朕谋谟帷幄,决胜千里。孔子曰:'自吾有回,门人日亲。'斩将破军,平定山西,功效尤著。百姓不亲,五品不训,汝作司徒,敬敷五教,五教在宽。今遣奉车都尉授印绶,封为酂侯,食邑万户,敬之哉!"④

以上即为文字形式之变。在内容上,白居易制诰的特点又体现为:

---

① (唐)白居易著,谢思炜校注:《白居易文集校注》,中华书局,2011年,第501页。
② (南朝宋)范晔:《后汉书》,中华书局,1965年,第2469—2470页。
③ (唐)白居易著,谢思炜校注:《白居易文集校注》,中华书局,2011年,第704页。
④ (清)严可均:《全后汉文》,商务印书馆,1999年,第14页。

一、因人行文,如在目前

白居易的制文中帝王自我代入感非常强烈。之前的制文也常见"朕"等第一人称,以体现皇帝口吻,但白居易制文中体现出的面对面的交流意识,前所未有。

比如白居易所写与军阀王承宗相关的一系列诏书,都有非常强烈的安抚之意。元和四年三月,王士真病死,军士推举其子王承宗自称留后,朝廷想坐等变故,几个月没有赐节。王承宗心虚,多次上表。八月,朝廷让京兆少尹裴武去传旨,王承宗向朝廷献出德州、棣州二州表示诚心,于是朝廷任命王承宗为云麾将军、左金吾卫大将军同正、检校工部尚书、镇州大都督府长史、御史大夫、成德军节度使、镇冀深赵等州观察等使。试看《与王承宗诏》:

> 敕:王承宗,朕临驭天下,及此五年。三叛诛夷,四方清泰。不以功武自负,常推恩信为先。尔父云亡,即欲命卿受诏。而远近方镇,内外人情,纷然奏陈,皆云不可。朕以卿累代积勋贤之业,一门有忠义之风,功著艰危,恩连姻戚。虽中心是念,而众请难违。可否之间,久不能决。然亦欲观卿进退之礼,察卿忠孝之心。卿自罹悯凶,属经时月。待使臣而动皆得礼,奉章疏而言必由衷。请献官员,愿输贡赋。而又上陈密款,远达深诚。洁身而谋出三军,损己而让推二郡。斯有以得臣子之大节,知君亲之大恩。卿心既然,朕意亦定。特加新命,仍抚旧封。今授卿起复左金吾卫大将军、检校工部尚书、充成德军节度使、恒州刺史、恒冀深赵等州观察等使、兼御史大夫,仍赐上柱国,并赐告身旌节等往。想卿忠孝,哀感兼深。其德、棣两州,以卿进让,元欲于卿亲属之内,选授一人。在法虽有推恩,相时亦恐非便,今所以除薛昌朝德、棣两州观察使。昌朝昔尝事卿先父,今又与卿亲邻。卿宜具以诚怀,令报昌朝知悉。卿今受命之后,足得节制三军,使其不失事宜,方见卿之忠荩。昨者众情易惑,非卿不能效此诚;群议难排,非朕不能断此意。所宜保持大义,勉励远图。深念斯言,永副予望。其当军大将已下,各宜特与改转,卿即条录闻奏,其官健等亦宜量加优赏。想宜知悉。①

诏书中"尔父云亡,即欲命卿受诏。而远近方镇,内外人情,纷然奏陈,

---

① (唐)白居易著,谢思炜校注:《白居易文集校注》,中华书局,2011 年,第 1007 页。

皆云不可。朕以卿累代积勋贤之业，一门有忠义之风，功著艰危，恩连姻戚。虽中心是念，而众请难违。可否之间，久不能决"；"卿心既然，朕意亦定"等句，均体现了对王承宗的圣意。其后有《与承宗诏》，诏书中"代连姻戚，朕岂不思？祖有功劳，朕岂不念？"①当真是推心置腹之语。另外，写给外藩的敕书，《与吐蕃宰相钵阐布敕书》中"朕与彼蕃，代为甥舅。两推诚信，共保始终。览卿奏章，远叶朕意。披阅嘉叹，至于再三"②等句亦可见帝王对臣属的怜爱。可见，白居易制文中对地方割据势力和外族人员的任免都力求稳妥，一方面涉及对外政策，一方面也是投鼠忌器，所以，从创作传统上，也打破了常见的对三省六部人员诏敕中的写作习惯。

当然，白居易这种风格在其他制诰中也依然存在。如《冯宿除兵部郎中知制诰制》：

> 敕：吾闻武德暨开元中，有颜师古、陈叔达、苏珽称大手笔，掌书王命。故一朝言语，焕成文章。朕承祖宗，思济其美。凡选一才，补一职，皆不敢轻易。其庶几前事乎！刑部郎中冯宿，为文甚正，立意甚明。笔力雄健，不浮不鄙。况立身守事，端方精敏。而我诰命忽思润色之，听诸人言曰：宿也可。宿立朝来，历御史、博士、郡守、尚书郎，在仕进途不为不遇。然不登兹选，未足其心。故吾于今归汝职业，仍迁秩为五兵郎中，勉继颜、陈，无辱吾举。可尚书兵部郎中、知制诰。③

文中对初盛唐时期的回顾，说明"朕"对知制诰者十分在意，接下来说明冯宿的才和德，这种先才后德的顺序也是较前代少见。尤其其中"而我诰命忽思润色之，听诸人言曰'宿也可'"，这种看似随意的句式，实际让受命者感觉十分亲切，其后回顾冯宿所历官职，虽是列举，但若以帝王口吻叙述，则是代表了对臣子的关注和关心，"勉继颜、陈，无辱吾举"是最终的嘱托，也是期待。

又如《张平叔可户部侍郎判度支制》，对张平叔所具备的才能简单了了，然后重点说明的是帝王任命臣子职务的各种状况和理由。"公卿以降，群有司盈庭。然问日与吾坐而决事者，自丞相以下，不过四五，而主计之臣在焉。非智能则事不可成，非谅直则吾难近。噫！职局之外，得不思称官望

①　(唐)白居易著，谢思炜校注：《白居易文集校注》，中华书局，2011年，第1061页。
②　(唐)白居易著，谢思炜校注：《白居易文集校注》，中华书局，2011年，第1027页。
③　(唐)白居易著，谢思炜校注：《白居易文集校注》，中华书局，2011年，第471页。

而厌我心乎?"①此为对个人情况的说明,在公务唱和应该是不能轻易表达的,但在白居易的制文中很随意地出现了。

又如《张聿可衢州刺史制》。本来制头"内外庶官,同归共理;牧守之任,最亲吾人"是最为常见的套语,但"盖弛张举措由其心,赏罚威福悬其手。若一日失其职,一郡非其人,而名未达于朝听之间,为害已甚矣。选授之际,得不慎也?"又开始讨论刺史的重要性,对张聿的评价也并非传统考语,"前领建溪有理行,次临沔郡著能名",是根据原有的经验来任命。② 而在《李谅授寿州刺史薛公干授泗州刺史制》③中,整体风格依然是娓娓道来,既有诗经的引用,又有个人感想,既有对李谅和薛公干过往的记述,又有对寿州和泗州的介绍,行文闪展腾挪,句式长短不一,又夹杂着问句和感叹。

这种对不同职务的不同态度也体现在对其他人员中,涉及篇幅、内容拓展程度、文脉显露的痕迹等。比如下文中吏部侍郎、羽林大将军、刺史、县令、主簿等,篇幅逐步缩短。

《柳公绰可吏部侍郎制》

敕:京兆尹兼御史大夫柳公绰,长吏数易,为害甚多。尔来都畿,未免斯弊。或苛急而人重困,或软弱而奸不息。得其中者其公绰乎!细大必躬亲,刚柔不吐茹。甚称厥职,惜而不迁。然智者常忧,忠者常劳,亦非吾以平施御臣下之道也。尚书六职,天官首之。辨论官材,澄汰流品。比诸内史,选妙秩清。询众用能,无易公绰。尔宜饬躬承命,以裴、王、崔、毛为心。苟副吾言,用称乃职,而今而后,亦何往而不适哉? 可尚书吏部侍郎。④

《王士则除右羽林大将军制》

敕:羽林所设,上法星文。军卫之中,号为雄重。称兹选任,不易其人。左骁卫将军王士则,勋戚之家,义方之子。发身学剑,余力知书。早践班荣,累参环列。职近而身弥检慎,任久而心益恭勤。卑以自居,劳而不伐。况一备禁卫,四为偏将。滞于久次,宜有超升。俾领上军,仍迁右广。统良家之骑士,训期门之材官。宠任不轻,无堕于事。可右羽林军大将军。⑤

① (唐)白居易著,谢思炜校注:《白居易文集校注》,中华书局,2011年,第483页。
② (唐)白居易著,谢思炜校注:《白居易文集校注》,中华书局,2011年,第495—496页。
③ (唐)白居易著,谢思炜校注:《白居易文集校注》,中华书局,2011年,第659页。
④ (唐)白居易著,谢思炜校注:《白居易文集校注》,中华书局,2011年,第522—523页。
⑤ (唐)白居易著,谢思炜校注:《白居易文集校注》,中华书局,2011年,第751页。

《前卢州刺史殷祐可郑州刺史制》

敕:某官殷祐,夫吏宽信则人人不偷,吏廉明则人人尽力。吾观祐之为政,其近之乎! 前守卢江,能率是道。岁会课第,甲于他州。俾旌前功,且佇来效。宜换符竹,移牧郑人。在春秋时,郑为侯国。武公善于其职,子产遗爱于人。人无古今,吏有能否,听吾用汝,汝其嗣之。可郑州刺史。①

《薛元赏可华原县令制》

敕:前大理丞薛元赏,甸服之制也,树以尹正,承以令长,上下有统而理化行焉。以元赏前为廷尉丞,察狱平刑,颇闻敬慎。寺卿奏课,邑宰缺员。故移钦恤之心,使布惠和之化。上承而长,下字吾人。无或越思,而乖统理。可华原县令。②

《郑枋可河中府河西主簿制》

敕:郑滑观察推官、试太子通事舍人郑枋,名列士林,职参军府。修身无阙,从事有劳。既展效于即戎,宜试能而补吏。俾之剧邑,庶有可观。可依前件。③

赠官、赐勋更短。如《故光禄卿致仕李恕赠右散骑常侍制》《王起等赐勋制》等。

二、厚重学养的体现

白居易的制诰中充分体现了个人学养和特色。首先表现为以六典为基础对各个职务的说明和历史沿革的回顾。这样的制文比单纯的说明某一职务如何重要更有厚重感。

在制文中大量对各个职务的任职进行了说明,这并不单纯是白居易对原有制文的铺展,而是有很重要的职官史文献价值。以白居易对他官知制诰的任命为例,《冯宿除兵部郎中知制诰制》中:"吾闻武德暨开元中,有颜师古、陈叔达、苏颋称大手笔,掌书王命。故一朝言语,焕成文章。朕承祖宗,思济其美。凡选一才,补一职,皆不敢轻易,其庶几前事乎?"④较为侧重的是对中书掌诰的历史回顾和任职要求的说明。《钱徽司封郎中知制诰制》中:"中台草奏,内庭掌文。西掖书命,皆难其人也。非慎行敏识、夙学

①　(唐)白居易著,谢思炜校注:《白居易文集校注》,中华书局,2011 年,第 593—594 页。
②　(唐)白居易著,谢思炜校注:《白居易文集校注》,中华书局,2011 年,第 756 页。
③　(唐)白居易著,谢思炜校注:《白居易文集校注》,中华书局,2011 年,第 763 页。
④　(唐)白居易著,谢思炜校注:《白居易文集校注》,中华书局,2011 年,第 471 页。

懿文四者兼之,则不在此选。"①提出对草诏者应该具备的基本要求,都不是泛泛而谈某一职务的重要性。

其次是对历代典籍的大范围引用。如《张维素亡祖纮赠户部郎中制》中引《诗经》:"《经》曰:'无念尔祖。'《诗》曰:'贻厥孙谋。'此言孙之谋能显扬其先,祖之德能垂裕于后也。"②《除任迪简检校右仆射制》中引《尚书》:"《书》曰:'德懋懋官,功懋懋赏。'此先王所以匡饰天下也。"③《裴度李夷简王播郑绲杨於陵等各赐爵并回授爵制》中引《礼记》:"《礼》云:'臣下竭力尽忠以立功于国者,必报之以爵禄。'"④《郑绲乌重允马总刘悟李佑田布薛平等亡母追封国郡太夫人制》中引《孝经》:"《经》曰:'立身扬名,以显父母,孝之终也。'"⑤《元稹除中书舍人翰林学士赐紫金鱼袋制》中引《论语》:"仲尼曰:'志有之,言以足志,文以足言,言之无文,行而不远。'故吾精求雄文达识之士,掌密命,立内廷,其难其人,尔中吾选。"⑥

历史感的体现也包括对历朝和本朝忠臣人物的叙写。写前朝的如《高芳颖等四人各赠刺史制》:"昔文王葬枯骨,骨无知也,但恻隐之心不忍弃也,故天下皆归仁焉。"⑦写本朝的如《除裴垍中书侍郎同平章事制》:"在太宗时,实有房、杜赞贞观之业。在玄宗时,实有姚、宋辅开元之化。咸克佑我烈祖,格于皇天。"⑧

陈寅恪曾评价:"当时致力古文。而思有所变革者,并不限于昌黎一派。元白二公,亦当时主张复古之健者。不过宗尚稍不同,影响亦因之有别,后来遂淹没不显耳。"⑨元白在古文发展中的地位常常为我们所忽略。

第五节　杜牧制诰文的史学色彩

唐代制诰在元白之后出现了两种趋势:一种如钱珝的制诰,又恢复到了如初唐李峤般的风格,只是照本宣科,毫无生气;一种如杜牧的制诰,保持了个人风格,在应用文中表现出了个性的骨力与英气。

① (唐)白居易著,谢思炜校注:《白居易文集校注》,中华书局,2011年,第1002页。
② (唐)白居易著,谢思炜校注:《白居易文集校注》,中华书局,2011年,第839页。
③ (唐)白居易著,谢思炜校注:《白居易文集校注》,中华书局,2011年,第929页。
④ (唐)白居易著,谢思炜校注:《白居易文集校注》,中华书局,2011年,第501页。
⑤ (唐)白居易著,谢思炜校注:《白居易文集校注》,中华书局,2011年,第653页。
⑥ (唐)白居易著,谢思炜校注:《白居易文集校注》,中华书局,2011年,第620页。
⑦ (唐)白居易著,谢思炜校注:《白居易文集校注》,中华书局,2011年,第584页。
⑧ (唐)白居易著,谢思炜校注:《白居易文集校注》,中华书局,2011年,第873页。
⑨ 陈寅恪:《读莺莺传》,《元白诗笺证稿》,三联书店,2001年,第117页。

当然,杜牧的制文有对元白制文的模仿。如《郑处晦守职方员外郎兼侍御史知杂事制》:

> 敕。朝议郎、行尚书职方员外郎、上柱国赐绯鱼袋郑处晦。御史中丞韦有翼上言曰:"御史府其属三十人,例以中台郎官一人稽参其事,以重风宪。如曰处晦,族清胄贵,能文博学,人伦义理,无不讲求,朝廷典章,饱于闻见,乞为副贰,以佐纪纲。"以尔处晦,常居内庭,草具密命,自以疾去,于今惜之,颇俞其言,如我自得。有翼为尔之知己,余为有翼之德邻,上下交举,岂有私爱。勉修职业,所报非一。可守本官,兼侍御史知杂事,散官勋赐如故。①

通过御史中丞的进言来说明任命理由,这是元稹制文普遍采用的做法。杜牧诗文中还有对儒家经典的大量引用。如《王樟除雅州刺史郭銷除右谕德等制》:

> 敕。朝议郎、前守成都县令、上柱国、赐绯鱼袋王樟等。卢山江关扼束,控西南夷,置吏不善,所虞非细。以樟尝宰剧县,在会府中,条令和平,吏人嘉美。迹尔前政,抚子远人。《礼》曰:"人之所好,已亦好之;人之所恶,已亦恶之。"以此用心,何忧不理? 暨銷与缓,门子清族,阅其官簿,入仕已久。东南谕导,名藩上寮,颇为优闲,宜服休命。可依前件。②

文中以《礼》说明王樟治理县政的得失,有广而告之之用。另外,如《姚克柔除凤州刺史韦承鼎除栎阳县令王仲连赞善大夫等制》:"仲尼曰:'人道之大,莫先为政之功者,其长人乎。'"③直接引用的还有《裴休除礼部尚书裴谂除兵部侍郎等制》用《礼记》和《汉书》:"《汉史》曰:'理行尤异者就加。'《礼》曰:'有功于人者进律。'"④

杜牧的散文援古论今,英气逼人,为人所共知。所谓:"樊川文章风概,卓绝一代,其学问识力,亦复如是。予向推为晚唐第一人。"⑤杜牧《答庄充

① (唐)杜牧撰,吴在庆校注:《杜牧集系年校注》,中华书局,2008 年,第 1036 页。
② (唐)杜牧撰,吴在庆校注:《杜牧集系年校注》,中华书局,2008 年,第 1074—1075 页。
③ (唐)杜牧撰,吴在庆校注:《杜牧集系年校注》,中华书局,2008 年,第 1076 页。
④ (唐)杜牧撰,吴在庆校注:《杜牧集系年校注》,中华书局,2008 年,第 1027 页。
⑤ (清)李慈铭撰,田云龙辑:《越缦堂读书记》,中华书局,1963 年,第 633 页。

书》中提出的"文以意为主"的文学观:

> 凡为文以意为主,气为辅,以辞采章句为之兵卫,未有主强盛而辅不飘逸者,兵卫不华赫而庄严者。四者高下圆折,步骤随主所指,如鸟随凤,鱼随龙,师众随汤、武,腾天潜泉,横裂天下,无不如意。苟意不先立,止以文彩辞句绕前捧后,是言愈多而理愈乱,如入阛阓,纷纷然莫如知其谁,暮散而已。是以意全盛者,辞愈朴而文愈高;意不胜者,辞愈华而文愈鄙。是意能遣辞,辞不能成意,大抵为文之旨如此。①

这段充分说明了意、气、辞三者的关系。这种观念也体现于制诰文的写作。杜牧只是在人生的晚期,才有制诰写作的机会,但在有限的作品中,杜牧还是把个人的特色充分地展现了出来。

杜牧出生于史学世家,其诗歌常论史实,这种对历史的重视和史学修养也体现在制文上。如《崔璪除刑部尚书苏涤除左丞崔滌除兵部侍郎等制》中:"汲黯为郡,尝闻卧理;下惠去国,皆以直道。洎宣室思贾,甘泉召雄,造膝尽忠,代言稽古。近以微恙,恳请自便,君子之道,进退可观。"②连续使用汲黯、柳下惠、贾谊、扬雄等历史人物以说明美政;《韦有翼除御史中丞制》中:"昔贞观、开元之为理也,远隐必见,情伪必知,天下如一家,兆庶如一人,无他道也,纲目皆振,法令必行。"③以唐代引以为傲的本朝贞观、开元两大盛世为例,说明进谏与纳谏的必要性。另两篇,《马曙除右庶子王固除太仆少卿王球除太府少卿等制》中:"西汉赵充国八十老将,通知四夷,以为排折羌虏,非谷不可。今浚稽山南,遮虏障北,坐甲待食,不下十万。"④《李讷除浙东观察使兼御史大夫制》中:"子贡为清庙之器,仲弓有南面之才,智莫能欺,刚亦不吐,表率教化,皆有法度。"⑤亦是如此。

杜牧制诰较少长文,但在有限的篇幅内能够层次清楚,条分缕析,纵横文气,一贯而下。如《杨知退除郓州判官薛廷望除美原尉直宏文馆等制》和《康从固除翼王府司马制》二文:

> 敕:将仕郎、前守京兆府蓝田县主簿杨知退等。国家荡定齐鲁,余

---

① (唐)杜牧撰,吴在庆校注:《杜牧集系年校注》,中华书局,2008 年,第 884 页。
② (唐)杜牧撰,吴在庆校注:《杜牧集系年校注》,中华书局,2008 年,第 1025 页。
③ (唐)杜牧撰,吴在庆校注:《杜牧集系年校注》,中华书局,2008 年,第 1031 页。
④ (唐)杜牧撰,吴在庆校注:《杜牧集系年校注》,中华书局,2008 年,第 1048 页。
⑤ (唐)杜牧撰,吴在庆校注:《杜牧集系年校注》,中华书局,2008 年,第 1055 页。

三十年,多用名儒镇之,以还古俗,其议宾吏,皆为秀彦。弘文馆四部群书,十八学士,详考理乱,铺陈王道,此乃贞观之故事也,若非名士,固不与焉。知退与途,文行温雅,副幕府之求;廷望才学声华,膺丞相之选。当战伐之后,切于供馈,庠、绩自以谨干,称于有司。予非能知,咸徇其请,各宜率励,无累所举,可依前件。①

敕:新授银青光禄大夫、检校国子祭酒、兼濮州长史、殿中侍御史、上柱国康从固。其父秀荣,实为名将。李广多争死之士,窦婴无入家之金。一收七关,易如拾芥。念尔跨马事敌,执戈同仇,壮比文鸯,勇同李敢。子之能仕,父教之忠。古人之言,信不虚设。今者愿留阙下,以奉朝请。念其垂诲,可见至诚。曳裾宪寮,用示恩宠,宜思终始,上报君亲。可检校国子祭酒、兼翼王府司马、殿中侍御史,散官勋如故。②

前文以贞观十八学士为例说明幕僚之重,言简意赅分述各自特点;后文说家庭影响,以李广、窦婴为例,说明康从固任职之由,都清晰明了。

杜牧有"以史为镜知兴替"的历史意识,有较为清醒冷静的政治认识,同时也有知识分子的担当,这就使他的制诰文能够显示出自己在晚唐独特的个人色彩。

晚唐时期还有钱珝,是唐末知制诰、中书舍人。他在制诰中结构的固化的老问题再次出现,如《授裴廷裕左散骑常侍制》:

敕:具官裴廷裕,国之用材,在乎称职。况词臣之任,君命所垂。苟详慎之有乖,系事机而实重。既闻舆论,得以移官。以尔学植素深,文锋甚锐。自居侍从,亦谓勤劳。乃推游刃之功,庶叶匿瑕之道。未能降秩,且复立朝。珥貂犹假于宠光,夹乘仍亲于左右。将存大体,以息多言。可依前件。(《全唐文》卷八三一)

先言任职原则,再说某个职务的重要和特殊,接着是任职者的才能和经历,最后说明任职的勉励。如果大量的制文均采用这种不痛不痒的形式和措辞,对任职者只是制尾中职务的说明,也就失去了制文作为文章的意义。

如同学界所描述唐文的发展一样,制诰的创作高峰出现在中唐,在晚唐再一次归于平庸无奇。

---

① (唐)杜牧撰,吴在庆校注:《杜牧集系年校注》,中华书局,2008 年,第 1098 页。
② (唐)杜牧撰,吴在庆校注:《杜牧集系年校注》,中华书局,2008 年,第 1108 页。

第五章　中书舍人与唐代文坛

第一节　中书舍人权知贡举的文学影响

如前章所述,无论是作为场外监察,或者直接以知贡举身份对主持考录,唐代中书舍人作为特殊群体非常深入地参与了唐代科举。唐代科举与文学的关系并非制度能够带来意识形态上的繁荣这么简单,其影响是潜在的,是一种导向和一种氛围的营造。

一、中书舍人对文士录取的政治与文化因素

唐代的科举不像宋之后有糊名、锁院等维系公平的种种措施,知贡举者享有较大主观性。《通典》卷二三注语载:"开元、天宝之中,升平既久,群士务进,天下髦彦,由其取舍,故势倾当时,资与吏部侍郎等同。"①

中书舍人对文学的影响首先是对科举取士是否秉公,是否顾忌门第关系而丧失公平原则。

唐史上有一次很著名的科举事件,就是穆宗朝钱徽知贡举。据《旧唐书》卷一六四《王起传》:"长庆元年,(王起)迁礼部侍郎。其年,钱徽掌贡士,为朝臣请托,人以为滥。诏起与同职白居易覆试,覆落者多。徽贬官,起遂代徽为礼部侍郎。掌贡二年,得士尤精。先是,贡举猥滥,势门子弟,交相酬酢;寒门俊造,十弃六七。及元稹、李绅在翰林,深怒其事,故有覆试之科。及起考贡士,奏当司所选进士,据所考杂文,先送中书,令宰臣阅视可否,然后下当司放榜。从之。议者以为起虽避是非,失贡职也,故出为河南尹。入为吏部侍郎。"其中或许有内在的政治斗争因素,但科举作为维护门阀与寒门公平竞争的标尺,被社会和朝廷重视程度可见一斑。

与钱徽不同,《旧唐书》卷一三五《李实传》记载:"前岁,权德舆为礼部侍郎,实托私荐士,不能如意,后遂大录二十人迫德舆曰:'可依此第之;不尔,必出外官,悔无及也。'德舆虽不从,然颇惧其诬奏。"权德舆虽然坚持自己的原则,但依然心有余悸。

---

① （唐）杜佑撰,王文锦等点校:《通典》,中华书局,1988 年,第 639 页。

　　在参与科举的中书舍人群体中,有人秉公取录,有人道貌岸然,有人唐突偶然。如白居易《有唐善人墓碑》称李建:"在礼部时,由文取士,不听誉,不信毁。"①是维护基本公平。《唐语林》卷三记载:"崔瑶知贡举,以贵要自持,不畏物议;榜出,率皆权豪子弟。"②则是明修栈道、暗度陈仓的典型。还有如《唐摭言》卷八"误放"条所记载刘太真:

　　　　包谊者,江东人也,有文辞。初与计偕,到京师后时趁试不及。宗人祭酒佶怜之,馆于私第。谊多游佛寺,无何,唐突中书舍人刘太真,睹其色目,即举人也。命一介致问,谊勃然曰:"进士包谊素不相识,何劳要问?"太真甚衔之,以至专访其人于佶。佶闻谊所为,大怒而忌之,因诘责遣徙他舍,谊亦无怍色。明年太真主文,志在致其永弃,故过杂文,俟终场明遣之。既而自悔之曰:"此子既忤我,从而报之,是为浅丈夫也;必矣但能永废其人,何必在此!"于是放入策。太真将放榜,先巡宅呈宰相。榜中有姓朱人及第,宰相以朱泚近大逆,未欲以此姓及第,亟遣易之。太真错愕趋出,不记他人,惟记谊尔。及谊谢恩,方悟己所恶也。因明言。乃得丧非人力也,盖假手而已。③

　　中书舍人群体对科举的另一重要影响即是在取士时对浮华士风的打压和对儒家传统的恢复。

　　韦嗣立迁凤阁舍人,曾针对"学校颓废,刑法滥酷"上疏:"国家自永淳已来,二十余载,国学废散,胄子衰缺,时轻儒学之官,莫存章句之选。贵门后进,竞以侥幸升班;寒族常流,复因凌替弛业。考试之际,秀茂罕登,驱之临人,何以从政?又垂拱之后,文明在辰,盛典鸿休,日书月至,因藉际会,入仕尤多……陛下诚能下明制,发德音,广开庠序,大敦学校,三馆生徒,即令追集。王公已下子弟,不容别求仕进,皆入国学,服膺训典。崇饰馆庙,尊尚儒师,盛陈奠菜之仪,宏敷讲说之会,使士庶观听,有所发扬,弘奖道德,于是乎在。则四海之内,靡然向风,延颈举足,咸知所向。"(《旧唐书》卷八八《韦嗣立传》)其中,文章主体在说明教育问题,实际也点明了门荫对科举的影响进而对士风的影响,随后提出广开学校、尊崇儒学的建议。

　　高郢在由中书舍人改礼部侍郎时,"时应进士举者,多务朋游,驰逐声

────────────

①　(唐)白居易著,谢思炜校注:《白居易文集校注》,中华书局,2011年,第163页。

②　(宋)王谠撰,周勋初校正:《唐语林校正》,中华书局,2012年,第214页。

③　(五代)王定保撰,江汉椿校注:《唐摭言校注》,上海社会科学院出版社,2003年,第164页。

名;每岁冬,州府荐送后,唯追奉宴集,罕肄其业。郢性刚正,尤嫉其风,既领职,拒绝请托,虽同列通熟,无敢言者。志在经艺,专考程试。凡掌贡部三岁,进幽独,抑浮华,朋滥之风,翕然一变。拜太常卿。"(《旧唐书》卷一四七《高郢传》)白居易就是在高郢任上得以出头。如元稹《白氏长庆集序》所描述:"贞元末,进士尚驰竞,不尚文,就中六籍尤摈落。礼部侍郎高郢始用经艺为进退,乐天一举擢上第。"①

韦贯之也曾经对抑制浮华用力很多。据《旧唐书》卷一五八《韦贯之传》记载其"与中书舍人张弘靖考制策,第其名者十八人,其后多以文称。转礼部员外郎。新罗人金忠义以机巧进,至少府监,廕其子为两馆生。贯之持其籍不与,曰:'工商之子,不当仕。'忠义以艺通权幸,为请者非一,贯之持之愈坚。既而疏陈忠义不宜污朝籍,词理恳切,竟罢去。改吏部员外郎。三年,复策贤良之士,又命贯之与户部侍郎杨於陵、左司郎中郑敬、都官郎中李益同为考策官。贯之奏居上第者三人,言实指切时病,不顾忌讳,虽同考策者皆难其词直,贯之独署其奏。遂出为果州刺史,道中黜巴州刺史。俄征为都官郎中、知制诰。逾年,拜中书舍人,改礼部侍郎。凡二年,所选士大抵抑浮华,先行实,由是趋竞者稍息"。无论是礼部员外郎、中书舍人抑或是礼部侍郎,韦贯之的人才观都发挥了指引作用,《新唐书》卷一六九《韦贯之传》对此记载又有补充:"所取士,抑浮华,先行实,于时流竞为息。"

李揆也曾经如此。乾元初年,在中书舍人任上"兼礼部侍郎。揆尝以主司取士,多不考实,徒峻其堤防,索其书策,殊未知艺不至者,文史之圃亦不能摛词,深昧求贤之意也。其试进士文章,请于庭中设《五经》、诸史及《切韵》本于床,而引贡士谓之曰:'大国选士,但务得者,经籍在此,请恣寻检。'由是数月之间,美声上闻,未及毕事,迁中书侍郎、平章事、集贤殿崇文馆大学士、修国史。"(《旧唐书》卷一二六《李揆传》)

高锴权知贡举,是以诗赋策论改变文风的典型事例。《旧唐书》本传:"七年,迁中书舍人。九年十月,以本官权知礼部贡举。开成元年春,试毕,进呈及第人名,文宗谓侍臣曰:'从前文格非佳,昨出进士题目,是朕出之,所试似胜去年。'郑覃曰:'陛下改诗赋格调,以正颓俗,然高锴亦能励精选士,仰副圣旨。'帝又曰:'近日诸侯章奏,语太浮华,有乖典实。宜罚掌书记,以诫其流。'李石曰:'古人因事为文,今人以文害事,惩弊抑末,实在盛时。'乃以锴为礼部侍郎。凡掌贡部三年,每岁登第者四十人。三年,榜出后,敕曰:'进士每岁四十人,其数过多,则乖精选。官途填委,要窒其源,宜

---

① (唐)元稹撰,冀勤点校:《元稹集》,中华书局,1982年,第554页。

改每年限放三十人,如不登其数,亦听。'然锴选擢虽多,颇得实才,抑豪华,擢孤进,至今称之。"此事《云溪友议》卷上"古制兴"条①记载颇详。

二、中书舍人群体对考生录取的文学好恶

唐代中书舍人对科举的影响既表现为对科举政策制定的参与,也有对经学与文学孰轻孰重的干涉。

永隆二年有《严考试明经进士诏》:"学者立身之本,文者经国之资,岂可假以虚名,必须徵其实效……自今已后,考功试人,明经试帖,取十帖得六已上者;进士试杂文两首,识文律者;然后并令试策,仍严加捉搦。必材艺灼然,合昇高第者,并即依令。其明法并书算贡举人,亦量准此例,即为常式。"(《全唐文》卷一三)加试杂文,这是科举促进文学繁荣的开始。开元二十四年前后,出现了文学之士和吏才之士的争斗,大致以开元二十五年《条制考试明经进士诏》为标志:"致理兴化,必在得贤,强识博闻,可以从政。且今之明经进士,则古之孝廉秀才,近日以来,殊乖本意。进士以声韵为学,多昧古今,明经以帖诵为功,罕穷旨趣,安得为敦本复古,经明行修? 以此登科,非选士取贤之道也。"(《全唐文》卷三一)

上面两篇都是唐代科举史上的转折标志,前者是对举子的文学素质提高要求,要求录取文学之士;后者则加强了对经学的考察,实际是对"于经不精"的文学之士的打压。

中书舍人在权知贡举之时就参与过国家科举政策的制定。建中二年,赵赞权知贡举时有对科举重诗赋的变动,"先是,进士试诗、赋及时务策五道,明经策三道。建中二年,中书舍人赵赞权知贡举,乃以箴、论、表、赞代诗、赋,而皆试策三道。大和八年,礼部复罢进士议论,而试诗、赋。文宗从内出题以试进士,谓侍臣曰:'吾患文格浮薄,昨自出题,所试差胜。'乃诏礼部岁取登第者三十人,苟无其人,不必充其数。是时,文宗好学嗜古,郑覃以经术位宰相,深嫉进士浮薄,屡请罢之。文宗曰:'敦厚浮薄,色色有之,进士科取人二百年矣,不可遽废。'因得不罢。"(《新唐书·选举志》)赵赞出于吏才实用考虑,欲以科举为导向,引入非浮薄人才,故有此建议。同卷还有关于高郢的记载:"初,礼部侍郎亲故移试考功,谓之别头。十六年,中书舍人高郢奏罢,议者是之。"这是对科举中避嫌政策的改动。

中书舍人有平素对文学之士的赏识,如《唐故秘书少监陈公行状》中记载陈京刚到长安之际:"常舍人衮、杨舍人炎读其文,惊以相视曰:'子云之

---

① (唐)范摅:《云溪友议》,《四部丛刊》本。

徒也。'常以兄之子妻公,由是名闻。"①可见,当时的舍人也是文人干谒的对象,中书舍人对有前途的文人士子也是刮目相看。另外,刘禹锡写给权德舆的《献权舍人书》中,曾将自己与权德舆关系比作宋璟投书苏味道,希望得到赏识。②

考察中书舍人权知贡举的年份,其对于文学之士的发掘,也促进了文学的兴盛。

证圣元年李迥秀知贡举。据《旧唐书》本传:"累转考功员外郎。则天雅爱其材,甚宠待之,掌举数年,迁凤阁舍人。"《新唐书》本传称:"武后爱其材,迁凤阁舍人。大足初,检校夏官侍郎,仍领选,铨汰文武,号称职。"可见李迥秀深受武后喜爱,至少是知贡举的表现深得武后欢心。本年李迥秀录取的进士二十二人,其中贺知章、孙嘉之、苏晋都是著名的文学之士。天册万岁二年,贤良方正科还有崔沔、苏颋、倪若水等人。

大足元年张说知贡举。本年进士科有席豫,拔萃科有崔翘、郑少微,文擅词场科有席豫、王敬从、王易从。后二人,据《旧唐书》卷一七八《王徽传》:"曾祖择,从兄易从,天后朝登进士第,从弟明从、言从,睿宗朝并以进士擢第。昆仲四人,开元中三至凤阁舍人,故时号'凤阁王家'。"其中所谓至凤阁舍人者,"择从"当为"敬从"。而席豫,据《旧唐书》本传:"玄宗幸温泉宫,登朝元阁赋诗,群臣属和。帝以豫诗为工,手制褒美曰:'览卿所进,实诗人之首出,作者之冠冕也。'"也是当时的文学名臣。

开元二年王丘知贡举。当年的进士有李昂、孙逖,诸科中,贤良方正能直言极谏科有王翰、席豫,哲人奇士隐沦屠钓科有孙逖、李玄成,文藻宏丽科有王敬从。据《旧唐书》王丘本传,"开元初,累迁考功员外郎。先是,考功举人,请托大行,取士颇滥,每年至数百人,丘一切核其实材,登科者仅满百人。议者以为自则天已后凡数十年,无如丘者,其后席豫、严挺之为其次焉。"

到了开元二十三年,孙逖知贡举。当年的进士有贾季邻、李颀、萧颖士、李华、赵骅等。李华"文体温丽,少宏杰之气;颖士词锋俊发"。(《旧唐书》卷一九〇下《李华传》)赵骅"性孝悌,敦重交友,虽经艰危,不改其操。少时与殷寅、颜真卿、柳芳、陆据、萧颖士、李华、邵轸,同志友善,故天宝中语曰:'殷、颜、柳、陆、萧、李、邵、赵',以其重行义,敦交道也"。(《旧唐书》卷一八七下《赵骅传》)

---

① (唐)柳宗元:《柳宗元集》,中华书局,1979年,第192页。
② (唐)刘禹锡著,瞿蜕园笺证:《刘禹锡集笺证》,上海古籍出版社,1989年,第248页。

　　还有好提携后辈的韦陟。《旧唐书》卷九二《韦陟传》记载："陟好接后辈，尤鉴于文，虽辞人后生，靡不谙练。曩者主司取与，皆以一场之善，登其科目，不尽其才。陟先责旧，仍令举人自通所工诗笔，先试一日，知其所长，然后依常式考核，片善无遗，美声盈路。后为吏部侍郎，常病选人冒名接脚，阙员既少，取士良难，正调者被挤，伪集者冒进。陟刚肠嫉恶，风彩严正，选人疑其有瑕，案声盘诘，无不首伏。每岁皆赎得数百员阙，以待淹滞，常谓所亲曰：'使陟知铨衡一二年，则无人可选矣。'"

　　《旧唐书·宣宗本纪》记载魏扶知贡举时所放进士三十三人中，有封彦卿、崔琢、郑延休三人，魏扶上奏三人"实有词艺，为时所称，皆以父兄见居重位，不令中选"。皇帝令翰林学士承旨、户部侍郎韦琮重试合格，下敕曰："彦卿等所试文字，并合度程，可放及第。有司考试，祇在至公，如涉请托，自有朝典。今后但依常例放榜，不别有奏闻。"其中封彦卿和郑延休均曾任中书舍人，皆为文学之士。

三、门生与座主

　　知贡举形成了座主与门生的关系。崔群便曾以此为傲："元和中，自中书舍人知贡举。既罢，夫人李氏因暇日常劝其树庄田以为子孙之计。笑答曰：'余有三十所美庄良田遍天下，夫人复何忧？'夫人曰：'不闻君有此业。'群曰：'吾前岁放春榜三十人，岂非良田耶？'"[1]再如权德舆知贡举，据杨嗣复《丞相礼部尚书文公权德舆文集序》："贞元中，奉诏考定贤良草泽之士，升名者十七人；及为礼部侍郎，擢进士第者七十有余。鸾凰杞梓，举集其门。登辅相之位者，前后凡十人，其他征镇岳牧文昌掖垣之选，不可悉数。继居其任者，今犹森然。非精识洞鉴其词而知其人，何以臻此耶？"（《全唐文》卷六一一）比较著名的有杨嗣复、牛僧孺和李宗闵，其间形成了相互依仗的同年关系，如"嗣复与牛僧孺、李宗闵皆权德舆贡举门生，情义相得，进退取舍，多与之同。四年，僧孺作相，欲荐拔大用，又以於陵为东都留守。未历相位，乃令嗣复权知礼部侍郎。"（《旧唐书》卷一七六《杨嗣复传》）

　　这些中书舍人群体在知贡举中形成名榜的不少。如贾𫗧长庆三年七月拜中书舍人，四年九月权知礼部贡举，五年榜出后正拜礼部侍郎。"凡典礼闱三岁，所选士七十五人，得其名人多至公卿者。"（《旧唐书》本传）还有杨嗣复"权知礼部侍郎。宝历元年二月，选贡士六十八人，后多至达官"。（《旧唐书》本传）"（李揆）俄兼礼部侍郎。揆病取士不考实，徒露搜索禁所

---

　　① （唐）李冗撰，张永钦、侯志明点校：《独异志》，中华书局，1983年，第59页。

挟,而迂学陋生,菲枕图史,且不能自措于词。乃大陈书廷中,进诸儒约曰:'上选士,第务得才,可尽所欲言。'由是人人称美。"(《新唐书》本传)崔郾"凡两岁掌贡士,平心阅试,赏拔艺能,所擢者无非名士,至大中、咸通之代,为辅相名卿者十数人"。(《旧唐书》本传)到晚唐,有高湜,"咸通末,为礼部侍郎。时士多缘权要干请,湜不能裁,既而抵帽于地曰:'吾决以至公取之,得谴固吾分!'乃取公乘亿、许棠、聂夷中等"。(《新唐书》本传)还有司空图对王凝的感恩,据《新唐书》卷一九四《司空图传》:"咸通末擢进士,礼部侍郎王凝特所奖待,俄而凝坐法贬商州,图感知己,往从之。凝起拜宣歙观察使,乃辟置幕府。召为殿中侍御史,不忍去凝府,台劾,左迁光禄寺主簿,分司东都。"

在唐代,围绕科举会有温卷、行卷的诗文创作,也会有诗歌往来。中书舍人知贡举之时,也是如此。

元和十一年,李逢吉以中书舍人知贡举。与中唐众多诗人都有交往的姚合是本年进士,他在《杏园宴上谢座主》感谢李逢吉:"得陪桃李植芳丛,别感生成太昊功。今日无言春雨后,似含冷涕谢东风。"(《全唐诗》卷五〇一)以春风化雨表达李逢吉的栽培之意。姚合曾写过一首《下第》诗:"枉为乡里举,射鹄艺浑疏。归路羞人问,春城赁舍居。闭门辞杂客,开箧读生书。以此投知己,还因胜自余。"(《全唐诗》卷五〇二)有过失败的心酸,才对座主谢意的言出由衷。

福建漳州诗人周匡物,早有诗名,也为本年进士,有《及第后谢座主》一诗:"一从东越入西秦,十度闻莺不见春。试向昆山投瓦砾,便容灵沼濯埃尘。悲欢暗负风云力,感激潜生草木身。中夜自将形影语,古来吞炭是何人。"(《全唐诗》卷四九〇)说自己漂泊苦读,终于得偿所愿。尾句用豫让吞炭的典故表明个人对李逢吉的感谢。明张燮在《清漳风俗考》中甚至说李逢吉对周匡物的这次青睐,改变了漳州文化的走向。

上述为及第后对座主的感谢,也有写个人的遗憾,如高蟾的《下第后上永崇高侍郎》,高侍郎指高湜。据《旧唐书·懿宗本纪》:咸通十一年十月,"以中书舍人高湜权知礼部贡举"。诗作如下:

> 天上碧桃和露种,日边红杏倚云栽。芙蓉生在秋江上,不向东风怨未开。(《全唐诗》卷六六八)

诗歌以比成篇,写自己的生不逢时和未能及第的遗憾。高蟾十年累举不第,其后诗作益发悲苦,有"曾和秋雨驱愁入,却向春风领恨回"(《下第出春明门》)之句。

还有杜牧的《三川驿伏览座主舍人留题》：

> 旧迹依然已十秋,雪山当面照银钩。怀恩泪尽霜天晓,一片余霞映驿楼。①

杜牧二十六岁时在东都洛阳举进士,当时知贡举关于为崔郾,崔郾在宝历二年自中书舍人为礼部侍郎。作此诗时已然十年,但杜牧依然称其为舍人,睹物思人,但诗作依然带有"小杜"特有的英气。

第二节　中书舍人与朝官的简拔
——以玄宗开元时期为例

唐代出现过几次有关吏治与文学之争,这在史学界已经有过讨论。②物以类聚,人以群分,从玄宗朝中书舍人的文学素质和任命上也可以一窥端倪,即文士对文士的提携,干吏对干吏的欣赏。

在开元前期,整个朝廷人物多以文采著称。中书舍人中的名臣在此时出现的最为突出。在任命中书舍人的制诰中对于其文学才能十分看重,绝大多数都有"善属文"等类似记载,杜佑所称"文士之极任",即是说明当时以文采著称者对这一职务的追求。

一、张说、张九龄对文学之士的提携

张说在玄宗朝是文坛领袖,其刚刚步入政坛之时,不但曾任中书舍人,且被众人目为文士,与"沈宋"并列。据《旧唐书》卷一三三《武延秀传》："公主产男满月,中宗、韦后幸其第,就第放赦,遣宰臣李峤、文士宋之问、沈佺期、张说、阎朝隐等数百人赋诗美之。"

张说对当朝之士的举荐为世人称扬。其中张九龄为张说所重,众所周知,不再重复,其他人中受到张说提携,而后曾任中书舍人的有：

许景先。《旧唐书》本传载："自开元初,景先与中书舍人齐澣、王丘、韩休、张九龄掌知制诰,以文翰见称。中书令张说尝称曰:'许舍人之文,虽无

---

① （唐)杜牧撰,吴在庆校注:《杜牧集系年校注》,中华书局,2008 年,第 1252 页。
② 详见汪篯:《唐玄宗时期的吏治与文学之争》,《隋唐史论稿》,中国社会科学出版社,1981 年。

峻峰激流崭绝之势,然属词丰美,得中和之气,亦一时之秀也。'"关于张说
对许景先的称扬,又见韩休《大唐故吏部侍郎高阳许公(杲)墓志铭并序》记
载:"寻除中书舍人。有诏令中书门下词臣撰睿宗皇帝集序,时中书令燕国
公张说,当代词宗,遂命公为之。序成奏闻,大承优赏,专掌文诰,尤推敏速。
同孔先之不言,与主曒而无对。"①韩休在墓志铭中称许他:"润饰鸿业,发挥
帝载。司言之美,时议所推。"《新唐书》本传说:"与齐澣、王丘、韩休、张九
龄更知制诰,以雅厚称。"其中"雅厚"与张说评价的"属词丰美,得中和之
气"基本近似,能够得到一代文宗如此的评价,可见许景先在当时的影响。

　　徐安贞。《旧唐书》本传载:"尤善五言诗,尝应制举,一岁三擢甲科,人
士称之。开元中,为中书舍人、集贤院学士,上每属文及作手诏,多命安贞视
草,甚承恩顾。"

　　崔璩。《旧唐书》卷九一《崔玄暐传》记载:"(崔璩)颇以文学知名,官
历中书舍人、礼部侍郎。"《宋高僧传》卷三《唐洛京长寿寺菩提流志传》记
载:"先天二年四月八日……有润文官卢粲、学士徐坚、中书舍人苏瑨、给事
中崔璩、中书门下三品陆象先、尚书郭元振、中书令张说、侍中魏知古。"②

　　席豫。《旧唐书》本传记载:"开元中,累官至考功员外郎,典举得士,为
时所称。三迁中书舍人,与韩休、许景先、徐安贞、孙逖相次掌制诰,皆有
能名。"

　　以上皆是当朝文学名士。提到张说对当时文坛的影响就不能不说《大
唐新语》卷一《匡赞》的记载:"(张说)前后三秉大政,掌文学之任,凡三十
年。为文思精,老而益壮,尤工大手笔,善用所长;引文儒之士,以佐王化。"
卷八《文章》中又载:"张说、徐坚同为集贤学士十余年,好尚颇同,情契相
得。时诸学士凋落者众,唯说、坚二人存焉。说手疏诸人名,与坚同观之。
坚谓说曰:'诸公昔年皆擅一时之美,敢问孰为先后?'说曰:'李峤、崔融、薛
稷、宋之问,皆如良金美玉,无施不可。富嘉謩之文,如孤峰绝岸,壁立万仞,
丛云郁兴,震雷俱发,诚可畏乎!若施于廊庙,则为骇矣。阎朝隐之文,则如
丽色靓妆,衣之绮绣,燕歌赵舞,观者忘忧。然类之《风》《雅》,则为俳矣。'
坚又曰:'今之后进,文词孰贤。'说曰:'韩休之文,有如太羹玄酒,虽雅有典
则,而薄于滋味。许景先之文,有如丰肌腻体,虽秾华可爱,而乏风骨。张九
龄之文,有如轻缣素练,虽济时适用,而窘于边幅。王翰之文,有如琼林玉

　　①　吴钢主编:《全唐文补遗》(千唐志斋新藏专辑),三秦出版社,2006 年,第 160 页。
　　②　(宋)赞宁撰,范祥雍点校:《宋高僧传》,中华书局,1997 年,第 43 页。

騂,虽烂然可珍,而多有玷缺。若能箴其所阙,济其所长,亦一时之秀也。'"①张说所言后进之文,四人中有三人官居中书舍人。对其文章虽皆是有褒有贬,但能被一代文宗专门提出点评,也能说明当时这三人的文坛分量。

与对文士的态度相反,史载崔隐甫"有威名,又有惠政","隐甫召天下朝集使,一时集省中,一日校考便毕,时人伏其敏断。帝尝谓曰:'卿为御史大夫,海内咸云称职,甚副朕之所委也。'"(《旧唐书》卷一八五《崔隐甫传》)可见这也是难得的吏才,但张说因崔隐甫无文,用为武职。

张九龄以文学得以重视,经常召至翰林视草,后来成为唐代宰相,与张说相似,他不同意张守珪封相,不同意牛仙客为尚书,很大的因素是二人为武将。其对文学之士颇为看重,以下是张九龄所重之人。

梁涉。据《旧唐书》卷九二《韦陟传》:"张九龄一代辞宗,为中书令,引陟为中书舍人,与孙逖、梁涉对掌文诰,时人以为美谈。后为礼部侍郎。"可知,梁涉当与孙逖同时为中书舍人,《全唐文》卷三〇八孙逖《授梁淑中书舍人制》(梁淑即为梁涉)评价梁涉:"通明致用,博雅为文,才冠时英,望高人誉。五字之选,一台所推。宜旟起草之能,俾效司纶之职。"孙逖在任为开元二十四年至二十六年,二十九年至天宝四载,而张九龄开元二十二年五月至二十四年十一月中书令在任,则可知,梁涉当为开元二十四年及稍后在张九龄的提携下为中书舍人。梁涉其后贬官与张九龄政敌李林甫有关,据《册府元龟》卷九二五《总录部》"谴累"条:"梁涉为右庶子,柳绩为李林甫所构伏诛。涉及虢王巨尝通绩资粮皆坐,贬官连累者十余人。"②

王敬从。孙逖《太子右庶子王公神道碑》载:"繇是三入华省,再登禁闼,历尚书礼部司勋员外、考功郎中、给事中,拜中书舍人。是时也,张曲江、李晋公更践中枢,公与徐安贞、韦陟、孙逖继挥宸翰。每至密命,先发诏书,即舍人草创之,二相讨论之。王言式臧,天监允洽,训诰之地,斯焉得人。逖于诸大夫,无能为役也。"(《全唐文》卷三一三)

孙逖。据《新唐书》本传:"开元间,苏颋、齐澣、苏晋、贾曾、韩休、许景先及逖典诏诰,为代言最,而逖尤精密,张九龄视其草,欲易一字,卒不能也。居职八年,判刑部侍郎。"

韦斌。《旧唐书》本传:"与兄陟齐名……天宝初转国子司业,徐安贞、王维、崔颢当代辞人,特为推挹,天宝中拜中书舍人,兼集贤院学士。兄陟先

①　(唐)刘肃撰,许德楠、李鼎霞点校:《大唐新语》,中华书局,1984 年,第 10、130 页。
②　(宋)王钦若等:《册府元龟》第 12 册,中华书局,1960 年,第 10927 页。

为中书舍人,未几,迁礼部侍郎。陟在南省,斌又掌文诰,改太常少卿。"孙逖《授韦斌中书舍人制》针对此事,专门写道:"贞规不杂,敏识惟精。标丽则以工文,秉直声而济美。久从散秩,未展清才,岂避姻亲,遂妨公用。"(《全唐文》卷三〇八)孙逖开元二十四年之天宝四载掌诰命,故其任命当在此时。

二、开元时中书舍人中的非文学人物

唐代对吏才的重视也有传统,据《旧唐书》卷八九《狄仁杰传》:

> 仁杰常以举贤为意,其所引拔桓彦范、敬晖、窦怀贞、姚崇等,至公卿者数十人。初,则天尝问仁杰曰:"朕要一好汉任使,有乎?"仁杰曰:"陛下作何任使?"则天曰:"朕欲待以将相。"对曰:"臣料陛下若求文章资历,则今之宰臣李峤、苏味道亦足为文吏矣。岂非文士龌龊,思得奇才用之,以成天下之务者乎?"则天悦曰:"此朕心也。"仁杰曰:"荆州长史张柬之,其人虽老,真宰相才也。且久不遇,若用之,必尽节于国家矣。"则天乃召拜洛州司马。他日,又求贤。仁杰曰:"臣前言张柬之,犹未用也。"则天曰:"已迁之矣。"对曰:"臣荐之为相,今为洛州司马,非用之也。"又迁为秋官侍郎,后竟召为相。柬之果能兴复中宗,盖仁杰之推荐也。

狄仁杰认为文吏并非理想中的人才,对张柬之大加举荐。唐史上还记载姚崇格外看重严挺之,因其"体质昂藏,雅有吏干"。

在玄宗朝中书舍人中,也有非文学人士。如郑勉,《全唐文》卷二五〇苏颋《授郑勉紫微舍人等制》对郑勉的评价是"措心精核,尤明理体",并未提出其文才如何。宋璟曾经表示对郑勉的不满,"性多异端,好是非改变。"(《资治通鉴》卷二一二)

萧嵩也不是一个文士。据《旧唐书》本传:"开元初,为中书舍人,与崔琳、王丘、齐澣同列,皆以嵩寡学术,未异之,而紫微令姚崇许其致远,眷之特深。历宋州刺史,三迁为尚书左丞、兵部侍郎。"所谓"寡学术",可据《明皇杂录》补遗中的记载:"元宗尝器重苏颋,欲待以为相,礼遇顾问,与群臣特异,欲命相。前一日上秘密不欲左右知,迨夜将艾,乃令草诏,访于侍臣曰:'外廷直宿谁?'遂命秉烛召来,至则中书舍人萧嵩。上即以颋姓名授嵩,令草制,书既成。其词曰:'国之瓖宝。'上寻读三四,谓嵩曰:'颋,瓖之子。朕不欲斥其父名,卿为刊削之。'上仍命撤帐中屏风与嵩,嵩惭惧,流汗笔不能下者,久之上以嵩抒思,移时必当精密,不觉前席以观,唯改曰'国之珍宝',他无更易。嵩既退,上掷其草于地曰:'虚有其表耳。'嵩长大多髯,上故有是名,左右失笑。上闻遽起掩其口曰:'嵩虽才艺非长,人臣之贵亦无与比,前言戏耳。其默识神览皆此类也。'"①

　　还有曾任中书舍人的张嘉贞。史学界往往说明张说与宇文融的冲突,实际上还有张嘉贞与张说的不睦,包括开元十年洛阳主簿王钧行贿灭口、张嘉祐贪污连坐等事。张嘉贞也是以吏才著称,据《隋唐嘉话》下:"崔湜之为中书令,河东公张嘉贞为舍人,湜轻之,常呼为张底。后曾商量数事,意皆出人右。湜惊美久之,谓同官曰:'知无张底,乃我辈一般人,此终是其坐处。'湜死十余载,河东公竟为中书焉。"据崔湜"以文辞知名"的记载,张嘉贞定是不显露文采的人物,否则崔湜不会如此判定。"嘉贞断决敏速,善于敷奏,然性强躁自用,颇为时论所讥。"②可见张嘉贞的长处在于决断和提供意见参考。

　　张嘉贞也有部分谋臣,"时中书舍人苗延嗣、吕太一、考功员外郎员嘉静、殿中侍御史崔训,皆嘉贞所引,位列清要,常在嘉贞门下共议朝政,时人为之语曰:'令公四俊,苗、吕、崔、员。'"以苗为例,《旧唐书》苗晋卿本传载:"开元二十三年,迁吏部郎中。二十四年,与吏部郎中孙逖并拜中书舍人。二十七年,以本官权知吏部选事。晋卿性谦柔,选人有诉讼索好官者,虽至数千言,或声色甚厉者,晋卿必含容之,略无愠色。二十九年,拜吏部侍郎。"也是当时不以文学著称的人物。

　　当然,这种提携也有特殊情况。如齐澣。常衮《授齐澣紫微舍人制》中称许他"运心孤迈,怀器独立。属词每穷其雅实,临事益表其甄明"。(《全唐文》卷二五〇)《旧唐书》本传载:"少以词学称。弱冠以制科登第,释褐蒲州司法参军。景云二年,中书令姚崇用为监察御史。弹劾违犯,先于风教,当时以为称职。开元中,崇复用,为给事中,迁中书舍人。论驳书诏,润色王言,皆以古义谟诰为准的,侍中宋璟、中书侍郎苏颋并重之。"

　　虽然齐澣是由姚崇提携,但他是典型的文士,在《资治通鉴》卷二一一记载这样一件事:"(开元)三年,春,正月,癸卯,以卢怀慎检校吏部尚书兼黄门监。怀慎清谨俭素,不营资产,虽贵为卿相,所得俸赐,随散亲旧,妻子不免饥寒,所居不蔽风雨。姚崇尝有子丧,谒告十余日,政事委积,怀慎不能决,惶恐,入谢于上。上曰:'朕以天下事委姚崇,以卿坐镇雅俗耳。'崇既

---

①　(唐)郑处诲:《明皇杂录》,王云五:《丛书集成初编》,商务印书馆,第13页。
②　(唐)刘𫗦撰,程毅中点校:《隋唐嘉话》,中华书局,1979年,第49页。

出,须臾,裁决俱尽,颇有得色,顾谓紫微舍人齐澣曰:'余为相,可比何人?'
澣未对。崇曰:'何如管、晏?'澣曰:'管、晏之法虽不能施于后,犹能没身。
公所为法,随复更之,似不及也。'崇曰:'然则竟如何?'澣曰:'公可谓救时
之相耳。'崇喜投笔曰:'救时之相,岂易得乎!'"

姚崇为相即是以干才著称,处理政事如并刀快剪,但齐澣对姚崇的"救
时之相"的评价,实质上是说这类政事的处理,在齐澣看来并不是长治久安
的文化建设,也可以理解齐澣为对吏才的不屑。

综观开元时期的中书舍人,开元二十五年之前有李獬、苏晋、吕延祚、郑
勉、李乂、贾曾、倪若水、齐澣、崔琳、萧嵩、高仲舒、王丘、源光裕、刘令植、韩
休、王易从、苗延嗣、吕太一、许景先、张九龄、陆坚、席豫、宋遥、刘升、张均、
赵冬曦、崔翘、徐安贞、卢奂、徐峤、吕向、王敬从;开元二十五年后有孙逖、苗
晋卿、韦陟、吴巩、韦斌、李玄成。其中文学之士与干吏之才夹杂,说明了两
个问题。

其一,玄宗时期,在"无为而治"的政策影响下,宰相对官员的任命起到
了决定性的作用。尤其是宰相的文学好恶直接影响他们对下属官员,尤其
是作为"宰相判官"的中书舍人的任用。

张说和张九龄都曾任中书舍人,其为相后,对文学官员大加提携,这些
官员在当时的文学大显,更加促成了盛唐文人的进取之心,也促成了盛唐文
学高峰的到来。如刘禹锡《唐故中书侍郎平章事韦公集序》中说:"汉庭以
贤良文学征有道之士,公孙宏条对第一,席其势鼓行人间,取丞相且侯。使
汉有得人之声,伊宏发也。皇唐文物与汉同风。故天后朝,燕国张公说以词
标文苑征,元宗朝,曲江张公九龄以道侔伊吕征……咸用对策甲于天下,继
而有声宰相。"①当时的这些人物以文人身份掌握"王言",既能够左右朝廷
文化政策,也能参与修书等文化建设,还能够形成一定的文学交流。

其二,张说、张九龄等人对官员的提携有自己的坚持和原则。李林甫没
有学术,也没有文辞,甚至有过"弄璋"写作"弄獐"的笑话。大约有十五年
的时间,李林甫、杨国忠大权独揽,而在天宝时期任职中书舍人的窦华、张
渐、宋昱、杜鸿渐等人便多以干谒进取,并无为臣之道。也正是由于这种政
治依附性,中书舍人的政治进退便与宰相之间的政治之争甚至是意气之争
紧密相连。

在代宗时也有过近似情况。权相元载想选用文学才望的人来代替自
己。据《旧唐书》卷一一八《杨炎传》记载,杨炎"元载自作相,常选擢朝士有

---

① (唐)刘禹锡著,瞿蜕园笺证:《刘禹锡集笺证》,上海古籍出版社,1989 年,第 485 页。

文学才望者一人厚遇之,将以代己。初,引礼部郎中刘单;单卒,引吏部侍郎薛邕,邕贬,又引炎。载亲重炎,无与为比。载败,坐贬道州司马。德宗即位,议用宰相,崔祐甫荐炎有文学器用,上亦自闻其名,拜银青光禄大夫、门下侍郎、同平章事。"当然,也有不服气的,如杜亚:"永泰末,剑南叛乱,鸿渐以宰相出领山、剑副元帅,以亚及杨炎并为判官。使还,授吏部郎中、谏议大夫。炎为礼部郎中、知制诰、中书舍人。亚自以才用合当柄任,虽为谏议大夫,而心不悦。"(《旧唐书》卷一五〇《杜亚传》)

张说和张九龄,都曾担任中书舍人,一旦他们升迁到更高职位,就拉拢这一系统里和自己具有共同旨趣的人,同时也会将和自己有共同旨趣的人拉进这一系统,以建立自己的政治圈子,掌控部分职能部门。这些相似的文学追求对于文学的兴盛的作用,不言而喻。

结　语

在唐代职官群体与文学关系的研究中,中书舍人尚未被充分研究。本编从职官属性、官员履职的实际情况及背后的政治因素、直接文学创作与人事影响等三个维度对中书舍人这一群体进行了考察。

一

中书舍人属于中书省重要官员。员额上,在唐代前期帝王改元之初和中期的部分年份,为六人满员。虽中书省机务繁杂,但因职务清要,其任职人数常常不满六人,缺员运行。或以他官知制诰补充,或以翰林学士补充。无论哪种情况的补充,在中书舍人的名号上,始终保持六人。可见,封建官僚运行体制一旦形成,很难改变。

任期上,作为五品官员,中书舍人当以四年为一任期,但又较为特殊。有时成为过渡到侍郎的短暂过渡,有时任职长达两个任期,这主要与帝王的执政个性有关。迁转上,迁入职务开始较为多样,中宗开始主要是给事中和各省郎官,肃宗后主要为郎官知制诰。迁出职务主要是中书侍郎、吏部侍郎、礼部侍郎和户部侍郎。中晚唐时期,与地方刺史也存在较多的交流。

中书舍人在任期和迁转上,主要影响因素是帝王和宰相及当时的党争。帝王由于改朝换代和个人好恶,会肃清旧臣;宰相则以此培植和拉拢亲信,一荣俱荣、一损俱损。

在《唐六典》的官员职权设计中,中书舍人以起草进画"王言"为主要职责,其他还包括参议表章,奏改制敕,受奏表状、宣读册命,劳问将帅,察冤滞及修订律令、修史等其他临时差遣。

二

中书舍人实际承担中书省的日常事务,其地位实际随着中书省的权力起伏而变化,其实际权责的行使也与法典原设计有较大出入。

在草诏这一标志性的权力上,中书省内,中书令、中书侍郎和中书舍人的关系在唐代前期一直未能严格厘清,前二者草诏的情况时有出现,省内权责明晰是在开元之后,因为《唐六典》规定了三者权力分属。自崔融开始,他官知制诰形成了对中书舍人草诏权的分割。在外廷,郎官等低于中书舍人的官吏知制诰,以晋升中书舍人为正途,品阶较高的侍郎等官员知制诰,表示拥有草诏出令权。当然,在唐代近三百年历史上,还有皇帝、"北门学士"、弘文馆学士、集贤院学士、宰相等人草诏的情况。

对中书草诏权分割最多的当属翰林院。翰林院中的翰林学士加知制诰,是院中的资历象征,其与院内中书舍人组成了与中书省相对应的另一套系统。翰林学士是唐代后期中枢机构的重要组成,是皇帝的顾问和秘书,是唐代后期制诰的重要起草者。他们与中书舍人存在大量的任职重合,有人以中书舍人充翰林学士,有人出院为中书舍人。通过不同年份的双方的人事考察,可以清楚地发现两套系统的此消彼长。翰林学士在初期地位不高,但自德宗时的陆贽开始,已经成为皇帝近臣,此后,皇帝开始努力营造自己的秘书班子,形成两套知制诰和中书舍人班子,并一直持续到唐末。中书舍人与翰林学士理论上各自起草高低层次不同的制诰,实际执行中较为模糊。

唐代知贡举人员经历考功员外郎和礼部侍郎两个阶段,但中书舍人是除礼部侍郎外对科举参与最多的官员。考功员外郎往往迁为中书舍人,很多中书舍人或者权知贡举,又或迁为礼部侍郎后知贡举。其原因在于礼部侍郎在唐代中后期已然较少履行礼制建设等责任,而以科举为主职,因此对其公正公平和文学素质提出很高要求。中书舍人与此要求正好形成对接,一方面其文学才能与诗赋取士相匹配,一方面科举中主要考试内容是策问,而中书舍人"五花判事"正是这一能力的实际运用。

中书舍人执行中书省的出令权,在唐代前期的朝政运转中举足轻重,这一点在玄肃两朝交汇之际体现最为典型。天宝后期,翰林学士力量尚未强大,朝廷中的中书舍人往往被李林甫和杨国忠所控制,道德也存在较为明显的缺陷,最后大多死于非命。在玄宗幸蜀之时,可用草诏者竟已无人,贾至临时受命,传位并册封肃宗,但其为玄宗旧臣,很快被肃宗疏远。肃宗在小朝廷中除去部分卫戍官员的任命外,马上委派的就是中书舍人,成为自己号令天下的喉舌。

三

唐代中书舍人是公认的具备文学属性的官员。他们中有相当多的在当时就是著名的文学人物,也留存下大量的诗文作品。究其纵向发展,在初盛唐时期,诗文名家居多,而在中晚唐尤其是晚唐时期,名家已经急剧减少,越来越成为处理庶务的职业宰相秘书官。

中书舍人以草诏的主要职责,相应的其文学素质提出了很高的要求。主要要求其能准确表意、文采润色、符合程式、熟悉典章、才思敏捷。

中书舍人实际的文学参与主要是其在任职期间的诗文创作。首先表现为寓直时以诗歌抒情、怀人,以及与其他文人的相互唱和。在唐代前期,其朝堂地位较高,所以参加雅集较多,围绕早朝等公务写作的诗歌较多;而在后期地位下降,文人间、同僚间的交往较为频繁,相互往来问候的诗歌也多了起来,中书舍人在当时较为活跃。中晚唐阶段,中书舍人虽与翰林学士并列,但处理庶务较多,在文人心目中已然丧失了原来的"盛选"地位,白居易的心态就是典型代表。

中书舍人的职务创作是制诰。以中书制诰为中心,可以观照唐代散文的基本历程。唐代制诰文体中,册文、制书、发日敕数量多但较多例行公事,慰劳制书与论事敕书数量少但个人倾向较强,需要综合考察。根据李峤、苏颋、贾至、元稹、白居易、杜牧等人的制诰作品,可以认为:唐代制诰文具备一定的稳定性,但也能显示出相当的变化和特点。其中有作者个性的体现,如李峤性格的软弱,杜牧深厚的史学功底;也有时代特色的体现,如李峤制诰对六朝的继承,苏颋制诰宏丽的盛唐气象。

在唐代制诰发展中变化最大的实际是贾至和元、白。贾至战乱中就任中书舍人,使得他以文人而非官员身份认识并起草制诰,并未受到更多传统惯例影响,因而其中的帝王形象有血有肉,有感染力。元稹草诏之初极受恩宠,故制诰中往往凸显和努力刻画个人心目中的礼贤下士的帝王形象。白居易则是则对元稹形成呼应,刻意复古,加之以深厚的学养,创作了大量针对不同人和事、具备不同面貌的制诰作品。

中书舍人对唐代文学的深层影响主要体现在人事上。权知贡举时,他们对文人科举是否秉公,是否顾忌门第关系以及对国家科举应试等方面的建议等,都会影响到当时文人士子的命运。他们本身对文学的态度也直接造成录取士子中文学人士的多寡。科举会形成座主与门生的关系,政治上相互辅助,文学上相互唱和。在朝官的简拔上也是如此。以玄宗朝为例,曾任中书舍人的张说和张九龄,所提携的中书舍人多具备过硬的文学功底,是当时的诗文名家,这在某种程度上也促成了当时文坛的盛况。而张嘉贞则由于本身行政能力突出,故常任用干吏之才。

下　　编

唐代中书舍人（及他官知制诰）任职汇考

凡　例

1.本编考证唐代历任中书舍人(包括该职曾用名:内史舍人、西台舍人、凤阁舍人、紫微舍人)和以"知制诰"之称履行中书舍人职务的他官知制诰。最终未迁舍人者以"＊"标注,正拜者未加标注,翰林院中中书舍人迁转符合正拜规律,未加标注。

2.本编以朝为单位,考证唐代历任中书舍人之任职,时限上自高祖武德元年,下至昭宗天祐四年。

3.每朝中书舍人排序以初任舍人时间为序排列,不能确定时间者放置该年号最后和该朝最后。

4.每位中书舍人在括号内以"××年至××年"标注大体任职区间或在任时间,知制诰者表示任使职时间,正文中考辨尽量精确。"约"表示大致年代,"?"表示无法确定年代,";"表示前后两任中书舍人,只标注一年则表示本年在任,起止不详。

5.每位中书舍人之考证,大体分为三部分:(1)任职者。涉及姓名、籍贯,如无必要则不考订,两《唐书》或其他史书有传者加以注明。(2)任职考。重点考证任中书舍人时间,及迁自何职和改为何官,对其他仕历,如无必要则不再详考。两《唐书》无传者,考订稍详。(3)纠谬。如有必要,则对部分史料和学界已有成果相关错疏加以纠正。

6.本编涉及资料较多,为行文方便,引用较多的《旧唐书》《新唐书》《唐会要》《资治通鉴》《唐尚书省郎官石柱题名考》五种史书,《全唐诗》《全唐文》(包括《唐文拾遗》、《唐文续拾》)两种总集不再加注。所引两《唐书》中的传记资料,一律以《旧传》《新传》《新表》等称之。墓志铭等首次出现使用全称,其后则均直接简称。

7.本编汇考与上编综论有人物和材料重复,但因行文各有侧重,均加以保留,一并说明。

一、高　祖　朝

1. 唐　俭（武德元年）

字茂约，并州晋阳人。两《唐书》有传，见《旧唐书》卷五八，《新唐书》卷八九。《全唐文》卷九九一有《唐故特进莒国公唐府君碑》，但阙文甚多；《全唐文补遗》中许敬宗《大唐故开府仪同三司特进户部尚书上柱国莒国公唐君（俭）墓志铭并序》记载生平较详。①

任职考：

《资治通鉴》卷一八四："（李渊）建大将军府；以寂为长史，刘文静为司马，唐俭及前长安尉温大雅为记室。"《唐俭墓志铭》："引拜大将军府记室，加位正议大夫。""以功拜右光禄大夫，授渭北道行军司马。"《旧传》记载也是司马："开大将军府，授俭记室参军。太宗为渭北道行军元帅，以俭为司马。平京城，加光禄大夫、相国府记室，封晋昌郡公。"当以墓志为准。

《唐俭墓志铭》："以功进位光禄大夫，封新城县公，寻改为晋昌郡公，食邑二千户。禅代之日，加散骑常侍，位正三品，行中书侍郎，赐以铁券。"未言任内史舍人之事。《旧传》："武德元年，除内史舍人，寻迁中书侍郎，特加授散骑常侍。"又据《资治通鉴》卷一八五：武德元年五月，"甲子，唐王即皇帝位于太极殿，遣刑部尚书萧造告天于南郊，大赦，改元"；"六月甲戌朔……唐俭为内史侍郎。"另《唐会要》卷四五"功臣"条："武德元年八月六日诏曰……内史侍郎唐俭……等，并恕一死。"可知，唐俭任内史舍人时间应在武德元年五月至六月间，时间很短，六月即为内史侍郎。

纠谬：

《旧传》中称其任中书侍郎，职官名称有误，当为内史侍郎。

---

① 吴钢编：《全唐文补遗》（第一辑），三秦出版社，1994 年，第 27 页。又见周绍良、赵超主编：《唐五代墓志汇编续集》，上海古籍出版社，2001 年，第 88 页。

2. 孔绍安（武德元年至武德五年）

两《唐书》有传。见《旧唐书》卷一九〇上，《新唐书》卷一九九。

任职考：

《旧传》："大业末为监察御史。时高祖为隋讨贼于河东，诏绍安监高祖之军，深见接遇。及高祖受禅，绍安自洛阳间行来奔。高祖见之甚悦，拜内史舍人，赐宅一区、良马两匹、钱米绢布等。时夏侯端亦尝为御史，监高祖军，先绍安归朝，授秘书监。绍安因侍宴，应诏咏《石榴诗》曰：'只为时来晚，开花不及春。'时人称之。寻诏撰《梁史》，未成而卒。"《唐会要》卷六三"修前代史"条："（武德）五年十二月二十六日，诏……大理卿崔善为、中书舍人孔绍安、太子洗马萧德言可修《梁史》……绵历数载，竟不就而罢。"可知，孔绍安武德元年五月稍后拜中书舍人，至迟武德五年末时尚在任，不久卒于任。

纠谬：

《元和姓纂》卷六记载会稽山阴孔氏："（孔）绍安，唐中书舍人。"[1]《张说《孔补阙集序》亦称："祖绍安，中书舍人。"[2]而《册府元龟》卷七七七《总录部》"求旧"条第二记载其官至秘书监，与本传不符。据《唐六典》，秘书监为从三品，内史舍人为正五品，一般以高官称之。且《旧唐书》卷一八七《夏侯端传》："高祖入京城，释之引入卧内，与语极欢，授秘书监。"《册府元龟》当混淆了《旧传》中孔绍安与夏侯端之任职。

3. 刘林甫（武德元年至武德九年）

魏州观城人。两《唐书》有传，见《旧唐书》卷八一，《新唐书》卷一六〇。

任职考：

郭玘《大周故金紫光禄大夫检校尚书右仆射左监门卫将军兼御史大夫上柱国刘公（光赞）墓志铭文》："公即唐中书舍人林甫之后也。"[3]《大唐故秘书少监刘府君墓志并序》："迁中书舍人，拜中书侍郎。在枢密十余年，智

① （唐）林宝撰，岑仲勉校记：《元和姓纂》（附四校记），中华书局，1994年，第805页。

② （唐）张说著，熊飞校注：《张说集校注》，中华书局，2013年，第1323页。

③ 吴钢编：《全唐文补遗》（第一辑），三秦出版社，1994年，第451页。

效闻于海内。"①

《旧传》较略:"武德初为内史舍人,时兵机繁速,庶事草创,高祖委林甫专典其事,以才干见称。寻诏与中书令萧瑀等撰定律令,林甫因著《律议》万余言。久之,擢拜中书侍郎,赐爵乐平男。"《新传》略同。

"撰定律令"一事据《旧唐书·刑法志》:"及(高祖)受禅,诏纳言刘文静与当朝通识之士,因开皇律令而损益之,尽削大业所用烦峻之法。又制五十三条格,务在宽简,取便于时。寻又敕……中书舍人刘林甫、颜师古、王孝远……等,撰定律令,大略以开皇为准……至武德七年五月奏上。"又据《资治通鉴》卷一九一:武德九年七月,"壬辰……中书舍人颜师古、刘林甫为中书侍郎。"可知,刘林甫武德元年末时内史舍人在任,武德九年七月迁中书侍郎。

4. 王孝远(武德元年)

一作王孝达,两《唐书》无传。

任职考:

据《旧唐书·刑法志》(引文同前"刘林甫"条),武德元年末,王孝远曾参与撰定律令,与刘林甫、颜师古同在中书舍人任。《册府元龟》卷六〇二《刑法部》"定律令"条第四记载亦为王孝远,但《新唐书·艺文志》、《玉海》卷六六《诏令条》、《金石萃编》卷五一《韩仲良碑》按语,均记载为王孝达,"孝达"或为传写之误。

可知,王孝远武德元年末中书舍人在任,同时在任者有刘林甫、颜师古。

5. 颜师古(武德元年至武德九年)

雍州万年人。两《唐书》有传,见《旧唐书》卷七三,《新唐书》卷一九八。《旧传》称"颜籀,字师古";《新传》称"颜师古,字籀"。《金石录》卷二三《唐温彦博碑》:"盖唐世诸贤名字可疑者多,封德彝云名伦,房玄龄云名乔,高士廉云俭,颜师古云名籀,而皆以字行。"②以《旧传》为是。

任职考:

①　周绍良、赵超主编:《唐代墓志汇编续集》,上海古籍出版社,2001 年,第 250 页。
②　(宋)赵明诚撰,金文明校证:《金石录校证》,上海书画出版社,1985 年,第 425 页。

《旧传》:"及起义,师古至长春宫谒见,授朝散大夫。从平京城,拜敦煌公府文学,转起居舍人,再迁中书舍人……太宗践祚,擢拜中书侍郎,封琅邪县男。"《新传》略同,记载其太宗时任中书侍郎,以母丧解,服除还官,岁余,坐公事免职。

颜师古任中书舍人时间,据《旧唐书·刑法志》(引文同"刘林甫"条),当武德元年末在任,据《通典》卷二一记载,中书舍人一职"大唐初,为内史舍人,至武德三年改为中书舍人"。①《旧传》记载有误(按:《旧唐书》中所记常有职官名称错误之处,如"唐俭""温彦博"等条)。又据《资治通鉴》卷一九一:武德九年七月壬辰,"中书舍人颜师古、刘林甫为中书侍郎"。可知,颜师古在任时间为武德元年五月至九年七月。

另有汪华《奉籍归唐表》载:"武德四年九月二十二日,中书舍人颜师古行。"②及《唐会要》卷六三"修前代史"条:"(武德)五年十二月二十六日……中书令封德彝、中书舍人颜师古可修《隋史》,大理卿崔善为、中书舍人孔绍安、太子洗马萧德言可修《梁史》……绵历数载,竟不就而罢。"均为此间在任之据。

6. 崔善为(武德元年)

贝州武城人。两《唐书》有传,见《旧唐书》卷一九一,《新唐书》卷九一。

任职考:

《旧传》:"善为以隋政倾颓,乃密劝进,高祖深纳之。义旗建,引为大将军府司户参军,封清河县公。武德中,历内史舍人、尚书左丞。"《新传》较略:"及兵起,署大将军府司户参军,封清河县公,擢累尚书左丞。"未有任内史舍人记载。

《资治通鉴》卷一八四:义宁元年六月,"癸巳,建大将军府,以寂为长史,刘文静为司马,唐俭及前长安尉温大雅为记室,大雅仍与弟大有共掌机密。武士彟为铠曹,刘政会、及武城崔善为、太原张道源为户曹,晋阳长上邽姜謩为司功参军。"职务记载稍异,暂从本传。

据《唐会要》卷三九"定格令"条:"武德元年六月一日,诏刘文静与当朝通识之士,因隋开皇律令而损益之,遂制为五十三条,务从宽简取便于时。

① (唐)杜佑撰,王文锦等点校:《通典》,中华书局,1988年,第564页。
② 吴钢编:《全唐文补遗》(第六辑),三秦出版社,1999年,第223页。

其年十一月四日,颁下。仍令尚书令左仆射裴寂、吏部尚书殷开山、大理卿郎楚之、司门郎中沈叔安、内史舍人崔善为等,更撰定律令。"又据《通典》卷七二:"大唐武德二年正月,尚书左丞崔善为奏曰……"①可知,崔善为武德元年末内史舍人在任,至迟武德二年正月已任尚书左丞。

7. 郑德挺(武德二年)

两《唐书》无传。

任职考:

据《资治通鉴》卷一八七:武德二年六月,"己酉,突厥使来告始毕可汗之丧,上举哀于长乐门,废朝三日,诏百官就馆吊其使者。又遣内史舍人郑德挺吊处罗可汗,赗帛三万段"。《旧唐书》卷一九四《突厥传》上记载相同。可知,郑德挺武德二年六月时内史舍人在任。

8. 封德彝(武德二年至武德三年)

封伦,字德彝,观州蓨人,以字显。两《唐书》有传,见《旧唐书》卷六三,《新唐书》卷一〇〇。

任职考:

《旧传》:"(封伦)与士及来降,高祖以其前代旧臣,遣使迎劳,拜内史舍人。寻迁内史侍郎。"而《新传》称:"与士及来降,高祖知其谐附逆党,方切让,使就舍。伦以秘策干帝,帝悦,更拜内史舍人。迁侍郎兼内史令。"《唐鉴》卷一记载:"(武德)二年闰二月,隋宇文士及封德彝来降。帝与士及有旧,时士及妹为昭仪,由是授上仪同。帝以封德彝隋室旧臣,而诮巧不忠,深诮责之,罢遣就舍。德彝以秘策干帝,帝悦,寻拜内史舍人,俄迁侍郎。"②迁舍人原因或以《新书》《唐鉴》为是。

据《旧唐书·高祖本纪》:武德三年三月,"甲戌,内史侍郎封德彝兼中书令"。《新传》所记为内史令,当以《旧传》为确。可知,封德彝武德二年闰二月后任职,至迟武德三年三月前已任迁内史侍郎。

---

① （唐）杜佑撰,王文锦等点校:《通典》,中华书局,1988 年,第 1982 页。
② （宋）范祖禹撰,吕祖谦音注:《唐鉴》(附考异),商务印书馆,1958 年,第 5 页。

9. 温彦博(武德二年)

字大临,并州祁人。两《唐书》有传,见《旧唐书》卷六一,《新唐书》卷九一。《金石萃编》卷四四记载岑文本《唐故特进尚书右仆射上柱国虞恭公温公碑》,该文见《全唐文》卷一五〇,但缺字甚多,《唐文拾遗》卷一五此文较为完整。

任职考:

《旧传》:"开皇末,为州牧秦孝王俊所荐,授文林郎,直内史省,转通直谒者。及隋乱,幽州总管罗艺引为司马,艺以幽州归国,彦博赞成其事,授幽州总管府长史。未几,征为中书舍人,俄迁中书侍郎,封西河郡公。"在任时间应较短,或未满一年。

《新传》稍不同:"开皇末,对策高第,授文林郎,直内史省。隋乱,幽州总管罗艺引为司马。艺以州降,彦博与有谋,授总管府长史,封西河郡公。召入为中书舍人,迁侍郎。"《温彦博碑》载:"特授总管府长史,转授侍御公……征为中书舍人,迁中书侍郎。"

罗艺归降时间据《新唐书》卷九二《罗艺传》:"武德二年,乃奉表以地归。"《资治通鉴》亦云武德二年,《旧唐书》卷五六《罗艺传》称武德三年,暂从前者。则温彦博任内史舍人职为武德二年稍后。

又据《通典》卷二一"门下侍郎"注语:"武德二年四月,温大雅为黄门侍郎,弟彦博为中书侍郎。"[1]可知温彦博武德二年四月已迁中书侍郎,其任中书舍人时间很短,约在武德二年初。

纠谬:

两《唐书》本传均记载为"中书舍人",官职名称与武德三年内史舍人改名中书舍人时间不合,当为误记。

《旧唐书》卷六一《温大雅传》记载:"武德元年,(温大雅)历迁黄门侍郎。弟彦博,为中书侍郎;对居近密,议者荣之。""武德元年"时间有误。

欧阳修《集古录》卷七《唐颜勤礼神道碑》按语:"思鲁制云,'内史令臣瑀宣'者,萧瑀也,'侍郎臣封德彝奉,舍人臣彦将行。'"[2]彦将即温大有,未任过内史舍人,疑应为彦博。

---

① (唐)杜佑撰,王文锦等点校:《通典》,中华书局,1988年,第550页。
② 李逸安点校:《欧阳修全集》卷一四〇,中华书局,2001年,第2254页。

10. 崔敦礼（武德九年至贞观七年）

两《唐书》有传，见《旧唐书》卷八一，《新唐书》卷一六〇。《全唐文》卷一四五有于志宁《太子少师中书令开府仪同三司并州都督上柱国固安昭公崔敦礼碑》，虽缺字较多，但可补本传之缺。

《旧传》称："本名元礼，高祖改名焉。"《新传》称其字安上，雍州咸阳人。《金石录》卷二四《跋尾》一四《唐崔敦礼碑》云："右《唐崔敦礼碑》。按《新唐史·列传》云'敦礼，字安上'，而《宰相世系表》则云'名安上，字敦礼'。今此《碑》所书与《表》合，然《旧史》及《碑》皆言'敦礼本名元礼，高祖为改名焉。'其孙兢墓志亦云'名敦礼'"。① 故疑其以字行。

任职考：

《旧传》："武德中，拜通事舍人。九年，太宗使敦礼往幽州召庐江王瑗。瑗举兵反，执敦礼，问京师之事，敦礼竟无异词。太宗闻而壮之，迁左卫郎将，赐以良马及黄金杂物。贞观元年，擢拜中书舍人，迁兵部侍郎，频使突厥。"《新传》略同。

据《崔敦礼碑》："武德二年奉敕夺情，授左勋卫，四年授通事舍人……六年，奉敕检校右骁卫府长史……其年奉敕副御史大夫、安吉郡公杜淹往武功，遂简（阙一字）还授中书舍人……贞观元年，封固安县男……六年授员外散秩常侍，行中书舍人，七年守太常少卿。"较本传详尽可信。可知，崔敦礼应在贞观元年之前，约武德九年末任中书舍人，至贞观七年迁太常少卿。

任期中，据《册府元龟》卷一六一《帝王部》"命使"条："太宗贞观三年五月旱，六月令中书舍人杜正伦、崔敦礼、守给事中尹文宪、张玄素等往关内诸州分道抚慰问。"②

---

① （宋）赵明诚撰，金文明校证：《金石录校证》，上海书画出版社，1985年，第438页。
② （宋）王钦若等：《册府元龟》第2册，中华书局，1960年，第1947页。

二、太 宗 朝

1. 李百药(贞观元年至贞观二年)

字重规,定州安平人。两《唐书》有传,见《旧唐书》卷七二、《新唐书》卷一〇二。

任职考:

《旧传》:"公祐反,又授百药吏部侍郎……及公祐平……遂配流泾州……贞观元年,召拜中书舍人,赐爵安平县男。受诏修定《五礼》及律令,撰《齐书》。二年,除礼部侍郎。"其任中书舍人时间在贞观元年。

离任时间,据《唐会要》卷三"出宫人"条:"贞观二年春三月,中书舍人李百药上封事。"《资治通鉴》卷一九三记载略同,时间记载为贞观二年九月。又据《左卫白渠府统军诰》:"贞观二年四月五日,中书舍人李百药行。"① 可知其年中应仍在任上,而《通典》卷三一记载:贞观二年十二月,"礼部侍郎李百药上议,大略曰……"② 则其贞观二年末已迁礼部侍郎。可知李百药任职当在贞观元年到二年。

2. 辛 谞(贞观元年)

两《唐书》无传。据《新表》:"辛氏宽子谞,中书舍人。"

任职考:

《全唐文》卷四有《赈关东等州诏》:"可令中书侍郎温彦博、尚书右丞魏征、治书侍御史孙伏伽、检校中书舍人辛谞等,分往诸州,驰驿检行。其苗稼不熟之处,使知损耗多少?户口乏粮之家存问,若为支计,必当细勘。速以奏闻,待使人还京,量行赈济。"此文又见《唐大诏令集》卷一一〇,名为《温彦博等检行诸州苗稼诏》,署贞观元年九月。③ 可知本年辛谞曾检校中书舍

---

① 《北京图书馆藏中国历代石刻拓本汇编》第 11 册,中州古籍出版社,1989 年,第 12 页。

② (唐)杜佑撰,王文锦等点校:《通典》,中华书局,1988 年,第 867 页。

③ (宋)宋敏求编:《唐大诏令集》,中华书局,2008 年,第 576 页。

人,本官不详。

3. 杜正伦(贞观三年至贞观四年)

相州洹水人。两《唐书》有传,见《旧唐书》卷七〇,《新唐书》卷一六〇。

任职考:

《旧传》:"武德中,历迁齐州总管府录事参军。太宗闻其名,令直秦府文学馆。贞观元年,尚书右丞魏征表荐正伦,以为古今难匹,遂擢授兵部员外郎……二年,拜给事中,兼知起居注……四年,累迁中书侍郎。"《新传》记载较为简略,亦无任中书舍人记载。

《旧传》中所谓"累迁",据《资治通鉴》卷一九二:贞观二年四月,"给事中知起居事杜正伦曰……(九月,)遣尚书左丞戴胄、给事中洹水杜正伦于掖庭西门简出之,前后所出三千余人"。此职务与《旧传》记载相符。又据《旧唐书·太宗本纪》:贞观三年六月,"中书舍人杜正伦等往关内诸州慰抚。"《册府元龟》卷一六一《帝王部》"命使"条稍详:"太宗贞观三年,五月,旱。六月,令中书舍人杜正伦、崔敦礼、守给事中尹文宪、张玄素等往关内诸州分道抚慰问。"①可知,杜正伦贞观二年为给事中、知起居注,至少三年六月已任中书舍人,贞观四年则迁中书侍郎。

另,《续高僧传》卷一三《唐京师定水寺释僧凤传九》:"贞观中年,释门重阐,青田有秽,白首斯兴,非夫领括,无由弘护。中书舍人杜正伦下敕,监掌统详,管辖奏召,以为普集寺任,寻更右迁定水上座,绥缉二寺,无越六和,妙达众心,欣其仰止。"②亦为曾任中书舍人证。

纠谬:

《唐会要》卷五六"起居郎、起居舍人"载:"贞观元年……又谓侍臣曰:'朕每日坐朝,欲出一言,即思此言于百姓有利益否,所以不能多言。'给事中、兼起居杜正伦进曰:'君举必书,言存左史。臣职当修起居注,不敢不尽愚直,陛下若一言乖于道理,则千载累于圣德,非直当今有损于百姓,愿陛下慎之。'上大悦。"据上文所考,此事为贞观二年任给事中后,《唐会要》记载有误。

---

① (宋)王钦若等:《册府元龟》第 2 册,中华书局,1960 年,第 1947 页。
② (唐)道宣撰,郭绍林点校:《续高僧传》,中华书局,2014 年,第 450 页。

《贞观政要》卷五"仁义"第十三,记载贞观元年杜正伦为给事中,①与本传不合,当有误。

4. 岑文本(贞观四年)

字景仁。两《唐书》有传,见《旧唐书》卷七〇,《新唐书》卷一〇二。《旧传》称南阳棘阳人,《新传》称邓州棘阳人,南阳、邓州为一地。

任职考:

《旧传》:"萧铣僭号于荆州,召署中书侍郎,专典文翰……(孝恭)署文本荆州别驾。孝恭进击辅公祏,召典军书,复署行台考功郎中。贞观元年,除秘书郎,兼直中书省。"为萧铣官又见《资治通鉴》卷一八五:武德元年,"(萧铣)引岑文本为中书侍郎,使典文翰,委以机密。"

任中书舍人可见《旧传》:"遇太宗行藉田之礼,文本上《藉田颂》。及元日临轩宴百僚,文本复上《三元颂》,其辞甚美。文本才名既著,李靖复称荐之,擢拜中书舍人,渐蒙亲顾……时中书侍郎颜师古以谴免职……于是以文本为中书侍郎,专典机密。"此事《唐会要》卷五四"中书侍郎"记载稍详:贞观十九年,"其年四月,中书侍郎颜师古以谴免职。温彦博言于太宗曰:'师古谙练政事,长于文诰,时无逮者,冀上复用之。'太宗曰:'我自举一人,公勿忧也。'遂以岑文本为中书侍郎,专典机密"。

任职时间据《旧唐书》卷七三《令狐德棻传》:"贞观三年,太宗复敕修撰,乃令德棻与秘书郎岑文本修《周史》,中书舍人李百药修《齐史》……"可知其贞观三年仍在秘书郎任上。《唐会要》卷十记载:"太宗贞观三年正月,亲祭先农,躬御耒耜,藉于千亩之甸。初晋时南迁,后魏来自云朔,中原分裂,又杂以獯戎代历,周隋此礼久废,而今始行之,观者莫不骇跃。于是秘书郎岑文本献《藉田颂》以美之。"《旧传》又称"元日",当至少为贞观四年后,则岑文本任中书舍人约为贞观四年。

岑文本迁官据《新唐书·太宗本纪》:贞观十六年正月,"中书舍人岑文本为中书侍郎,专典机密"。而《旧唐书·太宗本纪》载:贞观十六年正月,"兼中书侍郎、江陵子岑文本为中书侍郎,专知机密"。

"兼"字,疑岑文本当时为中书舍人兼中书侍郎事。据《旧唐书》卷七三《颜师古传》:"太宗践祚,擢拜中书侍郎,封琅邪县男。以母忧去职。服阕,复为中书侍郎,岁余坐事免。"称颜师古贞观元年任中书侍郎,母忧三年复

---

① （唐）吴兢撰,骈宇骞、骈骅译:《贞观政要》,中华书局,2009 年,第 128 页。

职,又岁余,正是贞观四年左右。记载岑文本为中书侍郎较早的文献是《通典》卷一九七:"(贞观)五年征入朝,至并州,道病卒,年二十九。太宗为之举哀,令中书侍郎岑文本为其碑文。"①《贞观政要》卷七也记有贞观六年其为中书侍郎与人刊正姓氏谱之事。

而《旧唐书》卷一九一《袁天纲传》:"贞观八年,太宗闻其名,召至九成宫。时中书舍人岑文本令视之。天纲曰:'舍人学堂成就,眉覆过目,文才振于海内,头又生骨,犹未大成,若得三品,恐是损寿之征。'"还有《唐会要》卷四三"水灾"条:"贞观十一年七月一日,黄气竟天,大雨……中书舍人岑文本上疏。"而此事《旧唐书》卷三七记载官职为中书侍郎。

或可推断:岑文本贞观四年自秘书郎任中书舍人,约同年兼中书侍郎之事,贞观十六年为中书侍郎,专知机密。

纠谬:

《唐会要》卷五四"中书侍郎"条:"(贞观十九年)四月,中书侍郎颜师古以谴免职,温彦博言于太宗曰:'师古谙练政事,长于文诰,时无逮者,冀上复用之。'太宗曰:'我自举一人,公勿忧也。'遂以岑文本为中书侍郎专典机密。"时间与两《唐书》不合,误。

5. 许敬宗(贞观九年至贞观十年)

字延族,杭州新城人。两《唐书》有传,见《旧唐书》卷八二,《新唐书》卷二二三上。

任职考:

《旧传》:"贞观八年,累除著作郎,兼修国史,迁中书舍人。十年,文德皇后崩……为御史所劾,左授洪都督府司马。"

《旧传》称为贞观八年后任中书舍人,则约在贞观九年,然称前职为著作郎,较为可疑。据《唐会要》卷六四"弘文馆"条:"贞观元年……黄门侍郎王珪奏:'学生学书之暇,请置博士,兼肄业焉。'敕太学助教侯孝遵授其经典,著作郎许敬宗授以《史》《汉》。"当贞观元年已经著作郎在任。离任时间,据《旧唐书·太宗本纪》,文德皇后于贞观十年六月崩于立政殿。可知,许敬宗约贞观九年自著作郎任中书舍人后,贞观十年六月后左迁洪都督府司马。

另《唐会要》卷六三"修前代史"条:"贞观十年正月二十日,尚书左仆射

---

① (唐)杜佑撰,王文锦等点校:《通典》,中华书局,1988年,第5413页。

房元龄……中书侍郎岑文本、中书舍人许敬宗等撰成周、隋、梁、陈、齐五代史，上之，进阶颁赐有差。"亦可此期间任职之证。

纠谬：

《宝刻丛编》卷九有《唐赠司徒尉迟恭碑》，称唐中书舍人许敬宗撰，不著书人名氏，显庆四年三月立。① 官职记载有误。

《隋唐嘉话》卷中："太宗之征辽，作飞梯临其城，有应募为梯首，城中矢石如雨，而竟无为先登，英公指谓中书舍人许敬宗曰：'此人岂不大健。'敬宗曰：'健要是不解思量。'帝闻将罪之。"②《唐语林》卷一、《太平广记》卷四九三"杂录"一记载略同。官职记载有误，据《旧唐书·太宗本纪》，贞观十九年春二月，"上亲统六军发洛阳"，太宗征辽时间应为十九年，许敬宗此时非中书舍人，据本传，当为太子右庶子，后检校中书侍郎。

6. 马　周（贞观十二年至贞观十五年）

字宾王。两《唐书》有传，见《旧唐书》卷七四，《新唐书》卷九八。《唐文续拾》卷一有许敬宗《大唐故中书令高唐马公之碑》。《旧传》称"清河茌平人"，《新传》称"博州茌平人"，博州管县有清河。

任职考：

《旧传》："（贞观）六年，授监察御史……寻除侍御史，加朝散大夫……十一年……俄拜给事中。十二年，转中书舍人……十五年，迁治书侍御史，兼知谏议大夫，又兼检校晋王府长史。"《马周碑》之记载稍有不同："八年，擢授承议郎，行侍御史，顷之，加位员外散骑侍郎，仍行本（缺）其（缺二字）。十二年，转守中书舍人。久之，迁持书侍御史。"

据《金石萃编》卷四七《马周碑》按语："六年，拜监察御史，擢给事中。八年，行侍御史，加员外散骑侍郎。十二年，转中书舍人。十五年，迁治书侍御史，兼知谏议大夫，检校晋王府长史。"③以按语为是。可知，马周贞观十二年自侍御史转中书舍人，十五年迁治书侍御史，兼知谏议大夫，又兼检校晋王府长史。

另《新唐书》卷二二一《土谷浑传》：贞观十五年，"又诏民部尚书唐俭、中书舍人马周持节抚慰"。亦为证。

① （宋）陈思：《宝刻丛编》，《历代碑志丛书》第1册，江苏古籍出版社，1998年，第532页。
② （唐）刘𫗧撰，赵守俨点校：《隋唐嘉话》，中华书局，1979年，第24页。
③ （清）王昶：《金石萃编》，《历代碑志丛书》第5册，江苏古籍出版社，1998年，第44页。

纠谬：

《资治通鉴》卷一九五：贞观十二年，"是岁，以给事中马周为中书舍人"。任前官职记载有误。

7. 裴孝源（贞观十三年）

两《唐书》无传。

任职考：

《新唐书·艺文志》称其有《画品录》，为中书舍人，记贞观显庆年事。《四库全书》子部记载有其《贞观公私画史》一卷，自序曰："时贞观十三年八月望日序，中书舍人裴孝源。"①《全唐文》卷一五九存其《贞观公私画史序》一篇，小传称其为中书舍人。可知裴孝源贞观十三年八月时中书舍人在任。

另据《唐尚书省郎官石柱题名考》卷四和卷一三记载，裴孝源曾任吏部员外郎、度支郎中两职，唐中书舍人一职多由郎官转任，则贞观十三年前，裴孝源任前当任度支郎中。

8. 萧　钧（约贞观十五年）

两《唐书》有传，见《旧唐书》卷六三，《新唐书》卷一〇一。

任职考：

《旧传》："贞观中，累除中书舍人，甚为房玄龄、魏征所重。永徽二年，历迁谏议大夫，兼弘文馆学士"。《新传》无中书舍人记载，只言"永徽中，累迁谏议大夫、弘文馆学士"。

颜真卿《秘书省著作郎夔州都督长史上护军颜公神道碑》："君与兄秘书监师古，礼部侍郎相时齐名，秘监与君同时为崇贤、宏文馆学士，礼部为天策府学士，弟太子通事舍人育德又奉令于司经局校定经史。太宗尝图画崇贤诸文学士，命秘监为赞。以君秘监兄弟不宜相褒述，乃命中书舍人萧钧特赞君曰……"（《全唐文》卷三四一）据《旧唐书》卷七三《颜师古传》，颜师古贞观十五年稍后为秘书监、弘文馆学士，十九年卒。可知，萧钧贞观十五年或稍后在任。

---

① 《影印文渊阁四库全书》子部，第 812 册，台湾商务印书馆股份有限公司，2008 年，第 812 页。

9.高季辅(？至贞观十七年)

高冯,字季辅,德州蓨人,以字行。两《唐书》有传,见《旧唐书》卷七八,《新唐书》卷一〇四。

任职考:

《旧传》:"贞观初,擢拜监察御史,多所弹纠,不避权要。累转中书舍人。时太宗数召近臣,令指陈时政损益。季辅上封事五条:其略曰……太宗称善。十七年,授太子右庶子,又上疏切谏时政得失,特赐钟乳一剂,曰:'进药石之言,故以药石相报。'"《新传》略同。

迁官时间《资治通鉴》卷一九七记载相同:贞观十七年,"中书舍人高季辅为右庶子"。可知,高季辅贞观时自监察御史为中书舍人,贞观十七年自中书舍人迁太子右庶子。

所上封事时间其它史料记载多有不同。《通典》卷二一记载为贞观元年,《贞观政要》卷七记载为贞观二年,《资治通鉴》卷一九四记载为贞观八年十二月,《唐会要》卷二六"皇太子不许与诸王及公主抗礼"记载为贞观十一年,殊不可断,《旧传》成"累转",或在贞观中为是。

纠谬:

赐药石一事,《贞观政要》卷二记载与《旧传》同,而《职官分纪》卷七"药石之言"记载其官职为中书舍人,①为误记。

10.柳奭(？至贞观十七年)

字子邵,蒲州解人。两《唐书》有传,见《旧唐书》卷七七,《新唐书》卷一一二。

任职考:

《旧传》:"贞观中累迁中书舍人,后以外生女为皇太子妃,擢拜兵部侍郎。妃为皇后,奭又迁中书侍郎。"《新传》较略。

据《旧唐书》卷五一《后妃传》上:"太宗遂纳(高宗废后王氏)为晋王妃,高宗登储,册为皇太子妃。"而《新唐书·高宗本纪》:"(贞观)十七年……立子治为皇太子。"可知,柳奭贞观十七年自中书舍人擢拜兵部侍

---

① (宋)孙逢吉:《职官分纪》,《影印文渊阁四库全书》子部,第923册,台湾商务印书馆股份有限公司,2008年,第178页。

郎,永徽初为中书侍郎。

纠谬:

《册府元龟》卷一六一《帝王部》"命使"条载:"(贞观)二十年正月丁丑,遣……中书舍人崔仁师、柳奭……等以六条巡察四方。"①任职时间记载错误。

11. 来　济(贞观十八年至永徽二年)

扬州江都人。两《唐书》有传,见《旧唐书》卷八〇,《新唐书》卷一〇五。

任职考:

《旧传》:"(贞观)十八年,初置太子司议郎,妙选人望,遂以济为之,仍兼崇贤馆直学士,寻迁中书舍人,与令狐德棻等撰《晋书》。永徽二年,拜中书侍郎,兼弘文馆学士,监修国史。"《新传》略同。

据《资治通鉴》卷一九七:贞观十七年,"夏,四月,庚辰朔,承基上变,告太子谋反。敕长孙无忌、房玄龄、萧瑀、李世绩与大理、中书、门下参鞫之,反形已具。上谓侍臣:'将何以处承乾?'群臣莫敢对,通事舍人来济进曰:'陛下不失为慈父,太子得尽天年,则善矣!'上从之,济,护儿之子也"。则贞观十七年,来济通事舍人在任。

又据《容斋四笔》卷一三"唐孙处约事"条:"太宗得其书,擢中书舍人,是岁十七年癸卯。来济次年亦为中书舍人。"②此处记载,孙处约迁官时间有误(详见后文),来济迁官时间暂从之。可知,贞观十八年自太子司议郎任中书舍人,永徽二年拜中书侍郎,兼弘文馆学士。

另据《唐会要》卷六三"修前代史"条:"(贞观)二十年闰三月四日,诏令修史……于是司空房元龄、中书令褚遂良、太子左庶子许敬宗掌其事,又中书舍人来济……详其条例,量加考正。"《册府元龟》卷五五四《国史部》"采撰"条记载相同,亦可为证。

12. 崔仁师(贞观十九年至贞观二十二年)

定州安喜人。两《唐书》有传,见《旧唐书》卷七四,《新唐书》卷九九。

---

① (宋)王钦若等:《册府元龟》第 2 册,中华书局,1960 年,第 1947 页。
② (宋)洪迈撰,孔凡礼点校:《容斋随笔》,中华书局,2005 年,第 789 页。

任职考：

《旧传》："（贞观）十六年，迁给事中……后仁师密奏请立魏王为太子，忤旨，转为鸿胪少卿，迁民部侍郎。征辽之役……坐免官。""太宗还至中山，起为中书舍人，寻兼检校刑部侍郎……二十二年，迁中书侍郎参知机务。"《新传》略同。

征辽免官时间，据《资治通鉴》卷一九七：贞观十八年，"上将征高丽，秋，七月，辛卯……以民部侍郎崔仁师副之"。贞观十九年春正月丁酉，"崔仁师亦坐免官"。

任职时间据《资治通鉴》卷一九八：贞观十九年十一月，"丙戌，车驾至定州"。《元和郡县图志》卷一八载：河北道定州，"战国时为中山国"，"武德四年讨平窦建德，复置定州"。① 可推算崔仁师贞观十九年末任中书舍人。

离任时间据《新唐书·太宗本纪》："（贞观）二十二年正月……己亥，中书舍人崔仁师为中书侍郎，参知机务。"《资治通鉴》卷一九八、《唐会要》卷五一"名称"记载略同，只言其为中书舍人；而《旧唐书·太宗本纪》记载与《旧传》稍同，称其为刑部侍郎："（贞观）二十二年春正月……己亥，刑部侍郎崔仁师为中书侍郎，参知机务。"

可知，崔仁师贞观十九年稍后以中书舍人检校刑部侍郎，贞观二十二年正月迁中书侍郎，参知机务。

另，《册府元龟》卷一六一《帝王部》"命使"条："（贞观）二十年正月丁丑，遣……中书舍人崔仁师、柳奭……等以六条巡察四方。"②亦为此时在任之证。

13. 杨弘礼（？ 至贞观十九年）

字履庄，华州华阴人。两《唐书》有传，见《旧唐书》卷七七，《新唐书》卷一〇六。

任职考：

《旧传》载："贞观中，历兵部员外郎，仍为西河道行军大总管府长史，三迁中书舍人。太宗有事辽东，以弘礼有文武材，擢拜兵部侍郎，专典兵机之务。"《新传》略同。

① （唐）李吉甫撰，贺次君点校：《元和郡县图志》，中华书局，1983 年，第 510 页。
② （宋）王钦若等：《册府元龟》第 2 册，中华书局，1960 年，第 1947—1948 页。

太宗征辽时间据《旧唐书·太宗本纪》:"(贞观)十九年,春二月庚戌,上亲统六军,发洛阳。"可知,杨弘礼贞观中任兵部员外郎、西河道行军大总管府长史,约贞观十九年前任中书舍人,贞观十九年迁兵部侍郎。

14. 王弘让(约贞观中)

两《唐书》无传。

任职考:

《旧唐书》卷八九《王方庆传》:"王方庆,雍州咸阳人也……伯父弘让,有美名,贞观中为中书舍人。"其他不可考。

15. 司马玄祚(约初唐时)

两《唐书》无传。

任职考:

《唐代墓志汇编续集》有《唐德州安陵尉卢公夫人河内司马氏墓志并序》:"曾祖皇朝中书舍人玄祚",①可知司马玄祚曾为唐中书舍人。《全唐文补遗》有《大唐故薛王傅上柱国司马府君(铨)墓志铭》:"祖司马玄祚,隋国宾琅琊公,唐膳部郎中、礼部侍郎、通知散骑常侍、琅琊县开国男。"②或省中书舍人一职,任职约在初唐时期,暂系于此。

---

① 周绍良、赵超主编:《唐代墓志汇编续集》,上海古籍出版社,2001 年,第 532 页。
② 吴钢编:《全唐文补遗》(第一辑),三秦出版社,1994 年,第 123 页。

三、高 宗 朝

[包括稍后中宗(嗣圣)、睿宗朝(文明)]

1. 李义府(永徽元年至永徽六年)

瀛州饶阳人。两《唐书》有传,见《旧唐书》卷八二,《新唐书》卷二二三。

任职考:

《旧传》:"及升春宫,除太子舍人,加崇贤馆直学士……高宗嗣位,迁中书舍人。永徽二年,兼修国史,加弘文馆学士。高宗将立武昭仪为皇后,义府尝密申协赞,寻擢拜中书侍郎、同中书门下三品,监修国史,赐爵广平县男。"《新传》记载较略,拜中书侍郎、同中书门下三品,封广平县男时间记为"永徽六年"。

任职时间当在永徽元年,其自太子舍人任中书舍人。离任缘由据《资治通鉴》卷一九九:永徽六年七月,"中书舍人饶阳李义府为长孙无忌所恶,左迁壁州司马。敕未至门下,义府密知之,问计于中书舍人幽州王德俭……上悦,召见,与语,赐珠一斗,留居旧职。昭仪又密遣使劳勉之,寻超拜中书侍郎。"离任时间据《新唐书·高宗本纪》:永徽六年,"七月乙酉,崔敦礼为中书令。是月,中书舍人李义府为中书侍郎,参知政事"。可知,李义府任职当在永徽元年至永徽六年。

2. 刘祥道(永徽初)

字同寿,魏州观城人。两《唐书》有传,见《旧唐书》卷八一,《新唐书》卷一〇六。

任职考:

《旧传》:"永徽初,历中书舍人、御史中丞、吏部侍郎。显庆二年,迁黄门侍郎,仍知吏部选事。"《新传》较略:"历御史中丞。显庆中,迁吏部黄门侍郎,知选事。"未言中书舍人事。故推刘祥道约在永徽初年为中书舍人。

另,《唐尚书省郎官石柱题名考》卷三、卷四、卷八记载曾任吏部郎中、吏部员外郎、司勋员外郎等职,应为永徽初任中书舍人前,迁中书舍人之前或为吏部郎中。另据《册府元龟》卷六五八《奉使部》"论荐"条:"唐刘祥道太宗贞观中为巡察使,时幽州司马蒋俨以善政为祥道所荐,擢为会州刺史。"①则贞观时刘祥道曾为巡察使。

3. 李友益(? 至永徽二年)

两《唐书》无传。

任职考:

《唐会要》卷三九"定格令"记载其参与修订《永徽律》:"永徽二年闰九月十四日,上新册定律令格式。太尉长孙无忌……中书舍人李友益……等同修。勒成律十二卷、令三十卷、式四十卷,颁于天下。"

《旧唐书·经籍志》、《新唐书·艺文志》、《全唐文》卷一一《详定刑名诏》记载与上略同。《册府元龟》卷六一二记载为永徽元年,暂从《唐会要》。又据《唐会要》卷三七"五礼篇目"条:"永徽二年,议者以贞观礼未备,又诏……中书侍郎李友益……等重加缉定,勒成一百三十卷,二百二十九篇。至显庆三年正月五日,奏上之。"《旧唐书·礼仪志》《新唐书·礼乐志》记载略同。其后据《旧唐书·高宗本纪》:显庆三年,"冬十一月乙酉……中书侍郎李友益除名,配流巂州"。

可知,李友益永徽二年中书舍人在任,本年九月后迁中书侍郎。

4. 薛元超(永徽二年至永徽五年)

蒲州汾阴人。两《唐书》有传,见《旧唐书》卷七三,《新唐书》卷九八。杨炯《中书令汾阴公薛振行状》(《全唐文》卷一九六)和崔融的《大唐故中书令兼检校太子左庶子户部尚书汾阴男赠光禄大夫使持节都督秦成武渭四州诸军事秦州刺史薛公(元超)墓志铭并序》②记载生平颇详。据《薛元超行状》,薛振字符超,而《薛元超墓志铭》记载为薛震。

任职考:

《旧传》:"高宗即位,擢拜给事中,时年二十六……俄转中书舍人,加弘

---

① (宋)王钦若等:《册府元龟》第 8 册,中华书局,1960 年,第 6879 页。
② 吴钢编:《全唐文补遗》(第一辑),三秦出版社,1994 年,第 69 页。又见周绍良、赵超主编:《唐代墓志汇编续集》,上海古籍出版社,2001 年,第 279 页。

文馆学士,兼修国史……永徽五年,丁母忧解。"《新传》略同。《薛元超行状》:"高宗践位,诏迁朝散大夫,守给事中,年二十六。寻拜中书舍人、宏文馆学士。三十二,丁太夫人忧去职。"《薛元超墓志铭》记载同。杨炯、崔融距薛元超时代较近,从《行状》。可知,薛元超永徽元年迁朝散大夫、守给事中,约二年拜中书舍人、弘文馆学士,永徽五年丁忧去职。

5. 李安期(永徽中)

定州安平人。两《唐书》有传,见《旧唐书》卷七二,《新唐书》卷一〇二。

任职考:

《旧传》:"贞观初,累转符玺郎,预修《晋书》成,除主客员外郎。永徽中,迁中书舍人,又与李义府等于武德殿内修书,再转黄门侍郎。龙朔中,为司列少常伯,参知军国。"《新传》未记黄门侍郎之职。中书舍人之后当转黄门侍郎。

《唐会要》卷六三"修前代史"条:"(贞观)二十年闰三月四日,诏令修史……主客员外郎李安期……详其条例,量加考证。"修《晋书》时已然主客员外郎在任,与《旧传》时间不合。《新唐书》卷一九六《田游岩传》记载田游岩"爱夷陵青溪,止庐其侧。长史李安期表其才,召赴京师"。则李安期或曾任夷陵之长史。《唐尚书省郎官石柱题名考》卷一三、卷二六记载曾任度支郎中、主客员外郎。任中书舍人前或为度支郎中。

李安期当在永徽后期任中书舍人,前后职务为度支郎中和黄门侍郎。

6. 王德俭(永徽六年)

两《唐书》无传。《资治通鉴》卷一九九称其幽州人。

任职考:

据《新唐书》卷二二三《李义府传》,王为许敬宗甥,"瘿而智,善揣事",《册府元龟》卷四八〇《台省部》"奸邪"条第二记载,时人称之"智囊"。[1]

据《资治通鉴》卷一九九:永徽六年秋七月,"中书舍人饶阳李义府为长孙无忌所恶,左迁壁州司马。敕未至门下,义府密知之,问计于中书舍人幽州王德俭。德俭曰:'上欲立武昭仪为后,犹豫未决者,直恐宰臣异议耳。

---

① （宋）王钦若等:《册府元龟》第 6 册,中华书局,1960 年,第 5723 页。

君能建策立之,则转祸为福矣。'义府然之"。此事《大唐新语》卷一二、《新唐书》卷二二三《李义府传》记载略同。可知,永徽六年王德俭中书舍人在任。

7. 孙处约(约永徽末显庆初至显庆三年)

两《唐书》有传,见《旧唐书》卷八一,《新唐书》卷一〇六。《唐故司成孙公(处约)墓志铭并序》记载生平仕历较详。①《新唐书》本传记载始名"道茂",《旧唐书》本传称后改名"茂道",《孙处约墓志铭》称字茂道,从墓志铭。据《孙处约墓志铭》:"本□乘乐安人也。"

任职考:

《旧传》:"贞观中为齐王祐记室……累转中书舍人……三迁中书侍郎,与李勣、许敬宗同知国政……坐事左转司礼少常伯。"《新传》:"擢中书舍人。高宗即位……再迁司礼少常伯。"张嘉祯所作《故荆州大都督府长史上柱国乐安县开国伯孙公(俊)之碑并序》也有简略记载:"父处约……迁考功郎中,迁给事中、中书舍人。□□□□累承天泽,特拜中书侍郎,同中书门下三品平章事。"②

《孙处约墓志铭》记载较详:"永徽元年,礼部尚书骠骑都尉申公应诏举,游情文藻,下笔成章,射策甲科。蒙敕授著作佐郎,又迁礼部员外郎,转考功员外郎、弘文馆直学士、骑都尉。又频蒙敕授授考功郎中、上骑都尉,又迁给事中、中书舍人……显庆三年,诏加朝散大夫、弘文馆学士,余依旧任。"

永徽元年为著作佐郎,四迁为给事中,可知,孙处约约永徽末或显庆初为中书舍人。许敬宗知国政,据《资治通鉴》卷二〇〇,许敬宗为中书令在显庆三年,故孙处约自中书舍人为中书侍郎约在显庆三年。孙处约任职在显庆初到显庆三年。

纠谬:

《容斋随笔》卷一三"孙处约"条:"贞观中为齐王祐记室,祐多过失,数上书切谏,王诛,太宗得其书,擢中书舍人。是岁十七年癸卯。"③据上文考证及《资治通鉴》卷一九六所载:贞观十七年,"上检祐家文疏,得记室郏城

---

① 吴钢编:《全唐文补遗》(第四辑),三秦出版社,1997年,第369页。又见周绍良主编:《唐代墓志汇编》,上海古籍出版社,1992年,第557页。

② 吴钢编:《全唐文补遗》(第三辑),三秦出版社,1996年,第69页。

③ (宋)洪迈撰,孔凡礼点校:《容斋随笔》,中华书局,2005年,第789页。

孙处约谏书,嗟赏之,累迁中书舍人"。称"累迁",亦说明,非太宗贞观十七年任,《容斋随笔》记载有误。

8. 袁公瑜(显庆三年至龙朔二年)

两《唐书》无传。狄仁杰有《大周故相州刺史袁府君墓志铭并序》。①
任职考:
《袁公瑜墓志铭》:"迁都官员外郎,历兵部、都官二员外,寻拜兵部郎中……俄以君为中书舍人,又迁西台舍人。"
《资治通鉴》卷二〇〇:显庆三年七月,"许敬宗又遣中书舍人袁公瑜等诣黔州,再鞫无忌反状,至则逼无忌令自缢"。又据卷二〇一:龙朔二年二月,"左相许圉师之子奉辇直长自然游猎,犯人田,田主怒,自然以鸣镝射之。圉师杖自然一百,而不以闻。田主诣司宪讼之,司宪大夫杨德裔不为治,西台舍人袁公瑜遣人易姓名上封事告之"。且龙朔二年,"二月甲子,改京诸司及百官名:尚书省为中台,门下省为东台,中书省为西台,左右仆射为左右匡政,左右丞为肃机,侍中为左相,中书令为右相,自余各以义训改之。又改六宫内职名。"(《旧唐书·高宗本纪》)时间正合。可知,袁公瑜至少显庆三年七月至龙朔二年二月在任。

9. 王德本(显庆四年)

两《唐书》无传。《新表》:"王德本为王续子,西台舍人。"
任职考:
《唐文拾遗》卷五二《唐将仕郎张君墓志铭并序》:"君讳敬之,字叔謇,功曹府君之第五子也。耿介不群,文藻贯世,年十一,中书舍人王德本闻其俊材。"墓主"咸亨四年七月十六日卒于家,春秋廿五"。② 以此推算,王德本显庆四年时在任。

10. 张文瓘(龙朔二年至乾封元年间)

字稚圭,贝州武城人,大业末徙至魏州昌乐。两《唐书》有传,见《旧唐

---

① 周绍良主编:《唐代墓志汇编》,上海古籍出版社,1992年,第975页。
② 又见周绍良主编:《唐代墓志汇编》,上海古籍出版社,1992年,第823页。

书》卷八五,《新唐书》卷一一三。

任职考:

《旧传》:"累迁水部员外郎。时兄文琮为户部侍郎,旧制兄弟不许并居台阁,遂出为云阳令。龙朔年,累授东西台舍人、参知政事。寻迁东台侍郎、同东西台三品,兼知左史事。"《新传》略同,任后职时间记载为:"乾封二年,迁东台侍郎,同东西台三品,遂与绩同为宰相。俄知左史事。"

《旧唐书》卷一九〇上《崔行功传》:"显庆中,罢雠校及御书手,令工书人缮写,计直酬佣,择散官随番雠校。其后又诏东台侍郎赵仁本、东台舍人张文瓘及行功、怀俨等相次充使检校。"又据《唐会要》卷三五"经籍"条:"乾封元年十月十四日,上以四部群书传写讹谬,并亦缺少,乃诏……兼东台舍人张文瓘等,集儒学之士刊正,然后缮写。"可知乾封元年张文瓘为东台舍人。

又据《新唐书·高宗本纪》:乾封二年,"六月乙卯,西台侍郎杨武戴至德、东台侍郎李安期、司列少常伯赵仁本同东西台三品。东台舍人张文瓘参知政事"。总章二年,"二月……张文瓘为东台侍郎:同东西台三品"。而本传称其曾任东、西台舍人,龙朔二年中书改称西台。可知,张文瓘龙朔二年后、乾封元年前,此间曾任西台舍人,其后乾封元年已然东台舍人在任。

纠谬:

《大唐新语》卷四"持法"条:"张玄素为侍御史,弹乐蟠令叱奴骘盗官米。太宗大怒,特令处斩。中书舍人张文瓘执据律不当死,太宗曰:'仓粮事重,不斩恐犯者众。'魏征进曰:'陛下设法与天下共之,今若改张,人将法外畏罪,且复有重于此者何以加之?'骘遂免死。"[1]然据《旧唐书》卷七五《张玄素传》:"太宗闻其名,及即位,召见访以政……太宗善其对,擢拜侍御史,寻迁给事中。贞观四年,诏发卒修洛阳宫乾阳殿,以备巡幸。玄素上书谏。"可知张玄素为侍御史为太宗贞观初年事,且《旧传》记载张文瓘"贞观初,举明经,补并州参军"。所以,《大唐新语》记载此时为张文瓘为中书舍人,有误。

11. 高正业(麟德元年)

两《唐书》有传,见《旧唐书》卷七八,《新唐书》卷一〇四。

任职考:

---

① (唐)刘肃撰,许德楠、李鼎霞点校:《大唐新语》,中华书局,1984年,第55页。

《册府元龟》卷九三三《总录部》"诬构"条第二："许敬宗构仪云与忠通谋,遂下狱死,家口籍没。于是左肃机郑钦泰、西台舍人高正业、司虞大夫魏玄同、张希乘、长安尉崔道默并除名,长流岭南远界,与仪结托故也。"①据《旧唐书》卷八〇《上官仪传》："麟德元年,宦者王伏胜与梁王忠抵罪,许敬宗乃构仪与忠通谋,遂下狱而死,家口籍没。"可知高正业约麟德元年时在任。

12. 李敬玄(乾封初至总章二年)

亳州谯人。两《唐书》有传,见《旧唐书》卷八一,《新唐书》卷一〇六。

任职考:

《旧传》:"贞观末,高宗在东宫,马周启荐之,召入崇贤馆,兼预侍读,仍借御书读之……乾封初,历迁西台舍人、弘文馆学士。总章二年,累转西台侍郎,兼太子右中护、同东西台三品,兼检校司列少常伯。"

任前职务,据《法苑珠林》卷三六:"唐贞观年中,有河东董雄,为大理寺丞。少来信敬,蔬食十年。至十四年中为坐李仙童事。主上大怒,使侍御琮鞫问甚急。因禁数十人。大理丞李敬玄、司直王欣,同连此坐。"②可知其曾任大理丞。

任后职务据《新传》记载为"右肃机,检校太子右中护",《资治通鉴》卷二〇一同《新传》:"(总章)二年,春,二月……以右肃机、检校太子中护谯人李敬玄为西台侍郎并同东西台三品。"《新唐书·高宗本纪》记载相同。可知,李敬玄乾封初任西台舍人,至迟总章二年前已任右肃机。

另,据《旧唐书·刑法志》:"龙朔二年,改易官号,因敕司刑太常伯源直心、少常伯李敬玄、司刑大夫李文礼等重定格式。"《新唐书·艺文志》略同。则龙朔二年时曾任司刑少常伯,此官即刑部侍郎,为正四品下,而后乾封方迁西台舍人,较为可疑。

纠谬:

《旧唐书》卷九〇《朱敬则传》:"咸亨中,高宗闻而召见,与语甚奇之,将加擢用,为中书舍人李敬玄所毁,乃授洹水尉。"《册府元龟》卷九五二《总录部》"忌害"条记载同上。另外,《新唐书》卷一一五《朱敬则传》:"咸亨中,高宗闻其名召见,异之。为中书令李敬玄所毁,故授洹水尉。"记载官职均

---

①　(宋)王钦若等:《册府元龟》第12册,中华书局,1960年,第10998页。

②　(唐)释道世撰,周叔迦、苏晋仁校注:《法苑珠林校注》,中华书局,2003年,第844页。

有误,时李敬玄为西台侍郎。

13. 李虔绎（乾封二年）

两《唐书》无传。

任职考:

《新唐书》卷一一〇《泉男生传》:"授(泉男生)平壤道行军大总管,兼持节安抚大使,举哥勿、南苏、仓岩等城以降。帝又命西台舍人李虔绎就军慰劳,赐袍带、金扣七事。"劳军时间据《玉海》卷一五三"唐高丽请颁历"条:"乾封元年五月,泉男生率众与契丹靺鞨兵内附遣子献城诣阙。六月,赐乘舆马瑞锦宝刀。二年秋,赐袍带金扣七事。"①可知,李虔绎乾封二年时任西台舍人。

14. 徐齐聃（咸亨元年至约仪凤初）

字将道,湖州长城人。两《唐书》有传,见《旧唐书》卷一九〇上,《新唐书》卷一九九。张说《唐西台舍人赠泗州刺史徐府君(神道)碑(铭并序)》记载生平较详。②

任职考:

《新传》:"高宗时,为潞王府文学、崇文馆学士,侍皇太子讲,修书于芳林门……为沛王侍读……累进西台舍人……令侍皇太子及诸王属文……坐漏禁中事,贬蕲州司马。"《旧传》稍略:"高宗时,累迁兰台舍人……高宗爱其文,令侍周王等属文……以漏泄机密,左授蕲州司马。"

《徐齐聃碑》记载前期任职稍详,后贬官之事较为隐晦:"公始以宏文生通五经大义,发迹曹王府参军右千牛兵曹、潞王府文学、崇文馆学士兼侍皇太子讲,又芳林门修书……敕改沛王掾,终岁选拟司绩员外司议郎,并不就,乞补云阳令,到官累日,诏除司城员外郎,乃迁西台舍人……故公备更潞沛豫诸王侍读……咸亨元年,出为蕲州司马。"

据《旧唐书》卷八六《章怀太子贤传》:"章怀太子贤……永徽六年,封潞王……龙朔元年,徙封沛王……咸亨三年,改名德,徙封雍王。"则徐齐聃为潞王府文学当为永徽六年至龙朔元年事,为沛王侍读为龙朔元年后。又据

---

① (宋)胡应麟:《(合璧本)玉海》,京都中文出版社,1977年,第2897页。
② (唐)张说著,熊飞校注:《张说集校注》,中华书局,2013年,第898页。

《唐会要》卷五五"中书舍人"条:"咸亨元年二月二十一日,西台舍人徐齐聃上奏曰……上纳之。其年三月十九日,敕令突厥酋长子弟事东宫,齐聃又上疏。"后者《资治通鉴》卷二〇一记载略同,时间为三月。则其约咸亨元年自司城员外郎迁中书舍人。

离任时间据《旧唐书·中宗睿宗本纪》:"(中宗)显庆元年十一月乙丑,生于长安。明年封周王,授洛州牧。仪凤二年,徙封英王,改名哲,授雍州牧。"则侍周王时为显庆二年至仪凤二年间。此间因漏禁中事,出为蕲州司马。

可知,徐齐聃任职为咸亨元年,贬官离任在显庆二年至仪凤二年间,约仪凤初。

纠谬:

据本传及《徐齐聃碑》,其司议郎一职并未就任,《玉海》卷一二八《官制》"司议郎"条记载徐齐聃曾任司议郎,①有误。

15. 郭正一（咸亨五年至永隆二年）

定州鼓城人。两《唐书》有传,见《旧唐书》卷一九〇,《新唐书》卷一〇六。

任职考:

《旧传》:"贞观中举进士。累转中书舍人、弘文馆学士。永隆二年,迁秘书少监,检校中书侍郎,与魏玄同、郭待举并同中书门下平章事。宰相以平章事为名,自正一等始也。"《新传》略同。

据《旧唐书》卷八七《刘祎之传》:"祎之少与孟利贞、高智周、郭正一俱以文藻知名,时人号为刘、孟、高、郭。寻与利贞等同直昭文馆。"则郭正一或曾直昭文馆。

杨晋《大唐帝陵光业寺大佛堂之碑大唐开元十三年岁次乙丑六月癸丑朔二日甲寅赵州象城县光业寺碑并颂》:"逮乎仪凤之年,追上尊号曰……皇祖简宣公,谨追上尊号谥宣皇帝。皇祖妣夫人张氏,谨追上尊号谥宣庄皇后。皇祖懿王,谨追上尊号谥光皇帝。皇祖妣妃贾氏,谨追上尊号光懿皇后……中书令李敬玄宣,中书侍郎门下三品臣薛元超奉,中书舍人、弘文馆学士、上柱国臣郭正一行。"②据《旧唐书·高宗本纪》:咸亨五年,"八月壬

---

① （宋）胡应麟:《（合璧本）玉海》,京都中文出版社,1977年,第2459页。
② 吴钢编:《全唐文补遗》（第一辑）,三秦出版社,1994年,第14页。

辰,追尊宣简公为宣皇帝,懿王为光皇帝"。此次上尊号时间当以《旧唐书》为准,则郭正一至少咸亨五年已中书舍人在任。

可知,郭正一至迟咸亨五年已任中书舍人,永隆二年迁秘书少监、检校中书侍郎。

郭正一《大唐故临川郡长公主墓志铭并序》署"秘书少监检校中书侍郎",①可知在永淳元年时仍在任上。

《唐会要》卷九七"吐蕃"条:仪凤三年,"中书舍人郭正一曰:'吐蕃作梗,年岁已深,兴师不绝,非无劳费,近讨则徒损兵威,深入则未穷巢穴。臣望少发兵募,且遣备边,明立烽候,勿令侵掠,待国用丰足,一举而灭之。'"《旧唐书》卷一九六《吐蕃传》上记载略同,说明其仪凤三年在任。

《太平广记》卷一七一"精察"条:"中书舍人郭正一,破平壤得一高丽婢,名玉素。"②而据《旧唐书·高宗本纪》:总章元年,"九月癸巳,司空英国公绩破高丽,拔平壤城,擒其王高藏及其大臣男建等以归,境内尽降"。说明总章元年在任。

16. 刘祎之(仪凤二年至约仪凤三年)

字希美,常州晋陵人。两《唐书》有传,见《旧唐书》卷八七,《新唐书》卷一一七。

任职考:

《旧传》:"配流巂州。历数载,天后表请高宗召还,拜中书舍人,转相王府司马,复迁检校中书侍郎。"《新传》略同,流放后事记载稍详:"坐流巂州。后为丐还,除中书舍人。仪凤中,吐蕃寇边……俄拜相王府司马,检校中书侍郎。"

杨晋《大唐帝陵光业寺大佛堂之碑大唐开元十三年岁次乙丑六月癸丑朔二日甲寅赵州象城县光业寺碑并颂》:"(仪凤年间)五月,敕:皇祖宣皇帝陵,以建昌为名。皇祖光皇帝陵,以延光为名。有司依式。中书令臣李敬玄宣,中书侍郎同门下三品臣薛元超奉,中书舍人臣刘祎之行。"③据《册府元龟》卷三〇《帝王部》"奉先"条第三:"仪凤二年五月壬戌,诏尊宣皇帝陵为建昌陵,先皇帝陵为延陵。"④其至少仪凤二年中书舍人在任。

① 周绍良、赵超主编:《唐代墓志汇编续集》,上海古籍出版社,2001年,第260页。
② (宋)李昉等编:《太平广记》第4册,中华书局,1961年,第1256页。
③ 吴钢编:《全唐文补遗》(第一辑),三秦出版社,1994年,第14页。
④ (宋)王钦若等:《册府元龟》第1册,中华书局,1960年,第324页。

离任时间,据《唐会要》卷九七"吐蕃"条:仪凤三年,"中书舍人刘祎之曰:'臣观自古圣主,明君皆有夷狄为梗。今吐蕃凭陵,未足为耻,愿暂戢万乘之威,以宽百姓之役。'"《旧传》记载未言时间。《旧传》记载转相王府司马,检校中书侍郎时间,时间有误,且检校中书侍郎不当。

可知,刘祎之约仪凤二年在任,离任约在仪凤三年后。

纠谬:

《册府元龟》卷九一七《总录部》"改节"条:"唐刘祎之,高宗咸亨初为中书舍人。武后临朝,寻同中书门下三品。"①时间有误。

王恽《秋涧集》卷四〇《唐建昌陵石麟记》:"读开元十三年县尉杨晋所撰碑颂,盖知为唐皇兄宣简公懿王陵墓也。仪凤元年,高宗追谥尊号宣简曰宣皇帝,陵曰建昌。懿王曰光皇帝,陵曰延光。"追谥尊号时间有误。

《资治通鉴补》卷二〇二:"上元三年春正月壬戌,徙冀王轮为相王,以中书舍人刘祎之为相王府司马。"②而《资治通鉴》卷二〇二:"仪凤元年,春,正月,壬戌,徙冀王轮为相王。"刘祎之为相王府司马为仪凤三年后事。《全唐文补遗》有其《大唐故秘书少监刘府君(应道)墓志铭并序》,署相王府司马、弘文馆学士。③墓主调露二年七月四日去世,开耀元年十一月七日葬,则此期间仍任相王府司马。

17. 欧阳通(仪凤前;调露二年至垂拱中)

潭州临湘人。两《唐书》有传,见《旧唐书》一八九,《新唐书》卷一九八。

任职考:

《旧传》:"仪凤中,累迁中书舍人。丁母忧,居丧过礼。起复本官……五迁,垂拱中至殿中监,赐爵渤海子。"《新传》记载略同,但丁母忧时记"诏夺哀"。

《唐会要》卷三八"夺情"条:"调露二年,中书舍人欧阳通起复本官,每入朝必徒跣至城门外,然后着鞾韈而朝。直宿在省则席地籍藁,非公事不言,亦未尝启齿。归必衣衰绖,号恸无常。(国朝夺情者多矣,惟通能合典礼。)"《通典》卷七二记载相同。可知,欧阳通仪凤前期已任中书舍人,丁母

① (宋)王钦若等:《册府元龟》第12册,中华书局,1960年,第10850—10851页。
② (明)严衍:《资治通鉴补》,《续修四库全书》史部,第340册,上海古籍出版社,2005年,第215页。
③ 吴钢编:《全唐文补遗》(第三辑),三秦出版社,1996年,第20页。

忧,调露二年起复本官,垂拱中至殿中监。

纠谬:

李冗《独异志》卷下,记夺情一事为"甘露中"有误。

18. 裴敬彝(仪凤二年至永淳元年)

绛州闻喜人。两《唐书》有传,见《旧唐书》卷一八八,《新唐书》卷一九五。

任职考:

《旧传》:"乾封初,累转监察御史……服阕,拜著作郎,兼修国史。仪凤中,自中书舍人历吏部侍郎、左庶子。"《新传》略同。

据《全唐文》卷一一《申理冤屈制》:"令朝散大夫、守御史中丞崔谧、朝散大夫、守给事中刘景先、朝请郎、守中书舍人裴敬彝等,于南牙门下外省共理冤屈。"《唐大诏令集》卷八二有此文,时间为仪凤二年十一月十三日。①《新唐书》卷八一《懿德太子重润传》载:"改元永淳。是岁,立为皇太孙,开府置官属。帝问吏部侍郎裴敬彝、郎中王方庆……"可知,裴敬彝至迟仪凤二年自著作郎、监修国史任中书舍人,至迟永淳元年已任吏部侍郎。

纠谬:

《大唐新语》卷五"孝行"条:"裴敬彝父智周,为陈国王典仪,暴卒。敬彝时在长安,忽涕泣谓家人曰:'大人必有痛处,吾即不安。今日心痛,手足皆废,在事不测,能不戚乎!'遂急告归,父果已殁,毁瘠过礼。事以孝闻,累迁吏部员外。"②《唐尚书省郎官石柱题名考》卷四"吏部员外郎"补遗条亦有载。析《大唐新语》之文字,似为吏部侍郎之误。

19. 姚　璹(调露中至光宅元年)

字令璋。两《唐书》有传,见《旧唐书》卷八九,《新唐书》卷一〇二。

任职考:

《旧传》:"与司议郎孟利贞等奉令撰《瑶山玉彩》书,书成,迁秘书郎。调露中,累迁至中书舍人,封吴兴县男。则天临朝,迁夏官侍郎。"《新传》略同。

---

① (宋)宋敏求编:《唐大诏令集》,中华书局,2008年,第472页。
② (唐)刘肃撰,许德楠、李鼎霞点校:《大唐新语》,中华书局,1984年,第79页。

据《旧唐书·高宗本纪》:龙朔三年二月,"太子弘撰《瑶山玉彩》成书,凡五百卷"。可知姚璹龙朔三年或麟德元年迁秘书郎,调露中累迁中书舍人,则天临朝即光宅元年,迁夏官侍郎。

20. 贾大隐(弘道元年至垂拱三年)

《新唐书》有传,见卷一九八。《资治通鉴》卷二○四称永年人。

任职考:

《新传》:"仪凤中,为太常博士……迁累中书舍人……终礼部侍郎。"

任太常博士时间,据《唐会要》卷一七"原庙裁制"条:"仪凤二年二月二十九日,太常以仲春告祥瑞于太庙,上令礼官征求故实。太常博士贾大隐对曰……"《通典》卷五五记载相同。可知其仪凤二年时太常博士在任。其后职务,据《唐会要》卷七"封禅"条:"(永淳)二年正月,驾幸奉天宫,至七月下诏,将以其年十一月封禅于嵩岳。诏国子司业李行伟、考功员外郎贾大隐、太常博士韦叔夏、裴守贞、辅抱素等详定仪注。"《新唐书·礼乐志》记载相同。可知其在太常博士后曾任考功员外郎,为《新传》失载。

《新唐书》卷一二二《韦叔夏传》:"高宗崩,恤礼亡缺,叔夏与中书舍人贾大隐、博士裴守真撰定其制。"高宗驾崩时间据《旧唐书·则天皇后本纪》,弘道元年十二月,高宗崩。永淳二年与弘道元年均为公元683年,则贾大隐本年初为太常博士,从七品上,稍后任考功员外郎,年末中书舍人在任。另据《资治通鉴》卷二○四:垂拱三年四月,"凤阁侍郎、同凤阁鸾台三品刘祎之窃谓凤阁舍人永年贾大隐曰……"垂拱四年春正月,"春官侍郎贾大隐奏……"可知,贾大隐弘道元年末至垂拱三年凤阁舍人在任,垂拱四年已任春官侍郎。

21. 邓玄挺(? 至光宅元年)

雍州蓝田人。后世避讳又作邓元挺。《旧唐书》有传,见卷一九○中。

任职考:

《旧传》:"坐与上官仪善,出为顿丘令。有善政,玺书劳问。累授中书舍人……则天临朝,迁吏部侍郎。"

据《旧唐书·高宗本纪》:麟德元年,"十二月丙戌,杀西台侍郎上官仪"。可知邓玄挺任顿丘令当在麟德后。又据《唐会要》卷六四"崇文馆"所载:"永隆二年二月六日,皇太子亲行释奠之礼。礼毕,上表请博延耆硕英髦之士,为崇文馆学士,许之。于是薛元超表荐郑祖元、邓元挺、杨炯、崔融等并为崇文学士。"又见《旧唐书》卷七三《薛元超传》。则永隆二年后曾为崇文馆学士。《唐尚书省郎官石柱题名考》卷一一"户部郎中"、卷一二"户部员外郎"条均有记载,或舍人前曾担任此二职。

《唐会要》卷七四"掌选善恶":"弘道元年十二月,吏部侍郎魏克已铨综人毕,放长榜,遂出得留人名。于是衢路喧哗,大为冬集,人援引指摘,贬为太子中允。遂以中书舍人邓玄挺替焉,玄挺无藻鉴之目,又患消渴,选人因号为'邓渴'。"可知邓玄挺光宅元年任吏部侍郎。

可知,邓玄挺在光宅元年稍前在任,本年末迁吏部侍郎。

22.长孙祥(约高宗时)

河南洛阳人。两《唐书》无传,有《□唐故刑部尚书长孙府君墓志铭并序》。①

任职考:

《长孙祥墓志铭》:"又改吏部员外郎,俄迁中书舍人,又任太子率更令,又转户部侍郎。"据《唐仆尚丞郎表》未有长孙祥任职户部侍郎考订,疑在武后初。故其任中书舍人或在高宗朝。

23.孙　行(约高宗时)

两《唐书》无传。

任职考:

《元和姓纂》卷四记载华原孙氏:"唐处士孙思邈,生行,中书舍人;子济,左司郎中、润州刺史。"②孙思邈年寿较长,《册府元龟》卷八五《帝王部》"赦宥"条第四:"(开元)十三年正月戊子,制……殿中侍御史孙济往陇右道……疏决囚徒,宣慰百姓。"③其子孙济在开元十三年为殿中侍御史,孙行或为高宗时中书舍人。

---

① 周绍良、赵超主编:《唐代墓志汇编》,上海古籍出版社,2001 年,第 598 页。
② (唐)林宝撰,岑仲勉校记:《元和姓纂》(附四校记),中华书局,1994 年,第 469 页。
③ (宋)王钦若等:《册府元龟》第 1 册,中华书局,1960 年,第 1004 页。

附:董思恭

董思恭,苏州吴人。《旧唐书》卷一九三记载简略生平。

纠谬:

《全唐诗》小传:"高宗时,官中书舍人。"《唐诗纪事》卷四:"杜正伦,相州人。工属文,尝与中书舍人董思恭夜直论文。思恭归,谓人曰:'与杜公评文,今日觉吾顿进。'显庆初为相。"①《新唐书》卷一〇六《杜正伦传》记载同。

其仕历,据《旧唐书》卷一九〇上《孟利贞传》:"利贞初为太子司议郎,中宗在东宫,深惧之。受诏与少师许敬宗、崇贤馆学士郭瑜、顾胤、董思恭等撰《瑶山玉彩》五百卷。龙朔二年奏上之。"可知,龙朔年间董思恭曾为崇贤馆学士。

《旧传》:"初为右史知考功举事,坐预泄问目,配流岭表而死。"《册府元龟》卷一五二《帝王部》"明罚"条记载较详:"龙朔三年四月壬辰,右史董思恭以知考功贡举事,预卖策问……思恭临刑告变免死,长流岭表。"②《封氏闻见录》卷三记载略同,未言时间。

又据《册府元龟》卷七七七《总录部》"名望"条第二:"孟利贞与董思恭、元思敬同时,并以文藻知名。利贞仕至著作郎,弘文馆学士,思恭至太史,思敬至协律郎。"③据《旧唐书校勘记》卷六三,太史当为右史,《元和姓纂》卷六记载范阳董氏:"右史董思恭,范阳人。"④皆称其官至右史。右史即起居舍人,《唐六典》卷九记载起居舍人为从六品上,龙朔二年改为右史,咸亨元年复故。中书舍人为从五品,其若曾任此职亦当在右史之前,后左迁贬官,其事不可考,任中书舍人与杜正伦论文事或为误记。

---

① (宋)计有功撰,王仲镛校笺:《唐诗纪事校笺》,中华书局,2007年,第120页。
② (宋)王钦若等:《册府元龟》第2册,中华书局,1960年,第1841页。
③ (宋)王钦若等:《册府元龟》第10册,中华书局,1960年,第9233页。
④ (唐)林宝撰,岑仲勉校记:《元和姓纂》(附四校记),中华书局,1994年,第803页。

四、武　后　朝

（自光宅元年九月武后临朝起）

1. 李景谌（？至光宅元年）

两《唐书》无传。

任职考：

据《资治通鉴》卷二〇三：光宅元年八月，"炎被收，辞气不屈。或劝炎逊辞以免，炎曰：'宰相下狱，安有全理！'凤阁舍人李景谌证炎必反"。至少在光宅元年八月凤阁舍人在任。又据《新唐书·则天皇后本纪》：光宅元年十月丁亥，"凤阁舍人李景谌同凤阁鸾台平章事"。其自凤阁舍人而同凤阁鸾台平章事，或武后临朝时检拔官员未拘一格，也未可知。

李景谌在任时间约光宅元年稍前，本年十月为相。

2. 元万顷（光宅元年至垂拱元年）

洛阳人。两《唐书》有传，见《旧唐书》卷一九〇中，《新唐书》卷二〇一。

任职考：

《旧传》："乾封中，从英国公李勣征高丽，为辽东道总管记室……万顷坐是流于岭外。后会赦得还，拜著作郎……前后撰《列女传》《臣轨》《百僚新诫》《乐书》等凡千余卷……则天临朝，迁凤阁舍人。无几，擢拜凤阁侍郎。"《新传》略同，只称武后时累迁凤阁侍郎，未言中书舍人职。

征高丽及流岭南时间可参见《资治通鉴》卷二〇一：乾封二年九月，"行军管记通事舍人河南元万顷为释其义，绩乃更遣粮仗赴之。万顷作檄高丽文曰：'不知守鸭绿之险。'泉男建报曰：'谨闻命矣！'即移兵据鸭绿津，唐兵不得渡。上闻之，流万顷于岭南"。

为著作郎时间，据《资治通鉴》卷二〇二：天授二年，"天后多引文学之士著作郎元万顷、左史刘祎之等，使之撰《列女传》《臣轨》《百僚新戒》《乐书》凡千余卷，朝廷奏议及百司表疏，时密令参决，以分宰相之权，时人谓之北门学士"。则至迟天授二年,元万顷已然著作郎在任。又据元万顷撰《大唐郦州司仓参军事李君亡妻裴氏(太一)墓志铭并序》署姑父、著作佐郎、弘文(约泐五字)舍人里供奉。① 据文中所载,裴氏终于永淳元年三月廿六日,四月下葬,则元万顷永淳元年初为著作佐郎,《本传》所记载遇赦后为著作郎有误,疑为著作佐郎。《唐诗纪事》卷五:"万顷坐是流岭外,遇赦,还为北门学士。累迁凤阁侍郎,坐事诛。"②北门学士非具体官职,记载官职不甚合理。碑铭中所缺五字疑可补为"(弘文)馆学士中书(舍人里供奉)",因此,永淳元年时当凤阁舍人里供奉在任,此后为凤阁舍人正职。

《册府元龟》卷五八六《掌礼部》"奏议"条第十四:"元万顷为凤阁舍人,则天垂拱元年七月,有司议圆丘方丘及南郊明堂严配之礼。"③《通典》卷四三、《资治通鉴》卷二〇三记载略同。又据《旧唐书·职官志》:"光宅元年九月,改……门下省为鸾台,中书省为凤阁。"《旧传》称其凤阁舍人而非中书舍人。

可知,元万顷正除凤阁舍人当在光宅元年九月稍后,至且少垂拱元年七月仍在任,稍后不久迁凤阁侍郎。

3. 陆元方(约光宅、垂拱时)

字希仲,苏州吴县人。两《唐书》有传,见《旧唐书》卷八八,《新唐书》卷一一六。《全唐文》卷二三一张说有《文昌左丞陆公墓志》。

任职考:

《陆元方墓志》:"始以司成明经业优擢第,补三水、扶风、渭南三县尉,授里行、监察、殿中三御史,迁凤阁舍人、兼太子中舍,又判凤阁,又守秋官,行鸾台,三守侍郎、同凤阁鸾台平章事。"《旧传》较略:"元方举明经,又应八科举,累转监察御史。则天革命,使元方安辑岭外……使还称旨,除殿中侍御史。即以其月擢拜凤阁舍人,仍判侍郎事。俄为来俊臣所陷,则天手敕特赦之。长寿二年,再迁鸾台侍郎、同凤阁鸾台平章事。延载初,又加凤阁侍郎。"《新传》同。

《陆元方墓志》载其任职为凤阁舍人,而非中书舍人,则当为光宅元年中书改凤阁后任职。来俊臣等人用事为垂拱二年后,可知,陆元方在任当在

---

① 吴钢编:《全唐文补遗》(第四辑),三秦出版社,1997年,第13页。

② (宋)计有功撰,王仲镛校笺:《唐诗纪事校笺》,中华书局,2007年,第148页。

③ (宋)王钦若等:《册府元龟》第7册,中华书局,1960年,第7013页。

睿宗后期,疑为光宅、垂拱年间,并兼太子中舍人,其后判凤阁侍郎,守秋官行鸾台,同凤阁鸾台平章事。

4. 范履冰(垂拱元年)

范履冰,怀州河内人。两《唐书》有传,见《旧唐书》卷一九〇中,《新唐书》卷二〇二。

任职考:

《旧传》:"垂拱中,历鸾台、天官二侍郎。寻迁春官尚书、同凤阁鸾台平章事,兼修国史。载初元年,坐尝举犯逆者被杀。"《新传》同,均无中书舍人记载。

《通典》卷四三:"武太后临朝,垂拱元年,有司议圜丘、方丘及南郊、明堂严配之礼……凤阁舍人元万顷、范履冰等议……从之。"①可知,范履冰垂拱元年曾凤阁舍人在任,本传所载鸾台侍郎当为凤阁舍人后职务。

又据《新唐书》卷二〇一《元万顷传》:"武后讽帝召诸儒论撰禁中,万顷与周王府户曹参军范履冰、苗神客、太子舍人周思茂、右史胡楚宾与选,凡撰《列女传》《臣轨》《百僚新戒》《乐书》等九千余篇。至朝廷疑议表疏皆密使参处,以分宰相权,故时谓'北门学士'。思茂、履冰、神客供奉左右,或二十余年。"疑约与元万顷同时以北门学士之劳迁凤阁舍人。

5. 孟 诜(垂拱元年至垂拱二年)

两《唐书》有传,见《旧唐书》卷一九一,《新唐书》卷一九六。据本传,孟诜为汝州梁人。但《太平广记》卷一九七"博物"条记载其为平昌人,②平昌属汾州。《新唐书纠谬》卷七云:"孟诜在《隐逸传》自传云汝州梁人也,然则平昌孟氏之望,而梁则所居之地。"③

任职考:

《旧传》:"垂拱初累迁凤阁舍人。诜少好方术,尝于凤阁侍郎刘祎之家见其敕赐金,谓祎之曰:'此药金也,若烧火其上,当有五色气。'试之果然。则天闻而不悦,因事出为台州司马。"《新传》记载略同。

---

① (唐)杜佑撰,王文锦等点校:《通典》,中华书局,1988年,第1195—1197页。
② (宋)李昉等编:《太平广记》第4册,中华书局,1961年,第1479页。
③ (宋)吴缜:《新唐书纠谬》卷七,《四部丛刊》本。

据两《唐书》本传,刘祎之垂拱三年被赐死,则孟诜出为台州司马时间不迟于垂拱三年。据《太平寰宇记》卷九八"江南东道"十:"唐垂拱四年三月,月桂子降于台州,司马孟诜、冬官侍郎狄仁杰以闻。"①《太平广记》卷三九八"石连理"条引《洽闻记》:"永昌年中,台州司马孟诜奏:临海水下冯义,得石连理树三株,皆白石。"②所撰《泾州大云寺舍利石函铭并序》撰于延载元年,署"朝散大夫行司马平昌孟诜",③则孟诜至少在垂拱三年至延载元年台州司马在任。可知,孟诜任中书舍人为垂拱元年、二年。

6. 王隐客(永昌元年)

两《唐书》无传,《旧唐书》卷一〇六、《新唐书》卷一二一《王琚传》略有提及。据《旧唐书》卷一〇六《王琚传》:"王琚,怀州河内人也。叔父隐客,则天朝为凤阁侍郎。"新《王琚传》记载略同。《全唐文》小传载:字少微,太原人。赠太子少保。为琚从父,官凤阁侍郎。太原属河南道,怀州属河北道,未知孰是。

任职考:

《资治通鉴》卷二〇四:永昌元年八月,"云(魏元忠)与敬业通谋,临刑,太后使凤阁舍人王隐客驰骑传声赦之。声达于市,当刑者皆喜跃欢呼,宛转不已;元忠独安坐自如,或使之起,元忠曰:'虚实未知。'隐客至,又使起,元忠曰:'俟宣敕已。'既宣敕,乃徐起,舞蹈再拜,竟无忧喜之色"。《新唐书》卷一二二《魏元忠传》记载略同,未言时间。可知,王隐客永昌元年八月时凤阁舍人在任。

7. 韩大敏(天授元年)

京兆长安人。两《唐书》有传,见《旧唐书》卷九八,《新唐书》卷一二六。《新传》称为韩休之父大智,大智之兄为大敏,但《宰相世系表》记载为大智之弟,未知孰是。

任职考:

《旧传》:"则天初为凤阁舍人。时梁州都督李行褒为部人诬告,云有逆

---

① (宋)乐史撰,王文楚等点校:《太平寰宇记》,中华书局,2007年,第1966页。

② (宋)李昉等编:《太平广记》第8册,中华书局,1961年,第3186页。

③ 吴钢编:《全唐文补遗》(第一辑),三秦出版社,1994年,第6页。

谋,则天令大敏就州推究。或谓大敏曰:'行褒诸李近属,太后意欲除之,忽若失旨,祸将不细,不可不为身谋也。'大敏曰:'岂有求身之安而陷人非罪!'竟奏雪之。则天俄又命御史重覆,遂构成其罪,大敏坐推反失情,与知反不告同罪,赐死于家。"《新传》记载略同。

《资治通鉴》卷二〇四:天授元年十一月,"道州刺史李行褒兄弟为酷吏所陷,当族,秋官郎中徐有功固争不能得。秋官侍郎周兴奏有功故出反囚,当斩,太后虽不许,亦免有功官"。可知,韩大敏天授元年时在任,后被赐死。

另,各类史料记载李行褒之职务多不同,《资治通鉴补》卷二〇四将两事合并。《旧唐书》卷八五《徐有功传》记载为道州刺史李仁褒:"道州刺史李仁褒及弟榆次令长沙,又为唐奉一所构,高宗末私议吉凶,谋复李氏,将诛之。有功又固争之,不能得。秋官侍郎周兴奏有功曰:'臣闻两汉故事,附下罔上者腰斩,面欺者亦斩。又《礼》云:析言破律者杀。有功故出反囚,罪当不赦,请推按其罪。'则天虽不许系问,然竟坐免官。久之,起为左台侍御史,则天特褒异之。时远近闻有功授职,皆欣然相贺。"《新唐书》卷一一三《徐有功传》略同。李仁褒和李行褒,当为一人。

8. 王　勮(天授元年)

两《唐书》有传,见《旧唐书》卷一九〇上,《新唐书》卷二〇一。据《旧传》记载,其与王勃、王勔才藻相类,"父友杜易简常称之曰:'此王氏三珠树也。'"

任职考:

《旧传》:"累除太子典膳丞。长寿中,擢为凤阁舍人。时寿春王成器、衡阳王成义等五王初出阁,同日授册。有司撰仪注,忘载册文。及百僚在列,方知阙礼,宰相相顾失色。勮立召书吏五人,各令执笔,口占分写,一时俱毕,词理典赡,人皆叹服。寻加弘文馆学士,兼知天官侍郎。勮颇任权势,交结非类。万岁通天二年,綦连耀谋逆事泄,勮坐与耀善,并弟勔并伏诛。"《新传》略同。被杀时间《新唐书·则天皇后本纪》记载为"神功元年正月壬戌",实为同年。

王勮一生最为关注之事即为凤阁舍人时草五王出阁之册文,据本传记载均为"长寿中",而其他史料记载时间不一:《通典》卷二一记载为"天授元年";《大唐新语》卷八"聪敏"记载为"天授中,寿春郡王成器等五人同日册命";①《唐摭言》卷一三记:"开耀中,任中书舍人,先是五王同日出

① (唐)刘肃撰,许德楠、李鼎霞点校:《大唐新语》,中华书局,1984年,第121页。

阁受册。"①《太平广记》卷一七四"俊辩"二引《唐摭言》:"开元中任中书舍人。先是五王出阁,同日受册。"②记载此事为开元中,显然错误,当是开耀之误,但上述史料记载时代最大差距达22年。

此事《新唐书纠谬》卷三辨析《新传》曰:"今案:《宁王宪传》云(宪初名成器),文明元年,武后以睿宗为皇帝,故宪立为皇太子,睿宗降为皇嗣,更册为皇孙与诸王皆出阁,开府置官属。长寿二年,降王寿春与衡阳、巴陵、彭城三王同封复诏入阁(此三王同封之文,当作四王。盖史氏误不载临淄郡王一人耳,其见别篇)。又案《武后纪》长寿二年腊月丁卯,降封皇孙成器为寿春郡王、恒王成义衡阳郡王、楚王隆基临淄郡王、卫王隆范巴陵郡王、赵王隆业彭城郡王,然则《王勔传》所谓长寿中寿春等五王事,即此是也。推考纪传乃是五王降封而复入阁,《勔传》以为出阁则失其实也。"③

又据《新旧唐书互证》卷一八:"《新书纠谬》曰:案《宁王宪传》云,文明元年,武后以睿宗为皇帝,故宪立为皇太子,睿宗降为皇嗣,更册为皇孙,与诸王皆出阁。长寿二年,降王寿春,复诏入阁,《武后本纪》长寿二年腊月,降封皇孙成器为寿春郡王、恒王成义衡阳郡王、楚王隆基临淄郡王、卫王隆范巴陵郡王、赵王隆业彭城郡王,即此事也,推考纪传乃是五王降封而复入阁以为出阁,失其实也。案:此《新书》承《旧书》之文,然观《旧书》云五王初出阁似实为出阁也,考《旧书·元宗本纪》云天授三年出阁,寻却入阁。长寿二年改封临淄郡王,圣历元年出阁,以曾两出阁。故云初出阁天授无三年,即长寿元年,且其文又似入阁而后降封,则非独出阁,时不当云寿春五王即入阁时亦不当云寿春五王也。恐其误不在出阁,而在寿春五王之称耳。《唐会要》卷五五'中书舍人'载此事为天授元年,则为出阁无疑,恐《旧本纪》误以元年为三年,传又因三年而误易为长寿中也,《会要》当得其实。"④

据《新旧唐书互证》卷一八所析,王勔天授元年凤阁舍人在任,暂从之。

《资治通鉴》卷二〇六:"凤阁舍人王勔兼天官侍郎事,用思礼为箕州刺史。"其又曾兼天官侍郎,《太平广记》卷二五九"嗤鄙"二:"唐成敬奇有俊才,天策中诣阙自陈请日试文章三十道,则天乃命王勔试之,授校书郎。"⑤天策当为天授之误,则天授又时以凤阁舍人身份试成敬奇文,或为所兼天官

① (五代)王定保撰,江汉椿校注:《唐摭言校注》,上海社会科学院出版社,2003年,第266页。
② (宋)李昉等编:《太平广记》第4册,中华书局,1961年,第1289页。
③ (宋)吴缜:《新唐书纠谬》卷三,《四部丛刊》本。
④ (清)赵绍祖:《新旧唐书互证》,《丛书集成初编》本。
⑤ (宋)李昉等编:《太平广记》第6册,中华书局,1961年,第2023页。

侍郎之职属。

纠谬：

《太平御览》卷六〇〇《文部》一六："长寿中，累除太子典膳丞，知凤阁舍人事，时寿春王成器、衡阳王成义五王初出阁，同日受册。"①太子典膳丞为正九品，知凤阁舍人事不合情理，为误记。

9. 张嘉福（天授二年）

两《唐书》无传。《资治通鉴》卷二〇四称修武人。

任职考：

史料所载张嘉福事，主要即为其任凤阁舍人时与王庆之等上表请立武承嗣皇太子一事。此事《旧唐书》卷一八九《欧阳通传》记载详尽："天授元年，（欧阳通）封夏官尚书。二年，转司礼卿，判纳言事。为相月余，会凤阁舍人张嘉福等请立武承嗣为皇太子，通与岑长倩固执以为不可，遂忤诸武意，为酷吏所陷，被诛。"以此系年，可知天授二年时张嘉福凤阁舍人在任。

其他《旧唐书》卷七〇《岑长倩传》亦记载为天授二年；《李文饶集》卷一二《论仪凤以后大臣褒赠状》"故文昌右相岑长倩"条记载此时为天授初，与《欧阳通传》也较合，当以天授二年为是。《旧唐书》卷八七《李昭德传》记载为延载初，时代有误。

其后景云时曾为吏部尚书，以韦后之乱为相，巡抚关内时被诛。《新唐书·睿宗本纪》："景云元年六月壬午，韦皇后弑中宗，矫诏立温王重茂为皇太子。以刑部尚书裴谈、工部尚书张锡同中书门下三品；吏部尚书张嘉福、中书侍郎岑羲、吏部侍郎崔湜同中书门下平章事……癸卯……张嘉福伏诛。"此事《太平广记》卷一四八"定数"三条载："唐逆韦之变，吏部尚书张嘉福河北道存抚使至怀州武陟驿，有敕所至处斩之。寻有敕放，使人马上昏睡，迟行一驿，比至已斩。讫命非天乎？天非命乎？"②

另，《全唐文补遗》有《大唐故朝散郎行薛王府国令上轻车都尉张君（嘉福）墓铭并序》，称墓主张嘉福陕州桃林县人，长安四年五月授澧州慈利县尉，开元七年四月薛王府国令，开元十二年五月去世，③则盛唐时另有一张嘉福。

---

① （宋）李昉等：《太平御览》，中华书局，1960年，第2702页。

② （宋）李昉等编：《太平广记》第3册，中华书局，1961年，第1065页。

③ 吴钢编：《全唐文补遗》（第二辑），三秦出版社，1995年，第459页。

10. 杜景佺（长寿元年至长寿二年）

冀州武邑人。《新唐书》有传，见卷一一六。

任职考：

《新传》："入为司刑丞，与徐有功、来俊臣、侯思止专治诏狱，时称'遇徐、杜者生，来、侯者死'。改秋官员外郎，与侍郎陆元方按员外郎侯味虚罪，已推，辄释之。武后怒其不待报，元方大惧，景佺独曰：'陛下明诏六品、七品官，文辨已定，待命于外，今虽欲罪臣，奈明诏何？'宰相曰：'诏为司刑设，何预秋官邪？'景佺曰：'诏令一布，无台、寺之异。'后以为守法，擢凤阁舍人。迁洛州司马。延载元年，检校凤阁侍郎、同凤阁鸾台平章事。"《册府元龟》卷六一八《刑法部》"平允"条记载略同。

据《唐仆尚丞郎表》考订，陆元方任秋官侍郎在长寿元年、二年，①可知杜景佺约在此时为凤阁舍人，其后延载元年自洛州司马为凤阁侍郎、同凤阁鸾台平章事，任凤阁舍人约在长寿元年、二年时。

11. 韦承庆（长寿元年至圣历中）

字延休，两《唐书》有传，见《旧唐书》卷八八，《新唐书》卷一一六，《全唐文补遗》有岑羲、郑愔的《大唐故黄门侍郎兼修国史赠礼部尚书上柱国扶阳县开国字韦府君（承庆）墓志铭并序》。②

任职考：

《旧传》："调露初，东宫废，出为乌程令，风化大行。长寿中，累迁凤阁舍人，兼掌天官选事……寻坐忤大臣旨，出为沂州刺史。未几，诏复旧职，依前掌天官选事。久之，以病免，改授太子谕德。"《新传》略同。《韦承庆墓志铭》颇详："廿四，随牒授雍王府参军。累迁王府功曹参军……拜太子通事舍人，累迁太子文学司议郎……乃随例授湖州乌程县令……未几，巡察使以茂政尤异上闻，持除魏州顿丘县令……寻加朝散大夫，迁太府寺丞，转礼部员外郎。"丁父忧三年，"服阕，除凤阁舍人、内供奉，兼掌天官选事……公入掌王言，语晋与长舆比德，出参铨管，在魏与平叔齐声……寻出为沂州刺史……特降恩敕，追还正除中书舍人。寻丁继亲忧，去职……恩旨权夺，复

① 严耕望：《唐仆尚丞郎表》，上海古籍出版社，2007年，第238页。
② 吴钢编：《全唐文补遗》（第三辑），三秦出版社，1996年，第37页。

居旧任……寻以疾罢,改授太子左谕德"。

据韦承庆所撰《大唐故纳言上轻车都尉博昌县开国男韦府君(仁约)墓志铭》,韦承庆父韦仁约于永昌元年九月廿八日薨于承义里第,载初元年一月七日迁窆于雍州万年县,①韦承庆为其父韦仁约撰志时署前朝议大夫行春官员外郎。《旧传》与《韦承庆墓志铭》记载相合,称长寿中当为长寿元年,此时为凤阁舍人内供奉,并掌天官选事。

《唐刺史考全编》考订其沂州刺史之任在长寿中。② 据《韦承庆墓志铭》:"特降恩敕,追还正除中书舍人。"则长寿二年或延载元年再为凤阁舍人(凤阁至神龙年方改中书,墓志铭称"中书"舍人有误)。又据李峤所撰《大周故纳言博昌县开国男韦府君夫人琅耶郡太君王氏(婉)墓志铭》,韦承庆继母王氏万岁通天元年八月十二日终于神都崇政里第。③ 则韦承庆万岁通天元年曾有极短时间夺情,稍后正除凤阁舍人。

韦承庆《大周故镇军大将军行左金吾卫大将军赠幽州都督上柱国柳城郡开国公高公(质)墓志铭并序》署朝议大夫、行凤阁舍人。墓主万岁通天二年五月廿三日薨,圣历三年腊月十七日葬,④则韦承庆此时尚在任。又有韦承庆撰《大唐故朝散大夫行洛州陆浑县令韦府君(憛)墓志铭并序》署从□□□□舍人。墓主圣历元年一月十日终余神都崇业里,其年三月廿五日葬于雍州明堂县,⑤亦应为中书舍人在任时作。"寻以疾罢",可知中书舍人任职时间当亦至圣历,不能再晚。

综上,韦承庆任凤阁舍人内供奉在长寿元年,正拜中书舍人时间当在长寿二年或延载元年,直至圣历中。

12. 李　峤(长寿元年至约圣历二年)

字巨山,赵州赞皇人。两《唐书》有传,见《旧唐书》卷九四,《新唐书》卷一二三。

任职考:

《旧传》:"弱冠举进士,累转监察御史……累迁给事中……忤旨,出为

---

① 吴钢编:《全唐文补遗》(第二辑),三秦出版社,1995年,第6页。
② 郁贤皓:《唐刺史考全编》,安徽大学出版社,2000年,第1020页。
③ 吴钢编:《全唐文补遗》(第二辑),三秦出版社,1995年,第8页。
④ 吴钢编:《全唐文补遗》(千唐志斋新藏专辑),三秦出版社,2006年,第79页。
⑤ 吴钢编:《全唐文补遗》(第三辑),三秦出版社,1996年,第28页。又见周绍良、赵超主编:《唐代墓志汇编续集》,上海古籍出版社,2001年,第360页。

润州司马。诏入,转凤阁舍人……寻知天官侍郎事,迁麟台少监。"

任给事中及左迁润州司马时间,据《旧传》:"时酷吏来俊臣构陷狄仁杰、李嗣真、裴宣礼等三家,奏请诛之,则天使峤与大理少卿张德裕、侍御史刘宪覆其狱。德裕等虽知其枉,惧罪,并从俊臣所奏,峤曰:……乃与德裕等列其枉状,由是忤旨,出为润州司马。"此事《新唐书》《资治通鉴》均记载为长寿元年,则此时李峤给事中在任,稍后出为润州司马。据《太平广记》卷二二一引《定命录》:"其在润州也,充使宣州山采银。"[1]

任凤阁舍人时间,据《唐会要》卷八五"逃户"条:"证圣元年,凤阁舍人李峤上表。"《唐会要》卷七七"巡查按察巡抚等使"又载:"万岁通天元年,凤阁舍人李峤上疏曰。"李峤撰《大周故纳言博昌县开国男韦府君夫人琅耶郡太君王氏(婉)墓志铭》时署凤阁舍人。[2] 王氏万岁通天元年八月十二日终于神都崇政里第,可知,证圣至万岁通天元年在任。

《全唐文》有李峤所作制书四十四篇,可系年者上至长寿元年,下至圣历二年。《授武攸宁冬官尚书制》,据《资治通鉴》卷二〇五,长寿元年,"秋,八月,戊寅,以文昌左相、同凤阁鸾台三品武承嗣为特进,纳言武攸宁为冬官尚书"。则此文撰于长寿元年。《授崔融著作郎制》据《旧唐书》卷九四《崔融传》:"圣历二年,除著作郎,仍兼右史内供奉。"则此文圣历二年作。李峤未有知制诰之职,可知,至少李峤长寿元年已凤阁舍人在任,万岁通天元年亦在任,后至圣历二年起草之诏敕或以凤阁舍人身份,或以凤阁侍郎身份。

纠谬:

《李峤年谱》认为李峤长寿二年,自润州司马召为凤阁舍人,神功元年知天官选事。圣历元年春,知凤阁侍郎,九月,转麟台少监,仍知凤阁侍郎。[3] 年谱考证有误。

13. 苏味道(长寿年间)

赵州栾城人。两《唐书》有传,见《旧唐书》卷九四,《新唐书》卷一一四。

任职考:

《旧传》:"累转咸阳尉。吏部侍郎裴行俭……及征突厥阿史那都支,引

① (宋)李昉等编:《太平广记》第 5 册,中华书局,1961 年,第 1696 页。
② 吴钢编:《全唐文补遗》(第二辑),三秦出版社,1995 年,第 8 页。
③ 陈冠明:《苏味道李峤年谱》,中央文献出版社,2000 年。

为管记……延载初,历迁凤阁舍人、检校凤阁侍郎,同凤阁鸾台平章事,寻加正授。"《新传》略同,称:"延载中,以凤阁舍人检校侍郎、同凤阁鸾台平章事,岁余为真。"

据《太平广记》卷二五九"嗤鄙"二引《御史台记》:"唐李师旦,新丰人也,任会稽尉。国忌日废务饮酒唱歌杖人,为吏所讼御史苏味道按之。"①则苏味道曾任御史,又据《大唐新语》卷一一"惩戒"条:"周矩为殿中侍御史,大夫苏味道待之甚薄,屡言其不了事。"②则亦曾为御史大夫。《苏味道年谱》称唐代官员迁转多由簿尉至御史,又御史至郎官,而推断苏味道此时期先后为监察御史和殿中侍御史(或侍御史),③从此说。《使岭南闻崔马二御史并拜台郎》《赠封御史入台》《始背洛城秋郊瞩目奉怀台中诸御史》等作或均为此时写与同僚之作。

《唐尚书省郎官石柱题名考》记载其曾为吏部员外郎和考功郎中,本传皆不载,舍人自郎官转居多,凤阁舍人前约曾任此职。

本传记载苏味道延载初历迁凤阁舍人,检校凤阁侍郎,同凤阁鸾台平章事,寻加正授。《新唐书·则天皇后本纪》:延载元年,"三月甲申,凤阁舍人苏味道为凤阁侍郎、同凤阁鸾台平章事"。不言检校,据《新唐书纠谬》卷九,《本纪》阙文。

直迁凤阁舍人且检校凤阁侍郎同凤阁鸾台平章事,情况很少,而《旧唐书·职官志》记载"翰林院"时称:"天后时,苏味道、韦承庆,皆待诏禁中。"又据韦承庆所撰《大唐故纳言上轻车都尉博昌县开国男韦府君(仁约)墓志铭》判定韦承庆是长寿元年为凤阁舍人内供奉(详见韦承庆条)。则疑至少在此时亦即长寿年间,苏味道为凤阁舍人,待诏禁中。

14. 逢弘敏(延载元年)

两《唐书》无传。《新唐书》《资治通鉴》《册府元龟》等书均作"逢",据《古今姓氏书辩证》卷三:"逢公,出自夏商之世诸侯,有逢伯及逢公者,国于齐土,因以国为氏……北海逢氏:汉太尉信,后赵秦州刺史碧,唐中书舍人弘敏。"④《旧唐书》亦作逢,则当以逢姓为确。

任职考:

---

① (宋)李昉等编:《太平广记》第6册,中华书局,1961年,第2018页。
② (唐)刘肃撰,许德楠、李鼎霞点校:《大唐新语》,中华书局,1984年,第171页。
③ 陈冠明:《苏味道李峤年谱》,中央文献出版社,2000年。
④ (宋)邓名世撰,王力平点校:《古今姓氏书辩证》,江西人民出版社,2006年,第36页。

《旧唐书》卷八七《李昭德传》："凤阁舍人逄弘敏遽奏其论。则天乃恶昭德,谓纳言姚璹曰:'昭德身为内史,备荷殊荣,诚如所言,实负于国。'延载初,左迁钦州南宾尉,数日,又命免死配流。"其余史料均载为此事,《资治通鉴》卷二〇五:延载元年,"凤阁舍人逄弘敏取奏之,太后由是恶昭德"。可知,逄弘敏延载元年凤阁舍人在任。

15. 王处知(证圣元年)

两《唐书》无传。

任职考:

《旧唐书》卷一九〇中《员半千传》："证圣元年,半千为左卫长史,与凤阁舍人王处知、天官侍郎石抱忠,并为弘文馆直学士。"《唐会要》卷二六"待制官"条又载:"证圣元年,左卫冑曹参军员半千充使吐蕃。辞日,则天谓之曰:'久闻卿名,谓是古人不意乃在朝列。境外小事,不足烦卿。宜且留待制也。'遂与王处知、石抱忠,并为宏文馆学士,仍与著作佐郎路敬淳分日于明德门待制。"可知,王处知证圣元年凤阁舍人在任。

16. 薛　稷(神功元年至神龙二年间)

蒲州汾阴人。两《唐书》有传,见《旧唐书》卷七三,《新唐书》卷九八。

任职考:

《旧传》："稷举进士,累转中书舍人。时从祖兄曜为正谏大夫,与稷俱以辞学知名,同在两省,为时所称。景龙末,为谏议大夫、昭文馆学士。"《新传》："累迁礼部郎中、中书舍人……景龙末,为谏议大夫、昭文馆学士。"礼部郎中又见《唐尚书省郎官石柱题名考》卷一九记载。

任凤阁舍人资料如下:

《金薤琳琅》卷九有《唐杳冥君铭》,为大唐神功元年丁酉岁十月一日立,凤阁舍人河东薛稷为文并书丹。《金石萃编》卷六二《杳冥君铭》条辨曰:"武后以万岁通天二年九月壬寅改元神功。是月甲午朔壬寅是初九日,此碑立于改元后二十三日也。碑前题凤阁舍人河东薛稷为文并书丹。《新唐书》传,稷字嗣通,道衡曾孙,擢进士第。累迁礼部郎中、中书舍人,睿宗践阼迁太常少卿,封晋国公,累迁黄门侍郎、参知机务,罢为左散骑常侍,历太子少保、礼部尚书。《旧唐书》略同。皆无凤阁舍人之文,据《唐六典》,光宅二年改中书为凤阁。《新唐书·百官志》作元年,按光宅无二年,是年正月丁未改元垂拱,《六典》误也。神龙元年复旧,其属有舍人六人,传载稷之官中书舍人,在睿宗践阼以前,正是武后时。此碑书于神功元年,在垂拱之后,神龙之前,正当作凤阁舍人。碑为可征,传云中书舍人误,仍旧名也。"①可知,薛稷至少神功元年凤阁舍人在任。

《资治通鉴》卷二〇六:圣历二年正月,"甲子,置控鹤监丞、主簿等官,率皆嬖宠之人,用才能文学之士以参之。以司卫卿张易之为控鹤监,银青光禄大夫张昌宗、左台中丞吉顼、殿中监田归道、夏官侍郎李迥秀、凤阁舍人薛稷、正谏大夫临汾员半千皆为控鹤监内供奉"。

《金石萃编》卷六三《昇仙太子碑》按语曰:"敕检校勒碑使守凤阁舍人右控鹤内供奉骑都尉(缺字),辨曰:吉顼之下一行云:敕检校勒碑使凤阁舍人右控鹤内供奉骑都尉臣,缺其姓名二字,据《吉顼传》云:'时易之昌宗讽则天置控鹤监官员,则天以易之为控鹤监,顼素与易之兄弟亲,善遂引顼与殿中少监田归道、凤阁舍人薛稷、正谏大夫员半千、夏官侍郎李迥秀俱为控鹤内供奉。此碑阙姓名二字当是薛稷,官正凤阁舍人,与碑合其田归道等皆三字,姓名与碑不合也。又控鹤内供奉,传不云分左右,碑则吉顼为左,薛稷为右也。"②

《全唐文补遗》中有所撰《大周故瀛洲文安县令王府君(德表)墓志铭并序》署凤阁舍人兼控鹤内供奉,③王德表圣历二年三月二日去世,则圣历二年稍后薛稷为凤阁舍人兼控鹤内供奉。《宝刻丛编》卷七记载《唐信行禅师兴教碑》,据《集古录目》为唐越王贞撰,中书舍人薛稷书,神龙二年八月立。④

由上文可考订:薛稷至少在神功元年至神龙二年间凤阁舍人在任。

本传皆称自凤阁舍人为谏议大夫、昭文馆学士,而《全唐文》卷二五〇苏颋《授薛稷谏议大夫制》记载:"门下。中散大夫、行尚书礼部郎中、修文馆直学士、河东县开国男薛稷……可谏议大夫,余如故。"谏议大夫为正五品上,中书舍人正五品上。则疑其谏议大夫任在凤阁舍人前。

且据《唐会要》卷六四"弘文馆"条:"景龙二年四月二十二日修文馆……五月五日敕吏部侍郎薛稷、考功员外郎马怀素、户部员外郎宋之问、起居舍人武平一、国子主簿杜审言并为直学士。十月四日兵部侍郎赵彦昭、

①　(清)王昶:《金石萃编》,《历代碑志丛书》第5册,江苏古籍出版社,1998年,第285—286页。
②　(清)王昶:《金石萃编》,《历代碑志丛书》第5册,江苏古籍出版社,1998年,第303页。
③　吴钢编:《全唐文补遗》(第一辑),三秦出版社,1994年,第78页。
④　(宋)陈思:《宝刻丛编》,《历代碑志丛书》,江苏古籍出版社,1998年,第492页。

给事中苏颋、起居郎沈佺期并为学士。"则凤阁舍人任后曾任吏部侍郎,为本传未载。

其后任职据《旧传》:"睿宗在藩,留意于小学,稷于是特见招引,俄又令其子伯阳尚仙源公主。及践祚,累拜中书侍郎,与苏颋等对掌制诰,俄与中书侍郎崔日用参知政事。"《新传》载:"及践阼,迁太常少卿,封晋国公,实封三百户。会钟绍京为中书令,稷讽使让,因入言于帝曰:'绍京本胥史,无素才望,今特以勋进,师长百僚,恐非朝廷具瞻之美。'帝然之,遂许绍京让,改户部尚书。翌日,迁稷黄门侍郎,参知机务。与崔日用数争事帝前,罢为左散骑常侍。"又据《全唐文》卷三〇八孙逖《授薛稷中书侍郎制》:"银青光禄大夫、行黄门侍郎、修文馆学士、河东县开国男参知机务薛稷……可行中书侍郎,余如故。"则任职顺序为景云元年为太常少卿,迁黄门侍郎,参知机务,又迁中书侍郎,参知政事。且知,此时中书侍郎仍掌制诰之事。

17. 张柬之(？ 至圣历元年)

字孟将,襄州襄阳人。两《唐书》有传,见《旧唐书》卷九一,《新唐书》卷一二〇。

任职考:

《旧传》:"永昌元年,以贤良征试,同时策者千余人,柬之独为当时第一,擢拜监察御史。圣历初,累迁凤阁舍人……神功初,出为合州刺史,寻转蜀州刺史。"《新传》:"永昌元年,以贤良召,时年七十余矣。对策者千余,柬之为第一。授监察御史,迁凤阁舍人。时突厥默啜有女请和亲,武后欲令武延秀娶之。柬之奏:'古无天子取夷狄女者。'忤旨,出为合、蜀二州刺史。"

《资治通鉴》卷二〇六:圣历元年,"六月甲午,命淮阳王武延秀入突厥,纳默啜女为妃,豹韬卫大将军阎知微摄春官尚书,右武卫郎将杨齐庄摄司宾卿,赍金帛巨亿以送之。延秀,承嗣之子也。凤阁舍人襄阳张柬之谏曰:'自古未有中国亲王娶夷狄女者。'由是忤旨,出为合州刺史"。年末,"蜀州刺史张柬之上言,以为……疏奏,不纳"。据《通典》卷一八七:"武太后神功二年闰十月,蜀州刺史张柬之表曰:'姚州者,古哀牢之旧国,本不与中国交通。'"①神功二年即为圣历元年。又《新唐书》卷一九九《王元感传》:"元感初著论'三年之丧以三十有六月',讥诋诸儒。凤阁舍人张柬之破其说。"

可知,张柬之圣历元年凤阁舍人在任,六月贬合州刺史,同年又转蜀州

---

① (唐)杜佑撰,王文锦等点校:《通典》,中华书局,1988年,第5062页。

刺史,闰十月已蜀州刺史在任。

纠谬:

《唐会要》卷三七"服纪"条:圣历元年,"四门博士王元感云:三年之丧,合三十六月。凤阁侍郎张柬之驳曰:'三年之丧二十五月,不刊之典也'"。据上文考,称凤阁侍郎当误。

《太平寰宇记》卷一三八"山南西道":"新明县……圣历三年,刺史张柬之以旧县多水害,奏移于嘉陵江西岸北。"①据《元和郡县志》卷三十四新明县属合州。圣历三年,张柬之为台州刺史,与本传等均不合,当为合州之误。

18. 韦嗣立(圣历元年至约久视元年或大足元年)

字延构,与承庆同父异母兄弟。两《唐书》有传,见《旧唐书》卷八八,《新唐书》卷一一六。

任职考:

《旧传》:"三迁莱芜令。会承庆自凤阁舍人以疾去职……迁凤阁舍人……寻迁秋官侍郎,三迁凤阁侍郎、同凤阁鸾台平章事。"《新传》较略:"长安中,拜凤阁侍郎、同凤阁鸾台平章事。"

《韦承庆墓志铭》称:"恩旨权夺,复居旧任……寻以疾罢,改授太子左谕德。"据韦承庆条,韦承庆万岁通天元年在任夺情,"寻"当时间不长,承庆约圣历初以疾罢官,韦嗣立此时迁凤阁舍人。

《资治通鉴》卷二○六:圣历二年冬十月,"凤阁舍人韦嗣立上疏,以为:时俗浸轻儒学,先王之道,弛废不讲,宜令王公以下子弟,皆入国学,不听以他岐仕进"。《唐会要》卷三五"学校"记载相同。可知其圣历二年凤阁舍人在任。

又据《新唐书·则天皇后本纪》,长安四年正月,"天官侍郎韦嗣立为凤阁侍郎、同凤阁鸾台三品"。《资治通鉴》卷二○七记载同。《唐大诏令集》卷四四有《韦嗣立平章事制》:"中散大夫、守天官侍郎韦嗣立……可守凤阁侍郎同凤阁鸾台平章事。"为长安四年正月。② 则韦嗣立自天官侍郎转凤阁侍郎,同凤阁鸾台平章事,《旧传》所言秋官侍郎三迁此职,《唐仆尚丞郎表》考订任秋官侍郎在久视元年或大足元年。③

---

① (宋)乐史撰,王文楚等点校:《太平寰宇记》,中华书局,2007年,第2698页。

② (宋)宋敏求编:《唐大诏令集》,中华书局,2008年,第217页。

③ 严耕望:《唐仆尚丞郎表》,上海古籍出版社,2007年,第242页。

综上,韦嗣立在圣历元年任中书舍人,迁官约在久视元年或大足元年。

纠谬:

《唐会要》卷四一"酷吏"条:长寿元年,"(武后)又命摄监察御史刘光业、王德寿、鲍思恭、王处贞、屈贞筠等分往剑南、黔中、安南、岭南等六道案鞫流人。于是光业诛九百人,德寿诛七百人,其余少者不减数百人……凤阁舍人韦嗣立上疏曰……"《资治通鉴》卷二〇五记载此事为长寿二年二月。而此事韦承庆当在中书舍人任上,则兄弟二人同为舍人,史料不载可能性极小,因此《唐会要》此条记韦嗣立语当有误,或此时以双流令或莱芜令奏。所以《旧传》所记载:"长寿中,嗣立代承庆为凤阁舍人;长安三年,承庆代嗣立为天官侍郎,顷之又代嗣立知政事;及承庆卒,嗣立又代为黄门侍郎,前后四职相代。"其中长寿中韦嗣立代韦承庆为凤阁舍人有误,当误以为韦承庆任沂州刺史卸任凤阁舍人,韦嗣立接任。

19. 李迥秀(神功元年或圣历元年至大足元年)

字茂之,京兆泾阳人。两《唐书》有传,见《旧唐书》卷六二,《新唐书》卷九九。

任职考:

《旧传》:"累转考功员外郎。则天雅爱其材,甚宠待之。掌举数年,迁凤阁舍人……长安初,历天官、夏官二侍郎,俄同凤阁鸾台平章事。"《新传》称其"累转考功员外郎。武后爱其材,迁凤阁舍人。大足初,检校夏官侍郎,仍领选,铨汰文武,号称职,进同凤阁鸾台平章事。"两者可互补。

据《全唐诗》卷八四陈子昂《送著作佐郎崔融等从梁王东征并序》:"岁七月,军出国门……时比部郎中唐奉一、考功员外郎李迥秀、著作佐郎崔融并参帷幕之宾,掌书记之任。"考《旧唐书》本纪,万岁登封元年五月,李尽忠、孙万荣攻陷营州。七月,命春官尚书梁王三思为安抚大使,则李迥秀万岁通天元年考功员外郎在任,并与于本年停知贡举。其东征回朝约在神功元年或圣历元年,约此时转凤阁舍人。

《新传》称大足初检校夏官侍郎。《旧传》称历天官,夏官二侍郎,《唐仆尚丞郎表》考订为大足元年凤阁舍人检校夏官侍郎,知天官选事,[1]近乎《旧传》之记载。可知,李迥秀凤阁舍人自神功元年或圣历元年任至大足元年。

另,《资治通鉴》卷二〇六:神功元年,"昌宗累迁散骑常侍,易之为司卫

---

① 严耕望:《唐仆尚丞郎表》,上海古籍出版社,2007年,第242页。

少卿，拜其母臧氏、韦氏为太夫人，赏赐不可胜纪，仍敕凤阁侍郎李迥秀为臧氏私夫"。其本传未有凤阁侍郎任，疑此处记载错误，应为凤阁舍人，或天官侍郎，或夏官侍郎，当以前者可能性大。据《资治通鉴》卷二〇六：圣历二年正月，"以司卫卿张易之为控鹤监，银青光禄大夫张昌宗、左台中丞吉顼、殿中监田归道、夏官侍郎李迥秀、凤阁舍人薛稷、正谏大夫临汾员半千皆为控鹤监内供奉"。则李迥秀圣历二年以夏官侍郎为控鹤监内供奉。

20. 崔　融（久视元年；长安二年至神龙元年）

字安成，齐州全节人。两《唐书》有传，见《旧唐书》卷九四，《新唐书》卷一一四。

任职考：

《旧传》："中宗在春宫，制融为侍读，兼侍属文，东朝表疏，多成其手。圣历中，则天幸嵩岳，见融所撰《启母庙碑》，深加叹美，及封禅毕，乃命融撰朝觐碑文。自魏州司功参军擢授著作佐郎，寻转右史。圣历二年，除著作郎，仍兼右史内供奉。四年，迁凤阁舍人。久视元年，坐忤张昌宗意，左授婺州长史。顷之，昌宗怒解，又请召为春官郎中，知制诰事。长安二年，再迁凤阁舍人。三年，兼修国史……四年，除司礼少卿，仍知制诰……及易之伏诛，融左授袁州刺史。"《新传》略同。

《旧传》记载："圣历中，则天幸嵩岳，见融所撰《启母庙碑》，深加叹美，及封禅毕，乃命融撰朝觐碑文。自魏州司功参军擢授著作佐郎，寻转右史。"据《旧唐书·则天皇后本纪》：圣历三年正月，"造三阳宫于嵩山……秋七月，至自三阳宫"。而此时并未封禅，据《旧唐书·则天皇后本纪》："万岁登封元年腊月甲申，上登封于嵩岳，大赦天下，改元，大酺九日。丁亥，禅于少室山……癸巳，至自嵩岳。"则疑《旧传》混淆了这两次武后去嵩山的时间，崔融应为万岁登封元年封禅后为著作佐郎。又据《送著作佐郎崔融等从梁王东征并序》："岁七月，军出国门，天晶无云，朔风清海。时北部郎中唐奉一、考功员外郎李迥秀、著作佐郎崔融并忝帷幕之宾，掌书记之任。"[1]据《资质通鉴》卷二〇五：万岁通天元年，"秋七月辛亥，以春官尚书、梁王武三思为榆关道安抚大使……以备契丹"。则万岁通天元年仍著作佐郎在任。

《唐尚书省郎官石柱题名考》卷一九"礼部郎中"条有载，此职或为凤阁

---

[1]　（唐）陈子昂著，徐鹏点校：《陈子昂集》，中华书局，1950年，第35页。

舍人前之任,时间不可考。而后,据《旧传》:"(圣历)四年,迁凤阁舍人。久视元年,坐忤张昌宗意,左授婺州长史。"圣历四年即大足元年。而又据《全唐诗》卷四六《奉和圣制夏日游》:"石淙山,在今河南登封县东南三十里,有天后及群臣侍宴诗并序刻北崖上。其序云:石淙者,即平乐硐。其诗天后自制七言一首,侍游应制……凤阁舍人崔融……各七言一首。薛曜奉敕正书刻石。时久视元年五月十九日也。"

《资治通鉴》卷二〇七:久视元年,"十二月,甲寅,突厥掠陇右诸监马万余匹而去。时屠禁尚未解,凤阁舍人全节崔融上言,以为……戊午,复开屠禁,祠祭用牲牢如故"。此事《唐会要》卷四一"断屠钓"条记载为:"圣历三年,断屠杀。凤阁舍人崔融议曰:'春生秋杀,天之常道。冬狩夏苗,国之大事。'"《通典》卷一六九刑七记载略同。圣历三年末已改元,故以《通鉴》纪年为准。

可知,《旧传》称久视元年贬官疑有误,因该年十二月仍凤阁舍人在任,疑贬官在大足元年。

《旧传》称:"顷之,昌宗怒解,又请召为春官郎中,知制诰事。"则约大足元年召为春官郎中、知制诰。

《旧传》称:"长安二年,再迁凤阁舍人。三年,兼修国史……四年,除司礼少卿,仍知制诰……及易之伏诛,融左授袁州刺史。"《唐会要》卷二六"读时令"条:"长安四年,司礼少卿崔融上表曰:臣伏见去年元日,明堂受朝,读时令。"如《旧传》所载,长安四年已迁司礼少卿。又据《旧唐书》卷七九《张行成传》:"神龙元年正月,则天病甚。是月二十日,宰臣崔玄暐、张柬之等起羽林兵迎太子,至玄武门斩关而入,诛易之、昌宗于迎仙院,并枭首于天津桥南……朝官房融、崔神庆、崔融、李峤、宋之问、杜审言、沈佺期、阎朝隐等皆坐二张窜逐,凡数十人。"则神龙元年左迁袁州刺史。

纠谬:

《唐会要》卷三五"书法"条:"神功元年五月……上御武成殿示群臣,仍令中书舍人崔融为《宝章集》,以叙其事,复赐方庆,当时以为荣。"《通典》卷二十八、《谭宾录》卷七、《尚书故实》、《刘宾客嘉话录》记载略同,未言时间。《会要》记载其任中书舍人时间有误。

21. 郑惟忠(长安元年至神龙元年)

宋州宋城人。两《唐书》有传,见《旧唐书》卷一〇〇,《新唐书》卷一二八。

任职考:

《旧传》:"天授中,应举召见……授左司御率府胄曹参军,累迁水部员外郎。则天幸长安,惟忠待制引见……寻加朝散大夫,再迁凤阁舍人。中宗即位,甚敬重之,擢拜黄门侍郎。"《新传》略同。据《资治通鉴》卷二〇七:长安元年,"冬,十月,壬寅,太后西入关,辛酉,至京师;赦天下,改元"。可知,郑惟忠在长安元年以待制身份觐见,稍后本年为朝散大夫、凤阁舍人。中宗即位,即神龙元年,转为黄门侍郎。

22. 陆庆余(? 至大足元年)

旧《唐书》有传,见卷八八。

任职考:

《旧传》:"少与知名之士陈子昂、宋之问、卢藏用、道士司马承祯、道人法成等交游,虽才学不逮子昂等,而风流强辩过之。累迁中书舍人,则天尝引入草诏,庆余惶惑,至晚竟不能措一辞,责授左司郎中。"《唐会要》卷五五"中书舍人"条记此事为大足元年。可知,陆庆余大足元年在任,本年贬官左司郎中。

23. 崔玄暐(? 至长安元年)

博陵安平人。两《唐书》有传,见《旧唐书》卷九一,《新唐书》卷一二〇。《旧传》称本名晔,《新传》称本名烨,武后时有所避而改。

任职考:

《旧传》:"累补库部员外郎,其母卢氏尝诫之曰……玄暐遵奉母氏教诫,以清谨见称。寻授天官郎中,迁凤阁舍人。长安元年,超拜天官侍郎。"《新传》略同。李乂《大唐故特进中书令博陵郡赠幽州刺史崔公(晕)墓志铭并序》记载仕历为:"寻判度支员外、库部员外、天官郎中、凤阁舍人。累迁三署,人誉莫先;独掌四年,王言所综。迁天官侍郎、尚书左丞、复为天官侍郎。"①

据《全唐文》卷二四二李峤《授崔玄暐库部员外郎制》:"鸾台朝散大夫、行尚方监丞崔玄暐……可行文昌库部员外郎,散官勋如故。"李峤任凤阁舍

---

① 吴钢编:《全唐文补遗》(第七辑),三秦出版社,2000 年,第 33 页。又见周绍良主编:《唐代墓志汇编》,上海古籍出版社,1992 年,第 1168 页。

人约为长寿元年到圣历二年,则崔玄暐为库部员外郎时间不早于长寿元年,不迟于圣历二年。

又据崔玄暐所撰《周故宋州砀山县令李府君(义琳)神道铭并序》,李义琳垂拱二年十月三日去世,夫人魏氏久视元年十月廿七日去世,二人长安二年五月六日合葬于洛阳,撰神道铭时署朝议大夫、上柱国、守凤阁舍人、检校天官侍郎博陵崔玄暐。① 其任凤阁舍人当在长安元年稍前,此年检校天官侍郎,或稍后正授。

24. 张　说(？至长安三年)

两《唐书》有传,见《旧唐书》卷九七,《新唐书》卷一二五。《全唐文》卷二九二有张九龄《故开府仪同三司行尚书左丞相燕国公赠太师张公墓志铭并序》,《全唐文补遗》有张九龄《唐故尚书左丞燕国公太师张公(说)墓志并序》②与前者内容基本相同,个别字有异。据《旧传》及《张说墓志铭》记载张说字道济,《新传》称或字说之。其自称范阳人。

任职考:

《旧传》:"长安初,修三教珠英毕,迁右史、内供奉,兼知考功贡举事,擢拜凤阁舍人。时麟台监张易之与其弟昌宗构陷御史大夫魏元忠,称其谋反,引说令证其事。说至御前,扬言元忠实不反,此是易之诬构耳。元忠由是免诛,说坐忤旨配流钦州。"《新传》:"永昌中,武后策贤良方正,诏吏部尚书李景谌糊名较覆,说所对第一,后署乙等,授太子校书郎,迁左补阙……擢凤阁舍人。张易之诬陷魏元忠也,援说为助。说廷对'元忠无不顺言',忤后旨,流钦州。"

长安元年十一月,修《三教珠英》成,张说迁右史。据《资治通鉴》卷二〇七,长安二年五月,"乙未,以相王为并州牧,充安北道行军元帅,以魏元忠之副"。《新唐书》卷一二一《崔日知传》:"(日知)与张说同为魏元忠朔方判官,以健吏称。"则张说长安二年五月曾为魏元忠并州道行军大总管判官。据《张说年谱》考订,张说长安二年秋回京后擢拜凤阁舍人。③ 从之。

又据《唐会要》卷六四"史馆杂录"条:"长安三年,张易之、昌宗欲作乱,将图皇太子,遂谮御史大夫、知政事魏元忠。昌宗奏言,可用凤阁舍人张说

①　吴钢编:《全唐文补遗》(第五辑),三秦出版社,1998年,第19页。
②　吴钢编:《全唐文补遗》(第八辑),三秦出版社,2005年,第24页。
③　参见陈祖言:《张说年谱》,香港中文大学出版社,1984年。

为证。说初不许,遂赂以高官。说被逼迫,乃伪许之。"则张说长安三年中书舍人在任,本年流钦州。

纠谬:

《旧唐书》卷一九一《方伎传》:"中宗即位尤加敬异,中书舍人张说尝问道,执弟子之礼,退谓人曰:'禅师身长八尺,庞眉秀耳,威德巍巍,王霸之器也。'"所记载时代和中书舍人之称皆有误。

25. 刘允济(长安二年至神龙初)

洛州巩人。两《唐书》有传,见《旧唐书》卷一九〇中,《新唐书》卷二〇二。

任职考:

《旧传》:"长安中,累迁著作佐郎,兼修国史。未几,擢拜凤阁舍人。中兴初,坐与张易之款狎,左授青州长史。"《新传》略同。

据《唐会要》卷六三"修史官"条:"长安二年,凤阁舍人修国史刘允济尝云:'史官善恶必书,言成轨范,使骄主贼臣,有所知惧,此亦权重理合贫而乐道也。昔班生受金陈寿求米,仆视之如浮云耳。但百僚善恶必书,足为千载不朽之美谈,岂不盛哉?'"《册府元龟》卷五五九《国史部》"论议"条记载为长安中。可知其长安二年凤阁舍人在任。

《册府元龟》卷四八一《台省部》"谴责"条:"刘允济中宗时为凤阁舍人。神龙初,坐与张易之欸狎,左授青州长史。"①可知其神龙初贬官。

纠谬:

《旧唐书》卷一九一《严善思传》:"(严善思)初应消声幽薮科举擢第。则天时为监察御史,权右拾遗、内供奉,数上表陈时政得失,多见纳用。稍迁太史令。圣历二年……初,善思为御史时,中书舍人刘允济为酷吏所陷,当死。善思愍其老,密表奏请,允济乃得免诛。善思后见允济,竟不自言其事。"《新唐书》卷二〇四《严善思传》记载其"武后时擢监察御史,兼右拾遗内供奉,数言天下事。方酷吏构大狱,以善思为详审使,平活八百余人,原千余姓。长寿中,按囚司刑寺,罢疑不实者百人。来俊臣等疾之,诬以罪,谪交趾,五岁得还。是时李淳风死,候家皆不效,乃诏善思以著作佐郎兼太史令"。则严善思为监察御史为光宅至长寿时,刘允济亦当此时为凤阁舍人,与本传不合,或为《严善思传》记载刘允济天授中为来俊臣所陷时,当为著

---

① (宋)王钦若等:《册府元龟》第6册,中华书局,1960年,第5742页。

作佐郎。

《大唐新语》卷六"举贤"条:"张柬之进士擢第,为清源丞,年且七十余。永昌初,勉复应制策试毕。有传柬之考入下课者,柬之叹曰:'余之命也!'乃委归襄阳。时中书舍人刘允济重考,自下第升甲科,为天下第一,擢第,拜监察,累迁荆州长史。"①参见《新唐书》卷一二〇《张柬之传》。此时当为著作佐郎,非中书舍人或凤阁舍人,也和本传不合,疑时代记载有误。

26. 马吉甫(长安时)

正平人。两《唐书》无传。

任职考:

《全唐文》卷三四四有颜真卿《银青光禄大夫海濮饶房睦台六州刺史上柱国汲郡开国公康使君神道碑铭》:"宰相黄门侍郎韦承庆,中书舍人马吉甫等美而同述焉。"韦承庆为黄门侍郎,据韦承庆《旧唐书》本传:"又制撰《则天皇后纪圣文》,中宗称善,特加银青光禄大夫。俄授黄门侍郎,仍依旧兼修国史,未拜而卒。"《韦承庆墓志铭》载其"神龙二年十一月十九日"去世,可知韦承庆并未真拜黄门侍郎,其为相当指《墓志铭》所载凤阁侍郎兼知政事,据《旧唐书》韦承庆本传:"寻拜凤阁侍郎、同凤阁鸾台平章事,仍依旧兼修国史。神龙初,坐附推张易之弟昌宗失实,配流岭表。时易之等既伏诛,承庆去巾解带而待罪。"可知韦承庆为相在长安年间,故而马吉甫在长安时中书舍人在任。

27. 桓彦范(长安三年)

字士则。两《唐书》有传,见《旧唐书》卷九一,《新唐书》卷一二〇。《新传》称润州丹杨人,《旧传》载润州曲阿人,据《元和郡县志》卷二六,二者为一地。

任职考:

前期仕历据《旧传》:"圣历初,累除司卫寺主簿……寻擢授监察御史。长安三年,历迁御史中丞。四年,转司刑少卿。"《新传》记载略同。

《资治通鉴》卷二〇七:"仁杰又尝荐夏官侍郎姚元崇、监察御史曲阿桓彦范、太州刺史敬晖等数十人率为名臣。"据《旧唐书》卷一八五下《宋庆礼

---

① (唐)刘肃撰,许德楠、李鼎霞点校:《大唐新语》,中华书局,1984年,第94页。

传》:"则天时,侍御史桓彦范受诏于河北断塞、居庸、岳岭、五回等路以备突厥,特召庆礼以谋其事。"侍御史为从六品下。司卫寺主簿为从七品上,监察御史为正八品上,则桓彦范在司卫寺主簿后当迁转为监察御史,后又为侍御史。《唐尚书省郎官石柱题名考》卷二"左司员外郎"有载,此为从六品上,当在侍御史职位之后。

其任中书舍人本传未载,据《旧唐书》卷一八七上《苏安恒传》:长安三年,"易之等大怒,欲遣刺客杀之。赖正谏大夫朱敬则、凤阁舍人桓彦范、著作郎魏知古等保护以免"。《资治通鉴》卷二○七记载略同。

《资治通鉴》卷二○七:长安四年十二月,"司刑少卿桓彦范上疏,以为……疏奏,不报"。则桓彦范在长安四年七月至十二月之间由御史中丞拜司刑少卿。《旧唐书》卷一八五下《阳峤传》:"长安中,桓彦范为左御史中丞,袁恕己为右御史中丞,争荐峤,请引为御史。"其任官职位左御史中丞。又据《旧唐书》卷九〇《杨再思传》:"长安末,昌宗即为法司所鞠,司刑少卿桓彦范断解其职。"其长安末亦指四年之事。

中书舍人为正五品上,御史中丞为正五品上,大理少卿(司刑少卿)从四品上。则桓彦范自监察御史历迁御史中丞,在长安三年曾为官中书舍人,后为司刑少卿。

28. 宋　璟(长安三年)

两《唐书》有传,见《旧唐书》卷九六,《新唐书》卷一二四。《全唐文》卷三四三有颜真卿《有唐开府仪同三司行尚书右丞相上柱国赠太尉广平文贞公宋公神道碑铭》。据《宋璟神道碑》,字为二字,阙文,本传亦未载,为刑州南和人。

任职考:

《宋璟神道碑》:"长寿三年从调,判入高等。有司特闻,天后亲问所欲,公以代为唐臣,不求荣达,诡奏云:'家本山东,愿得魏之一吏。'遂手诏授录事参军,拜舞趋出,后异而召还。又手诏拜监察御史里行。寻丁齐国太夫人忧。服阕,筑室反耕,志图不起。俄而即真,迁殿中侍御史。同列有博于台中者,将责名而黜之。博者惶恐自匿,翌日公独正辞引过,天后悦而释之。迁天官员外郎、凤阁舍人、御史中丞。"其为天官员外郎又见《唐尚书省郎官石柱题名考》卷四。

宋璟任凤阁舍人之记载均为一事,即《旧传》:"长安中,幸臣张易之诬构御史大夫魏元忠有不顺之言,引凤阁舍人张说令证之。说将入于御前对覆,惶惑迫惧,璟谓曰:'名义至重,神道难欺,必不可党邪陷正,以求苟免,若缘犯颜流贬,芬芳多矣。或至不测,吾必叩阁救子,将与子同死。努力,万代瞻仰,在此举也。'说感其言。及入,乃保明元忠,竟得免死。璟寻迁左御史台中丞。"此事《通鉴》卷二七〇记载为长安三年。则长安三年宋璟凤阁舍人在任,且本年或第二年即为左御史中丞。

另《旧唐书》卷九一《桓彦范传》:"长安三年历迁御史中丞,四年转司刑少卿。时司仆卿张昌宗坐遣术人李弘泰占己有天分,御史中丞宋璟请收付制狱,穷理其罪,则天不许。"又据《唐会要》卷六二"谏诤"条:"神龙二年,京兆韦月将上书,讼皇后为乱,中宗大怒,令扑杀之。御史中丞宋璟执奏,请按而后刑。"可知长安四年至神龙二年御史中丞在任。

纠谬:

《唐会要》卷六四"史馆杂录"条记载张易之之事,宋璟之职记载为凤阁侍郎,应为凤阁舍人。

29. 刘知几(长安四年至神龙初)

本名自玄,避玄宗讳以字行。两《唐书》有传,见《旧唐书》卷一〇二,《新唐书》卷一三二。

任职考:

《旧传》:"长安中累迁左史,兼修国史。擢拜凤阁舍人,修史如故。景龙初,再转太子中允,依旧修国史。"《新传》:"武后证圣初,诏九品以上陈得失。子玄上书……累迁凤阁舍人,兼修国史。中宗时,擢太子率更令……迁秘书少监……累迁太子左庶子、兼崇文馆学士。"其后迁转同《旧传》。

据《唐会要》卷六四"史馆杂录"条:"长安三年,张易之、昌宗欲作乱,将图皇太子,遂谮御史大夫知政事魏元忠。昌宗奏言可用凤阁舍人张说为证。说初不许,遂赂以高官。说被逼迫乃伪许之。昌宗乃奏元忠与太平公主所宠,司礼丞高戬交通密谋构造。飞语曰:'主上老矣,吾属当挟皇太子可谓耐久。'时则天春秋高,恶闻其语。凤阁侍郎宋璟恐说阿意,乃谓曰:'大丈夫当守死善道。'殿中侍御史张廷珪又谓曰:'朝闻道,夕死可矣。'起居郎刘知几又谓曰:'无污青史为子孙累。'"《资治通鉴》卷二〇七记载为左史,以《通鉴》为确。另《唐会要》卷六三"修国史"条记载:长安三年正月一日,"令特进梁王三思与……左史刘知几……等修唐史"。《唐会要》卷七七"论经义"条:"长安三年三月……唯凤阁舍人魏知古、司封郎中徐坚、左史刘知几、右司张思敬雅好异闻,每为元感申理其义。"《旧唐书》卷一八九下记载同。则长安三年刘知几为左史,修国史。

任中书舍人时间,据《唐会要》卷三六"氏族"条:"长安四年,凤阁舍人刘知几撰《刘氏》三卷。"可知,长安四年凤阁舍人在任,修史如故。

其后任职,据《新传》:"中宗时,擢太子率更令,介直自守,累岁不迁。会天子西还,子玄自乞留东都,三年,或言子玄身史臣而私著述,驿召至京,领史事。迁秘书少监。"则神龙时为太子率更令,《资治通鉴》卷二○八:"冬,十月,己卯,车驾发东都,以前检校并州长史张仁愿检校左屯卫大将军兼洛州长史。戊戌,车驾至西京。十一月,乙巳,赦天下。"可知,神龙三年为秘书少监。

综上,刘知几任职在长安四年至神龙初。

30. 魏知古(长安三年至约神龙元年)

深州陆泽人。两《唐书》有传,见《旧唐书》卷九八,《新唐书》卷一二六。

任职考:

《旧传》:"累授著作郎,兼修国史。长安中,历迁凤阁舍人、卫尉少卿。时睿宗居藩,兼检校相王府司马。"《新传》略同,但未言凤阁舍人之任。

据《旧唐书》卷一八七上《苏安恒传》:长安三年,"御史大夫魏元忠为张易之兄弟所构,安恒又抗疏申理之曰……易之等大怒,欲遣刺客杀之。赖正谏大夫朱敬则、凤阁舍人桓彦范、著作郎魏知古等保护以免"。《资治通鉴》卷二○七记载略同。

任中书舍人,可见《旧唐书》卷九○《朱敬则传》:"敬则知政事时,每以用人为先。桂州蛮叛,荐裴怀古,凤阁舍人缺荐魏知古,右史缺荐张思敬,则天以为知人。"据朱敬则本传记载,其长安三年累迁正谏大夫,寻同凤阁鸾台平章事,四年罢知政事,可知魏知古在长安三年被荐为凤阁舍人。

又据《唐会要》卷六三"修国史"条:长安三年正月一日,"令特进梁王三思与……凤阁舍人魏知古、崔融……等修唐史"。又据《唐会要》卷七七"论经义"条:"长安三年三月……唯凤阁舍人魏知古、司封郎中徐坚、左史刘知几、右司张思敬雅好异闻,每为元感申理其义,由是擢拜太子司议郎。"均可证魏知古长安三年已为凤阁舍人。

《唐仆尚丞郎表》考其神龙二年自卫尉少卿迁吏部侍郎,[①]《唐九卿考》

---

① 严耕望:《唐仆尚丞郎表》,上海古籍出版社,2007年,第107页。

"卫尉少卿"条亦考订其任职位长安中至神龙二年,①则魏知古自凤阁舍人迁卫尉少卿时间为约神龙元年。

31. 刘穆之(长安末)

两《唐书》无传。据《唐故石州刺史刘君墓志铭并序》所载刘穆字穆之,②当以字行。据《元和姓纂》为部州沙河人。③

任职考:

《刘穆之墓志铭》:"俄授地官员外郎,寻除凤阁舍人……左授括州司马。"墓志铭撰于先天二年,称刘穆之为凤阁舍人,光宅元年改中书省为凤阁,神龙复为中书。《全唐文》卷二七〇小传,称神龙时中书舍人内供奉。可知,刘穆之任职当在长安末。

据《唐尚书省郎官石柱题名考》卷一二"户部员外郎",卷二一"祠部郎中"条均有载,祠部郎中或为任前职务。

32. 刘 宪(神龙年间)

字符度,宋州宁陵人。两《唐书》有传,见《旧唐书》卷一九〇中,《新唐书》卷二〇二中。

任职考:

《旧传》:"天授中,受诏推按来俊臣。宪嫉其酷暴,欲因事绳之,反为俊臣所构,贬渍水令。再迁司仆丞。及俊臣伏诛,擢宪为给事中,寻转凤阁舍人。神龙初,坐尝为张易之所引,自吏部侍郎出为渝州刺史。"《新传》略不同:"天授中,奉诏推来俊臣罪,宪疾其酷,欲痛绳之,反为所构,贬漪水令。俊臣死,召为给事中,转中书舍人。"据《资治通鉴》卷二〇五:延载元年九月,"殿中丞来俊臣坐脏贬同州参军。王弘义流琼州……杖杀之"。可知刘宪延载稍后自司仆丞任给事中,寻转凤阁舍人,后任吏部侍郎。《唐仆尚丞郎表》考订刘宪神龙元年贬官,④可知刘宪任职中书舍人当在神龙年间。

另徐彦伯有《赠刘舍人古意》:"巢君碧梧树,舞君青琐闱。或言凤池乐,抚翼更西飞。"(《全唐诗》卷七六)"琐闱"指门下省,"凤池"指中书省,

---

① 郁贤皓、胡可先:《唐九卿考》,中国社会科学出版社,2003 年,第228 页。

② 周绍良主编:《唐代墓志汇编》,上海古籍出版社,1992 年,第1147 页。

③ (唐)林宝撰,岑仲勉校记:《元和姓纂》(附四校记),中华书局,1994 年,第696 页。

④ 严耕望:《唐仆尚丞郎表》,上海古籍出版社,2007 年,第105 页。

可知刘自门下省给事中迁中书省凤阁舍人。

33. 梁载言（光宅元年至神龙元年间）

博州聊城人。《旧唐书》有传，见卷一九〇中《刘宪传》附，《新唐书》卷二〇二《刘宪传》简略提及。

任职考：

《旧传》："历凤阁舍人，专知制诰，撰《具员故事》十卷、《十道志》十六卷，并传于时。中宗时为怀州刺史。"《新传》略同。

《直斋书录解题》卷七记有《梁四公记》一卷，唐张说撰，按《馆阁书目》称梁载言纂。"载言，上元二年进士也。"①《登科记考》卷二袭此说。

据《通典》卷二一："光宅元年改为凤阁（凡中书官随署名改），神龙初复旧。"②则梁载言光宅元年到神龙元年此期间任职，且专知制诰，具体时间无考。

其他凤阁舍人记载又见《大唐新语》卷八"文章"条："张宣明有胆气，富词翰，尝山行见孤松，尝酝久之乃赋诗曰……凤阁舍人梁载言赏之曰：'文之气质不减于长松也。'"③而张宣明时代亦不可考。

《全唐诗》卷八六九有其《咏傅岩监祠》，序云："傅岩尝在左台，监察中溜，而中溜小祠，无牺牲之礼。比回，怅望曰：'初以为大祠，乃全疏薄。'殿中梁载言咏之云云。"则梁载言曾任殿中侍御史职。《唐尚书省郎官石柱题名考》卷十"考功员外郎"条有载。《直斋书录解题》卷八载《唐十道四蕃志》十卷，称唐太府少卿梁载言撰。此三职时间也已不可考。

另，李翱《李文公集》卷六有《答朱载言书》，一本作梁载言，李翱为中唐时人，若此，唐代有二梁载言。

34. 陈　宪（武后中）

字令将，平阳临汾人。两《唐书》无传。《全唐文》卷九九五有《陈宪墓志铭》，《唐代墓志汇编》有《唐银青光禄大夫太子宾客岳阳县开国伯食邑五百户陈宪墓志铭并序》。④

① （宋）陈振孙：《直斋书录解题》，上海古籍出版社，1987年，第196页。
② （唐）杜佑撰，王文锦等点校：《通典》，中华书局，1988年，第560页。
③ （唐）刘肃撰，许德楠、李鼎霞点校：《大唐新语》，中华书局，1984年，第125页。
④ 周绍良主编：《唐代墓志汇编》，上海古籍出版社，1992年，第1320页。

任职考：

《陈宪墓志铭》："除礼部（阙一字）功二郎中，迁给事中中书舍人，策勋上柱国，除大理少卿，出为虢州刺史，复大理少卿，迁工部侍郎。"《唐刺史考全编》考订其武后末在虢州刺史任，[①]故其任中书舍人当在武后中。

① 郁贤皓：《唐刺史考全编》，安徽大学出版社，2000年，第812页。

五、中宗、睿宗朝

1. 毕　构（神龙元年）

字隆择,河南偃师人。两《唐书》有传,见《旧唐书》卷一〇〇,《新唐书》卷一二八。

任职考:

《新传》:"武后召为左拾遗。神龙初,迁中书舍人。敬晖等表诸武不宜为王,构当读表,抗声析句,左右皆晓知。三思疾之,出为润州刺史,政有惠爱。"《旧传》略同。《唐尚书省郎官石柱题名考》卷四"吏部员外郎"条有载,或为左拾遗之后中书舍人之前职务。

任职时间据《资治通鉴》卷二〇八:神龙元年五月,"五王之请削武氏诸王也,求人为表,众莫肯为。中书舍人岑羲为之,语甚激切;中书舍人偃师毕构次当读表,辞色明厉。三思既得志,羲改秘书少监,出构为润州刺史"。可知,毕构神龙元年迁中书舍人,且本年贬官润州刺史。

2. 岑　羲（神龙元年）

字伯华,南阳棘阳人。两《唐书》有传,见《旧唐书》卷七〇,《新唐书》卷一〇二。

任职考:

任前职务据《旧传》:"长安中为广武令,有能名。则天尝令宰相各举堪为员外郎者,凤阁侍郎韦嗣立荐羲……遂拜天官员外郎。"《新传》稍异:"第进士,累迁太常博士。坐伯父长倩贬郴州司法参军。迁金坛令……宰相宗楚客语本道巡察御史:'毋遗江东三岑。'乃荐羲为氾水令。武后令宰相举为员外郎者,韦嗣立荐羲,且言惟长倩为累,久不进。后曰:'羲诚材,何诿之拘?'即拜天官员外郎。"又据《资治通鉴》卷二〇七:长安四年十月,"太后命宰相各举堪为员外郎者,韦嗣立荐广武公岑羲曰:'但恨其伯父长倩为累。'太后曰:'苟或有才,此何所累!'遂拜天官员外郎"。《唐会要》卷五三"杂录"条记为"(长安)五年,则天尝令宰臣各举为员外郎者,凤阁侍郎韦嗣立荐岑羲。"而长安无五年,从《通鉴》。参见《唐尚书省郎官石柱题名考》卷四"吏部员外郎"条。

任中书舍人之事,《旧传》载:"神龙初为中书舍人。时武三思用事,侍中敬晖欲上表请削诸武之为王者,募为疏者。众畏三思,皆辞托不敢为之,羲便操笔,辞甚切直。由是忤三思意,转秘书少监,再迁吏部侍郎。"《新传》记载略同。

任中书舍人时间据《资治通鉴》卷二〇八(引文同毕构条)在神龙元年五月,可知,岑羲自员外郎迁中书舍人,再贬官秘书少监均在神龙元年(按,一年之内自员外郎迁为中书舍人较为少见)。

《唐刺史考全编》考订毕构神龙元年至景龙末为润州刺史。[1]《唐会要》卷六三"修国史"条:"神龙二年五月九日……中书舍人岑羲、徐坚等修《则天实录》二十卷、《文集》一百二十卷,上之。"则《会要》中岑羲官职记载或为修史前任职。

又据《唐会要》卷六四"弘文馆"条:景龙二年四月,"二十五日敕秘书监刘宪、中书侍郎崔湜、吏部侍郎岑羲、太常卿郑愔、给事中李适、中书舍人卢藏用、李乂、太子中舍刘子元并为学士"。可知,其景龙二年吏部侍郎在任。

3. 徐　坚(神龙元年至神龙三年)

字元固,湖州长城人。两《唐书》有传,见《旧唐书》卷一〇二,《新唐书》卷一九九。张九龄有《大唐故光禄大夫右散骑常侍集贤院学士赠太子少保东海徐文公神道碑铭并序》。[2]

任职考:

《旧传》:"神龙初,再迁给事中……睿宗即位,坚自刑部侍郎加银青光禄大夫,拜左散骑常侍,俄转黄门侍郎。"《新传》略有不同:"累迁给事中,封慈源县子。中宗怒韦月将,欲即斩之,坚奏盛夏生长,请须秋乃决,时申救者亦众,得以搒死。俄以礼部侍郎为修文馆学士。睿宗即位,授太子左庶子兼崇文馆学士,修史,进东海郡公,迁黄门侍郎。"均未记载任中书舍人之事。

《徐坚碑》较详:"稍迁给事中。以公代及文史,词不失旧,虽居琐闼,尚比缠牟,遂除中书舍人。君子曰:'舜之官人也。'二年,敕公修则天圣后实录及文集等绝笔,中宗嘉之,玺书敦慰,赐爵慈源县子,赉物五百段,旌良史

---

[1] 郁贤皓:《唐刺史考全编》,安徽大学出版社,2000年,第1850页。
[2] (唐)张九龄撰,熊飞校注:《张九龄集校注》,中华书局,2008年,第1020页。

也。迁刑部侍郎,加秩银青光禄大夫,转礼部侍郎、兼判户部……进封县伯,食邑五百户,兼昭文馆学士。"

任前职务据《资治通鉴》卷二〇八:神龙元年夏四月,"处士韦月将上书,告武三思潜通宫掖,必为逆乱;上大怒,命斩之……上怒少解。左御史大夫苏珦、给事中徐坚、大理卿长安尹思贞皆以为方夏行戮,有违时令"。可知其神龙元年在给事中任上。

任中书舍人时间,据《册府元龟》卷五五四《国史部》"选任"条:"神龙元年十二月制:左散骑常侍静德郡王武三思与……中书舍人岑羲、徐坚等修《则天实录》。"①可知其神龙元年四月给事中在任,十二月已迁中书舍人。又《唐会要》卷六三"修国史"条:"神龙二年五月九日,左散骑常侍武三思……中书舍人岑羲、徐坚等修《则天实录》二十卷、《文集》一百二十卷上之,赐物各有差。"则神龙二年五月仍在任。任刑部侍郎时间据《唐仆尚丞郎表》考订为神龙三年。② 可知其任职中书舍人当在神龙元年至三年。

需说明的是,《旧唐书》卷九七《张说传》所载:"时中书舍人徐坚自负文学,常以集贤院学士多非其人,所司供膳太厚,尝谓朝列曰:'此辈于国家何益? 如此虚费?'将建议罢之。说曰:'自古帝王功成,则有奢纵之失,或兴池台,或玩声色。今圣上崇儒重道,亲自讲论,刊正图书,详延学者。今丽正书院,天子礼乐之司,永代规模,不易之道也。所费者细,所益者大。徐子之言,何其隘哉!'玄宗知之,由是薄坚。"《新唐书》卷一二五《张说传》记载为中书舍人陆坚,似各有所据。

纠谬:

《旧传》载:"玄宗改丽正书院为集贤院,以坚充学士,副张说知院事。"此时徐坚非中书舍人,而为左散骑常侍。故《旧唐书》卷九七《张说传》记载有误,以《新书》为是,又可参见"陆坚"条。

4. 崔　湜(神龙元年至景龙二年)

字澄澜。两《唐书》有传,见《旧唐书》卷七四,《新唐书》卷九九。

任职考:

《旧传》:"神龙初,转考功员外郎。时桓彦范、敬晖等既知国政,惧武三思谗间,引湜为耳目,使伺其动静。俄而中宗疏忌功臣,于三思恩宠渐厚,湜

---

① (宋)王钦若等:《册府元龟》第 7 册,中华书局,1960 年,第 6651 页。
② 严耕望:《唐仆尚丞郎表》,上海古籍出版社,2007 年,第 246 页。

乃反以桓、敬等计议潜告三思。寻迁中书舍人。及桓、敬等徙于岭外,湜又说三思尽宜杀之,以绝其归望。三思问谁可使者,湜表兄周利贞先为桓、敬等所恶,自侍御史出嘉州司马,湜乃举充此行。桓、敬等闻利贞至,多自杀,三思引利贞为御史中丞。湜,景龙二年迁兵部侍郎。"《新传》略同。

据《资治通鉴》卷二〇八载:神龙元年五月,"敬晖等畏武三思之谗,以考功员外郎崔湜为耳目,伺其动静。湜见上亲三思而忌晖等,乃悉以晖等谋告三思,反为三思用;三思引为中书舍人"。神龙二年七月,"三思又讽太子上表,请夷晖等三族;上不许。中书舍人崔湜说三思曰:'晖等异日北归,终为后患,不如遣使矫制杀之。'"可知崔湜神龙元年约五月自考功员外郎为中书舍人,景龙二年为兵部侍郎。

5. 郑　愔（神龙初至约景龙初）

两《唐书》无传,《大唐新语》称为沧州人。①

任职考:

《大唐新语》卷九"谀佞"条:"来俊臣罗织文状皆愔草定,张易之兄弟荐为殿中侍御史。易之败,黜为宣州司户。既而归,武三思用事,将害桓敬等,愔揣知其情求谒三思,三思见之。愔先哭甚哀,既而大笑。三思怪问其故,对曰:'前哭甚哀者,吊大王国破家亡也;后大笑者,贺大王得愔也。柬之等五人为上所忌,日夜为计,非剪除大王不足以快其意,大王岂不知之,今据将相之权运,以过人之智,则兵不血刃,易于反掌。今料大王之势,孰与则天,大王不去五王,身有累卵之危,此愔所以寒心也。'三思大悦,引与登楼谋。陷五王而杀之,皆崔湜、郑愔之谋也。累迁吏部侍郎,卖官为务,后与谯王重福构逆而死。"②《新唐书》卷二〇六《武三思传》载:"因逮染五王,而崔湜遣周利贞就杀之,故祖雍与御史姚绍之等五人,号'三思五狗'。司农少卿赵履温、中书舍人郑愔……托其权,熏炙中外。"则郑愔当在武三思谋害五王时,即神龙二年为中书舍人,时崔湜亦应在任(见崔湜条)。又郑愔撰《大唐故黄门侍郎兼修国史赠礼部尚书上柱国扶阳县开国子韦府君(承庆)墓志铭并序》署名中书舍人,时间也在神龙二年。③

其后任职可据《唐会要》卷六四"弘文馆"条:景龙二年四月,"二十五日

---

① （唐）刘肃撰,许德楠、李鼎霞点校:《大唐新语》,中华书局,1984年,第144页。

② （唐）刘肃撰,许德楠、李鼎霞点校:《大唐新语》,中华书局,1984年,第144页。

③ 吴钢编:《全唐文补遗》(第三辑),三秦出版社,1996年,第37页。又见周绍良、赵超主编:《唐代墓志汇编续集》,上海古籍出版社,2001年,第420页。

勅秘书监刘宪、中书侍郎崔湜、吏部侍郎岑羲、太常卿郑愔、给事中李适、中书舍人卢藏用、李乂、太子中舍刘子元并为学士"。此处当为太常少卿,参见《唐九卿考》①,有脱字。可知,郑愔当在神龙初任职中书舍人,景龙二年稍前已自中书舍人迁太常少卿。

6. 卢藏用(景龙元年至景龙三年)

字子潜,幽州范阳人。两《唐书》有传,见《旧唐书》卷九四,《新唐书》卷一二三。

任职考:

郑珹《唐故尚书右丞卢府(藏用)夫人荥阳郑氏(冲)墓志铭并序》:"历职中书舍人、兵、吏、工、户、黄门五侍郎、尚书右丞、修文馆学士。"②《旧传》:"长安中,征拜左拾遗。时则天将营兴泰宫于万安山,藏用上疏谏曰……神龙中,累转起居舍人,兼知制诰,俄迁中书舍人,藏用常以俗多拘忌,有乖至理,乃著《析滞论》以畅其事,辞曰……景龙中,为吏部侍郎。"《新传》略同,言任左拾遗后,"姚元崇持节灵武道,奏为管记。还应县令举,甲科,为济阳令。神龙中,累中书舍人"。

任前职务,据《唐会要》卷三〇"三阳宫"条:"长安四年正月二十二日,毁三阳宫,取其材木,造兴泰宫于寿安县之万安山。左拾遗卢藏用上表谏曰……"可知卢藏用长安四年左拾遗在任。又据《新传》,曾为姚崇管记事,《新表》上:长安四年,"九月壬子,元之知群牧使,兼摄右素正台御史大夫、灵武道行军大总管",则卢藏用本年末为其管记。《新传》载"应县令举,甲科,为济阳令",据《唐故广平郡太守恒王府长史上谷寇府君墓志铭并序》:"神龙初,大征儒秀,精择令长,荐与卢藏用等高第,敕试虢州卢氏令。"③则卢藏用亦当在神龙初,即神龙元年为济阳令。

据《唐故荥阳郡夫人郑氏墓志铭》,郑氏夫人为范阳卢府君之夫人。其中记载"景云初,文公擢中书舍人,封荥阳县君,寻改册礼部侍郎。"④可知卢藏用神龙年间为起居舍人兼知制诰,约在景云元年为中书舍人。

据《唐会要》卷六四"弘文馆"条:景龙二年四月,"二十五日敕秘书监刘宪、中书侍郎崔湜、吏部侍郎岑羲、太常卿郑愔、给事中李适、中书舍人卢藏

①　郁贤皓、胡可先:《唐九卿考》,中国社会科学出版社,2003年,第121页。
②　吴钢编:《全唐文补遗》(千唐志斋新藏专辑),三秦出版社,2006年,第219页。
③　周绍良主编:《唐代墓志汇编》,上海古籍出版社,1992年,第1627页。
④　周绍良、赵超主编:《唐代墓志汇编续集》,上海古籍出版社,2001年,第575页。

用、李乂、太子中舍刘子元并为学士"。可见,景龙二年中书舍人在任,且本年为修文馆学士。

又据《资治通鉴》卷二〇九:景龙三年二月,"上数与近臣学士宴集,令各效伎艺以为乐。工部尚书张锡舞谈容娘,将作大匠宗晋卿舞浑脱,左卫将军张洽舞黄麞,左金吾将军杜元谈诵婆罗门呪,中书舍人卢藏用效道士上章"。可知其景龙三年仍在任。

其后,卢藏用检校吏部侍郎见《全唐文》卷二五一苏颋《授卢藏用检校吏部侍郎制》:"朝请大夫、守中书舍人、兼知吏部侍郎事、修文馆学士、上轻车都尉卢藏用……可检校吏部侍郎,仍佩鱼如故。"又据《封氏闻见记》卷三:"中宗景龙末,崔湜、郑愔同执铨管……卢藏用承郑氏之后……"①崔郑二人本年五月贬官,则卢藏用本年当为检校吏部侍郎。

据《资治通鉴》卷二〇九:景云元年五月,"己卯,上宴近臣。国子祭酒祝钦明自请作八风舞,摇头转目,備诸丑态;上笑钦明素以儒学著名。吏部侍郎卢藏用私谓诸学士曰:'祝公五经扫地尽矣!'"可知,其自景龙三年至景云元年吏部侍郎在任。

7. 李　乂(景龙元年至景云元年)

赵州房子人。两《唐书》有传,见《旧唐书》卷一〇一,《新唐书》卷一一九。《全唐文》卷二五八有苏颋《唐紫微侍郎赠黄门监李乂神道碑》。《旧传》称本名尚真,《新传》《李乂神道碑》称字尚真,以后者为是。

任职考:

《新传》:"长安三年,诏雍州长史薛季昶选部吏才中御史者,季昶以乂闻,擢监察御史。劾奏无避。景龙初,叶静能怙势,乂条其奸,中宗不纳。迁中书舍人、修文馆学士……韦氏之变,诏令严促,多乂草定。进吏部侍郎,仍知制诰。"《旧传》稍略:"乂知制诰凡数载。景云元年,迁吏部侍郎。"《李乂神道碑》记载更为详尽,但部分迁转有异,"景龙中……加朝散大夫,迁尚书司勋、左司二员外、右司郎中、中书舍人……上即位,检校吏部郎中"。

任监察御史之时间,《新传》记在长安三年,而《唐会要》卷七五"藻鉴"条载:"长安二年,则天令雍州长史薛季昶择僚吏堪为御史者。季昶以问录事参军卢齐卿,举长安县尉卢怀慎、季休光、万年县尉李乂、崔湜、咸阳县丞倪若水、鏊屋县尉田崇璧、新丰县尉崔日用,后皆至大官。"又《旧唐书》卷一

① (唐)封演撰,赵贞信校注:《封氏闻见记校注》,中华书局,2005年,第21页。

八五上《薛季昶传》：“久视元年，季昶自定州刺史入为雍州长史，威名甚著。前后京尹，无及之者。俄迁文昌左丞，历魏、陕二州刺史。长安末，为洛州长史。”长安共四年，若长安二年或三年仍雍州长史在任，其后二年迁转五职，颇不合理。疑其为监察御史当在久视、大足或长安初。

李乂任中书舍人的事迹如下：

《资治通鉴》卷二〇八：景龙元年，“上遣使者分道诣江、淮赎生。中书舍人房子李乂上疏谏……”《通典》卷一七〇、《唐会要》卷四一“断屠钓”条记载相同。

《宋高僧传》卷五《唐荆州玉泉寺恒景传》：“以景龙三年奏乞归山，敕允其请诏中书门下及学士于林光宫观内道场设斋……帝亲赋诗，学士应和，即中书令李峤、中书舍人李乂等数人。”①

《唐会要》卷六四“弘文馆”同“卢藏用”条。

综上可知，李乂中书舍人自迟景龙元年在任。睿宗即位后，本传记载为吏部侍郎、知制诰，神道碑则记载为检校吏部郎中，检校郎中不合常理，或为检校吏部侍郎。《唐尚书省郎官石柱题名考》卷三“吏部郎中”亦考订碑文郎中为侍郎之误。又见《资治通鉴》卷二一〇：景云元年，“以宋璟为吏部尚书，李乂、卢从愿为侍郎，皆不畏强御，请谒路绝”。

李乂所撰《大唐故特进中书令博陵郡赠幽州刺史崔公（暠）墓志铭并序》署银青光禄大夫、行紫微侍郎、知制诰、兼刑部尚书、昭文馆学士、中山郡开国公。② 其在紫微侍郎任上依然知制诰。《旧传》载：“开元初，姚崇为紫微令，荐乂为紫微侍郎，外托荐贤，其实引在己下，去其纠驳之权也。俄拜刑部尚书。”《唐仆尚丞郎表》考订姚崇开元元年十二月兼紫微令，③李乂开元二年冬为刑部尚书任至开元四年，则可知开元元年末至四年李乂当兼知制诰。

8. 冉祖雍（约景龙二年）

两《唐书》无传。据《元和姓纂》卷七记载云安冉氏：“安昌，唐潭州都督。安昌孙寔，河州刺史，娶江夏王宗女；生祖雍，刑部侍郎。”④张说《河州

① （宋）赞宁撰，范祥雍点校：《宋高僧传》，中华书局，1997年，第90页。
② 吴钢编：《全唐文补遗》（第七辑），三秦出版社，2000年，第33页。
③ 严耕望：《唐仆尚丞郎表》，上海古籍出版社，2007年，第249、250页。
④ （唐）林宝撰，岑仲勉校记：《元和姓纂》（附四校记），中华书局，1994年，第1148页。

刺史冉府君神道碑(铭并序)》称其父冉实,字茂实。①

任职考:

《资治通鉴》卷二○八:"神龙二年三月,三思使昙俊及抚州司仓冉祖雍上书告同皎与洛阳人张仲之、祖延庆、武当丞寿春周憬等潜结壮士,谋杀三思……御史中丞周利用、侍御史冉祖雍、太仆丞李俊、光禄丞宋之逊、监察御史姚绍之皆为三思耳目,时人谓之五狗。""五狗"之说又见《旧唐书》卷一八三《武三思传》。可知,冉祖雍神龙二年自抚州司仓加朝散大夫,且其为京官当即为侍御史。又据《旧唐书》卷九○《朱敬则传》:"(神龙)二年,侍御史冉祖雍素与敬则不协,乃诬奏云与王同皎亲善,贬授庐州刺史。"《唐会要》卷五六"左右补阙、拾遗"条:"(神龙)三年八月……兵部尚书宗楚客、侍御史冉祖雍共诬安国相王及太平公主与太子连谋,请收付制狱。"可知神龙二年、三年,冉祖雍均侍御史在任。

《河州刺史冉府君神道碑》:"有子曰祖雍,景龙初擢给事中、兼侍御史内供奉。"《资治通鉴》卷二○八:景龙元年,"宗楚客令给事中冉祖雍奏言:元忠既犯大逆,不应出佐渠州。杨再思、李峤亦赞之"。则其自景龙元年已给事中在任。

任中书舍人时间,据《新唐书》卷二○二《宋之问传》:冉祖雍"历中书舍人、刑部侍郎。倡饮省中,为御史劾奏,贬蕲州刺史。至是,亦流岭南,并赐死桂州。之问得诏震汗,东西步,不引决。祖雍请使者曰:'之问有妻子,幸听诀。'使者许之,而之问荒悸不能处家事。祖雍怒曰:'与公俱负国家当死,奈何迟回邪?'乃饮食洗沐就死。祖雍,江夏王道宗甥,及进士第,有名于时"。据上文所考,其历中书舍人、刑部侍郎,应为景龙元年至唐隆(景龙三年)贬官之前事,其任中书舍人暂系于景龙二年。

又据《册府元龟》卷一五二《帝王部》"明罚"条第一:"睿宗唐隆元年六月,以越州长史宋之问、饶州刺史冉祖雍并交通凶逆,徙于岭表。"②《旧唐书》卷一八七上《王同皎传》:"睿宗即位,令复其官爵。执冉祖雍、李俊,并诛之。"其中饶州、蕲州不知孰是,《唐刺史考全编》亦存疑。③

9. 卢从愿(景龙三年或四年)

字子龚。两《唐书》有传,见《旧唐书》卷一○○,《新唐书》卷一二九。

① (唐)张说著,熊飞校注:《张说集校注》,中华书局,2013 年,第 794 页。
② (宋)王钦若等:《册府元龟》第 2 册,中华书局,1960 年,第 1842 页。
③ 郁贤皓:《唐刺史考全编》,安徽大学出版社,2000 年,第 2297 页。

任职考：

《旧传》："弱冠明经举,授绛州夏县尉,又应制举,拜右拾遗。俄迁右肃政监察御史,充山南道黜陟巡抚使,奉使称旨,拜殿中侍御史。累迁中书舍人。睿宗践祚,拜吏部侍郎。"《新传》略同。

其应制举,《登科记考》卷四考订为神功元年绝伦科,据《明皇杂录》下："从愿应明经,常从五举,制策三等,授夏县尉。自明经至吏部侍郎才十年,自吏部员外至侍郎只七个月。"①则可推算其明经为大足元年,若按常见迁转规律当自员外郎为中书舍人,再为侍郎。可知,其任中书舍人当在景龙三年或四年,时间几月余。

景云元年卢从愿已吏部侍郎在任,可见《资治通鉴》卷二一〇:景云元年十一月,"以宋璟为吏部尚书,李乂、卢从愿为侍郎,皆不畏强御,请谒路绝。集者万余人,留者三铨不过二千,人服其公"。又见《唐会要》卷七四"掌选善恶"条:"景云元年,卢从愿为吏部侍郎,精心条理,大称平允。其冒名伪选及虚增功状之类,皆能摘发其事。典选六年,颇有声称。时人云前有'裴马',后有'卢李'。"

10. 苏　颋(景龙二年至四年)

字廷硕,京兆武功人。两《唐书》有传,见《旧唐书》卷八八,《新唐书》卷一二五。《全唐文》卷二九五韩休《唐金紫光禄大夫礼部尚书上柱国赠尚书右丞相许国文宪公苏颋文集序》对仕历有较多补充。

任职考：

《旧传》："神龙中,累迁给事中,加修文馆学士,俄拜中书舍人。寻而颋父同中书门下三品,父子同掌枢密,时以为荣。机事填委,文诰皆出颋手。中书令李峤叹曰:'舍人思如涌泉,峤所不及也。'俄迁太常少卿。"《新传》略不同:"迁给事中、修文馆学士,拜中书舍人。时瓌同中书门下三品,父子同在禁管,朝廷荣之。玄宗平内难,书诏填委,独颋在太极后阁,口所占授,功状百绪,轻重无所差……迁太常少卿,仍知制诰。"

任前职务,据张说《龙门西龛苏合宫等身观世音菩萨像颂》:"苏君于是乎始为政于京邑……曾未期月,迁给事中。"②神龙二年或景龙元年为给事

---

① （唐）郑处诲撰,田廷柱点校:《明皇杂录》,中华书局,1994 年,第 34 页。
② （唐）张说著,熊飞校注:《张说集校注》,中华书局,2013 年,第 647 页。

中。(郁贤皓《苏颋年谱》定为景龙元年,①林大志《苏颋张说研究》定为神龙二年。②)《唐会要》卷六四"弘文馆"条记载:景龙二年四月二十五日,"兵部侍郎赵彦昭、给事中苏颋、起居郎沈佺期并为学士"。

任中书舍人时间,据《唐会要》卷五五"中书舍人"条:"景龙四年六月二日,初定内难,唯中书舍人苏颋在太极殿后,文诏填委,动以万计,手操口对,无毫厘差误。主书韩礼、谈子阳转书诏草,屡谓颋曰:'望公稍迟,礼等书不及,恐手腕将废。'中书令李峤见之叹曰:'舍人思若涌泉,峤所不测也。'"《谭宾录》卷六记载此事为景龙二年。据《唐会要》卷八二"当直"条,"景龙三年九月,苏瓌拜右仆射、同中书门下三品,与男中书舍人颋联事。奏请出为外官,遂进秘书监,御笔批云:'仆射不绾中书,苏颋不改也。'明日固让。上曰:'欲得卿长在中书。'遂与父联事通直"。可知,《谭宾录》记载时间有误。又据《贞元新定释教目录》卷一三记载:"景龙四年庚戌于大荐福寺……中书舍人李乂、苏颋等二十余人次文润色。"也证明景龙四年在任。

离任时间,据《全唐文》卷二三八卢藏用《太子少傅苏瓌神道碑》:"维唐景云元年岁在庚戌十一月己巳,太子少傅许国苏公薨于崇仁里之私第,春秋七十有二。"其景云元年十一月前迁太常少卿,本月丁忧,可知苏颋离任时间在景龙四年年中。

综上,苏颋任职约在景龙二年到四年。

11. 马怀素(景龙三年或四年)

字惟白,润州丹徒人。两《唐书》有传,见《旧唐书》卷一〇二,《新唐书》卷一九九。《全唐文》卷九九五有《故银青光禄大夫秘书监兼昭文馆学士侍读上柱国常山县开国公赠润州刺史马公墓志铭》。③

任职考:

《旧传》:"四迁左台监察御史……怀素累转礼部员外郎,与源乾曜、卢怀慎、李杰等充十道黜陟使……使还,迁考功员外郎。时贵戚纵恣,请托公行,怀素无所阿顺,典举平允,擢拜中书人。"《新传》:"迁考功,核取实才,权贵谒请不能阿桡。擢中书舍人内供奉,为修文馆直学士。"

《马怀素墓志铭》记载可补本传之缺:"寻改左台监察御史。历殿中,弹

① 郁贤皓:《苏颋年谱》,《中国典籍与文化》第2辑,中华书局,1995年。
② 林大志:《苏颋张说研究》,齐鲁书社,2007年。
③ 又见周绍良主编:《唐代墓志汇编》,上海古籍出版社,1992年,第1205页。

纠不避强御,加朝散大夫,转詹尹丞,朝论称屈,迁礼部员外郎。为十道按察,以公词学赡,洽精核文章,转授考功员外郎、修文馆直学士,迁中书舍人,与李乂同掌黄画。踰年,检校吏部侍郎……改授大理少卿……除虢州刺史……入为太子少詹事,判刑部侍郎,加银青光禄大夫,兼判礼部,寻而正除刑部。"又据《唐会要》卷六四"弘文馆"条:"景龙二年四月二十二日,修文馆增置大学士四员、学士八员、直学士十二员,征攻文之士以充之……五月五日敕吏部侍郎薛稷、考功员外郎马怀素……并为直学士。"故其景龙二年考功员外郎在任,且本年五月为修文馆学士。可知,马怀素与李乂同掌制诰,任中书舍人当在景龙后期,约一年时间,约为景龙三年或四年。

12. 李 适(约景龙三年)

字子至,京兆万年人。两《唐书》有传,见《旧唐书》卷一九〇,《新唐书》卷二〇二。

任职考:

《新传》:"武后修《三教珠英》书,以李峤、张昌宗为使,取文学士缀集,于是适与王无竞、尹元凯、富嘉谟、宋之问、沈佺期、阎朝隐、刘允济在选。书成,迁户部员外郎,俄兼修书学士。景龙初,又擢修文馆学士。睿宗时,待诏宣光阁,再迁工部侍郎。"未言中书舍人事,《旧传》稍略,记"景龙中为中书舍人,俄转工部侍郎"。

《三教珠英》成书在大足元年十一月十二日,见《唐会要》卷三六"修撰"条,则本年李适迁户部员外郎。另《唐会要》卷六四"弘文馆"条载:景龙二年四月二十五日,"敕……给事中李适……并为学士"。则景龙二年五月当为给事中,若按《新传》睿宗时待诏宣光阁,则疑给事中任后转中书舍人,约在景龙三年。

纠谬:

《全唐文》卷三九一独孤及《唐故正议大夫右散骑常侍赠礼部尚书李公墓志铭》载:"公烈考曰适,神龙中历官中书舍人、昭文馆学士、工部侍郎。"其任职顺序先中书舍人,后昭文馆学士,较为可疑,所载神龙年间任职亦有误。

13. 刘幽求(景龙四年)

冀州武强人。两《唐书》有传,见《旧唐书》卷九七,《新唐书》卷一二一。

任职考：

《旧传》："授朝邑尉……及韦庶人将行篡逆,幽求与玄宗潜谋诛之,乃与苑总监钟绍京、长上果毅麻嗣宗及太平公主之子薛崇暕等夜从入禁中。讨平之。是夜所下制敕百余道,皆出于幽求。以功擢拜中书人舍人,令参知机务,赐爵中山县男,食实封二百户。"《新传》略同。

据《旧唐书·中宗睿宗本纪》,刘幽求任中书舍人只在景龙四年六月辛丑至乙巳几日。《唐会要》称唐隆元年,实同。

刘幽求任中书舍人为政变之时之举,故其未合迁转规律,且迅速以中书舍人参知机务,也较为少见。《唐大诏令集》卷一二三有其《平内难赦》。① 如《独异志》卷下所载："刘幽求自朝邑尉为中书舍人,三日内拜相。"②

14. 张廷珪(景龙末)

河南济源人,其先自常州徙于此。两《唐书》有传,见《旧唐书》卷一〇一,《新唐书》卷一一八。

任职考：

《旧传》："长安中,累迁监察御史。则天税天下僧尼出钱,欲于白司马坂营建大像。廷珪上疏谏曰……则天从其言,即停所作,仍于长生殿召见,深赏慰之。景龙末,为中书舍人,再转洪州都督,仍为江南西道按察使。"《新传》较略："神龙初,诏白司马坂复营佛祠,廷珪方奉诏抵河北,道出其所,见营筑劳亟,怀不能已,上书切争……帝不省。寻为中书舍人。再迁礼部侍郎。"可知,张廷珪约景龙末为中书舍人,约景云中迁洪州都督。③

舍人前之职按《旧传》载为监察御史,但由监察御史迁中书舍人不合常例,疑此间迁转为本传未载。

15. 韩思复(景云元年)

字绍出,京兆长安人。两《唐书》有传,见《旧唐书》卷一〇一,《新唐书》卷一一八。

---

① (宋)宋敏求编：《唐大诏令集》,中华书局,2008年,第656页。
② (唐)李冗撰,张永钦、侯志明点校：《独异志》,中华书局,1983年,第75页。
③ 郁贤皓：《唐刺史考全编》,安徽大学出版社,2000年,第2248页。

任职考：

《新传》："五迁礼部郎中。建昌王武攸宁母亡，请鼓吹，思复持不可而止。坐为王同皎所荐，贬始州长史。迁滁州刺史……徙襄州。入拜给事中。帝作景龙观，思复谏曰：……严善思坐谯王重福事……（思复）迁中书舍人，数指言得失，颇见纳用。开元初为谏议大夫。"《旧传》稍略。

据《旧唐书》卷一九一《严善思传》："景云元年，大理寺奏：'善思与逆人重福通谋，合从极法。'给事中韩思复奏曰……"则景云元年韩思复在给事中任。而《唐会要》卷六六"太仆寺"条："（太仆）少卿，景云元年八月加一员，韩思复为之。"太仆少卿为从四品上，若韩思复景云元年为太仆少卿，则其任职较短。可知景云元年后韩思复曾短暂自给事中为中书舍人，本年又为太仆少卿。

16. 韦元旦（景云元年）

京兆万年人。新《唐书》有传。见卷二〇二。

任职考：

《新传》："擢进士第，补东阿尉，迁左台监察御史。与张易之有姻属，易之败，贬感义尉。俄召为主客员外郎，迁中书舍人。"

据《资治通鉴》卷二〇九：景云元年，"六月壬午，中宗崩于神龙殿，韦后秘不发丧，自总庶政。癸未……中书舍人韦元徼巡六街"。"韦元"即韦元旦，可知，景云元年，韦元旦中书舍人在任。又据《唐诗纪事》卷一一："韦元旦，京兆万年人……舅陆颂妻，韦后弟也，元旦凭以复进，终中书舍人。"①可知其卒于任上。

17. 裴　漼（景云二年）

绛州闻喜人。两《唐书》有传，见《旧唐书》卷一〇〇，《新唐书》卷一〇三。

任职考：

《旧传》："累迁监察御史。时吏部侍郎崔湜、郑愔坐赃为御史李尚隐所劾，漼同鞫其狱。安乐公主及上官昭容阿党湜等，漼竟执正奏其罪，甚为当时所称。三迁中书舍人。太极元年，睿宗为金仙、玉真公主造观及寺等，时

---

① （宋）计有功撰，王仲镛校笺：《唐诗纪事校笺》，中华书局，2007 年，第 396 页。

属春旱,兴役不止。灌上疏谏曰……疏奏不报。寻转兵部侍郎。"《新传》略同。

任前职务,据《资治通鉴》卷二〇九:景龙三年三月,"中书侍郎兼知吏部侍郎、同平章事崔湜、吏部侍郎同平章事郑愔俱掌铨衡……侍御史靳恒与监察御史李尚隐对仗弹之。上下湜等狱,命监察御史裴灌按之。安乐公主讽灌宽其狱,灌复对仗弹之"。《唐会要》卷六一"弹劾"条记载此事为其年五月。可知,其景龙三年监察御史在任。其后应有迁转,不详。

任中书舍人时间,《旧传》记载太极元年任上谏金仙、玉真公主事,《册府元龟》卷五五二《词臣部》记载年代相同,但《唐会要》卷五〇"观"条记载:"景云二年,金仙、玉真二公主入道,制各造一观……中书舍人裴灌上疏曰……太极元年四月十七日制:为金仙、玉真出家造观,报先慈也。外议不识朕意,书奏频烦,将为公主所置共造两观,宜停其观。"《旧唐书·中宗睿宗本纪》记载亦为景云二年事。虽相差一年,故而以景云二年中书舍人在任为确。

《旧传》记载"寻转兵部侍郎",则约太极元年转兵部侍郎。《全唐文》卷二五一有苏颋《授裴灌兵部侍郎制》:"通议大夫、行中书舍人、上柱国、正平县开国男裴灌……可尚书兵部侍郎,勋封如故。"

纠谬:

《唐语林》卷四:"中宗小祥,百官率慰少帝。是日,月华门至辰巳后方开……又唤兵部员外郎裴灌,灌股栗而前。幽求曰:'相识否?'灌答曰:'不识。'刘曰:'幽求与公俱以本官一例赴中书上任。'其夜凡制诰百余首,皆幽求作也。"[1]据《旧唐书·中宗睿宗本纪》,景龙四年六月中宗遇害,小祥为崩后十二日,则景龙四年(景云元年)当为兵部侍郎,非员外郎。

18. 沈佺期(景云二年)

字云卿,相州内黄人。两《唐书》有传,见《旧唐书》卷一九〇中,《新唐书》卷二〇二。

任职考:

《旧传》:"长安中,累迁通事舍人,预修《三教珠英》……再转考功员外郎,坐赃配流岭表。神龙中,授起居郎,加修文馆直学士。后历中书舍人、太子詹事。"《新传》:"由协律郎累除给事中,考功受赇,劾未究,会张易之败,

---

① (宋)王谠撰,周勋初校正:《唐语林校证》,中华书局,1987年,第321页。

遂长流驩州。稍迁台州录事参军事。入计,得召见,拜起居郎兼修文馆直学
士。既侍宴,帝诏学士等舞回波,佺期为弄辞悦帝,还赐牙绯。寻历中书舍
人、太子少詹事。”

因其主要仕历,学界已有详细考订,故只将与中书舍人相关史料罗列
如下:

沈佺期长安二年迁给事中,所据为《哭苏眉州崔司业二公》序:“苏往任
凤阁侍郎,佺期忝通事舍人,崔重为凤阁舍人,佺期又迁给事。”而据《旧唐
书》卷九四《崔融传》:“长安二年,再迁凤阁舍人。”

“考功受赇”一事,《唐才子传校笺》考订为长安四年,其后神龙元年,因
二张事长流驩州。① 参见《旧唐书》卷七八《张易之昌宗传》。

《唐会要》卷六四“弘文馆”条:“景龙二年四月二十二日,修文馆增置大
学士四员、学士八员、直学士十二员,征攻文之士以充之……十月四日兵部
侍郎赵彦昭、给事中苏颋、起居郎沈佺期并为学士。”则在景龙二年其以起
居郎为修文馆学士。

两《唐书》本传均称后任中书舍人、太子詹事。期间曾为太府少卿,为
本传未载,据《全唐文》卷二五二有苏颋《授沈佺期太子少詹事等制》:“正议
大夫、太府少卿、昭文馆学士、上柱国吴兴县开国男沈佺期……可行太府少
卿,散官勋如故。”任太府少卿,《唐九卿考》考为开元二年,②所据为《唐会
要》卷二二“龙池坛”条,“开元二年闰二月,诏令祠龙池……为《龙池篇乐
章》,共录十首”。太府少卿沈佺期为其一。后迁太子少詹事。

其任中书舍人时间,可由其所存两篇制文推断,《唐大诏令集》卷三一
《册章怀太子张良娣文》据文中所写为“景云二年岁次辛亥十月壬寅朔十日
辛亥”③,《唐大诏令集》卷四二《册金城公主文》为“景云二年岁次辛亥二十
日癸亥”④,另《唐大诏令集》卷四二有《安兴公主谥议文》,安兴公主早薨,
时间不可考。⑤ 起草册文为中书舍人职责,故其为中书舍人当为景云二年。

19. 周思钧(中宗时)

贝州漳南人。两《唐书》无传。

① 傅璇琮主编:《唐才子传校笺》第1册,中华书局,1987年,第75页。
② 郁贤皓、胡可先:《唐九卿考》,中国社会科学出版社,2003年,第546页。
③ (宋)宋敏求编:《唐大诏令集》,中华书局,2008年,第121页。
④ (宋)宋敏求编:《唐大诏令集》,中华书局,2008年,第206页。
⑤ (宋)宋敏求编:《唐大诏令集》,中华书局,2008年,第209页。

任职考：

《全唐诗》卷七二小传："与兄北门学士思茂俱早知名。武后时，为太子文学，贬扬州司仓参军，终中书舍人。"权德舆《故中散大夫殿中侍御史润州司马赠吏部尚书沛国武公神道碑铭并序》："继夫人汝南县君周氏，中书舍人思钧之孙，单父令瑛之女。"①又据《旧唐书》卷八七《刘祎之传》：垂拱三年，"时麟台郎郭翰、太子文学周思钧共称叹其文，则天闻而恶之，左迁翰为巫州司法，思钧为播州司仓"。则其再起用约在中宗时。

---

① （唐）权德舆撰，郭广伟校点：《权德舆诗文集》，上海古籍出版社，2008年，第267页。

六、玄 宗 朝

1. 苏 晋（先天元年至开元二年）

雍州蓝田人。两《唐书》有传,见《旧唐书》卷一〇〇,《新唐书》卷一二八。

任职考:

《旧传》:"先天中,累迁中书舍人,兼崇文馆学士,玄宗监国,每有制命,皆令晋及贾曾为之。晋亦数进谠言,深见嘉纳。俄出为泗州刺史,以父老乞辞职归侍,许之。"《新传》记载略同。

任中书舍人时间,据本传当在先天年间。又据《全唐文》卷九二三史崇《妙门由起序》中"朝散大夫、中书舍人内供奉、崇文馆学士、柱国臣苏晋"之称,及《诸史拾遗》卷二辨析(详见"李献"条),本文作于先天元年八月以后,开元元年七月以前。为玄宗监国时草诏之事,又见《旧唐书》卷一九〇中《贾曾传》:"开元初,复拜中书舍人……与苏晋同掌制诰,皆以词学见知。时人称为'苏贾'。"

迁任泗州刺史时间,据《唐刺史考全编》考订,为开元四年到六年。[1] 据《大唐故银青光禄大夫卫尉卿扶阳县开国公护军(韦顼)墓志铭并序》(开元六年七月二十九日)中署"前中大夫守泗州刺史上柱国野王县开国男苏晋撰"[2],证知开元四年到六年在任。而据《旧传》记载:"出为泗州刺史,以父老乞辞职归侍,许之。父卒后,历户部侍郎,袭爵河内郡公。"且《旧唐书》卷一〇〇《苏珦传》载苏珦开元三年卒,年八十一,则其泗州刺史辞官当在开元三年前,疑《唐刺史考》考订有误,故其任中书舍人时间亦当在先天及开元元年、二年。

2. 贾 曾（先天元年至开元四年）

河南洛阳人。两《唐书》有传,见《旧唐书》卷一九〇,《新唐书》卷一

---

① 郁贤皓:《唐刺史考全编》,安徽大学出版社,2000年,第941页。
② 吴钢编:《全唐文补遗》(第一辑),三秦出版社,1994年,第100页。

一九。

任职考：

《旧传》："景云中，为吏部员外郎。玄宗在东宫，盛择宫僚，拜曾为太子舍人……俄特授曾中书舍人。曾以父名忠，固辞，乃拜谏议大夫、知制诰……开元初，复拜中书舍人……与苏晋同掌制诰，皆以词学见知，时人称为'苏贾'。曾后坐事，贬洋州刺史。"《新传》略同。

任前职务，据《全唐诗》卷六七有贾曾《奉和春日出苑瞩目应令》，题注为："时为太子舍人，使在东都作。"《唐五代文学编年史》系于景云二年春。① 又据《唐会要》卷三四"论乐"条："先天元年正月，皇太子令宫臣就率更寺阅女乐，太子舍人贾曾谏曰……"可知贾曾景云二年至先天元年太子舍人在任，约在本年为谏议大夫、知制诰，可见《旧唐书·礼仪志》："太极元年正月，初将有事南郊，有司立议，惟祭昊天上帝而不设皇地祇位。谏议大夫贾曾上表曰……"

任中书舍人又见《唐会要》卷二三"讳"条："景云元年，贾曾除中书舍人，固辞，以父名忠同音。议者以为中书是曹司名，又与曾父音同字别，于礼无嫌，曾乃就职。"

据"与苏晋同掌制诰"，苏晋任中书舍人在先天至开元元年或二年，则贾曾也在此时在任。中书舍人任后自洋州刺史为庆州刺史时间见《册府元龟》卷一七二《帝王部》"求旧"条第二："（开元）六年二月，以……洋州刺史贾曾为庆州刺史，皆坐贬久之，特恩甄叙，为其旧也。"②贬官洋州时间据《唐刺史考全编》考订为开元五、六年。③ 可知贾曾任中书舍人在先天元年至开元四年。

3. 李 猷（先天二年）

两《唐书》无传。《新宗室表》："大郑王房，广宗郡公仁鉴。孙中书舍人猷。"

任职考：

《旧唐书·玄宗本纪》："先天二年七月三日，尚书左仆射窦怀贞……等与太平公主同谋，期以其月四日以羽林军作乱。上密知之，因以中旨告岐王

① 傅璇琮主编：《唐五代文学编年史》（初盛唐卷），辽海出版社，1998 年，第 479 页。
② （宋）王钦若等：《册府元龟》第 2 册，中华书局，1960 年，第 2079 页。
③ 郁贤皓：《唐刺史考全编》，安徽大学出版社，2000 年，第 2834 页。

范、薛王业、兵部尚书郭元振、将军王毛仲,取闲厩马及家人三百余人,率太仆少卿李令问、王守一、内侍高力士、果毅李守德等亲信十数人,出武德殿,入虔化门。枭常元楷、李慈于北阙。擒贾膺福、李猷于内客省以出,执萧至忠、岑羲于朝,皆斩之。"此事《新唐书》卷一二一《王琚传》和《资治通鉴》卷二一〇记载相同。

《全唐文》卷九二三史崇《妙门由起序》中有"通议大夫、主爵郎中、权检校右羽林将军、兼昭文馆学士、上柱国臣李猷",其他人物较多,兹不引述。据《诸史拾遗》卷二所辨析:"《道藏音义目录》一百一十三卷,崔湜、薛稷、沈佺期、道士史崇玄等撰。案,《道藏音义》今已不传,惟存《妙门》《由起》六篇。而明皇御制序,及太清观主史崇等序,犹见于《正统道藏》。一时列名者,昭文馆学士……李猷……廿二人……序不署月,以诸臣官阶验之,当在先天元年八月以后,开元元年七月以前。"①可知,先天元年时为主爵郎中,先天二年中书舍人在任,因参与太平公主谋逆被杀。

4. 吕延祚(开元元年至开元三年)

两《唐书》无传。

任职考:

《宝刻丛编》卷十有《唐禹庙颂》:"唐龙门令吕延祚撰,楚顺八分书,开元中刻。"②曾为龙门令。《唐御史台精舍题名考》卷二"殿中侍御史兼内供奏"有载,或为中书舍人前曾任之职。

《旧唐书·刑法志》:"开元初,玄宗敕……紫微舍人吕延祚……等,删定格式、令,至三年三月奏上,名为《开元格》。"又据《册府元龟》卷六一二《刑法部》"定律令"条第四称:"开元元年,敕……紫微舍人吕延祚……等删定格式令,至三年奏上之,名为《开元格》。"③可知,吕延祚开元元年至三年紫微舍人在任。

任后职务,据《新唐书·玄宗本纪》:开元三年十月,"辛酉,巂州蛮寇边,右骁卫将军李玄道伐之。壬戌,薛讷为朔方道行军大总管,太仆卿吕延祚、灵州刺史杜宾客副之"。《全唐文》卷二一《授薛讷朔方道行军大总管吕延祚杜宾客副总管制》:"太仆卿吕延祚……宜充副总管。"又见《唐大诏令

---

① (清)钱大昕著,王永平点校:《诸史拾遗》,《嘉定钱大昕全集》,江苏古籍出版社,1997年,第35—36页。

② (宋)陈思:《宝刻丛编》,《历代碑志丛书》第1册,江苏古籍出版社,1998年,第535页。

③ (宋)王钦若等:《册府元龟》第8册,中华书局,1960年,第7347页。

集》卷五九,署开元三年十月十四日。①《唐九卿考》认为《大诏令集》苏颋《薛讷朔方道大总管制》中太仆少卿上柱国吕延祚中"少"字衍,②从之,则开元三年其已太仆卿在任。

5. 郑 勉(开元元年至开元二年)

两《唐书》无传。《新表》:"郑氏北祖房,玄纵,千牛长史。勉,紫微舍人。"

任职考:

《全唐文》卷二五〇苏颋《授郑勉紫微舍人等制》:"朝议大夫、守给事中郑勉……(阙三字)专文事(阙四字)中,散官各如故。"其中郑勉称为紫微舍人,故当在开元元年至五年间。据贺知章《唐故朝议大夫给事中上柱国戴府君墓志铭并序》:"迁库部郎,再为水陆运使……遥授给事中……开元二年……正月廿日,终于洛阳。"③判定戴令言其任库部郎中转给事中当在开元元年,可知,郑勉约开元元年自给事中为紫微舍人。

《唐御史台精舍题名考》卷二"殿中侍御史兼内供奏"载武后中至玄宗末。《唐尚书省郎官石柱题名考》卷一四"度支员外郎"条有载,或在给事中前。

任后职务,据《资治通鉴》卷二一二:开元六年十一月,"宋璟奏:'括州员外司马李邕、仪州司马郑勉,并有才略文词,但性多异端,好是非改变;若全引进,则咎悔必至,若长弃捐,则才用可惜,请除渝、硖二州刺史。'"故其当任职不长即贬官,约至开元二年,开元六年冬在仪州司马任上。

6. 倪若水(开元元年至开元三年)

两《唐书》有传,见《旧唐书》卷一八五下,《新唐书》卷一二八。《全唐文补遗》有《大唐故尚书右丞倪公(泉)墓志铭并序》。④ 据《新传》,倪若水,字子泉,恒州藁城人。《倪若水墓志铭》:"公讳泉,字若水。"当以后者为确,以字行。

---

① (宋)宋敏求编:《唐大诏令集》,中华书局,2008 年,第 316 页。
② 郁贤皓、胡可先:《唐九卿考》,中国社会科学出版社,2003 年,第 300 页。
③ 周绍良主编:《唐代墓志汇编》,上海古籍出版社,1992 年,第 1156 页。
④ 吴钢编:《全唐文补遗》(第六辑),三秦出版社,1999 年,第 391 页;又见周绍良、赵超主编:《唐代墓志汇编续集》,上海古籍出版社,2001 年,第 470 页。

任职考：

《新传》："累迁右台监察御史。黜陟剑南道，绳举严允，课第一。开元初，为中书舍人、尚书右丞，出为汴州刺史。"《旧传》较略："开元初，历迁中书舍人、尚书右丞，出为汴州刺史。"

《倪若水墓志铭》可补本传前期之缺："曾未弱冠，声已□于河朔矣。应八道使举射□登科，授秘书正字。复以举迁又骁卫兵曹参军，俄转洛州福昌县丞。又应封岳举，授雍州□□□丞，调补长安县丞……俄授右□□□□御史，充剑南按察，加朝散大夫，转左台侍御史，寻迁吏部员外郎……以公事，出为宋州长史，稍迁慈州刺史，征拜中书舍人。无何，拜尚书右丞……未几，申命察使。帝难其举，乃出为汴州刺史。"

任前职务据《资治通鉴》卷二一〇：景云元年十二月，"侍御史藁城倪若水奏弹国子祭酒祝钦明、司业郭山恽"。又见《旧唐书》卷一八九下《祝钦明传》则景云元年已侍御史在任。其后迁吏部员外郎，《唐尚书省郎官石柱题名考》卷四"吏部员外郎"条有载，时间不可考。其后以公事，出为宋州长史，稍迁慈州刺史。《唐刺史考全编》称为慈州刺史约在开元元年或二年。①贬官原因，据《新唐书》卷二〇二《李邕传》："玄宗在东宫，邕及崔隐甫、倪若水同被礼遇，羲等忌之，贬邕舍城丞。"可能亦为被人所忌。

任中书舍人时间，据《旧唐书》卷九三《薛讷传》：开元二年十二月，"（玄宗）命紫微舍人倪若水往，即便叙录功状，拜讷为左羽林军大将军，复封平阳郡公"。《旧唐书》卷一九六上《吐蕃传》略同。则本年紫微舍人在任。另，开元元年至五年中书省改紫微省，此时当以紫微舍人称为当。

任后职务，据《全唐文》卷二五〇苏颋《授源乾曜等尚书右丞等制》："正议大夫、行紫微舍人、上柱国倪若水……可尚书右丞，散官勋如故。"据《旧唐书》卷九八《源乾曜传》，其任尚书左丞在开元四年前。则倪若水任尚书右丞或在开元三年使吐蕃归来后。

综上，倪若水当在玄宗即位后被启用回朝，任职约自开元元年到开元三年。

纠谬：

《全唐文》卷三六九有元载《朔方河东河西陇右节度使御史大夫赠兵部尚书太子太师清源公王府君神道碑铭并序》："开元二年……俾给事中倪若水乘驲吊祭命，许国公苏颋为之文以致意焉。"称倪若水为给事中或为误，其未任此职。

---

① 郁贤皓：《唐刺史考全编》，安徽大学出版社，2000 年，第 1191 页。

7. 张嘉贞(开元初)

字嘉贞，猗氏人。两《唐书》有传，见《旧唐书》卷九九，《新唐书》卷一二七。

任职考：

《旧传》："长安中，侍御史张循宪为河东采访使，荐嘉贞材堪宪官，请以己之官秩授之。则天召见，垂帘与之言，嘉贞奏曰：……则天遽令卷帘，与语大悦，擢拜监察御史。累迁中书舍人，历秦州都督、并州长史，为政严肃，甚为人吏所畏。"《新传》在监察御史后记载为兵部员外郎一职，"累迁兵部员外郎。时功状盈几，郎吏不能决，嘉贞为详处，不阅旬，廷无稽牒。进中书舍人。历梁秦二州都督、并州长史"。

任职时间据《大唐新语》卷六"举贤"条："开元初，拜中书舍人，迁并州长史、天平军节度使。"①又据《隋唐嘉话》下："崔湜之为中书令，河东公张嘉贞为舍人，湜轻之，常呼为'张底'。"②据崔湜《旧传》："先天元年，拜中书令。"与《大唐新语》所载开元初相合，可知，张嘉贞任中书舍人在开元初。

离任时间据《资治通鉴》卷二一〇：开元五年七月，"并州长史张嘉贞上言，突厥九姓新降者，散居太原以北，请宿重兵以镇之"。则至少开元五年七月张嘉贞已任并州长史。其任中书舍人后三迁方为并州长史，故开元初为中书舍人。

纠谬：

《新唐书·食货志》："开元十年，中书舍人张嘉贞又陈其不便……"与本传其后任职不合，年代记载有误。

《唐刺史考全编》考订张嘉贞约开元初到四年为秦州都督，③开元初或以开元三年为确。又考订张嘉贞约睿宗时任梁州都督，④所据为《旧传》，存疑。

8. 齐　澣(约开元三年至开元七年)

字洗心，定州义丰人。两《唐书》有传，见《旧唐书》卷一九〇中，《新唐

① (唐)刘肃撰，许德楠、李鼎霞点校：《大唐新语》，中华书局，1984 年，第 97 页。
② (唐)刘悚撰，赵守俨点校：《隋唐嘉话》，中华书局，1979 年，第 49 页。
③ 郁贤皓：《唐刺史考全编》，安徽大学出版社，2000 年，第 413 页。
④ 郁贤皓：《唐刺史考全编》，安徽大学出版社，2000 年，第 2789 页。

书》卷一二八。

任职考：

《旧传》："开元中，崇复用。为给事中，迁中书舍人。论驳书诏，润色王言，皆以古义谟诰为准的。侍中宋璟、中书侍郎苏颋并重之。秘书监马怀素、右常侍元行冲受诏编次四库群书，乃奏浣为编修使，改秘书少监。"《新传》略同。

任前职务据《旧传》："开元中，崇复用，为给事中。"姚崇先天二年为兵部尚书，同中书门下三品，开元四年罢相，可知齐澣约先天二年为给事中。

任中书舍人时间，据《全唐文》卷二五〇苏颋《授齐澣紫微舍人制》："朝议郎、守给事中内供奉齐澣……可守紫微舍人，散官如故。"称紫微舍人，可知当在开元五年以前。又据《资治通鉴》卷二一〇："（开元）三年，春，正月，癸卯，以卢怀慎检校吏部尚书兼黄门监……姚崇尝有子丧，谒告十余日，政事委积，怀慎不能决，惶恐，入谢于上。上曰：'朕以天下事委姚崇，以卿坐镇雅俗耳。'崇既出，须臾，裁决俱尽，颇有得色，顾谓紫微舍人齐澣曰：……怀慎与崇同为相，自以才不及崇，每事推之，时人谓之'伴食宰相'。"可知，其至少开元三年时在任。

编次群书时间据《唐会要》卷三五"经籍"条："至（开元）七年五月，降敕于秘书省、昭文馆、礼部、国子监、太常寺及诸司并官及百姓等，就借缮写之。及整比四部书成，上令百姓、官人入干元殿东廊观书，无不惊骇。"可知，开元七年齐澣为秘书少监。

综上，齐澣至少开元三年中书舍人在任，任至开元七年。

9. 萧　嵩（约开元四年至约开元十年）

两《唐书》有传，见《旧唐书》卷九九，《新唐书》卷一〇一。

任职考：

《旧传》："景云元年，为醴泉尉。时陆象先已为中书侍郎，引为监察御史。及象先知政事，嵩又骤迁殿中侍御史。开元初，为中书舍人。与崔琳、王丘、齐澣同列，皆以嵩寡学术，未异之，而紫微令姚崇许其致远，眷之特深。历宋州刺史，三迁为尚书左丞、兵部侍郎。"《新传》略同，但未称其为兵部侍郎。

萧嵩既为陆象先在中书侍郎任引为监察御史，而据《旧唐书》卷八八《陆象先传》，其在景云二年冬以中书侍郎、同中书门下平章事，则为监察御史当在景云元年末或景云二年冬之间，陆象先为相后，约景云二年末或景云三年萧嵩骤迁殿中侍御史。又据《大唐新语》卷一三"谐谑"条:"玄宗初即位,邵景、萧嵩、韦铿并以殿中升殿行事。既而景、嵩俱加朝散,铿独不沾。"①

稍后任职,据《全唐文》卷二五二苏颋《授萧嵩太子舍人制》:"朝请大夫、殿中侍御史内供奉、判尚书司勋员外郎、上柱国萧嵩……可行太子舍人,散官勋如故。"则曾以殿中侍御史判司勋员外郎,迁太子舍人。又据《全唐文》卷二五一苏颋《授陈惠满仓部员外郎等制》:"朝请大夫、前行太子舍人、上柱国萧嵩……可行尚书祠部员外郎。散官、勋各如故。"苏颋二制文《苏颋诗文集编年考校》均系于开元元年至四年间,②从之。

任中书舍人时间,据《明皇杂录》:"元宗尝器重苏颋,欲待以为相,礼遇顾问,与群臣特异。欲命相前一日,上秘密不欲左右知,迨夜将艾,乃令草诏,访于侍臣曰:'外廷直宿谁?'遂命秉烛召来,至则中书舍人萧嵩。上即以颋姓名授嵩,令草制书。③据苏颋本传(详见苏颋条),其开元四年为紫微侍郎、同紫微黄门平章事,与侍中宋璟同知政事,则萧嵩当开元四年紫微舍人在任。

任后职务据《资治通鉴》卷二一二:开元十一年十一月,"戊子,命尚书左丞萧嵩与京兆、蒲、同、岐、华州长官选府兵及白丁一十二万,谓之'长从宿卫',一年两番,州县毋得杂役使"。则开元十一年以为尚书左丞。又见《唐仆尚丞郎表》考订,十二年为兵部侍郎。④

综上,萧嵩至少开元四年紫微舍人在任,约开元十年稍前离任。

纠谬:

《明皇杂录》(上文)中称中书舍人误,当为紫微舍人。

《唐刺史考全编》考订其任宋州刺史约为开元三、四年,⑤有误,当在开元四年或稍后。

10. 高仲舒(开元三年、四年)

雍州万年人。两《唐书》有传,见《旧唐书》卷一八七上,《新唐书》卷一九一。

① (唐)刘肃撰,许德楠、李鼎霞点校:《大唐新语》,中华书局,1984年,第191页。
② 参见陈钧:《苏颋诗文集编年考校》,山西古籍出版社,2001年。
③ (唐)郑处诲撰,田廷柱点校:《明皇杂录》,中华书局,1994年,第34页。
④ 严耕望:《唐仆尚丞郎表》,上海古籍出版社,2007年,第42页。
⑤ 郁贤皓:《唐刺史考全编》,安徽大学出版社,2000年,第769页。

任职考：

《旧传》："神龙中，为相王府文学，王甚敬重之。开元中，累授中书舍人，侍中宋璟、中书侍郎苏颋每询访故事焉。时又有中书舍人崔琳，深达政理，璟等亦礼焉。尝谓人曰：'古事问高仲舒，今事问崔琳，则又何所疑矣。'仲舒累迁太子右庶子卒。"《新传》："为相王府文学，王所钦器。开元初，宋璟、苏颋当秉，多咨访焉。时舍人崔琳练达政宜，璟等礼异之，常语人曰：'古事问高仲舒，时事问崔琳，何复疑？'终太子右庶子。"

任职时间据《全唐文》卷二五一苏颋《授高仲舒都官郎中制》："黄门：通议大夫、行太子洗马高仲舒……可行尚书都官郎中，散官如故。"行制黄门，为此职当在开元元年后，任紫微舍人前。据崔琳条所考，崔琳至少开元三年至五年在任，可知，高仲舒也与其曾同任，为开元三年、四年。（按，开元五年时已满六人，故不系于五年，可参见下文。）

任后职务据《册府元龟》卷八五《帝王部》"赦宥"条第四："（开元）十三年正月戊子制曰："令中丞蒋钦绪往河南，大理少卿明珪往关内，刑部郎中张樽往河东，水部郎中崔恂往山南东道，右庶子高仲舒往江南西道……所至之处，疏决囚徒，宣慰百姓。"①则开元十三年在太子左庶子任，约稍后卒。

11. 王　丘（开元四年至开元七年）

相州安阳人。两《唐书》有传，见《旧唐书》卷一〇〇，《新唐书》卷一二九。

任职考：

《旧传》："长安中，自偃师主簿擢第，拜监察御史。开元初，累迁考功员外郎……三迁紫微舍人，以知制诰之勤，加朝散大夫，再转吏部侍郎。"《新传》略同。

长安中任御史可参见《唐御史台精舍题名考》卷二。开元初迁考功员外郎，可参见《唐尚书省郎官石柱题名考》卷十"考功员外郎"条。《旧传》称三迁，当指紫微舍人任前为主爵郎中一职，《全唐文》卷二五一有苏颋《授王丘主爵郎中等制》："宣议郎、守尚书考功员外郎王丘……可守尚书主爵郎中。"又见《唐尚书省郎官石柱题名考》卷五"司封郎中"条。

任职中书舍人时间，可据王丘《冠军大将军行右卫将军上柱国河东郡开国公杨君亡妻新城郡夫人独孤氏志铭并序》，墓主开元四年八月下葬，署

---

①　（宋）王钦若等：《册府元龟》第1册，中华书局，1960年，第1004页。

紫微舍人，①则王丘至少开元四年八月在任。《全唐文》卷二五〇苏颋《授王丘紫微舍人制》："通直郎、紫微舍人内供奉王丘……可守紫微舍人，散官如故。"既称其为紫微舍人，则当为内供奉，后在开元五年前正除，也可证明这一点。而王丘起草的制书中称对方为中书舍人，见《全唐文》卷三二八王丘《授裴敦复中书舍人制》、《授崔翘中书舍人制》，则任职当至少到开元六年后。

其后任吏部侍郎时间据《太平广记》卷一七〇"知人"二引《谭宾录》："开元八年，侍郎王丘拔山阴县尉孙逖、进士王泠然，不数年皆掌纶诰。侍郎崔琳收残选人裴敦复于特卿卢恺等十数人，皆入台省，众以为知人。"②综上，王丘中书舍人约开元四年至开元七年。

又据《资治通鉴》卷二一二：开元十二年六月，"上以山东旱命，命台阁名臣以补刺史；壬午，以黄门侍郎王丘、中书侍郎长安崔沔、礼部侍郎知制诰韩休等五人出为刺史"。则本年为怀州刺史。其后任职据《资治通鉴》卷二一三：开元二十一年三月，"上问萧嵩可以代光庭者，嵩与右散骑常侍王丘善，将荐之；固让于右丞韩休"。韩休为相荐王丘为御史大夫亦当在此年。

其任右散骑常侍、知制诰时间当在开元二十一年前，而其至少开元十三年仍在怀州刺史任，据《旧传》载分知吏部选事，为尚书左丞，丁忧服阙当至少四年，则右散骑常侍，仍知制诰当在开元十八年至开元二十一年间。王丘"以知制诰之勤"加朝散大夫，则王丘在舍人任上承担了大量的诏敕起草，其以右散骑常侍知制诰，是在任中书舍人之后较长时间之后。

12. 崔　琳（约开元五年）

贝州武城人。两《唐书》有传，见《旧唐书》卷一八七上《高仲舒传》附，《新唐书》卷一〇九。

任职考：

《旧传》：开元中，"时又有中书舍人崔琳，深达政理，璟等亦礼焉。"《全唐文》卷二五〇有苏颋《授崔琳紫微舍人制》："正议大夫、行尚书屯田郎中、上柱国、魏县开国子崔琳……可行紫微舍人，散官、勋封如故。"《新传》较详："神庆子琳，明政事。开元中与高仲舒同为中书舍人，侍中宋璟亲礼之，每所访逮，尝曰'古事问仲舒，今事问琳，尚何疑？' 累迁太子少保。天宝二

---

① 吴钢编：《全唐文补遗》（第一辑），三秦出版社，1994年，第96页。
② （宋）李昉等编：《太平广记》第4册，中华书局，1961年，第1242页。

年卒。"《唐会要》卷五五"中书舍人"条记此事:"(开元)五年,高仲舒为中书舍人,侍中宋璟每询访故事。时又有中书舍人崔琳达于政治,璟等亦礼焉。尝谓人曰:'古事问高仲舒,今事问崔琳,又何疑也?'"

但在《资治通鉴》卷二一〇记载不同:开元四年十二月,"紫微舍人高仲舒博通典籍,齐澣练习时务,姚、宋每坐二人以质所疑,既而叹曰:'欲知古,问高君,欲知今,问齐君,可以无缺政矣。'"此处人物记载与《新传》《唐会要》矛盾,暂从后者,高崔同时。

任后职务据《唐会要》卷七五"藻鉴"条:"(开元)十一年十二月,吏部侍郎崔琳掌铨,收选人卢怡、裴登复、于儒卿等十数人,无何,皆入台省,众以为知人。"可知至少在开元十一年其已任吏部侍郎。崔琳任职约在开元五年左右。

13. 王　琚(开元五年)

并州祁人。两《唐书》无传。

任职考:

《新唐书》卷一一一《王方翼传》:"琚至中书舍人。珣尝为秘书少监,数年而琚继职。终右散骑常侍,卒,赠户部尚书。"《新唐书》卷一三四《王鉷传》称其为"中书舍人琚侧出子"。

据《释氏稽古略》卷三"宝积经"条:"睿宗景云元年,帝复于北苑白莲花亭别开宝积会首,帝亦亲躬笔,受王琚、贺知章等润色,中书陆象先、魏知古监护御笔制序标于经首。"[1]又据《贞元新定释教目录》卷十四,当时的参与者有"太子詹事东海郡公徐坚、邠王傅固安伯卢粲、尚书右承东海男卢藏用、中书舍人舒王男苏琚、礼部郎中彭景直、左补阙祁县男王琚、大府丞颜温之太常博士贺知章等润色"。[2]则景云元年左补缺在任。《唐尚书省郎官石柱题名考》卷七"司勋郎中"、卷八"司勋员外郎"条有载,或为景云后任职。任中书舍人前或为司勋郎中。

任中书舍人时间,据《旧唐书》卷一〇二《韦述传》:"开元五年,为栎阳尉。秘书监马怀素受诏编次图书,乃奏用左散骑常侍元行冲、左庶子齐澣、秘书少监王珣、卫尉少卿吴兢并述等二十六人,同于秘阁详录四部书。"王

① (元)释觉岸:《释氏稽古略》,江苏广陵古籍刻印社,1992年,第291页。
② (唐)元照:《贞元新定释目录》,《大正新修大藏经》第55册,新文丰出版股份有限公司,1983年,第873页。

珦任秘书少监在开元五年左右,则王瑨约开元五年为中书舍人,稍后转秘书少监。

14.柳　涣(开元五年至?)

蒲州解人。两《唐书》无传。据《旧唐书》卷七七《柳亨传》,为其孙,官至太常卿。《新表》柳涣父诚言,冀州司马,祖子阳,曾祖亨,岐州刺史、太常卿、寿陵侯。而《柳亨传》中柳涣称"堂伯祖奭",柳奭和子阳同辈,则亨为柳涣曾祖。

任职考:

《全唐文》卷二九八小传:"河北道推勾租庸使,兼复囚使判官,卫州司功参军。开元初,为中书舍人。"前者之称当据《唐文粹》卷六七张嘉贞《石桥铭并序》:"敕河北道推勾租庸兼复囚使判官、卫州司功参军、河东柳涣继为铭。"判官当为使职,本官不可考。卫州司功参军,卫州为上州,据《唐六典》,司功参军为从七品下。

《全唐文》卷二五一苏颋有《授柳涣左司员外郎制》:"朝议郎、行起居舍人、判左司员外郎柳涣……可行左司员外郎。"《授柳涣司门郎中制》:"朝议郎、前行左司员外郎柳涣……可守尚书司门郎中。"《授柳涣给事中制》:"朝议郎、守尚书司门郎中柳涣……可守给事中。"起居舍人为从六品上,左司员外郎为从六品上,司门郎中为从五品上,给事中为正五品上。苏颋起草诏敕时间有景龙三年中书舍人任,开元元年至四年紫微侍郎、知制诰任,《苏颋诗文集编年考校》考订此三篇文章皆在开元元年至四年任。开元五年紫微改回中书,若《柳亨传》官职名未错,可知,柳涣应在开元五年或稍后为中书舍人。

另据《太平广记》卷一三〇"报应"二九:"唐开元二十五年,晋州刺史柳涣外孙女博陵崔氏,家于汴州。"[1]当二十五年曾为晋州刺史,参见《唐刺史考全编》。[2]

15.韩　休(开元五年至开元九年间)

京兆长安人。两《唐书》有传,见《旧唐书》卷九八,《新唐书》卷一二

---

① (宋)李昉等编:《太平广记》第 3 册,中华书局,1961 年,第 919 页。

② 郁贤皓:《唐刺史考全编》,安徽大学出版社,2000 年,第 1178 页。

六。其兄大敏,仕武后为凤阁舍人。

任职考:

《旧传》:"擢授左补阙。寻判主爵员外郎,历迁中书舍人,礼部侍郎,兼知制诰,出为虢州刺史……岁余,以母艰去职,固陈诚乞终礼,制许之。服阕,除工部侍郎,仍知制诰,迁尚书右丞。"《新传》:"擢左补阙,判主爵员外郎。进至礼部侍郎,知制诰。出为虢州刺史……以母丧解,服除,为工部侍郎,知制诰。迁尚书右丞。"未言任中书舍人。

其自左补缺判主爵员外郎至中书舍人间,又经数职,为本传未载。据《全唐文》卷二五一苏颋《授韩休起居郎制》:"朝议郎、左补阙内供奉、判尚书主爵员外郎韩休……可行起居郎。散官如故。"先迁起居舍人,又据《册府元龟》卷六五一《贡举部》"清正"条:"韩休为起居舍人奉制考制举人策,执心公正,取舍平允,不为豪右所夺,迁给事中。"①自给事中为中书舍人为常例,则韩休或亦如此迁官。

韩休任中书舍人时间,可据其所撰制文推断。《全唐文》卷二九五有韩休《授杜暹等侍御史制》:"朝议郎、行殿中侍御史杜暹……通直郎、殿中侍御史内供奉冯宗……并可侍御史。"据《旧唐书》卷九八《杜暹传》,其开元四年为监察御史,五年往碛西,则殿中侍御史当在此后。又《全唐文》卷二九五韩休《授皇甫翼等监察御史制》:"朝议郎、行河南县尉皇甫翼,朝议郎、行长安县尉韦绍、朝议郎、行醴泉县尉张季瑀等……并可监察御史。"《册府元龟》卷一三六《帝王部》"慰劳"条:"(开元)九年九月诏曰:如闻盐夏两州百姓及六州胡等被胡贼杀掠,宜令御史韩朝宗、皇甫翼赍书分往慰问。"②则皇甫翼任职监察御史当在开元九年前。可知韩休任中书舍人或在开元五年至九年间。

据《唐仆尚丞郎表》,韩休开元十年末由中书舍人迁礼部侍郎、知制诰。③ 离任时间可据《资治通鉴》卷二一二:开元十二年六月,"壬午,以……礼部侍郎知制诰韩休等五人出为刺史"。《全唐文》卷二九五韩休《封张嘉贞河东县男制》:"银青光禄大夫、守中书令、上柱国张嘉贞……可封河东县开国男,食邑三百户。"据张嘉贞本传,其为中书令在开元八年,在位三年,则此制作于知制诰期间。

《旧传》称岁余丁母忧,则约开元十三年末丁忧,服阕后,约开元十六年

① (宋)王钦若等:《册府元龟》第8册,中华书局,1960年,第7799页。
② (宋)王钦若等:《册府元龟》第2册,中华书局,1960年,第1645页。
③ 严耕望:《唐仆尚丞郎表》,上海古籍出版社,2007年,第116页。

再为工部侍郎、知制诰。韩休《大唐故银青光禄大夫行薛王府长史上柱国河东县开国男柳府君（儒）墓志铭并序》署尚书兵部侍郎兼知制诰。① 墓主开元十九年七月卒，二十年下葬，故韩休当此时任兵部侍郎、知制诰，为本传未载。

16. 崔　璩（约开元五年、六年）

博陵安平人。两《唐书》有传，均附见《崔玄暐传》，见《旧唐书》卷九一，《新唐书》卷一二〇。

任职考：

《旧传》："颇以文学知名，官历中书舍人、礼部侍郎。"据《宋高僧传》卷三《唐洛京长寿寺菩提流志传》："先天二年四月八日……有润文官卢粲、学士徐坚、中书舍人苏瑨、给事中崔璩、中书门下三品陆象先、尚书郭元振、中书令张说、侍中魏知古。"②又有《全唐文》卷二九五徐锷《大宝积经述》："复有润文官者：……朝议郎、给事中内供奉崔璩等，位列凤池，声流鸡圃，分别二谛，润而色之。"

据此时中书舍人一般迁转规律，给事中为中书舍人前任职，其先天二年为给事中，则当开元前期任中书舍人，称其为中书舍人而非紫微舍人，则其任职在开元五年、六年之际。

17. 源光裕（开元六年、七年）

相州临漳人。两《唐书》有传，见《旧唐书》卷九八，《新唐书》卷一二七。

任职考：

《旧传》："历职清谨，抚诸弟以友义闻。初为中书舍人，与杨滔、刘令植等同删定《开元新格》。历刑部、户部二侍郎、尚书左丞，累迁郑州刺史，称为良吏。"《新传》："为中书舍人，与杨滔、刘令植同删著《开元新格》，历尚书左丞，会选诸司长官为刺史，光裕任郑州，为世良吏。"

《旧唐书·刑法志》："（开元）六年，玄宗又敕吏部侍郎兼侍中宋璟、中书侍郎苏颋、尚书左丞卢从愿、吏部侍郎裴漼、慕容珣、户部侍郎杨滔、中书

---

① 吴钢编：《全唐文补遗》（千唐志斋新藏专辑），三秦出版社，2006年，第165页。
② （宋）赞宁撰，范祥雍点校：《宋高僧传》，中华书局，1997年，第43页。

舍人刘令植、大理司直高智静、幽州司功参军侯郢琏等九人,删定律令格式,至七年三月奏上,律令式仍旧名,格曰《开元后格》。"称九人删定,未言源光裕,《新唐书·艺文志》记载略同。如本传记载确参与修订,可知,源光裕开元六年、七年时中书舍人在任。

纠谬:

《唐仆尚丞郎表》考订约开元八、九、十年由中书舍人迁刑部侍郎,[1]据上文考订,任刑部、户部二侍郎时间当在七年至十一年间,当此三年先为刑部、再为户部侍郎。

18. 刘令植(开元六年、七年)

两《唐书》无传。《新表》:"广平刘氏,应道,吏部郎中。令植,礼部尚书。"

任职考:

《唐尚书省郎官石柱题名考》中"司封员外郎","吏部郎中","吏部员外郎"条均有载,当皆为中书舍人前之职务,或由吏部郎中迁转。

据《旧唐书·刑法志》:"(开元)六年,玄宗又敕吏部侍郎兼侍中宋璟、中书侍郎苏颋、尚书左丞卢从愿、吏部侍郎裴漼、慕容珣、户部侍郎杨滔、中书舍人刘令植、大理司直高智静、幽州司功参军侯郢琏等九人删定律令格式,至七年三月奏上,律令式仍旧名,格曰《开元后格》。"其他《新唐书·艺文志》、《唐会要》卷三九"定格令"条,两《唐书》中《卢从愿传》和《源光裕传》记载略同。可知,刘令植开元六年、七年时中书舍人在任。

据《新表》,刘令植后官至礼部尚书。

19. 王易从(开元八年、九年)

两《唐书》无传,《全唐文》卷二五八有苏颋《扬州大都督长史王公神道碑》,"世居霸城,族著京兆"。

任职考:

《旧唐书》卷一七八《王徽传》:"曾祖择,从兄易从,天后朝登进士第。从弟明从、言从,睿宗朝并以进士擢第。昆仲四人,开元中三至凤阁舍人,故时号'凤阁王家'。"

《王易从碑》:"八岁工词赋,十五读典坟,十八历涉代史,十九初游太学,二十外甲科。""授亳州城父尉",不久丁父忧,后"授华州华阴县尉。复册甲科,转京兆府美原县尉,换华原丞……擢拜左台监察御史。"一年后遭内艰,"制复旧,幸臣左补阙何辉图,怙势作奸,颇盈罪恶,府君直言正色,莫避权宠,简墨条奏,当朝允之。迁殿中侍御史,无何。拜尚书户部员外郎,转祠部、主爵、考功三郎中……拜给事中,转中书舍人……迁兵部侍郎……出为扬州大都督府长史……遘疾终于府之官舍,享年六十。"

《唐会要》卷七五"藻鉴"条:"景云二年……其年朔方总管张仁愿奏用监察御史张敬忠、何鸾、长安县尉寇泚、县尉王易从、始平县主簿刘体微分判军事,义乌县尉赵良贞为随军,后皆至大官。"其中王易从未言何县县尉,据《旧唐书》卷九三《张仁愿传》:"仁愿在朔方奏用监察御史张敬忠、何鸾、长安尉寇泚、鄠县尉王易从、始平主簿刘体微分判军事,太子文学柳彦昭为管记,义乌尉晁良贞为随机。敬忠等皆以文吏著称,多至大官。"此职为神道碑未载。《全唐诗》卷九九小传但言王易从中宗朝为鄠县尉,张仁愿奏分判军事。所言较略。

其后所任职务为左台监察御史、殿中侍御史、尚书户部员外郎、祠部、主爵、考功三郎中。又见《唐御史台精舍题名考》卷二、《唐尚书省郎官石柱题名考》卷一二"户部员外郎"、卷二一"祠部郎中"、卷五"考功郎中"。

其后任给事中,转中书舍人。据《唐仆尚丞郎表》考订,约开元十年前后自中书侍郎为兵部侍郎,约十一年迁吏部侍郎。[1] 可知,任中书舍人当在开元十年稍前,约八年、九年左右。

20. 苗延嗣(开元八年至?)

两《唐书》无传。苗恪《唐故朝议郎守殿中少监兼通事舍人知馆事上柱国赐紫金鱼袋苗公墓志铭》载:"曾大父讳延嗣,登制科举,官至中书舍人、桂管采访使。"[2]

任职考:

《唐御史台精舍题名考》卷二"监察御史"和"殿中侍御史兼内供奏"当为开元前期之任。

《新唐书》卷一二七《张嘉贞传》:"嘉贞性简疏,与人不疑……所荐中书

---

① 严耕望:《唐仆尚丞郎表》,上海古籍出版社,2007年,第252页。
② 周绍良主编:《唐代墓志汇编》,上海古籍出版社,1992年,第2321页。

舍人苗延嗣、吕太一,考功员外郎员嘉静,殿中侍御史崔训,皆位清要。"《旧唐书》卷九九《张嘉贞传》:"(开元)八年春,宋璟、苏颋罢知政事,擢嘉贞为中书侍郎,同中书门下平章事,数月,加银青光禄大夫,迁中书令……时中书舍人苗延嗣、吕太一,考功员外郎员嘉静、殿中侍御史崔训,皆嘉贞所引,位列清要,常在嘉贞门下,共议朝政。"

任职时间,据《资治通鉴补》卷二一二:开元八年,"五月辛酉,复置十道按察使。丁卯,以源干曜为侍中,张嘉贞为中书令"。① 可知,苗延嗣约开元八年及稍后为中书舍人。

又据苗延嗣《唐故泗州司马叔苗善物墓志铭并序》署卫州刺史,墓主开元十四年十二月五日去世,开元廿八年十一月与妻合葬,②则开元末苗延嗣为卫州刺史。

21. 吕太一(开元八年至开元十一年)

两《唐书》无传。据《元和姓纂》卷六载河东吕氏:"黄门侍郎、平章事吕諲,生仁本、春卿、冬卿。春卿尚书奉御。諲兄子季重,歙州刺史。中书舍人吕太一。"③唐代有两吕太一,另一个为宦官,曾反岭南,见《韦伦传》。

任职考:

《全唐文》卷五二二有梁肃《外王父赠秘书少监东平吕公神道表铭》:"从父兄太一俱用射策科,太一历御史、尚书郎、中书舍人、户部侍郎、右庶子。"

任前职务,据《旧唐书》卷九八《魏知古传》:"知古初为黄门侍郎,表荐洹水令吕太一、蒲州司功参军齐澣、前右内率府骑曹参军柳泽;及知吏部尚书事,又擢用密县尉宋遥、左补阙袁晖、右补阙封希颜、伊阙尉陈希烈,后咸累居清要。"魏知古为黄门侍郎在景云初,则吕太一此时为洹水令。

又据《通典》卷二四"御史台"注:"太宗朝,始有里行之名。高宗时,方置内供奉及里行官,皆非正官也。开元初,又置御史里使及侍御史里使、殿中里使、监察里使等官,并无定员,义与里行同。穆思泰、元光谦、吕太一、翟章,并为里使,寻省。"④则约开元初魏知古荐为监察御史里行。

① (明)严衍:《资治通鉴补》,《续修四库全书》史部,第340册,上海古籍出版社,2005年,第352页。
② 吴钢编:《全唐文补遗》(第一辑),三秦出版社,1994年,第129页。
③ (唐)林宝撰,岑仲勉校记:《元和姓纂》(附四校记),中华书局,1994年,第872页。
④ (唐)杜佑撰,王文锦等点校:《通典》,中华书局,1988年,第661页。

　　《大唐新语》卷八"文章"条："吕太一拜监察御史里行,自负才华而不即真,因咏院中丛竹以寄意焉……后迁户部员外。"①又据《唐会要》卷五八"左右司员外郎"条："(开元)五年四月九日敕:'尚书省,天下政本,仍令有司各言职事。吏部员外郎褚璆等十人案牍稽滞,璆稽四道,户部员外郎吕太一四道……。'"又见《唐尚书省郎官石柱题名考》卷一二"户部员外郎"。则开元五年已户部员外郎在任。此或为任前职务。

　　任中书舍人时间,据《旧唐书》卷九九《张嘉贞传》:"(开元)八年春,宋璟、苏颋罢知政事,擢嘉贞为中书侍郎,同中书门下平章事。数月,加银青光禄大夫,迁中书令……时中书舍人苗廷嗣、吕太一、考功员外郎员嘉静、殿中侍御史崔训,皆嘉贞所引,位列清要,常在嘉贞门下,共议朝政。"可知,吕太一开元八年稍后中书舍人在任,任职约至开元十一年。

　　任后据《唐仆尚丞郎表》考订,开元十一年稍后曾为户部侍郎。②

22. 许景先(开元八年至开元十年)

　　名杲,字景先,高阳人。两《唐书》有传,见《旧唐书》卷一九〇中,《新唐书》卷一二八。韩休有《大唐故吏部侍郎高阳许公(杲)墓志铭并序》。③

　　任职考:

　　《旧传》:"累迁给事中。开元初,每年赐射,节级赐物,属年俭,甚费府库。景先奏曰……自是乃停赐射之礼。俄转中书舍人。自开元初,景先与中书舍人齐瀚、王丘、韩休、张九龄掌知制诰,以文翰见称。中书令张说尝称曰:'许舍人之文,虽无峻峰激流崭绝之势,然属词丰美,得中和之气,亦一时之秀也。'十年夏,伊、汝泛溢,漂损居人庐舍,溺死者甚众。景先言于侍中源乾曜曰……乾曜然其言,遽以闻奏,乃下诏遣户部尚书陆象先往赈给穷乏。"《新传》记载略同,但在左拾遗之后较详,"以论事切直,外补滑州司士参军。举手笔俊拔,茂才异等连中,进扬州兵曹参军。还为左补阙。宋璟、苏颋择殿中侍御史,久不补,以授景先,时议金惬。捭按不避近强。"其后"与齐瀚、王丘、韩休、张九龄更知制诰,以雅厚称"。

　　《许景先墓志铭》载此经历为"未几,迁给事中,自华省升禁闱"。"寻除中书舍人。有诏令中书门下词臣撰睿宗皇帝集序,时中书令燕国公张说,当

①　(唐)刘肃撰,许德楠、李鼎霞点校:《大唐新语》,中华书局,1984年,第125页。
②　严耕望:《唐仆尚丞郎表》,上海古籍出版社,2007年,第116页。
③　吴钢编:《全唐文补遗》(千唐志斋新藏专辑),三秦出版社,2006年,第160页。

代词宗,遂命公为之。序成奏闻,大承优赏,专掌文诰,尤推敏速。同孔先之不言,与主矇而无对。俄除御史中丞,迁吏部侍郎。""命公为虢州刺史……改为岐州刺史。寻征拜工部侍郎兼知制诰。"

《全唐文》卷二五〇有苏颋《授许景先左补阙等制》:"奉议郎、行扬州大都督府兵曹参军事许景先……可行右补阙。"按一般迁转规律,许景先当自殿中侍御史为给事中,再转中书舍人。其任给事中奏停赐射之礼事,《旧唐书·玄宗本纪》载:开元九年,"先天中重修三九射礼,至是给事中许景先抗疏罢之"。而《唐会要》卷二六"大射"条记载为:"(开元)八年九月七日制赐百官九日射,给事中许景先驳奏。"《册府元龟》卷四六九《台省部》"封驳"条载:"许景先为给事中,开元八年九月制赐百官九日射,景先驳奏。"① 则当以八年为是。

其任中书舍人当在给事中之后,当在开元八年末。新旧本传皆未载中书舍人转吏部侍郎之时间。对侍中源乾曜进言亦当为舍人进言。则至少开元十年仍在中书舍人任。可知,许景先任职在开元八年至十年左右。

为岐州刺史时间据《旧传》:"(开元)十三年,玄宗令宰臣择刺史之任,必在得人,景先首中其选,自吏部侍郎出为虢州刺史,后转岐州。"判定约开元十六、十七年在岐州刺史任,其为工部侍郎,《唐仆尚丞郎表》考订在开元十七年秋至十八年。② 则约开元十七年秋至十八年其兼知制诰,十八年迁吏部侍郎。

纠谬:

《隋唐嘉话》下载:"故事:每三月三日、九月九日赐王宫以下射,中鹿赐为第一,院赐绫,其余布帛有差。至开元八年秋,舍人许景先以为徒耗国赋而无益于事,罢之,其礼至今遂绝。"③其中记载其为舍人,当为误记后职。

23. 崔禹锡(开元中)

齐州全节人。两《唐书》的《崔融传》有载,见《旧唐书》卷九四、《新唐书》卷一一四,较略。

任职考:

崔禹锡史料记载较少。所记大体相类:旧《崔融传》载:"二子禹锡、翘,

---

①　(宋)王钦若等:《册府元龟》第6册,中华书局,1960年,第5585页。

②　严耕望:《唐仆尚丞郎表》,上海古籍出版社,2007年,第255页。

③　(唐)刘𫗧撰,赵守俨点校:《隋唐嘉话》,中华书局,1979年,第49页。

开元中相次为中书舍人。"新《崔融传》载:"六子,其闻者禹锡、翘。禹锡,开元中,中书舍人,赠定州刺史,谥曰贞。"据《唐诗纪事》卷十四:"禹锡,字洪范,登显庆三年进士第,为中书舍人。"①《全唐文补遗》有裴简《亡妻清河崔氏墓志铭并序》:"曾祖禹锡,皇中书舍人,赠定州刺史。"②

综上,其任中书舍人时间在开元中,具体不可考。

24. 张九龄(开元十年至约开元十四年)

字子寿,一名博物,曲江人。两《唐书》有传,见《旧唐书》卷九九,《新唐书》卷一二六。《全唐文》卷四四〇有徐浩《唐尚书右丞相中书令张公神道碑》。范阳为郡望,曲江为籍贯。

任职考:

《旧传》:"开元十年,三迁司勋员外郎……十一年,拜中书舍人。十三年,车驾东巡,行封禅之礼……无几,说果为融所劾,罢知政事,九龄亦改太常太卿,寻出为冀州刺史……改为洪州都督。"《新传》略同,稍异者,称"改司勋员外郎。时张说为宰相,亲重之,与通谱系,常曰:'后出词人之冠也。'迁中书舍人内供奉,封曲江男,进中书舍人。"张九龄其他仕历《张九龄年谱新编》③考证较为清晰,兹不引述。

据张九龄《曲江集》所载迁转制敕考订,《转司勋员外郎敕》载:"通直郎、判尚书吏部员外郎张九龄……可守尚书司勋员外郎。"署开元八年四月七日,则本年转司勋员外郎。又据《加朝散大夫诰》:"朝议郎、行司勋员外郎护军张九龄,右可朝散大夫。"时在开元九年十月十四日。

任中书舍人时间,《旧传》称在开元十一年,而《转中书舍人敕》:"朝散大夫、行尚书司勋员外郎、上柱国张九龄……可中书舍人内供奉。"署开元十年二月十七日,《旧传》时间有误。开元十一年五月加朝请大夫,据《加朝请大夫敕》。开元十二年正月十三日有《封曲江县开国男食邑三百户敕》:"朝请大夫、中书舍人内供奉、上柱国张九龄,右可封曲江县开国男,食邑三百户。"十二年十二月,正除中书舍人,见《加守中书舍人敕》:"朝请大夫、中书舍人内供奉、上柱国、曲江县开国男张九龄……可中书舍人。"署开元十二年十二月十三日。自中书舍人转太常少卿,《年谱新编》定为开元十三年

① (宋)计有功撰,王仲镛校笺:《唐诗纪事校笺》,中华书局,2007年,第472页。
② 吴钢编:《全唐文补遗》(第一辑),三秦出版社,1994年,第226页;又见周绍良主编:《唐代墓志汇编》,上海古籍出版社,1992年,第1999页。
③ 参见熊飞:《张九龄年谱新编》,香港教育出版社,2005年。

十一月十六日,所据为《转太常少卿制》:"中书舍人、上柱国、曲江县开国男张九龄……可中散大夫、守太常少卿。"但《旧传》称其改官在张说罢相即开元十四年后,且张九龄又有《停燕国公中书令制》,据《旧唐书》本纪、《通鉴》卷一一三,皆载为开元十四年四月。而张九龄任太常少卿并无知制诰,否则其贬官之义不大。则其为太常少卿时间,从《旧传》当在开元十四年四月稍后。综上,张九龄任中书舍人当在开元十年十二月至开元十四年四月稍后。

《新传》记载其召为秘书少监、集贤院学士,知院事后,"会赐渤海诏,而书命无足为者,乃召九龄为之,被诏辄成。迁工部侍郎,知制诰。数乞归养,诏不许……迁中书侍郎"此为《旧传》未载。另据《张九龄神道碑》:"渤海国王武艺违我王命,思绝其词,中书奏章不惬上意,命公改作援笔立成,上甚嘉焉,即拜尚书工部侍郎、兼知制诰。扈从北巡便祠后土,命公撰敕,对御为文凡十三纸,初无稿草,上曰比以卿为儒学之士,不知有王佐之才,今日得卿,当以经术济朕。"另据《知制诰敕》:"敕中大夫、守尚书工部侍郎、集贤院学士仍副知院事、上柱国、国曲江县开国男、赐紫金鱼袋张九龄宜知制诰。开元二十年八月二十日。"据《加检校中书侍郎制》署开元二十一年五月二十七日,则本年离任。

25. 陆　坚(开元十一年至约开元十三年)

河南洛阳人。据《全唐诗》小传,"初名友悌,明皇嘉其刚正,更赐名"。《新唐书》有传,见卷二〇〇。

任职考:

《新传》:"初为汝州参军,以友婿李慈伏诛,贬涪州参军,再迁通事舍人。有诏起复,遣中官敦谕,不就。以给事中兼学士。善书,初名友悌,玄宗嘉其刚正,更赐名。从封泰山,封建安男。帝待之甚厚,图形禁中,亲制赞。以秘书监卒,年七十一。"未言任中书舍人。

据《直斋书录解题》卷六载《唐六典》三十卷,按语曰:"韦述《集贤记》注,开元十年,起居舍人陆坚被旨修六典。上手写白麻纸凡六条,曰理、教、礼、政、刑、事典、令以类相从,撰录以进。张说以其事委徐坚,思之历年,未知所适。"①则开元十年为起居舍人,起居舍人为从六品上,本传所载通事舍人亦为从六品上,以其修《六典》之事观之,开元十年当为起居舍人,通事舍

---

①　(宋)陈振孙:《直斋书录解题》,上海古籍出版社,1987年,第172页。

人或为起居舍人前所任。

本传称"以给事中兼学士",据《资治通鉴》卷二一二:开元十一年,"上置丽正书院,聚文学之士秘书监徐坚、太常博士会稽贺知章、监察御史敫城赵冬曦等,或修书,或侍讲;以张说为修书使以总之。有司供给优厚。中书舍人洛阳陆坚以为此属无益于国,徒为糜费,欲悉奏罢之。张说曰:'自古帝王于国家无事之时,莫不崇宫室,广声色,今天子独延礼文儒,发挥典籍,所益者大,所损者微。陆子之言,何不达也!'上闻之,重说而薄坚。"则本年陆坚自起居舍人迁中书舍人。《大唐新语》卷一记载为开元中。此处亦有载为徐坚者,辨析详见"徐坚条"。

《旧唐书》卷一五〇《宇文融传》:"融于是奏置劝农判官十人,并摄御史,分往天下,所在检括田畴,招携户口。其新附客户,则免其六年赋调,但轻税入官……上方委任融,侍中源乾曜及中书舍人陆坚皆赞成其事,乃贬憬为盈川尉。"《唐会要》卷八五"户口使"条系于开元十二年。

据《唐会要》卷六四"集贤院"条:"(开元)十三年四月五日,因奏封禅仪注,敕中书门下及礼官学士等,赐宴于集仙殿……乃下诏曰:'……中书令张说充学士知院事,散骑常侍徐坚为副。礼部侍郎贺知章、中书舍人陆坚并为学士。'"可知,陆坚开元十一年为中书舍人,任职至迟到开元十三年。

26. 寇 泚(? 至开元十二年)

两《唐书》无传。

任职考:

崔佑甫《有唐朝议郎守尚书工部郎中寇公墓志铭并序》载,墓主为"皇朝中书舍人、兵部侍郎、宋、定等四州刺史,上谷子泚之仲子"。[1] 据《唐仆尚丞郎表》考订,寇泚开元十二年冬由中书舍人迁兵部侍郎。[2] 可知,寇泚开元十二年稍前任职中书舍人。

27. 席 豫(开元十五年至开元十六年)

字建侯,襄州襄阳人。两《唐书》有传,见《旧唐书》卷一九〇中,《新唐书》卷一二八。

---

[1] 周绍良主编:《唐代墓志汇编》,上海古籍出版社,1992年,第1805页。
[2] 严耕望:《唐仆尚丞郎表》,上海古籍出版社,2007年,第253页。

任职考：

《旧传》："开元中，累官至考功员外郎，典举得士，为时所称。三迁中书舍人，与韩休、许景先、徐安贞、孙逖相次掌制诰，皆有能名。转户部侍郎，充江南东道巡抚使，兼郑州刺史。"《新传》稍有不同："迁考功员外郎，进绌清明。为中书舍人，与韩休、许景先、徐安贞、孙逖名相甲乙。出郑州刺史。"

任前职务据《唐会要》卷五八"吏部员外郎"条："开元十二年四月十六日敕兵吏各专定两人判南曹，以陈希烈、席豫为之，寻却一人判。"本传未载此职，或在考功员外郎任前。

任中书舍人时间，《旧传》载其"三迁中书舍人，与韩休、许景先、徐安贞、孙逖相次掌制诰，皆有能名"。《新传》记载："为中书舍人，与韩休、许景先、徐安贞、孙逖名相甲乙。"以其他人韩休（开元五年至九年间，具体不可考），许景先（开元十年在任），徐安贞（开元二十一年、二十二年），孙逖（开元二十四年至二十七年，二十九年至天宝四载），且《唐仆尚丞郎表》考订约为开元十九年或二十年为户部侍郎。[1] 可知，席豫为中书舍人当在十二年至开元十九年之间，具体时间不可考。

中书舍人任后当为户部侍郎，为《新传》未载，《唐仆尚丞郎表》考订约为开元十九年或二十年自户部侍郎出为郑州刺史，[2]而据《全唐文》卷三〇五徐安贞《授席豫尚书右丞等制》称其"朝散大夫、使持节郑州诸军事、守郑州刺史、上柱国席豫"，徐安贞开元二十一年、二十二年在任，则其曾为尚书右丞，后为吏部侍郎，此亦本传未载，又见《唐仆尚丞郎表》。[3]《唐刺史考全编》考订，开元二十年至二十一年在郑州刺史任。[4] 与上文考订时间基本吻合。

28. 赵冬曦（开元十二年至开元二十三年间）

字仲爱，博陵鼓城人。《新唐书》有传，见卷二〇〇。《全唐文补遗》有《唐故国子祭酒赵君（冬曦）圹》。[5]

任职考：

---

① 严耕望：《唐仆尚丞郎表》，上海古籍出版社，2007年，第120页。
② 严耕望：《唐仆尚丞郎表》，上海古籍出版社，2007年，第121页。
③ 严耕望：《唐仆尚丞郎表》，上海古籍出版社，2007年，第43页。
④ 郁贤皓：《唐刺史考全编》，安徽大学出版社，2000年，第691页。
⑤ 吴钢编：《全唐文补遗》（第四辑），三秦出版社，1997年，第458页；又见周绍良、赵超主编：《唐代墓志汇编续集》，上海古籍出版社，2001年，第630页。

《赵圹》:"迁考功员外郎,中书舍人、太仆少卿,以亲累,贬合州刺史、历眉、濮、亳、许、宋等州刺史,弘农、荥阳、华阴等郡太守……复入为国子祭酒……春秋七十有四,天宝九载二月丁亥,薨背于西京善和里第。"而《新传》记载较为简略:"冬曦俄迁中书舍人内供奉,以国子祭酒卒。"

《通典》卷五四:"开元十二年,制:'以十三年有事泰山,所司与公卿诸儒详择典礼,先为备具'……考功员外郎赵冬曦、太学博士侯行果又曰……"①《旧唐书·礼仪志》记载略同,《唐会要》卷六四"集贤院"条:"十三年四月五日,因奏封禅仪注,敕中书门下及礼官学士等赐宴于集仙殿……考功员外郎赵东曦……并侍讲学士。"则开元十二年考功员外郎在任。

《册府元龟》卷一二八《帝王部》"明赏"条第二:"二十三年十二月,命十道采访使举良刺史县令,以陕州刺史崔希逸、潞州刺史宋鼎、濮州刺史赵冬曦……"②《金石录》卷二六"跋尾"一六《唐赵冬曦祭仲山甫文》条,云:"右唐赵冬曦《祭仲山甫文》,开元二十三年冬,曦为濮州刺史,因明皇耕籍田致祭,刻此文焉。"③则开元二十三年时濮州刺史在任。

任中书舍人当在开元十二年至开元二十三年间,具体不可考。

纠谬:

《宝刻丛编》卷十有《唐金轮寺碑》:唐程献可撰阴,赵冬曦正书,订为贞元五年立,所据《京兆金石录》,④时代有误。

《太平广记》卷一四九《定数》四引《会昌解颐》记载赵冬曦任吏部尚书之事,⑤为小说家语,其未任吏部尚书事,虚构之言。

29. 宋　遥(开元十四年至?)

字仲远,广平列人人。两《唐书》无传,《全唐文补遗》有宋鼎《唐故上党郡大都督府长史宋公(遥)墓志铭并序》。⑥

任职考:

《宋遥墓志铭》:"自国子进士补东莱郡录事参军,举超绝流辈,移密县

① (唐)杜佑撰,王文锦等点校:《通典》,中华书局,1988年,第1518—1519页。
② (宋)王钦若等:《册府元龟》第2册,中华书局,1960年,第1534页。
③ (宋)赵明诚撰,金文明校证:《金石录校证》,上海书画出版社,1985年,第480页。
④ (宋)陈思:《宝刻丛编》,《历代碑志丛书》,江苏古籍出版社,1998年,第545页。
⑤ (宋)李昉等编:《太平广记》第3册,中华书局,1961年,第1070页。
⑥ 吴钢编:《全唐文补遗》(第一辑),三秦出版社,1994年,第168页;又见周绍良主编:《唐代墓志汇编》,上海古籍出版社,1992年,第1615页。

尉,擢监察御史、殿中侍御史、侍御史内供奉。迁司勋员外郎、度支郎中,拜中书舍人,除御史中丞,赐绯鱼袋。"

《旧唐书》卷九九《严挺之传》:"时黄门侍郎杜暹、中书侍郎李元纮同列为相,不叶。暹与挺之善,元纮素重宋遥,引为中书舍人。及与起居舍人张垍等同考吏部等第判,遥复与挺之好尚不同,遥言于元纮。元纮诘谯挺之,挺之曰:'明公位尊国相,情溺小人,乃有憎恶,甚为不取也。'词色俱厉。元纮曰:'小人为谁?'挺之曰:'即宋遥也。'因出为登州刺史、太原少尹。"《新唐书》卷一二九《严挺之传》记载略同,贬官记载为:"出为登州刺史,改太原少尹。"

又据《旧唐书》卷九八《杜暹传》:"(开元)十四年,诏暹同中书门下平章事,仍遣中使往迎之。及谒见,又赐绢二百匹、马一匹、宅一区。后与李元纮不叶,罢知政事,出为荆州大都督府长史。"《旧唐书》卷九八:"明年(开元十四年),擢拜中书侍郎、同中书门下平章事。顷之,加银青光禄大夫,赐爵清水男。"则二人同时为相在开元十四年稍后,宋遥此时为凤阁舍人。

《唐会要》卷七四"掌选善恶"条:"天宝元年冬选,六十四人判入等。时御史中丞张倚男奭判入高等,有下第者尝为蓟令,以其事白于安禄山,禄山遂奏之。至来年正月二十一日,遂于勤政楼下,上亲自重试。惟二十人比类稍优,余并下第。张奭不措一词,时人谓之'曳白'。吏部侍郎宋遥贬武当郡太守,苗晋卿贬安康郡太守,考官礼部郎中裴朏、起居舍人张烜、监察御史宋昱、左拾遗孟国朝并贬官。"可知其天宝二年正月自吏部侍郎贬武当郡太守。《唐仆尚丞郎表》考订天宝元年时在任,[1]宋遥自开元十四年任中书舍人,不可能任至天宝,故离任时间不详。

30. 刘　升(开元十五年)

字陟遐,彭城人。新《唐书》有传,见《新唐书》卷一〇六。李翔有《大唐故太子右庶子任城县开国男刘府君(升)墓志铭并序》。[2]

任职考:

《刘升墓志铭》:"三入清宪,累兵户二员外,中书舍人、右庶子。"《新传》稍详:"年十余岁流岭表,六道使诛流人,升以信爱为首领所庇免。后易

---

① 　严耕望:《唐仆尚丞郎表》,上海古籍出版社,2007年,第124页。
② 　吴钢编:《全唐文补遗》(第四辑),三秦出版社,1997年,第39页;又见周绍良主编:《唐代墓志汇编》,上海古籍出版社,1992年,第1579页。

姓温,北归洛。景云中,特授右武卫骑曹参军。开元中,累迁中书舍人、太子右庶子。升能文,善草隶。"《唐诗纪事》卷一四记载略同。

据《唐御史台精舍题名考》所考:"今陕西华阴县有开元八年所立精享昭应之碑,为殿中侍御史彭城刘升书。"则开元八年时为殿中侍御史,

又据刘升《大唐故右金吾将军魏公(靖)墓志铭并序》署朝散大夫、守中书舍人,墓主开元十五年正月廿四日葬;①《大唐故金吾将军魏公(靖)墓志铭并序》署朝散大夫、守中书舍人。墓主开元十四年八月廿四日去世,开元十五年岁次丁卯正月甲戌朔廿四日葬。② 可知刘升开元十五年时中书舍人在任。

31. 张 均(开元十七年)

《新唐书》有传,见卷一二五。《旧唐书》卷九七《张说传》只记载:"长子均为中书舍人。"

任职考:

《新传》:"自太子通事舍人累迁主爵郎中、中书舍人。开元十七年,说授左丞相,校京官考,注均考曰:'父教子忠,古之善训,王言帝载,尤难以任。庸以嫌疑,而挠纪纲? 考以上下。'当时亦不以为私。后袭燕国公,累迁兵部侍郎,以累贬饶、苏二州刺史。"据上文,可知,张均至少开元十七年时中书舍人在任。

《全唐文》卷三九六又有郑少微《授张均等加阶制》:"中大夫、行中书舍人张均等……宜覃行庆之典,俾承加等之荣。"又《全唐文》卷三〇八孙逖《授张均兵部侍郎制》:"正议大夫、行尚书户部侍郎、上柱国、燕国公、赐紫金鱼袋张均……可行尚书兵部侍郎。"则其中书舍人后迁兵部侍郎间至少有户部侍郎一职。《唐仆尚丞郎表》只言开天之际,未能确定时间。

纠谬:

据《全唐文》卷三一〇《张均袭封燕国公制》:"正议大夫、行尚书兵部侍郎、上柱国张均……可袭封燕国公,食邑三千户。"据此则当先迁兵部侍郎后袭燕国公。《新传》所载顺序错误。

① 吴钢编:《全唐文补遗》(第七辑),三秦出版社,2000 年,第 40 页。
② 吴钢编:《全唐文补遗》(千唐志斋新藏专辑),三秦出版社,2006 年,第 148 页。

32. 裴敦復（约开元十八年至约开元二十三年）

两《唐书》无传。

任职考：

科举据《唐会要》卷七六"制科举"条："（开元）十二年，将帅科，裴敦复、房自谦及第。"《登科记考》卷七袭之。《唐会要》卷七五"藻鉴"条："（开元）十一年十二月，吏部侍郎崔林掌铨，收选人卢怡、裴登复、于儒卿等十数人。无何，皆入台省，众以为知人。"又见《册府元龟》卷六三八《铨选部》"振举"条。

《唐御史台精舍题名考》卷一"侍御史并内供奉"、卷二"殿中侍御史兼内供奉"、卷三"碑左侧题名"，《唐尚书省郎官石柱题名考》卷三"吏部郎中"、卷十"考功员外郎"均有载，中书舍人之前或任职吏部郎中。

任中书舍人时间，据《全唐文》卷三二八王丘《授裴敦复中书舍人制》："朝议郎、检校吏部郎中裴敦复等……可依前件。"王丘任中书舍人至少开元四年八月，任职约七年，开元十八年至二十一年间散骑常侍、知制诰，则此制当在散骑常侍知制诰期间而作。又据《旧唐书·玄宗本纪》："（开元）二十二年春正月……乙酉，怀、卫、刑、相等五州乏粮，遣中书舍人裴敦复巡问，量给种子。"《册府元龟》卷一五〇《帝王部》"惠民"条第二同。则其至少开元二十二年在任。

又据《唐语林》卷八："神龙元年已来，屡为主司者……裴敦复再：开元十九年，二十年。"[1]《登科记考》卷七袭之。则其知贡举之职或为中书舍人。

离任时间，据《册府元龟》卷一六二《帝王部》"命使"条第二：开元二十三年，"秦州刺史裴敦复为陇右道采访使。"[2]则开元二十三年已然迁官为秦州刺史。

综上，裴敦复任职约在开元十八年至二十一年时，离任在开元二十三年稍前。

33. 崔　翘（开元二十一年至开元二十三年）

齐州全节人。两《唐书》均见《崔融传》所附，《旧唐书》卷九四、《新唐

---

① （宋）王谠撰，周勋初校正：《唐语林校正》，中华书局，1987年，第719页。
② （宋）王钦若等：《册府元龟》第2册，中华书局，1960年，第1955页。

书》卷一一四。崔至有《唐故银青光禄大夫礼部尚书上柱国清河县开国男赠江陵郡大都督谥曰成崔府君(翘)墓志铭并序》。①

任职考:

《旧唐书》卷九四《崔融传》:"二子,禹锡、翘,开元中相次为中书舍人。"《新唐书》卷一一四《崔融传》:"六子,其闻者禹锡、翘……翘,礼部尚书,赠荆州大都督,谥曰成。"

《唐会要》卷七六"制科举"条:"大足元年,理选使孟诜试拔萃科,崔翘、郑少微及第。""开元元年……良才异等科,邵润之、崔翘及第。"《唐语林》卷八:"及大足元年,置拔萃,始于崔翘。"②《登科记考》卷四徐松同此说。

任职时间据《全唐文》卷三二八有王丘《授崔翘中书舍人制》:"朝议大夫、守给事中崔翘……可守中书舍人,散官如故。"王丘曾约开元五年至七年任中书舍人,崔翘若此时任中书舍人与开元元年及第时间过短,不合常理,故王丘起草本制当在散骑常侍知制诰之时,即开元十八年至二十一年间,崔翘此时在任。

离任时间据《崔翘墓志铭》:"先是公之元兄贞公禹锡为礼部郎,及迁中书舍人,公乃继入郎署,时从父兄尚为右史,皆盛德美才,齐加朱绂,时人谓为三张兄弟,荣耀当时。""三年,拜给事中。扈从祠汾阴後土。时肆赦海内,公述制立就,朝以为能。于是递相传写,帝用嘉之。乃命为中书舍人,知制诰……时东郡岁旱,天子思牧,乃诏为滑州刺史。"任滑州刺史约在开元二十三年。③ 综上,崔翘任职约在开元二十一年至开元二十三年。

其后职务,据《唐语林》卷八:"开元二十四年、二十五年始命春官小宗伯主之。崔翘三:开元二十七年,二十八年,二十九年。"④则崔翘开元二十七年至二十九年以礼部侍郎、知贡举。又见《登科记考》卷八。又据《旧唐书·玄宗本纪》:"(开元)二十九年冬十月丙申,幸温泉宫。戊戌,分遣大理卿崔翘等八人往诸道黜陟官吏。"《唐大诏令集》卷一〇四《遣使黜陟诸道敕》署开元二十九年十月。⑤ 则开元二十九年已自礼部侍郎为大理卿,二十九年黜陟官吏。

① 吴钢编:《全唐文补遗》(第九辑),三秦出版社,2007 年,第 368 页。
② (宋)王谠撰,周勋初校正:《唐语林校正》,中华书局,1987 年,第 713 页。
③ 郁贤皓:《唐刺史考全编》,安徽大学出版社,2000 年,第 768 页;考订为开元二十三年前后。
④ (宋)王谠撰,周勋初校正:《唐语林校正》,中华书局,1987 年,第 719 页。
⑤ (宋)宋敏求编:《唐大诏令集》,中华书局,2008 年,第 532 页。

34. 徐安贞（开元二十年至开元二十二年）

原名徐楚璧，后更名安贞，信安龙丘人。两《唐书》有传，见《旧唐书》卷一九〇中，《新唐书》卷二〇〇。

任职考：

《旧传》："尝应制举，一岁三擢甲科，人士称之。开元中，为中书舍人、集贤院学士。上每属文及作手诏，多命安贞视草，甚承恩顾。累迁中书侍郎。"《新传》："初应制举，三登甲科，开元时为中书舍人、集贤院学士，帝属文多令视草。终中书侍郎，东海县子。在中书省久，是时李林甫用事，或言计议多所参助。"

任前据《唐会要》卷三六"修撰"条："（开元）十九年二月，礼部员外郎徐安贞等撰《文府》二十卷上之。"可知，本年在礼部员外郎任。

任中书舍人时间，可据《全唐文》卷三〇五徐安贞《授席豫尚书右丞等制》："朝散大夫、使持节郑州诸军事、守郑州刺史、上柱国席豫等……可依前件。"据《唐仆尚丞郎表》考订为开元二十二年春夏或二十一年由尚书右丞迁此任，①若为此，则徐安贞此制当在开元二十一年稍前。又《文苑英华》卷四四八徐安贞《除裴耀卿黄门侍郎张九龄中书侍郎同平章事制》文后署开元二十一年十二月。若徐安贞此时以中书舍人身份草制，则当开元二十一年在任。《唐大诏令集》卷四五徐安贞《裴耀卿张九龄平章事制》署开元二十一年十二月。②《全唐文补遗》有徐安贞撰《大唐德州安陵县尉陆光庭妻吴郡朱夫人（淑）墓志》署中书舍人。墓主开元十九年五月八日去世，开元二十一年岁在癸酉十二月甲午三日景申葬。"开元廿一年岁在癸酉中书舍人徐安贞。"③均能证明本年在任。

《玉堂嘉话》卷一"同诸公观唐张九龄等诰于玉堂"条，诰署时间在开元二十二年五月二十七日，"稍后以细衔书'银青光禄大夫、守中书令、集贤院学士、知院事、兼修国史、上柱国、曲江县开国男臣张九龄宣'，曰'中书侍郎'，曰'朝议大夫、中书舍人内供奉、集贤院修撰、上柱国臣徐安贞奉行。'"④所载时间，张九龄此时正为此职，则徐安贞当中书舍人内供奉在任。

离任时间，据《宋高僧传》卷二六《唐杭州华严寺玄览传》："（释玄览）

---

①　严耕望：《唐仆尚丞郎表》，上海古籍出版社，2007年，第121页。

②　（宋）宋敏求编：《唐大诏令集》，中华书局，2008年，第222页。

③　吴钢编：《全唐文补遗》（千唐志斋新藏专辑），三秦出版社，2006年，第168页。

④　（元）王恽撰，杨晓春点校：《玉堂嘉话》，中华书局，2006年，第43页。

以开元二十二年示疾,终于临平所造寺,春秋八十四……工部侍郎徐安贞撰碑颂德焉。"①可知其二十二年自中书舍人迁工部侍郎。

综上,可知徐安贞任职时间约为开元二十年至开元二十二年。

纠谬:

《全唐文》卷三〇五有其《除韦嗣立凤阁侍郎平章事制》,据韦嗣立条考,韦嗣立在开元七年卒,故此文非徐作。

35. 吕　向②(开元二十一年至天宝三载)

《新唐书》有传,见卷二〇二。《新传》载字子回,亡其世贯,或曰泾州人。《旧唐书》卷一一一《房绾传》称其为"东平吕向"。傅璇琮《唐翰林学士传论》考订为东平人。③

任职考:

《新传》:"玄宗开元十年,召入翰林兼集贤院校理,侍太子及诸王为文章。时帝岁遣使采择天下姝好,内之后宫,号'花鸟使'。向因奏美人赋以讽,帝善之,擢左拾遗。天子数校猎渭川,向又献诗规讽,进左补阙,帝自为文,勒石西岳,诏向为镌勒使。以起居舍人从帝东巡……久之,迁主客郎中,专侍皇太子,眷赉良异……向终丧,再迁中书舍人,改工部侍郎,卒,赠华阴太守。"

任前职务,据《山右石刻丛编》卷六《庆唐观纪圣铭碑阴》所列有"敕建造摸勒龙角山纪圣碑使、朝议郎、守尚书主客郎中、集贤院学士、翰林院供奉、轻车都尉、赞谕皇太子、兼侍庆王、忠王、棣王、鄂王、荣王、光王、仪王、颖王、永王文章,臣吕向奉敕题碑阴并建碑"。④《金石录》卷六有《唐龙角山纪圣铭》,定为明皇撰并八分书,开元十七年九月。⑤ 可知,开元十七年吕向已为都官郎中。又据《新唐书》卷二一五下《突厥传》:"(开元)十九年……使金吾将军张去逸、都官郎中吕向奉玺诏吊祭,帝为刻辞于碑。"《旧唐书》卷一九四上《突厥传》、《太平寰宇记》卷一九六记载略同,但时间为开元二

①　(宋)赞宁撰,范祥雍点校:《宋高僧传》,中华书局,1997 年,第 661 页。
②　吕向为翰林学士第一人,中书舍人与翰林学士任职往往交叉重合,本编中书舍人考订中涉及翰林学士部分均参见傅璇琮《唐翰林学士传论》及晚唐卷,特此说明,下同。
③　傅璇琮:《唐翰林学士传论》,辽海出版社,2011 年,第 183 页。
④　(清)胡聘之辑:《山右石刻丛编》,《历代碑志丛书》第 16 册,江苏古籍出版社,1998 年,第447 页。
⑤　(宋)赵明诚撰,金文明校证:《金石录校证》,上海书画出版社,1985 年,第 105 页。

十年。《通鉴》记载为十九年,具体时间不可考。则十九、二十年左右吕向仍为都官郎中。又见《唐尚书省郎官石柱题名考》卷二十五"主客郎中"。

任中书舍人时间,据《贞元新定释教目录》卷十四记载吕向纪金刚智大师:"复有灌顶弟子正议大夫行中书舍人、侍皇太子诸王文章、集贤院学士吕向,敬师三藏因而纪之曰……"①《唐洛阳广福寺金刚智传》记载其开元二十一年八月卒,十一月葬。② 可知:吕向开元二十一年末或稍后为中书舍人。

吕向以中书舍人入翰林学士院,参见《唐会要》卷五七"翰林院"条:"元玄以四隩大同,万枢委积,诏敕文诰,悉由中书。或虑当剧而不周,务速而时滞,宜有编掌,列于宫中,承遵迩言,以通密命。由是始选朝宫有词艺学识者,入居翰林供奉,敕旨于是中书舍人吕向、谏议大夫尹愔元充焉。"韦执谊《翰林院故事》:"吕向,自中人充供奉,出为工侍。"③

吕向撰《大唐故银青光禄大夫太仆卿驸马都尉中山郡开国公豆卢公(建)墓志铭并序》,署正议大夫、行中书舍人、侍皇太子诸王文童、集贤院学士。④ 墓主豆卢建于天宝三载三月去世,越八月十二日,葬于咸阳洪渎原。则天宝三载八月时吕向仍中书舍人在任。其为工部侍郎当在此后。

综上,吕向任职当在约开元二十一年至天宝三载时。

纠谬:

《唐仆尚丞郎表》考订其开元末由中书舍人翰林院供奉迁工部侍郎出院,⑤时间有误。

36. 徐　峤(开元二十一年至开元二十三年)

宇巨山,湖州长城人。两《唐书》无传。

任职考:

据《新唐书》卷一九九《徐齐聃传》:"开元中为驾部员外郎,集贤院直学士,迁中书舍人、内供奉、河南尹。封慈源县公。父子相次为学士,自祖及

① (唐)元照:《贞元新定释目录》,《大正新修大藏经》第 55 册,新文丰出版股份有限公司,1983 年,第 875 页。

② (宋)赞宁撰,范祥雍点校:《宋高僧传》,中华书局,1997 年,第 6 页。

③ (宋)洪遵:《翰苑群书》,傅璇琮、施纯德编:《翰学三书》,辽宁教育出版社,2003 年,第 16 页。

④ 吴钢编:《全唐文补遗》(第三辑),三秦出版社,1996 年,第 73 页;周绍良主编:《唐代墓志汇编》,上海古籍出版社,1992 年,第 1565 页。

⑤ 严耕望:《唐仆尚丞郎表》,上海古籍出版社,2007 年,第 258 页。

孙,三世为中书舍人。"

徐峤史料记载较少,据《大唐新语》卷十"隐逸"条:"张果老先生者,隐于恒州枝条山,往来汾晋……至开元二十三年……乃令中书舍人徐峤、通事舍人卢重玄,赍玺书迎之。"①《明皇杂录》卷下略同。《旧唐书》卷一九一、《新唐书》卷二〇四之《张果传》记此事为开元二十一年。《资治通鉴》卷二一四则载为二十二年。此事小说家性质甚浓,则大概推定为开元二十一至二十三年左右时徐峤中书舍人在任。据《旧唐书·刑法志》:"(开元)二十五年……刑部断狱,天下死罪惟有五十八人。大理少卿徐峤上言:大理狱院,由来相传杀气太盛,鸟雀不栖,至是有鹊巢其树。于是百僚以几至刑措,上表陈贺。"《资治通鉴》卷二一四记为开元二十五年七月。可知,徐峤约开元二十一年到二十三年任中书舍人,约开元二十五年时已任大理少卿。

纠谬:

《旧唐书》卷一三七《徐浩传》:"徐浩,字季海,越州人。父峤,官至洛州刺史。"据《元和姓纂》卷二诸郡徐氏:"洛州刺史徐峤之,居会稽,生浩、浚、漪。"②《全唐文》卷三六五蔡希综《法书论》:"父兄子弟相继其能者,东汉崔瑗及寔、弘农张芝与弟昶、河东卫瓘及子桓、颖川锺繇及子会、琅琊王羲之及子献之、西河宋令文及子之望、东海徐峤之及子浩……"则徐浩父非徐峤,《旧传》误记,当为徐峤之。

《全唐文》卷二六七徐峤小传:"字维岳,赠吏部侍郎师道子。历赵、湖、洛、润三州刺史,入为中书舍人、大理寺卿,赠左散骑常侍。"此时以刺史入为中书舍人并不常见,且徐峤之记载亦有洛州刺史之记载,张彦远《历代名画记》卷三记载有"故润州刺史赠左散骑常侍徐峤之印",则小传当混淆徐峤和徐峤之的事迹。而徐峤是否为诸州刺史,又见《宋高僧传》卷九《唐润州幽栖寺玄素传》:"吏部侍郎齐澣、广州都督梁卿、润州刺史徐峤、京兆韦昭理、给事中韩赏、御史中丞李丹、礼部崔令钦并道流人望咸歎。"③《宋高僧传》卷一四《唐越州法华寺玄俨传》:"故洛州刺史徐峤、工部尚书徐安贞咸以宗室设道友之礼。"④两处应皆为徐峤之,脱"之"字。

①　(唐)刘肃撰,许德楠、李鼎霞点校:《大唐新语》,中华书局,1984年,第157页。
②　(唐)林宝撰,岑仲勉校记:《元和姓纂》(附四校记),中华书局,1994年,第209页。
③　(宋)赞宁撰,范祥雍点校:《宋高僧传》,中华书局,1997年,第203页。
④　(宋)赞宁撰,范祥雍点校:《宋高僧传》,中华书局,1997年,第344页。

37. 卢　奂（？ 至开元二十二年）

两《唐书》有传，见《旧唐书》卷九八,《新唐书》卷一二六。

任职考：

《旧传》:"早修整,历任皆以清白闻。开元中,为中书舍人、御史中丞、陕州刺史。"《新传》较略,未言中书舍人职。

据《新唐书》卷一三〇《李尚隐传》:"开元二十二年置京畿采访处置等使,用中丞卢奂为之,尚隐以大夫不充使。永泰以后,大夫王翊、崔涣、李涵、崔宁、卢杞乃为之。"又见《唐会要》卷六〇"御史中丞"条。可知,其任中书舍人约在开元二十二年稍前。

38. 王敬从（开元二十二年至开元二十四年）

京兆人。两《唐书》无传,《全唐文》卷三一三有孙逖《太子右庶子王公神道碑》。

任职考：

《王敬从神道碑》:"三入华省,再登禁闼,历尚书礼部司勋员外、考功郎中、给事中,拜中书舍人。是时也,张曲江、李晋公更践中枢,公与徐安贞、韦陟、孙逖继挥宸翰。每至密命,先发诏书,即舍人草创之,二相讨论之。王言式臧,天监允洽,训诰之地,斯焉得人。逖于诸大夫,无能为役也。居数岁,命公御史中丞,又改太子右庶子。"

任中书舍人时间,据文中所述,"是时也,张曲江、李晋公更践中枢,公与徐安贞、韦陟、孙逖继挥宸翰。"张九龄开元二十二年五月至二十四年十一月中书令在任,其后李林甫接任,则王敬从任中书舍人约在开元二十二年。

又据《全唐文》卷三〇八孙逖《授王敬从御史中丞充京畿采访使制》:"中书舍人、上柱国王敬从……可中散大夫、御史中丞,仍充京畿采访处置等使,勋如故。"而孙逖在开元二十四年为中书舍人,又据《唐会要》卷三九"定格令"条:"（开元）二十五年九月一日,复删辑旧格式律令。中书李林甫、侍中牛仙客、中丞王敬从……等。"则开元二十五年其已御史中丞在任,则开元二十四年其自中书舍人为御史中丞。

可知,王敬从任职时间为开元二十二年至开元二十四年。

39. 李彭年（开元二十三年至开元二十八年； 约天宝十三载）

广德刑州人。两《唐书》有传，见《旧唐书》卷九〇和《新唐书》卷一一七。唐有二李彭年，另一位为开元时乐工，即李龟年弟。

任职考：

《旧传》："开元中，历考功员外郎、知举，又迁中书舍人、给事中、兵部侍郎。"《新传》稍略。

《旧传》载任职较略，郎官但言考功员外郎，又见《唐尚书省郎官石柱题名考》卷十"考功员外郎"。其他卷三"吏部郎中"、卷四"吏部员外郎"、卷八"司勋员外郎"、卷十"考功员外郎"、卷十二"户部员外郎"条均为本传未载。且其任职顺序记载有误，据《全唐文》卷三五四王从敬《授李彭年等中书舍人制》："朝请大夫、守给事中李彭年等……可依前件。"则其当自给事中迁中书舍人，《旧传》有误。据《册府元龟》卷一六二《帝王部》"命使"条第二："（开元）二十三年……十一月，诏令给事中韦常巡关内道，中书舍人李彭年巡河南道，并与本道采访使及所隸长官商量回日奏闻。"①可知，其开元二十三年中书舍人在任。

离任时间，据《全唐文》卷三〇八孙逖《授李彭年兵部侍郎制》："朝议大夫、守太仆少卿、上柱国、赵郡开国公李彭年……可权判兵部侍郎事，散官如故。"孙逖在中书舍人任自开元二十四年至天宝四载，则自太仆少卿转兵部侍郎当在期间。李彭年在中书舍人任后当转太仆少卿，此为本传未载。转任时间，若一般三考或四考迁官，则其转太仆少卿约为开元二十八年左右。

综上，李彭年本次任职约为开元二十三年至二十八年。

其后任职据《旧传》："天宝初，又为吏部侍郎，与右相李林甫善。慕山东著姓为婚姻，引就清列，以大其门。典铨管七年，后以赃污为御史中丞宋浑所劾，长流岭南临贺郡。累月，浑及弟恕又以赃下狱，诏浑流岭南高要郡，恕流南康郡。天宝十二载，起彭年为济阴太守，又迁冯翊太守，入为中书舍人、给事中、吏部侍郎。十五载，玄宗幸蜀，贼陷西京。彭年没于贼，胁授伪官，忧愤忽忽不得志，与韦斌相次而卒。及克复两京，优制赠彭年为礼部尚书。"《新传》记载稍略。

可知，李彭年天宝十二载至十五载期间曾经再为中书舍人，具体时间不

---

① （宋）王钦若等：《册府元龟》第 2 册，中华书局，1960 年，第 1955 页。

可考,暂系于天宝十三载。

其自兵部侍郎转吏部侍郎有《唐会要》卷八一"考上"条:"(天宝)八年……六月七日,吏部侍郎李彭年奏。"《全唐文》卷三〇八孙逖《授李彭年吏部侍郎制》:"尚书兵部侍郎李彭年……可守尚书吏部侍郎。"又《唐尚书省郎官石柱题名考》卷三"吏部侍郎"条载:《石刻御注孝经碑》末题名有太中大夫、守吏部侍郎、上柱国、赵郡开国公臣李彭年,天宝四载,陕西长安。可知至少天宝四载已吏部侍郎在任。

40. 梁　涉(开元二十四年至开元二十六年)

两《唐书》无传。

任职考:

科举情况据《册府元龟》卷六四三《贡举部》"考试"条:"(开元)十五年五月,诏中书门下引文武举人就中策试。于是蓝田县尉萧谅、右卫胄曹梁涉、邠州柱国子张玘等……"①可知开元十五年,梁涉为右卫胄曹,是年参加策试。

任中书舍人时间,据《旧唐书》卷九二《韦陟传》:"张九龄一代辞宗,为中书令引陟为中书舍人,与孙逖、梁涉对掌文诰。时人以为美谈。后为礼部侍郎。"梁涉与孙逖同时为中书舍人,《全唐文》卷三〇八孙逖《授梁淑中书舍人制》:"朝议郎、守尚书兵部郎中梁淑……可中书舍人,散官如故。"此处梁淑即为梁涉,孙逖在任为开元二十四年至二十六年,二十九年至天宝四载,而张九龄开元二十二年五月至二十四年十一月中书令在任,可知梁涉当为开元二十四年及稍后为中书舍人。

《册府元龟》卷九二五《总录部》"谴累"条:"梁涉为右庶子,柳绩为李林甫所构伏诛。涉及虢王巨尝通绩资粮皆坐,贬官连累者十余人。"②据《旧唐书·肃宗本纪》:"二十六年六月庚子,立上为皇太子,改名绍。后有言事者云:绍与宋太子名同,改今名。初,太子瑛得罪,上召李林甫议立储贰,时寿王瑁母武惠妃方承恩宠,林甫希旨,以瑁对,及立上为太子,林甫惧不利己,乃起韦坚、柳勣之狱。"则开元二十六年梁涉以右庶子贬官。其任中书舍人卸任不晚于于开元二十六年。

综上,梁涉任职约在开元二十四年至二十六年。

①　(宋)王钦若等:《册府元龟》第 8 册,中华书局,1960 年,第 7710 页。
②　(宋)王钦若等:《册府元龟》第 12 册,中华书局,1960 年,第 10926 页。

另,《全唐文》卷四〇七小传称"天宝朝官司勋员外郎",疑为贬官后曾任之职。

41. 孙　逖(开元二十四年至天宝四载)

两《唐书》有传,见《旧唐书》卷一九〇中,《新唐书》卷二〇二。《旧传》称潞州涉县人,《新传》称博州武水人。《太平寰宇记》卷四五河东道六"人物"称"潞州涉县人"。① 据《全唐文》卷三三七颜真卿《尚书刑部侍郎赠尚书右仆射孙逖文公集序》:"河南巩人,其先自乐安武水寓于涉而徙焉。"

任职考:

任前职务,据《旧传》:"张说尤重其才,逖日游其门,转左补阙。黄门侍郎李暠出镇太原,辟为从事……二十一年,入为考功员外郎、集贤修撰。逖选贡士二年,多得俊才。"《新传》略同。则开元二十一年为考功员外郎,后二年知贡举,据《唐语林》卷八:"神龙元年已来屡为主司者……孙逖再:开元二十二年,二十三年。"②考功员外郎后,孙逖又曾任礼部郎中,则约在开元二十三年或二十四年,《唐尚书省郎官石柱题名考》卷三"吏部郎中"条有载。

据《旧传》:"(开元)二十四年,拜逖中书舍人……丁父丧免。二十九年服阕,复为中书舍人。其年充河东黜陟使。天宝三载,权判刑部侍郎。"《新传》:"俄迁中书舍人。是时,嘉之且八十,犹为令,逖求降外官,增父秩。帝嘉纳,拜嘉之宋州司马,听致仕。父丧缺,复拜舍人。开元间,苏颋、齐澣、苏晋、贾曾、韩休、许景先及逖典诏诰,为代言最,而逖尤精密,张九龄视其草,欲易一字,卒不能也。居职八年,判刑部侍郎。"拜中书舍人时间为《旧传》中所载,为开元二十四年,又见《旧唐书》卷一一三《苗晋卿传》:"二十四年,与吏部郎中孙逖并拜中书舍人。"据《全唐文》卷三一三孙逖《宋州司马先府君墓志铭》,"以开元二十七年四月二十四日,弃背于东都集贤里之私第",则曾因丁父忧,二十七年至二十九年间离职,后复为中书舍人。据《全唐文》卷三八《册陈王韦妃文》:"维天宝四载岁次乙酉三月己未朔十九日丁丑……遣使尚书左仆射、兼右相使部尚书修国史、晋国公李林甫,副使中书舍人、兼判刑部侍郎孙逖,持节礼册。"则至少天宝四载,仍以中书舍人判刑部侍郎。

① (宋)乐史撰,王文楚等点校:《太平寰宇记》,中华书局,2007年,第937页。
② (宋)王谠撰,周勋初校正:《唐语林校正》,中华书局,1987年,第719页。

又可见《全唐文》卷三四一颜真卿《正议大夫行国子司业上柱国金乡县开国男颜府君神道碑铭》:"(开元)二十六年,丁内忧,以毁闻。服阕,转右领军录事参军,与从祖姑子刘同升齐名,长又相善。尝寓书与之,中书舍人孙逖见而惊,叹曰:古人之作。"《册府元龟》卷一六二《帝王部》"命使"条第二:"(开元)二十九年五月,命大理卿崔翘、尚书右丞席豫、工部侍郎郭虚己、御史中丞张倚、中书舍人孙逖、给事中赵安贞、太常卿韦常、班景倩分行天下。"①均是此间任职之事。

综上,孙逖任职在开元二十四年至天宝四载。

42. 苗晋卿(开元二十四年至开元二十九年)

字元辅,上党壶关人。两《唐书》有传,见《旧唐书》卷一一三,《新唐书》卷一四〇。《全唐文》卷三二一有李华《唐丞相故太保赠太师韩国公苗公墓志铭》。

任职考:

《旧传》:"开元二十三年,迁吏部郎中。二十四年,与吏部郎中孙逖并拜中书舍人。二十七年,以本官权知吏部选事。晋卿性谦柔,选人有诉讼索好官者,虽至数千言,或声色甚厉者,晋卿必含容之,略无愠色。二十九年,拜吏部侍郎。"《新传》记载稍略。可知,任中书舍人当在开元二十四年至二十九年。

纠谬:

《册府元龟》卷七二八《幕府部》"辟署"条第三:"苗晋卿深沉有精识,为中书舍人时,宰臣李林甫兼河南节度使,以晋卿为判官,处事精审。林甫重之。"②河南节度使应为河西节度使之误,据《旧唐书·玄宗本纪》,李林甫开元二十六年遥领河西节度使,本年苗晋卿曾兼为判官。

43. 韦 陟(约开元二十五年至约开元二十九年)

字殷卿,京兆万年人。两《唐书》有传,见《旧唐书》卷九二,《新唐书》卷一二二。

任职考:

① (宋)王钦若等:《册府元龟》第 2 册,中华书局,1960 年,第 1956 页。
② (宋)王钦若等:《册府元龟》第 9 册,中华书局,1960 年,第 8668 页。

《旧传》:"历洛阳令,转吏部郎中。张九龄一代辞宗,为中书令,引陟为中书舍人,与孙逖、梁涉对掌文诰,时人以为美谈。后为礼部侍郎。"《新传》略同。

韦陟自吏部郎中为中书舍人,《唐尚书省郎官石柱题名考》卷三"吏部郎中"有载,另卷五"司封郎中",卷二六"主客员外郎"条有载,或为吏部郎中前之任。

张九龄开元二十二年五月至二十四年十一月中书令在任,可知此间韦陟被引为中书舍人。

离任时间据《唐仆尚丞郎表》考订,开元二十九年韦陟由中书舍人迁礼部侍郎。[①] 另据《唐会要》卷五八"考功员外郎"条:"开元二十九年十一月十九日,礼部侍郎韦陟奏……"《全唐文》卷三四一颜真卿《河南府参军赠秘书丞郭君神道碑铭》:"君讳揆,字良宰,太原人也……年十七崇文生明经及第,侍郎韦陟扬言于朝,称其稽古之力,许其青冥之价……以天宝八载二月十八日,终于安兴之私第,时年二十四。"以此推之,天宝元年十七岁,侍郎韦陟,当指任礼部侍郎。若韦陟开元二十二年任职则时间稍长,或在二十四年较合常理,任职至开元二十九年。

44. 吴 巩(开元末)

两《唐书》无传。《旧唐书》卷一九〇中《吴少微传》:"微子巩,开元中,为中书舍人。"《(淳熙)新安志》卷六"叙先达"条:"新安自程灵洗以节显,梁陈间唐及五代相继有人迨圣,宋则名臣辈出夫,岂惟其土之多贤要,当以世论之,若梁员外散骑侍郎李祎、太常卿胡明星、唐中书舍人吴巩、南唐宰相冯延己。"[②]新安属徽州府,吴巩当为徽州新安人。

任职考:

《唐会要》卷七六"制科举"条:"(开元)十七年,才高未达沉迹下僚科,吴巩及第。"吴巩《故岐州司法参军郑国公杨公(点)墓志铭并序》署右拾遗,墓主开元十七年六月廿六日去世,八月廿六日安葬,[③]则本年为右拾遗。

《全唐文》卷三九〇独孤及《唐故朝议大夫高平郡别驾权公神道碑铭并序》:"开元十八年,乃择公廉无私工于文者,考校甲乙丙丁科,以辨论其品。

---

①　严耕望:《唐仆尚丞郎表》,上海古籍出版社,2007 年,第 124 页。

②　(宋)赵不悔修,罗愿纂:《新安志》,《宋元方志丛刊》,中华书局,1990 年,第 7677 页。

③　吴钢编:《全唐文补遗》(第二辑),三秦出版社,1995 年,第 19 页。

是岁,公受诏与徐安贞、王敬从、吴巩、裴朏、李宙、张烜等十学士参焉。"当
为开元十八年及第后,入为修书。《唐御史台精舍题名考》卷二"殿中侍御
史兼内供奏"有载,当在此后。

据吴巩《唐睿宗大圣真皇帝故贵妃豆卢氏墓志铭并序》所署库部郎中、
知制诰兼修国史,墓主开元廿八年夏四月去世,七月安葬。① 其任中书舍人
疑在开元末。

纠谬:

《旧唐书》卷一九〇《吴少微传》称开元中不确,当在开元末。

《太平寰宇记》卷六"河南道"六:"关龙逢坟在县南七里,《城冢记》云:
'关龙逢葬在龟头原左胁,高三丈。唐太宗东巡致祭。开元十三年立碑,舍
人吴巩之词。'"②所立之年与官职矛盾,误。

45. 赵良器(开元时)

两《唐书》无传。

任职考:

《元和姓纂》卷七河东赵氏:"唐监察御史赵君煦,曾孙良器、良弼。中
书舍人,生密、邑、董、复、纵、衮。"③岑仲勉校曰:"《(赵睿冲)碑》云,二子良
器、良弼,良器开元时官至中书舍人,良弼于肃宗朝官至陕华等七州刺史、御
史中丞、浙东岭南两道节度使、太子宾客。依此,则'良弼'下应补'良器'二
字……同上碑云:'今圣践极,嗣孙密、邑、熏、复、纵、衮等,咸擅才业,官成三
署。'是'邑'为'邕'误,'董'为'熏'误。惟此六人者孰为良器子,孰为良弼
子,碑欠分明。若依前补文,则俱良器所出也。《山右石刻》七云:'今以《(虞
乡)县志》考之,御史中丞密,施州刺史邕,礼部员外郎熏,工部侍郎纵,侍御史
衮,太子右庶子、天水郡公复……良弼子永、陕、淮,亦见《县志》。'"④

可知,赵良器在开元时任职中书舍人。

46. 韦　斌(天宝元年至天宝三载)

京兆万年人。两《唐书》有传,见《旧唐书》卷九二,《新唐书》卷一二

---

① 吴钢编:《全唐文补遗》(第五辑),三秦出版社,1998 年,第 29 页。
② (宋)乐史撰,王文楚等点校:《太平寰宇记》,中华书局,2007 年,第 102 页。
③ (唐)林宝撰,岑仲勉校记:《元和姓纂》(附四校记),中华书局,1994 年,第 1016 页。
④ (唐)林宝撰,岑仲勉校记:《元和姓纂》(附四校记),中华书局,1994 年,第 1016—1017 页。

二。王维有《大唐故临汝郡太守赠秘书监京兆韦公神道碑铭并序》。①

任职考：

杨篆《我大唐故天平军节度副大使知节度事郓曹濮等州观察处置等使银青光□□夫检校户部尚书使持节郓州诸军事兼郓州刺史御史大夫上柱国弘农郡开国公食邑二千户赠司徒杨公（汉公）夫人越国太夫人韦氏（媛）墓志铭并序》："曾王父韦斌，皇任中书舍人、临汝郡太守，赠太子少保。"②韦同翊《唐故龙华寺内外临坛大德韦和尚墓志铭并叙》有"大父讳斌，皇中书舍人、临汝郡太守。"③

《旧传》："天宝初，转国子司业，徐安贞、王维、崔颢，当代辞人，特为推挹。天宝中，拜中书舍人，兼集贤院学士。兄陟先为中书舍人，未几迁礼部侍郎。陟在南省，斌又掌文诰。改太常少卿。"《新传》略同。

《全唐文》卷三〇八孙逖《授韦斌中书舍人制》："国子司业韦斌……可行中书舍人。"孙逖开元二十四年之天宝四载掌诰命，故此制当在此时，又据《旧传》："兄陟先为中书舍人，未几迁礼部侍郎。陟在南省，斌又掌文诰。"据《唐仆尚丞郎表》考订，开元二十九年韦陟由中书舍人迁礼部侍郎。④另据《唐会要》卷五八"考功员外郎"条："开元二十九年十一月十九日，礼部侍郎韦陟奏……"则当自天宝元年韦斌中书舍人在任，又据《唐九卿考》考订任太常少卿约天宝三载到五载（未有系年原因）。⑤

可知，韦斌约天宝元年至天宝三载时中书舍人在任。

47. 李玄成（天宝二年至天宝五载）

两《唐书》无传。《全唐文》卷三九一有独孤及《唐故朝散大夫中书舍人秘书少监顿邱李公墓志》载："公讳诚，字元（玄）成，魏郡顿邱人也。"《唐尚书省郎官石柱题名考》卷九考订其以字行。

任职考：

《李玄成墓志》："天宝元年考功郎中、知制诰，修国史，二年，中书舍人，五年，秘书少监。"可知，李玄成在任时间为天宝二年至五载。

另《唐尚书省郎官石柱题名考》卷九引《石刻御注孝经碑》，末题名朝散

①　（唐）王维著，陈铁民校注：《王维集校注》，中华书局，1997年，第1038页。
②　吴钢编：《全唐文补遗》（第六辑），三秦出版社，1999年，第199页。
③　周绍良主编：《唐代墓志汇编》，上海古籍出版社，1992年，第2032页。
④　严耕望：《唐仆尚丞郎表》，上海古籍出版社，2007年，第124页。
⑤　郁贤皓、胡可先：《唐九卿考》，中国社会科学出版社，2003年，第131页。

大夫、守中书舍人、兼知史官事臣李玄成,时在天宝四载,也说明在任时间。

48.达奚珣(天宝初)

两《唐书》无传。

任职考:

据《唐仆尚丞郎表》,达奚珣天宝二年正月以中书舍人权知礼侍,其年正除,五载迁吏侍,七载犹在任。①

《金石萃编》卷八七《石台孝经》题名:"中大夫、行礼部侍郎、上轻车都督臣达奚珣……丁酉岁八月廿六日纪。"②丁酉指天宝四载。可知其任职中书舍人当在天宝初。

49.苑　咸(天宝五载;约天宝十四载)

成都人。两《唐书》无传。苑论有《唐故中书舍人集贤院学士安陆郡太守苑公(咸)墓志铭并序》。③

任职考:

《苑咸墓志铭》:"故中书舍人、集贤院学士、安陆郡太守、馆陶县开国男苑公,以至德三年正月廿九日,薨于扬州之官舍,享年卌九。"元和六年正月葬。其主要仕历如下:"服阙,历左拾遗、集贤院学士。旋除左补阙,迁起居舍人,仍试知制诰。时有事于南郊,撰册文,封馆陶县开国男,改考功郎中、兼知制诰,拜中书舍人。诸弟犯法,公素服诣阙,请以身代,由是贬汉东司户。未几,服除中书舍人。天宝末……出守永阳郡。"

《登科记考》卷八考为开元二十九年诸科四人之一。④ 又据《唐摭言》卷一:"论曰:永徽之后,以文儒亨达,不由两监者稀矣。于时场籍,先两监而后乡贡,盖以朋友之臧否,文艺之优劣,切磋琢磨,匪朝伊夕,抑扬去就,与众共之。有如赵邵萧李(赵骅、邵轸、萧颖士、李华)、娄郭苑陈(娄师德、郭元振、苑咸、陈子昂)。靡不名遂功成,交全分契。"⑤

《新唐书·艺文志》载《六典》三十卷,"开元十年起居舍人陆坚被诏集

① 严耕望:《唐仆尚丞郎表》,上海古籍出版社,2007年,第125—127页。
② (清)王昶:《金石萃编》,《历代碑志丛书》第5册,江苏古籍出版社,1998年,第692页。
③ 吴钢编:《全唐文补遗》(第九辑),三秦出版社,2007年,第389页。
④ (清)徐松撰,赵守俨点校:《登科记考》,中华书局,1984年,第297页。
⑤ (五代)王定保撰,江汉椿校注:《唐摭言校注》,上海社会科学院出版社,2003年,第24页。

贤院修六典……萧嵩知院,加刘郑兰、萧晟、卢若虚;张九龄知院,加陆善经、李林甫代九龄,加苑咸。二十六年,书成。"《大唐新语》卷九记载略同。李林甫代张九龄在开元二十四年,则此时苑咸参撰六典。《新唐书》卷二二三上《李林甫传》:"林甫无学术,发言陋鄙,闻者窃笑。善苑咸、郭慎微,使主书记。"苑咸为李林甫近从,由此可见。

初任中书舍人时间,据《全唐文》卷三三七颜真卿《尚书刑部侍郎赠尚书右仆射孙逖文公集序》:"公之除庶子也,苑咸草诏曰:'西掖掌纶,朝推无对。'议者以为知言。"《旧唐书》卷一九〇下《孙逖传》:"(天宝)五载,以风病求散秩,改太子左庶子。"则苑咸首次任中书舍人在天宝五载。

此事又见《唐诗纪事》卷十七:"开元末上书,拜司经校书、中书舍人,颜真卿序逖逖文集曰:公之除庶子也,苑咸草诏曰:西掖掌纶,朝推无对。议者以为知言。唐人推咸为文诰之最。后贬汉东郡司户参军,复起为舍人,终永阳太守。始,咸举进士,在京仲夏忽染疾而卒,三日复苏,云见人追至阴司,见刘敬则为冥官,乃同举进士也。问其故,乃曰:追瑊。乃误召公。速遣押还。咸曰:数上京不捷,家远且贫,试阅籍,若有科第官职,即愿生还。刘谓曰,君来春登第,历台省,至中书舍人。"①

据《宋高僧传》卷十七《唐越州焦山大历寺神邕传》:"天宝中……倏遇禄山兵乱,东归江湖,经历襄阳,御史中丞庚光先出镇荆南,邀留数月。时给事中窦绍、中书舍人苑咸镈仰弥高俱受心要,著作郎韦子春有唐之外臣也,刚气而赡学,与之訑抗,子春折角,满座惊服。苑舍人叹曰:'阇梨可谓尘外摩尼,论中师子。'时人以为能言矣。"②天宝十四载安禄山反范阳,十五载玄宗幸蜀,苑咸的二次任职在天宝十四载后。其后无更多记载。

纠谬:

钱起有诗《和范郎中宿直中书晓玩清池赠南省》,据陶敏《全唐诗人名汇考》"范"乃"苑"之误。③ 称苑咸为郎中当在其为知制诰之时。钱起,在天宝十年方进士及第,故此时与苑咸唱和不合常理,《全唐诗人名汇考》疑考订有误。

50. 窦 华(天宝九载至天宝十五载)

两《唐书》无传。《元和姓纂》卷九河南洛阳窦氏,"戒盈,青州刺史。生

---

① (宋)计有功撰,王仲镛笺:《唐诗纪事校笺》,中华书局,2007年,第579—580页。
② (宋)赞宁撰,范祥雍点校:《宋高僧传》,中华书局,1997年,第422页。
③ 陶敏:《全唐诗人名汇考》,辽海出版社,2006年,第429页。

庭芝、庭华。庭华,中书舍人。"①据岑仲勉校:"《翰林院故事》《重修壁记》暨《会要》五七有窦华,官翰林学士、中书舍人,应即此庭华。"②

任职考:

《唐御史台精舍题名考》卷三"知杂御史"中有窦华,注曰"自天宝元载已后",则窦华当在天宝后为侍御史,所据为《旧唐书·职官志》:"侍御史年深者一人刺台事,知公廨杂事。"侍御史职为从六品上,当为中书舍人任前之职。

据《明皇杂录》(补遗):"天宝中,诸公主相效进食,上命中官袁思艺为检校进食使,水陆珍羞数千,一盘之贵,盖中人十家之产。中书舍人窦华尝因退朝,遇公主进食,方列于通衢,乃传呵按辔,行于其间。宫苑小儿数百人奋挺而前,华仅以身免。"③《资治通鉴》卷二一六记此事为天宝九载,可知,窦华在九载已任中书舍人。

《旧唐书》卷一〇六《杨国忠传》:"国忠注官时……其所昵京兆尹鲜于仲通、中书舍人窦华、侍御史郑昂讽选人于省门立碑,以颂国忠铨综之能。"《资治通鉴》卷二一六记此事在天宝十二载。《旧唐书》卷一〇八《韦见素传》:"天宝十三年秋……时兵部侍郎吉温方承宠遇,上意用之。国忠以温禄山宾佐,惧其威权,奏寝其事。国忠访于中书舍人窦华、宋昱等,华、昱言见素方雅,柔而易制。上亦以经事相王府,有旧恩,可之。其年八月,拜武部尚书、同中书门下平章事。"可知其天宝十三载中书舍人在任。

韦执谊《翰林院故事》:"至二十六年,始以翰林供奉改称学士,由是遂建学士,俾专内命,太常少卿张垍、起居舍人刘光谦等首居之,而集贤所掌于是罢息。自后给事中张垍、中书舍人张渐、窦华等相继而入焉。"④据《唐翰林学士传论》考订,其当在天宝十二载以中书舍人入为翰林学士。⑤

《旧唐书》卷一〇六《杨国忠传》:"国忠之党翰林学士张渐、窦华、中书舍人宋昱、吏部郎中郑昂等,凭国忠之势招来赂遗,车马盈门,财货山积,及国忠败,皆坐诛灭。"杨国忠伏诛在天宝十五载六月,则本年窦华亦被诛。

综上,窦华任职在天宝九载至十五载。

---

① (唐)林宝撰,岑仲勉校记:《元和姓纂》(附四校记),中华书局,1994年,第1367页。
② (唐)林宝撰,岑仲勉校记:《元和姓纂》(附四校记),中华书局,1994年,第1368页。
③ (唐)郑处诲撰,田廷柱点校:《明皇杂录》,中华书局,1994年,第47页。
④ (宋)洪遵:《翰苑群书》,傅璇琮、施纯德编:《翰学三书》,辽宁教育出版社,2003年,第15页。
⑤ 傅璇琮:《唐翰林学士传论》,辽海出版社,2011年,第215页。

51. 张 渐(天宝十一载至天宝十五载)

两《唐书》无传。《全唐文补遗》有《张渐墓志》,[1]但非一人。

任职考:

张渐早期仕历记载见《旧唐书》卷一〇〇《苏晋传》:"初,晋与洛阳人张循之、仲之兄弟友善,循之等并以学业著名。循之,则天时上书忤旨被诛。仲之,神龙中谋杀武三思,为友人宋之愻所发,下狱死。晋厚抚仲之子渐,有如己子,教之书记,为营婚宦。及晋卒,渐制犹子之服,时人甚以此称之。"《唐尚书省郎官石柱题名考》卷一六"金部员外郎"条有载,或为天宝初之职。陈公亮《(淳熙)严州图经》卷一:"张渐天宝九载十月日,自饶州刺史拜。张胐天宝十载三月十日,自抚州刺史拜。"[2]可知,其天宝九载为饶州刺史,九载十月至十载三月为严州刺史。

任中书舍人时间,据《旧唐书》卷一一五《赵国珍传》:"中书舍人张渐荐国珍有武略,习知南方地形。国忠遂奏用之。"又据杨国忠本传,其在在天宝十载十一载遥领剑南,则此时其已为中书舍人。又据《新唐书》卷二〇六《杨国忠传》:"自请兼领剑南,诏拜剑南节度、支度、营田副大使,知节度事。俄加本道兼山南西道采访处置使,开幕府,引窦华、张渐、宋昱、郑昂、魏仲犀等自佐。"张渐约此时以中书舍人入幕府。

《新唐书》卷二〇二《萧颖士传》:"倭国遣使入朝,自陈国人愿得萧夫子为师者,中书舍人张渐等谏不可而止。"据《萧颖士系年考证》,时为天宝十二载三月。[3] 其《唐故中大夫平凉郡都督陇右群牧使赐紫金鱼袋上柱国修武县开国男赠太仆卿韦公(衡)墓志铭并序》署中书舍人。墓志去世时天宝十二载五月。[4] 又有《皇第五孙女墓志铭并序》署中大夫,行中书舍人,翰林院待制,上柱国张渐,天宝十三载十一月下葬。[5] 均为此时仍在任证明。

入为翰林学士时间约在此任职期间,不可考。据《唐会要》卷五七"翰林院"条:"至二十六年,始以翰林供奉,改称学士。由是别建学士院,俾掌内制。于是太常少卿张泊、起居舍人刘光谦等首居之,而集贤所掌于是罢息,自后给

---

① 吴钢编:《全唐文补遗》(第三辑),三秦出版社,1996 年,第 33 页。
② (宋)陈公亮修,(宋)刘文富纂:《淳熙严州图经》,《宋元方志丛刊》,中华书局,1990 年,第 4299 页。
③ 陈铁民:《萧颖士系年考证》,《文史》第 37 辑,中华书局,1993 年。
④ 吴钢编:《全唐文补遗》(第八辑),三秦出版社,2005 年,第 66 页。
⑤ 吴钢编:《全唐文补遗》(第七辑),三秦出版社,2000 年,第 56 页。

事中张淑、中书舍人张渐、窦华等相继而入焉。"《旧唐书》卷一○六《杨国忠传》:
"国忠之党翰林学士张渐、窦华、中书舍人宋昱、部郎中郑昂等,凭国忠之势,招
来赂遗,车马盈门,财货山积;及国忠败,皆坐诛灭。"则天宝十五载被杀。

综上,其任职在天宝十一载至天宝十五载。

52. 宋　昱(天宝十二载至天宝十五载)

两《唐书》无传。

任职考:

陈章甫《唐故殿中省进马宋公(应)墓志铭并序》载:"父昱,朝议大夫,
中书舍人。去载,以父掌纶掖垣,天恩特拜进马。"①

《唐会要》卷七四"掌选善恶"条:"天宝元年冬选六十四人判入等……
至来年正月二十一日,遂于勤政楼下,上亲自重试。惟二十人比类稍优,余
并下第。张奭不措一词,时人谓之'曳白'。吏部侍郎宋遥贬武当郡太守、
苗晋卿贬安康郡太守,考官礼部郎中裴朏、起居舍人张烜、监察御史宋昱、左
拾遗孟国朝并贬官。"监察御史为宋昱较早职务。

任中书舍人时间,可据《新唐书》卷二○六《杨国忠传》:"自请兼领剑
南,诏拜剑南节度、支度、营田副大使,知节度事。俄加本道兼山南西道采访
处置使,开幕府,引窦华、张渐、宋昱、郑昂、魏仲犀等自佐,而留京师。"《资
质通鉴》卷二一六载时在天宝十一载十一月,则约十二载窦华在国忠幕府。
《旧唐书》卷一五三《刘乃传》:"天宝中举进士,寻丁父艰,居丧以孝闻。既
终制,从调选曹。乃常以文部选才未为尽善,遂致书于知铨舍人宋昱曰……
其载,补剡县尉。"《资治通鉴》卷二一六记此事为天宝十二载。《唐会要》卷
七四"论选事"条、《册府元龟》卷八三一《总录部》"论议"条第二为天宝十
载。若以天宝十二载在杨国忠幕府,则知铨当为天宝十二载,则其以中书舍
人知铨选事。又据《旧唐书》卷一○八《韦见素传》载:"天宝十三年秋……
国忠访于中书舍人窦华、宋昱等。"则天宝十三载中书舍人在任。

《旧唐书》卷一○六《杨国忠传》:"国忠之党翰林学士张渐、窦华、中书
舍人宋昱、吏部郎中郑昂等,凭国忠之势,招来赂遗,车马盈门,财货山积;及
国忠败,皆坐诛灭。"杨国忠伏诛在天宝十五载,本年宋昱亦被诛。

综上,宋昱在任时间约天宝十二载至天宝十五载。

---

① 吴钢编:《全唐文补遗》(第三辑),三秦出版社,1996 年,第 100 页;又见周绍良、赵超主编:
《唐代墓志汇编续集》,上海古籍出版社,2001 年,第 658 页。

七、肃 宗 朝

1. 贾　至（至德元载至乾元元年；宝应元年至宝应二年）

河南洛阳人。两《唐书》有传，见《旧唐书》卷一九〇，《新唐书》卷一一九。据《新传》、《唐诗纪事》、李华《三贤论》（《全唐文》卷三一七），字幼邻；而《郡斋读书志》、《直斋书录解题》、李舟《独孤常州集序》（《全唐文》卷四四三）为字幼几，待考。

任职考：

《新传》："解褐单父尉。从玄宗幸蜀，拜起居舍人，知制诰。帝传位，至当撰册，既进稿，帝曰：'昔先天诰命，乃父为之辞，今兹命册，又尔为之，两朝盛典，出卿家父子手，可谓继美矣。'至顿首，呜咽流涕。历中书舍人……坐小法，贬岳州司马。"

任中书舍人又见《旧唐书》卷一〇八《韦见素传》：天宝十五年八月，"肃宗使至，始知灵武即位，寻命见素与幸臣房管赍传国宝玉册奉使灵武，宣传诏命，便行册礼。将行，上皇谓见素等曰：……见素等悲泣不自胜，仍以见素子谔及中书舍人贾至充册礼使判官"。《新唐书》卷一一八《韦见素传》略同。然《旧唐书》卷一一一《房绾传》载："（十五年）八月，与左相韦见素、门下侍郎崔涣等奉使灵武，册立肃宗……肃宗以琯素有重名，倾意待之，琯亦自负其才，以天下为己任。时行在机务多决之于琯，凡有大事，诸将无敢预言。寻抗疏自请将兵以诛寇孽，收复京都，肃宗望其成功，许之……起居郎知制诰贾至、右司郎中魏少游为判官，给事中刘秩为参谋。"《新唐书》卷一三九《房绾传》同。

上文记载相矛盾，充册礼使称中书舍人，而后又称起居郎、知制诰。《唐大诏令集》卷三〇有贾至《明皇令肃宗即位诏》署至德元载八月十六日。[①] 此重要诏书由起居郎、知制诰草诏似欠妥，故疑本年八月由起居郎、知制诰正除中书舍人，《房绾传》误记。另《唐大诏令集》卷三六《停颍王等

---

① （宋）宋敏求编：《唐大诏令集》，中华书局，2008年，第117页。

节度诰》署至德元载八月二十一日。① 八月,高适在成都,擢谏议大夫,贾至草制,据《旧唐书》卷一一一《高适传》:"至成都,八月,制曰:'侍御史高适……可谏议大夫'"制为贾至所行。

《唐大诏令集》卷三六《命三王制》署天宝十五载七月十五日,②卷三八《册汉中王瑀文》称:"维天宝十二载岁次景申七月戊子朔日。"③此二篇或为起居郎、知制诰时作。

至德二载有大量其中书舍人在任之史料,如《资治通鉴》卷二一九载:至德二载六月,"将军王去荣以私怨杀本县令,当死。上以其善用炮,壬辰,敕免死,以白衣于陕郡效力。中书舍人贾至不即行下,上表"。又见《册府元龟》卷一八〇《帝王部》"失政"条。

《唐会要》卷七六"孝廉举"条:"宝应二年六月二十日,礼部侍郎杨绾奏请……中书舍人贾至议曰。"《旧唐书·礼仪志》、《册府元龟》卷四六五《台省部》"识量"条略同。

贾至乾元元年转为著作郎。《册府元龟》卷五六〇《国史部》"谱谍"条:"贾至为著作郎,肃宗乾元元年撰《百家类例》十卷。"④著作郎虽为从五品上,但实权相距较远,故乾元元年贾至已然失宠。又据《新唐书·肃宗本纪》:"(乾元二年)三月……壬申,九节度之师溃于滏水。史思明杀安庆绪。东京留守崔圆、河南尹苏震、汝州刺史贾至奔于襄、邓。"据《新唐书纠谬》卷一一考《贾至传》漏弃汝州贬岳州。⑤《唐五代文学编年史》称乾元元年三月贾至坐房琯党出守汝州。⑥ 综上,贾至任中书舍人为至德元载至乾元元年。

其后代宗即位,宝应元年又任中书舍人。《唐五代文学编年史》考订本年九月,贾至在岳州有寄严武诗,知其还朝在冬日。⑦ 其后任职据《旧传》宝应二年,为尚书左丞。《唐五代文学编年史》考订广德元年(宝应二年),冬仍在中书舍人任,所据为《毗陵集》卷一《贾员外处见中书贾舍人巴陵诗集览之怀旧代书寄赠》,可知作于岁末,时代宗还京。⑧ 可知,贾至再任中书舍人在宝应元年至二年。

① (宋)宋敏求编:《唐大诏令集》,中华书局,2008 年,第 155 页。
② (宋)宋敏求编:《唐大诏令集》,中华书局,2008 年,第 154 页。
③ (宋)宋敏求编:《唐大诏令集》,中华书局,2008 年,第 172 页。
④ (宋)王钦若等:《册府元龟》第 8 册,中华书局,1960 年,第 7799 页。
⑤ (宋)吴缜:《新唐书纠谬》卷一一,《四部丛刊》本。
⑥ 傅璇琮主编:《唐五代文学编年史》(初盛唐卷),辽海出版社,1998 年,第 43 页。
⑦ 傅璇琮主编:《唐五代文学编年史》(初盛唐卷),辽海出版社,1998 年,第 113 页。
⑧ 傅璇琮主编:《唐五代文学编年史》(初盛唐卷),辽海出版社,1998 年,第 113 页。

2. 杜鸿渐（至德元载至？）

字之巽，濮州濮阳人。两《唐书》有传，见《旧唐书》卷一〇八，《新唐书》卷一二六。《全唐文》卷三六九元载《故相国杜鸿渐神道碑》。

任职考：

《旧传》："天宝末，累迁大理司直，朔方留后，支度副使……肃宗即位，授兵部郎中，知中书舍人事，寻转武部侍郎。"

任职时间据《旧唐书·肃宗本纪》：天宝十五载七月改元至德元载，"七月甲子，即皇帝位于灵武……以朔方度支副使、大理司直杜鸿渐为兵部郎中，朔方节度判官崔漪为吏部郎中，并知中书舍人"。又见《资治通鉴》卷二一八。《全唐文》卷三六六贾至《授杜鸿渐崔漪中书舍人制》："知中书舍人鸿渐等……鸿渐可守中书舍人，判武部。"可知其任中书舍人即已判武部事，约本年即正除武部侍郎。

3. 徐　浩（至德元载至至德二载；宝应元年至大历二年）

字季海，越州人。两《唐书》有传，见《旧唐书》卷一三七，《新唐书》卷一六〇。《全唐文》卷四四五有张式《大唐故银青光禄大夫彭王傅上柱国会稽郡开国公赠太子少师东海徐公神道碑铭》。

任职考：

《旧传》："安禄山反，出为襄阳太守，本郡防御使，赐以金紫之服。"安禄山反在天宝十四载，则约本年出为襄阳太守，本郡防御使。任襄阳太守又见《旧唐书》卷一一四《李巨传》："（天宝）十五载五月……岭南节度使何履光、黔中节度使赵国珍、襄阳太守徐浩未至。"

任中书舍人时间，据《旧传》："肃宗即位，召拜中书舍人，时天下事殷，诏令多出于浩。浩属词赡给，又工楷隶，肃宗悦其能，加兼尚书右丞。玄宗传位诰册，皆浩为之，参两宫文翰，宠遇罕与为比。除国子祭酒，坐事贬庐州长史。代宗征拜中书舍人、集贤殿学士，寻迁工部侍郎、岭南节度观察使、兼御史大夫，又为吏部侍郎、集贤殿学士。"《徐浩碑》称："召公诣行在所，拜中书舍人、集贤殿学士。"则同时为集贤殿学士，非本传所谓代宗朝方为之。后兼任尚书右丞，封会稽县开国男，所据为《全唐文》卷三六六贾至的《授徐浩尚书左丞制》："中书舍人徐浩……可兼尚书左丞。"肃宗至德元载七月即位于灵武，则此时拜中书舍人。

贬官国子祭酒及庐州长史,据《徐浩碑》为论李辅国授左散骑常侍一事,据《旧唐书》卷一八四《李辅国传》:"从幸凤翔,授太子詹事,改名辅国。"据《通鉴》卷二一九:"(至德二载)二月,戊子,上至凤翔。"则本年徐浩为国子祭酒。可知,徐浩首任中书舍人在至德元载七月,至德二载二月离任。

代宗即位,在宝应元年,可知,约本年复为中书舍人,加银青光禄大夫、集贤殿学士,副知院事。为工部侍郎时间据《唐仆尚丞郎表》考订大历二年自中书舍人迁,[①]又,《旧唐书·代宗本纪》:大历二年四月癸酉,"以工部侍郎徐浩为广州刺史、岭南节度观察使"。徐浩再任中书舍人在宝应元年至大历二年。

4. 崔 漪(至德元载至至德二载)

两《唐书》无传。《新表》:"清河小房崔氏,子美。漪。"不详历官。又"清河青州房崔氏,子叶。漪,库部郎中。"

任职考:

《旧唐书·肃宗本纪》:天宝十五载六月,"上在平凉,数日之间未知所适,会朔方留后杜鸿渐、魏少游、崔漪等遣判官李涵奉笺迎上,备陈兵马招集之势,仓储库甲之数。"另,《旧唐书》卷一〇八《杜鸿渐传》:"肃宗北幸,至平凉,未知所适。鸿渐与六城水运使魏少游、节度判官崔漪、支度判官卢简金、关内盐池判官李涵谋曰……"可知,天宝十五载时其为节度判官。

任中书舍人时间,据《资治通鉴》卷二一八:"肃宗即位于灵武城南楼,群臣舞蹈,上流涕歔欷。尊玄宗曰上皇天帝,赦天下,改元。以杜鸿渐、崔漪并知中书舍人事。"《全唐文》卷三六六贾至有《授杜鸿渐崔漪中书舍人制》:"敕知中书舍人鸿渐等……漪守中书舍人,判文部侍郎。"肃宗至德元载七月即位,则其任中书舍人当在至德元载七月。

离任时间,据《旧唐书》卷一二八《颜真卿传》:至德二载四月,"中书舍人兼吏部侍郎崔漪带酒容入朝,谏议大夫李何忌在班不肃,真卿劾之;贬漪为右庶子"。则至德二载四月崔漪贬官为太子右庶子。《新唐书》卷一五三《颜真卿传》:"至德元载十月,叶郡度河间关至凤翔谒帝,诏授宪部尚书,迁御史大夫。方朝廷草昧不暇给,而真卿绳治如平日。武部侍郎崔漪、谏议大夫李何忌皆被劾斥降。"所谓被劾斥亦当为被贬官。

---

①　严耕望:《唐仆尚丞郎表》,上海古籍出版社,2007 年,第 267 页。

可知,崔漪任职当在至德元载七月至至德二载四月。

5. 李揆(至德元载至乾元二年)

字端卿,陇西成纪人,家于郑州。两《唐书》有传,见《旧唐书》卷一二六,《新唐书》卷一五〇。

任职考:

《旧传》:"改右补阙、起居郎,知宗子表疏。迁司勋员外郎、考功郎中,并知制诰。扈从剑南,拜中书舍人。乾元初,兼礼部侍郎……未及毕事,迁中书侍郎、平章事、集贤殿崇文馆大学士,修国史。"

扈从剑南时间,据《资治通鉴》卷二一八:"(至德元载五月)庚辰,上皇至成都;从官及六军至者千三百人而已。"可知,其至德元载稍前为考功郎中、知制诰,五月拜中书舍人。

任职期间,《册府元龟》卷四七四《台省部》"奏议"条第五:"李揆肃宗时为中书舍人,时京师多盗贼,有通衢杀人置沟中者。李辅国方恣横,上请选羽林骑士五百人以备巡简。揆上疏曰……遂罢羽林之请。"①《新唐书·兵志》记载此事为乾元元年。《新传》称:"乾元二年,宗室请上皇后号曰'翊圣'。肃宗问揆,对曰……"《旧传》此事未载时间。《资治通鉴》卷二二一载为乾元二年二月壬子,《旧传》未载时间。《册府元龟》卷一〇〇《帝王部》"听纳"条载为至德中,从《通鉴》。

离任兼礼部侍郎时间,《登科记考》卷十考为乾元二年以礼部侍郎、知贡举。② 又据《唐会要》卷七六"进士"条:"乾元初,中书舍人李揆兼礼部侍郎。"《资治通鉴》卷二二一:乾元二年三月,"以京兆尹李岘行吏部尚书,中书舍人兼礼部侍郎李揆为中书侍郎,及户部侍郎第五琦并同平章事"。《唐大诏令集》卷四五有《李岘李揆第五琦平章事制》:"中书舍人、兼礼部侍郎李揆……可中书侍郎,同中书门下平章事。"③可知,乾元二年其自中书舍人兼礼部侍郎为相。

综上,李揆任职中书舍人当在至德元载五月至乾元二年。

另据《宣室志》卷十:"唐丞相李揆,乾元初为中书舍人,尝一日退朝归,见一白狐在庭中捣练石上,命侍僮逐之,已亡见矣。时有客于揆门者,因话

---

① (宋)王钦若等:《册府元龟》第 6 册,中华书局,1960 年,第 5657 页。

② (清)徐松撰,赵守俨点校:《登科记考》,中华书局,1984 年,第 347 页。

③ (宋)宋敏求编:《唐大诏令集》,中华书局,2008 年,第 224 页。

其事,客曰:'此祥符也,某敢贺。'至明日,果迁礼部侍郎。"①为小说家言。

6. 萧　昕(至德二载至宝应元年)

字中明,河南人。两《唐书》有传,见《旧唐书》卷一四六,《新唐书》卷一五九。

任职考:

《旧传》:"累迁宪部员外郎,为副元帅哥舒翰掌书记。潼关败,间道入蜀,迁司门郎中。寻兼安陆长史,为河南等道都统判官。迁中书舍人、兼扬府司马,佐军仍旧,入拜本官,累迁秘书监。"《新传》记中书舍人后转官略有不同:"哥舒翰为副元帅拒安禄山,辟掌书记,翰败,儳道走蜀。肃宗立,奉诰册见行在。历中书舍人、礼部侍郎。"

任前职务据《资治通鉴》卷二一七:天宝十四载,"哥舒翰病废在家,上藉其威名,且素与禄山不协,召见,拜兵马副元帅,将兵八万以讨禄山;仍敕天下四面进兵,会攻洛阳。翰以病固辞,上不许,以田良丘为御史中丞,充行军司马,起居郎萧昕为判官"。则萧昕为哥舒翰判官时间在至德元载。

任中书舍人时间,据《新唐书》卷一九二《张巡传》:"始,肃宗诏中书侍郎张镐代进明节度河南,率浙东李希言、浙西司空袭礼、淮南高适、青州邓景山四节度掎角救睢阳,巡亡三日而镐至,十日而广平王收东京。镐命中书舍人萧昕谏其行。"《旧唐书·肃宗本纪》:至德二载冬十月,"癸丑,贼将尹子奇陷睢阳,害张巡、姚訚、许远"。可知,至德二载时萧昕中书舍人在任。

《全唐文》卷三六七贾至《授萧昕秘书监等制》:"行礼部侍郎萧昕……可守秘书监"则萧昕中书舍人后迁官礼部侍郎。据《唐仆尚丞郎表》,萧昕宝应元年冬,自中书舍人迁礼部侍郎,宝应二年春后迁秘书监。②

综上,萧昕任职时间为至德二载至宝应元年。

7. 王　维(乾元元年)

字摩诘,太原祁人。两《唐书》有传,见《旧唐书》卷一九〇下,《新唐书》卷二〇二。

任职考:

---

①　(唐)张读撰,张永钦、侯志明点校:《宣室志》,中华书局,1983 年,第 132 页。
②　严耕望:《唐仆尚丞郎表》,上海古籍出版社,2007 年,第 135 页。

　　《旧传》:"乾元中,迁太子中庶子、中书舍人,复拜给事中,转尚书右丞。"《新传》:"肃宗亦自怜之,下迁太子中允。久之,迁中庶子,三迁尚书右丞。"未言中书舍人事。

　　关于王维任中书舍人时间,陈铁民《王维年谱》①辨析清楚,简引如下。

　　王维有《谢除太子中允表》:"臣维稽首言:伏奉某月日制,除太子中允,诏出宸衷,恩过望表……伏惟光天文武大圣孝感皇帝陛下……"②据两《唐书·肃宗纪》《通鉴》载,上皇(玄宗)本年正月戊寅御宣政殿,加上(肃宗)尊号越"光天文武大圣孝感皇帝",则当作于本年正月戊寅之后,除太子中允,应在此时,又《既蒙宥罪旋复拜官伏感圣恩窃书鄙意兼奉简新除使君等诸公》:"忽蒙汉诏还冠冕,始觉殷王解网罗……花迎喜气皆知笑,鸟识欢心亦解歌。"③被宥与复官时间当不远,被宥在上年十二月,复官在本年初春。

　　《谢集贤学士表》:"朝议大夫试太子中允臣维稽首言,伏奉今月十八日敕,令臣充集贤殿学士。"④则此为本传失载。

　　是年,贾至官中书舍人,尝赋《早朝大明宫呈两省僚友》,王维、岑参、杜甫等并有和章。赵殿成曰:"是时贾至为中书舍人,杜甫为右(应作"左")拾遗,皆有史传岁月可证。王维之为中书舍人,为给事,岑参之为右补阙,其岁月无考,要亦当在是时,皆两省官也。是年六月,甫贬华州司功参军,则四诗之唱和,正在乾元元年戊戌之春中也。"陈按,两省谓中书、门下省,考维本年所任官职,为中书舍人、给事中属"两省",维和诗曰:"朝罢须裁五色诏,珮声归向凤池头。""凤池"指中书省,则维当时当为中书舍人。据岑生和诗"春色阑"之语,知诗在本年春末,则王维春末为中书舍人。

　　杜甫《崔氏东山草堂》:"爱汝玉山草堂静,高秋爽气相鲜新……何为西庄王给事,柴门空闭锁松筠。"(《全唐诗》卷二二四)闻一多《少陵先生年谱会笺》考辨:乾元元年六月,杜甫出为华州司功参军,"是秋,尝自华州至蓝田县访崔兴宗、王维"。⑤ 王维《九日蓝田崔氏庄》与杜诗,当为是时之作,给事即王维,则本年秋迁任给事中。

　　综上,王维任中书舍人在乾元元年春至秋。

---

①　参加陈铁民:《王维年谱》,《文史》第十六辑,中华书局,1983 年。

②　(唐)王维著,陈铁民校注:《王维集校注》,中华书局,1997 年,第 1003 页。

③　(唐)王维著,陈铁民校注:《王维集校注》,中华书局,1997 年,第 486 页。

④　(唐)王维著,陈铁民校注:《王维集校注》,中华书局,1997 年,第 1008 页。

⑤　闻一多:《唐诗杂论》,上海古籍出版社,2006 年,第 60 页。

8. 于可封*（乾元元年至广德元年）

两《唐书》无传。据《全唐文》卷六二一小传："洛阳人,安州司功元范孙,官国字司业。"

任职考：

韦执谊《翰林院故事》记载："自补阙充,出为司业。"①丁居晦《重修承旨学士壁记》补充："迁礼部员外郎、知制诰,除国子司业出院。"②据《资治通鉴》卷二二三:广德元年十月,"吐蕃入长安,高晖与吐蕃大将马重英等立故邠王守礼之孙广武王承宏为帝,改元,置百官,以前翰林学士于可封等为相"。则其任也只能到广德元年十月。可知,于可封礼部员外郎、知制诰时间当在乾元元年至广德元年。

傅璇琮考订当至德二载十月至十二月,先为补阙,后入为翰林学士。按翰林学士升迁一般一年时间而推断,其迁礼部员外郎、知制诰或在乾元元年秋冬。③

9. 姚子彦（乾元三年至上元二年）

两《唐书》无传。

任职考：

科举时间据《佛祖统纪》卷五三："唐,玄宗,诸州习《道德经》《列子》《庄子》《文子》,置助教一人,时姚子彦试策入第。"④《登科记考》卷八载："文辞雅丽科,姚子彦开元二十六年。"⑤

任前职务据《册府元龟》卷一六二《帝王部》"命使"条第二:天宝十四年三月,"给事中裴士淹、礼部侍郎杨浚、太常少卿姚子彦往河南河北江淮宣慰"。⑥《唐御史台精舍题名考》所载卷二"殿中侍御史"卷三"侍御史"和《唐尚书省郎官石柱题名考》卷十九"礼部郎中",卷二十"礼部员外郎"有

---

①　(宋)洪遵:《翰苑群书》,傅璇琮、施纯德编《翰学三书》,辽宁教育出版社,2003年,第17页。

②　(宋)洪遵:《翰苑群书》,傅璇琮、施纯德编《翰学三书》,辽宁教育出版社,2003年,第30页。

③　傅璇琮:《唐翰林学士传论》,辽海出版社,2011年,第229—232页。

④　(宋)志磐撰,释道法校注:《佛祖统纪校注》,上海古籍出版社,2012年,第241页。

⑤　(清)徐松撰,赵守俨点校:《登科记考》,中华书局,1984年,第291页。

⑥　(宋)王钦若等:《册府元龟》第2册,中华书局,1960年,第1957页。

载,任中书舍人前或为礼部郎中。

任中书舍人时间,据《唐语林》卷八,开元二十四年命礼部侍郎为主考,后有中书舍人姚子彦等杂主之。① 《登科记考》卷十记载,乾元三年和上元二年,知贡举均为中书舍人姚子彦。② 可知,至少乾元三年至上元二年在任。

10. 阎伯屿(约乾元三年)

两《唐书》无传。《元和姓纂》卷五广平阎氏:"状云本常山人……懿道生伯屿,刑部侍郎。"③

任职考:

《全唐诗》卷二三五有贾至《巴陵早秋寄荆州崔司马吏部阎功曹舍人》:"故人西掖寮,同扈岐阳搜。差池尽三黜,蹭蹬各南州。"崔、阎至德中均随肃宗在凤翔,且与贾至同在中书,其被贬荆州亦与至贬岳州约略同时。可知,在乾元末,约乾元三年为中书舍人。

《全唐文》卷四一一常衮的《授阎伯屿刑部侍郎等制》称其"早以文章侍从,润色纶言"是其任职旁证。

另外,《唐代墓志汇编》有《大唐故中散大夫行荥阳郡长史上柱国赏鱼袋清河崔府君(湛)墓志铭并叙》,"起居舍人、翰林院待制阎伯屿撰",天宝十年八月十日葬。④《新唐书》卷二〇一《王勃传》:"天宝中……有崔昌者采勃旧说,上五行应运历,请承周、汉……集贤学士卫包、起居舍人阎伯屿上表曰……贬……卫包夜郎尉,阎伯屿涪川尉。"《郎官石柱题名新著录》"司封员外郎""吏部郎中"记载当为其中书舍人任前职务,吏部郎中当为中书舍人任前职务。

《封氏闻见记》卷九:"阎伯屿为袁州……专以惠化招抚,逃亡皆复……及移抚州……到职一年。抚州复如袁州之盛。代宗闻之,征拜户部侍郎,未至而卒。"⑤当为其任后职务。

① (宋)王谠撰,周勋初校正:《唐语林校正》,中华书局,1987年,第713页。

② (清)徐松撰,赵守俨点校:《登科记考》,中华书局,1984年,第349页。

③ (唐)林宝撰,岑仲勉校记:《元和姓纂》(附四校记),中华书局,1994年,第770页。

④ 周绍良主编:《唐代墓志汇编》,上海古籍出版社,1992年,第1657页。

⑤ (唐)封演撰,赵贞信校注:《封氏闻见记校注》,中华书局,2005年,第87页。

11. 杨　绾(上元年间至约宝应初)

字公权,华州华阴人。两《唐书》有传,见《旧唐书》卷一一九,《新唐书》卷一四二。

任职考:

据《旧传》:"天宝十三年……时登科者三人,绾为之首,超授右拾遗。天宝末,安禄山反,肃宗即位于灵武。绾自贼中冒难,披榛求食,以赴行在。时朝廷方急贤,及绾至,众心咸悦,拜起居舍人、知制诰。历司勋员外郎、职方郎中,掌诰如故。迁中书舍人,兼修国史。故事,舍人年深者谓之'阁老',公廨杂料,归阁老者五之四。绾以为品秩同列,给受宜均,悉平分之,甚为时论归美。再迁礼部侍郎。"

肃宗至德元载七月即位,则杨绾本年拜起居舍人、知制诰。又据《唐大诏令集》卷三〇《肃宗命皇太子监国制》中:"其元年宜改为宝应元年,建巳月改为四月。"署"宣德郎、检校中书舍人臣杨绾奉行。"①《唐大诏令集》卷三〇有杨绾《肃宗命皇太子即位诏》,②可知,上元三年(宝应元年)时杨绾已中书舍人在任。

又据《唐会要》卷五五"瓯"条:"(长庆)四年七月,理瓯使、谏议大夫李渤奏:伏准宝应元年五月,敕给事中韩赏、中书舍人杨绾同充理瓯使,其时二人奏大理评事卢翰充判官。"李渤奏本朝之事,时代应无错误,则至宝应元年七月仍在任上。

离任时间,据《通典》卷一五:"宝应二年六月,礼部侍郎杨绾奏,诸州每岁贡人,依乡里选,察秀才、孝廉。"③可知宝应二年杨绾已礼部侍郎在任。《全唐文》卷三六六有贾至《授杨绾礼部侍郎制》:"太常少卿、兼修国史杨绾……可守礼部侍郎,仍修国史。"可知,宝应二年前杨绾自中书舍人为太常少卿,此为本传未载,又为礼部侍郎。

综上,杨绾任中书舍人在上元年间至约宝应初。

12. 苏源明(约上元二年至约广德元年)

京兆武功人,初名预,字弱夫。苏预改名当在宝应元年,代宗李豫即位

---

①　(宋)宋敏求编:《唐大诏令集》,中华书局,2008年,第112页。

②　(宋)宋敏求编:《唐大诏令集》,中华书局,2008年,第117页。

③　(唐)杜佑撰,王文锦等点校:《通典》,中华书局,1988年,第358页。

后,即宝应元年后。《新唐书》有传,见卷二〇二。

任职考:

《新传》:"安禄山陷京师,源明以病不受伪署。肃宗复两京,擢考功郎中知制诰……源明数陈政治得失。及史思明陷洛阳,有诏幸东京,将亲征。源明因上疏极谏曰……帝嘉其切直,遂罢东幸。后以秘书少监卒。"未有中书舍人记载。

《资治通鉴》卷二二〇记载与《新传》略同,至德二载十月,"国子司业苏源明称病不受禄山官,上擢为考功郎中、知制诰"。又见《唐尚书省郎官石柱题名考》卷九"考功郎中"条。

《册府元龟》卷一一四《帝王部》"巡幸"条第三:"肃宗乾元元年十月……帝以制命已行不纳。考功郎中、知制诰苏源明及给舍等上言切谏。帝省,表遂不行。"[1]《宝刻丛编》卷十《唐渭南令路嗣恭遗爱表》引《集古录目》为唐考功郎中、知制诰苏源明撰,上元二年渭南为立此表。[2] 丁居晦《重修承旨学士壁记》载:"中书舍人充,出守本官。"[3]则本年仍在任,疑约上元二年后转中书舍人,入翰林院。出院时间不可考,傅璇琮疑在肃宗末代宗初,约在代宗初即广德元年,迁秘书少监。

纠谬:

《唐翰林学士传论》据《资治通鉴》卷二二〇乾元元年五月,李揆任考功郎中、知制诰,认为此时之前苏源明已转中书舍人,[4]本年应在任。

13. 韦少华(宝应元年)

两《唐书》无传。《新表》:"韦氏逍遥公房,衍,右骁卫将军。少华,太府卿。又韦氏南皮公房,铿子,少游弟少华,中书舍人。"

任职考:

《资治通鉴》卷二二二:宝应元年,"冬,十月,袁晁陷温州、明州,以雍王适为天下兵马元帅。辛酉,辞行,以兼御史中丞药子昂、魏琚为左右厢兵马使,以中书舍人韦少华为判官,给事中李进为行军司马,会诸道节度使及回纥于陕州,进讨史朝义"。又见《旧唐书》卷一九五《回纥传》、《新唐书》卷

---

① (宋)王钦若等:《册府元龟》第2册,中华书局,1960年,第1357页。

② (宋)陈思:《宝刻丛编》,《历代碑志丛书》第1册,江苏古籍出版社,1998年,第554页。

③ (宋)洪遵:《翰苑群书》,傅璇琮、施纯德编:《翰学三书》,辽宁教育出版社,2003年,第30页。

④ 傅璇琮:《唐翰林学士传论》,辽海出版社,2011年,第233页。

二一七《回纥传》上。可知,宝应元年冬时中书舍人在任,十月充判官讨史朝义。

14.李季卿(肃宗时;广德元年)

《旧唐书》有传,见卷九九。《全唐文》卷三九一有独孤及《唐故正议大夫右散骑常侍赠礼部尚书李公墓志铭并序》。

任职考:

《旧传》:"应制举,登博学宏词科,再迁京兆府鄠县尉,肃宗朝,累迁中书舍人,以公事坐贬通州别驾。代宗即位,大举淹抑,自通州征为京兆少尹。寻复中书舍人,拜吏部侍郎。"《李季卿墓志铭》:"当昔天步方艰,王师有征。公入参谏臣,出佐军政,直躬咨诹,戎臣赖之。其后领二曹,判二州,再司王言,三贰京尹,由秘书少监为吏部侍郎。"以墓志铭补本传,则约判定安史之乱时,李季卿"入参谏臣",或曾自县尉迁为御史,"出佐军政"则或曾效力军中,"领二曹"当指为郎官,据《唐尚书省郎官石柱题名考》卷十一"户部郎中",卷三"吏部郎中"之载,或为此二职。

李季卿肃宗朝时为中书舍人,时间不可考。"判二州,再司王言,三贰京尹"中"再司王言"当指再曾任中书舍人,据《唐仆尚丞郎表》,其在正二月或广德二年冬由秘书少监迁吏部侍郎。① 则代宗即位后,即广德元年再为中书舍人。

15.韩　纮*(肃宗时)

两《唐书》无传。《新表》:"昌黎韩氏,休子良士,相玄宗。纮,谏议大夫。"

任职考:

《新唐书》卷一二六《韩滉传》:"滉字太冲,以荫补左威卫骑曹参军。至德初,避地山南,采访使李承昭表为通川郡长史,改彭王府咨议参军。初,纮知制诰,当草王玙诏,无借言,衔之。及当国,滉兄弟皆斥冗官。玙罢,乃擢殿中侍御史。"《旧唐书》记为"韩法",当为一人。王玙乾元三年为相,则韩纮当在此之前,约在肃宗时为谏议大夫、知制诰。

---

① 严耕望:《唐仆尚丞郎表》,上海古籍出版社,2007 年,第 137 页。

16. 卢　载（肃宗时）

两《唐书》无传。

任职考：

《全唐文》卷四三五小传载为肃宗朝中书舍人。所存《元德秀诔》记载："谁为府君,犬必啖肉;谁为府君,马必食粟,使我元君,馁死空谷。"另,《新表》中卢氏陕虢观察使卢岳之子卢载,官职不详。又见《全唐文》七八四穆员《陕虢观察使卢公墓志铭》。

《唐尚书省郎官石柱题名考》卷五记载有卢载,为文宗时人,任给事中。事见《旧唐书》卷一六五《郭承嘏传》："开成元年,出为华州刺史、兼御史中丞。诏下,两省迭诣中书,求承嘏出麾之由。给事中卢载封还诏书,奏曰:'承嘏自居此官,继有封驳,能奉其职,宜在琐闱。牧守之才,易为推择。'"《新唐书》卷一三七《郭承嘏传》："（承嘏）大和六年,为谏议大夫,言政事得失。文宗以郑注为太仆卿,承嘏极论其非,注颇惧。进给事中。俄出为华州刺史,给事中卢载还诏书,且言:'承嘏数封驳称职,宜在禁闼。'帝曰:'朕谓久次,欲优其稍入耳。'乃复留给事中。"故唐代当有两卢载。

八、代　宗　朝

1. 王延昌（广德元年至永泰元年）

两《唐书》无传。

任职考：

《宝刻丛编》卷八引《集古录目》，著录《唐吏部侍郎王延昌碑》，唐兵部郎中邵说撰，广州都督徐浩八分书。并记载："延昌，京兆人，官至吏部侍郎、集贤院待制。碑以大历三年立。"①《全唐文》卷四三五小传载："乾元元年官监察御史、殿中侍御史、知杂事，度支员外郎，吏、户二部郎中，京兆少尹，加谏议大夫。"均未有中书舍人记载。

《全唐文》卷五一四殷亮《颜鲁公行状》：天宝十五载，"又诏公为河北采访处置使。公又以前咸阳尉王延昌为判官，张澹为支使"。则王延昌天宝十五载为军中判官，此前曾为咸阳尉。又据颜真卿《华岳庙题名》："皇唐乾元元年岁次戊戌冬十月戊申，真卿自蒲州刺史蒙恩除饶州刺史。十有二日辛亥，次于华阴。与监察御史王延昌、大理评事摄监察御史穆宁、评事张澹、华阴令刘嵩、主簿郑镇同谒金天王之神祠。"（《全唐文》卷三三九）可知，乾元元年为监察御史。

《全唐文》卷三六六有贾至《授王延昌谏议大夫兼侍御史制》："京兆少尹知杂王延昌……可谏议大夫，兼侍御史知杂。"京兆少尹为从四品下，谏议大夫为正五品上。贾至拥有草诏权有两个阶段，在至德元载至乾元元年为起居郎、知制诰、中书舍人时，及宝应元年为中书舍人。则其为谏议大夫当在宝应元年。独孤及《唐故商州录事参军郑府君墓志铭并序》："御史中丞王延昌表公才任御史，奏未下，会疾终于位，春秋五十。是岁，广德元年八月七日也。"（《全唐文》卷三九二）则王延昌广德元年为御史中丞（正五品上）。

《唐尚书省郎官石柱题名考》所载吏部郎中、户部郎中、度支员外郎，当皆为肃宗朝至德时职务。

---

① （宋）陈思：《宝刻丛编》，《历代碑志丛书》第1册，江苏古籍出版社，1998年，第512页。

任中书舍人可据《旧唐书》卷一九六上《吐蕃传》：广德元年十月，"郭子仪领部曲数百人及其妻子仆从南入牛心谷，驼马车牛数百两，子仪迟留，未知所适。行军判官、中书舍人王延昌、监察御史李莩谓子仪曰……"可知，广德元年王延昌以中书舍人为郭子仪行军判官，亦为正五品上，则疑本年自御史中丞迁中书舍人。

《唐会要》卷七五"杂处置"条："大历元年二月敕：'许吏部选人自相举，如任官有犯，坐举主从。'（吏部侍郎王延昌奏）"《唐仆尚丞郎表》考订为永泰元年任吏部侍郎。① 则其当本年自中书舍人迁。又据前文《唐吏部侍郎王延昌碑》大历三年立，则其约大历二年或三年卒。

综上，王延昌任职自广德元年至永泰元年。

2. 潘　炎（广德元年）

见《新唐书》卷一六〇《潘孟阳传》，所记极为简略。

任职考：

丁居晦《重修承旨学士壁记》："右骁卫兵曹充，累迁中书舍人，出守本官。"②韦执谊《翰林院故事》稍详："自武骁卫兵曹充，累改驾中，又充中人，又充出守本官。"③但皆无具体时间。

潘炎所作的《大唐故开府仪同三司兼内侍监上柱国齐国公赠杨州大都督高公（力士）墓志铭并序》，署驾部员外郎、知制诰潘炎。④ 又《唐大诏令集》卷二八有其《册雍王为皇太子文》："维广德二年岁次甲辰三月戊辰朔二日己巳……"⑤可知，至少广德二年为驾部员外郎、知制诰，或中书舍人在任。

又据《新传》："大历末官右庶子，为元载所恶，久不迁。载诛，进礼部侍郎，以病免。"其中书舍人后当迁右庶子。

3. 郗　昂（约广德二年）

两《唐书》无传。

① 严耕望：《唐仆尚丞郎表》，上海古籍出版社，2007 年，第 137 页。
② （宋）洪遵：《翰苑群书》，傅璇琮、施纯德编：《翰学三书》，辽宁教育出版社，2003 年，第 30 页。
③ （宋）洪遵：《翰苑群书》，傅璇琮、施纯德编：《翰学三书》，辽宁教育出版社，2003 年，第 17 页。
④ 吴钢编：《全唐文补遗》（第七辑），三秦出版社，2000 年，第 58 页。
⑤ （宋）宋敏求编：《唐大诏令集》，中华书局，2008 年，第 17 页。

任职考：

《全唐文》卷四一〇常衮《授郗昂知制诰制》："朝散大夫、检校尚书司勋郎中郗昂……可守谏议大夫、知制诰。"卷六九一又符载《犀浦县令杨府君（鸥）墓志铭》："时视僚友，杜员外甫、岑郎中参、郗舍人昂。闻公风声，望公飞翔。"郗昂当自谏议大夫、知制诰迁任中书舍人。郗昂任舍人时，杜甫为检校工部员外郎郎、岑参为郎中，杜甫检校时间尚不能准确确定，参孙映逵《岑参诗传》，岑参为虞部郎中在广德二年，稍后转库部郎中，永泰元年出为嘉州刺史。① 郗昂任职当在广德二年左右。

4. 常　衮（永泰元年至大历九年）

常衮，京兆人。两《唐书》有传，见《旧唐书》卷一一九，《新唐书》卷一五〇。

任职考：

《旧传》："宝应二年，选为翰林学士、考功员外郎中、知制诰，依前翰林学士。永泰元年，选中书舍人。衮文章俊拔，当时推重，与杨炎同为舍人，时称为常杨……代宗甚顾遇之，加集贤院学士。大历九年，迁礼部侍郎，仍为学士。"《新传》记载较略，只称："由太子正字，累为中书舍人。"

可知，宝应二年为考功员外郎、知制诰，永泰元年为中书舍人，大历九年迁礼部侍郎。

任中书舍人期间记载有：

《资治通鉴》卷二二四：大历元年八月，"甲辰，以鱼朝恩行内侍监、判国子监事。中书舍人京兆常衮上言：'成均之任，当用名儒，不宜以宦者领之。'"

《全唐文》卷三四四颜真卿《唐故容州都督兼御史中丞本管经略使元君表墓碑铭并序》："以（大历七年）冬十一月二十有四日壬申，归窆公于万年县洪原乡之少陵原祔先茔也……中书舍人杨炎、常衮皆作碑志，以抒君之志。"

《册府元龟》卷六三六《铨选部》"考课"条第一："（大历）八年十月敕：中书舍人常衮、谏议大夫杜亚、起居郎刘湾、左补阙李翰考吏部选人判。"②

离任可据《旧唐书·代宗本纪》：大历九年十二月，"庚寅，以中书舍人

---

① 孙映逵：《岑参诗传》，中州古籍出版社，1989 年，第 71—72 页。
② （宋）王钦若等：《册府元龟》第 8 册，中华书局，1960 年，第 7625 页。

杨炎、秘书少监韦肇并为吏部侍郎,中书舍人常衮为礼部侍郎"。可知,常衮大历九年十二月自中书舍人为礼部侍郎。

纠谬:

傅璇琮《唐翰林学士传论》考,其宝应元年四月后由右补阙入翰林,①《旧传》称宝应二年为翰林学士,不确。出院在永泰元年下半年。

5. 杨　炎(大历初至大历九年)

字公南,凤翔天兴人。两《唐书》有传,《旧唐书》卷一一八,《新唐书》卷一四五。

任职考:

《旧传》:"起为司勋员外郎,改兵部,转礼部郎中、知制诰。迁中书舍人,与常衮同掌纶诰,衮长于除书,炎善为德音,自开元已来,言诏制之美者,时称'常杨'焉。炎乐贤下士,以汲引为己任,人士归之。尝为《李楷洛碑》,辞甚工,文士莫不成诵之。迁吏部侍郎,修国史。"

任中书舍人时间,可据《全唐文》卷四一○常衮《授庾准杨炎知制诰制》:"检校尚书兵部郎中、充山南副元帅判官、赐绯鱼袋杨炎……可守尚书礼部郎中、知制诰,赐如故。"《册府元龟》卷七二八《幕府部》"辟署"条第三载:"永泰末,剑南叛乱,鸿渐以宰相出领山南副元帅,以亚及杨炎并为判官。"②则永泰末或大历初,杨炎自兵部郎中为礼部郎中、知制诰。迁中书舍人约在大历初,具体时间不可考。离任时间见《旧唐书·代宗本纪》:大历九年,"十二月庚寅,以中书舍人杨炎,秘书少监韦肇,并为吏部侍郎"。

综上,杨炎任职在大历初至大历九年十二月。颜真卿《京兆尹兼中丞杭州刺史剑南东川节度使杜公墓志铭》(见"常衮"条)亦为此时在任之据。

6. 庾　准(大历初)

常州人。两《唐书》有传,见《旧唐书》卷一一九,《新唐书》卷一四五。

任职考:

《旧传》:"以门荫入仕,昵于宰相王缙,缙骤引至职方郎中、知制诰,迁中书舍人。准素寡文学,以柔媚自进,既非儒流,甚为时论所薄。寻改御史

---

① 傅璇琮:《唐翰林学士传论》,辽海出版社,2011年,第248页。
② (宋)王钦若等:《册府元龟》第9册,中华书局,1960年,第8669页。

中丞,迁尚书左丞。"《新传》较略:"无学术,以柔媚自进,得幸于王缙,骤至中书舍人,时流蚩薄之。再迁尚书右丞。"

任职时间,据《全唐文》卷四一〇常衮《授庾准杨炎知制诰制》:"中大夫、行尚书吏部郎中、上柱国庾准……可行尚书职方郎中、知制诰,散官勋如故。"参看"常衮"条,常在宝应二年为考功员外郎、知制诰,永泰元年为中书舍人,大历九年迁礼部侍郎,则其制当在此期间起草。

本传称宰相王缙引其为职方郎中、知制诰、中书舍人,王缙在广德二年为黄门侍郎平章事,本年又转为侍中,其后为相时间在大历四年,当与引庾准无关。又传称时议所薄,改御史中丞,则约担任职方郎中、知制诰及中书舍人时间较短,约在大历初。

7.张延赏(? 至大历二年)

本名宝符,开元末,玄宗赐名延赏。两《唐书》有传,见《旧唐书》卷一二九,《新唐书》卷一二七。

任职考:

《旧传》:"代宗幸陕,除给事中,转御史中丞,中书舍人。大历二年,拜河南尹,充诸道营田副使。"《新传》较略,未言中书舍人之职:"始,元载被用,以晋卿力,故厚遇延赏,荐为给事中、御史中丞。大历初,除河南尹,诸道营田副使。"

代宗幸陕在广德二年,则此年为给事中,又据《旧唐书·代宗本纪》:大历二年七月,"以中书舍人张延赏检校河南尹"。可知,其任大历二年稍前中书舍人在任,本年七月检校河南尹。

8.郗　纯(约大历三年、四年)

字高卿,兖州金乡人。两《唐书》有传,见《旧唐书》卷一五七,《新唐书》卷一四三。

任职考:

《旧传》:"历拾遗、补阙、员外郎中、谏议大夫、中书舍人。处事不回,为元载所忌。鱼朝恩署牙将李琮为两街功德使,琮暴横,于银台门毁辱京兆尹崔昭。纯诣元载抗论以为国耻,请速论奏。载不从,遂以疾辞。退归东洛凡十年,自号'伊川田父'。"《新传》:"自拾遗七迁至中书舍人。处事不回,为宰相元载所忌。时鱼朝恩以牙将李琮署两街功德使,琮恃势桀横,众辱京兆尹崔昭于禁中,纯曰:'此国耻也。'即诣载请速处其罪,载不纳,遂辞疾还东都,号'伊川田父',十年不出。"

若以两传所记"十年不出",而德宗即位计算,则其辞官当在大历四年。《旧唐书·代宗本纪》:大历三年四月,"以左散骑常侍崔昭为京兆尹"。而鱼朝恩伏法在大历五年三月,时间相合,当是。《新传》称自拾遗七迁至中书舍人,而《旧传》只载四迁职务,或省其中部分,谏议大夫为正五品上,疑为中书舍人任前之职。郗纯任职中书舍人约在大历三年、四年。

9. 韩 洄*(大历七年至大历十二年)

字幼深,京兆长安人。两《唐书》有传,见《旧唐书》卷一二九,《新唐书》卷一二六。权德舆有《唐故太中大夫守国子祭酒颍川县开国男赐紫金鱼袋赠户部尚书韩公行状》。①

任职考:

《韩洄行状》:"征拜谏议大夫,数与左补阙李翰连上封章,极言得失。未几,以本官知制诰。参掌宥密,式敷声明,炳然训辞,润色王度。时元载持衡,深相器重。公愈不自安。每因灾眚,必疏古义,且以西汉赐上尊酒之比,深儆戒之。元终不悟,竟及于祸。公以谤累,贬邵州司户。"《旧传》稍略,《新传》较详,疑据《韩洄行状》补:"乾元中,授睦州别驾。刘晏表为屯田员外郎,知扬子留后。召拜谏议大夫,与补阙李翰数上章言得失,擢知制诰。坐与元载善,贬邵州司户参军。"

任谏议大夫、知制诰时间,可据《旧唐书》卷一二三《刘晏传》:"宝应二年,迁吏部尚书、平章事,领度支盐铁转运租庸使。坐与中官程元振交通,元振得罪,晏罢相,为太子宾客。寻授御史大夫,领东都、河南、江淮、山南等道转运租庸盐铁使如故。"《资治通鉴》卷二二三:广德二年春正月,"癸亥,以刘晏为太子宾客,李岘为詹事,并罢政事。晏坐与程元振交通"。则韩洄为屯田员外郎兼侍御史当在宝应二年,累岁为司封郎中当在广德二年,又称六七元年号为称职,则征拜谏议大夫当在大历五、六年间,又云"未几,以本官知制诰",则韩洄约在大历中,即大历六年至八年间始为知制诰。

贬官时间,可据《旧唐书·代宗本纪》:大历十二年四月,"癸未……谏议大夫知制诰韩洄、王定、包佶、徐璜……等十余人皆坐元载贬官也"。

综上,韩洄任职约在大历七年左右至大历十二年四月。

---

① (唐)权德舆撰,郭广伟校点:《权德舆诗文集》,上海古籍出版社,2008年,第311页。

10. 李　纾（约大历十一年至大历十三年）

两《唐书》有传，见《旧唐书》卷一三七，《新唐书》卷一六一。

任职考：

《旧传》："大历初，吏部侍郎李季卿荐为左补阙，累迁司封员外郎、知制诰，改中书舍人。寻自虢州刺史征拜礼部侍郎。"《新传》："大历初，李季卿荐为左补阙，累迁中书舍人。德宗居奉天，繇礼部侍郎选为同州刺史。"

《全唐诗》卷二九六有张南史《奉酬李舍人秋日寓直见寄》《寄中书李舍人》。李舍人即李纾，时在大历十年秋。① 《全唐诗》卷二九二司空曙《和李员外与舍人咏玫瑰花寄徐侍郎》诗中，李舍人即李纾，李员外为李纵，李纵大历十年冬入京，加员外郎为常州别驾，作于大历十一年。② 大历十一年九月，《全唐诗》卷二九三有司空曙的《晚秋西省寄上李韩二舍人》，李舍人为李纾，韩舍人为韩洄，当时为谏议大夫、知制诰，洄大历十二年四月贬官出京，为本年晚秋作。③《全唐文》卷九一七清昼的《赠李舍人使君书》："自湖上一辞，十有余载。公贵为方伯，昼迹在空林。"书作于大历十二年秋。可知，李纾任司封员外郎、知制诰和中书舍人当至少在大历十年至十二年。按，唐代诗文中常以舍人称郎官知制诰，故以上诗文中的舍人不一定指正拜之中书舍人。

离任时间，据《唐语林》卷五："元相载用李纾侍郎知制诰。元败，欲出官，王相缙曰：'且留作诰。'待发遣诸人尽，始出为婺州刺史。又曰：独孤侍郎求知制诰，试见元相，元相知其所欲，迎谓常州曰：'知制诰可难堪。'心知不我与也，乃荐李侍郎纾。时杨炎在阁下，忌常州之来，元阻之。乃二人之力也。"④则知李纾知制诰在元载为相时，又据《旧唐书》卷一一八《元载传》载为大历十二年治罪，李纾撰《唐故中散大夫给事中太子中允赞皇县开国男赵郡李府君（收）墓志铭并序》署中书舍人。⑤ 李收大历十三年正月葬，则李纾当大历十三年正月稍后出为婺州刺史。

综上，李纾任中书舍人约在大历十一年左右，至大历十三年。

纠谬：

---

①　傅璇琮主编：《唐五代文学编年史》（中唐卷），辽海出版社，1998年，第287页。
②　傅璇琮主编：《唐五代文学编年史》（中唐卷），辽海出版社，1998年，第296页。
③　傅璇琮主编：《唐五代文学编年史》（中唐卷），辽海出版社，1998年，第300页。
④　（宋）王谠撰，周勋初校正：《唐语林校正》，中华书局，1987年，第503页。
⑤　吴钢编：《全唐文补遗》（第九辑），三秦出版社，2007年，第375页。

《唐五代文学编年史》据《刘随州文集》卷六《奉寄婺州李使君舍人》："崖开当夕照,叶去逐寒波。"认为时在秋末冬初,李舍人使君即李纾,大历十二年冬贬官。① 时间判定有误。

《宝刻丛编》卷四《唐东都留守李憕碑》引《集古录目》,唐中书舍人李纾撰,洪州刺史沈传师书,商州防御随军储或篆额。碑为大历四年立。② 称李纾官职错误。

11. 崔佑甫(约大历十二年至大历十四年)

字贻孙。两《唐书》有传,见《旧唐书》卷一一九,《新唐书》卷一四二。邵说有《有唐中书侍郎同中书门下平章事常山县开国子赠太傅博陵崔公墓志铭并序》。③

任职考:

《旧传》:"历起居舍人、司勋吏部员外郎,累拜兼御史中丞、永平军行军司马,寻知本军京师留后。性刚直,无所容受遇事不回,累迁中书舍人。时中书侍郎阙,佑甫省事,数为宰相常衮所侵,佑甫不从;衮怒之,奏令分知吏部选,每有拟官,衮多驳下,言数相侵……代宗初崩……衮闻之,不堪其怒。乃上言佑甫率情变礼,轻议国典,请谪为潮州刺史。内议太重,改为河南少尹。"《新传》略同。《崔祐甫墓志铭》记载本段迁转为:"转检校吏部郎中,改永平军行军司马,金印紫绶,兼中司之秩,入为中书舍人,天下望公居此久矣……代宗深嘉纳之,寻知吏部选事。"

其任中书舍人事迹较多,分列如下:

《朝散大夫使持节常州诸军事守常州刺史赐紫金鱼袋独孤公神道碑铭并序》署中书舍人、赐紫金鱼袋博陵崔佑甫,文中称独孤及卒于"大历十二年夏四月二十九日","其年岁次丁巳十月朔七日,葬我使君于河南府寿安县某原"。(《全唐文》卷四○九)同卷《祭独孤常州文》:"维大历十二年岁次月日外从祖舅,朝散大夫权知中书舍人,赐紫金鱼袋崔佑甫,遣表姝前邓州南阳县尉,李综以清酌之奠祭于从外孙甥常州独孤使君至之之灵。"

《旧唐书·五行志》:"(大历)十三年六月戊戌,陇右洮源县军士赵贵家,猫鼠同乳,不相害,节度使朱泚笼之以献。宰相常衮率百僚拜表贺,中书

① 傅璇琮主编:《唐五代文学编年史》(中唐卷),辽海出版社,1998年,第315页。
② (宋)陈思:《宝刻丛编》,《历代碑志丛书》第1册,江苏古籍出版社,1998年,第423—424页。
③ 周绍良主编:《唐代墓志汇编》,上海古籍出版社,1992年,第1822页。

舍人崔佑甫曰……"又见《资治通鉴》卷二二五。

《旧唐书·代宗本纪》：大历十三年，"秋七月壬子，中书舍人崔佑甫知吏部选事。"

《资治通鉴》卷二二五：大历十四年，"常衮性刚急，为政苛细，不合众心。时群臣朝夕临，衮哭委顿，从吏或扶之。中书舍人崔佑甫指以示众曰：'臣哭君前，有扶礼乎！'衮闻，益恨之"。

崔祐甫《有唐朝散大夫行秘书省著作佐郎死安平现开国男崔公（众甫）墓志铭并序》，署中书舍人，应在大历十三年合葬，①可知此时在任。同时还有《唐故□□□魏郡魏县令崔公墓志铭》，时在大历史三年十月，署中书舍人。②《全唐文补遗》记载崔佑甫，大历十三年为其母王方大撰志时为朝散大夫、权知中书舍人事，赐紫金鱼袋，③同年为其父兄崔夷甫撰志时署从父第，朝散大夫，守中书舍人，上柱国，赐紫金鱼袋。

据《旧唐书·德宗本纪》："大历十四年五月辛酉，代宗崩。癸亥，即位于太极殿。闰月壬申，贬中书舍人崔佑甫为河南少尹。甲戌，贬门下侍郎平章事常衮为潮州刺史。召崔佑甫为门下侍郎、同中书门下平章事。"

综上，崔祐甫至迟大历十二年在任，大历十四年闰五月贬河南少尹，二日后为门下侍郎、同中书门下平章事。

12. 薛　播（约大历十四年至建中元年间）

河中宝鼎人。两《唐书》有传，见《旧唐书》卷一四六，《新唐书》卷一五九。

任职考：

《旧传》："累授万年县丞、武功令、殿中侍御史、刑部员外郎、万年令。播温敏，善与人交，李栖筠、常衮、崔佑甫皆引擢之。及佑甫辅政，用为中书舍人。出汝州刺史，以公事贬泉州刺史。"

据《旧唐书·德宗本纪》："大历十四年五月辛酉，代宗崩。癸亥，即位于太极殿。闰月壬申，贬中书舍人崔佑甫为河南少尹。甲戌，贬门下侍郎平章事常衮为潮州刺史。召崔佑甫为门下侍郎、同中书门下平章事。"可知，大历十四年五月稍后被引为中书舍人。又据《唐刺史考全编》推断建中元

---

① 吴钢编：《全唐文补遗》（第一辑），三秦出版社，1994年，第205页；又见周绍良主编：《唐代墓志汇编》，上海古籍出版社，1992年，第1798页。

② 周绍良主编：《唐代墓志汇编》，上海古籍出版社，1992年，第1811页。

③ 吴钢编：《全唐文补遗》（第三辑），三秦出版社，1996年，第94页。

年到二年时汝州刺史在任，①可知，薛播为大历十四年后至建中元年年间为中书舍人。

13. 令狐峘（大历十四年）

两《唐书》有传，见《旧唐书》卷一四九，《新唐书》卷一〇二。

任职考：

《新传》："大历中，以刑部员外郎判南曹。迁司封郎中，知制诰，兼史馆修撰。德宗立，诏元陵制度务极优厚，当竭帑藏奉用度。峘谏曰……诏答曰……峘在吏部，因尚书刘晏力。时杨炎为侍郎，故峘内德晏，至分阙，以善阙奉晏，恶阙与炎，炎心不平。建中初，峘为礼部侍郎。"《旧传》未载知制诰之事，其他略同。且载："大历八年，改刑部员外郎。"

据上文，"峘在吏部，因尚书刘晏力"。刘晏为吏部尚书时间据《旧唐书·代宗本纪》：宝应二年，"国子祭酒、兼御史大夫、京兆尹刘晏为吏部尚书、同中书门下平章事，度支诸使如故"。广德二年正月，"吏部尚书、同平章事度支转运使刘晏为太子宾客、黄门侍郎、同平章事"。刘晏为吏部尚书为大历四年三月至大历十三年，②在杨炎为吏部侍郎在大历九年，则令狐峘为刑部员外郎判南曹事当在九年稍后。

谏德宗陵事，若以《新传》，则在司勋郎中、知制诰任，以《旧传》，则在刑部员外郎任。《全唐文》卷五六〇《顺宗实录》三记载时间和官职与《新传》同："初德宗将厚奉元陵事，峘时为中书舍人兼史职，奏疏谏请薄其葬，有答诏优奖。元和三年，以修实录功，追赠工部尚书。"而《资治通鉴》卷二二五：大历十四年六月，"制：'应山陵制度，务从优厚，当竭帑藏以供其费。'刑部员外郎令狐峘上疏谏"。此事《唐会要》卷二〇"陵议"条载为建中元年，时间实同。其职务应为刑部员外郎。

任中书舍人时间，据《旧唐书·德宗本纪》：大历十四年九月，"丙戌，秘书少监邵说为吏部侍郎，给事中刘乃为兵部侍郎，中书舍人令狐峘为礼部侍郎"。《册府元龟》卷三二一《宰辅部》"器度"条："赵退翁为中书侍郎平章事，初廉察湖南日，令狐峘、崔儆并为巡属刺史。峘尝历中书舍人、礼部侍郎，儆亦久在朝列，所为或亏法令，憬每以正道制之。峘、儆密遣人数憬罪状毁之于朝，及憬为相拔。憬自大理卿为尚书左丞，峘先贬官，为别驾，又擢为

① 郁贤皓：《唐刺史考全编》，安徽大学出版社，2000年，第718页。
② 严耕望：《唐仆尚丞郎表》，上海古籍出版社，2007年，第139页。

吉州刺史,时人多之。"①可知,其至少在大历十四年九月中书舍人在任。

14. 韦　肇(大历时)

两《唐书》无传。

任职考:

《新表》:"韦氏逍遥公房,希元,上党尉。肇,吏部侍郎。"《旧唐书》卷一五八《韦贯之传》记载:"父肇,官至吏部侍郎,有重名于时。"均未有中书舍人记载。

《全唐文》卷四三九小传:"肇,宰相贯之父。大历中为中书舍人,累上疏言得失,为元载所恶,左迁京兆少尹,改秘书少监。载诛,除吏部侍郎。"元载当政在大历时,故韦肇约为此时任中书舍人。

15. 孙　宿(大历时)

两《唐书》无传。

任职考:

孙徽有《唐故朝议郎前守蓬州此时乐安孙府君墓志铭并序》:"曾祖府君讳宿,笃富刀翰,摛丽瑰藻,判入高等,授秘书省校书郎,迁谏议大夫、中书舍人、华州刺史。"②据《旧唐书》卷一九〇下《孙逖传》:"宿历河东掌记,代宗朝历刑部郎中、中书舍人,出为华州刺史,卒。"故孙宿任中书舍人约在大历时。

---

① （宋）王钦若等:《册府元龟》第 4 册,中华书局,1960 年,第 3792 页。
② 周绍良主编:《唐代墓志汇编》,上海古籍出版社,1992 年,第 1548 页。

九、德 宗 朝

1. 赵　赞（约建中元年至建中三年）

两《唐书》无传。据《元和姓纂》，为河东人。①

任职考：

《册府元龟》卷一六二《帝王部》"命使"条第二："建中元年二月，发黜陟使分往天下。以……礼部郎中赵赞往山东、荆南、黔中、湖南等道。"②可知此时其任礼部郎中。

任中书舍人时间，据《新唐书·选举志》："建中二年，中书舍人赵赞权知贡举，乃以箴、论、表、赞代诗、赋，而皆试策三道。"《唐会要》卷七五"明经"条载为建中二年十月。《登科记考》卷一一考建中二年十月中书舍人赵赞权知贡举；建中三年，知贡举为中书舍人赵赞。③ 又据《旧唐书·德宗本纪》：建中三年五月乙巳，"以中书舍人赵赞为户部侍郎、判度支"。可知，赵赞为中书舍人当在建中元年末为中书舍人，建中三年五月为户部侍郎，判度支。

纠谬：

《唐会要》卷八四"租税"条："建中元年九月，户部侍郎赵赞请置常平轻重本钱……"年代记载有误。

2. 卫　晏（？至建中二年）

两《唐书》无传。《陶斋臧石记》卷三二《唐故湖州武康县主簿卫景初墓志》载："君讳景初……祖晏，循王傅，赠太子少保。"④

任职考：

《册府元龟》卷一六二《帝王部》"命使"条第二：建中元年二月，"礼部

---

① （唐）林宝撰，岑仲勉校记：《元和姓纂》（附四校记），中华书局，1994 年，第 1018 页。

② （宋）王钦若等：《册府元龟》第 2 册，中华书局，1960 年，第 1957 页。

③ （清）徐松撰，赵守俨点校记：《登科记考》，中华书局，1984 年，第 417、419 页。

④ （宋）陈思：《宝刻丛编》，《历代碑志丛书》第十二册，江苏古籍出版社，1998 年，第 338 页。

员外卫晏往岭南"。① 韩愈《唐清河郡公房公墓碣铭》："卫晏使岭南黜陟，求佐得公，擢摘良奸，南土大喜。还，进昭应主簿。"②

任中书舍人，据《旧唐书·德宗本纪》：建中二年八月，"庚戌，以中书舍人卫晏为御史中丞、京畿观察使"。可知，卫晏当在建中二年时为中书舍人，八月转御史中丞。

3. 张　荐（约建中二年）

两《唐书》无传。

任职考：

韦应物有《寓居沣上精舍寄于张二舍人》（《全唐诗》卷一八七）、武元衡《山中月夜寄朱张二舍人》（《全唐诗》卷三六一）。张舍人均指张荐，于指于邵，朱舍人指朱巨川。于邵任谏议大夫、知制诰当在大历末，朱巨川建中元年时起居舍人、知制诰在任，稍后为司勋员外郎、知制诰，建中三年八月迁为中书舍人，与二人同时，可知张荐任中书舍人在建中元年时为司封郎中、知制诰，约本年或二年中书舍人在任。

韦应物又有《和张舍人夜直中书寄吏部刘员外》（《全唐诗》卷一八八），张荐任舍人时刘太真为吏部员外郎，据《全唐文》卷五三八裴度《刘府君神道碑铭》："德宗皇帝即位，征拜起居郎……改尚书司勋员外郎，寻转吏部员外郎。"诗当建中二、三年作，亦是张荐此时在任证据。

4. 于　邵（建中元年至建中二年）

字相门，京兆万年人。两《唐书》有传，见《旧唐书》卷一三七，《新唐书》卷二○三。

任职考：

《旧传》："西川节度使崔宁请留为支度副使。寻拜谏议大夫、知制诰，再迁礼部侍郎、史馆修撰，为三司使。以撰上尊号册，赐阶三品，当时大诏令，皆出于邵。顷之，与御史中丞袁高、给事中蒋镇杂理左丞薛邕诏狱。邵以为邕犯在赦前，奏出之，失旨，贬桂州长史。"《新传》略同。

据《旧唐书》卷一一七《崔宁传》，崔宁大历二年为西川节度使，大历十

① （宋）王钦若等：《册府元龟》第 2 册，中华书局，1960 年，第 1957—1958 页。
② （唐）韩愈著，刘真伦、岳珍校注：《韩愈文集会校笺注》，中华书局，2010 年，第 1915 页。

四年入朝迁司空平章事,则于邵为支度副使当在此间,又寻拜谏议大夫、知制诰,则亦在大历间。

又据《旧唐书》卷一二二《樊泽传》:"建中元年,举贤良对策,礼部侍郎于邵厚遇之。与杨炎善,荐为补阙。"则建中元年已转礼部侍郎。《东观奏记》卷中:"建中二年,崔元翰、崔敖、崔备三人,府元、府副、府第三人,于邵知贡举,放及第,并依府列。盖推崇艺实,不能易也。"①可知,于邵任谏议大夫、知制诰,当在大历末。

《宝刻丛编》卷八:"《唐复县记》,中书舍人于邵撰……碑以建中二年立。"②此为于邵任中书舍人证据,故于邵在建中初迁中书舍人。

纠谬:

《封氏闻见记》卷五:"今上诏有司约古礼今仪。使太子少师颜真卿、中书舍人于邵等奏……"③据《颜鲁公年谱》,颜真卿建中三年八月为太子少师,建中四年为宣慰使后被囚,④则颜真卿和于邵约古礼今仪当在建中三年,而此时于邵为礼部侍郎,记载中书舍人,误。

5. 朱巨川(建中三年至?)

字德源,嘉兴人。两《唐书》无传。《全唐文》卷三九五李纾有《故中书舍人吴郡朱府君神道碑》。

任职考:

《金石萃编》卷一〇二《颜鲁公书朱巨川告身》:"起居舍人、试知制诰朱巨川……建中元年八月二十二日。"又:"朝议郎、行尚书司勋员外郎、知制诰朱巨川……可守中书舍人。散官如故。建中三年八月十四日。"⑤《朱巨川碑》载:"由是擢起居舍人、知制诰,换司勋员外郎,掌诰如初,拜中书舍人,赐以章绶……以建中四年三月九日,遘疾终于上都胜业里私第,春秋五十有九。"

可知,朱巨川建中元年时起居舍人、知制诰在任,稍后为司勋员外郎、知制诰,建中三年八月迁为中书舍人,四年卒于任。

---

① (唐)裴廷裕撰,田廷柱点校:《东观奏记》,中华书局,1994年,第108页。

② (宋)陈思:《宝刻丛编》,《历代碑志丛书》第一册,江苏古籍出版社,1998年,第522页。

③ (唐)封演撰,赵贞信校注:《封氏闻见记校注》,中华书局,2005年,第43页。

④ 留元刚编:《唐颜鲁公真卿年谱》,台湾商务印书馆,1982年,第25—26页。

⑤ (清)王昶:《金石萃编》,《历代碑志丛书》第6册,江苏古籍出版社,1998年,第146—147页。

6. 刘太真（建中四年至兴元元年）

字仲适，宣州人。两《唐书》有传，见《旧唐书》卷一三七，《新唐书》卷二〇三。《全唐文》卷五三八有裴度《刘府君神道碑铭并序》。

任职考：

《旧传》："大历中，为淮南节度使陈少游掌书记，征拜起居郎。累历台阁，自中书舍人转工部、刑部二侍郎。"《新传》稍略，但言："淮南陈少游表为掌书记，尝以少游拟桓、文，为义士所訾。兴元初，为河东宣慰赈给使，累迁刑部侍郎。"

进士之后任职本传记载稍略，可据《神道碑》："德宗皇帝即位，征拜起居郎，载笔丹陛，休风蔼然。改尚书司勋员外郎，寻转吏部员外郎……迁驾部郎中、知制诰，焕发人文，昭宣帝命，典谟载晖于紫闼，讽议独立于清朝，以称职赐绯鱼袋。建中四年夏正授中书舍人。是冬狂寇窃发，乘舆薄狩，奔走陪扈，遑恤其家。兴元反正，拜工部侍郎……贞元元年转刑部侍郎，详刑议狱，无复烦累，改秘书监，遗编脱简，有以刊正。三年拜礼部侍郎。"可知，约建中末刘太真为驾部郎中、知制诰，建中四年夏为中书舍人，兴元元年为工部侍郎。

纠谬：

《唐摭言》卷八"误放"条："包谊者，江东人也……谊多游佛寺，无何，唐突中书舍人刘太真，睹其色目，即举人也。命一介致问，谊勃然曰：'进士包谊，素不相识，何劳要问。'太真甚衔之……明年太真主文。"[1]文中所言包谊唐突刘太真时刘在中书舍人任，而言"明年"主文，不确，刘太真自中书舍人而为礼部侍郎为三年，非"明年"。此事若为真，则刘太真当时非中书舍人任。

7. 陆　贽（兴元元年至贞元三年）

字敬舆，苏州嘉兴人。两《唐书》有传，见《旧唐书》卷一三九，《新唐书》卷一五七。权德舆有《唐赠兵部尚书宣公陆贽翰林集序》。[2]

① （五代）王定保撰，江汉椿校注：《唐摭言校注》，上海社会科学院出版社，2003年，第164页。
② （唐）权德舆撰，郭广伟校点：《权德舆诗文集》，上海古籍出版社，2008年，第499页。

任职考：

陆贽以翰林学士之职著称，据《旧传》："德宗在东宫时，素知贽名，乃召为翰林学士，转祠部员外郎……建中四年，朱泚谋逆，从驾幸奉天……转考功郎中，依前充职……二月，从幸梁州，转谏议大夫，依前充学士……德宗还京，转中书舍人，学士如故……俄丁母忧，东归洛阳，寓居嵩山丰乐寺……免丧，权知兵部侍郎，依前充学士。申谢日，贽伏地而泣，德宗为之改容叙慰。恩遇既隆，中外属意为辅弼，而宰相窦参素忌贽，贽亦知参之所为，言参默货，由是与参不平。七年，罢学士，正拜兵部侍郎，知贡举。"

丁居晦《重新承旨学士壁记》："建中四年三月，自祠部员外郎充。其年十一月，转考功郎中。兴元二年六月，迁谏议大夫。十二月，转中书舍人。贞元三年，丁忧。六年，迁兵部侍郎，又加知制诰。七年，出守本官。"①

翰林学士之入院、出院时间，据傅璇琮先生考订，当先为监察御史，后迁祠部员外郎，建中四年三月，以祠部员外郎入院。出院时间据《旧传》："（贞元）七年，罢学士，正拜兵部侍郎，知贡举。"据《旧唐书》本纪：兴元元年六月，"考功郎中、知制诰陆贽，司封郎中、知制诰吉中孚，并为谏议大夫"。此为丁居晦记载所缺。

其任中书舍人时间起止，据《旧唐书·德宗本纪》：兴元元年十二月，"辛卯，以谏议大夫陆贽为中书舍人，依前翰林学士"。丁《记》记载："贞元三年，丁忧。""六年，迁兵部侍郎，又加知制诰。"②《旧唐书·德宗本纪》：贞元六年二月，"丙戌，以中书舍人陆贽权兵部侍郎"。贞元七年八月，"翰林学士陆贽为兵部侍郎，罢学士"。则此时也再无知制诰之职。可知，陆贽为中书舍人时间在兴元元年十二月至贞元三年。

8. 齐　映（兴元元年至贞元二年）

瀛州高阳人。两《唐书》有传，见《旧唐书》卷一三六，《新唐书》卷一五〇。

任职考：

《旧传》："兴元初，从幸梁州……拜给事中……上自山南还京，常令映侍左右，或令前马，至城邑州镇，俾映宣诏令，帝益亲信之。其年冬，转中书舍人。贞元二年,以本官与左散骑常侍刘滋、给事中崔造同拜平章事。"《新传》略同,为相之事为:"贞元二年,以舍人同中书门下平章事,俄改中书侍郎,封河间县男,与崔造、刘滋并辅政。"

据《册府元龟》卷一三六《帝王部》"慰劳"条:"贞元元年六月,以兵部侍郎李纾宣慰于河东诸军,中书舍人齐映宣慰于朔方、河中、同绛、陕、虢等州诸军,兵部尚书崔汉衡宣慰于幽州。"①《旧唐书·德宗本纪》:贞元三年正月,"壬子,以兵部侍郎柳浑同中书门下平章事;刘滋守本官,罢知政事;中书舍人、平章事齐映贬夔州刺史"。

据《旧传》所载,齐映兴元元年冬自给事中为中书舍人,贞元二年以中书舍人平章事。

迁官又见《旧唐书·德宗本纪》:贞元二年正月,"壬寅,以散骑常侍刘滋、给事中崔造、中书舍人齐映并守本官,同中书门下平章事"。

9. 吉中孚 *(兴元元年至贞元二年)

楚州人。两《唐书》无传。《元和姓纂》卷十:"淮阴,状云挹后,贞元户部侍郎吉中孚。"②

任职考:

据《旧唐书·德宗本纪》:兴元元年六月,"考功郎中、知制诰陆贽、司封郎中、知制诰吉中孚,并为谏议大夫"。贞元二年正月,"谏议大夫知制诰、翰林学士吉中孚为户部侍郎,判度支两税"。《旧唐书》卷一九〇下《吴通玄传》:"贞元初,召充翰林学士,迁起居舍人、知制诰,与陆贽、吉中孚、韦执谊等同视草。"又据丁居晦《重修承旨学士壁记》载:"兴元元年,自司封郎中、知制诰充,六月,改谏议大夫,贞元二年,迁户部侍郎出院。"③

可知,吉中孚兴元元年六月时已司封郎中、知制诰在任,后为谏议大夫知制诰,贞元二年为户部侍郎。

纠谬:

《旧唐书·德宗本纪》:贞元四年,"八月,以权判吏部侍郎吉中孚为中书舍人"。《唐翰林学士传论》亦认同吉中孚曾任中书舍人,自户部侍郎、吏部侍郎再任中书舍人,在唐代无此例,疑有误。

---

① (宋)王钦若等:《册府元龟》第 2 册,中华书局,1960 年,第 1648 页。
② (唐)林宝撰,岑仲勉校记:《元和姓纂》(附四校记),中华书局,1994 年,第 1498 页。
③ (宋)洪遵:《翰苑群书》,傅璇琮、施纯德编:《翰学三书》,辽宁教育出版社,2003 年,第 31 页。

10. 高 参 (贞元元年至约贞元三年)

两《唐书》无传。

任职考:

《旧唐书》卷一五〇《李谊传》:"(建中)三年,蔡帅李希烈叛,诏哥舒曜讨之。八月……兵部员外郎高参为本司郎中,充元帅府掌书记……制下未行,泾原兵乱而止。"可知,建中三年高参以兵部员外郎迁郎中。

任中书舍人时间,据《旧唐书·德宗本纪》:贞元元年七月,"庚申,以谏议大夫高参为中书舍人"。《唐会要》卷八一"阶"条:"(贞元)三年正月,中书舍人高参奏……依奏。"《南部新书》卷壬载:"贞元初,中书舍人五员俱缺,在省惟高参一人,未几亦以病免。"①可知,高参贞元元年自谏议大夫为中书舍人,至迟三年正月仍在任。

纠谬:

《新唐书》卷七七《睿真沈太后传》:"建中元年,乃具册前上皇太后尊号,帝供张含元殿,具衮冕,出自左序,立东方,群臣在位,帝再拜奉册,欷歔感咽,左右皆泣。于是中书舍人高参上议:'汉文帝即位,遣薄昭迎太后于代。今宜用汉故事。'"《资治通鉴》卷二二六记载:建中元年十月,"中书舍人高参请分遣诸沈访求太后"。官职记载有误。

11. 吴通玄*(贞元初至贞元八年)

海州人。两《唐书》有传,见《旧唐书》卷一七九,《新唐书》卷一四五。

任职考:

《旧传》:"贞元初,召充翰林学士,迁起居舍人、知制诰,与陆贽、吉中孚、韦执谊等同视草……七年,自起居郎拜谏议大夫、知制诰。通玄自以久次当拜中书舍人,而反除谏议,殊失望。"又据《资治通鉴》卷二三四:贞元八年,"左谏议大夫、知制诰吴通玄与陆贽不叶,窦申恐贽进用,阴与通玄、则之作谤书以倾贽;上皆察知其状。夏,四月,丁亥,贬则之昭州司马,通玄泉州司马,申道州司马;寻赐通玄死"。可知,吴通玄在贞元初为起居舍人、知制诰,贞元七年,为谏议大夫、知制诰,贞元七年四月稍后,最迟贞元八年被赐死。

---

① (宋)钱易撰,黄寿成点校:《南部新书》,中华书局,2002年,第145页。

12. 张　濛＊（约贞元二年至贞元四年）

两《唐书》无传。

任职考：

《南部新书》卷九："贞元初，中书舍人五员俱缺，在省惟高参一人，未几亦以病免。惟库部郎中张濛独知制诰，宰相张延赏、李泌累以才可者上闻，皆不许。其月濛以姊丧给假，或草诏，宰相命他官为之，中书省案牍不行十余日。"①

又据《唐会要》卷八一"阶"条："贞元二年十月，库部郎中、知制诰张濛奏。"《唐会要》卷五五"中书舍人"条："（贞元）四年二月，以翰林学士职方郎中吴通微、礼部郎中顾少连、起居舍人吴通元、左拾遗韦执谊，并知制诰。故事，舍人六员。通微等与库部郎中张濛凡五人，以他官知制诰，而六员舍人皆缺焉。"可知，至少贞元二年至四年时，张濛库部郎中、知制诰在任。

13. 韦执谊＊（贞元四年至约贞元十二年）

京兆人。两《唐书》有传，见《旧唐书》卷一三五，《新唐书》卷一六八。

任职考：

《旧传》："拜右拾遗，召入翰林为学士，年才二十余。德宗尤宠异，相与唱和歌诗，与裴延龄、韦渠牟等出入禁中，略备顾问……俄丁母忧，服阕，起为南宫郎。"《新传》略同，均未载其知制诰或中书舍人事。

丁居晦《重修承旨学士壁记》："贞元元年，自左拾遗充。二月，加知制诰，赐绯鱼袋，迁起居舍人。丁忧。"②

据《唐会要》卷五五"中书舍人"条："（贞元）四年二月，以翰林学士职方郎中吴通微，礼部郎中顾少连，起居舍人吴通玄，左拾遗韦执谊，并知制诰。"可知，韦执谊以左拾遗知制诰当在贞元四年二月。据傅璇琮考订，德宗生日重视佛道之事，当为贞元十二年之事。③ 据《旧唐书·德宗本纪》：贞元十二年四月，"庚辰，上降诞日，命沙门、道士加文儒官讨论三教，上大悦"。则至少此时韦执谊仍在院，傅推断韦执谊当在贞元十二年、十三年丁

---

① （宋）钱易撰，黄寿成点校：《南部新书》，中华书局，2002年，第145页。

② （宋）洪遵：《翰苑群书》，傅璇琮、施纯德编：《翰学三书》，辽宁教育出版社，2003年，第31—32页。

③ 傅璇琮：《唐翰林学士传论》，辽海出版社，2011年，第338页。

忧。翰林学士之惯例,加知制诰后非出院较少去此称呼,但若近八年间一直以拾遗知制诰而不迁,也不合常例。故只能判定韦执谊贞元四年至约十二年知制诰,而本官不详。

14. 崔元翰[*](贞元五年至贞元七年)

名鹏,以字行,博陵人。两《唐书》有传,见《旧唐书》卷一三七,《新唐书》卷二〇三。

任职考:

《旧传》:"入朝为太常博士、礼部员外郎。窦参辅政,用为知制诰,诏令温雅,合于典谟。然性太刚褊简傲,不能取容于时,每发言论,略无阿徇,忤执政旨,故掌诰二年,而官不迁。竟罢知制诰,守比部郎中。"窦参为中书侍郎平章事在贞元五年三月,可知约本年崔元翰为职方员外郎、知制诰,两年后即贞元七年为比部郎中。

又《太平广记》卷一七〇"知人"引《谭宾录》也说明其曾任他官知制诰:"崔元翰,近五十始举进士。邵异其文,擢首甲科,且曰不十年,司诰命,竟如其言。"①

15. 韩 皋(? 至贞元七年)

两《唐书》有传,见《旧唐书》卷一二九,《新唐书》卷一二六。

任职考:

《旧传》:"累迁起居郎、考功员外郎。俄丁父艰,德宗遣中人京第慰问,仍宣令论撰滉之事业,皋号泣承命,立草数千言,德宗嘉之。及免丧,执政者拟考功郎中,御笔加知制诰。迁中书舍人、御史中丞、尚书右丞、兵部侍郎,皆称职。"《新传》略同。

据旧《韩滉传》:"滉,贞元三年二月,以疾薨。"丁忧后,则约贞元五年末韩皋为考功郎中、知制诰,《旧唐书·德宗本纪》:贞元七年正月,"以中书舍人韩皋为御史中丞"。可知,约贞元六年,韩皋中书舍人在任。

改官之事见《唐国史补》卷上:"韩皋自中书舍人除御史中丞。西省故事,阁老改官,则词头送以次人。是时,吕渭草敕,皋忧恐,问曰:'改何官?'渭不敢告。皋劫之曰:'与公一时左降。'渭急,乃告之,皋又欲诉于宰相,渭

---

① (宋)李昉等编:《太平广记》第4册,中华书局,1961年,第1247页。

执之,夺其鞯笏,惘惘至午后三刻乃止。"①

16. 顾少连(贞元七年至贞元八年)

字夷仲,苏州吴人。《新唐书》有传,见卷一六二。《全唐文》卷四七八有杜黄裳《东都留守顾公神道碑》。

任职考:

《新传》:"德宗幸奉天,徒步诣谒,授水部员外郎、翰林学士。再迁中书舍人,阅十年,以谨密称。尝请徙先兆于洛,帝重远去,诏遣其子往,且命中人护葬葬役。历吏部侍郎。"《神道碑》稍详:"京师内乱,銮辂时巡,公节见艰危,步至行在,陈少康灭浇之计,墨翟设拒之宜。帝纳其忠,拜水部员外郎、翰林学士,随难南梁,迁礼部郎中,加朱绂银绶,学士如故……寻以本官知制诰,赐金印紫绶,迁中书舍人……凡三践列曹,再登八座,一为散骑常侍,一为左丞,虽分职各殊,领者数矣。"

又据丁居晦《重修承旨学士壁记》:"建中四年,自水部员外郎充。贞元四年二月,加知制诰。七年,迁中书舍人。八年四月,改户部侍郎,赐紫金鱼袋,出院。"②可知,其中书舍人任职为贞元七年至八年四月。

另据《旧唐书·德宗本纪》:兴元元年六月,"考功郎中、知制诰陆贽,司封郎中、知制诰吉中孚,并为谏议大夫;水部员外郎顾少连为礼部郎中,并依前充翰林学士"。可知,其贞元四年二月加知制诰,又可参看《唐会要》卷五五"中书舍人"条:"四年二月,以翰林学士职方郎中吴通微、礼部郎中顾少连、起居舍人吴通元、左拾遗韦执谊并知制诰。故事,舍人六员。通微等与库部郎中张濛凡五人,以他官知制诰,而六员舍人皆缺焉。"贞元七年迁中书舍人,八年四月改户部侍郎,出翰林学士院。

17. 吴通微(约贞元七年至约贞元十四年)

海州人。两《唐书》无传,附见《旧唐书》卷一九〇下《吴通玄传》,《新唐书》卷一四五《吴通玄传》。通玄、通微为兄弟,《旧传》以通微为兄,通玄为弟,《新传》反之。

---

① (唐)李肇:《唐国史补》,上海古籍出版社,1957 年,第 30 页。
② (宋)洪遵:《翰苑群书》,傅璇琮、施纯德编:《翰学三书》,辽宁教育出版社,2003 年,第 31 页。

任职考：

《旧传》："建中四年自寿安县令入为金部员外，召充翰林学士。寻改职方郎中、知制诰。与弟通玄同职禁署，人士荣之。七年，改礼部郎中，寻转中书舍人。通玄死，素服待罪于国门，帝特宥之。通微竟不敢为丧服。"

又据韦执谊《翰林院故事》："金外充，职中又充，知诰又充，赐紫，改大谏又充。与通玄是兄弟。"①丁居晦《重修承旨学士壁记》："吴通微，建中四年，自金部郎中充，累迁中书舍人，赐紫金鱼袋，卒官。"②

《旧唐书·德宗本纪》：建中四年十二月，"乙丑，以祠部员外郎陆贽为考功郎中，金部员外郎吴通微为职方郎中，翰林学士并如故。以侍御史吴通玄为起居舍人，充翰林学士"。《资治通鉴》卷二二九记载略同。

又《唐会要》卷五五"中书舍人"条："（贞元）四年二月，以翰林学士职方郎中吴通微、礼部郎中顾少连、起居舍人吴通元、左拾遗韦执谊，并知制诰。"则此后为职方郎中、知制诰，又可见《宋高僧传》卷一五《唐京师安国寺藏用传》："贞元中，左司正郎王铞、南台崔公继和之，如是数公将议标题。兵部正郎程浩作都序，职方正郎、知制诰吴通微书之。"③吴通微贞元七年撰《唐故元从朝议大夫行内侍省内常侍上柱国赐紫金鱼袋俱府君（慈顺）墓志铭并序》，时署尚书职方郎中、知制诰，翰林学士，赐紫金鱼袋。④

《旧传》："七年改礼部郎中，寻转中书舍人。"权德舆有《祭故徐给事文》："维贞元十四年岁次戊寅，八月戊寅朔、十日丁亥，右谏议大夫裴佶、中书舍人翰林学士吴通微、中书舍人高郢、尚书司勋郎中、知制诰权某、尚书司员外郎知制诰翰林学士郑絪、起居郎韦丹、左补阙翰林学士卫次公、右补阙王纾、右拾遗史馆修蒋武等，谨以清酌庶羞之奠，敬祭于故给事中赠礼部尚书徐公之灵。"⑤

可知，吴通微贞元四年以职方郎中、知制诰，七年或八年为中书舍人，至迟贞元十四年仍在任，稍后卒于官。

---

① （宋）洪遵：《翰苑群书》，傅璇琮、施纯德编：《翰学三书》，辽宁教育出版社，2003年，第18页。
② （宋）洪遵：《翰苑群书》，傅璇琮、施纯德编：《翰学三书》，辽宁教育出版社，2003年，第31页。
③ （宋）赞宁撰，范祥雍点校：《宋高僧传》，中华书局，1997年，第372页。
④ 吴钢编：《全唐文补遗》（第三辑），三秦出版社，1996年，第107页。
⑤ （唐）权德舆撰，郭广伟校点：《权德舆诗文集》，上海古籍出版社，2008年，第778页。

18. 吕　渭（贞元八年）

字君载,河中人。两《唐书》有传,见《旧唐书》卷一三七,《新唐书》卷一六〇。吕恭有《唐故通议大夫使持节都督潭州诸军事守潭州刺史兼御史中丞充湖南都团练观察处置等使赐紫金袋赠陕州大都督东平吕府君墓志铭并序》。①

任职考:

《旧传》:"累授舒州刺史、吏部员外、驾部郎中知制诰、中书舍人,母忧罢。服阕,授太子右庶子、礼部侍郎。"《新传》称贞元中累迁礼部侍郎,记载略。

《吕渭墓志》:"贞元初,征拜朝散大夫、行尚书礼部员外郎。大兵初解,调集云委,混天下真伪,责成南曹。公处之四年,芒刃如新,笙簧不作。迁驾部郎中、知制诰。满岁,拜中书舍人,加中大夫。丁继太夫人艰,去官洛下。"

所谓"大兵初解"当指贞元二年三月李希烈之败,"公处之四年"则在贞元六年,此时为驾部郎中、知制诰,贞元七年拜中书舍人。又据《唐国史补》卷上:"韩皋自中书舍人,除御史中丞……是时吕渭草敕。"②《唐语林》卷六、《旧唐书·德宗本纪》均记载贞元七年正月,"以中书舍人韩皋为御史中丞"。可知,贞元七年稍前,吕渭中书舍人在任。

《唐语林》卷八记载知贡举者,吕渭三,贞元十一年、十二年、十三年。③吕渭当以礼部侍郎身份知贡举。按照《吕渭墓志》所载,丁忧服阕后为太子右庶子,俄迁礼部侍郎,三典贡举。则吕渭任职中书舍人当一年左右。丁忧离任约在贞元八年。

19. 郑珣瑜（贞元八年至贞元十年）

字元伯,郑州荥泽人。《新唐书》卷一六五有传。

任职考:

《新传》:"崔祐甫为相,擢左补阙,出为泾原帅府判官。入拜侍御史、刑

---

①　周绍良、赵超主编:《唐代墓志汇编续集》,上海古籍出版社,2001 年,第 777 页。

②　(唐)李肇:《唐国史补》,上海古籍出版社,1957 年,第 30 页。

③　(宋)王谠撰,周勋初校正:《唐语林校正》,中华书局,1987 年,第 719 页。

部员外郎,以母丧解。讫丧,迁吏部。贞元初,诏择十省郎治畿、赤,珦瑜检校本官兼奉先令。明年,进饶州刺史。入为谏议大夫,四迁吏部侍郎。"不载中书舍人事。

任奉先令,可据《册府元龟》卷七〇一《令长部》"褒异"条:"郑珦瑜为奉先令,韦武为昭应令,崔琮为华元令,韦贞伯为蓝田令,李曾为鏊屋令,贞元三年五月诏以珦瑜为饶州刺史,武为遂州刺史,琮为歙州刺史,贞伯为舒州刺史,曾为郢州刺史,录善政也。"①

任中书舍人时间,据《旧唐书·德宗本纪》:贞元八年八月,"甲午给事中郑瑜为中书舍人"。郑瑜下应有有珦字。可知,郑珦瑜曾自此时为给事中,再拜中书舍人。《唐会要》卷八一"考上"条:贞元八年,"其年十月,以刑部尚书刘滋为校外官考使,吏部侍郎杜黄裳为校京官考使,给事中李巽宜监京官考,中书舍人郑珦瑜宜监外官考"。离任时间据《唐仆尚丞郎表》考,郑珦瑜约贞元十年任吏部侍郎。②

可知,郑珦瑜任职当为贞元八年至十年。

20. 奚　陟（贞元八年至约贞元十一年）

两《唐书》有传,见《旧唐书》卷一四九,《新唐书》卷一六四。刘禹锡有《唐故朝议郎守尚书吏部侍郎上柱国赐紫金鱼袋赠司空奚公神道碑》。③据《旧传》,奚陟字殷卿,亳州人也。《新传》称:其先自谯亳西徙,故为京兆人。《神道碑》载,字殷衡,"其先在夏为车正,以功封于薛下,古以降为谯郡人。或因仕适楚,复之秦,今为京兆人"。从《神道碑》。

任职考:

《旧传》:"车驾幸兴元,召拜起居郎、翰林学士。辞以疾病,久不赴职,改太子司议郎。历金部、吏部员外郎、左司郎中,弥纶省阃。又累奉使,皆称旨。贞元八年,擢拜中书舍人。是岁,江南、淮西大雨为灾,令陟劳问巡慰,所在人安悦之……迁刑部侍郎。"《新传》略同。

《神道碑》记载:"转吏部员外郎。是曹在南宫为眉目,在选士为司命。公执直笔,阅簿书,纷挐盘错,一瞬而剖……时文昌缺左右丞,都曹差重,遂转左司郎中,寻迁中书舍人。执事者系公识精,以斟酌大政,非独用文饰也。

① （宋）王钦若等:《册府元龟》第9册,中华书局,1960年,第8362—8363页。
② 严耕望:《唐仆尚丞郎表》,上海古籍出版社,2007年,第154页。
③ （唐）刘禹锡著,瞿蜕园笺证:《刘禹锡集笺证》,上海古籍出版社,1989年,第61页。

会江淮间民被水祸,上愍焉,特命公宣抚之,许以便宜及物。赤车所至,如东风变枯,条其利病,复奏咸可。转刑部侍郎。"

宣抚水灾事又见《资治通鉴》卷二三四:"(贞元八年)八月,遣中书舍人京兆奚陟等宣抚诸道水灾。"《唐大诏令集》卷一一六有《遣使安抚水灾诸州诏》。①

另权德舆《祭吕给事文》:"维贞元九年岁次癸酉,正月庚辰朔、二十一日庚子,右谏议大夫阳城,给事中徐岱、李衡,中书舍人奚陟,尚书驾部郎中知制诰张式,左补阙权某等,谨以清酌庶羞之奠,敬祭于故给事中吕公之灵。"②则贞元八年奚陟自左司郎中为中书舍人,至迟九年正月仍在任。

其后据《神道碑》:"转刑部侍郎。时主计臣延龄以险刻贵幸,而与京兆尹相恶,以危事中之,尹坐谴,已又逮系其吏峻绳之。事下司寇,主奏议者欲文致而甘心焉。公侃然持平,挫彼岳岳。君子闻之,善其知道不私。"据《旧唐书·德宗本纪》记载,贞元八年正月壬午以左庶子李充为京兆尹,贞元十一年夏四月旱壬戌,贬太子宾客陆贽为忠州别驾,京兆尹李充信州长史,卫尉卿张滂汀州长史。则贞元十一年时奚陟已迁刑部侍郎。

综上,奚陟任职当自贞元八年至贞元十一年初。

21. 高　郢（贞元八年至贞元十六年）

字公楚,卫州人。两《唐书》有传,见《旧唐书》卷一四七,《新唐书》卷一六五。

任职考:

《旧传》:"德宗还京,命谏议大夫孔巢父、中人啖守盈赴河中宣慰怀光,授以太保;而怀光怒,激其亲兵诟詈,杀守盈及巢父。巢父之被刃也,委于地,郢就而抚之。及怀光被诛,马燧辟郢为掌书记。未几,征拜主客员外,迁刑部郎中,改中书舍人。凡九岁,拜礼部侍郎。"《新传》略同。

高郢任职期间相关记载如下:

《唐会要》卷八二"甲库"条:"贞元八年闰十二月,给事中徐岱、中书舍人奚陟、高郢等奏:'比来甲敕,只下刑部,不纳门下省甲库,如有失落,无处检覆。今请准制敕纳一本入门下甲库,以凭检勘。'依奏。"

《全唐文》卷四七六崔损《祭成纪公文》:"维贞元十二年月日,朝议郎右

① （宋）宋敏求编:《唐大诏令集》,中华书局,2008 年,第 609 页。
② （唐）权德舆撰,郭广伟校点:《权德舆诗文集》,上海古籍出版社,2008 年,第 780 页。

谏议大夫崔损、大中大夫行给事中徐岱、朝议郎给事中赵宗儒、正议大夫守中书舍人高郢、宣德郎守驾部员外郎知制诰权德舆、起居郎韦丹、起居舍人杨冯、左补阙归澄、崔邠、韦渠牟、左拾遗李肇、王中书、右拾遗蒋武等,谨以庶羞之奠,敢昭告于门下平章事赠太子太傅成纪公之灵。"

权德舆《祭故徐给事文》:"维贞元十四年岁次戊寅,八月戊寅朔、十日丁亥,右谏议大夫裴佶、中书舍人翰林学士吴通微、中书舍人高郢、尚书司勋郎中、知制诰权某、尚书司员外郎知制诰翰林学士郑絪、起居郎韦丹、左补阙翰林学士卫次公、右补阙王纾、右拾遗史馆修蒋武等,谨以清酌庶羞之奠,敬祭于故给事中赠礼部尚书徐公之灵。"①《祭故奚吏部文》:"维贞元十五年岁次己卯十二月庚午朔二十六日乙未,右谏议大夫裴佶、给事中许孟容、李元素、陈元、中书舍人高郢、权德舆、兵部员外郎、知制诰、崔邠等,谨以清酌庶羞之奠,敬祭于故吏部侍郎赠礼部尚书奚公之灵。"

离任官职,据《唐仆尚丞郎表》考订贞元十四年冬高郢以中书舍人权知吏部侍郎,贞元十六年正除。② 参见《新唐书·选举志》:"(贞元)十六年,中书舍人高郢奏罢,议者是之。"《唐诗纪事》卷三九:"德宗贞元十六年庚辰,中书舍人高郢下及第第四人。省试《性习相近远赋》《玉水记方流诗》。"③《唐会要》卷五九"礼部侍郎"条:"贞元十五年十月,高郢为礼部侍郎……凡三岁掌贡士,进幽独,抑声华,浮滥之风一变。"

综上,高郢任中书舍人在贞元八年至十六年。

纠谬:

《登科记考》卷一四考贞元十五年知贡举为中书舍人高郢,④是以本官称之,而《登科记考》卷一五记载贞元十七年知贡举为中书舍人高郢,⑤当为礼部侍郎。

22. 张　式 *（贞元九年）

两《唐书》无传。柳宗元《先君石表阴先友记》有张式,原注:大历七年进士,南阳人。⑥

① (唐)权德舆撰,郭广伟校点:《权德舆诗文集》,上海古籍出版社,2008年,第778页。
② 严耕望:《唐仆尚丞郎表》,上海古籍出版社,2007年,第156页。
③ (宋)计有功撰,王仲镛校笺:《唐诗纪事校笺》,中华书局,2007年,第1299页。
④ (清)徐松撰,赵守俨点校:《登科记考》,中华书局,1984年,第526页。
⑤ (清)徐松撰,赵守俨点校:《登科记考》,中华书局,1984年,第542页。
⑥ (唐)柳宗元:《柳宗元集》,中华书局,1979年,第304页。

任职考：

权德舆《祭吕给事文》："维贞元九年岁次癸酉，正月庚辰朔、二十一日庚子，右谏议大夫阳城，给事中徐岱、李衡，中书舍人奚陟，尚书驾部郎中知制诰张式，左补阙权某等，谨以清酌庶羞之奠，敬祭于故给事中吕公之灵。"①又有《旧唐书·德宗本纪》：贞元九年，"三月己亥，以驾部郎中、知制诰张式为虔州刺史"。可知，张式任驾部郎中、知制诰至少在贞元九年，三月为虔州刺史。

23. 权德舆（贞元十五年至贞元十七年）

字载之，天永略阳人。两《唐书》有传，见《旧唐书》卷一四八，《新唐书》卷一六五。韩愈有《唐故相权公墓碑》。②

任职考：

《旧传》："（贞元）十年，迁起居舍人。岁中，兼知制诰。转驾部员外郎、司勋郎中，职如旧。迁中书舍人。是时，德宗亲览庶政，重难除授，凡命于朝，多补自御札。始，德舆知制诰，给事有徐岱，舍人有高郢；居数岁，岱卒，郢知礼部贡举，独德舆直禁垣，数旬始归。尝上疏请除两省官，德宗曰：'非不知卿之劳苦，禁掖清切，须得如卿者，所以久难其人。'德舆居西掖八年，其间独掌者数岁。贞元十七年冬，以本官知礼部贡举，来年，真拜侍郎，凡三岁掌贡士，至今号为得人。"《新传》略同。《唐故相权公墓碑》记载稍略："转起居舍人，遂知制诰，凡撰命词九年，以类集为五十卷，天下称其能。十八年，以中书舍人典贡士，拜尚书礼部侍郎。"

蒋寅《权德舆年谱略稿》③考辨较为细致，主要材料引用如下：

任起居舍人时间，除《旧传》所记贞元十年外，权德舆有《起居舍人举人自代状》："征事郎、守起居舍人臣权德舆，准制举自代官朝议郎、行右补阙归登……贞元十年五月一日，起居舍人臣权德舆进状。"④知制诰时间，为本年八月，据《起居舍人举人自代状》："征事郎守起居舍人知制诰权德舆，准制举自代官儒林郎守尚书膳部员外郎赐绯鱼袋杨於陵……贞元十年八月二十四日，起居舍人知制诰臣权德舆状奏。"⑤《故司徒兼侍中上柱国北平郡王

① （唐）权德舆撰，郭广伟校点：《权德舆诗文集》，上海古籍出版社，2008 年，第 780 页。
② （唐）韩愈著，刘真伦、岳珍校注：《韩愈文集会校笺注》，中华书局，2010 年，第 2167 页。
③ 蒋寅：《权德舆年谱》，《大历诗人研究》下编，中华书局，2007 年。
④ （唐）权德舆撰，郭广伟校点：《权德舆诗文集》，上海古籍出版社，2008 年，第 708 页。
⑤ （唐）权德舆撰，郭广伟校点：《权德舆诗文集》，上海古籍出版社，2008 年，第 708—709 页。

赠太傅马公行状》:"贞元十一年十月十六日,宣德郎、守起居舍人、知制诰、云骑尉权德舆上尚书考功。"①

又据《驾部员外郎举人自代状》:"宣德郎守尚书驾部员外郎知制诰云骑尉臣权德舆,准制举自代官朝散郎使持节开州诸军事守开州刺史赐绯鱼袋唐次。"②署日期为贞元十一年十一月。《全唐文》卷四七六崔损《祭成纪公文》:"维贞元十二年月日,朝议郎右谏议大夫崔损、大中大夫行给事中徐岱、朝议郎给事中赵宗儒、正议大夫守中书舍人高郢、宣德郎守驾部员外郎、知制诰权德舆、起居郎韦丹、起居舍人杨冯、左补阙熊执易、右补阙归澄、崔邠、韦渠牟、左拾遗李肇、王仲书、右拾遗蒋武等,谨以庶羞之奠,敢昭告于门下平章事赠太子太傅成纪公之灵。"

《司勋郎中举人自代状》:"朝议郎守尚书司勋郎中知制诰云骑尉赐绯鱼袋臣权德舆,准制举自代官朝议郎守尚书礼部郎中赐绯鱼袋许孟容。"③署贞元十四年四月四日。《昭陵寝宫奏议》:"朝议郎守尚书司勋郎中知制诰云骑尉赐绯鱼袋臣权德舆议曰……"④署贞元十四年。

迁中书舍人时间据《中书舍人举人自代状》:"朝议郎守中书舍人云骑尉赐绯鱼袋臣权德舆,准制举自代官朝议郎守尚书司封郎中充集贤殿御书院学士判院事、上骑都尉陈京。"⑤无日期。又有《祭故奚吏部文》:"维贞元十五年岁次己卯,十二月庚午朔,二十六日乙未,右谏议大夫裴佶,给事中许孟容、李元素、陈京,中书舍人高郢、权德舆,兵部员外郎知制诰崔邠等,谨以清酌庶羞之奠,敬祭于故吏部侍郎赠礼部尚书奚公之灵。"⑥

《郡斋读书志》卷十八《权德舆集五十卷》:称权德舆"贞元十年,知制诰,累官中书舍人"。⑦其意当为贞元十年以知制诰身份,后迁中书舍人。《祭故房州崔使君文》:"维贞元十七年岁次辛巳,十一月己未朔、十月戊辰,侄女婿朝议郎守中书舍人赐绯鱼袋权某,谨以清酌庶羞之奠,敬祭于故房州崔十一叔之灵。"⑧自称官职相合。

又据《旧传》:"贞元十七年冬,以本官知礼部贡举,来年。真拜侍郎。"《礼部侍郎举人自代状》:"朝议郎守尚书礼部侍郎云骑尉赐绯鱼袋臣权德

① (唐)权德舆撰,郭广伟校点:《权德舆诗文集》,上海古籍出版社,2008年,第296页。
② (唐)权德舆撰,郭广伟校点:《权德舆诗文集》,上海古籍出版社,2008年,第709页。
③ (唐)权德舆撰,郭广伟校点:《权德舆诗文集》,上海古籍出版社,2008年,第710页。
④ (唐)权德舆撰,郭广伟校点:《权德舆诗文集》,上海古籍出版社,2008年,第451页。
⑤ (唐)权德舆撰,郭广伟校点:《权德舆诗文集》,上海古籍出版社,2008年,第710页。
⑥ (唐)权德舆撰,郭广伟校点:《权德舆诗文集》,上海古籍出版社,2008年,第779页。
⑦ (宋)晁公武撰,孙猛校正:《郡斋读书志校正》,上海古籍出版社,1990年,第892页。
⑧ (唐)权德舆撰,郭广伟校点:《权德舆诗文集》,上海古籍出版社,2008年,第787页。

舆,准制举自代官朝议大夫守中书舍人骁骑尉赐绯鱼袋权知吏部选事杨於陵。"①又据《酬崔舍人阁老冬至日宿直省中奉简两掖阁老并见示》自注："九月中,杨阁老知吏部选事。""十月中,崔阁老正拜本官,德舆正除礼部。受命前一日,分草诏词。"②则权德舆在贞元十八年十月迁礼部侍郎。

综上,权德舆任职在贞元十五年至十七年十月。

24. 杨於陵（贞元十六年至贞元十九年）

字达夫,弘农人。两《唐书》有传,见《旧唐书》卷一六四,《新唐书》卷一六三。《全唐文》卷六三九有李翱《唐故金紫光禄大夫尚书右仆射致仕上柱国宏农郡开国公食邑二千户赠司空杨公墓志铭》。

任职考:

《旧传》:"贞元八年始入朝,为膳部员外郎,历考功、吏部三员外,判南曹。时宰相有密亲调集,文书不如式,於陵驳之,大协物论。迁右司郎中,复转吏部郎中,改京兆少尹。出为绛州刺史。德宗雅闻其名,将辞赴郡,诏留之,拜中书舍人。时李实为京兆尹,恃承恩宠,於陵与给事中许孟容俱不附协,为实媒孽,孟容改太常少卿,於陵为秘书少监。"《新传》略同。

据《唐会要》卷二〇"陵议"条:"贞元十四年四月……吏部员外郎杨於陵议曰。"则至少本年四月杨於陵吏部员外郎在任。《神道碑》记载其以吏部员外郎判南曹之事稍详:"转吏部员外郎。及判南曹,宰相之亲,有以文书不足驳去者,宰相召吏人诘之,坚执不改,遂以公为宣武吊祭使。故事,南曹郎未尝有出使者,公既出,宰相之亲由是判成矣,故公卒不得在诏诰之清选,遂为右司郎中。"据韩愈《赠太傅董公行状》:"(贞元)十五年二月三日薨于位,上三日罢朝,赠太传,使吏部员外郎杨於陵来祭吊。"③此亦可知,其为右司郎中当在贞元十五年,且"不得在诏诰之清选",不得为中书舍人。

据权德舆《京兆少尹西厅壁记》:"贞元十六年春二月,诏宏农杨於陵字达夫自吏部郎中莅其职。"④可知,杨於陵贞元十六年二月为京兆少尹,本年稍后,约十六年末德宗留为中书舍人。《祭户部崔侍郎文》:"维贞元十九年岁次癸未,十月戊寅朔十二日己丑,中书舍人杨於陵、礼部侍郎权德舆,谨以

---

① （唐）权德舆撰,郭广伟校点:《权德舆诗文集》,上海古籍出版社,2008 年,第 711 页。
② （唐）权德舆撰,郭广伟校点:《权德舆诗文集》,上海古籍出版社,2008 年,第 99 页。
③ （唐）韩愈著,刘真伦、岳珍校注:《韩愈文集会校笺注》,中华书局,2010 年,第 2761 页。
④ （唐）权德舆撰,郭广伟校点:《权德舆诗文集》,上海古籍出版社,2008 年,第 473 页。

清酌庶羞之奠,敬祭于故户部侍郎赠右散骑常侍崔君之灵。"①可知贞元十九年十月仍在任。

离任时间,据《旧唐书》卷一五四《许孟容传》:"(贞元)十九年夏旱,孟容上疏曰……孟容以讽谕太切,改太常少卿。"则本年末杨於陵改秘书少监。

综上,其任职时间为贞元十六年末至十九年末。

25. 崔　邠(贞元十八年)

字处仁,《旧传》记载清河武城人。《新传》称贝州武城人。据《元和郡县志》卷二十,两者为一地。两《唐书》有传,见《旧唐书》卷一五五,《新唐书》卷一六三。

任职考:

《旧传》:"贞元中授渭南尉。迁拾遗、补阙。常疏论裴延龄,为时所知。以兵部员外郎、知制诰至中书舍人,凡七年。又权知吏部选事。明年,为礼部侍郎,转吏部侍郎,赐以金紫。"《新传》稍略。

权德舆《祭故奚吏部文》:"维贞元十五年岁次己卯,十二月庚午朔、二十六日乙未,右谏议大夫裴佶,给事中许孟容、李元素、陈京,中书舍人高郢,权德舆,兵部员外郎知制诰崔邠等,谨以清酌庶羞之奠,敬祭于故吏部侍郎赠礼部尚书奚公之灵。"②可知,其贞元十五年为兵部员外郎、知制诰。

又据权德舆《酬张密监阁老喜太常中书二阁老与德舆同日迁官相代之作》,其中中书谓崔邠,代权德舆为中书舍人,作于贞元十八年冬,权德舆初任礼部侍郎时,崔邠此时为中书舍人。权又有《酬崔舍人阁老冬至日宿直省中奉简两掖阁老并见示》《贡院对雪以绝句代八行奉寄崔阁老》。可知,崔邠至迟贞元十八年仍中书舍人在任。

26. 席　夔(贞元十九年)

两《唐书》无传。

任职考:

任中书舍人时间据《太平广记》卷四九七"杂录"五引《嘉话录》:"席

---

① (唐)权德舆撰,郭广伟校点:《权德舆诗文集》,上海古籍出版社,2008年,第761页。
② (唐)权德舆撰,郭广伟校点:《权德舆诗文集》,上海古籍出版社,2008年,第779页。

虁,韩愈初贬之制,舍人席虁为之词,曰:'早登科第,亦有声名。'席既物故,友人多言曰:'席无令子弟,岂有病阴毒伤寒,而与不洁?'韩曰:'席不吃不洁太迟。'人曰:'何也?'曰:'出语不当,岂有诮责?'词云亦有声名耳。"①初贬指韩愈之贬阳山,则当为贞元十九年岁末,"(贞元)十九年癸未,拜监察御史。冬,贬连州阳山令"。② 可知,席虁贞元十九年在任。

27. 郑　絪(贞元二十一年)

字文明,荥阳人。两《唐书》有传,见《旧唐书》卷一五九,《新唐书》卷一六五。

任职考:

《旧传》:"擢为翰林,转司勋员外郎、知制诰。德宗朝,在内职十三年,小心兢谦,上遇之颇厚。贞元末,德宗晏驾,顺宗初即位,遗诏不时宣下。絪与同列卫次公密申正论,中人不敢违。及王伾、王叔文朋党擅权之际,絪又能守道中立。宪宗监国,迁中书舍人,依前学士。俄拜中书侍郎、平章事,加集贤殿大学士。"《新传》稍略。

其迁转具体时间可参见丁居晦《重修承旨学士壁记》记载,"贞元八年,自司勋员外郎、知制诰充。五月,赐绯鱼袋。二十一年二月二十二日,迁中书舍人,赐紫金鱼袋。十二月,拜中书侍郎平章事。"③

任中书舍人时间在韩愈《顺宗实录》也有记载:"贞元二十一年二月壬戌,以司勋员外郎、翰林学士、知制诰郑絪为中书舍人,学士如故。"(《全唐文》卷五六〇)

可知,郑絪贞元八年时为司勋员外郎、知制诰,二十一年二月任中书舍人,十二月拜中书侍郎平章事。

知制诰之佐证又见权德舆《祭故徐给事文》:"维贞元十四年岁次戊寅,八月戊寅朔、十日丁亥,右谏议大夫裴佶、中书舍人翰林学士吴通微、中书舍人高郢、尚书司勋郎中、知制诰权某、尚书司员外郎知制诰翰林学士郑絪、起居郎韦丹、左补阙翰林学士卫次公、右补阙王纾、右拾遗史馆修蒋武等,谨以清酌庶羞之奠,敬祭于故给事中赠礼部尚书徐公之灵。"④

---

① (宋)李昉等编:《太平广记》第 10 册,中华书局,1961 年,第 4081 页。
② 参见洪兴祖:《韩子年谱》,《韩愈年谱》,中华书局,1991 年。
③ (宋)洪遵:《翰苑群书》,傅璇琮、施纯德编:《翰学三书》,辽宁教育出版社,2003 年,第 32 页。
④ (唐)权德舆撰,郭广伟校点:《权德舆诗文集》,上海古籍出版社,2008 年,第 778 页。

28. 崔　枢(贞元二十一年)

两《唐书》无传。

任职考：

《全唐诗》卷三一九小传："顺宗朝历中书舍人,充东宫侍读,终秘书监。"据韩愈《顺宗实录》卷三:贞元二十一年四月,"给事中陆质、中书舍人崔枢积学懿文,守经据古,夙夜讲习,庶协于中,并充皇太子侍读"。(《全唐文》卷五六〇)又见《唐大诏令集》卷二九有郑絪《贞元二十一年册皇太子赦》。① 可知,崔枢贞元二十一年四月时中书舍人在任。

29. 谢良弼(德宗时)

两《唐书》无传。

任职考：

《新唐书》卷一五九《鲍防传》："防于诗尤工……与中书舍人谢良弼友善,时号'鲍谢'云。"《全唐文》卷五二八顾况《礼部员外郎陶氏集序》："中书谢舍人良弼、良辅、侍御史李封、殿中刘全诚名自公出,名著公器。"又卷五一八梁肃《送谢舍人赴朝廷序》："初,公……大历再居献纳,俄典书命。"《宝刻丛编》卷一三《唐游石桥序并诗》,序谢良弼撰,诗刘迥、李幼卿、李深、谢剧、羊滔撰,署元和七年十二月十二日。② 推断其约德宗时在任。

另,《云笈七签》卷之一一五记载其妻王氏事："王氏者,中书舍人谢良弼之妻也,东晋右军逸少之后,会稽人也。良弼进士擢第,为浙东从事而婚焉。既而抱疾沉痼,历年未愈。良弼赴阙,竟不果行,而加绵笃。"③

30. 韩　翃(贞元时)

字君平,南阳人。两《唐书》无传。

任职考：

《唐才子传》卷四："德宗时,制诰阙人,中书两进除目,御笔不点,再请

① (宋)宋敏求编:《唐大诏令集》,中华书局,2008年,第104页。
② (宋)陈思:《宝刻丛编》,《历代碑志丛书》第一册,江苏古籍出版社,1998年,第580页。
③ (宋)张君房纂辑,蒋力生等校注:《云笈七签》,华夏出版社,1996年,第725页。

之,批曰'与韩翃'。时有同姓名者为江淮刺史,宰相请孰与。上复批曰:'春城无处不飞花韩翃也。'俄以驾部郎中、知制诰。终中书舍人。"①

韩翃为知制诰以《本事诗》"情感"第一记载稍详,"一日,夜将半,韦叩门急。韩出见之,贺曰:'员外除驾部郎中、知制诰。'韩大愕然曰:'必无此事,定误矣。'韦就座,曰:'留邸状报制诰阙人,中书两进名,御笔不点出,又请之,且求圣旨所与,德宗批曰:'与韩翃。'时有与翃同姓名者为江淮刺史,又具二人同进,御笔复批曰:'春城无处不飞花,寒食东风御柳斜。日暮汉宫传蜡烛,轻烟散入五侯家。'又批曰:'与此韩翃。'韦又贺曰:'此非员外诗耶?'韩曰:'是也。'是知不误矣。质明而李与僚属皆至,时建中初也。"

事情或有小说色彩,但结尾记载建中初当大体无误,则其知制诰时间当为建中元年或二年,转中书舍人之时间,不可考。约卒于贞元时。

---

①　傅璇琮主编:《唐才子传校笺》第 2 册,中华书局,1987 年,第 28—29 页。

十、顺宗、宪宗朝

1. 唐 次 *（永贞元年）

并州晋阳人。《旧唐书》有传，见《旧唐书》卷一九〇。

任职考：

《旧传》："宪宗即位，与李吉甫同自峡内召还，授次礼部郎中。寻以本官知制诰，正拜中书舍人，卒。"

据《旧唐书·顺宗本纪》：永贞元年八月丙寅，"夔州刺史唐次为吏部郎中，并知制诰"。又据柳宗元《先君石表阴先友记》：唐次"永贞中，召以为中书舍人道病，去长安七十里，死传舍"。① 可知，唐次永贞元年自夔州刺史为吏部郎中、知制诰，本年未正拜而卒。

2. 李吉甫（永贞元年至元和二年）

字弘宪，赵郡人。两《唐书》有传，见《旧唐书》卷一四八，《新唐书》卷一四六。

任职考：

《旧传》："宪宗嗣位，征拜考功郎中、知制诰。既至阙下，旋召入翰林为学士，转中书舍人，赐紫……二年春，杜黄裳出镇，擢吉甫为中书侍郎、平章事。"《新传》略同。

任职时间据《旧唐书·顺宗宪宗本纪》：永贞元年八月，"丙寅，以饶州刺史李吉甫为考功郎中，夔州刺史唐次为吏部郎中，并知制诰"。十二月壬戌，"以考功郎中、知制诰李吉甫为中书舍人，以考功员外郎裴垍为考功郎中、知制诰，并充翰林学士。"元和二年正月，"以中书舍人、翰林学士李吉甫为中书侍郎、同平章事"。《唐大诏令集》卷四六有《李吉甫平章事制》："银青光禄大夫、行中书舍人、翰林学士、上柱国李吉甫……可守中书侍郎、同中

---

① （唐）柳宗元：《柳宗元集》，中华书局，1979年，第306页。

书门下平章事,散官勋如故。"①署元和二年三月,时间当从本纪。元稹《承旨学士院记》记载:"永贞元年十二月二十四日,自考功郎中、知制诰入院,二十七日,正除,仍赐紫金鱼袋充,元和元年,加银青光禄大夫,二年正月二十一日,拜中书侍郎、同中书门下平章事。"②与《旧唐书》同。

可知,李吉甫永贞元年八月自饶州刺史为考功郎中、知制诰,同年十二月为中书舍人,元和二年正月为中书侍郎同平章事离任。

3. 张弘靖(元和元年)

字元理,蒲州人。两《唐书》有传,见《旧唐书》卷一二九,《新唐书》卷一二七。

任职考:

《旧传》:"德宗嘉其文,擢授盐察御史。转殿中侍御史、礼部员外郎;迁兵部郎中、知制诰、中书舍人、知东都选事;拜工部侍郎,转户部侍郎。"《新传》记载稍略,自监察御史,直接称累迁户部侍郎。《全唐文》卷九九三《赠太保张公神道碑阴》:"(阙)拜殿中侍御史,四迁中书舍人,历工部(阙)大夫(阙)。"参看《旧传》或为弘靖之迁职。

据《册府元龟》卷六五一《贡举部》"清正"条:"韦贯之为右补阙,宪宗元和元年,与中书舍人张弘靖考制策第,其名者十八人,其后多以文称。"③可知,张弘靖当元和元年中书舍人在任,稍前为兵部郎中、知制诰。

4. 裴　佶(元和元年或二年)

字弘正。两《唐书》有传,见《旧唐书》卷九八,《新唐书》卷一二八。

任职考:

《旧传》:"历驾部兵部郎中,迁谏议大夫。会黔中观察使韦士宗惨酷驭下,为夷獠所逐,俾佶代之,酋渠自化。其后为瘴毒所侵,坚请入觐,拜同州刺史。征入为中书舍人,迁尚书右丞。"《新传》略同。

权德舆的两篇祭文可见任职时间。《祭故徐给事文》:"维贞元十四年岁次戊寅八月戊寅朔十日丁亥,右谏议大夫裴佶、中书舍人翰林学士吴通微、中书舍人高郢、尚书司勋郎中、知制诰权某、尚书司勋员外郎、知制诰翰林学士郑纲、起居郎韦丹、左补阙翰林学士卫次公、右补阙王纾、右拾遗史馆修撰蒋武等,谨以清酌庶羞之奠,敬祭于故给事中赠礼部尚书徐公之灵。"①《祭故徐给事文》:"维贞元十四年岁次戊寅,八月戊寅朔、十日丁亥,右谏议大夫裴佶、中书舍人翰林学士吴通微、中书舍人高郢、尚书司勋郎中、知制诰权某、尚书司员外郎知制诰翰林学士郑纲、起居郎韦丹、左补阙翰林学士卫次公、右补阙王纾、右拾遗史馆修蒋武等,谨以清酌庶羞之奠,敬祭于故给事中赠礼部尚书徐公之灵。"②可知,贞元十四、十五年均谏议大夫在任。

又据《旧唐书·德宗本纪》:贞元十七年四月,"辛亥,以谏议大夫裴佶为黔中观察使"。又据《唐故归州刺史卢公(璠)墓志铭并序》(元和十三年九月九日):"德宗后元中,朝有邪臣,窃弄威柄,时工部尚书裴公佶为谏议大夫……出为黔中观察使……续成三载,高视中县。由是,裴公迁同州刺史兼本州防御使。"③故其任黔中观察使为贞元十七年至十九年,任同州刺史在贞元二十年,参见《唐刺史考全编》。④则其任中书舍人当在贞元后,又据《唐仆尚丞郎表》考订任尚书右丞约在元和二年秋后或元和三年,三年迁吏部侍郎。⑤可知,裴佶任中书舍人当在元和元年或二年时。

5. 裴 垍(元和二年至元和三年)

字弘中,河东闻喜人。两《唐书》有传,见《旧唐书》卷一四八,《新唐书》卷一六九。

任职考:

《旧传》:"元和初,召入翰林为学士,转考功郎中、知制诰,寻迁中书舍人……三年,诏举贤良,时有皇甫湜对策,其言激切;牛僧孺、李宗闵亦苦诋时政。考官杨於陵、韦贯之升三子策皆上第,垍居中覆视,无所同异。及为贵幸泣诉,请罪于上,宪宗不得已,出于陵、贯之官,罢垍翰林学士,除户部侍郎。"《新传》称:"宪宗元和初,召入翰林为学士,再迁中书舍人……坐覆视皇甫湜、牛僧孺等对策非是,罢学士,为户部侍郎。"未记载其考功郎中、知制诰。

① (唐)权德舆撰,郭广伟校点:《权德舆诗文集》,上海古籍出版社,2008年,第778页。
② (唐)权德舆撰,郭广伟校点:《权德舆诗文集》,上海古籍出版社,2008年,第778页。
③ 吴钢编:《全唐文补遗》(第一辑),三秦出版社,1994年,第271页。
④ 郁贤皓:《唐刺史考全编》,安徽大学出版社,2000年,第130页。
⑤ 严耕望:《唐仆尚丞郎表》,上海古籍出版社,2007年,第58页。

丁居晦《重修承旨学士壁记》较详:"永贞元年十二月二十五日,自考功员外郎充,二十七日,迁考功郎中、知制诰,赐绯鱼袋,元和元年十一月,加朝散大夫,赐紫,二年四月十六日,迁中书舍人,三年四月二十五日,出院,拜户部侍郎。"①

知制诰时间又可见《旧唐书·顺宗宪宗本纪》:永贞元年十二月,"以考功郎中、知制诰李吉甫为中书舍人,以考功员外郎裴垍为考功郎中、知制诰,并充翰林学士"。可知,裴垍永贞元年十二月为考功郎中、知制诰,元和二年四月为中书舍人,三年迁户部侍郎。

纠谬:

《资治通鉴》卷二三七:元和二年春正月,"翰林学士李吉甫为中书侍郎,并同平章事,吉甫闻之感泣,谓中书舍人裴垍曰:……垍取笔疏三十余人;数月之间,选用略尽。当时翕然称吉甫为得人。"据上文,元和二年四月方正拜舍人,《通鉴》时间记载有误。

6. 李　建*(约元和二年)

字杓直,荆州人。两《唐书》有传,见《旧唐书》卷一五五,《新唐书》卷一六二。白居易有《有唐善人墓碑》。②

任职考:

《旧传》:"高郢为御史大夫,奏为殿中侍御史,迁兵部郎中、知制诰。自以草诏思迟,不愿司文翰,改京兆尹。"《新传》记载稍详:"德宗思得文学者,或以建闻,帝问左右,宰相郑珣瑜曰:'臣为吏部时,当补校书者八人,它皆藉贵势以请,建独无有。'帝喜,擢左拾遗、翰林学士。顺宗立,李师古以兵侵曹州,建作诏谕还之,词不假借。王叔文欲更之,建不可。左除太子詹事,改殿中侍御史。以兵部郎中知制诰。宰相有窜定稿诏者,亟请解职,除京兆少尹。"

又据《旧唐书》卷一四七《高郢传》:"元和元年冬,复拜太常卿,寻除御史大夫。数月,转兵部尚书。"则约元和二年为御史大夫,其荐李建伟殿中侍御史当在此时,可知,李建为兵部侍郎、知制诰约在元和二年稍后,其后改官。

---

① (宋)洪遵:《翰苑群书》,傅璇琮、施纯德编:《翰学三书》,辽宁教育出版社,2003 年,第33 页。

② (唐)白居易著,谢思炜校注:《白居易文集校注》,中华书局,2011 年,第 163 页。

另,据《唐刺史考全编》考订"京兆尹"条所无,当为《新传》所载之京兆少尹。

7. 卫次公(元和三年)

字从周,河东人。两《唐书》有传,见《旧唐书》卷一五九,《新唐书》卷一六四。

任职考:

《旧传》:"转司勋员外郎。久之,以本官知制诰,赐紫金鱼袋,仍为学士,权知中书舍人。寻知礼部贡举,斥浮华,进贞实,不为时力所摇。真拜中书舍人,仍充史馆修撰,迁兵部侍郎、知制诰,复兼翰林学士。"《新传》记载略同。

丁居晦《重修承旨学士壁记》:"贞元八年四月二十日,自左补阙充。二十一年二月二十二日,加司勋员外郎,赐绯鱼袋。三月十七日,知制诰。元和三年正月,权知中书舍人,出院。""元和三年六月二十五日,自权知兵部侍郎充。七月二十三日,加知制诰。四年三月,出院,除太子宾客。"①参见《册府元龟》卷九二五《总录部》"谴累"条:"卫次公过知兵部侍郎、知制诰、翰林学士,坐与宰相郑絪厚善,絪罢相,次公左授太子宾客。"②元稹《承旨学士院记》未记贞元时事:"元和三年六月二十五日,以兵部侍郎入院充,七月二十三日,加知制诰,四年三月,改太子宾客,出院,后拜淮南节度使。"③

可知,卫次公贞元二十一年三月司勋员外郎、知制诰,元和三年正月权知中书舍人,六月又为兵部侍郎、知制诰,四年为太子宾客。

纠谬:

《册府元龟》卷六五一《贡举部》"清正"条:"卫次公为中书舍人,元和二年权知礼部贡举,斥浮华,进贞实,不为时力所摇。"④此时当为权知中书舍人,三年方真拜。

---

① (宋)洪遵:《翰苑群书》,傅璇琮、施纯德编:《翰学三书》,辽宁教育出版社,2003年,第33页。
② (宋)王钦若等:《册府元龟》第12册,中华书局,1960年,第10927页。
③ (宋)洪遵:《翰苑群书》,傅璇琮、施纯德编:《翰学三书》,辽宁教育出版社,2003年,第9页。
④ (宋)王钦若等:《册府元龟》第8册,中华书局,1960年,第7800页。

8. 李　绛(元和五年至元和六年)

字深之,赵郡赞皇人。两《唐书》有传,见《旧唐书》卷一六四,《新唐书》卷一五二。刘禹锡有《唐故相国李公集纪》。①

任职考:

《旧传》:"贞元末,拜监察御史。元和二年,以本官充翰林学士。未几,改尚书主客员外郎。逾年,转司勋员外郎。五年,迁本司郎中、知制诰。皆不离内职……遽宣宰臣,令与改官,乃授中书舍人,依前翰林学士。翌日,面赐金紫,帝亲为绛择良笏赐之……六年,犹以中人之故,罢学士,守户部侍郎,判本司事。"《新传》略同。

据元稹《承旨学士院记》:"元和四年四月十七日,自主客员外郎、翰林学士,拜司勋员外郎、知制诰充。五月十九日,赐紫金鱼袋。五年五月五日,迁司勋郎中、知制诰。十二月,正除。六年二月二十七日,出院,拜户部侍郎。其年十月,拜中书侍郎平章事。"②丁居晦《重修承旨学士壁记》基本相同:"元和二年四月八日,自监察御史充,加主客员外郎。四年四月十七日,加司勋员外郎、知制诰。五月十九日,赐绯。五年五月五日,加司勋郎中,依前充。十一日,迁中书舍人,赐紫。六年二月二十七日,出院,拜户部侍郎。"③

可知,其知制诰时间当为元和四年四月,以司勋员外郎知制诰,非本传记载元和五年司勋郎中、知制诰,另其本人文章亦可为证,李绛有《论安国寺不合立圣德碑状》:"元和四年……令学士司勋员外郎、知制诰李绛撰。"④

卸任时间又可参见《旧唐书·宪宗本纪》:元和六年二月癸巳,"以中书舍人翰林学士李绛为户部侍郎"。

综上,李绛任中书舍人在元和五年五月至六年二月。

9. 韦贯之(元和五年至元和九年)

本名纯,避宪宗庙讳,以字称。两《唐书》有传,见《旧唐书》卷一五八,

---

①　(唐)刘禹锡著,瞿蜕园笺证:《刘禹锡集笺证》,上海古籍出版社,1989年,第479页。

②　(宋)洪遵:《翰苑群书》,傅璇琮、施纯德编:《翰学三书》,辽宁教育出版社,2003年,第9页。

③　(宋)洪遵:《翰苑群书》,傅璇琮、施纯德编:《翰学三书》,辽宁教育出版社,2003年,第33页。

④　冶艳杰:《李相国论事集校注》,华中科技大学出版社,2015年,第12页。

《新唐书》卷一六九。

任职考：

《旧传》："俄征为都官郎中、知制诰。逾年，拜中书舍人，改礼部侍郎。凡二年，所选士大抵抑浮华，先行实，由是趋竞者稍息。"《新传》略同。

任职时间可见《旧唐书·宪宗本纪》：元和五年八月，"以都官郎中韦贯之为中书舍人，起居舍人裴度为司封员外郎、知制诰"。按《旧传》逾年之记载，当在元和四年前半年时为都官郎中、知制诰。又据《旧唐书·宪宗本纪》：元和六年六月，"乃命给事中段平仲、中书舍人韦贯之、兵部侍郎许孟容、户部侍郎李绛等详定减省"。《资治通鉴》卷二三八记载略同。《唐会要》卷九一"内外官料钱"条记载为元和七年。《唐会要》卷五九"礼部侍郎"条："元和九年二月，韦贯之为礼部侍郎，选士皆抑浮华，先行实，由是趋竞息焉。"则韦贯之中书舍人任职在元和五年八月至元和九年时。白居易有《中书舍人韦贯之授礼部侍郎制》："中书舍人韦贯之……可礼部侍郎。"①可知，韦贯之元和五年稍前为都官郎中、知制诰，元和五年八月任中书舍人，元和九年为礼部侍郎。

10.裴　度（元和五年至元和九年）

字中立，河东闻喜人。两《唐书》有传，见《旧唐书》卷一七〇，《新唐书》卷一七三。

任职考：

《旧传》："元和六年，以司封员外郎、知制诰，寻转本司郎中。七年，魏博节度使田季安卒……宪宗遣度使魏州宣谕……使还，拜中书舍人。九年十月，改御史中丞。"《新传》略同。

《旧唐书·宪宗本纪》记载裴度此事：元和七年，"十一月丙辰朔乙丑，诏：田兴以魏博请命，宜令司封郎中、知制诰裴度往彼宣慰，赐三军赏钱一百五十万贯……"《资治通鉴》卷二三九、元稹《沂国公魏博德政碑》所记相同，《唐大诏令集》卷一一七有《宣慰魏博诏》。② 裴度"宣述诏旨"为中书舍人之职能，此时是以郎官知制诰身份履行此职能。

《旧唐书·宪宗本纪》：元和五年八月，"以都官郎中韦贯之为中书舍人，起居舍人裴度为司封员外郎、知制诰"。时间与《旧传》稍异，在韦贯之

① （唐）白居易著，谢思炜校注：《白居易文集校注》，中华书局，2011 年，第 942 页。
② （宋）宋敏求编：《唐大诏令集》，中华书局，2008 年，第 610 页。

正拜后,以裴度补知制诰较为合理,则时间当为元和五年。白居易有《除裴度中书舍人制》:"司勋郎中、知制诰裴度……纶阁之职,所宜真授。"①《唐尚书省郎官石柱题名考》卷八"司勋员外郎"考曰:"白居易除裴度中书舍人制司勋郎中、知制诰(《白氏文集五十四》),案:新旧传俱云以司封员外郎、知制诰,制云司勋误。"

离任时间据《旧唐书·宪宗本纪》:元和九年十一月,"戊戌,以中书舍人裴度为御史中丞"。与本传相差一月,未知孰是,暂从本纪。

可知,裴度元和五年八月为司封员外郎、知制诰,年末为中书舍人,元和九年十一月自中书舍人为御史中丞。

11. 卢景亮(元和六年)

字长晦,幽州范阳人。《新唐书》有传,见卷一六四。

任职考:

《新传》记载其仕历较略,只言:"至宪宗时,由和州别驾召还,再迁中书舍人。"其后元和初卒。

据晁补之《鸡肋集》卷三三《跋董氏唐诰》:"其一则京兆君为顺宗山陵副使、秘书监兼御史大夫,元和六年闰六月六日告也。誉京兆君良美,首尾无漫缺,虽其细字,皆可识,盖卢景亮为中书舍人所行。"②可知,其元和六年时中书舍人在任。

12. 崔　群(元和七年至元和九年)

字敦诗,清河武城人。两《唐书》有传,见《旧唐书》卷一五八,《新唐书》卷一六五。

任职考:

《旧传》:"元和初,召为翰林学士,历中书舍人……元和七年,惠昭太子薨,穆宗时为遂王,宪宗以澧王居长,又多内助,将建储贰,命群与澧王作让表……群前后所论多惬旨,无不听纳。迁礼部侍郎。"《新传》稍略。

迁转记载又见丁居晦《重修承旨学士壁记》载:"元和二年十一月六日,

---

① (唐)白居易著,谢思炜校注:《白居易文集校注》,中华书局,2011 年,第 906 页。
② 《影印文渊阁四库全书》集部,第 1118 册,台湾商务印书馆股份有限公司,2008 年,第 651 页。

自左补阙充,三年四月二十八日,加库部员外郎,五月五日,加库部郎中、知制诰,十二月赐绯,七年四月二十九日,迁中书舍人,九年六月二十六日,出院,拜礼部侍郎。"①又见《资治通鉴》卷二三八:元和七年,"夏四月丙辰,以库部郎中、翰林学士崔群为中书舍人,学士如故"。白居易有《除崔群中书舍人制》:"库部郎中、知制诰、翰林学士崔群……宜宠以正名。"②可知,崔群元和三年五月为库部郎中、知制诰,七年四月为中书舍人,后元和九年六月为礼部侍郎。

13. 独孤郁*(元和七年至元和九年)

河南人。《旧唐书》有传,见卷一六八。

任职考:

《旧传》:"(元和)五年,兼史馆修撰。寻召充翰林学士,迁起居郎。权德舆作相,郁以妇公辞内职。宪宗曰:'德舆乃有此佳婿。'因诏宰相于士族之家,选尚公主者。迁郁考功员外郎,充史馆修撰、判馆事,预修《德宗实录》。七年,以本官复知制诰。八年,转驾部郎中。其年十月,复召为翰林学士。九年,以疾辞内职。十一月,改秘书少监,卒。"去世时间参见韩愈《唐故秘书少监赠绛州刺史独孤府君墓志铭》:"(元和)十年正月,病遂殆。甲午,舆归,卒于其家。"③

丁居晦《重修承旨学士壁记》记载迁转时间稍详:"元和五年四月一日,自右补阙史馆修撰改起居郎充,九月出,守本官。""元和八年十二月二十二日,自驾部郎中、知制诰充,病免,改秘书少监。"④可知,独孤郁元和七年为考功员外郎、知制诰,八年为驾部郎中、知制诰,九年十一月迁秘书少监。

14. 李逢吉(元和九年至元和十一年)

字虚舟,陇西人。两《唐书》有传,见《旧唐书》卷一六七,《新唐书》卷一七四。

---

① (宋)洪遵:《翰苑群书》,傅璇琮、施纯德编:《翰学三书》,辽宁教育出版社,2003年,第33页。

② (唐)白居易著,谢思炜校注:《白居易文集校注》,中华书局,2011年,第908页。

③ (唐)韩愈著,刘真伦、岳珍校注:《韩愈文集会校笺注》,中华书局,2010年,第2066页。

④ (宋)洪遵:《翰苑群书》,傅璇琮、施纯德编:《翰学三书》,辽宁教育出版社,2003年,第34页。

任职考：

《旧传》："（元和）六年，迁给事中。七年，与司勋员外郎李巨并为太子诸王侍读。九年，改中书舍人。十一年二月，权知礼部贡举、骑都尉，赐绯。四月，加朝议大夫、门下侍郎、同平章事，赐金紫。"《新传》略同。

《新唐书·宪宗本纪》：元和十一年二月，"乙巳，中书舍人李逢吉为门下侍郎、同中书门下平章事"。为相时间与本传稍有不同，又见《续前定录》"李凉公"条载："李逢吉未掌纶诰前，家有老婢，好言梦后，多有应。公望除官，因访婢，一日婢晨至，惨然。公问故曰：昨夜与郎官作梦，不是好意，不欲说。公强之，婢曰：梦有人舁一棺至堂后，云且置在地，不久即移入堂中，此梦恐非佳也。公闻梦窃喜，俄尔除中书舍人，知贡举未毕，入相。"①虽为小说家语，也说明知贡举与为相时间相距很短。知贡举又见《唐诗纪事》卷五二："曙，元和十一年中书舍人李逢吉下登第。"②

可知，李逢吉元和九年为中书舍人，十一年二月权知礼部贡举，四月为门下侍郎、同平章事。

15. 萧　俛*（元和九年至元和十一年）

字思谦。两《唐书》有传，见《旧唐书》卷一七二，《新唐书》卷一○一。

任职考：

《旧传》："元和六年，召充翰林学士。七年，转司封员外郎。九年，改驾部郎中、知制诰，内职如故。"《新传》："元和六年，召为翰林学士，凡三年，进知制诰。会张仲方以李吉甫数调发疲天下，訾其谥，宪宗怒，逐仲方，而俛坐与善，夺学士，下除太仆少卿。"

迁转时间可据丁居晦《重修承旨学士壁记》："元和六年四月十二日，自右补阙充。七年八月五日，加司封员外郎。九年十一月二十四日，加驾部郎中。十二月十日，加知制诰。十二日，赐绯。"③《资治通鉴》卷二三九也记载：元和十一年春正月，"庚辰，翰林学士、中书舍人钱徽，驾部郎中、知制诰萧俛，各解职，守本官。时群臣请罢兵者众，上患之，故黜徽、俛以警其余"。

---

① 《影印文渊阁四库全书》子部，第812册，台湾商务印书馆股份有限公司，2008年，第642页。

② （宋）计有功撰，王仲镛校笺：《唐诗纪事校笺》，中华书局，2007年，第1754页。

③ （宋）洪遵：《翰苑群书》，傅璇琮、施纯德编：《翰学三书》，辽宁教育出版社，2003年，第34页。

可知,萧俛元和九年十二月为驾部郎中、知制诰,十一年春解职,除太仆少卿。

16. 王　涯(元和九年至元和十年)

字广津,太原人。两《唐书》有传,见《旧唐书》卷一六九,《新唐书》一七九。

任职考:

《旧传》:"贞元二年十一月,召充翰林学士,拜右拾遗、左补阙、起居舍人,皆充内职。元和三年,为宰相李吉甫所怒,罢学士,守都官员外郎,再贬虢州司马。五年,入为吏部员外。七年,改兵部员外郎、知制诰。九年八月,正拜舍人。十年,转工部侍郎、知制诰,加通议大夫、清源县开国男,学士如故。十一年十二月,加中书侍郎、同平章事。"

王涯为兵部员外郎、知制诰参见白居易《除孔戡等官制》:"吏部员外郎王涯……可兵部员外郎、知制诰。"[①]《旧唐书》卷一六六《白居易传》:"十年七月,盗杀宰相武元衡,居易首上疏论其冤,急请捕贼以雪国耻……执政方恶其言事,奏贬为江表刺史。诏出,中书舍人王涯上疏论之,言居易所犯状迹,不宜治郡,追诏授江州司马。"时在元和十年七月,则其为工部侍郎、知制诰当在七月之后。

可知,王涯元和七年为兵部员外郎、知制诰,九年八月任中书舍人,十年(至少七月后)为工部侍郎、知制诰,十一年十二月为中书侍郎、同平章事。

纠谬:

《唐会要》卷三三"太常乐章"条:"《惠昭太子庙乐章六》(左散骑常侍归登、谏议大夫杜羔、给事中李逢吉、孟简、职方郎中、知制诰王涯等共撰)"称王涯为职方郎中、知制诰当为误记。

17. 李直方(元和十年)

两《唐书》无传。

任职考:

《全唐文》小传云:"德宗朝左司员外郎、历中书舍人、试太常少卿。"

《唐会要》卷七六"制科举"条:"贞元元年九月,贤良方正能直言极谏

---

① (唐)白居易著,谢思炜校注:《白居易文集校注》,中华书局,2011 年,第 952 页。

科……李直方……及第。"《全唐文》卷六三《赠高崇文司徒册文》中有:"故命国子祭酒刘宗经、副使司勋郎中李直方持节册赠尔为司徒。"元和四年十月十三日。此当为左司员外郎后职务。

任后职务据《新唐书·宗室世系上》定州刺史房:"大理少卿直方。"其《祭权少监(当从《文苑英华》卷九八四作相公)文》:"直方昔在南宫,擢迁纶阁,提携推荐,忘其菲薄。"文自称"中散大夫、试太常少卿、上柱国李直方",乃元和十三年权德舆卒时,中书舍人之后官。

可知,李直方任职中书舍人当在元和十年左右。

18. 钱　徽(元和十年至?)

字蔚章,吴郡人。两《唐书》有传,见《旧唐书》卷一六八,《新唐书》卷一七七。

任职考:

《旧传》:"元和初入朝,三迁祠部员外郎,召充翰林学士。六年,转祠部郎中、知制诰。八年,改司封郎中、赐绯鱼袋,职如故。九年,拜中书舍人。十一年,王师讨淮西,诏朝臣议兵,徽上疏言用兵累岁,供馈力殚,宜罢淮西之征。宪宗不悦,罢徽学士之职,守本官。长庆元年,为礼部侍郎。"《新传》:"以祠部员外郎为翰林学士,三迁中书舍人,加承旨……以论淮西事忤旨,罢职,徙太子右庶子,出虢州刺史。"

钱徽仕历也可参见丁居晦《重修承旨学士壁记》:"元和八年五月九日,自祠部郎中转司封郎中、知制诰,十一月,赐绯,十年七月二十三日,迁中书舍人,十一月出,守本官。"[1]

白居易《钱徽司封郎中知制诰制》:"祠部郎中翰林学士钱徽……可依前件。"[2]此文岑仲勉《〈白氏长庆集〉伪文》断为伪作,但当为收集者误收,制文当真实存在,是对钱徽草诏之功的肯定。

中书舍人离职《旧传》记载稍略,从《新传》曾为太子右庶子,出虢州刺史。时间不可考,据《资治通鉴》卷二三九:元和十一年春正月,"庚辰,翰林学士中书舍人钱徽,驾部郎中、知制诰萧俛,各解职,守本官"。至少元和十一年正月仍在舍人任,又据张清华《韩愈年谱汇证》,元和十一年五月韩愈

---

① (宋)洪遵:《翰苑群书》,傅璇琮、施纯德编:《翰学三书》,辽宁教育出版社,2003年,第33—34页。

② (唐)白居易著,谢思炜校注:《白居易文集校注》,中华书局,2011年,第1002页。

自中书舍人为太子右庶子,①此时有《奉酬卢给事云夫四兄曲江荷花行见寄并呈上钱七兄阁老张十八助教》,其中钱七即为钱徽,洪兴祖《韩子年谱》引诗中"岂如散仙鞭笞鸾凤终日相追陪",称"时公与徽同为庶子也"②,则在元和十一年五月其已自中书舍人贬官。

两《唐书》所载时间稍有不同,暂从丁居晦所记,元和六年为祠部郎中、知制诰,八年为司封郎中、知制诰,十年七月拜中书舍人。

19. 李　程(元和十一年至元和十三年)

字表臣,陇西人。两《唐书》有传,见《旧唐书》卷一六七,《新唐书》一三一。

任职考:

《旧传》:"(贞元)二十年,入朝为监察御史。其年秋,召充翰林学士。顺宗即位,为王叔文所排,罢学士。三迁为员外郎。元和中,出为剑南西川节度行军司马。十年,入为兵部郎中,寻知制诰。韩弘为淮西都统,诏程衔命宣谕。明年,拜中书舍人,权知京兆尹事。十二年,权知礼部贡举。十三年四月,拜礼部侍郎。"《新传》:"元和三年,出为随州刺史,以能政赐金紫服。李夷简镇西川,辟成都少尹。以兵部郎中入知制诰。韩弘为都统,命程宣慰汴州。历御史中丞、鄂岳观察使,还为吏部侍郎。"未言中书舍人事。

据丁居晦《重修承旨学士壁记》:"贞元二十年九月二十七日,自监察御史充,二十一年三月十七日,加水部员外郎,元和元年九月,加朝散大夫赐绯鱼袋,二年四月二十一日,转司勋员外郎,二年七月二十三日,知制诰,其年出院,授随州刺史。"③

可知,元和二年七月曾以司勋员外郎、知制诰,本年为随州刺史,后元和十年为兵部郎中,稍后知制诰,元和十一年为中书舍人,权知京兆尹事。元和十二年,权知礼部贡举。十三年四月,拜礼部侍郎。

以兵部郎中、知制诰可参见《旧唐书·宪宗本纪》:元和十年三月,"己卯,以剑南西川节度行军司马李程为兵部郎中、知制诰"。元和十二年在任又见《册府元龟》卷五二二《宪官部》"谴让"条:元和十二年,"楚材素与裴度善,时度与李逢吉不叶,宪宗以事连宰相,故召给事中张贾、中书舍人李程

---

① 张清华:《韩愈年谱汇证》,《韩学研究》下册,江苏教育出版社,1998 年。
② (宋)洪兴祖:《韩子年谱》,(宋)吕大防等:《韩愈年谱》,中华书局,1991 年,第 64 页。
③ (宋)洪遵:《翰苑群书》,傅璇琮、施纯德编:《翰学三书》,辽宁教育出版社,2003 年,第32 页。

召于度,及比部郎中兼侍御史知杂宋景兼追楚材等鞫辩之"。①

20. 韩　愈(元和十一年)

字退之,昌黎人。两《唐书》有传,见《旧唐书》卷一六〇,《新唐书》卷一七六。

任职考:

《旧传》:"执政览其文而怜之,以其有史才,改比部郎中、史馆修撰。逾岁,转考功郎中、知制诰,拜中书舍人。俄有不悦愈者,摭其旧事,言愈前左降为江陵掾曹,荆南节度使裴均馆之颇厚,均子锷凡鄙,近者锷还省父,愈为序饯锷,仍呼其字。此论喧于朝列,坐是改太子右庶子。"《新传》略同。

韩愈年谱有多家考订,不再赘言,兹引据洪兴祖《韩子年谱》②,元和九年十二月以考功郎中、知制诰,元和十一年正月迁中书舍人,五月降为太子右庶子。

21. 令狐楚(元和十二年至元和十三年)

字穀士,宜州华原人。两《唐书》有传,见《旧唐书》卷一七二,《新唐书》卷一六六。

任职考:

《旧传》:"以刑部员外郎征,转职方员外郎、知制诰。""楚与皇甫镈、萧俛同年登进士第。元和九年,镈初以财赋得幸,荐俛、楚俱入翰林,充学士,迁职方郎中、中书舍人,皆居内职。时用兵淮西,言事者以师久无功,宜宥贼罢兵,唯裴度与宪宗志在殄寇。十二年夏,度自宰相兼彰义军节度、淮西招抚宣慰处置使。宰相李逢吉与度不协,与楚相善。楚草度淮西招抚使制,不合度旨,度请改制内三数句语。宪宗方责度用兵,乃罢逢吉相任,亦罢楚内职,守中书舍人。元和十三年四月,出为华州刺史。"

《新传》稍不同:"宪宗时,累擢职方员外郎,知制诰。其为文,于笺奏制令尤善,每一篇成,人皆传讽。皇甫镈以言利幸,与楚、萧俛皆厚善,故荐于帝。帝亦自闻其名,召为翰林学士,进中书舍人。方伐蔡,久未下,议者多欲罢兵,帝独与裴度不肯赦。元和十二年,度以宰相领彰义节度使,楚草制,其

---

① (宋)王钦若等:《册府元龟》第 7 册,中华书局,1960 年,第 6235 页。
② (宋)洪兴祖:《韩子年谱》,(宋)吕大防等:《韩愈年谱》,中华书局,1991 年。

辞有所不合,度得其情。时宰相李逢吉与楚善,皆不助度,故帝罢逢吉,停楚学士,但为中书舍人。俄出为华州刺史。后它学士比比宣事不切旨,帝抵其草,思楚之才。"

《旧唐书·宪宗本纪》:元和九年十月,"甲寅,以刑部员外郎令狐楚为职方员外郎、知制诰"。十一年十一月,"戊戌,以中书舍人裴度为御史中丞,以左金吾大将军郭钊检校工部尚书、邠州刺史,充邠宁节度使;以职方员外郎、知制诰令狐楚为翰林学士"。

参考元稹《承旨学士院记》:"元和十二年二月二十四日,以职方郎中、知制诰翰林学士,赐绯鱼袋充。三月二十日,正除。八月四日,出守本官。后自河阳节度拜中书侍郎平章事。"①丁居晦《重修承旨学士壁记》:"元和九年七月二十五日,自职方员外郎、知制诰充。十二月十一日,赐绯。十一月七日,转本司郎中。十二年三月,迁中书舍人。八月四日,出守本官。"②

可知,元和九年十月令狐楚为职方员外郎、知制诰,十一月职方郎中、知制诰,十二年三月为中书舍人,十三年四月为华州刺史。

其中升职郎中又见《册府元龟》卷五五〇《词臣部》"恩奖"条:"令狐楚为职方员外郎、知制诰,撰《元和辩谤略》,书成帝嘉其该博,转职方郎中、知制诰,充翰林学士。"③

而罢学士之因据《册府元龟》卷五五三《词臣》"谬误"条:"(元和)十二年七月丙辰,以中书侍郎平章事裴度为门下侍郎平章事,充彰义军节度,由光蔡等州观察淮西宣慰处置等使,其制翰林学士中书舍人令狐楚所草也,度以是行兼招抚,请改其辞中'未翦其类'为'未革其志',又韩弘为都统,请改'更张琴瑟'为'近辍枢轴',又改'烦我台席'为'授以成筭'。宪宗皆从之,乃罢楚学士。"④

22. 卫中行(? 至元和十四年)

两《唐书》无传。《元和姓纂》卷八记安邑卫氏:"御史中丞循王傅卫晏,子中行,今礼部员外,安邑人。"⑤

① (宋)洪遵:《翰苑群书》,傅璇琮、施纯德编:《翰学三书》,辽宁教育出版社,2003年,第9页。
② (宋)洪遵:《翰苑群书》,傅璇琮、施纯德编:《翰学三书》,辽宁教育出版社,2003年,第34页。
③ (宋)王钦若等:《册府元龟》第7册,中华书局,1960年,第6607页。
④ (宋)王钦若等:《册府元龟》第7册,中华书局,1960年,第6640页。
⑤ (唐)林宝撰,岑仲勉校记:《元和姓纂》(附四校记),中华书局,1994年,第1245页。

任职考:

《旧唐书·宪宗本纪》:元和十四年三月,"乙未,以中书舍人卫中行华州刺史、潼关防御、镇国军等使"。可知,卫中行元和十四年三月前中书舍人在任,此时迁华州刺史。

韩愈《监察御史卫府君墓志铭》记:"元和十年十二月某日归葬……时中行为尚书兵部郎。"[1]当为任前职务。

23. 张仲素(元和十四年)

字绘之,河间人。两《唐书》无传。

任职考:

《唐才子传》卷五:"贞元二十年迁司勋员外郎,除翰林学士。时宪宗求卢纶诗文遗草,敕仲素编集进之,后拜中书舍人。"[2]

任中书舍人时间可参见元稹《承旨学士院记》:"元和十三年二月十八日,以司封郎中、知制诰,翰林学士,仍赐紫金鱼袋。十四年三月二十八日,正除。其年,卒官,赠礼部侍郎。"[3]丁居晦《重修承旨学士壁记》:"元和十一年八月十五日,自礼部郎中充。十三年正月十二日,加司封郎中、知制诰。二月十八日,赐紫。十四年三月二十八日,迁中书舍人,卒官,赠礼部侍郎。"[4]又李肇《翰林志》:"元和十三年,肇自监察御史入。明年四月,改左补阙,依旧职,守中书舍人。张仲素、祠部郎中、知制诰段文昌、司勋员外郎杜元颖、司门员外郎沈传师在焉。"[5]可知,张仲素元和十三年正月十二日为司封郎中、知制诰,十四年三月二十八日,迁中书舍人,本年卒于任上。

24. 武儒衡(元和十四年至长庆元年)

字庭硕,河南缑氏人。两《唐书》有传,见《旧唐书》卷一五八,《新唐书》卷一五二。

---

① (唐)韩愈著,刘真伦、岳珍校注:《韩愈文集会校笺注》,中华书局,2010年,第2106页。
② 傅璇琮主编:《唐才子传校笺》第2册,中华书局,1987年,第532—533页。
③ (宋)洪遵:《翰苑群书》,傅璇琮、施纯德编:《翰学三书》,辽宁教育出版社,2003年,第9页。
④ (宋)洪遵:《翰苑群书》,傅璇琮、施纯德编:《翰学三书》,辽宁教育出版社,2003年,第34页。
⑤ (宋)洪遵:《翰苑群书》,傅璇琮、施纯德编:《翰学三书》,辽宁教育出版社,2003年,第6—7页。

任职考：

《旧传》："（元和）十二年，权知谏议大夫事，寻兼知制诰……元和末年，垂将大用，楚畏其明俊，欲以计沮之，以离其宠。有狄兼谟者，梁公仁杰之后，时为襄阳从事。楚乃自草制词，召狄兼谟为拾遗，曰……及兼谟制出，儒衡泣诉于御前，言其祖平一在天后朝辞荣终老，当时不以为累。宪宗再三抚慰之。自是薄楚之为人。然儒衡守道不回，嫉恶太甚，终不至大任。寻正拜中书舍人。时元稹依倚内官，得知制诰，儒衡深鄙之……迁礼部侍郎。"《新传》略同。

知制诰及任中书舍人时间可参见《资治通鉴》卷二四一：元和十四年四月，"丙子，诏度以门下侍郎、同平章事充河东节度使。皇甫镈专以掊克取媚，人无敢言者，独谏议大夫武儒衡上疏言之。镈自诉于上，上曰：'卿以儒衡上疏将报怨邪！'镈乃不敢言。儒衡，元衡之从父弟也"。十二月，"中书舍人武儒衡有气节，好直言。上器之，顾待甚渥，人皆言其且入相"。元和十五年五月，"庚戌，以稹为祠部郎中、知制诰，朝论鄙之。会同僚食瓜于阁下，有蝇集其上，中书舍人武儒衡以扇挥之曰：'适从何来遽集于此？'同僚皆失色，儒衡意气自若。"据《唐仆尚丞郎表》考订，长庆元年迁礼部侍郎。① 可知，武儒衡元和十四年末任中书舍人，长庆元年离任。

又元稹《中书省议赋税及铸钱等状》《中书省议举县令状》均署"元和十五年八月日中书舍人臣武儒衡等"②二文均署中书舍人，元和十五年时其正拜中书舍人无疑。

纠谬：

《唐会要》卷一八"原庙裁制"条："元和十四年二月，太常丞王泾上疏，请去太庙朔望上食，诏令百官详议……中书舍人武儒衡议。"其谏议大夫、知制诰时间当在元和十三或十四年。

武儒衡讽元稹之事《唐会要》卷五五"中书舍人"条载：长庆二年六月，"武儒衡以谏议大夫知制诰，膳部郎中元稹继掌命书"。称长庆二年为谏议大夫知制诰，误。

25. 李　益（元和初）

字君虞，陇西姑臧人，两《唐书》有传，见《旧唐书》卷一三七，《新唐书》

---

① 严耕望：《唐仆尚丞郎表》，上海古籍出版社，2007年，第168页。
② （唐）元稹撰，冀勤点校：《元稹集》，中华书局，1982年，第414—417页。

卷二〇三。

任职考：

《旧传》："益不得意，北游河朔，幽州刘济辟为从事……宪宗雅闻其名，自河北召还，用为秘书少监、集贤殿学士……降居散秩。俄复用为秘书监。"无中书舍人记载。

《旧唐书》卷一五八《韦贯之传》："（元和）三年，复策贤良之士，又命贯之与户部侍郎杨於陵、左司郎中郑敬、都官郎中李益同为考策官。"可知李益元和初为都官郎中。《全唐诗》卷二七一有窦牟《猴氏拜陵回道中呈李舍人少尹》、《李舍人少尹惠家酝一小榼立书绝句》。李舍人指李益，又《窦氏联珠集》窦牟卷，署衔为"河南少尹李益"。可知，李益约在元和初时曾他官知制诰或为中书舍人，其后出为河南少尹。

26. 于尹躬（元和时）

两《唐书》无传。

任职考：

《唐诗纪事》卷三二："大历进士，元和间为中书舍人，坐其弟皋汉以脏获罪，左授扬州刺史。"[①] 离任又见白居易《贬于尹躬扬州刺史制》称其自中书舍人贬官。[②] 可知，于尹躬任职中书舍人在元和年间。

贬官扬州刺史《唐刺史考全编》未载。又《唐诗纪事》卷五〇引《前定录》："彦博元和中与谢楚同为广文生，梦一官司，列几案上，有尺牍如金字者，问之，曰：明年进士之名。见其名在三十二，从上二人，皆李姓，而无楚名。明年，果如梦，二李即李顾行、李仍叔也。时元和五年。明年，楚于于尹躬下擢第。"[③]其或知贡举。

① （宋）计有功撰，王仲镛校笺：《唐诗纪事校笺》，中华书局，2007年，第1114页。
② （唐）白居易著，谢思炜校注：《白居易文集校注》，中华书局，2011年，第917页。
③ （宋）计有功撰，王仲镛校笺：《唐诗纪事校笺》，中华书局，2007年，第1706页。

十一、穆 宗 朝

1. 杜元颖（元和十五年）

京兆杜陵人。两《唐书》有传，见《旧唐书》卷一六三，《新唐书》卷九六。

任职考：

《旧传》："元和中为左拾遗、右补阙，召入翰林充学士。手笔敏速，宪宗称之。吴元济平，以书诏之勤，赐绯鱼袋。转司勋员外郎，知制诰。穆宗即位，召对思政殿，赐金紫，超拜中书舍人。其年冬，拜户部侍郎承旨。"《新传》："稍以右补阙为翰林学士，敏文辞，宪宗特所赏欢。吴元济平，论书诏勤，迁司勋员外郎，知制诰。穆宗以元颖多识朝章，尤被宠，拜中书舍人、户部侍郎，为学士承旨。"

元稹《承旨学士院记》记载与本传稍有不同："元和十五年闰正月一日，以司勋员外郎、翰林学士充，赐紫金鱼袋。二十一日，正除。十一月十七日，拜户部侍郎、知制诰。长庆元年二月十五日，以本官同中书门下平章事。"①

二者矛盾在中书舍人任前是否为司勋员外郎加知制诰，岑仲勉认为，以唐制，当先知制诰再正拜中书舍人，而杜元颖元和十五年正除，应是司勋员外郎前夺知制诰三字。傅璇琮《唐翰林学士传论》则认为升迁中书舍人迁不一定兼知制诰，判断可能是两《唐书》记载户部侍郎、知制诰时移于员外郎前，但既然记载正除，则定然之前为知制诰，为丁居晦未记。吴元济平，在元和十二年末，则其为司勋员外郎、知制诰当在此行赏之时。而迁侍郎、知制诰也有先例，另元稹《授杜元颖户部侍郎依前翰林学士制》："元颖……可守尚书户部侍郎、知制诰，依前翰林学士，散官、勋如故。"②

综上，杜元颖元和十五年闰正月为中书舍人，十一月户部侍郎、知制诰，《资治通鉴》卷二四一：长庆元年二月，"以翰林学士杜元颖为户部侍郎同平

---

① （宋）洪遵：《翰苑群书》，傅璇琮、施纯德编：《翰学三书》，辽宁教育出版社，2003年，第10页。

② （唐）元稹撰，冀勤点校：《元稹集》，中华书局，1982年，第487页。

章事"。可知,此时方拜相离职,即长庆元年二月拜相。

任中书舍人时白居易有《杜元颖等赐勋制》:"敕中书舍人杜元颖等……可依前件。"①

2. 段文昌(元和十五年)

字墨卿,西河人。两《唐书》有传,见《旧唐书》卷一六七,《新唐书》卷八九。

任职考:

《旧传》:"改祠部员外郎。元和十一年,守本官,充翰林学士……李逢吉乃用文昌为学士,转祠部郎中,赐绯,依前充职。十四年,加知制诰。十五年,穆宗即位,正拜中书舍人,寻拜中书侍郎、平章事。"《新传》:"贯之罢,引为翰林学士,迁中书舍人,遂为承旨。穆宗即位,屡召入思政殿顾问,率至夕乃出。俄拜中书侍郎、同中书门下平章事。"

丁居晦《重修承旨学士壁记》较详:"元和十一年八月十五日,自祠部员外郎充。十三年正月十二日,加本司郎中。二月十八日,赐绯。十四年四月,加知制诰。十五年正月二十三日,迁中书舍人。闰正月一日,赐紫。八日,拜中书侍郎平章事。"②为相时间可见《新唐书·穆宗本纪》:元和十五年正月,"辛亥,御史中丞萧俛、中书舍人、翰林学士段文昌为中书侍郎同中书门下平章事"。

可知,段文昌元和十四年为祠部郎中、知制诰,十五年正月为中书舍人,几日后为中书侍郎平章事。

3. 牛僧孺*(元和十五年)

字思黯,陇西狄道人。两《唐书》有传,见《旧唐书》卷一七二,《新唐书》卷一七四。《全唐文》卷七二〇有李珏《故丞相太子少师赠太尉牛公神道碑铭并序》,卷七五五有杜牧《唐故太子少师奇章郡开国公赠太尉牛公墓志铭并序》。

任职考:

---

① (唐)白居易著,谢思炜校注:《白居易文集校注》,中华书局,2011年,第809页。
② (宋)洪遵:《翰苑群书》,傅璇琮、施纯德编:《翰学三书》,辽宁教育出版社,2003年,第34页。

《旧传》:"元和中,改都官,知台杂,寻换考功员外郎,充集贤直学士。穆宗即位,以库部郎中知制诰。其年十一月,改御史中丞。"《新传》《牛僧孺神道碑》略同。《牛僧孺墓志铭》:"改考功员外郎、集贤学士、库部郎中、知制诰,赐五品命服,半岁,迁御史中丞。"穆宗即位在元和十五年闰正月,则其知制诰当在此时,而《旧传》称改御史中丞在十一月,又《旧唐书·穆宗本纪》:元和十五年十二月,"己丑,以库部郎中、知制诰牛僧孺为御史中丞"。与本传时间相差一月。但任职亦当有十月有余,杜牧称半岁迁御史中丞,则其库部郎中、知制诰当任职多半年。可知,牛僧孺为库部郎中、知制诰在元和十五年闰正月至年末。

另,元和八月在任,又可见元稹《中书省议赋税及铸钱等状》《中书省议举县令状》署:"元和十五年八月日中书舍人臣武儒衡等奏:驾部郎中知制诰臣李宗闵、中书舍人臣王起、库部郎中知制诰臣牛僧孺、祠部郎中知制诰臣元稹。"①

4. 韦处厚(元和十五年至长庆三年)

字德载,京兆万年人。两《唐书》有传,见《旧唐书》卷一五九,《新唐书》卷一四二。

任职考:

《旧传》:"早为宰相韦贯之所重,时贯之以议兵不合旨出官,处厚坐友善,出为开州刺史。入拜户部郎中,俄以本官知制诰。穆宗以其学有师法,召入翰林,为侍讲学士,换谏议大夫,改中书舍人,侍讲如故……以《宪宗实录》未成,诏处厚与路随兼充史馆修撰。实录未成,许二人分日入内,仍放常参。处厚俄又权兵部侍郎。敬宗嗣位……绅得减死,贬端州司马。处厚正拜兵部侍郎。"《新传》记载侧重不同,亦引于此:"历考功员外郎,坐与宰相韦贯之善,出开州刺史。以户部郎中入知制诰。穆宗立,为翰林侍讲学士……再迁中书舍人……敬宗初,李逢吉得柄,构李绅,逐为端州司马……进翰林承旨学士、兵部侍郎。"

据《旧唐书·宪宗本纪》:元和十一年九月辛未,"考功郎中韦处厚为开州刺史"。又据《旧唐书·穆宗本纪》:元和十五年三月,"壬子,召侍讲学士韦处厚、路随于太液亭讲《毛诗·关雎》《尚书·洪范》等篇,既罢,并赐绯鱼袋"。可知,其为户部郎中、知制诰在为侍讲学士之前,当在元和十一年至

---

① (唐)元稹撰,冀勤点校:《元稹集》,中华书局,1982年,第414—417页。

十五年三月间。

又据丁居晦《重修承旨学士壁记》:"元和十五年二月二十四日,自户部郎中、知制诰充侍讲学士。三月十日,赐绯。二十二日,迁中书舍人。长庆二年五月六日,赐紫。闰十月八日,加史馆修撰。三年十月二十三日,权兵部侍郎、知制诰,依前侍讲学士兼史馆修撰。四年十月二十三日,加承旨。十月十四日,正拜兵部侍郎。宝历二年十二月十七日,拜中书侍郎平章事。"①《旧传》记载谏议大夫、知制诰之事,丁居晦未载,从后者。

可知,元和十五年三月迁中书舍人,长庆三年十月权兵部侍郎、知制诰,十月正拜兵部侍郎。

纠谬:

《旧唐书·穆宗本纪》:长庆二年三月,"诏下其疏,令公卿详议。中书舍人韦处厚随条诘难,固言不可,事遂不行"。此处韦处厚任职当为户部郎中、知制诰,未拜舍人。因其后,"(四月)癸未,以武宁军节度使崔群为秘书监分司东都,翰林侍讲学士韦处厚、路随进所撰《六经法言》二十卷……处厚改中书舍人,随改谏议大夫,并赐金紫"。

5. 王　起(元和十五年至长庆元年)

字举之,太原人,后居扬州。两《唐书》有传,见《旧唐书》卷一六四,《新唐书》卷一六七。

任职考:

《旧传》:"元和十四年,以比部郎中、知制诰。穆宗即位,拜中书舍人。长庆元年,迁礼部侍郎。"《新传》稍略:"元和末,累迁中书舍人。"

任职期间,据《中书省议举县令状》署:"元和十五年八月日中书舍人臣武儒衡等奏:驾部郎中知制诰臣李宗闵、中书舍人臣王起、库部郎中知制诰臣牛僧孺、祠部郎中知制诰臣元稹。"②白居易《论重考试进士事宜状》亦称朝散大夫、守中书舍人上轻车都尉臣王起。③《旧唐书·穆宗本纪》:长庆元年二月,"敕今年钱徽下进士及第郑朗等一十四人,宜令中书舍人王起、主客郎中知制诰白居易等重试以闻"。《资治通鉴》卷二四一记载略同。《唐会要》卷六"杂录"条也记载其任上:"(长庆元年)四月,册九姓回纥为崇德

---

① (宋)洪遵:《翰苑群书》,傅璇琮、施纯德编:《翰学三书》,辽宁教育出版社,2003年,第35页。
② (唐)元稹撰,冀勤点校:《元稹集》,中华书局,1982年,第414—417页。
③ (唐)白居易著,谢思炜校注:《白居易文集校注》,中华书局,2011年,第1190页。

可汗,五月,遣使请迎所许嫁公主,朝廷以封第五妹为太和公主以降,今回纥虽狄人固请永安,而终不许故,命中书舍人王起充鸿胪寺以宣谕焉。"长庆元年九月,"辛未,以中书舍人知贡举王起为礼部侍郎,兵部郎中杨嗣复为库部郎中、知制诰"。

可知,王起元和十四年比部郎中、知制诰,十五年中书舍人在任,长庆元年九月为礼部侍郎。

另白居易有《王起赐勋制》:"中书舍人王起等……可依前件。"①为礼部侍郎;知贡举之事可见《诗话总龟》卷一四:"长庆二年,王起自中书舍人知举,放进士周墀及第。"②

6. 李宗闵(元和十五年至长庆元年;长庆二年至长庆三年)

字损之。两《唐书》有传,见《旧唐书》卷一七六,《新唐书》卷一七四。

任职考:

《旧传》载:"元和十二年,宰相裴度出征吴元济,奏宗闵为彰义军观察判官。贼平,迁驾部郎中,又以本官知制诰。穆宗即位,拜中书舍人……长庆元年,子婿苏巢于钱徽下进士及第,其年,巢覆落。宗闵涉请托,贬剑州刺史……复入为中书舍人。三年冬,权知礼部侍郎。四年,贡举事毕,权知兵部侍郎。宝历元年,正拜兵部侍郎,父忧免。"《新传》略同。

据《新唐书·宪宗本纪》:元和十二年,"十一月丙戌,吴元济伏诛"。另元稹有《中书省议赋税及铸钱等状》《中书省议举县令状》署:"元和十五年八月日中书舍人臣武儒衡等奏:驾部郎中知制诰臣李宗闵、中书舍人臣王起、库部郎中知制诰臣牛僧孺、祠部郎中知制诰臣元稹。"③约元和末任驾部郎中、知制诰。

任中书舍人时间,可据《旧唐书·穆宗本纪》:元和十五年九月,"乙巳,以驾部郎中、知制诰李宗闵为中书舍人"。可知,在元和元和十五年稍前,其为驾部郎中、知制诰,穆宗即位,其在元和十五年九月为中书舍人。

离任时间据《旧唐书·穆宗本纪》:长庆元年四月,"贬礼部侍郎钱徽为江州刺史,中书舍人李宗闵为剑州刺史"。可知,长庆元年四月李宗闵为剑州刺史。

---

① (唐)白居易著,谢思炜校注:《白居易文集校注》,中华书局,2011年,第560页。
② (宋)阮阅编,周本淳校点:《诗话总龟》,人民文学出版社,1987年,第166页。
③ (唐)元稹撰,冀勤点校:《元稹集》,中华书局,1982年,第414—417页。

综上,李宗闵任中书舍人时间在元和十五年九月至长庆元年四月。其后约长庆二年复入中书舍人,三年冬权知礼部侍郎。

7. 白居易(长庆元年至长庆二年)

字乐天,新郑人。两《唐书》有传,见《旧唐书》卷一六六,《新唐书》卷一一九。李商隐有《刑部尚书致仕赠尚书右仆射太原白公墓碑铭并序》。①

任职考:

《旧传》:"明年(元和十五年),转主客郎中、知制诰,加朝散大夫,始著绯。时元稹亦征还为尚书郎、知制诰,同在纶阁。长庆元年三月,受诏与中书舍人王起覆,试礼部侍郎钱徽下及第人郑朗等一十四人。十月,转中书舍人。十一月,穆宗亲试制举人,又与贾𫗧、陈岵为考策官。凡朝廷文字之职,无不首居其选,然多为排摈,不得用其才。时天子荒纵不法,执政非其人,制御乖方,河朔复乱。居易累上疏论其事,天子不能用,乃求外任。七月,除杭州刺史。"《新传》略同。

白居易生平有较多资料与成果。② 其迁转又见《旧唐书·穆宗本纪》:元和十五年十二月,"丙申,以司门员外郎白居易为主客郎中、知制诰"。任上又见《旧唐书·穆宗本纪》:长庆元年三月,"敕今年钱徽下进士及第郑朗等一十四人,宜令中书舍人王起、主客郎中、知制诰白居易等重试以闻"。《旧唐书》卷一六八《钱徽传》记载略同。

《旧唐书·穆宗本纪》:长庆元年十月,"壬午,以尚书主客郎中、知制诰白居易为中书舍人……(十一月)诏中书舍人白居易、缮部郎中陈岵考功员外郎贾𫗧同考制策"。长庆二年七月,"壬寅,出中书舍人白居易为杭州刺史"。

可知,白居易元和十五年十二月为主客郎中、知制诰,长庆元年十月为中书舍人,长庆二年七月为杭州刺史。

8. 元　稹(长庆元年)

两《唐书》有传,见《旧唐书》卷一六六,《新唐书》卷一七四。

---

① 刘学锴、余恕诚著:《李商隐文编年校注》,中华书局,2002 年,第 1807 页。
② 参见已有朱金城:《白居易年谱》,上海古籍出版社,1982 年;王拾遗:《白居易生活系年》,宁夏人民出版社,1981 年。

任职考:

《旧传》:"长庆初,潭峻归朝,出积《连昌宫辞》等百余篇奏御。穆宗大悦,问积安在。对曰:'今为南宫散郎。'即日转祠部郎中、知制诰……居无何,召入翰林,为中书舍人、承旨学士。中人以潭峻之故,争与积交,而知枢密魏弘简尤与积相善,穆宗愈深知重。河东节度使裴度三上疏,言积与弘简为刎颈之交,谋乱朝政,言甚激讦。穆宗顾中外人情,乃罢积内职,授工部侍郎。"《新传》略同。

知制诰时间据《资治通鉴》卷二四一:元和十五年,"夏,五月,庚戌,以积为祠部郎中、知制诰"。

任中书舍人时间可据元积本人所作《承旨学士院记》:"长庆元年二月十六日,自祠部郎中、知制诰,行中书舍人,翰林学士,仍赐紫金鱼袋。其年十月十九日,拜工部侍郎,出院。二年二月,拜本官平章事。"丁居晦《重修承旨学士壁记》记载:"长庆元年二月十六日,自祠部郎中、知制诰,充仍赐紫。十七自,拜中书舍人。十月,迁工部侍郎出院。"①可知,其长庆元年正月为中书舍人、翰林承旨学士。又见白居易《元积除中书舍人翰林学士赐紫金鱼袋制》:"尚书祠部郎中、知制诰、赐绯鱼袋元积……可中书舍人、翰林学士、赐紫金鱼袋。"②

离任时间又参见《旧唐书·穆宗本纪》:长庆元年十月,"河东节度使裴度三上章,论翰林学士元积与中官知枢密魏弘简交通,倾乱朝政。以积为工部侍郎,罢学士"。

综上,元积元和十五年五月为祠部郎中、知制诰,长庆元年二月任中书舍人,十月为工部侍郎。③

9. 王仲舒(长庆元年)

字弘中,太原人。两《唐书》有传,见《旧唐书》卷一九〇,《新唐书》卷一六一。

任职考:

《旧传》:"元和五年,自职方郎中知制诰。仲舒文思温雅,制诰所出,人皆传写。京兆尹杨凭为中丞李夷简所劾,贬临贺尉。仲舒与凭善,宣言于

---

① (宋)洪遵:《翰苑群书》,傅璇琮、施纯德编:《翰学三书》,辽宁教育出版社,2003年,第36页。

② (唐)白居易著,谢思炜校注:《白居易文集校注》,中华书局,2011年,第620页。

③ 参见卞孝萱:《元稹年谱》,齐鲁书社,1980年。

朝,言夷简掎摭凭罪,仲舒坐贬硖州刺史。迁苏州。穆宗即位,复召为中书舍人。其年出为洪州刺史、御史中丞、江南西道观察使。"离任为洪州刺史时间又见《旧唐书·穆宗本纪》:元和十五年六月,"以中书舍人王仲舒为洪州刺史"。

《新传》:"元和初,召为吏部员外郎,未几,知制诰。杨凭得罪斥去,无敢过其家,仲舒屡存之。将直凭冤,贬硖州刺史,母丧解。服除,为婺州刺史。州疫旱,人徙死几空,居五年,里闾增完,就加金紫服。徙苏州。堤松江为路,变屋瓦,绝火灾,赋调尝与民为期,不扰自办。穆宗立,每言仲舒之文可思,最宜为诰,有古风。召为中书舍人。既至,视同列率新进少年,居不乐,曰:'岂可复治笔研于其间哉!吾久弃外,周知俗病利,得治之,不自愧。'宰相闻之,除江西观察使。"

可知,元和五年为职方郎中、知制诰,后出为硖州刺史,①长庆元年为中书舍人,同年为洪州刺史。②

元稹有《王仲舒等加阶》:"朝议郎、守中书舍人王仲舒等……并朝散大夫、余如故。"③可知,此文当作于长庆元年。

10. 沈传师(长庆元年)

字子言,吴人。两《唐书》有传,见《旧唐书》卷一四九,《新唐书》卷一三二。杜牧有《唐故尚书吏部侍郎赠吏部尚书沈公行状》。④

任职考:

《旧传》:"迁司门员外郎、知制诰,召充翰林学士。历司勋、兵部郎中,迁中书舍人。性恬退无竞,时翰林未有承旨,次当传师为之,固称疾,宣召不起,乞以本官兼史职。俄兼御史中丞,出为潭州刺史、湖南观察使。"《新传》略异:"迁司门员外郎、知制诰。召入翰林为学士,改中书舍人。翰林缺承旨,次当传师,穆宗欲面命,辞曰:'学士、院长参天子密议,次为宰相,臣自知必不能,愿治人一方,为陛下长养之。'因称疾出。帝遣中使敦召。李德裕素与善,开晓谆切,终不出。遂以本官兼史职。俄出为湖南观察使。"

《沈传师行状》:"授太子校书、县尉、直史馆、左拾遗、左补阙、史馆修撰、翰林学士,历尚书司门员外郎、司勋、兵部郎中、中书舍人,命服朱紫。"

①　郁贤皓:《唐刺史考全编》,安徽大学出版社,2000年,第2131页。
②　郁贤皓:《唐刺史考全编》,安徽大学出版社,2000年,第2260页。
③　(唐)元稹撰,冀勤点校:《元稹集》,中华书局,1982年,第537页。
④　(唐)杜牧著,吴在庆校注:《杜牧集系年校注》,中华书局,2008年,第924页。

迁转任职又见丁居晦《重修承旨学士壁记》载:"元和十一年二月十三日,自左补阙史馆修撰充。十三年正月十三日,迁司门员外郎。二月十八日,赐绯。十五年正月二十三日,加司勋郎中。闰正月一日,赐紫。二十一日,加兵部郎中、知制诰。长庆元年二月二十四日,迁中书舍人。二月十九日出,守本官、判史馆事。"①

《旧传》《行状》均记载为兵部郎中、知制诰,而《新传》记载为司门员外郎、知制诰,疑后者误。

可知,在充翰林学士之后,元和十五年闰正月为兵部郎中、知制诰,长庆元年二月正拜,其出院后三四月间当出为潭州刺史、湖南观察使。②

元稹有《沈传师授中书舍人制》:"朝议郎、守尚书兵部郎中、知制诰、充翰林学士、上护军、赐紫金鱼袋沈传师……可守中书舍人、依前翰林学士,散官、勋赐如故。"③

11. 冯　宿(长庆二年至长庆四年)

字拱之,婺州东阳人。两《唐书》有传,见《旧唐书》卷一六八,《新唐书》卷一七七。

任职考:

《旧传》:"长庆元年,以本官(刑部郎中)知制诰。二年,转兵部郎中,依前充职……二年,以宿检校右庶子、兼御史中丞,赐紫金鱼袋,往总留务。监军使周进荣不遵诏命,宿以状闻。元翼既至,宿归朝,拜中书舍人,转太常少卿。"《新传》稍有不同:"长庆时,进知制诰。牛元翼徙节山南东道,为王廷凑所围,以宿总留事。还,进中书舍人,出华州刺史,避讳不拜,徙左散骑常侍、兼集贤殿学士。"

可知,长庆元年冯宿以刑部郎中、知制诰,二年转兵部郎中、知制诰,又见白居易《冯宿除兵部郎中知制诰制》:"刑部郎中冯宿……尚书兵部郎中、知制诰。"④

据《旧唐书·穆宗本纪》:长庆元年十二月,"兵部郎中知制诰冯宿、库部郎中知制诰杨嗣复各罚一季俸料……(长庆二年二月)丙戌,以兵部郎

---

① (宋)洪遵:《翰苑群书》,傅璇琮、施纯德编:《翰学三书》,辽宁教育出版社,2003 年,第35 页。

② 参见傅璇琮:《唐翰林学士传论》,辽海出版社,2011 年,第 517—527 页。

③ (唐)元稹撰;冀勤点校:《元稹集》,中华书局,1982 年,第 488 页。

④ (唐)白居易著,谢思炜校注:《白居易文集校注》,中华书局,2011 年,第 471 页。

中、知制诰冯宿检校左庶子,充山南东道节度副使,权知襄州军府事……
(三月)牛元翼率十余骑突围出深州来朝"。则冯宿长庆二年三月稍后正拜
中书舍人。其后《新传》任太常少卿未记,《唐九卿考》考订其任太常少卿约
在长庆四年。①

可知,其任中书舍人约长庆二年至四年。

12. 李　绅(长庆二年)

字公垂,润州无锡人。两《唐书》有传,见《旧唐书》卷一七三,《新唐
书》卷一八一。白居易有《淮南节度使检校尚书右仆射赵郡李公家庙碑
铭》,②《全唐文》卷七三八有沈亚之《李绅传》。

任职考:

《旧传》载:"长庆元年三月,改司勋员外郎、知制诰。二年二月,超拜中
书舍人,内职如故。俄而稹作相,寻为李逢吉教人告稹阴事;稹罢相,出为同
州刺史……二年九月,出德裕为浙西观察使,乃用僧孺为平章事,以绅为御
史中丞,冀离内职,易掎摭而逐之。"《新传》稍略:"穆宗召为右拾遗、翰林学
士,与李德裕、元稹同时,号'三俊'。累擢中书舍人。"

据《旧唐书·穆宗本纪》:元和十五年正月,"以监察御史李德裕、右拾
遗李绅、礼部员外郎庾敬休并守本官,充翰林学士"。长庆元年三月,"己
未,以屯田员外郎李德裕为考功郎中,左补阙李绅为司勋员外郎,并依前知
制诰、翰林学士"。长庆二年二月,"以翰林学士、中书舍人李德裕为御史中
丞,司勋员外郎、知制诰李绅为中书舍人,依前翰林学士"。

又参见丁居晦《重修承旨学士壁记》:"元和十五年闰正月十三日,自右
拾内供奉充。二月一日,赐绯。二十日,迁右补阙。长庆元年三月二十三
日,加司勋员外郎、知制诰。二年二月十九日,迁中书舍人,承旨。二十五
日,赐紫。三月二十七日,改中丞,出院。"③

可知,李绅长庆元年三月为司勋员外郎、知制诰,二年二月为中书舍人,
长庆二年九月为御史中丞。④

①　郁贤皓、胡可先撰:《唐九卿考》,中国社会科学出版社,2003年,第143页。

②　(唐)白居易著,谢思炜校注:《白居易文集校注》,中华书局,2011年,第1993页。

③　(宋)洪遵:《翰苑群书》,傅璇琮、施纯德编:《翰学三书》,辽宁教育出版社,2003年,第
35页。

④　参见卞孝萱:《李绅年谱》,《安徽史学》,1960年第3期。

13. 李德裕(长庆二年)

字文饶,赵郡人。两《唐书》有传,见《旧唐书》卷一七四,《新唐书》卷一八〇。《全唐文》卷七三一有贾𫗧《赞皇公李德裕德政碑》。

任职考:

《旧传》:"明年正月,穆宗即位,召入翰林,充学士。帝在东宫,素闻吉甫之名,既见德裕,尤重之。禁中书诏大手笔,多诏德裕草之。是月,召对思政殿,赐金紫之服。逾月,改屯田员外郎……长庆元年正月,上疏论之曰……上然之。寻转考功郎中、知制诰。二年二月,转中书舍人,学士如故……时德裕与李绅、元稹俱在翰林,以学识才名相类,情颇款密。而逢吉之党深恶之。其月,罢学士,出为御史中丞。"《新传》:"穆宗即位,擢翰林学士。帝为太子时,已闻吉甫名,由是顾德裕厚,凡号令大典册,皆更其手。数召见,赍奖优华。帝怠荒于政,故戚里多所请丐,挟宦人诇禁中语,关托大臣。德裕建言……帝然之。再进中书舍人。未几,授御史中丞。"《李德裕碑》:"元和十五年,以本官召充翰林学士。时穆宗皇帝初嗣位,对见之日,即赐金紫。迁屯田员外郎考功郎中、知制诰,其侍从如故。又迁中书舍人,专承密命,论思参赞,沃心近膝。言隐而道行者盖多矣。会邦宪任缺,帝难其人,乃拜御史中丞。"

据《旧唐书·穆宗本纪》:长庆元年二月,"己未,以屯田员外郎李德裕为考功郎中,左补阙李绅为司勋员外郎,并依前知制诰,翰林学士";"丁卯,以考功郎中、知制诰李德裕为中书舍人,依前翰林学士……辛巳,以正议大夫、守中书侍郎、同中书门下平章事、武骑尉、赐紫金鱼袋崔植为刑部尚书,罢知政事。以工部侍郎元稹守本官,同平章事。以翰林学士、中书舍人李德裕为御史中丞。司勋员外郎、知制诰李绅为中书舍人,依前翰林学士"。

又据丁居晦《重修承旨学士壁记》:"元和十五年闰正月十三日,自监察御史充。二月一日,赐紫。二十日,加屯田员外郎。长庆元年三月二十三日,改考功郎中、知制诰。二年正月二十九日,加承旨。二月四日,迁中书舍人。十九日,改御史中丞出院。"[①]

故李德裕长庆元年三月为考功郎中,知制诰,二年二月为中书舍人,同月改御史中丞。

---

① (宋)洪遵:《翰苑群书》,傅璇琮、施纯德编:《翰学三书》,辽宁教育出版社,2003 年,第35 页。

纠谬：

元稹《承旨学士院记》："李德裕,长庆元年正月二十九日,以考功郎中、知制诰,翰林学士,赐绯鱼袋,二月四日,迁中书舍人充,余如故,十九日改御史中丞,出院。"①所记时间均误。

14. 杨嗣复（长庆三年至长庆四年）

字继之,弘农人。两《唐书》有传,见《旧唐书》卷一七六,《新唐书》卷一七四。

任职考：

《旧传》："长庆元年十月,以库部郎中知制诰,正拜中书舍人……四年,僧孺作相,欲荐拔大用,又以於陵为东都留守。未历相位,乃令嗣复权知礼部侍郎。"《新传》稍略,但云"迁累"中书舍人。

任前为库部郎中、知制诰,见《旧唐书·穆宗本纪》：长庆元年冬十月,"辛未,以中书舍人知贡举王起为礼部侍郎,兵部郎中杨嗣复为库部郎中、知制诰"。白居易有《杨嗣复可库部郎中知制诰制》："权知兵部郎中杨嗣复……可库部郎中、知制诰。"②十二月,"兵部郎中、知制诰冯宿、库部郎中、知制诰杨嗣复各罚一季俸料,亦坐与景俭同饮"。《册府元龟》卷四八一《台省部》"谴责"条记载略同。据《旧传》则长庆四年为礼部侍郎。

正拜中书舍人约为长庆三年。可见《册府元龟》卷七〇七《令长部》"贪黩"条："庞骥为遂宁县令,长庆四年,东川观察使奏骥犯赃事,下大理寺以法论。中书舍人杨嗣复等参酌曰……"③

15. 蒋　防*（长庆三年至长庆四年）

字子微,义兴人。两《唐书》无传。

任职考：

丁居晦《重修承旨学士壁记》："长庆元年十一月十六日,自右补阙充。二十八日,赐绯。二年十月九日,加司封员外郎。三年三月一日,加知制诰。

---

① （宋）洪遵：《翰苑群书》,傅璇琮、施纯德编：《翰学三书》,辽宁教育出版社,2003 年,第10 页。

② （唐）白居易著,谢思炜校注：《白居易文集校注》,中华书局,2011 年,第 548 页。

③ （宋）王钦若等：《册府元龟》第 9 册,中华书局,1960 年,第 8418 页。

四年二月六日,贬汀州刺史。"①贬官又见《旧唐书·敬宗本纪》:长庆四年二月,"丙戌,贬翰林学士、驾部郎中、知制诰庞严为信州刺史,翰林学士、司封员外郎、知制诰蒋防为汀州刺史,皆绅之引用者"。《全唐文》卷七一九蒋防《连州静福山廖先生碑铭》,自称:"长庆末,余自尚书司封郎中、知制诰翰林学士得罪,出守临汀寻改此郡。"可知,长庆三年三月司封员外郎、知制诰,四年二月贬官。

16. 徐　晦(长庆三年)

字大章。两《唐书》有传,见《旧唐书》卷一六五,《新唐书》卷一六〇。

任职考:

《旧传》:"历殿中侍御史、尚书郎,出为晋州刺史。入拜中书舍人。宝历元年,出为福建观察使。"《新传》较略,只言历中书舍人。

丁居晦《重修承旨学士壁记》:"元和九年七月二十三日,自东都留守判官、都官员外郎充。十年七月二十三日,转司封郎中。十二年二月十一日,出守本官。"②则可知,其在中书舍人和刺史任前曾为翰林学士。

据《唐刺史考全编》考订,徐晦任晋州刺史在长庆二年,③长庆四年在福建观察使任上,又据《淳熙三山志》卷二《秩官类·郡守》:宝历元年,"徐晦,自晋州刺史入拜中书舍人,是年,出为福建观察使。"④可知,徐晦当在长庆三年时任中书舍人。

17. 庞　严*(长庆三年至长庆四年)

字子肃,寿州寿春人。两《唐书》有传,见《旧唐书》卷一六六,《新唐书》卷一〇四。

任职考:

《旧传》:"明年(长庆二年)二月,召入翰林为学士。转左补阙,再迁驾部郎中、知制诰。严与右拾遗蒋防俱为积、绅保荐,至谏官内职。四年,昭愍

---

① (宋)洪遵:《翰苑群书》,傅璇琮、施纯德编:《翰学三书》,辽宁教育出版社,2003年,第36页。

② (宋)洪遵:《翰苑群书》,傅璇琮、施纯德编:《翰学三书》,辽宁教育出版社,2003年,第34页。

③ 郁贤皓:《唐刺史考全编》,安徽大学出版社,2000年,第1185页。

④ (宋)梁克家修:《三山志》,海风出版社,2000年,第249页。

即位,李绅为宰相李逢吉所排,贬端州司马。严坐累,出为江州刺史。"《新传》记载稍略。

据丁居晦《重修承旨学士壁记》:"长庆二年三月二日,自左拾遗充。四日,赐绯。十月九日,迁左补阙,三年三月一日,加知制诰。十月十四日,赐紫。十一月九日,拜驾部郎中、知制诰。四年二月六日,贬信州刺史。"①贬官一事又见《旧唐书·敬宗本纪》:长庆四年二月,"丙戌,贬翰林学士驾部郎中、知制诰庞严为信州刺史"。亦为信州刺史,《旧传》记载误。

可知,庞严知制诰时间为长庆三年三月左补缺、知制诰,十一月为驾部郎中、知制诰,长庆四年二月贬信州刺史。

纠谬:

《旧传》所载:"四年,昭愍即位,李绅为宰相李逢吉所排,贬端州司马,严坐累,出为江州刺史。"江州应为信州。

18. 崔　郾(长庆四年至宝历二年)

字广略,清河武城人。两《唐书》有传,见《旧唐书》卷一五五,《新唐书》卷一六三。杜牧有《唐故银青光禄大夫检校礼部尚书御史大夫充浙江西道都团练观察处置等使上柱国清河郡开国公食邑二千户赠吏部尚书崔公行状》。②

任职考:

《旧传》:"长庆中,转给事中。昭愍即位,选侍讲学士,转中书舍人……其年转礼部侍郎,东都试举人。"《新传》略同。

迁转时间据丁居晦《重修承旨学士壁记》:"长庆四年六月七日,自给事中侍讲学士。十二月十一日,改中书舍人。宝历二年九月四日,出守本官。"③其后任职见《旧唐书·敬宗本纪》:宝历二年,"冬十月壬戌,以中书舍人崔郾为礼部侍郎"。可知,崔郾长庆四年十二月自给事中为中书舍人,宝历二年十月为礼部侍郎。

纠谬:

《唐会要》卷五七"翰林院"条:长庆四年,"其年十月,翰林院侍讲学士、

---

①　(宋)洪遵:《翰苑群书》,傅璇琮、施纯德编:《翰学三书》,辽宁教育出版社,2003年,第37页。

②　(唐)杜牧著,吴在庆校注:《杜牧集系年校注》,中华书局,2008年,第914页。

③　(宋)洪遵:《翰苑群书》,傅璇琮、施纯德编:《翰学三书》,辽宁教育出版社,2003年,第37页。

谏议大夫高重,侍讲学士、中书舍人崔郾,中书舍人高釴于思政殿中谢,崔郾奏:'陛下授臣职以侍讲,已八个月,未尝召问经义,臣内惭尸禄,外愧群僚。'上答曰:'朕机务稍闲,当召卿等请益。'高釴对曰:'意虽求治,诚恐万方或未之信。若未加躬亲,何以示忧勤之至?'上深纳其言,各赐锦彩五十匹、银器二事。"此事《旧传》未记时间,但以其言推之,为侍讲学士已八月,则当在长庆四年十二月,故时间有误,傅璇琮《翰林学士传论》对此已有考辨,①另,此处记载其官职位中书舍人,亦应在十二月或稍后也可为证。

19. 高　釴(长庆四年至大和四年)

字翘之。两《唐书》有传,见《旧唐书》卷一六八,《新唐书》卷一七七。

任职考:

《旧传》:"长庆元年,穆宗怜之,面赐绯于思政殿,仍命以本官充翰林学士。二年,迁兵部员外郎,依前充职。四年四月,禁中有张韶之变,敬宗幸左军。是夜,釴从帝宿于左军。翌日贼平,赏从臣,赐釴锦彩七十匹,转户部郎中、知制诰。十二月,正拜中书舍人,充职如故。谢恩于思政殿,因谏敬宗,以求理莫若躬亲,用示忧勤之旨也。帝深纳其言,又赐锦彩五十匹。宝历二年三月,罢学士,守本官。太和三年七月,授刑部侍郎。"《新传》稍略。

迁转又见丁居晦《重修承旨学士壁记》:"长庆元年十一月八日,自起居郎、史馆修撰充。二十八日,赐绯。二年五月三日,加兵部郎中。三年十一月十七日,迁户部郎中、知制诰。四年五月二十四日,赐紫。十二月十二日,拜中书舍人。宝历二年三月四日,出守本官。"②

本传所载张韶之乱,据《旧唐书·敬宗本纪》记载亦是四年四月,可知,高釴长庆四年四月为户部郎中、知制诰,丁居晦记载其知制诰时间有误。

任中书舍人时间又见《册府元龟》卷一〇一《帝王部》"纳谏"条:"(长庆四年)十二月,以翰林学士户部郎中高釴为中书舍人,充职谢恩与思政殿。"③《册府元龟》卷七七一《总录部》"世官"条:"高釴长庆四年正拜中书舍人,充翰林学士如故。"④期间记载又有《册府元龟》卷五四九《谏诤部》

---

① 傅璇琮:《唐翰林学士传论》(晚唐卷),辽海出版社,2011年,第612页。

② (宋)洪遵:《翰苑群书》,傅璇琮、施纯德编:《翰学三书》,辽宁教育出版社,2003年,第36页。

③ (宋)王钦若等:《册府元龟》第2册,中华书局,1960年,第1211页。

④ (宋)王钦若等:《册府元龟》第10册,中华书局,1960年,第9168页。

"纳谏"条:"高釴为中书舍人,因谏敬宗以求理莫若躬亲用示忧勤之旨,帝深纳其言,赐绿五十疋。"①《旧唐书》券一七六《杨虞卿传》:"大和二年……乃诏给事中严休复、中书舍人高釴、左丞韦景休充三司推案。"

可知,高釴长庆四年十二月正拜中书舍人,大和三年七月迁刑部侍郎。

纠谬:

丁居晦《重修承旨学士壁记》所载:"三年十一月十七日,迁户部郎中、知制诰。"据上文所考,时间有误。

20. 路　随(长庆四年至宝历二年)

路随(一作隋),字南式,阳平人。两《唐书》有传,见《旧唐书》卷一五九,《新唐书》卷一四二。

任职考:

《旧传》:"穆宗即位,迁司勋郎中,赐绯鱼袋。与韦处厚同入翰林为侍讲学士……拜谏议大夫,依前侍讲学士。将修《宪宗实录》,复命兼充史职。敬宗登极,拜中书舍人、翰林学士,仍赐紫……文宗即位,韦处厚入相,随代为承旨,转兵部侍郎、知制诰。太和二年,处厚薨,随代为相,拜中书侍郎,加监修国史。"《新传》稍略:"穆宗立,与韦处厚并擢侍讲学士,再迁中书舍人、翰林学士……进承旨学士,迁兵部侍郎。"

据丁居晦《重修承旨学士壁记》:"元和十五年二月二十四日,自司勋员外郎、史馆修撰充侍读学士。三月十日,赐绯。二十二日,转本司郎中。长庆二年五月四日,迁谏议大夫。闰十月八日,加史馆修撰。四年四月十四日,改充学士。五月二十四日,赐紫。二十七日,拜中书舍人。宝历二年正月八日,迁兵部侍郎、知制诰。太和二年二月二十七日,拜中书侍郎、平章事。"②《全唐文》卷六九三有李虞仲《授学士路隋等中书舍人制》:"朝议郎、守谏议大夫、充翰林学士、上轻车都尉、赐紫金鱼袋路隋……可守中书舍人,依前翰林学士,散官勋赐如故。"

可知,路随长庆四年五月自谏议大夫拜中书舍人,宝历二年为兵部侍郎、知制诰,太和二年为相。

---

① （宋）王钦若等:《册府元龟》第7册,中华书局,1960年,第6595页。
② （宋）洪遵:《翰苑群书》,傅璇琮、施纯德编:《翰学三书》,辽宁教育出版社,2003年,第36页。

21.苏景胤(穆宗时)

两《唐书》无传。

任职考:

据《新唐书·艺文志》著录《宪宗实录》四十卷:"沈传师、郑澣、宇文籍、蒋系、李汉、陈夷行、苏景胤撰,杜元颖、韦处厚、路隋监修。景胤,弁子也,中书舍人。"苏景胤当在穆宗朝任职。

《唐尚书省郎官石柱题名考》卷五"司封郎中"有载,当为中书舍人任前职务。

十二、敬 宗 朝

1. 郑 涵（宝历元年至大和二年）

郑涵，以文宗藩邸时名同，改名郑澣，荥阳人。两《唐书》有传，见《旧唐书》卷一五八，《新唐书》卷一六五。

任职考：

《旧传》："长庆中，征为司封郎中、史馆修撰，累迁中书舍人。文宗登极，擢为翰林侍讲学士……大和二年迁礼部侍郎。"《新传》未载中书舍人事。

据《旧唐书·敬宗本纪》：宝历元年三月，"上御宣政殿试制举人二百九十一人，以中书舍人郑涵、吏部郎中崔管、兵部郎中李虞仲并充考制策官"。可知，宝历元年三月其已经中书舍人在任。另李虞仲有《授李渤给事中郑涵中书舍人等制》："朝散大夫、守尚书司封郎中、知制诰、上柱国郑涵……可守中书舍人，散官勋如故。"（《全唐文》卷六九三）

据丁居晦《重修承旨学士壁记》："大和元年四月二十三日，自中书舍人充侍讲学士。二十八日，赐紫。二年六月一日，迁礼部侍郎，出院。"[①]又见《册府元龟》卷五九九《学校部》"侍讲"条："太和元年三月，文宗召仲方与给事中高重、中书舍人郑澣、度支郎中许康佐对并以将选侍讲学士故也。是月，以澣守本官，康佐为驾部郎中并充翰林侍讲学士。"[②]

可知，郑涵宝历元年已中书舍人在任，大和二年六月迁官礼部侍郎。

2. 韦表微（宝历元年至宝历三年）

字子明，雍州万年人。两《唐书》有传，见《旧唐书》卷一八九下，《新唐书》卷一七七。

---

① （宋）洪遵：《翰苑群书》，傅璇琮、施纯德编：《翰学三书》，辽宁教育出版社，2003年，第37页。

② （宋）王钦若等：《册府元龟》第8册，中华书局，1960年，第7196页。

任职考：

《旧传》："元和十五年，拜监察御史。逾年，以本官充翰林学士。迁左补阙、库部员外郎、知制诰。满岁，擢迁中书舍人。俄拜户部侍郎，职并如故。"《新传》稍详："俄为翰林学士。是时，李绅忤宰相，贬端州，庞严、蒋防皆谪去，学士缺人，人争荐丞相所善者，表微独荐韦处厚，人服其公。进知制诰。后与处厚议增选学士，复荐路隋……久之，迁中书舍人。敬宗尝语左右，欲相二韦，会崩。文宗立，独相处厚，进表微户部侍郎。"

又据丁居晦《重修承旨学士壁记》："长庆二年二月二日，自监察御史充。四日，赐绯。五月三日，迁右补阙内供奉。三年九月三十日，拜库部员外郎。四年五月二十四日，赐紫。二十七日，加知制诰。宝历元年五月二十五日，拜中书舍人。二年正月，迁户部侍郎、知制诰。大和二年二月二十八日，加承旨。三年八月二十日，以疾出，守本官。"①据《旧唐书》本纪，文宗于宝历二年十二月即位，傅璇琮认为当为宝历三年二月为户部侍郎、知制诰。②

可知，韦表微长庆四年五月为库部员外郎、知制诰，宝历元年五月拜中书舍人，宝历三年正月为户部侍郎、知制诰，约大和三年或四年左右卒。

3. 韦 辞（宝历二年至大和三年）

字践之，《旧唐书》有传，见卷一六〇。

任职考：

《旧传》："长庆初，韦处厚、路随以公望居显要，素知辞有文学理行，亟称荐之。擢为户部员外，转刑部郎中，充京西北和籴使。寻为户部郎中、兼御史中丞，充盐铁副使，转吏部郎中。文宗即位，韦处厚执政，且以澄汰浮华、登用艺实为事，乃以辞与李翱同拜中书舍人……乃出为潭州刺史、御史中丞、湖南观察使。"

据《旧唐书·文宗本纪》，宝历二年二月，文宗即位，"庚戌，以正议大夫、尚书兵部侍郎、知制诰、充翰林学士、柱国、赐紫金鱼袋韦处厚为中书侍郎、同中书门下平章事"。出为潭州刺史时间，据《唐刺史考全编》考订为大和三年。③ 可知，韦辞在宝历二年为中书舍人，任职到大和三年。

---

① （宋）洪遵：《翰苑群书》，傅璇琮、施纯德编：《翰学三书》，辽宁教育出版社，2003年，第36—37页。

② 傅璇琮：《唐翰林学士传论》（晚唐卷），辽海出版社，2011年，第606页。

③ 郁贤皓：《唐刺史考全编》，安徽大学出版社，2000年，第2421页。

4. 王源中（宝历三年至大和二年）

字正蒙。《新唐书》有传，见《新唐书》卷一六四。

任职考：

《新传》："累转户部郎中、侍郎，擢翰林学士，进承旨学士。"未有中书舍人记载。

据丁居晦《重修承旨学士壁记》："宝历元年九月二十四日，自户部郎中充。十一月二十八日，赐紫。二年正月二十八日，权知中书舍人。大和二年二月五日，正拜。十一月五日，迁户部侍郎、知制诰。十二月，加承旨。八年四月，出院。"①傅璇琮据旧《宋申锡传》、《玉海》卷二六等考订，权知中书舍人当在宝历三年正月②，从之。可知，王源中宝历三年年正月权知中书舍人，大和二年正除。

另李虞仲有《授学士王源中等中书舍人制》："朝散大夫、守尚书户部郎中、充翰林学士、上柱国、赐紫金鱼袋王源中……"（《全唐文》卷六九三）

其后，大和二年十一月为户部侍郎、知制诰。李虞仲又有《授学士王源中户部侍郎制》："翰林学士、中散大夫、中书舍人、上柱国、赐紫金鱼袋王源中……可尚书户部侍郎、知制诰，依前充翰林学士，散官、勋赐如故。"《旧唐书·文宗本纪》：大和八年四月，"乙巳，翰林学士、兵部侍郎王源中辞内职，乃以源中为礼部尚书"。所谓辞内职当指辞翰林承旨学士，此处兵部侍郎当为户部侍郎，后为礼部尚书。

5. 李虞仲（宝历时）

字见之，赵郡人。两《唐书》有传，《旧唐书》卷一六三，《新唐书》卷一七七。

任职考：

《旧传》："宝历中，考制策甚精，转兵部郎中知制诰，拜中书舍人。太和四年，出为华州刺史、兼御史大夫。"《新传》稍略。《旧唐书·文宗本纪》：太

---

① （宋）洪遵：《翰苑群书》，傅璇琮、施纯德编：《翰学三书》，辽宁教育出版社，2003年，第37页。据《唐翰林学士传论》（晚唐卷）考订，当为宝历二年九月入翰林院。

② 傅璇琮：《唐翰林学士传论》（晚唐卷），辽海出版社，2011年，第3页。

和四年三月,"以中书舍人李虞仲为华州刺史,代严休。"

可知,李虞仲为兵部郎中、知制诰及为中书舍人时间均在宝历时,太和四年为华州刺史。

十三、文 宗 朝

1. 李 翱（大和三年）

字习之，两《唐书》有传，见《旧唐书》卷一六〇，《新唐书》卷一七七。

任职考：

《旧传》："太和初，入朝为谏议大夫，寻以本官知制诰。三年二月，拜中书舍人。初，谏议大夫柏耆将使沧州军前宣谕，翱尝赞成此行。柏耆寻以擅入沧州得罪，翱坐谬举，左授少府少监。"《新传》略同。

又据《旧唐书·文宗本纪》：大和三年五月，"甲申，柏耆斩李同捷于将陵，沧景平，李祐入沧州。丁亥，御兴安楼，受沧州所献。李祐送李同捷母、妻及男元达等赴阙，诏并宥之，令于湖南安置。贬沧德宣慰使、谏议大夫柏耆循州司户。"可知，李翱任职当在太和元年为谏议大夫、知制诰，大和三年二月为中书舍人，任职到大和三年五月。

2. 李 肇（大和三年）

两《唐书》无传。

任职考：

《唐摭言》卷一"述进士"下篇："元和中，中书舍人李肇撰《国史补》。"①

李肇《翰林志》卷四自称："监察御史补。"②丁居晦《重修承旨学士壁记》记载："元和十三年七月十六日，自监察御史充。十四年四月五日，迁右补阙。九月二十四日，赐绯。十五年闰正月一日，赐紫。二十一日，加司勋员外郎。长庆元年正月十三日，出守本官。"③在翰林院期间未有任中书舍人记载。

---

① （五代）王定保撰，江汉椿校注：《唐摭言校注》，上海社会科学院出版社，2003年，第8页。
② （宋）洪遵：《翰苑群书》，傅璇琮、施纯德编：《翰学三书》，辽宁教育出版社，2003年，第19页。
③ （宋）洪遵：《翰苑群书》，傅璇琮、施纯德编：《翰学三书》，辽宁教育出版社，2003年，第35页。

据《新唐书·艺文志》:李肇为"翰林学士,坐荐柏耆,自中书舍人左迁将作少监"。所谓柏耆被贬,见"李翱"条。可知,李肇当在大和三年时任中书舍人,而非元和时期。

又《全唐文》卷四七六崔损《祭成纪公文》署:"贞元十二年……左拾遗李肇。"《唐尚书省郎官石柱题名考》卷一"左司郎中",卷八"司勋员外郎"有载。此为李肇中书舍人任前职务。

3. 宋申锡(大和三年至大和四年)

字庆臣,广平人。两《唐书》有传,见《旧唐书》卷一六七,《新唐书》卷一五二。

任职考:

《旧传》:"宝历二年,转礼部员外郎,寻充翰林侍讲学士……文宗即位,拜户部郎中、知制诰。大和二年,正拜中书舍人,复为翰林学士……未几,拜左丞,逾月,加平章事。"《新传》稍略:"以礼部员外郎为翰林学士。敬宗时,拜侍讲学士……文宗即位,再转中书舍人,复为翰林学士……未几拜尚书右丞,逾月进同中书门下平章事。"

又见丁居晦《重修承旨学士壁记》:"宝历元年九月二十四日,自礼部员外郎充侍讲学士。十一月二十八日,赐紫。十二月十九日,改充学士。二年正月八日,迁户部郎中,知制诰。大和三年六月一日,迁中书舍人。四年七月七日,迁尚书右丞,出院。"①如按《旧传》,二年即拜中书舍人时间过短,故任中书舍人时间从丁《记》。

可知,宋申锡宝历二年正月为户部郎中、知制诰,大和三年六月任中书舍人,四年七月为尚书右丞。

迁尚书右丞事又见《旧唐书·文宗本纪》:太和四年七月,"癸未,诏以朝议郎、尚书右丞、上柱国、赐紫金鱼袋宋申锡为正议大夫、行尚书右丞、同中书门下平章事"。

4. 杨汝士(大和三年至大和七年)

字慕巢。两《唐书》有传,见《旧唐书》卷一七六,《新唐书》卷一七五。

---

① (宋)洪遵:《翰苑群书》,傅璇琮、施纯德编:《翰学三书》,辽宁教育出版社,2003年,第37页。

任职考：

《旧传》："入为户部员外，再迁职方郎中。大和三年七月，以本官知制诰。时李宗闵、牛僧孺辅政，待汝士厚。寻正拜中书舍人，改工部侍郎。八年，出为同州刺史。"《新传》记载简略："牛、李待之善，引为中书舍人。开成初，由兵部侍郎为东川节度使。"

任中书舍人时间，由"寻正拜"，或在大和三年末，离任时间据《旧唐书·文宗本纪》：太和七年四月，"庚辰，以工部侍郎李固言为右丞，中书舍人杨汝士为工部侍郎"。可知，杨汝士任职在大和三年末至大和七年四月。

5. 崔　咸（大和三年至大和五年）

字重易，博陵人。两《唐书》有传，见《旧唐书》卷一九〇下，《新唐书》卷一七七。

任职考：

《旧传》："及登朝，历践台阁，独行守正，时望甚重……累迁陕州大都督府长史、陕虢观察等使……入为右散骑常侍、秘书监。"《新传》："入朝为侍御史，处正特立，风采动一时……累迁陕虢观察使……入拜右散骑常侍、秘书监。"均未记载中书舍人事。

据《全唐文》卷六九三李虞仲《授贾𫗧等中书舍人制》："朝散大夫、守尚书职方郎中、知制诰、上柱国、清河县开国男食邑五百户崔咸……可守中书舍人，散官勋如故。"据"贾𫗧"条，其大和三年为中书舍人，则崔咸亦本年任中书舍人。离任时间据《旧唐书·文宗本纪》：大和五年八月，"甲申，以中书舍人崔咸为陕州防御使"。可知，崔咸在任时间为大和三年至大和五年八月。

6. 李　汉 *（大和三年至大和六年）

《旧唐书》有传，见卷一七一。

任职考：

《旧传》："太和四年，转兵部员外郎。李宗闵作相，用为知制诰，寻迁驾部郎中。八年，代宇文鼎为御史中丞。"据《旧唐书·文宗本纪》，大和三年六月，"甲戌，以吏部侍郎李宗闵同中书门下平章事"。大和六年八月辛酉朔，"以驾部郎中、知制诰李汉为御史中丞"。可知李汉大和三年六月为兵部员外郎、知制诰，后为驾部郎中、知制诰，大和六年八月迁为御史中丞。

7. 贾　餗（大和三年至大和五年）

字子美，河南人。两《唐书》有传，见《旧唐书》卷一六九，《新唐书》卷一七九。

任职考：

《旧传》："长庆初，策召贤良，选当时名士考策，餗与白居易俱为考策官，选文人以为公。寻以本官知制诰，迁库部郎中，充职。四年，为张又新所构，出为常州刺史。大和初，入为太常少卿。二年，以本官知制诰。三年七月，拜中书舍人。四年九月，权知礼部贡举。五年，榜出后，正拜礼部侍郎。"《新传》："擢累考功员外郎，知制诰……穆宗崩，告哀江、浙，道拜常州刺史……入为太常少卿，复知制诰，历礼部侍郎。"未记中书舍人。

可知，贾餗任职中书舍人在大和三年七月到五年。

其任前知制诰时间简考如下。据《旧唐书·穆宗本纪》：长庆元年十一月，"诏中书舍人白居易、缮部郎中陈岵、考功员外郎贾餗同考制策。"可知，贾餗长庆元年末或二年初为考功员外郎、知制诰，参见《唐尚书郎官石柱题名考》卷十"考功员外郎"条载。稍后为库部郎中、知制诰，另据《元氏长庆集》中《永福寺石壁法华经记》："长庆四年，白居易为刺史……若宣慰使库部郎中、知制诰贾餗以降……"另有《册府元龟》卷四八二《台省部》"害贤"条："穆宗长庆中，除库部郎中、知制诰贾餗为常州刺史。"[1]约此时为常州刺史。

据《册府元龟》卷六四五《贡举部》"考试"条第二："太和二年三月……左散骑常侍冯宿，太常少卿贾餗，库部郎中庞严宜并充考制策官。"[2]三年为中书舍人，《全唐文》卷六九三李虞仲《贾餗等中书舍人制》："朝散大夫、守太常少卿、知制诰、上柱国贾餗……可守中书舍人，散官勋如故。"可知，大和元年为太常少卿，二年知制诰。

据《登科记考》卷二一记载大和五年知贡举为中书舍人贾餗，[3]可知其四年九月权知贡举。又据《登科记考》卷二一记载大和六年知贡举为礼部侍郎贾餗，[4]则判定其五年为礼部侍郎。

---

① （宋）王钦若等：《册府元龟》第6册，中华书局，1960年，第5755页。
② （宋）王钦若等：《册府元龟》第8册，中华书局，1960年，第7718页。
③ （清）徐松撰，赵守俨点校：《登科记考》，中华书局，1984年，第755页。
④ （清）徐松撰，赵守俨点校：《登科记考》，中华书局，1984年，第757页。

8. 崔　郾(大和四年至大和八年)

字处仁,清河武城人。两《唐书》有传,见《旧唐书》卷一五五,《新唐书》卷一六三。

任职考:

《旧传》:"累迁监察御史,三迁考功郎中。大和三年,以本官充翰林学士,转中书舍人。六年,罢学士。八年,为工部侍郎、集贤殿学士。"《新传》较略,无中书舍人事:"累除刑部郎中,出副杜元颖西川节度府。召入为工部侍郎、集贤殿学士。"

迁转又见丁居晦《重修承旨学士壁记》:"大和三年五月七日,自考功郎中充。八月十二日,加知制诰。四年九月十六日,拜中书舍人。六年,以疾请出,守本官。"①基本与《旧传》同。可知,崔郾大和三年八月为考功郎中、知制诰,大和四年九月为中书舍人,八年为工部侍郎。

任职期间,据《册府元龟》卷六三六《铨选部》"考课"条第二:太和七年九月,"以吏部尚书令狐楚为校内官考使,中书舍人崔郾为监内官考使,以兵部尚书王起为校外官考使,以给事中高铢为监外官考使,行旧典也"。②

9. 许康佐(大和四年至大和七年)

两《唐书》有传,见《旧唐书》卷一八九下,《新唐书》卷二〇〇。

任职考:

《旧传》:"累迁至驾部郎中,充翰林侍讲学士,仍赐金紫。历谏议大夫、中书舍人,皆在内庭。为户部侍郎,以疾解职。"《新传》所载不同:"迁侍御史。以中书舍人为翰林侍讲学士,与王起皆为文宗宠礼……于是内谋翦除矣。康佐知帝指,因辞疾,罢为兵部侍郎。"

迁转又见丁居晦《重修承旨学士壁记》:"大和元年四月二十三日,自度支郎中改驾部郎中,充侍讲学士。其月二十八日,赐紫。二年六月一日,迁谏议大夫。三年八月二十三日,改充学士。四年八月二十七日,改中书舍人,充侍讲学士兼侍讲。七年七月二十五日,改户部侍郎、知制诰,八年五月

---

① (宋)洪遵:《翰苑群书》,傅璇琮、施纯德编:《翰学三书》,辽宁教育出版社,2003年,第38页。

② (宋)王钦若等:《册府元龟》第8册,中华书局,1960年,第7630页。

八日,加承旨。九年五月五日,改兵部侍郎,出院。"①从丁《记》,许康佐先为翰林学士,在院内迁中书舍人。

可知,许康佐大和四年八月为中书舍人,七年七月为户部侍郎、知制诰,九年五月为兵部侍郎。

10. 高元裕(大和四年至大和九年)

本名允中,大和初改元裕。字景圭,渤海人。两《唐书》有传,见《旧唐书》卷一七一,《新唐书》卷一七七。《全唐文》卷七六四有萧邺《大唐故吏部尚书赠尚书右仆射渤海高公神道碑》。

任职考:

《旧传》:"李宗闵作相,用为谏议大夫,寻改中书舍人。九年,宗闵得罪南迁,元裕出城饯送,为李训所怒,出为阆州刺史。时郑注入翰林,元裕草注制辞,言注以医药奉君亲,注怒会送宗闵,乃贬之。"《新传》:"李宗闵高其节,擢谏议大夫,进中书舍人。郑注入翰林,元裕当书命,乃言以医术侍,注愧憾。及宗闵得罪,元裕坐出饯,贬阆州刺史。"

李宗闵为相据《旧唐书·穆宗本纪》,在大和三年六月,"甲戌,以吏部侍郎李宗闵同中书门下平章事"。故高元裕为谏议大夫当在大和三年下半年,《旧传》称"寻改",则约大和四年高元裕为中书舍人。离任时间又见《旧唐书·文宗本纪》:"(太和九年八月)壬寅,贬中书舍人高元裕为阆州刺史。"《太平广记》卷四〇五"宝"四引《集异记》:"襄汉节度使渤海高元裕,大和九年,自中书舍人牧阆中下车。"②可知,高元裕任职在大和四年至九年八月。

纠谬:

《全唐文》卷九三三杜光庭《历代崇道记》:"开成二年五月,中书舍人高元裕为阆州刺史。"时间有误。

11. 路　群(大和五年至大和八年)

字正夫,两《唐书》有传,见《旧唐书》卷一七七,《新唐书》卷一八四。

① (宋)洪遵:《翰苑群书》,傅璇琮、施纯德编:《翰学三书》,辽宁教育出版社,2003年,第37—38页。
② (宋)李昉等编:《太平广记》第9册,中华书局,1961年,第3269页。

《旧传》称阳平冠氏人,《新传》称魏州冠氏人,为一地。

任职考:

《旧传》:"大和二年,迁谏议大夫,以本官充侍讲学士。四年,罢侍讲为翰林学士。五年,正拜中书舍人,学士如故……八年正月病卒,君子惜之。"对应丁居晦《重修承旨学士壁记》:"大和三年九月二十一日,自右谏议大夫充侍讲学士。四年八月二十七日,改充学士。五年九月五日,改中书舍人。七年十二月十七日,出守本官。"①

可知,路群大和五年九月为中书舍人,八年正月卒于任。

12. 崔　栯(大和七年)

两《唐书》无传。

任职考:

崔栯《唐故朝议郎守尚书比部郎中上柱国赐绯鱼袋陇西李府君墓志铭并序》,署"朝散大夫守中书舍人上柱国",②墓主去世时间为大和七年五月,可知崔栯在此时在任。

13. 陈夷行*(大和七年至开成二年)

字周道,颍川人。两《唐书》有传,见《旧唐书》卷一七三,《新唐书》卷一八一。

任职考:

《旧传》:"(大和)五年,迁吏部郎中。四月,召充翰林学士。八年,兼充皇太子侍读,诏五日一度入长生院侍太子讲经。上召对,面赐绯衣牙笏,迁谏议大夫、知制诰,余职如故。九年八月,改太常少卿,知制诰、学士侍讲如故。开成二年四月,以本官同平章事。"《新传》较略,未载知制诰。

丁居晦《重修承旨学士壁记》较详:"大和七年,自吏部员外郎充。八月二十三日,授著作郎,知制诰兼皇太子侍读。八年九月六日,赐绯。七日,迁谏议大夫。九年二月十六日,罢侍读。开成元年五月二十二日,改太常少卿。二十九日,兼太子侍读。其年五月二十三日,加承旨。六月二十四日,迁工部

---

① (宋)洪遵:《翰苑群书》,傅璇琮、施纯德编:《翰学三书》,辽宁教育出版社,2003年,第38页。

② 吴钢编:《全唐文补遗》(第一辑),三秦出版社,1994年,第303页。

侍郎、知制诰。八月七日,赐紫。二年四月五日,出守本官平章事。"①

可知,陈夷行在大和七年八月为著作郎、知制诰,八月九日为谏议大夫,
开成元年六月为工部侍郎、知制诰,二年四月为相。

14. 李　珏(大和七年至大和九年)

字待价,赵郡人,客居淮阴。两《唐书》有传,见《旧唐书》卷一七三,《新
唐书》卷一八二。

任职考:

《旧传》:"大和五年,李宗闵、牛僧孺在相,与珏亲厚,改度支郎中、知制
诰,遂入翰林充学士。七年三月,正拜中书舍人。九年五月,转户部侍郎充
职。七月,宗闵得罪,珏坐累,出为江州刺史。"《新传》较略:"僧孺还相,以
司勋员外郎知制诰为翰林学士,加户部侍郎。"

丁居晦《重修承旨学士壁记》:"大和五年九月十九日,自库部员外郎、
知制诰充。三月二十三日,赐紫。二十八日,拜中书舍人。九年五月六日,
加承旨。十九日,迁户部侍郎、知制诰。八月五日,贬江州刺史。"②可知,李
珏任职当在大和七年三月至大和九年五月。

15. 张元夫(大和七年)

两《唐书》无传。

任职考:

据《旧唐书·文宗本纪》:大和七年三月,"庚戌,出给事中杨虞卿为常
州刺史,中书舍人张元夫汝州刺史。以太府卿韦长为京兆尹"。可知约大
和七年稍前在任,三月离任。又见《通鉴纪事本末》卷三五下:"(大和)七年
春二月丙戌,以兵部尚书李德裕同平章事……对曰:放进朝士三分之一为朋
党,时给事中杨虞卿与从兄中书舍人汝士弟户部郎中汉公,中书舍人张元夫
给事中萧澣等善,交结依附权要,上干执政,下挠有司。"③可知,张元夫任职
在大和七年初。

① (宋)洪遵:《翰苑群书》,傅璇琮、施纯德编:《翰学三书》,辽宁教育出版社,2003 年,第
　　39 页。
② (宋)洪遵:《翰苑群书》,傅璇琮、施纯德编:《翰学三书》,辽宁教育出版社,2003 年,第
　　38 页。
③ (宋)袁枢:《通鉴纪事本末》,中华书局,1964 年,第 3283 页。

16. 归　融(大和八年至九年)

字章之,苏州吴郡人。两《唐书》有传。见《旧唐书》卷一四九,《新唐书》卷一六四。

任职考:

《旧传》:"(大和)六年,转工部郎中,充翰林学士。八年,正拜舍人。九年,转户部侍郎。开成元年,兼御史中丞。"《新传》较略:"累迁左拾遗。事文宗为翰林学士,进至户部侍郎。开成初,拜御史中丞。"

迁转又见丁居晦《重修承旨学士壁记》:"大和九年八月一日,自中书舍人充。□年□月五日,加承旨。八月二十日,迁工部侍郎、知制诰。二十四日,赐紫。开成元年五月十五日,出守本官,兼御史中丞出院。"①新旧《唐书》均记载为户部侍郎,故丁《记》有误。

与《旧传》相对照,归融为大和八年自工部郎中拜中书舍人,九年八月为翰林学士,同月迁户部侍郎、知制诰,开成元年为御史中丞。

17. 权　璩(大和八年至大和九年)

字大圭,天水略阳人。《新唐书》有传,见卷一六五。《旧唐书》卷一四八《权德舆传》记载简略:"子璩,中书舍人。"

任职考:

《新传》:"历监察御史,有美称。宰相李宗闵乃父门生,故荐为中书舍人。时李训挟宠,以周易博士在翰林,璩与舍人高元裕、给事中郑肃韩佽等连章劾训倾覆阴巧,且乱国,不宜出入禁中。不听。及宗闵贬,璩屡表辨解,贬阆州刺史。"

任职时间参见《新唐书》卷一七九《李训传》:大和八年十月,"(李训)迁周易博士兼翰林侍讲学士。入院,诏法曲弟子二十人侑宴,示优宠。于是给事中郑肃韩佽、谏议大夫李翔郭承嘏、中书舍人高元裕权璩等共劾仲言憸人,天下共知,不宜在左右"。又见《资治通鉴》卷二四五:大和八年十月,"是日,以李仲言为翰林侍讲学士。给事中高铢、郑肃、韩佽、谏议大夫郭承嘏、中书舍人权璩等争之,不能得"。离任时间可据《旧唐书·文宗本纪》:

① (宋)洪遵:《翰苑群书》,傅璇琮、施纯德编:《翰学三书》,辽宁教育出版社,2003 年,第38 页。

大和九年八月,"甲午,贬中书舍人权璩为郑州刺史"。可知,权璩当约大和八年在任,大和九年八月离任。

18. 高　锴(大和九年至开成元年)

字弱金。两《唐书》有传,《旧唐书》卷一六八,《新唐书》卷一七七。

任职考:

《旧传》:"(大和)六年二月,自司勋郎中转谏议大夫。七年,迁中书舍人。九年十月,以本官权知礼部贡举。开成元年春,试毕……乃以锴为礼部侍郎。"《新传》:"历吏部员外郎,迁中书舍人。开成元年,权知贡举……即以锴为礼部侍郎。"

可知,高锴大和七年自谏议大夫为中书舍人,九年权知贡举,开成元年末为礼部侍郎。

19. 郑　涯*(大和九年)

两《唐书》无传。

任职考:

据丁居晦《重修承旨学士壁记》:"大和七年四月八日,自左补阙充。八年九月七日,加司勋员外郎。十六日,赐绯。九年十一月十九日,加知制诰。十二月十五日,守本官出院。"①可知,郑涯任司勋员外郎、知制诰当在大和九年十一月到十二月,甚短。

20. 崔龟从(大和九年至开成元年)

字玄告,清河人。两《唐书》有传,见《旧唐书》卷一七六,《新唐书》卷一六〇。

任职考:

《旧传》:"累转考功郎中、史馆修撰。九年,转司勋郎中、知制诰。十二月,正拜中书舍人。开成初,出为华州刺史。三年三月,入为户部侍郎,判本司事。"《新传》:"大和初,迁太常博士……再迁至司勋郎中,知制诰,真拜中

---

① (宋)洪遵:《翰苑群书》,傅璇琮、施纯德编:《翰学三书》,辽宁教育出版社,2003年,第39页。

书舍人,历户部侍郎。"

可知,崔龟从大和九年为司勋郎中、知制诰,十二月正拜中书舍人,开成元年十二月为华州防御使离任。

离任前据《唐会要》卷二三"讳"条:"开成元年十一月,中书舍人崔龟从奏:‘前婺王府参军宋昂,与御名同,十年不改。昨日参选,追验正身,改更稍迟,殊戾敕旨,宜殿两选。’"离任记载又见《旧唐书·文宗本纪》:开成元年十二月,"以中书舍人崔龟从为华州防御使"。

21. 唐　扶(大和九年至开成五年)

字云翔,并州晋阳人。两《唐书》有传,见《旧唐书》卷一九〇下,《新唐书》卷八九。

任职考:

《旧传》:"俄转司勋郎中。(大和)八年,充弘文馆学士判院事。九年,转职方郎中,权知中书舍人事。开成初,正拜舍人,逾月,授福州刺史、御史中丞、福建团练观察使。"《新传》:"大和五年,为山南宣抚使……进中书舍人,出为福州观察使。"离任又见《旧唐书·文宗本纪》:开成元年五月,"以中书舍人唐扶为福建观察使"。

可知,大和九年以职方郎中权知中书舍人,开成初正拜,开成五年离任。

22. 柳公权(大和末)

字诚悬,京兆华原人。两《唐书》有传,见《旧唐书》卷一六五,《新唐书》卷一六三。

任职考:

《旧传》:"文宗思之,复召侍书,迁谏议大夫。俄改中书舍人,充翰林书诏学士……帝谓之曰:‘极知舍人不合作谏议,以卿言事有诤臣风彩,却授卿谏议大夫。’翌日降制,以谏议知制诰,学士如故。开成三年,转工部侍郎,充职。"《新传》:"文宗复召侍书,迁中书舍人,充翰林书诏学士……帝徐曰:‘卿有诤臣风,可屈居谏议大夫。’乃自舍人下迁,仍为学士知制诰。开成三年,转工部侍郎。"

迁转又见丁居晦《重修承旨学士壁记》记载其三次入院。

前两次分别是:"元和十五年三月二十三日,自夏州观察判官试太常寺协律郎,拜右拾遗,赐绯,充侍书学士。长庆二年九月,改右补阙。四年,出守本官。""大和二年五月二十日,自司封员外郎充侍书学士。二十三日,赐紫。十一月二十一日,改库部郎中。五年七月十五日,改右司郎中,出院。"①

第三次:"大和八年十月十五日,自兵部郎中弘文馆学士充侍书学士。九年九月十二日,加知制诰,充学士兼侍书。开成元年九月二十八日,迁中书舍人。二年四月,改谏议大夫、知制诰。三年九月十八日,迁工部侍郎、知制诰,加承旨。五年三月九日,加散骑常侍出院。"②自中书舍人迁谏议大夫、知制诰,较为少见,参见《旧传》所载。

综上,柳公权大和八年九月为兵部郎中、知制诰,稍后为谏议大夫、中书舍人,再为谏议大夫、知制诰,开成三年为工部侍郎、知制诰。任中书舍人约在大和末。

23. 孙 简(大和末)

孙简,字枢中。两《唐书》有传,见《旧唐书》卷一九〇,《新唐书》卷二〇二。令狐绹有《唐故银青光禄大夫检校司空兼太子少师分司东都上柱国开国侯食邑一千户赠太师孙公墓志铭并序》。③

任职考:

孙徽《唐故朝议郎前守蓬州此时乐安孙府君墓志铭并序》:"历位至谏议大夫知制诰……拜中书舍人……历刑、吏侍郎。"④《新传》:"累迁左司、吏部二郎中,由谏议大夫知制诰,进中书舍人。"《旧传》未载。《孙简墓志铭》载:"用公正之望,迁谏议大夫;以文学之称,守本官知制诰……所草制词勒成十卷,行下于代。转中书舍人,拜同州刺史、兼御史中丞、赐紫金鱼袋。"任同州刺史时间据《唐刺史考全编》考订为开成元年左右,任职到开成三年。⑤ 可知孙简任中书舍人约在大和末。

① (宋)洪遵:《翰苑群书》,傅璇琮、施纯德编:《翰学三书》,辽宁教育出版社,2003 年,第 36、38 页。
② (宋)洪遵:《翰苑群书》,傅璇琮、施纯德编:《翰学三书》,辽宁教育出版社,2003 年,第 39 页。
③ 周绍良、赵超主编:《唐代墓志汇编续集》,上海古籍出版社,2001 年,第 1110 页。
④ 周绍良主编:《唐代墓志汇编》,上海古籍出版社,1992 年,第 1548 页。
⑤ 郁贤皓:《唐刺史考全编》,安徽大学出版社,2000 年,第 136 页。

24.李景让(开成初)

《新唐书》有传,见卷一七七。

任职考:

《新传》:"历中书舍人,礼部侍郎,商、华、虢三州刺史。"杜牧与李景让同佐沈传师幕。据《旧唐书·文宗本纪》:开成三年四月,"癸巳,以中书舍人李景让为华州防御使"。据《登科记考》卷二一,李景让知开成五年贡举。① 可知景让自舍人守华州,入为礼部侍郎,复为散骑常侍、虢州刺史。《新传》云李景让"历中书舍人,礼部侍郎,商、华、虢三州刺史",乃混言之。可知其任中书舍人在开成初。

纠谬:

据《唐仆尚丞郎表》考订,为礼部侍郎在开成四年,由华州刺史迁入。② 华州刺史当为华州防御使。

25. 敬　昕(? 至开成二年)

两《唐书》无传,据《新表》,敬氏:宽,太子詹事。四子,昕字日观。

任职考:

据《旧唐书·文宗本纪》:开成二年四月,"丙子,以中书舍人敬昕为江西观察使"。可知,敬昕在开成二年前为中书舍人。

另《唐尚书省郎官石柱题名考》卷三"吏部郎中",卷四"吏部员外郎",卷五"司封郎中"均有载,其中吏部郎中或为任中书舍人前职务。

26.李让夷(开成二年至开成五年)

字达心,陇西人。两《唐书》有传,见《旧唐书》卷一七六,《新唐书》卷一八一。

任职考:

《旧传》:"大和初入朝,为右拾遗,召充翰林学士,转左补阙。三年,迁职方员外郎、左司郎中,充职。九年,拜谏议大夫。开成元年,以本官兼知起

---

① (清)徐松撰,赵守俨点校:《登科记考》,中华书局,1984年,第783页。
② 严耕望:《唐仆尚丞郎表》,上海古籍出版社,2007年,第180页。

居舍人事……二年,拜中书舍人……及德裕秉政,骤加拔擢,历工、户二侍郎,转左丞。"《新传》载:"与宋申锡善,申锡为翰林学士,荐让夷右拾遗,俄拜学士。素善薛廷老,廷老不饬细检,数饮酒不治职,罢去,坐是亦夺职。累进谏议大夫。开成初……乃决用让夷,进中书舍人。既而李珏、杨嗣复以覃之荐,终帝世不得迁。武宗初,李德裕复入,三迁至尚书右丞。"

据《旧传》,当在开成二年自谏议大夫知起居舍人拜中书舍人,李德裕秉政当指开成五年回京拜相,①则此时李让夷为工部侍郎。

又据丁居晦《重修承旨学士壁记》:"大和元年十二月二十二日,自拾遗改史馆修撰。六月二十七日,赐绯。二年二月五日,迁左补阙,三年十一月五日,加职方员外郎。五年九月十六日,守本官出院。"②此为李让夷开成之前迁转。

27. 李　回(约开成二年至开成五年)

字昭度。本名躔,避武宗庙讳改。两《唐书》有传,见《旧唐书》卷一七三,《新唐书》卷一三一。

任职考:

《旧传》:"开成初,以库部郎中知制诰,拜中书舍人,赐金紫服。武宗即位,拜工部侍郎,转户部侍郎,判本司事。三年,兼御史中丞。"《新传》稍略:"繇职方员外郎判户部案。四迁中书舍人。会昌中,以刑部侍郎兼御史中丞。"

可知,李回开成初为库部郎中、知制诰,约二年或三年为中书舍人,五年正月武宗即位,离任。

28. 崔　蠡(约开成三年至开成四年)

字越卿。两《唐书》有传,见《旧唐书》卷一一七,《新唐书》卷一四四。

任职考:

《旧传》:"开成初,以司勋郎中征,寻以本官知制诰。明年,正拜舍人。三年,权知礼部贡举。四年,拜礼部侍郎,转户部。"《新传》未载中书舍人

---

① 傅璇琮:《李德裕年谱》,中华书局,2013年,第291页。
② (宋)洪遵:《翰苑群书》,傅璇琮、施纯德编:《翰学三书》,辽宁教育出版社,2003年,第38页。

事。据《旧传》可知,崔蠡开成二年为司勋郎中、知制诰,约三年为中书舍人,四年为礼部侍郎。

李恭仁《唐故朝议郎使持节光州诸军事守光州刺史赐绯鱼袋李公墓志铭兼序》载:"既王公谢位,中书舍人崔公蠡雅重器能,惜其忠厚,条疏文行,冬荐于有司,制授均州刺史。"①

29.丁居晦(开成三年;开成四年)

两《唐书》无传。

任职考:

据本人所作《重修承旨学士壁记》,丁居晦曾两次入院:"大和九年五月三日,自起居舍人集贤院直学士充。十月十八日,赐绯。十九日,迁司勋员外郎。开成二年九月十一日,加司封郎中、知制诰。三年八月十四日,迁中书舍人,十一月十六日,拜御史中丞,出院。""开成四年闰正月,自御史中丞改中书舍人。五年二月二日,赐紫。其年三月十三日,迁户部侍郎、知制诰。七月二十三日,卒,赠吏部侍郎。"②

起居舍人前,据《旧唐书》卷一六七《宋申锡传》:"翌日,开延英,召宰臣及议事官,帝自询问。左常侍崔玄亮,给事中李固言,谏议大夫王质,补阙卢钧、舒元褒、罗泰、蒋系、裴休、窦宗直、韦温,拾遗李群、韦端符、丁居晦、袁都等十四人,皆伏玉阶下奏以申锡狱付外,请不于禁中讯鞫。"《新唐书》略同。当为拾遗。

丁居晦任中书舍人在开成三年八月至十一月,再任中书舍人在开成四年闰正月至三月。

自中书舍人拜御史中丞,又见《旧唐书·文宗本纪》:开成三年十一月,"庚午,以翰林学士丁居晦为御史中丞"。《册府元龟》卷五一二《宪官部》"选任"条:"丁居晦为翰林学士,文宗与麟德殿召对,因面授御史中丞,翼日制下。"③丁居晦再为中书舍人,在《册府元龟》卷五一五《宪官部》"刚正"条第二也有载:"丁居晦为御史中丞,颇锐志当官,不畏强御……遂复旧官。"④《唐会要》卷六五"光禄寺"条:开成四年正月,"今御史中丞丁居晦深知前

---

① 周绍良主编:《唐代墓志汇编》,上海古籍出版社,1992年,第2206页。

② (宋)洪遵:《翰苑群书》,傅璇琮、施纯德编:《翰学三书》,辽宁教育出版社,2003年,第39、41页。

③ (宋)王钦若等:《册府元龟》第7册,中华书局,1960年,第6133—6134页。

④ (宋)王钦若等:《册府元龟》第7册,中华书局,1960年,第6163页。

弊,悉还所职"。

30. 周　墀(开成四年至开成五年)

字德升,汝南人。两《唐书》有传,见《旧唐书》卷一七六,《新唐书》卷一八二。杜牧有《唐故东川节度使检校右仆射兼御史大夫赠司徒周公墓志铭》。[①]

任职考:

《旧传》:"文宗重之,补集贤学士,转考功员外郎,仍兼起居舍人事。开成二年冬,以本官知制诰,寻召充翰林学士。三年,迁职方郎中。四年十月,正拜中书舍人,内职如故。武宗即位,出为华州刺史、镇国军潼关防御等使。"《新传》:"迁起居舍人,改考功员外郎,兼舍人事。帝御紫宸,与宰相语事已,或召左右史咨质所宜,墀最为天子钦瞩。俄知制诰,入翰林为学士。武宗即位,以疾改工部侍郎,出为华州刺史。"

迁转又见丁居晦《重修承旨学士壁记》:"开成二年十二月二十五日,自考功员外郎、知制诰充。三年十一月十六日,加职方郎中。四年九月十二日,赐绯。五年三月十三日,改工部侍郎、知制诰。六月十日,守本官出院。"[②]可知,周墀开成二年冬考功员外郎兼起居舍人,拜考功员外郎、知制诰,三年职方郎中、知制诰,四年十月正拜中书舍人,五年正月武宗即位,为工部侍郎,后为华州刺史。

另,《唐阙史》卷上"周丞相对扬"条:"文宗皇帝自改元开成后……四年冬……上徐谓曰:'今日值翰林者为谁?'学士院奏曰:'中书舍人周墀。'"[③]

31. 黎　埴(开成四年至开成五年)

两《唐书》无传。

任职考:

丁居晦《重修承旨学士壁记》:"大和九年十月十二日,自右补阙充。开成二年二月十日,加司勋员外郎。三年正月十日,加知制诰。其年十二月十

---

① (唐)杜牧著,吴在庆校注:《杜牧集系年校注》,中华书局,2008 年,第 712 页。

② (宋)洪遵:《翰苑群书》,傅璇琮、施纯德编:《翰学三书》,辽宁教育出版社,2003 年,第 40 页。

③ (唐)高彦休撰,阳羡生校点:《唐阙史》,《唐五代笔记小说大观》,上海古籍出版社,2000 年,第 1334 页。

八日,赐绯。其月二十一日,加兵部郎中。四年十一月六日,迁中书舍人。五年二月一日,赐紫。三月十六日,拜御史中丞,出院。"①任前又见《唐尚书省郎官石柱题名考》卷八"司勋员外郎"条载。

可知,黎埴开成三年正月为司勋员外郎、知制诰,十二月为兵部郎中、知制诰,四年十一月为中书舍人,五年三月转御史中丞。

32. 裴　素(开成五年)

平州人。两《唐书》无传。

任职考:

《全唐文》小传:"宝历初进士,太和二年举贤良方正直言极谏第三等,官中书舍人。"《旧唐书·文宗本纪》:开成二年,"十二月庚寅朔。丙申,阁内对左右史裴素等"。此当为裴素司封员外郎前任职,任起居郎事又见《册府元龟》卷五六〇《国史部》"记注"条:"裴素为起居郎,与起居舍人张次宗阁内召对。"②又见《唐尚书省郎官石柱题名考》卷六"司封员外郎"条。

据丁居晦《重修承旨学士壁记》:"开成三年十二月十六日,司封员外郎、兼起居郎史馆修撰充。四年七月十三日,加知制诰。五年二月二日,赐绯。六月,迁中书舍人。十一月,加承旨,赐紫。十七日,卒官,赠户部侍郎。"③可知,裴素开成四年为司封员外郎、知制诰,五年六月任中书舍人,十一月卒于任。

33. 柳　璟(开成五年)

字德辉,河东人。两《唐书》有传,见《旧唐书》卷一四九,《新唐书》卷一三二。

任职考:

《旧传》:"开成初,换库部员外郎、知制诰,寻以本官充翰林学士……五年,拜中书舍人充职。武宗朝,转礼部侍郎,再司贡籍,时号得人。"《新传》:"累迁吏部员外郎。文宗开成初,为翰林学士……迁中书舍人。武宗立,转

---

①　(宋)洪遵:《翰苑群书》,傅璇琮、施纯德编:《翰学三书》,辽宁教育出版社,2003年,第40页。

②　(宋)王钦若等:《册府元龟》第7册,中华书局,1960年,第6722页。

③　(宋)洪遵:《翰苑群书》,傅璇琮、施纯德编:《翰学三书》,辽宁教育出版社,2003年,第40页。

礼部侍郎。"

丁居晦《重修承旨学士壁记》："开成二年七月十九日,自库部员外郎、知制诰充。三年四月十四日,加驾部郎中、知制诰。二月九日,迁中书舍人。五年十月,改礼部侍郎出院。"①记载与本传基本相合。但任中书舍人时间直言二月九日,缺年,从《旧传》,据傅璇琮《唐翰林学士传论》考订当为开成五年二月迁中书舍人。②

可知,柳璟文宗开成二年七月自库部员外郎、知制诰入院,三年四月为驾部郎中、知制诰,此事本传未载,任中书舍人未载时间,当从《旧传》为五年二月,同年十月任礼部侍郎。

34. 张次宗*（约开成末）

《新唐书》有传,见卷一二七。

任职考:

《新传》："李德裕再当国,引为考功员外郎,知制诰。出澧、明二州刺史,卒。"张次宗开成元年为监察御史,二年为起居郎,见《旧唐书》卷一七三《郑覃传》："覃奏起居郎周墀、水部员外郎崔球、监察御史张次宗、礼部员外郎温业等,校定《九经》文字……因起居郎阙,固言奏曰:'周敬复、崔球、张次宗等三人,皆堪此任。'"据傅璇琮《李德裕年谱》考订,李德裕开成五年七月被召入朝,九月初至长安,拜相。③ 可知,张次宗为考功员外郎、知制诰时间约在开成末。

35. 裴夷直（约开成末）

字礼卿,吴人。刘禹锡《唐故宣歙池等州都团练观察处置使宣州刺史兼御史中丞赠左散骑常侍王公神道碑》称"河东裴夷直"。④《新唐书》有传,见卷一四八。

任职考:

① （宋）洪遵:《翰苑群书》,傅璇琮、施纯德编:《翰学三书》,辽宁教育出版社,2003 年,第40 页。
② 傅璇琮考订亦在此年,参见傅璇琮:《唐翰林学士传论》（晚唐卷）,辽海出版社,2011 年,第105 页。
③ 傅璇琮:《李德裕年谱》,中华书局,2013 年,第291 页。
④ （唐）刘禹锡著,瞿蜕园笺证:《刘禹锡集笺证》,上海古籍出版社,1989 年,第89 页。

《新传》："第进士,历右拾遗,累进中书舍人。武宗立,夷直视册牒,不肯署,乃出为杭州刺史,斥欢州司户参军。"

据《旧唐书》卷一四一《张茂昭传》："状至中书,下吏部员外郎判废置,裴夷直断曰:……遂为定例。"吏部员外郎当为中书舍人任前职务。离任时武宗即位,又据《旧唐书·武宗本纪》:开成五年八月,"御史中丞裴夷直为杭州刺史:皆坐弘逸、季稜党也"。"三月,贬湖南观察使杨嗣复潮州司民,桂管观察使李珏瑞州司马,杭州刺史裴夷直驩州司户。"综上,裴夷直任职中书舍人当在开成末。

十四、武 宗 朝

1. 周敬复（会昌元年至会昌四年）

两《唐书》无传。

任职考：

任前职务，据《旧唐书》卷一七三《郑覃传》："因起居郎阙，固言奏曰：'周敬复、崔球、张次宗等三人，皆堪此任。'"而后又迁礼部员外郎，据《册府元龟》卷七〇八《宫臣部》"选任"条："周敬复为礼部员外郎兼起居郎，史馆修撰，开成三年五月以敬复守本官充皇太子侍读，依前史馆修撰。"①《唐尚书省郎官石柱题名考》卷四所载"吏部员外郎"，或亦为入院前职位。

丁居晦《重修承旨学士壁记》："开成五年三月三十日自兵部员外郎、知制诰充。十二月十一日，赐绯。会昌元年二月十三日，转职方郎中、知制诰，中书舍人。二年九月十八日，守本官出院。"②又据《旧唐书·宣宗本纪》："（大中四年）十二月，以华州刺史周敬复为光禄大夫、检校左散骑常侍，兼洪州刺史、江南西道团练观察使，赐金紫。"当为中书舍人后职位，其或在三年。

可知，周敬复开成五年三月稍前为兵部员外郎、知制诰，会昌元年二月为职方郎中、知制诰，约本年末为中书舍人，四年为洪州刺史。

2. 李 褒（会昌元年至会昌二年）

两《唐书》无传。

任职考：

白居易有《柳经李褒并泗州判官制》："儒林郎、试太子通事舍人李褒……可试太常寺协律郎、充武宁军节度泗州兵马留后判官。"③《旧唐书》

---

① （宋）王钦若等：《册府元龟》第9册，中华书局，1960年，第8441页。

② （宋）洪遵：《翰苑群书》，傅璇琮、施纯德编：《翰学三书》，辽宁教育出版社，2003年，第41页。

③ （唐）白居易著，谢思炜校注：《白居易文集校注》，中华书局，2011年，第684页。

卷一七六《李让夷传》:"开成元年,以本官兼知起居舍人事。时起居舍人李褒有痼疾,请罢官。"则李褒入院前开成初年曾任太子通事舍人,太常寺协律郎、武宁军节度泗州兵马留后判官,起居舍人。

丁居晦《重修承旨学士壁记》:"开成五年三月二十日,自考功员外郎、集贤院直学士充。其年六月,转库部郎中、知制诰。十二月十二日,赐绯。会昌元年五月,拜中书舍人。十二月,加承旨。六日,赐紫。二年五月十九日,出守本官。"①可知,李褒开成五年六月为库部郎中、知制诰,会昌元年五月为中书舍人,二年离开翰林院。

任库部郎中、知制诰时,有《大唐故安王墓志之铭》,撰于开成五年八月。又见《全唐文》卷八三二钱翊《授李褒刺史等制》:"敕李褒……可虢州刺史。"

3. 纥干臮(会昌初)

字咸一。两《唐书》无传。

任职考:

《旧唐书·刑法志》:"会昌元年九月,库部郎中、知制诰纥干臮等奏:'准刑部奏,犯赃官五品已上,合抵死刑,请准狱官令赐死于家者,伏请永为定格。'从之。"可知,会昌元年九月其库部郎中、知制诰在任。《唐尚书省郎官石柱题名考》卷七"司勋郎中"有载,或为会昌前职务。

《新唐书》卷一六三《柳仲郢传》:会昌初,"中书舍人纥干臮诉甥刘诩殴其母,诩为禁军校,仲郢不待奏,即捕取之,死杖下。宦官以为言,改右散骑常侍,知吏部铨"。可知纥干臮正拜中书舍人当在会昌初年。

又《全唐文》卷七二六有崔嘏《授纥干臮江西观察使制》:"中书舍人纥干臮……可江西观察使。"此为其后职务。迁转具体时间不详。

4. 崔　铉(会昌二年至会昌三年)

字台硕,博陵人。两《唐书》有传,见《旧唐书》卷一六三,《新唐书》卷一六〇。

任职考:

---

① (宋)洪遵:《翰苑群书》,傅璇琮、施纯德编:《翰学三书》,辽宁教育出版社,2003年,第41页。

《旧传》:"会昌初,入为左拾遗,再迁员外郎,知制诰,召入翰林,充学士。累迁户部侍郎承旨。会昌末,以本官同平章事。"无中书舍人记载。《新传》:"从李石荆南为宾佐,入拜司勋员外郎、翰林学士,迁中书舍人、学士承旨。武宗好蹴鞠、角抵,铉切谏,帝褒纳之。会昌三年,拜中书侍郎、同中书门下平章事。"

迁转又见丁居晦《重修承旨学士壁记》:"开成五年七月五日,自司勋员外郎充。会昌二年正月十二日,加司封郎中、知制诰。其年九月二十七日,加承旨,赐紫。十一月二十九日,迁中书舍人。三年五月十四日,拜中书侍郎平章事。"①迁转与《旧传》多不合。《唐尚书省郎官石柱题名考》卷五"司封郎中",卷八"司勋员外郎"。崔铉任此二职无疑。暂从丁《记》与《新传》。

可知,崔铉会昌二年正月为司封郎中、知制诰,十一月为中书舍人,三年五月离任,为中书侍郎平章事。

5. 白敏中(会昌四年)

字用晦,白居易从父弟。两《唐书》有传,见《旧唐书》卷一六六,《新唐书》卷一一九。

任职考:

《旧传》:"会昌初,为殿中侍御史,分司东都。寻除户部员外郎,还京。武宗皇帝素闻居易之名,及即位,欲征用之,宰相李德裕言居易衰病,不任朝谒,因言从弟敏中辞艺类居易,即日知制诰,召入翰林充学士,迁中书舍人。累至兵部侍郎、学士承旨。"《新传》:"御史丞高元裕荐为侍御史,再转左司员外郎。武宗雅闻居易名,欲召用之。是时,居易足病废,宰相李德裕言其衰荼不任事,即荐敏中文词类其兄而有器识。即日知制诰,召入翰林为学士。进承旨。"

丁居晦《重修承旨学士壁记》:"会昌二年九月十三日,自右司员外郎充。七月十五日,改兵部员外郎。十一月二十九日,加知制诰。三年五月二十九日,改职方郎中。十二月七日,加承旨,赐紫。四年四月十五日,拜中书舍人。九月四日,迁户部侍郎、知制诰,并依前充。"②迁转较本传详细。

---

① (宋)洪遵:《翰苑群书》,傅璇琮、施纯德编:《翰学三书》,辽宁教育出版社,2003年,第41页。

② (宋)洪遵:《翰苑群书》,傅璇琮、施纯德编:《翰学三书》,辽宁教育出版社,2003年,第42页。

可知白敏中会昌二年十一月为兵部员外郎、知制诰,三年五月为职方郎中、知制诰,四年四月末为中书舍人,九月迁户部侍郎、知制诰。

6. 魏　扶(会昌四年至大中元年)

两《唐书》无传。

任职考:

丁居晦《重修承旨学士壁记》:"会昌二年八月八日,自起居郎充。三年四月二十五日,赐绯。五月二十九日,加知制诰。四年四月十五日,转考功郎中。九月四日,拜中书舍人,并依前充。"①又据《旧唐书·宣宗本纪》,大中二年二月,"二月丁酉,礼部侍郎魏扶奏:臣今年所放进士三十三人……"可知魏扶在大中二年已任礼部侍郎,故其任中书舍人时间当在会昌四年九月至大中元年末。

7. 封　敖(会昌四年)

字硕夫,渤海蓨人。两《唐书》有传,《旧唐书》卷一六八,《新唐书》卷一七七。

任职考:

《旧传》:"会昌初,以员外郎知制诰,召入翰林学士,拜中书舍人……德裕罢相,敖亦罢内职。宣宗即位,迁礼部侍郎。"《新传》:"会昌初,以左司员外郎召为翰林学士,三迁工部侍郎。"无中书舍人记载。

丁居晦《重修承旨学士壁记》:"会昌二年自左司员外郎见侍御史知杂事充。其月三日,改驾部员外郎。三年五月二十五日,加知制诰。四年四月十五日,迁中书舍人。九月四日,迁工部侍郎、知制诰,依前充。五年三月十八日,三表陈乞,蒙恩出守本官。"②郎官任职又见《唐尚书省郎官石柱题名考》卷二"左司员外郎",卷二十二"祠部员外郎"。可知,封敖任职为会昌三年五月驾部员外郎、知制诰,四年四月为中书舍人,九月为工部侍郎、知制诰。

---

① (宋)洪遵:《翰苑群书》,傅璇琮、施纯德编:《翰学三书》,辽宁教育出版社,2003年,第42页。

② (宋)洪遵:《翰苑群书》,傅璇琮、施纯德编:《翰学三书》,辽宁教育出版社,2003年,第42页。

8. 韦　琮（会昌四年至会昌末）

字礼玉。《新唐书》有传，见卷一八二。

任职考：

《新传》："琮进士及第，稍进殿中侍御史。坐讯狱不得实，改太常博士。擢累户部侍郎、翰林学士承旨。"未有中书舍人记载。

丁居晦《重修承旨学士壁记》："会昌二年二月十五日，自起居舍人、史馆修撰充。其年十月十七日，加司勋员外郎。三年五月二十九日，转兵部员外郎、知制诰。四年四月十五日，转兵部郎中。九月四日，拜中书舍人，并依前充。"①离任时间又据《册府元龟》卷六四一《贡举部》"条制"条第三："大中元年正月，礼部侍郎魏扶放及第二十三人，续奏堪放及第三人，封彦卿、崔涿。郑延休等皆以文艺为众所知，其父皆重任不敢选取，其所试诗赋并对奉进止，另翰林学士户部侍郎、知制诰韦琮等考，尽合程度，七月二十三日奉进止并付所司放及第，有司考试只合在公，如涉徇私自有刑典，从今以后但依常例取舍，不得别有奏闻。"②可知大中元年时为户部侍郎、知制诰。

可知，韦琮会昌三年五月为兵部员外郎、知制诰，四年四月为兵部郎中、知制诰，九月拜中书舍人，约会昌末离任。

9. 徐　商（会昌五年至？）

字义声，或字秋卿。新郑人。两《唐书》有传，见《旧唐书》卷一七九，《新唐书》卷一一三。《全唐文》卷七二四有李骘《徐襄州碑》。

任职考：

《旧传》："累迁侍御史，改礼部员外郎。寻知制诰，转郎中，召充翰林学士，拜中书舍人、户部侍郎判本司事。"《新传》称"大中时，擢累尚书左丞"。据丁居晦《重修承旨学士壁记》："会昌三年六月一日，自礼部员外郎充。四年八月七日，加礼部郎中、知制诰。七年九月四日，迁兵部郎中，并依前充。"③另据《唐翰林学士传论》考订为会昌四年九月为兵部郎中、知制诰，

① （宋）洪遵：《翰苑群书》，傅璇琮、施纯德编：《翰学三书》，辽宁教育出版社，2003年，第42页。
② （宋）王钦若等：《册府元龟》第8册，中华书局，1960年，第7686页。
③ （宋）洪遵：《翰苑群书》，傅璇琮、施纯德编：《翰学三书》，辽宁教育出版社，2003年，第42页。

会昌五年迁中书舍人出院,宣宗时为户部侍郎判左司事。①

纠谬:

《旧传》称以郎中充学士,有误。

10. 李　讷(会昌后)

字敦止,江陵人。两《唐书》有传,见《旧唐书》卷一五五,《新唐书》卷一六二。

任职考:

《新传》:"及进士第。迁累中书舍人,为浙东观察使。性疏下,遇士不以礼,为下所逐,贬朗州刺史。召为河南尹。"《旧传》只言官至华州刺史、检校尚书右仆射。

丁居晦《重修承旨学士壁记》:"开成五年七月五日,自左补阙充。会昌二年四月十六日,迁职方员外郎。十一月二十一日,赐绯。三年四月,守本官。"②当为任中书舍人前职务。《全唐文》卷七二六有崔嘏《授李讷中书舍人李言大理少卿制》:"敕礼部郎中、知制诰李讷……"可知,李讷自礼部郎中、知制诰为中书舍人。李纳经历职方员外郎、礼部郎中而至中书舍人,约有四年时间,故其任中书舍人当在会昌后期。

---

① 傅璇琮:《唐翰林学士传论》(晚唐卷),辽海出版社,2011 年,第 177 页。

② (宋)洪遵:《翰苑群书》,傅璇琮、施纯德编:《翰学三书》,辽宁教育出版社,2003 年,第 41 页。

十五、宣 宗 朝

1. 孙　毅（大中元年至大中二年）

两《唐书》无传。

任职考：

丁居晦《重修承旨学士壁记》："会昌三年九月二十八日，自左拾遗充。四年九月十日，迁起居郎，依前充。六年二月二十三日，加兵部员外郎。七年四月十五日，浴殿赐绯。其七月十七日，守本官、知制诰。六月十日，迁兵部郎中。大中元年十二月七日，加承旨，思政殿赐紫。其月二十六日，拜中书舍人。二年七月六日，特恩迁户部侍郎、知制诰，并依前充。其年十二月二十四日，除河南尹兼御史大夫。"①期间迁转与其他史料相合者还有《旧唐书·武宗本纪》：会昌六年二月，"壬辰，以翰林学士、起居郎孙毅韦兵部员外郎充职。"

可知，孙毅会昌七年七月兵部员外郎、知制诰，六月兵部郎中、知制诰，大中元年七月拜中书舍人，二年七月户部侍郎、知制诰，七年十二月离任。

2. 崔　玙（大中元年至大中五年）

字朗士。《旧唐书》有传，见卷一七七。

任职考：

《旧传》："开成末，累迁至礼部员外郎。会昌初，以考功郎中知制诰，拜中书舍人。大中五年，迁礼部侍郎。六年，选士，时谓得才。"

其任职时间，据《旧唐书·宣宗本纪》：大中元年六月，"以左谏议大夫庾简休为虢州刺史，以正议大夫、行尚书考功郎中、知制诰、上柱国崔玙为中书舍人，以中散大夫、前湖州刺史、彭阳县开国男、食邑三百户令狐绹行尚书考功郎中、知制诰"。可知，崔玙在会昌初以考功郎中、知制诰，大中元年六

---

① （宋）洪遵：《翰苑群书》，傅璇琮、施纯德编：《翰学三书》，辽宁教育出版社，2003 年，第42 页。

月拜中书舍人,大中五年,迁礼部侍郎。

3. 崔　嘏（？至大中二年）

字乾锡。两《唐书》无传。

任职考:

《新唐书》卷一八〇《李德裕传》:"中书舍人崔嘏,字乾锡,谊士也。坐书制不深切,贬端州刺史。嘏举进士,复以制策历邢州刺史。刘稹叛,使其党裴问戍于州,嘏说使听命,改考功郎中,时皆谓邀赏。至是,作诏不肯巧傅以罪。"《资治通鉴》卷二四八:大中二年正月,"中书舍人崔嘏坐草李德裕制不尽言其罪,己丑,贬端州刺史"。

可知,崔嘏在大中二年正月稍前在任,此时贬官。此事又见《新唐书·艺文志》:"会刘稹反,归朝,授考功郎中、中书舍人。李德裕之谪,嘏草制不尽书其过,贬端州刺史。"

4. 毕　諴（大中初）

字存之,郓州须昌人。两《唐书》有传,见《旧唐书》卷一七七,《新唐书》卷一八三。

任职考:

《旧传》:"改职方郎中,兼侍御史知杂。期年,召为翰林学士、中书舍人,迁刑部侍郎。"《新传》无中书舍人记载:"累官驾部员外部、仓部郎中……宰相知之,以职方郎中兼侍御史知杂事,召入翰林为学士。党项扰河西,宣宗尝召访边事……即拜刑部侍郎。"

离任又见《旧唐书·宣宗本纪》:大中二年,"八月戊子,朝散大夫、中书舍人、充翰林学士、上柱国、平阴县开国男、食实封三百户、赐紫金鱼袋毕諴为刑部侍郎"。杜牧有《毕諴出刑部侍郎制》:"翰林学士朝散大夫守中书舍人上柱国平阴县开国南食邑三百户赐紫金鱼袋毕諴……权知尚书刑部寺郎,散官勋封赐如故。"①与《旧传》相合。可知,毕諴大中初在任,二年八月离任。

《太平广记》卷一七八"贡举"第一引《卢氏杂说》:"郑薰知举,放榜日,

---

①　（唐）杜牧著,吴在庆校注:《杜牧集系年校注》,中华书局,2008年,第1029页。

唯舍人毕諴到宅谢恩,至萧傲放榜日,并无朱紫及门,时论诮之。"①

纠谬:

丁居晦《重修承旨学士壁记》:"大中四年二月十三日,自职方郎中兼侍御史知杂事充。六年正月七日,三殿召对赐紫。其年七月七日,授权知刑部侍郎,出院。"其中权知刑部侍郎之本官有误,当在翰林院已任中书舍人。

5. 裴 谂(大中二年)

两《唐书》有传,见《旧唐书》卷一七〇,《新唐书》卷一七三。

任职考:

《新传》:"累官考功员外郎。宣宗访元和宰相子,思度勋望,故待谂有加。为翰林学士,累迁工部侍郎,诏加承旨。"无中书舍人记载。《旧传》亦只有登第时间。

丁居晦《重修承旨学士壁记》:"会昌六年六月二日,自考功员外郎充。八月十九日,加司封郎中。大中元年二月三十日,加知制诰。二年七月二日,三殿赐紫。其月六日,特恩加工部侍郎、知制诰。十二月二十六日,加承旨,并依前充。三年五月二十三日,守本官出院。"②《全唐文》卷七二六有崔嘏《授裴谂知制诰制》,制文中称"满岁",故大中二年初,为中书舍人。

可知,裴谂大中元年二月为司封郎中、知制诰,大中二年初为中书舍人,二年七月为工部侍郎、知制诰,三年五月为工部侍郎、知制诰。

6. 宇文临(大中二年至大中三年)

两《唐书》无传。

任职考:

丁居晦《重修承旨学士壁记》记载其两次入翰林院:"大中元年闰三月七日,自礼部员外郎充。七年四月,守本官出院。""大中元年十二月八日,自礼部郎中充。其月二十八日,加知制诰。二年正月二日,思政殿召对,赐

---

① (宋)李昉等编:《太平广记》第4册,中华书局,1961年,第1325页。
② (宋)洪遵:《翰苑群书》,傅璇琮、施纯德编:《翰学三书》,辽宁教育出版社,2003年,第43页。

绯。其年六月七日,特恩迁中书舍人并依前充。三年九月十四日,责授复州刺史。"①两次任郎官,《唐尚书省郎官石柱题名考》卷二十"礼部员外郎",卷十九"礼部郎中"皆有载。

可知,宇文临大中元年十二月为礼部郎中、知制诰,二年六月为中书舍人,三年九月为复州刺史。

二次入院可见《全唐文》卷七二六崔嘏《授宇文临翰林学士制二首》:"礼部郎中宇文临……可守本官充翰林学士。"任复州刺史时间见《唐刺史考全编》。②

7. 刘 瑑(大中三年至大中四年)

字子全,彭城人。两《唐书》有传,见《旧唐书》卷一七七,《新唐书》卷一八二。

任职考:

《旧传》:"会昌末,累迁尚书郎、知制诰,正拜中书舍人。大中初,转刑部侍郎。"《新传》较略:"大中初,擢翰林学士。宣宗始复关陇,裁处丛繁,书诏夜数十,虽捉笔遽成,辞皆允切。会伐党项,诏为行营宣慰使。"无中书舍人记载。

丁居晦《重修承旨学士壁记》:"会昌六年六月二日,自殿中侍御史充。七月九日,三殿赐绯。大中元年闰三月十二日,加职方员外郎。十一月二十七日,加知制诰。二年七月六日,特恩加司封郎中。三年六月十四日,拜中书舍人。十二月二十七日,三殿赐紫,并依前充。四年十一月二十八日,守本官兼御史中丞,充西讨伐党项行营诸寨宣慰使,依前充。五年五月,守本官出院。"③可补本传之阙。

可知,刘瑑大中元年十一月职方员外郎、知制诰,二年七月司封郎中、知制诰,三年六月拜中书舍人,四年十一月兼御史中丞。

8. 令狐绹(大中三年)

字子直。两《唐书》有传,见《旧唐书》卷一七二,《新唐书》卷一六六。

---

① (宋)洪遵:《翰苑群书》,傅璇琮、施纯德编:《翰学三书》,辽宁教育出版社,2003年,第43页。

② 郁贤皓:《唐刺史考全编》,安徽大学出版社,2000年,第2656页。

③ (宋)洪遵:《翰苑群书》,傅璇琮、施纯德编:《翰学三书》,辽宁教育出版社,2003年,第43页。

任职考：

《旧传》：“会昌五年，出为湖州刺史。大中二年，召拜考功郎中，寻知制诰。其年，召入充翰林学士。三年，拜中书舍人，袭封彭阳男，食邑三百户，寻拜御史中丞。”《新传》：“出为湖州刺史。大中初……即召为考功郎中，知制诰。入翰林为学士……进中书舍人，袭彭阳男。迁御史中丞。”又见丁居晦《重修承旨学士壁记》：“大中二年二月十日，自考功郎中、知制诰充。三年二月二十一日，特恩拜中书舍人，依前充。七年五月一日，迁御史中丞，赐紫，出院。”①

令狐绹大中二年，召拜考功郎中，寻知制诰。其年，召入充翰林学士。三年，拜中书舍人，寻拜御史中丞，既然四年转户部侍郎，则中书舍人任职当在大中三年之内。

其后令狐绹又曾知制诰，参见丁居晦《重修承旨学士壁记》：“大中三年九月十六日，自御史中丞充承旨。其月二十三日，权知兵部侍郎、知制诰，依前充。四年十一月三日，守本官、同中书门下平章事。”②

9. 崔慎由（大中三年至大中九年）

字敬止，清河武城人。两《唐书》有传，见《旧唐书》卷一七七，《新唐书》卷一一四。崔虔有《唐太子太保分司东都赠太尉清河崔府君墓志》。③

任职考：

《旧传》：“累迁吏部员外郎。九年，裴度为中丞，奏从为侍御史知杂，守右司郎中。度作相，用从自代为中丞……改给事中，数月，出为陕州大都督府长史、陕虢团练观察使、兼御史中丞，赐紫金鱼袋。入为尚书右丞。”《新传》：“入为右拾遗，进翰林学士。授湖南观察使。召还，由刑部侍郎领浙西。入迁户部侍郎，判户部。”无中书舍人记载。

据丁居晦《重修承旨学士壁记》：“大中三年六月八日，自职方郎中、知制诰充。九月六日，拜中书舍人，依前充。十二月九日，守本官出院。”④《崔

---

① （宋）洪遵：《翰苑群书》，傅璇琮、施纯德编：《翰学三书》，辽宁教育出版社，2003 年，第43—44 页。

② （宋）洪遵：《翰苑群书》，傅璇琮、施纯德编：《翰学三书》，辽宁教育出版社，2003 年，第44 页。

③ 周绍良、赵超主编：《唐代墓志汇编续集》，上海古籍出版社，2001 年，第1074 页。

④ （宋）洪遵：《翰苑群书》，傅璇琮、施纯德编：《翰学三书》，辽宁教育出版社，2003 年，第44 页。

慎由墓志》记载了其迁转顺序:"吏部员外郎、考功员外郎、知制诰、职方郎中、知制诰、翰林学士、中书舍人、潭州刺史兼御史中丞。"(按:原断句有误)。崔慎由任潭州刺史时间据《唐刺史考全编》考订为大中六年,①可知,崔慎由大中三年六月为职方郎中、知制诰,九月为中书舍人,离任时间为大中六年。

10. 郑　薰(大中四年至?)

字子溥。《新唐书》有传,见卷一七七。

任职考:

《新传》:"历考功郎中、翰林学士。出为宣歙观察使。前人不治,薰颇以清力自将。牙将素骄,共谋逐出之,薰奔扬州。贬隶王府长史,分司东都。懿宗立,召为太常少卿,擢累吏部侍郎……久之,进左丞。"无中书舍人记载。

丁居晦《重修承旨学士壁记》:"大中三年九月十八日,自考功郎中充。闰十一月二十七日,特恩加知制诰。四年十月七日,拜中书舍人,并依前充。十三日,守本官出院。"②中书舍人后任职,据《唐才子传》卷八:"(刘沧)大中八年礼部侍郎郑薰下进士榜后,进谒谢。"③可知其后,至少大中八年为礼部侍郎。若以三考为期,大中七年迁礼部侍郎,后典贡举较合情理。

可知,郑薰大中三年闰十一月考功郎中、知制诰,四年十月为中书舍人,离任时间不详。

11. 苏　涤*(大中五年至大中六年)

两《唐书》无传。

任职考:

丁居晦《重修承旨学士壁记》:"大中四年十二月二十四日,自右丞入。其月十八日,加知制诰。五年六月五日,迁兵部侍郎、知制诰,并依前充。六

---

①　郁贤皓:《唐刺史考全编》,安徽大学出版社,2000年,第2424页。
②　(宋)洪遵:《翰苑群书》,傅璇琮、施纯德编:《翰学三书》,辽宁教育出版社,2003年,第44页。
③　傅璇琮主编:《唐才子传校笺》第3册,中华书局,1987年,第412页。

年六月九日,上表病免。□年十一月,守本官出院。"①可知,苏涤大中五年六月为兵部侍郎、知制诰,所缺疑六年十一月,不再知制诰。

12. 萧 邺(大中五年至大中七年)

字启之。《新唐书》有传,见卷一八二。

任职考:

《新传》:"累进监察御史、翰林学士,出为衡州刺史。大中中,召还翰林,拜中书舍人,迁户部侍郎,判本司。"

丁居晦《重修承旨学士壁记》:"大中元年二月二十六日,自监察御史里行充。十一月二十日,迁右补阙。十二月二十七日,三殿赐绯。二年七月六日,特恩迁兵部员外郎。十一月十三日,加知制诰,并依前充。二年九月十四日,责授衡州刺史。"②"大中五年正月二十八日,自考功郎中充。二月一日,加知制诰。七月十四日,迁中书舍人。六年正月七日,三殿召对赐紫。七月二十七日,加承旨。七年六月十二日,迁户部侍郎、知制诰,并依前充。八年十二月十八日,守本官、判户部出院。"③

可知,萧邺大中二年十一月兵部员外郎、知制诰,二年九月左迁衡州刺史。任衡州刺史时间《唐刺史考全编》考订为大中三年。④ 大中五年二月为考功郎中、知制诰,七月迁中书舍人,七年六月为户部侍郎、知制诰,八年十二月出院。

13. 崔 瑶(? 至大中六年)

《旧唐书》有传,见卷二〇〇下。

任职考:

《旧传》:"大和三年登进士第,出佐藩方,入升朝列,累到中书舍人。大中六年,知贡举,旋拜礼部侍郎。"可知,崔瑶大中六年中书舍人在任,约本

① (宋)洪遵:《翰苑群书》,傅璇琮、施纯德编:《翰学三书》,辽宁教育出版社,2003 年,第44 页。
② (宋)洪遵:《翰苑群书》,傅璇琮、施纯德编:《翰学三书》,辽宁教育出版社,2003 年,第43 页。
③ (宋)洪遵:《翰苑群书》,傅璇琮、施纯德编:《翰学三书》,辽宁教育出版社,2003 年,第44—45 页。
④ 郁贤皓:《唐刺史考全编》,安徽大学出版社,2000 年,第2443 页。

年迁礼部侍郎。

14. 杜审权（大中六年至大中十年）

字殷衡,京兆人。两《唐书》有传,见《旧唐书》卷一七七,《新唐书》卷九六。

任职考:

《旧传》:"大中初,迁司勋员外郎,转郎中知杂。又以本官知制诰,正拜中书舍人。十年,权知礼部贡举。十一年,选士三十人,后多至达官。正拜礼部侍郎。"知贡举又见《旧唐书·宣宗本纪》:大中十年,"九月,以中书舍人杜审权知礼部贡举"。《新传》:"宣宗时,入翰林为学士,累迁兵部侍郎、学士承旨。"未有中书舍人记载。

其后又见丁居晦《重修承旨学士壁记》:"大中十二年,自刑部侍郎充。其月二十八日,转户部侍郎、知制诰、承旨。十三年八月二十九日,加通议大夫、兵部侍郎、知制诰,依前充承旨。其年十二月三日,守本官同平章事。"①

可知,杜审权大中初司勋员外郎、知制诰,正拜中书舍人。十年,权知礼部贡举,遂正拜,大中十二年为户部侍郎、知制诰,十三年八月为兵部侍郎、知制诰,年末为相。

15. 萧　寘（大中六年至大中八年）

两《唐书》无传。

任职考:

丁居晦《重修承旨学士壁记》:"大中四年七月二十四日,自兵部员外郎充。十月七日,加知制诰。五年□月十四日,加驾部郎中。六年五月十九日,拜中书舍人。七年十月十二日,三殿召对赐紫。八年五月十九日,迁户部侍郎、知制诰,并依前充,九年二月十七日,加承旨。十年八月四日,授检校工部尚书、浙西观察使。"②

可知,萧寘大中四年十月兵部员外郎、知制诰,五年驾部郎中、知制诰,六年五月拜中书舍人,八年五月迁户部侍郎、知制诰。

---

① （宋）洪遵:《翰苑群书》,傅璇琮、施纯德编:《翰学三书》,辽宁教育出版社,2003 年,第46 页。

② （宋）洪遵:《翰苑群书》,傅璇琮、施纯德编:《翰学三书》,辽宁教育出版社,2003 年,第44 页。

16. 杜 牧(大中六年)

字牧之。两《唐书》有传,见《旧唐书》卷一四七,《新唐书》卷一六六。
任职考:

《旧传》:"授湖州刺史,入拜考功郎中、知制诰,岁中迁中书舍人……将及知命,得病,自为墓志、祭文……其年,以疾终于安仁里,年五十。"《新传》:"历黄、池、睦三州刺史,入为司勋员外郎,常兼史职。改吏部,复乞为湖州刺史。逾年,以考功郎中知制诰,迁中书舍人……卒,年五十。"

据缪钺《杜牧年谱》①考订,杜牧任职时间大中五年秋拜考功郎中、知制诰,大中六年迁中书舍人,十一月卒。不再赘述。

17. 韦 澳(大中六年至大中八年)

字子斐。两《唐书》有传,见《旧唐书》卷一五八,《新唐书》卷一六九。
任职考:

《旧传》:"墀辅政,以澳为考功员外郎、史馆修撰。墀初作相……不周岁,以本官知制诰。寻召充翰林学士,累迁户部、兵部侍郎、学士承旨。"《新传》:"擢考功员外郎、史馆修撰。岁中知制诰,召为翰林学士。累迁兵部侍郎,进学士承旨。"

丁居晦《重修承旨学士壁记》:"大中五年七月二十日,自库部郎中、知制诰充。六年五月十九日,迁中书舍人。八年五月十九日,迁工部侍郎、知制诰,并依前充。七月二日,三殿召对赐紫。十年五月二十五日,授京兆尹。"②离任时间又见《旧唐书·宣宗本纪》:大中八年,"五月,以中书舍人、翰林学士韦澳为京兆尹"。其中韦澳官职不同,当以丁《记》为确。

韦澳当在大中五年为库部郎中、知制诰,六年五月为中书舍人,八年迁工部侍郎、知制诰。

18. 杨绍复(大中七年)

附见《旧唐书》卷一六四《杨於陵传》:"子四人……绍复进士擢第,弘辞

① 缪钺:《杜牧年谱》,河北教育出版社,1999年,第197—200页。
② (宋)洪遵:《翰苑群书》,傅璇琮、施纯德编:《翰学三书》,辽宁教育出版社,2003年,第45页。

登科,位终中书舍人。"

任职考:

《全唐文》卷七三三杨绍复有《授周敬复尚书右丞制》,据《唐仆尚丞郎表》,周敬复大中七年左右为右丞,①杨绍复当此时在中书舍人任。

19. 郑　颢(大中七年、八年)

两《唐书》有传,见《旧唐书》卷一五九,《新唐书》卷一六五。

任职考:

《旧传》:"历尚书郎、给事中、礼部侍郎。典贡士二年,振拔滞才,至今称之。迁刑部、吏部侍郎。大中十三年,检校礼部尚书、河南尹。"《新传》:"以起居郎尚万寿公主,拜驸马都尉。有器识,宣宗时,恩宠无比。终检校礼部尚书、河南尹。"均无中书舍人记载。

据丁居晦《重修承旨学士壁记》:"大中三年二月二日,自起居郎充。七年四月十日,加知制诰。闰十一月四日,特恩迁右谏议大夫、知制诰。四年十月七日,拜中书舍人,依前充,五年八月二日,授□庶子出院。"②又据卢辂《唐故范阳卢氏荥阳郑夫人墓志铭》,墓主为郑颢女,作者为郑颢女婿,颇为可信。"自谏议大夫、知制诰转中书舍人,固辞出翰苑,守右庶子。"③既可以说明丁《记》之缺,也能进一步印证迁转。但《旧唐书·宣宗本纪》载:大中九年十一月,"以中书舍人郑颢为礼部侍郎"。与《旧传》知贡举相合,故右庶子后可能再迁中书舍人,④但此种迁转在唐代极为少见。

据《旧唐书·宣宗本纪》:大中九年,"十一月,以河南尹刘瑑检校工部尚书、汴州刺史、兼御史大夫,充宣武军节度、宋亳汴颍观察处置等使。以中书舍人郑颢礼部侍郎"。据《唐仆尚丞郎表》考订,自中书舍人为礼部侍郎也在大中九年,⑤可知,郑颢任中书舍人约在大中七年和八年。

《旧传》所称给事中一职或为右庶子之后职务,时间较短。

---

① 严耕望:《唐仆尚丞郎表》,上海古籍出版社,2007年,第69页。

② (宋)洪遵:《翰苑群书》,傅璇琮、施纯德编:《翰学三书》,辽宁教育出版社,2003年,第44页。

③ 吴钢编:《全唐文补遗》(第六辑),三秦出版社,1999年,第174—175页。

④ 傅璇琮《唐翰林学士传论》由此推测。傅璇琮:《唐翰林学士传论》,辽海出版社,2011年,第223页。

⑤ 严耕望:《唐仆尚丞郎表》,上海古籍出版社,2007年,第188页。

20. 沈　询（？至大中九年）

字诚之,吴人。两《唐书》有传,见《旧唐书》卷一四九,《新唐书》卷一三二。

任职考:

《旧传》:"询历清显,中书舍人、翰林学士、礼部侍郎。"《新传》:"补渭南尉。累迁中书舍人,出为浙东观察使,除户部侍郎,判度支。"都较为简略。

迁转又见丁居晦《重修承旨学士壁记》:"大中元年五月十二日,自右拾遗集贤院学士充。二年正月二日,思政殿召对,赐绯。七年七月六日,特恩迁起居郎依前充。三年九月十四日,责授复州刺史。"据傅璇琮考订,其入院当为集贤院直学士,①任复州刺史时间《唐刺史考全编》未收。

中书舍人任职前后在本传中记载混乱,《新传》称自中书舍人转浙东观察使,不合常例。据《资治通鉴》卷二四九:大中九年九月,"以礼部侍郎沈询为浙东观察使"。又据《因话录》卷六:"大中九年,沈询侍郎以中书舍人知举。"结合常例,沈询以中书舍人知贡举,后转礼部侍郎。故《因话录》所载未有不当。② 沈询任职当在大中九年稍前,本年离任。

21. 曹　确（大中九年至大中十一年）

字刚中,河南人。两《唐书》有传。见《旧唐书》卷一七七、《新唐书》卷一八一。

任职考:

《旧传》:"入朝为侍御史,以工部员外郎知制诰,转郎中,入内署为学士,正拜中书舍人,赐金紫,权知河南尹事。"《新传》稍略,未言中书舍人事。

丁居晦《重修承旨学士壁记》:"大中五年八月十一日,自起居郎充。十月十六日,三殿召对赐绯。六年五月十九日,加兵部员外郎。七年四月十一日,加知制诰。八年五月十九日,加库部郎中。九年闰四月六日,拜中书舍人,依前充。十年五月十三日,三殿召对,赐紫。十一年八月二十一日,授河

---

① 傅璇琮:《唐翰林学士传论》(晚唐卷),辽海出版社,2011年,第203页。
② 据傅璇琮考订,沈询以礼部侍郎知制诰。参见傅璇琮:《唐翰林学士传论》(晚唐卷),辽海出版社,2011年,第204页。

南尹,出院。"①沈询有《授曹确充翰林学士制》(《全唐文》卷七六七),文中称起居郎曹确,则可知其以起居郎为翰林学士,非《旧传》中所称郎中,所以丁《记》较为准确。

曹确大中六年七月为兵部员外郎、知制诰,八年五月为库部郎中、知制诰,九年闰四月任中书舍人,离任时间为十一年八月。

离任见《旧唐书·宣宗本纪》:大中十一年八月,"以翰林学士、朝散大夫、中书舍人、赐紫金鱼袋曹确权知河南尹"。

22. 庾道蔚*(大中九年至大中十年)

两《唐书》无传。

任职考:

丁居晦《重修承旨学士壁记》:"大中六年七月十五日,自起居舍人充。其年十二月二十九日,三殿召对赐绯。其年九月十九日,加司封员外郎。九年八月十三日,加驾部郎中、知制诰,并依前充。十年正月十四日,守本官出院,寻除连州刺史。"②可知庾道蔚大中九年八月为驾部郎中、知制诰,十年正月出院。

23. 李汶儒(大中九年至大中十一年)

两《唐书》无传。

任职考:

丁居晦《重修承旨学士壁记》:"大中六年七月十五日,自礼部员外郎充。七年十二月五日,加礼部郎中、知制诰。九年十月十二日,拜中书舍人,依前充。十年十月十六日,三殿召对赐紫。十一年正月五日,守本官出院。"③《唐尚书省郎官石柱题名考》卷十九"礼部郎中"、卷二十"礼部员外郎"皆有载。

可知,李淳儒大中七年七月为礼部郎中、知制诰,九年十月拜中书舍人,离任在十一年后。

---

① (宋)洪遵:《翰苑群书》,傅璇琮、施纯德编:《翰学三书》,辽宁教育出版社,2003年,第45页。
② (宋)洪遵:《翰苑群书》,傅璇琮、施纯德编:《翰学三书》,辽宁教育出版社,2003年,第45页。
③ 据岑仲勉、傅璇琮考订,丁居晦所记李淳儒,当为李汶儒之误。

24. 郑　宪(？至大中十一年)

两《唐书》无传。

任职考：

《旧唐书·宣宗本纪》：大中十一年三月，"以中书舍人郑宪为洪州刺史、御史中丞、江南西道都团练观察处置等使，仍赐紫金鱼袋"。《唐刺史考全编》考订时间相同。① 郑宪约大中十一年稍前在任。

25. 裴　坦(大中十一年至咸通元年)

字知进。《新唐书》有传，见卷一八二。

任职考：

《新传》："令狐绹当国，荐为职方郎中，知制诰，而裴休持不可，不能夺……再进礼部侍郎，拜江西观察使、华州刺史。"未言中书舍人事。令狐绹当国，据《旧唐书·宣宗本纪》，大中四年十一月，"以户部侍郎、判本司事令狐绹为兵部侍郎、同平章事"。故裴坦为职方郎中知制诰在大中四年末。

任中书舍人时间，见《旧唐书·宣宗本纪》：大中十一年，"四月，以职方郎中、知制诰裴坦为中书舍人"。期间据《旧唐书·懿宗本纪》：咸通元年，"以中书舍人裴坦权知礼部贡举"。又，"五年春正月戊午朔，以用兵罢元会。谏议大夫裴坦上疏，论天下征兵，财赋方匮，不宜过兴佛寺，以困国力"。《旧唐书》卷一七二《令狐滈传》也载："是岁，中书舍人裴坦权知贡举，登第者三十人。"

可知，裴坦任中书舍人当在大中十一年到咸通元年。

26. 李　藩(大中十一年至大中十二年)

字叔翰，赵郡人。两《唐书》有传，见《旧唐书》卷一四八，《新唐书》卷一六九。

任职考：

《旧传》："元和初，迁吏部郎中，掌曹事，为吏所蔽，滥用官阙，黜为著作郎。转国子司业，迁给事中……属郑絪罢免，遂拜藩门下侍郎、同平章事。"

---

① 郁贤皓：《唐刺史考全编》，安徽大学出版社，2000年，第2265页。

《新传》:"坐小累,左授著作郎,再迁给事中……会郑綑罢,因拜门下侍郎、同中书门下平章事。"均无中书舍人记载。

据《旧唐书·宣宗本纪》:大中十一年九月,"以中书舍人李藩知礼部贡院。"大中十二年二月,"以朝议郎、守中书舍人、权知礼部贡举、上柱国、赐绯鱼袋李藩为尚书户部侍郎"。可知,李藩大中十一年前后在任,十二年离任。

27. 于德孙(大中十二年至大中十三年)

两《唐书》无传。

任职考:

丁居晦《重修承旨学士壁记》:"大中十年正月三十日,自职方员外郎、知制诰充。其年十一月二十八日,三殿召对赐紫。十一年四月十五日,加驾部郎中。十二年闰二月,迁中书舍人,并依前充。其年十月十四日充。十三年四月二十九日,授御史中丞,出院。"①

任中书舍人又见《旧唐书·宣宗本纪》:大中十二年二月,"以工部郎中、知制诰于德孙,库部郎中、知制诰苗恪,并可中书舍人,依前翰林学士"。可知,于德孙大中十年正月为职方员外郎、知制诰,十一年四月为驾部郎中、知制诰,十二年闰二月为中书舍人,十三年四月为御史中丞。

28. 皇甫珪(大中十二年至大中十三年)

两《唐书》无传。

任职考:

丁居晦《重修承旨学士壁记》:"大中十年六月五日,自礼部员外郎充。其月七日,改司封郎中。十一年正月十一日,三殿召对,赐绯。其年十月二日,加司封郎中、知制诰。十二年八月十二日,拜中书舍人,依前充。十三年八月二十六日,赐紫。其年八月二十九日,加朝请大夫。其年十一月,迁工部侍郎、知制诰,依前充。十四年十月,改授同州刺史。"②《唐尚书省郎官石柱题名考》卷四"吏部员外郎"、卷五"司封郎中"、卷八"司勋员外郎"有载。

---

① (宋)洪遵:《翰苑群书》,傅璇琮、施纯德编:《翰学三书》,辽宁教育出版社,2003年,第45页。

② (宋)洪遵:《翰苑群书》,傅璇琮、施纯德编:《翰学三书》,辽宁教育出版社,2003年,第46页。

其第二次改官或为司勋员外郎。

可知,皇甫珪大中十一年十月司封郎中、知制诰,十二年八月拜中书舍人,十三年十一月为工部侍郎、知制诰,十四年十月左迁同州刺史。

另有《东观奏记》卷中记载:"上雅重词学之臣,于翰林学士恩礼特异,宴游密召,无所间隔,惟于迁转,皆守彝章。皇甫珪自吏部员外召入内廷,改司勋员外,计吏员二十五个月限,转司封郎中、知制诰……动循官制,不以爵禄私近臣也。"①

29. 孔温裕(大中十二年)

冀州人,《旧唐书》卷一五四与《新唐书》卷一六三所载其事极略。

任职考:

丁居晦《重修承旨学士壁记》:"大中九年二月二十九日,自礼部员外郎、集贤院直学士充。其年三月三日,加司封员外郎、知制诰。十二年正月十八日,迁中书舍人。其年八月三十日,除河南尹,出院。"②任中书舍人时间又参见《旧唐书·宣宗本纪》:大中十二年正月,"以翰林学士、朝议郎、守尚书司勋郎中、知制诰、赐绯鱼袋孔温裕为中书舍人,充职"。与丁《记》相合。可知,孔温裕任职时间为大中十二年正月至八月末。

30. 苗　恪(大中十二年至大中十三年)

两《唐书》无传。据《新表》,字无悔。

任职考:

丁居晦《重修承旨学士壁记》:"大中十一年正月十五日,自库部郎中充。四月十五日,加知制诰。十二年闰二月十三日,迁中书舍人,并依前充。十三年八月二十六日,赐紫。二十九日,加朝请大夫兼户部侍郎、知制诰。十二月十三日,加承旨。十四年十一月八日,改检校工部尚书、山南西道节度使兼御史大夫。"③又见《旧唐书·宣宗本纪》:大中十二年二月,"以工部郎中、知制诰于德孙,库部郎中、知制诰苗恪,并可中书舍人,依

---

①　(唐)裴廷裕撰,田廷柱点校:《东观奏记》,中华书局,1994年,第112页。

②　(宋)洪遵:《翰苑群书》,傅璇琮、施纯德编:《翰学三书》,辽宁教育出版社,2003年,第45页。

③　(宋)洪遵:《翰苑群书》,傅璇琮、施纯德编:《翰学三书》,辽宁教育出版社,2003年,第46页。

前翰林学士"。

可知,苗恪大中十一年四月为库部郎中、知制诰,十二年闰二月为中书舍人,十三年为户部侍郎、知制诰。

31. 杨知温(大中十二年至大中十四年)

字德之,虢州弘农人。《旧唐书》有传,见卷一七六。

任职考:

《旧传》:"知温累官至礼部郎中、知制诰,入为翰林学士、户部侍郎,转左丞。出为河南尹、陕虢观察使。迁检校兵部尚书、襄州刺史、山南东道节度使。"未有中书舍人记载。

任职中书舍人见丁居晦《重修承旨学士壁记》:"大中十一年九月八日,自礼部郎中充。十二月十九日,加知制诰。十二年五月十二日,三殿召对赐绯。十月十一日,拜中书舍人,依前充。十三年九月十三日,召对赐紫。十四年十月,拜工部侍郎、知制诰,依前充。"①与《旧传》稍有不合,当入院后加知制诰。充翰林学士又见《旧唐书·宣宗本纪》。可知,杨知温大中十一年十二月为礼部郎中、知制诰,十二年十月拜中书舍人,十四年十月为工部侍郎、知制诰。

32. 高　璩*(大中十三年至咸通三年)

字莹之。两《唐书》有传,见《旧唐书》卷一七一,《新唐书》卷一七七。

任职考:

《旧传》:"大中朝,由内外制历丞郎,判度支。咸通中,守中书侍郎、平章事。"《新传》:"以左拾遗为翰林学士,擢谏议大夫。近世学士超省郎进官者,惟郑颢以尚主,而璩以宠升云。懿宗时,拜剑南东川节度使,召拜中书侍郎、同中书门下平章事。"均无中书舍人记载。

丁居晦《重修承旨学士壁记》:"大中十三年四月二十三日,自右拾遗内供奉充。其年九月三日,召对赐绯。十一月三日,特恩迁起居郎、知制诰,依前充。十四年十月六日,特恩拜右谏议大夫,依前充。二十六日,召对赐紫。咸通二年七月十九日,加承旨。八月七日,迁工部侍郎依前充。三年二月二

---

① (宋)洪遵:《翰苑群书》,傅璇琮、施纯德编:《翰学三书》,辽宁教育出版社,2003年,第46页。

十日,特恩加朝散大夫、兵部侍郎依前充。三年二月二十日,特恩加朝散大夫、兵部侍郎依前充。八月十九日,加检校礼部尚书东川节度使。"①

可知,高璩大中十三年十一月为起居郎、知制诰,十四年十月为右谏议大夫、知制诰,咸通二年八月为工部侍郎、知制诰,咸通三年二月为兵部侍郎、知制诰。

33. 高　湘(大中末至咸通元年;乾符三年)

字浚之。两《唐书》有传。见《旧唐书》卷一六八,《新唐书》卷一七七。

任职考:

《旧传》:"湘自员外郎知制诰,正拜中书舍人。咸通年,改谏议大夫。坐宰相刘瞻亲厚,贬高州司马。乾符初,复为中书舍人。三年,迁礼部侍郎,选士得人。"《新传》较略:"历长安令、右谏议大夫。从兄滉与路岩亲善,而湘厚刘瞻,岩既逐瞻,贬湘高州司马。僖宗初,召为太子右庶子,终江西观察使。"据《旧唐书·懿宗本纪》:咸通七年十一月十日,"以礼部郎中李景温、吏部员外郎高湘试拔萃选人"。

可知,高湘在大中末自员外郎、知制诰为中书舍人,咸通元年离任,后乾符初自高州司马为中书舍人,乾符三年为礼部侍郎。

转礼部侍郎又见《旧唐书·懿宗本纪》:乾符三年九月,"中书舍人高湘权知礼部侍郎"。

纠谬:

《登科记考》卷二三,考订乾符四年知贡举为中书舍人高湘,②当加权知礼部侍郎。

34. 蒋　伸(大中时)

字大直,两《唐书》有传,见《旧唐书》卷一四九,《新唐书》卷一三二。

任职考:

《旧传》:"大中初入朝,右补阙、史馆修撰,转中书舍人,召入翰林为学士。自员外郎中至户部侍郎、学士丞旨,转兵部侍郎。大中末,中书侍郎、平

---

① (宋)洪遵:《翰苑群书》,傅璇琮、施纯德编:《翰学三书》,辽宁教育出版社,2003年,第47页。

② (清)徐松撰,赵守俨点校:《登科记考》,中华书局,1984年,第875页。

章事。"《新传》稍异:"大中二年,以右补阙为史馆修撰,转驾部郎中,知制诰。白敏中领邠宁节度,表伸自副,加右庶子。入知户部侍郎。九年,为翰林学士,进承旨。十年,改兵部侍郎,判户部。"两者相印,《新传》可补《旧传》之缺。

可知,蒋伸大中初为驾部郎中、知制诰,大中中为中书舍人,大中末为户部侍郎、知制诰,稍后为兵部侍郎、知制诰。

其后任职又见丁居晦《重修承旨学士壁记》:"大中十一年八月二十六日,自权知户部侍郎充。九月二日,拜户部侍郎、知制诰。十月二日,加承旨。十一年十二月二十九日,转兵部侍郎、知制诰,依前充。十二年五月十三日,守本官、判户部出院。十二月二十九日守本官、同中书门下平章事。"①为相可见《旧唐书·宣宗本纪》:大中十一年十一月,"以翰林学士承旨、通议大夫、守尚书户部侍郎、知制诰、上护军、赐紫金鱼袋蒋伸为兵部侍郎,充职"。大中十三年,"四月,以翰林学士承旨、兵部侍郎、知制诰蒋伸本官同平章事"。

---

① (宋)洪遵:《翰苑群书》,傅璇琮、施纯德编:《翰学三书》,辽宁教育出版社,2003年,第46页。傅璇琮考订入院时间为大中十年,参见傅璇琮:《唐翰林学士传论》(晚唐卷),辽海出版社,2011年,第291页。

十六、懿 宗 朝

1. 薛 耽（咸通元年）

两《唐书》无传。据《新表》，薛氏西祖房，存庆子，字敬交，东川节度使。

任职考：

据《旧唐书·懿宗本纪》：咸通元年，"十一月丙午朔。丁未，上有事于郊庙，礼毕，御丹凤门，大赦，改元。以中书舍人薛耽权知贡举"。可知其咸通元年中书舍人在任。

2. 郑从谠（咸通初至咸通三年）

字正求。两《唐书》有传，见《旧唐书》卷一五八，《新唐书》卷一六五。

任职考：

《旧传》："历拾遗、补阙、尚书郎、知制诰。故相令狐绹、魏扶，皆父贡举门生，为之延誉，寻迁中书舍人。咸通三年，知贡举，拜礼部侍郎。"《新传》："补校书郎，迁累左补阙。令狐绹、魏扶皆瀚门生，数进誉之，迁中书舍人。咸通中，为吏部侍郎，铨次明允。"可知，郑从谠约咸通初为中书舍人，咸通三年为礼部侍郎。

3. 王 凝（咸通初至咸通五年）

字成庶。两《唐书》有传，见《旧唐书》卷一六五，《新唐书》卷一四三。

任职考：

《旧传》："中丞郑处诲奏知台杂，换考功郎中，迁中书舍人。时政不协，出为同州刺史，赐金紫。"《新传》较略："历台省，寖知名，擢累礼部侍郎。"无中书舍人记载。其为同州刺史，据《全唐文》卷八〇七司空图《太原王公同州修隄记》："咸通五年，太原王公自中书舍人出牧是邦。"又见《唐刺史考全编》。①

① 郁贤皓：《唐刺史考全编》，安徽大学出版社，2000年，第139页。

可知,王凝约咸通初为中书舍人,五年离任。

4. 杨　严(咸通初)

两《唐书》无传。

任职考:

《会稽掇英总集》卷一八《唐太守题名记》:"杨严,咸通五年九月自前中书舍人授,六年二月二十四日追赴阙。"①可知,杨严在咸通初任中书舍人。

5. 卫　洙(？至咸通二年)

两《唐书》无传。

任职考:

《旧唐书·懿宗本纪》:咸通二年,"八月,以中书舍人卫洙为工部侍郎。寻改银青光禄大夫、检校礼部尚书,兼滑州刺史、御史大夫、驸马都尉,充义成军节度、郑滑颍观察处置等使"。可知其咸通二年八月前在任,此时为工部侍郎。

6. 严　祁(咸通二年至？)

两《唐书》无传。

任职考:

丁居晦《重修承旨学士壁记》:"大中十二年五月二十一日,自左补阙内供奉充。九月十二日,加驾部员外郎。十三年七月八日,加知制诰。八月二十九日,加新野县开国男,食邑三百户。十四年六月十三日,改库部郎中,余如故。咸通二年四月,改中书舍人,出院。"②可知,严祁大中十三年七月驾部员外郎、知制诰,十四年库部郎中、知制诰,咸通二年四月为中书舍人。离任时间不详。

---

① (宋)孔延之:《会稽掇英总集》,《影印文渊阁四库全书》集部,第1345册,台湾商务印书馆股份有限公司,2008年,第152页。
② (宋)洪遵:《翰苑群书》,傅璇琮、施纯德编:《翰学三书》,辽宁教育出版社,2003年,第46页。

7. 张道符*（咸通二年）

字梦锡，两《唐书》无传。

任职考：

丁居晦《重修承旨学士壁记》："咸通元年十一月二十五日，自户部郎中赐绯充。二年二月六日，加司封郎中、知制诰，依前充。四月二十一日卒官，至五月二日，赠中书舍人，仍赐赠布绢及赐绢三百匹。"①可知，其咸通二年二月为司封郎中、知制诰，任职至四月，卒于官。

8. 王　铎（咸通三年至咸通五年）

字昭范。两《唐书》有传，见《旧唐书》卷一六四，《新唐书》卷一八五。

任职考：

《旧传》："咸通初，由驾部郎中知制诰，拜中书舍人。五年，转礼部侍郎，典贡士两岁，时称得人。"《新传》："咸通后，仕寖显，历中书舍人、礼部侍郎。"

任职时间又见《旧唐书·懿宗本纪》：咸通二年，"四月，以前婺州刺史裴闵为颍州刺史，充本州团练镇遏等使。以驾部郎中王铎本官知制诰"。咸通三年五月，"宰臣杜悰兼司空，毕諴兼兵部尚书。驾部郎中、知制诰王铎为中书舍人"。咸通四年十一月，"以中书舍人王铎权知礼部贡举，以兵部侍郎、判度支曹确同平章事，以中书侍郎、平章事毕諴检校吏部尚书、河中尹、晋绛慈隰节度使"。

可知，咸通二年四月为驾部郎中、知制诰，三年五月为中书舍人，四年十一月权知贡举，五年转礼部侍郎。

9. 杨　收（咸通三年）

字藏之，同州冯翊人。两《唐书》有传，见《旧唐书》卷一七七，《新唐书》卷一八四。

任职考：

---

① （宋）洪遵：《翰苑群书》，傅璇琮、施纯德编：《翰学三书》，辽宁教育出版社，2003 年，第47 页。

《旧传》:"宰相令狐绹用收为翰林学士,以库部郎中知制诰,正拜中书舍人,赐金紫,转兵部侍郎、学士承旨。"《新传》:"懿宗时,擢累中书舍人、翰林学士承旨,以中书侍郎同中书门下平章事。"

迁转又见丁居晦《重修承旨学士壁记》:"咸通二年四月十八日,自吏部员外郎充。其月二十一日加库部郎中,依前充。七月八日,加知制诰。十月十六日,三殿召对,赐紫。三年二月二十日,特恩迁中书舍人充。九月二十三日,加承旨。其月二十六日,迁兵部侍郎充兼知制诰。四年五月七日,以本官同中书门下平章事。"①《旧传》所载官职大体相同,顺序稍异,以丁《记》为确。可知,其咸通二年七月库部郎中、知制诰,三年二月为中书舍人,九月迁兵部侍郎、知制诰,四年五月为相。

10. 李　朌*(咸通三年)

李汉之子,唐宗室淮阳王之后。两《唐书》无传。

任职考:

丁居晦《重修承旨学士壁记》:"大中十二年十二月二十四日,自权知右拾遗内供奉充。十四年五月十二日,召对赐紫,加右补阙。十月二十六日,召对赐紫。咸通二年三月十一日,加左补阙,依前充。三年二月二十日,加职方员外郎、知制诰充。九月十四日,守本官出院。"②可知李朌曾于咸通三年二月至九月以职方员外郎、知制诰。

11. 刘　邺(咸通三年至咸通五年)

字汉藩,润州句容人。两《唐书》有传,见《旧唐书》卷一七七,《新唐书》卷一八三。

任职考:

《旧传》:"咸通初,刘瞻、高璩居要职,以故人子荐为左拾遗,召充翰林学士,转尚书郎中知制诰,正拜中书舍人、户部侍郎、学士承旨。"《新传》:"咸通初,擢左拾遗,召为翰林学士,赐进士第。历中书舍人,迁承旨。"

具体迁转可见丁居晦《重修承旨学士壁记》:"大中十四年十月十二日,

---

① (宋)洪遵:《翰苑群书》,傅璇琮、施纯德编:《翰学三书》,辽宁教育出版社,2003年,第47页。

② (宋)洪遵:《翰苑群书》,傅璇琮、施纯德编:《翰学三书》,辽宁教育出版社,2003年,第47页。

自左拾遗充。其月二十六日,召对赐绯。咸通二年九月二十七日,迁起居舍人,依前充。三年二月二十一日,加兵部员外郎、知制诰,依前充。七月二十九日,召对赐绯。十一月八日,迁中书舍人充。五年九月五日,迁户部侍郎,依前充知制诰。十一年十一月二十二日,加承旨。十二月二十三日,守本官出院,充诸道盐铁等使。"①入院时间又见《旧唐书·懿宗本纪》:咸通元年二月,"以右拾遗刘邺充翰林学士"。时间在一年,月份有异。其后当相次为起居舍人、兵部员外郎、知制诰。可知,刘邺咸通三年为兵部员外郎、知制诰,十一月迁中书舍人,五年为户部侍郎、知制诰,十一年十二月离任。

纠谬:

刘邺相次为起居舍人、兵部员外郎、知制诰,《旧传》中"尚书郎中"当为"尚书郎"。

12. 路　岩(咸通四年)

字鲁瞻,阳平冠氏人。两《唐书》有传,见《旧唐书》卷一七七,《新唐书》卷一八三。

任职考:

《旧传》:"数年之间,出入禁署。累迁中书舍人、户部侍郎。咸通三年,以本官同平章事,年始三十六。"《新传》未有中书舍人记载:"懿宗咸通初,自屯田员外郎入翰林为学士,以兵部侍郎同中书门下平章事,年三十六。"

迁转又见丁居晦《重修承旨学士壁记》:"咸通二年五月二十八日,自屯田员外郎入。十一月二十八日,三殿召对,赐绯。三年二月二十一日,加屯田郎中、知制诰充。四年正月九日,迁中书舍人充。五月九日,赐紫。十六日,加承旨。九月十八日,迁户部侍郎、知制诰充。五年九月二十六日,迁兵部侍郎、知制诰充。十一二月十九日,以本官同中书门下平章事。"②可知,路群咸通三年二月屯田郎中、知制诰,四年正月为中书舍人,九月为户部侍郎、知制诰,五年九月为兵部侍郎、知制诰。

纠谬:

《旧传》载:"咸通三年,以本官同平章事,年始三十六。"参照丁《记》与《新传》,当为以兵部侍郎同平章事。

---

① (宋)洪遵:《翰苑群书》,傅璇琮、施纯德编:《翰学三书》,辽宁教育出版社,2003年,第47页。

② (宋)洪遵:《翰苑群书》,傅璇琮、施纯德编:《翰学三书》,辽宁教育出版社,2003年,第48页。

13. 曹　汾（咸通四年）

附见《旧唐书》卷一七七《曹确传》。

任职考：

《旧传》："累官尚书郎知制诰，正拜中书舍人。出为河南尹，迁检校工部尚书、许州刺史、忠武军节度观察等使。"据《金石补正》卷七六《唐咸通五年京兆修中岳庙记》："上四年，用大司计侍郎为丞相，其明年，以我相秉枢机，我公掌纶诰，宜为避嫌，遂自阁下拜河南尹。"①可知，曹汾约咸通四年时中书舍人在任。

纠谬：

据《旧唐书·懿宗本纪》，咸通四年三月，"以刑部侍郎曹汾为河南尹"。云刑部侍郎有误，又见《唐刺史考全编》。②

14. 于　琮（咸通五年）

字礼用。两《唐书》有传，见《旧唐书》卷一四九，《新唐书》卷一〇四。

任职考：

《旧传》："尚广德公主，拜驸马都尉。累践台阁，扬历藩府。乾符中同平章事。"无中书舍人记载。《新传》较详："咸通中，以水部郎中为翰林学士，迁中书舍人。阅五月，转兵部侍郎、判户部。"

迁转又见丁居晦《重修承旨学士壁记》："咸通四年六月七日，自水部郎中、赐绯入。八月七日，加库部郎中、知制诰充。五年七月八日，迁中书舍人充。九月二十七日，改刑部侍郎，出院。"③可知，咸通四年八月任库部郎中、知制诰，五年七月为中书舍人，九月迁刑部侍郎。

15. 李　瓒（咸通五年至？）

两《唐书》有传。见《旧唐书》卷一七六，《新唐书》卷一七四。

---

① （清）陆增祥：《八琼室金石补正》，《历代碑志丛书》第 10 册，江苏古籍出版社，1998 年，第 507 页。

② 郁贤皓：《唐刺史考全编》，安徽大学出版社，2000 年，第 617 页。

③ （宋）洪遵：《翰苑群书》，傅璇琮、施纯德编《翰学三书》，辽宁教育出版社，2003 年，第 48 页。

任职考：

《旧传》："自员外郎知制诰，历中书舍人、翰林学士。绹罢相，出为桂管观察使。"《新传》无中书舍人记载："令狐绹作相，而瓒以知制诰历翰林学士。绹罢，亦为桂管观察使。"

据丁居晦《重修承旨学士壁记》："咸通四年四月七日，自荆南节度判官、检校礼部员外郎、赐绯充。七月十日，迁右补阙内供奉充。九月十八日，加驾部员外郎充。十二月二十八日，加知制诰。五年六月一日，改权知中书舍人，出院。"①可知，李瓒咸通四年十二月为驾部员外郎、知制诰，五年六月为中书舍人，离任时间不详。

16. 赵 骘（咸通五年）

《旧唐书》有传，见卷一七八。

任职考：

《旧传》："咸通初，以兵部员外郎知制诰，转郎中，正拜中书舍人。六年，权知贡举。七年，选士，多得名流，拜礼部侍郎。"

丁居晦《重修承旨学士壁记》："咸通二年八月六日，自右拾遗充。十一月二十六日，三殿召对赐绯。三年二月二十日，迁起居舍人充。四年八月七日，改兵部员外郎，特恩加知制诰。五年正月十七日，三殿召对赐紫。七月八日，加驾部郎中、知制诰，依前充。九月十七日，加朝散大夫，户部□□，依前充。七月三十日，改礼部侍郎，出院。"②未有中书舍人记载。

据旧传及《旧唐书·懿宗本纪》：咸通六年，"九月，以中书舍人赵骘权知礼部贡举；以吏部侍郎萧仿检校礼部尚书、滑州刺史、御史大夫，充义成军节度、郑滑颍观察等使。"则其或在五年改中书舍人，

可知，赵骘咸通四年八月为兵部员外郎、知制诰，五年七月为驾部郎中、知制诰，五年改中书舍人，本年七月为礼部侍郎。

17. 李 蔚（？至咸通六年）

字茂休，陇西人。《旧唐书》有传，见卷一七八。

---

① （宋）洪遵：《翰苑群书》，傅璇琮、施纯德编：《翰学三书》，辽宁教育出版社，2003 年，第48 页。

② （宋）洪遵：《翰苑群书》，傅璇琮、施纯德编：《翰学三书》，辽宁教育出版社，2003 年，第48 页。

任职考：

《旧传》："大中七年，以员外郎知台杂，寻知制诰，转郎中，正拜中书舍人。咸通五年，权知礼部贡举。六年，拜礼部侍郎，转尚书右丞。"知贡举又见《旧唐书·僖宗本纪》：咸通五年，"十月丙辰，以中书舍人李蔚权知礼部贡举"。可知，李蔚大中七年为员外郎、知制诰，咸通五年稍前为中书舍人，咸通五年知贡举，六年拜礼部侍郎。

18. 裴　璩（咸通六年至咸通八年）

两《唐书》无传。

任职考：

丁居晦《重修承旨学士壁记》："咸通五年六月六日，自兵部员外郎入。六年正月九日，加户部郎中、知制诰充。五月九日，三殿召对赐紫。九月十七日，加朝散大夫、中书舍人充。八年正月二十七日，迁水部侍郎、知制诰，依前充。其年九月二十三日，除同州刺史。"①任户部郎中，见《唐尚书省郎官石柱题名考》卷十一，咸通六年四月又有《唐故赠魏国夫人崔氏墓志铭》；②迁同州刺史参见《唐刺史考全编》。③

可知，裴璩咸通六年正月任户部郎中、知制诰，九月任中书舍人，八年正月迁水部侍郎、知制诰，九月为同州刺史。

19. 刘允章*（咸通六年至咸通十一年）

字蕴中。李商隐《樊南乙集序》称"彭城刘允章"④。两《唐书》有传，见《旧唐书》卷一五三，《新唐书》卷一六〇。

任职考：

丁居晦《重修承旨学士壁记》记载其两次入院："咸通三年九月二十七日，自起居郎入。其年十一月二十七日，三殿召对赐绯。四年三月二十四

---

①　（宋）洪遵：《翰苑群书》，傅璇琮、施纯德编：《翰学三书》，辽宁教育出版社，2003 年，第49 页。

②　周绍良、赵超主编：《唐代墓志汇编续集》，上海古籍出版社，2001 年，第 1057 页。

③　郁贤皓：《唐刺史考全编》，安徽大学出版社，2000 年，第 139 页。

④　刘学锴、余恕诚：《李商隐文编年校注》，中华书局，2002 年，第 2176 页。

日,授歙州刺史。"①"咸通五年十一月二十七日,自仓部员外郎守本官再入。六年正月九日,加户部郎中、知制诰。五月九日,三殿召对赐紫。八年十一月四日,迁工部侍郎、知制诰,依前充。其年十一月十六日,改礼部侍郎,出院。"②可知其咸通六年正月为户部郎中、知制诰,八年十一月为工部侍郎、知制诰,十一年离任。

纠谬:

咸通八年知贡举,又见《旧唐书·懿宗本纪》:咸通八年十月,"以中书舍人刘允章权知礼部贡举,以吏部侍郎卢匡、吏部侍郎李蔚、兵部员外郎薛崇、司勋员外郎崔殷梦考吏部宏词选人"。此时工部侍郎、知制诰,非中书舍人,《旧唐书》或有误。

刘允章在翰林院内自户部郎中而迁工部侍郎亦不合常理,或其在七年迁中书舍人,存疑。

20. 独孤霖(咸通六年)

两《唐书》无传。

任职考:

丁居晦《重修承旨学士壁记》:"咸通三年九月二十七日,自右补阙赐绯入。四年闰六月十九日,加司勋员外郎充。十二月二十一日,加知制诰。五年五月九日,三殿召对赐紫。七月八日,加库部郎中、知制诰,依前充。六年六月五日,迁中书舍人,依前充。九月十七日,加朝散大夫、工部侍郎,依前充。七年三月十七日,三殿召对,面宣充承旨。八年正月二十七日,改户部侍郎、知制诰,依前充。十一月四日,迁兵部侍郎、知制诰,依前充。十年九月八日,守本官,判户部,出院。"③

可知,其咸通四年十二月司勋员外郎、知制诰,五年七月库部郎中、知制诰,六年六月中书舍人,九月工部侍郎、知制诰,八年正月户部侍郎、知制诰,十一月兵部侍郎、知制诰,十年出院。

---

① (宋)洪遵:《翰苑群书》,傅璇琮、施纯德编:《翰学三书》,辽宁教育出版社,2003年,第48页。

② (宋)洪遵:《翰苑群书》,傅璇琮、施纯德编:《翰学三书》,辽宁教育出版社,2003年,第49页。

③ (宋)洪遵:《翰苑群书》,傅璇琮、施纯德编:《翰学三书》,辽宁教育出版社,2003年,第48页。

21. 侯　备（咸通六年）

两《唐书》无传。

任职考：

丁居晦《重修翰林学士壁记》："咸通五年六月五日，自吏部员外郎、赐紫充。其月八日，加司勋郎中充。九月五日，加知制诰。十二月二十六日，加承旨。六年二月二十三日，迁中书舍人，依前充。五月二十□日，迁户部侍郎，依前知制诰充。九月十七日，加朝散大夫，兵部侍郎、知制诰充。七年三月九日，授河南尹，出院。"①

可知，侯备咸通五年九月司勋郎中、知制诰，六年二月迁中书舍人，五月户部侍郎、知制诰，九月兵部侍郎、知制诰，七年三月离任。

22. 郑　言*（咸通六年至咸通九年）

字垂之。两《唐书》无传。

任职考：

丁居晦《重修承旨学士壁记》："咸通六年正月十日，自驾部员外郎入。四月十日，加礼部郎中、知制诰，依前充。七月十九日，中谢赐紫。八年十一月四日，迁工部侍郎、知制诰，并依前充。九年六月十八日，守户部侍郎，出院。"②

可知，郑言咸通六年四月为礼部郎中、知制诰，八年十一月迁工部侍郎、知制诰，九年为户部侍郎。

23. 崔彦昭（约咸通六年、七年）

字思文，清河人。两《唐书》有传，见《旧唐书》卷一七八，《新唐书》卷一八三。

任职考：

《旧传》："咸通初，累迁兵部员外郎，转郎中、知制诰，拜中书舍人，再迁户部侍郎，判本司事。"《新传》较略，只称"累进户部侍郎。"任户部侍郎时

---

① （宋）洪遵：《翰苑群书》，傅璇琮、施纯德编：《翰学三书》，辽宁教育出版社，2003年，第49页。

② （宋）洪遵：《翰苑群书》，傅璇琮、施纯德编：《翰学三书》，辽宁教育出版社，2003年，第49页。

间,据《唐仆尚丞郎表》考订为咸通八年在任,判度支。① 可知,崔彦昭咸通初为郎中、知制诰,约在咸通六年、七年任中书舍人。

24. 李 骘(咸通七年至咸通九年)

两《唐书》无传。

任职考:

崔晔《亡室姑臧李氏墓志铭并序》载:"自中书舍人翰林学士出拜江西观察使,薨于位。"②

丁居晦《重修承旨学士壁记》:"咸通七年三月二十四日,自太常少卿、弘文馆学士入。二十七日,加知制诰。七月,迁中书舍人。十月二十五日,三殿召对赐紫。九年五月十六日,除江西观察使。"③可知李骘咸通七年七月自太常少卿、知制诰为中书舍人,至九年五月迁为江西观察使。

25. 卢 深(咸通九年至咸通十年)

两《唐书》无传。

任职考:

丁居晦《重修承旨学士壁记》:"咸通七年三月三十日,自起居郎入。七月一日,加兵部员外郎充。十月二十五日,三殿召对赐绯。八年正月二十四日,加知制诰。其年八月八日,召对赐紫。十一月十一日,加户部郎中、知制诰,依前充。九年十月二十六日,拜中书舍人,依前充。十年十一月十一日,迁户部侍郎,依前知制诰。其年十二月卒官,赠户部尚书。"④

可知,卢深咸通八年正月为兵部员外郎、知制诰,十一月迁户部郎中、知制诰,九年十月为中书舍人,十年十一月拜户部侍郎、知制诰。

26. 崔 虔(咸通九年)

两《唐书》无传。

① 严耕望:《唐仆尚丞郎表》,上海古籍出版社,2007 年,第 197 页。

② 周绍良主编:《唐代墓志汇编》,上海古籍出版社,1992 年,第 2487 页。

③ (宋)洪遵:《翰苑群书》,傅璇琮、施纯德编:《翰学三书》,辽宁教育出版社,2003 年,第 49 页。

④ (宋)洪遵:《翰苑群书》,傅璇琮、施纯德编:《翰学三书》,辽宁教育出版社,2003 年,第 49 页。

任职考:

崔虔有《唐太子太保分司东都赠太尉清河崔府君墓志》,署朝请大夫守中书舍人,①墓主崔慎由去世时间在咸通九年六月,可知此时在任。

27. 刘　瞻(咸通九年)

字几之,彭城人,后徙桂阳。两《唐书》有传,见《旧唐书》卷一七七,《新唐书》卷一八一。

任职考:

《旧传》:"咸通初升朝,累迁太常博士。刘瑑作相,以宗人遇之,荐为翰林学士。转员外郎中,正拜中书舍人、户部侍郎,承旨。"《新传》:"刘瑑执政,荐为翰林学士,拜中书舍人,进承旨。出为河东节度使。"

丁居晦《重修承旨学士壁记》记载其两入翰林院:"咸通六年十月八日,自太常博士入。七月二十六日,加工部员外郎,依前充。其年三月九日,授太原少尹,出院。"②"咸通八年十一月二十二日,自颖州刺史不赴任,再入,召对。二十六日,三殿召对赐紫,九年五月二十六日,拜中书舍人,依前充。九月十二日,迁户部侍郎、知制诰、承旨。十月十七日,以本官同中书门下平章事。"③可知,刘瞻咸通九年五月自太原少尹为中书舍人,九月迁户部侍郎、知制诰,十月为相。

28. 崔　充*(咸通十年至咸通十三年)

两《唐书》无传。《旧唐书》卷一五九《崔群传》载:"子充,亦以文学进,历三署,终东都留守。"

任职考:

丁居晦《重修承旨学士壁记》:"咸通九年□十七日,自考功员外郎入守本官充。十月十六日,召对赐绯。闰十二月二日,三殿召对赐紫。十年五月二十五日,加库部郎中、知制诰,依前充。十二年正月二十六日迁户部侍郎、知制诰,依前充。十三年六月十日,宣充承旨。九月二十八日,加检校工部

---

①　周绍良、赵超主编:《唐代墓志汇编续集》,上海古籍出版社,2001年,第1074页。

②　(宋)洪遵:《翰苑群书》,傅璇琮、施纯德编:《翰学三书》,辽宁教育出版社,2003年,第49页。

③　(宋)洪遵:《翰苑群书》,傅璇琮、施纯德编:《翰学三书》,辽宁教育出版社,2003年,第50页。

尚书、东川节度使。"①

可知,崔充咸通十年五月库部郎中、知制诰,十二年为户部侍郎、知制诰,十三年九月离任。

29. 张 裼（咸通十年至咸通十一年）

字公表,河间人。《旧唐书》有传,见卷一七八。

任职考:

《旧传》:"琼召裼为司勋员外郎、判度支。寻用为翰林学士,转郎中、知制诰,拜中书舍人、户部侍郎、学士承旨。"

丁居晦《重修承旨学士壁记》:"咸通九年六月十三日,自刑部员外郎入。十五日,加祠部郎中充。九月十七日,知制诰,依前充。十月十六日,召对赐紫。十年七月十日,迁中书舍人,依前充。其年十一月,迁工部侍郎,依前充。十月二日,加承旨。十一年正月二十六日,迁户部侍郎、知制诰,依前充。十一月十八日,迁兵部侍郎、知制诰,依前充。十二年五月十二日,贬封州司马。"②贬官又见《旧唐书·懿宗本纪》:"前中书舍人封彦卿贬潮州司户,翰林学士承旨、兵部侍郎、知制诰张裼贬封州司马,右谏议大夫杨塾贬和州司户。"

可知,张裼咸通九年九月为祠部郎中、知制诰,十年七月迁中书舍人,十一年正月为户部侍郎、知制诰,十一月为兵部侍郎、知制诰,十二年五月贬官。

30. 郑 畋（咸通十年）

字台文,荥阳。两《唐书》有传,见《旧唐书》卷一七八,《新唐书》卷一八五。

任职考:

《旧传》:"（咸通）九年,刘瞻作相,荐为翰林学士,转户部郎中……寻加知制诰……俄迁中书舍人。十年,王师讨徐方,禁庭书诏旁午,畋渍翰泉涌,动无滞思,言皆破的,同僚阁笔推之。寻迁户部侍郎。"《新传》:"刘瞻为宰

---

① （宋）洪遵:《翰苑群书》,傅璇琮、施纯德编:《翰学三书》,辽宁教育出版社,2003年,第50页。

② （宋）洪遵:《翰苑群书》,傅璇琮、施纯德编:《翰学三书》,辽宁教育出版社,2003年,第50页。

相,荐授户部郎中,入翰林为学士,俄知制诰。会讨徐州贼庞勋,书诏纷委,
畋思不淹晷,成文粲然,无不切机要,当时推之。勋平,以户部侍郎进学士
承旨。"

　　丁居晦《重修承旨学士壁记》:"咸通九年五月二十日,自万年令入。二
十四日,改户部郎中充。八月十一日,守本官、知制诰,依前充。十年六月四
日,迁中书舍人,依前充。其年十一月十一日,迁户部侍郎。十二年四月二
十六日,加承旨。九月二十七日,授梧州刺史。"①贬官之事又见《旧唐书·
懿宗本纪》:咸通十一年九月,"翰林学士、户部侍郎、知制诰、上柱国、赐紫
金鱼袋郑畋为梧州刺史"。

　　可知,郑畋咸通九年五月为户部郎中、知制诰,十年六月迁中书舍人,十
一月为户部侍郎、知制诰,九月贬梧州刺史。

31.韦　蟾(咸通十年至咸通十二年)

　　两《唐书》无传。《旧唐书》卷一八九下《韦表微传》:"子蟾,进士登第,
咸通末为尚书左丞。"

　　任职考:

　　丁居晦《重修承旨学士壁记》:"咸通十年六月□日,自职方郎中充。九
月七日,加户部郎中、知制诰。十一月十一日,迁中书舍人,依前充。十二月
二十八日,三殿召对赐紫。十二年正月二十六日,迁工部侍郎、知制诰,依前
充。十三年十月十五日,加承旨。十一月十五日,改御史中丞兼刑部侍郎,
出院。"②

　　可知,韦蟾咸通十年九月为户部郎中、知制诰,十一月为中书舍人,十二
年正月为工部侍郎、知制诰,十三年十一月为御史中丞兼刑部侍郎。

32.杜裔休*(咸通十一年至咸通十三年)

　　两《唐书》无传。

　　任职考:

　　丁居晦《重修翰林学士壁记》:"咸通十一年正月十一日,自起居郎入守本

---

　　① (宋)洪遵:《翰苑群书》,傅璇琮、施纯德编:《翰学三书》,辽宁教育出版社,2003年,第
　　　50页。
　　② (宋)洪遵:《翰苑群书》,傅璇琮、施纯德编:《翰学三书》,辽宁教育出版社,2003年,第
　　　51页。

官充。五月二十七日,三殿召对赐紫。九月十一日,加司勋员外郎、知制诰,依前充。十三年二月九日,守本官出院。"①其后,据《旧唐书·懿宗本纪》:咸通十三年五月,"给事中杜裔休贬端州司马"。其出院后当为给事中。

可知,杜裔休咸通十一年九月为司勋员外郎、知制诰,十三年二月出院。

33.韦保衡*(咸通十年至咸通十一年)

字蕴用,京兆人。两《唐书》有传,见《旧唐书》卷一七七,《新唐书》卷一八四。

任职考:

《旧传》:"寻以保衡为翰林学士,转郎中,正拜中书舍人、兵部侍郎,承旨。"《新传》较略。丁居晦《重修承旨学士壁记》:"咸通十年三月十三日,自起居郎、驸马都尉入守左谏议大夫、知制诰,充承旨。其年十一月十日,迁兵部侍郎,依前充。十一年四月二十五日,以本官同中书门下平章事。"②两者不合,暂从丁《记》。可知,韦保衡咸通十年三月左谏议大夫、知制诰,十一月为兵部侍郎、知制诰,十一年四月为相。

34.杨知至*(? 至咸通十一年)

字几之。两《唐书》无传。《新表》:"杨氏越公房,汝士子,知远弟,知至字几之,户部侍郎。"

任职考:

《旧唐书·懿宗本纪》:咸通十一年,"九月丙辰,制以……中散大夫、比部郎中、知制诰、柱国、赐紫金鱼袋杨知至为琼州司马……并坐刘瞻亲善,为韦保衡所逐也"。又据《资治通鉴》卷二五二:咸通十一年八月,"贬比部郎中知制诰杨知至、礼部郎中魏笤等于岭南"。

可知咸通十一年八月稍前曾任比部郎中、知制诰,后贬琼州司马。

---

35. 高 湜（? 至咸通十一年）

字澄之。《新唐书》有传,见卷一七七。

任职考:

《新传》:"累官右谏议大夫。咸通末,为礼部侍郎……以兵部侍郎判度支出为昭义节度使,为下所逐,贬连州司马。以太子宾客分司东都,卒。"《旧唐书》卷一六八《高铢传》:"湜,咸通十二年为礼部侍郎。"均无中书舍人记载。

又据《旧唐书·懿宗本纪》:咸通五年,"三月,以兵部郎中高湜、员外于怀试吏部,平判选人"。咸通十一年,"十月,以给事中薛能为京兆尹,以中书舍人高湜权知礼部贡举"。可知,高湜咸通十一年时中书舍人在任。

36. 郑延休（咸通十一年）

两《唐书》无传。

任职考:

丁居晦《重修承旨学士壁记》:"咸通十一年五月十八日,自司封郎中、知制诰迁中书舍人充,十二年正月二十八日,三殿召对,赐紫。十一月十八日,迁工部侍郎、知制诰,依前充。十三年正月四日,充承旨。七日,迁工部侍郎,依前充。十四年八月二十二日,加金紫光禄大夫,尚书左丞、知制诰,依前充。十五年正月十三日,除检校礼部尚书、充河阳三城节度使。"①

可知,郑延休咸通十一年五月自司封郎中、知制诰为中书舍人,十一月为工部侍郎、知制诰,十四年为尚书左丞知制诰,十五年正月离任。

37. 薛 调*（咸通十二年至咸通十三年）

两《唐书》无传。

任职考:

丁居晦《重修承旨学士壁记》:"咸通十一年十月十七日,自□部员外郎加驾部郎中充。十二年正月二十六日,加知制诰,依前充。十三年二月二十

---

① (宋)洪遵:《翰苑群书》,傅璇琮、施纯德编:《翰学三书》,辽宁教育出版社,2003 年,第51 页。

六日,卒官;三月十一日,赠户部侍郎。"①可知,薛调咸通十二年正月为驾部郎中、知制诰,十三年二月卒于任。

38. 韦保乂*(咸通十二年至咸通十四年)

旧《唐书》有传,卷一七七。

任职考:

《旧传》:"进士登第,尚书郎、知制诰,召充翰林学士,历礼、户、兵三侍郎、学士承旨。坐保衡免官。"新《韦保衡传》记载其"自兵部侍郎贬宾州司户参军"。

丁居晦《重修承旨学士壁记》:"咸通十二年二月十三日,自户部员外郎入守本官充。三月十六日,特恩赐紫。五月十日,加户部郎中、知制诰,依前充。十四年十月,贬宾州司户。"②可知,韦保乂咸通十二年五月为户部郎中、知制诰,十四年十月贬官司户。

39. 崔　沆(？至咸通十三年;咸通十四年至乾符元年)

字内融。两《唐书》有传,见《旧唐书》卷一六三,《新唐书》卷一六〇。

任职考:

《旧传》:"官至员外郎,知制诰,拜中书舍人。坐事贬循州司户。乾符初,复拜舍人,寻迁礼部侍郎,典贡举。"《新传》略同:"累迁中书舍人。韦保衡逐于琮,沆亦贬循州司户参军。僖宗立,召为永州刺史,复拜舍人,进礼部、吏部二侍郎。"

贬官之事又见《旧唐书·懿宗本纪》:咸通十三年,"中书舍人崔沆循州司户,殷裕妻兄也";复官后迁转见《旧唐书·懿宗本纪》:咸通十四年九月,"循州司户崔沆复为中书舍人"。乾符元年,"十月,以中书舍人崔沆为中书侍郎,右谏议大夫崔胤为给事中"。可知,崔沆为员外郎、知制诰,约咸通十三年稍前为中书舍人,咸通十三年五月被贬循州司户,咸通十四年九月复为中书舍人,十月为中书侍郎。

---

① (宋)洪遵:《翰苑群书》,傅璇琮、施纯德编:《翰学三书》,辽宁教育出版社,2003年,第51页。

② (宋)洪遵:《翰苑群书》,傅璇琮、施纯德编:《翰学三书》,辽宁教育出版社,2003年,第51页。

40. 封彦卿(? 至咸通十三年)

两《唐书》无传。

任职考:

《旧唐书·懿宗本纪》:咸通十三年五月,"辛巳,敕尚书左丞李当贬道州刺史,吏部侍郎王珮贬漳州刺史,左散骑常侍李郁贬贺州刺史,前中书舍人封彦卿贬潮州司户,翰林学士承旨、兵部侍郎、知制诰张裼贬封州司马,右谏议大夫杨塾贬和州司户"。可知,封彦卿应在咸通十三年前在任,本年贬官。

41. 孔　纬(咸通末至乾符初)

字化文,曲阜人。两《唐书》有传,见《旧唐书》卷一七九,《新唐书》卷一六三。

任职考:

《旧传》:"宰臣赵隐嘉其能文,荐为翰林学士,转考功郎中、知制诰,赐绯。正拜中书舍人,累迁户部侍郎。"任户部侍郎时间据《唐仆尚丞郎表》考订,为乾符初自中书舍人、翰林学士迁户部侍郎。[①] 可知,孔纬咸通时为翰林学士,转考功郎中、知制诰,赐绯,约在咸通末正拜中书舍人,乾符初迁户部侍郎。

42. 崔　荛(咸通时)

字野夫。两《唐书》有传,见《旧唐书》卷一一七、《新唐书》卷一四四。

任职考:

《旧传》:"累官至尚书郎、知制诰。正拜中书舍人、户部侍郎。"《新传》无中书舍人记载:"乾符中为吏部侍郎,美文辞,谈辩华给,以铨管非所长,出为陕虢观察使……坐失守,贬端州司马,终左散骑常侍。"可知,崔荛任尚书郎、知制诰和中书舍人当在咸通时。

---

① 严耕望:《唐仆尚丞郎表》,上海古籍出版社,2007 年,第 202 页。

43. 刘　蜕（咸通时）

字复愚。两《唐书》无传。

任职考：

《新唐书·艺文志》有《文泉子》十卷：称其字复愚，咸通中书舍人。又见《唐摭言》卷二"海述解送"条："荆南解比，号天荒。大中四年，刘蜕舍人以史府解及第。"①

44. 郑仁规（约咸通时）

两《唐书》有传，见《旧唐书》卷一七六，《新唐书》卷一八二。

任职考：

《新传》记载但言为中书舍人。《旧传》："仁规累迁拾遗、补阙、尚书郎、湖州刺史、尚书郎知制诰，正拜中书舍人，卒。"据《旧唐书》卷一七六《郑仁表传》："仁表擢第后，从杜审权、赵隲为华州、河中掌书记，入为起居郎……刘邺少时，投文于洎，仁表兄弟嗤鄙之。咸通末，邺为宰相，仁表竟贬死南荒。"以此推断郑仁规约咸通时为尚书郎、知制诰，其后任中书舍人，卒。

---

① （五代）王定保撰，江汉椿校注：《唐摭言校注》，上海社会科学院出版社，2003 年，第 33 页。

十七、僖宗朝

1. 卢 携(乾符初)

字子升,范阳人,世居郑。两《唐书》有传,见《旧唐书》卷一七八,《新唐书》卷一八四。

《旧传》:"召拜谏议大夫。乾符初,以本官召充翰林学士,拜中书舍人。乾符末,加户部侍郎、学士承旨。"《新传》未有中书舍人记载:"入朝为右拾遗,历台省,累进户部侍郎、翰林学士承旨。"可知,卢携乾符初为中书舍人,乾符末为户部侍郎。①

2. 豆卢瑑(乾符初)

字希真。两《唐书》有传,见《旧唐书》卷一七七,《新唐书》卷一八三。
任职考:

《旧传》:"咸通末,累迁兵部员外郎,转户部郎中知制诰,召充翰林学士,正拜中书舍人。乾符中,累迁户部侍郎、学士承旨。"《新传》较略:"仕历翰林学士、户部侍郎。"其乾符中累迁户部侍郎,则任中书舍人当在乾符初。

3. 崔 澹(乾符二年)

博陵人。两《唐书》有传。见《旧唐书》卷一七七,《新唐书》卷一八二。
任职考:

《旧传》记载:"大中十三年登进士第,累迁礼部员外郎,位终吏部侍郎。"《新传》称:"累进礼部员外郎。当时士大夫以流品相尚,推名德者为之首。咸通中,世推李都为大龙甲,涓豪放不得预,虽自抑下,犹不许,而澹与焉。终吏部侍郎。"均未有中书舍人记载。

---

① 傅璇琮考订为咸通末,参见傅璇琮:《唐翰林学士传论》(晚唐卷),辽海出版社,2011年,第424页。

任中书舍人可据《旧唐书·僖宗本纪》:乾符二年二月,"以翰林学士崔澹为中书舍人"。乾符四年,"八月,以中书舍人崔澹权知贡举"。乾符六年,"三月,以吏部侍郎崔沆、崔澹试宏词选人"。可知,崔澹乾符二年时为中书舍人,四年权知贡举,约在当年迁吏部侍郎。

4.魏 笃(乾符三年至?)

两《唐书》无传。

任职考:

《旧唐书·僖宗本纪》:乾符三年七月,"以右谏议大夫、知制诰魏笃为中书舍人"。可知,魏笃乾符三年稍前为谏议大夫、知制诰,乾符三年七月为中书舍人。

另《旧唐书》列传一二七《刘瞻传》:"帝阅疏大怒,即日罢瞻相位,检校刑部尚书、同平章事、江陵尹、充荆南节度等使。再贬康州刺史,量移虔州刺史。入朝为太子宾客分司。翰林学士户部侍郎郑畋、右谏议大夫高湘、比部郎中、知制诰杨知至、礼部郎中魏笃、兵部员外张颜、刑部员外崔彦融、御史中丞孙瑝等,皆坐瞻亲善贬逐。"此事在咸通十一年十一月,或为谏议大夫前任职。

5.崔 胤(乾符三年至乾符四年)

字昌遐,一字垂休,两《唐书》有传,见《旧唐书》卷一七七,《新唐书》卷二二三。

任职考:

《旧传》:"累迁考功、吏部二员外郎,转郎中、给事中、中书舍人。大顺中,历兵部、吏部二侍郎,寻以本官同平章事。"《新传》较略:"擢进士第,累迁中书舍人、御史中丞。"又据《旧唐书·僖宗本纪》:乾符元年十月,"以中书舍人崔沆为中书侍郎,右谏议大夫崔胤为给事中"。可知,崔胤乾符元年给事中在任,约乾符中任中书舍人,其后迁御史中丞。

6.张 读(乾符五年)

字圣用,两《唐书》有传,见《旧唐书》卷一四九,《新唐书》卷一六一。

任职考:

《旧传》："累官至中书舍人、礼部侍郎,典贡举,时称得士。"《新传》无
中书舍人记载,但云累迁礼部侍郎。据《旧唐书·僖宗本纪》:乾符五年十
二月,"戊戌,至代州,昭义军乱,为代州百姓所杀殆尽。以中书舍人张读权
知礼部贡举"。可知,乾符五年时,张读中书舍人在任并权知贡举。

7. 王　徽(？ 至乾符五年)

字昭文,京兆杜陵人。两《唐书》有传,见《旧唐书》卷一七八,《新唐
书》卷一八五。

任职考:

《旧传》:"改职方郎中、知制诰,正拜中书舍人。延英中谢,面赐金紫,
迁户部侍郎、学士承旨。"《新传》较略,未言中书舍人事。

又据《旧唐书·僖宗本纪》:乾符三年九月,"户部郎中、知制诰、翰林学
士王徽为中书舍人"。《唐郎官石柱题名考》卷十一"户部郎中"有载,故本
纪较为可信。可知其在乾符初为户部郎中、知制诰,乾符三年九月为中书舍
人。据《唐仆尚丞郎表》考订,乾符五年前后自中书舍人、翰林学士迁任户
部,①其中书舍人任职到乾符五年。

8. 张　祎(乾符末)

字冠章。《旧唐书》有传,见卷一六三。

任职考:

《旧传》:"入为监察御史,迁左补阙。乾符中,诏入翰林为学士,累官至
中书舍人。黄巢犯京师,从僖宗幸蜀,拜工部侍郎,判户部事。"黄巢入长安
在广明元年末,可知张祎约乾符末中书舍人在任,广明元年迁工部侍郎。

9. 韦昭度(乾符末)

字正纪,京兆人。两《唐书》有传,见《旧唐书》卷一七九,《新唐书》卷
一八五。

任职考:

《旧传》:"乾符中,累迁尚书郎、知制诰,正拜中书舍人。从僖宗幸蜀,

---

①　严耕望:《唐仆尚丞郎表》,上海古籍出版社,2007 年,第 203 页。

拜户部侍郎。中和元年,权知礼部贡举。"《新传》较略:"践历华近,累迁中书舍人。僖宗西狩,以兵部侍郎、翰林学士承旨从。"可知,韦昭度在乾符中为尚书郎、知制诰,约乾符末拜中书舍人,僖宗幸蜀后,即广明元年拜户部侍郎。

10. 萧 遘(乾符末)

字得圣。两《唐书》有传,见《旧唐书》卷一七九,《新唐书》卷一〇一。

任职考:

《旧传》:"保衡诛,以礼部员外郎征还,转考功员外郎、知制诰。乾符初,召充翰林学士,正拜中书舍人,累迁户部侍郎、翰林承旨。"《新传》未载中书舍人事:"保衡死,召为礼部员外郎。乾符中,累擢户部侍郎、翰林学士承旨。"

据《旧唐书·僖宗本纪》:乾符二年十月,"以……礼部员外郎萧遘为考功员外郎。"故其转考功员外郎当在乾符二年末或乾符三年初,乾符三年九月,"户部郎中、知制诰、翰林学士王徽为中书舍人,户部员外郎、翰林学士萧遘为户部郎中,学士并如故"。故其任中书舍人时间应晚于乾符三年九月,又《全唐文》卷八一六袁循《修黄魔神庙记》,称"咸通末,翰林、舍人兰陵公自右史窜黔南",时在乾符丁酉岁,即四年二月九日,可知,萧遘正拜中书舍人时间当在乾符末。

《旧唐书·僖宗本纪》:中和元年正月,"以翰林学士承旨、尚书户部侍郎、知制诰萧遘为兵部侍郎、充诸道盐铁转运等使"。可知,其中书舍人任期当在此之前。

另萧遘有《唐故康王墓志》,署翰林学士、朝议郎、守中书舍人、柱国赐紫金鱼袋,①时在咸通七年七月,存疑。

11. 令狐澄(乾符时)

两《唐书》无传。

任职考:

据《旧唐书》卷一七二《令狐绹传》:"澄亦以进士登第,累辟使府。"《新唐书·艺文志》有其《贞陵遗事》二卷:"乾符中书舍人。"《直斋书录解题》

---

① 周绍良、赵超主编:《唐代墓志汇编续集》,上海古籍出版社,2001年,第1137页。

卷五:"《贞陵遗事》二卷,《续》一卷,唐中书舍人令狐澄撰,吏部侍郎柳玭续之,澄所记十七事,玭所续十四事。"又据《金华子杂编》卷上:"令狐补阙滈与中书舍人澄皆有才藻。令狐之文彩,世有称焉。自楚及澄,三代皆擅美于紫薇。"可知,令狐澄乾符时在任。

12. 卢知猷(中和时)

字子谟,两《唐书》有传,见《旧唐书》卷一六三,《新唐书》卷一七七。

任职考:

《旧传》:"入拜兵部郎中,赐绯鱼,改吏部郎中、太常少卿。出为商州刺史。征拜给事中,转中书舍人。僖宗幸山南,襄王伪署,乃避地金州。驾还,征拜工部侍郎。"《新传》:"出为饶州刺史,以政最闻。累进中书舍人。朱玫乱,避难不出。僖宗还京,召拜工部侍郎、史馆修撰。"僖宗光启元年三月返回长安,可知,卢知猷广明元年末自给事中为中书舍人,光启元年三月后为工部侍郎,任职在中和时。

13. 柳　玭(广明末)

两《唐书》有传,见《旧唐书》卷一六五,《新唐书》卷一六三。

任职考:

《旧传》:"明年,黄巢陷广州,郡人邓承勋以小舟载玭脱祸。召为起居郎。贼陷长安,为刃所伤,出奔行在,历谏议给事中,位至御史大夫。"未言中书舍人事。《新传》:"黄巢陷交、广,逃还,除起居郎。巢入京师,奔行在,再迁中书舍人、御史中丞。文德元年,以吏部侍郎修国史,拜御史大夫。"黄巢入京在广明元年,可知其约广明元年末任中书舍人。

14. 韦　庚(中和元年至?)

《旧唐书》有传,见卷一五八。

任职考:

《旧传》:"入朝为御史,累迁兵部郎中、谏议大夫。从僖宗幸蜀,改中书舍人,累拜刑部侍郎,判户部事。"又据《旧唐书·僖宗本纪》:中和元年,"六月,沙陀退还代州。车驾幸成都府,西川节度使陈敬瑄自来迎奉"。可知,韦庚任中书舍人在中和元年六月稍后。

15. 侯　翾（中和元年至？）

两《唐书》无传。

任职考：

《北梦琐言》卷五："唐光启中，成都侯翾……以拔萃出身为邠宁从事。僖宗播迁，擢拜中书舍人、翰林学士。僖宗归阙，除郡不赴，归隐导江别墅，号卧龙馆。王蜀先主图霸，屈致幕府。"①可知，中和元年，侯翾拜中书舍人。

黄滔有《喜侯舍人蜀中新命三首》。侯舍人指侯翾。其二诗句"幕宾征出紫微郎"、其三诗句"翰苑今朝是独游"，知侯自幕宾入蜀为中书舍人、翰林学士。

《唐文拾遗》卷三七崔致远《翰林侯翾学士》，乃代高骈作谢侯翾草制启。《益州名画录》卷上《常重胤传》载僖宗幸蜀回銮之日写随驾文武臣僚真有"翰林学士、中书舍人侯翾"。②

16. 杜让能（中和元年至？）

字群懿。两《唐书》有传。《旧唐书》卷一七七，《新唐书》卷九六。

任职考：

《旧传》："黄巢犯京师，奔赴行在，拜礼部郎中、史馆修撰。寻以本官知制诰，正拜中书舍人。谢日，面赐金紫之服，寻召充翰林学士……累迁户部侍郎。"《新传》稍有不同："萧构领度支，引判度支桉。僖宗狩蜀，奔谒行在，三迁中书舍人，召为翰林学士……从迁京师，再还兵部尚书，封建平县子。"又据《唐会要》卷五七"翰林院"条："中和二年，僖宗幸蜀。时黄巢犯京畿，关东用兵，书诏重委。翰林学士杜让能草辞迅速，笔无点攒，动中事机，上嘉之，迁户部侍郎、承旨。"

任职时间当为僖宗幸蜀时，即中和元年以礼部郎中、知制诰，约本年迁中书舍人。

---

① （五代）孙光宪撰，贾二强点校：《北梦琐言》，中华书局，2002 年，第 118—119 页。
② （宋）黄休复撰，何韫若、林孔翼注：《益州名画录》，四川人民出版社，1982 年，第 42 页。

17. 卢胤征（中和二年）

两《唐书》无传。

任职考：

《新唐书》卷二二五下《黄巢传》：中和二年，"天子更以王铎为诸道行营都统，崔安潜副之……中书舍人卢胤征为克复制置副使"。可知卢胤征中和二年在任。

18. 崔　凝（约中和三年）

两《唐书》无传。狄归昌有《唐故刑部尚书崔公府君墓志并序》。①

任职考：

《崔凝墓志》："迁祠部郎中、知制诰，未周月，拜中书舍人，面赐金紫，即以本官充翰林学士，仍转户部侍郎、知制诰。"《全唐文》卷八一二有刘崇望《授中书舍人崔凝右补阙沈文伟并守本官充翰林学士制》，按傅璇琮考订，制文非刘崇望所作，中和时崔凝已为翰林学士，则崔凝任中书舍人当在中和初。

19. 乐朋龟*（中和三年）

两《唐书》无传。

任职考：

《资治通鉴》卷二五四：中和元年，"时百官未集，乏人草制，右拾遗乐朋龟谒田令孜而拜之，由是擢为翰林学士"。此为乐朋龟曾任职务，且为翰林学士。

任知制诰时间，据杜光庭《历代崇道记》：中和三年十月，"又敕翰林学士承旨、尚书兵部侍郎、知制诰乐朋龟撰碑立之"。（《全唐文》卷九三三）可知此时其为知制诰。又据黄休复《益州名画录》卷上，"翰林学士承旨、兵部尚书乐朋龟"，②当为中和三年后升任的职务。

---

① 周绍良、赵超主编：《唐代墓志汇编续集》，上海古籍出版社，2001年，第1160页。
② （宋）黄休复撰，何韫若、林孔翼注：《益州名画录》，四川人民出版社，1982年，第42页。

20. 沈仁伟（中和四年）

两《唐书》无传。

任职考：

《益州名画录》卷上《常重胤》条，有"翰林学士、中书舍人沈仁伟"，①作于中和四年秋，故沈仁伟此时在任。

21. 郑昌图（中和四年）

两《唐书》无传。

任职考：

《新唐书》卷一八七《孟方立传》："铎使参谋中书舍人郑昌图知昭义留事，欲遂为帅。"又据《资治通鉴》卷二五四：中和四年正月，"又以中书舍人郑昌图为义成节度行军司马"。可知，郑昌图中和四年为中书舍人。

22. 郑延昌（中和时）

字光远，《新唐书》有传，见卷一八二。

任职考：

《新传》："黄巢乱京师，畋倚延昌调兵食，且谕慰诸军。畋再秉政，擢司勋员外郎、翰林学士。进累兵部侍郎，兼京兆尹，判度支。"无中书舍人记载，任职见《全唐文》卷八一二刘崇望《授翰林学士郑彦昌守本官兼中书舍人制》，作于中和年间，故其任职也在此时。

23. 萧　廩（中和时）

字富侯，两《唐书》有传，见《旧唐书》卷一七二，《新唐书》卷一〇一。

任职考：

《旧传》："乾符中，以父出镇南海，免官侍行。中和中，征为中书舍人，再迁京兆尹。"《新传》未有中书舍人记载："迁尚书郎。仿领南海，解官往侍……广明初，以谏议大夫知制诰，请厉止夜行以备贼谍，出太仓粟贱估以

---

① （宋）黄休复撰，何韫若、林孔翼注：《益州名画录》，四川人民出版社，1982年，第42页。

济贫民。俄迁京兆尹。"估从《旧传》,可知,中和中征为中书舍人,后迁京兆尹。

24. 司空图(光启元年至光启二年;龙纪元年)

字表圣,河中虞乡人。两《唐书》有传,见《旧唐书》卷一九〇下,《新唐书》卷一九四。

任职考:

《旧传》:"僖宗自蜀还,次凤翔,召图知制诰,寻正拜中书舍人。其年僖宗出幸宝鸡,复从之不及,退还河中。龙纪初,复召拜舍人,未几又以疾辞。"《新传》:"僖宗次凤翔,即行在拜知制诰,迁中书舍人。后狩宝鸡,不获从,又还河中。龙纪初,复拜旧官,以疾解。"

又据《司空表圣诗集》小传:"咸通末,擢进士第,由宣歙幕历礼部郎中,僖宗行在用为知制诰、中书舍人,归隐中条山王官谷。龙纪、乾宁间,征拜旧官,及以户、兵二部侍郎召,皆不起。迁洛后,被诏入朝,以野耄丐归。"《旧唐书·僖宗本纪》记载僖宗到凤翔为光启元年二月,到宝鸡为二年正月,可知,司空图光启元年二月后为知制诰,约本年中书舍人,二年正月离任。龙纪初年在任,本年离任。

25. 徐彦若(光启元年至文德元年)

两《唐书》有传,见《旧唐书》卷一七九,《新唐书》卷一一三。

任职考:

《旧传》:"乾符末,以尚书郎知制诰,正拜中书舍人。昭宗即位,迁御史中丞,转吏部侍郎,检校户部尚书,代李茂贞为凤翔陇节度使。"《新传》:"事僖宗为中书舍人。昭宗立,再用为御史中丞。"可知,徐彦若于乾符末,以尚书郎、知制诰,约光启年间正拜中书舍人,昭宗即位,即文德元年三月迁御史中丞。

26. 李 磎(光启初)

字景望。两《唐书》有传,见《旧唐书》卷一五七,《新唐书》卷一四六。
任职考:
《旧传》:"入为尚书水部员外郎,累迁吏部郎中,兼史馆修撰,拜翰林学士、中书舍人。"《新传》稍详:"黄巢陷洛,磎挟尚书八印走河阳。时留守刘允章为贼胁,遣人就磎索印,拒不与。允章悟,亦不臣贼。嗣襄王之乱,转侧淮南,高骈受伪命,磎苦谏,不纳。入为中书舍人、翰林学士。辞职归华阴,复以学士召。"高骈之事见《旧唐书》卷一八二本传:"光启初,僖宗再幸山南。李襜僭号,伪授骈中书令、诸道兵马都统、江淮盐铁转运等使。"可知,约光启初在任。

27. 孙　揆(光启末)

字圣圭。《新唐书》有传,见卷一九三。

任职考:

《新传》:"第进士,辟户部巡官。历中书舍人、刑部侍郎、京兆尹。"任刑部侍郎时间,据《唐仆尚丞郎表》考订为文德元年由中书舍人迁入。① 可知,其中书舍人任职约在光启末。

附:杜弘徽

杜审权,字殷衡,京兆人。《旧唐书》有传,见卷一七七《杜审权传》附。

任职考:

《旧传》:"弘徽,累官至中书舍人,迁户部侍郎,充弘文馆学士判馆事,与兄同日被害。"又见《旧唐书》卷一七九《郑綮传》:"王徽为御史大夫,奏綮为兵部郎中、知台杂,迁给事中,赐金紫。僖宗自山南还,以宰相杜让能弟弘徽为中书舍人。綮以弘徽兄在中书,弟不宜同居禁近,封还制书。天子不报,綮即移病休官。无几,以左散骑常侍征还。朝政有阙,无不上章论列。事虽不行,喧传都下,执政恶之,改国子祭酒。物议以綮匡谏而置之散地,不可,执政惧,复用为常侍。"

然据《新唐书》卷一八三《郑綮传》:"杜弘徽任中书舍人,綮以其兄让能辅政,不宜处禁要,上还制书,不报,辄移病去。召为右散骑常侍,往往条摘失政,众欢传之,宰相怒,改国子祭酒,议者不直,复还常侍。"故疑杜弘徽未任中书舍人。

---

① 严耕望:《唐仆尚丞郎表》,上海古籍出版社,2007 年,第 311 页。

十八、昭 宗 朝

1. 崔昭纬（龙纪元年）

清河人。两《唐书》有传，见《旧唐书》卷一七九，《新唐书》卷二二三下。

任职考：

《旧传》："昭宗朝，历中书舍人、翰林学士、户部侍郎、同平章事。"其为相时间据《旧唐书·昭宗本纪》：大顺元年十二月，"以翰林学士承旨、兵部侍郎崔昭纬本官同平章事"。《新唐书·昭宗本纪》记载在大顺二年正月。推断崔昭纬约在大顺稍前，龙纪元年时在任。

2. 崔　涓（大顺二年）

字虚己，博陵安平人。两《唐书》有传，《旧唐书》卷一七七，《新唐书》卷一八二。

任职考：

《新传》："为杭州刺史，受署，未尽识卒史，乃以纸各署姓名傅襟上，过前一阅，后数百人呼指无误。终御史大夫。"未载中书舍人事。

据《全唐文》卷八三七薛廷珪《授翰林学士承旨户部侍郎崔汪尚书右丞学士中书舍人崔涓李磎并户部侍郎知制诰充学士制》，《唐仆尚丞郎表》考订其任职户部侍郎在景福元年，或在大顺初，或光化中。[1] 傅璇琮考订为大顺二年为中书舍人，景福元年为户部侍郎。[2] 从傅说，大顺二年任中书舍人。

纠谬：

《新表》载："字虚己，司封员外郎。"官职有误。

---

①　严耕望：《唐仆尚丞郎表》，上海古籍出版社，2007 年，第 211 页。
②　傅璇琮：《唐翰林学士传论》（晚唐卷），辽海出版社，2011 年，第 503 页。

3. 牛 徽（大顺三年）

两《唐书》有传，见《旧唐书》卷一七二，《新唐书》卷一七四。

任职考：

《旧传》："明年，浚败，召徽为给事中。杨复恭叛归山南，李茂贞上表，请自出兵粮问罪，但授臣招讨使……徽寻改中书舍人。岁中，迁刑部侍郎，封奇章男。"《新传》近似："杨复恭叛山南，李茂贞请假招讨节伐之……既而师果败，遂杀大臣，王室益弱。俄繇中书舍人为刑部侍郎，袭奇章男。"

据《旧唐书》卷一八四《杨复恭传》："大顺二年九月……天子诏李茂贞、王行瑜讨之。"可知，牛徽大顺三年左右曾为中书舍人。

4. 陆 扆（景福二年至乾宁元年）

字祥文，本名允迪，原为吴郡人，徙家于陕州。两《唐书》有传，见《旧唐书》卷一七九，《新唐书》卷一八三。

任职考：

《旧传》："景福元年，加祠部郎中、知制诰。二年元日朝贺，面赐金紫之服。五月，拜中书舍人……乾宁初，转户部郎。"《新传》较略："累进翰林学士、中书舍人……累为尚书左丞，封嘉兴县男。"

迁转又据《旧唐书·昭宗本纪》：景福二年六月，"以祠部郎中、知制诰陆扆为中书舍人，依前翰林学士"。乾宁元年五月，"以翰林学士、中书舍人陆扆为户部侍郎、知制诰，充职"。

可知，陆扆景福元年为祠部郎中、知制诰，二年五月为中书舍人，乾宁元年五月为户部侍郎、知制诰。

又据《黄御史集》附录《唐昭宗实录》：乾宁二年二月，"宣翰林学士承旨、户部侍郎、知制诰陆扆、秘书兼冯渥于云韶殿"。《旧唐书·昭宗本纪》：景福二年五月，"以翰林学士、户部侍郎、知制诰陆扆为兵部侍郎，充职"。可知其任职到乾宁二年五月。

5. 崔 远（约景福时至乾宁三年）

两《唐书》有传，见《旧唐书》卷一七七，《新唐书》卷一八二。

任职考：

《旧传》:"大顺初,以员外郎知制诰,召充翰林学士,正拜中书舍人。乾宁三年,转户部侍郎、博陵县男、食邑三百户,转兵部侍郎承旨。寻以本官同平章事,迁中书侍郎,兼吏部尚书。"《新传》较略,无中书舍人记载。

可知崔远大顺初为员外郎、知制诰,约景福年间迁中书舍人,乾宁三年为户部侍郎。其为相事又见《唐大诏令集》卷五〇《崔胤崔远平章事制》。①

6. 赵光逢(景福时)

两《唐书》有传,见《旧唐书》卷一七八,《新唐书》卷一八二。

任职考:

《旧传》:"景福中,以祠部郎中知制诰,寻召充翰林学士,正拜中书舍人、户部侍郎、学士承旨。"《新传》与此不同:"光逢尤规镬自持,以中书舍人为翰林学士。时光裔由膳部郎中知制诰,对掌内外命书,士歆羡之。"暂从《旧传》。可知景福中为祠部郎中、知制诰,稍后正拜中书舍人,后迁户部侍郎。

又据《旧唐书·昭宗本纪》:乾宁二年三月,"以翰林学士承旨、兵部侍郎、知制诰赵光逢为尚书左丞,依前充职"。可知其在翰林院内又自户部转兵部,一直知制诰。

7. 薛廷珪(乾宁二年至乾宁三年;光化中)

两《唐书》有传,见《旧唐书》卷一九〇下,《新唐书》卷二〇三下。

任职考:

《旧传》:"大顺初,累迁司勋员外郎,知制诰,正拜中书舍人。乾宁三年,奉使太原复命,昭宗幸华州,改左散骑常侍。移疾免,客游成都。光化中,复为中书舍人,迁刑部、吏部二侍郎,权知礼部贡举,拜尚书左丞。"《新传》:"大顺初,以司勋员外郎知制诰,迁中书舍人。从昭宗次华州,引拜左散骑常侍,称疾免,客成都。光化中,复为舍人,累尚书左丞。"

《全唐文》卷八三一钱珝《册太原节度使守太师兼中书令晋王制》:"遣中书舍人薛廷珪册尔为太师兼中书令,仍进封晋王。"据《旧唐书·昭宗本纪》:乾宁二年,"十二月甲申朔,昭宗御延喜门受俘馘,百僚楼前称贺。制以李克用守太师、中书令,进封晋王,食邑九千户,改赐'忠贞平难功臣。'"

---

① (宋)宋敏求编:《唐大诏令集》,中华书局,2008 年,第 260 页。

可知,薛廷珪大顺时为司勋员外郎、知制诰,乾宁二年为中书舍人,乾宁三年左右为做散骑常侍,光化中再任中书舍人,后迁刑部侍郎。

8. 钱 珝(乾宁二年至光化三年)

字瑞文,《新唐书》有传,见卷一七七。

任职考:

《新传》:"宰相王抟荐知制诰,进中书舍人。抟得罪,珝贬抚州司马。"据《新唐书·昭宗本纪》:乾宁二年三月,"崔胤、李磎罢。户部侍郎、判户部王抟为中书侍郎、同中书门下平章事"。可知,钱珝乾宁二年为中书舍人。又据《旧唐书·昭宗本纪》:光化三年六月,"戊辰,特进、司空、门下侍郎、平章事、监修国史王抟贬崖州司户,寻赐死于蓝田驿"。其贬官在光化三年六月后。钱珝任职在乾宁二年至光化三年六月。

9. 薛昭纬(? 至乾宁三年)

《旧唐书》有传,见卷一五三。

任职考:

《旧传》:"乾宁中为礼部侍郎,贡举得人,文章秀丽。为崔胤所恶,出为磎州刺史。"无中书舍人记载。据《旧唐书·昭宗本纪》:乾宁三年,"十月戊申朔,以中书舍人、权知礼部贡举薛昭纬为礼部侍郎"。可知,薛昭纬乾宁三年十月稍前为中书舍人,十月为礼部侍郎。

10. 张玄晏*(乾宁时)

字寅节。两《唐书》无传。

任职考:

《全唐文》卷八一八有张玄晏《谢奉常仆射启》(共两篇,此为其二):"某伏奉敕命,授尚书驾部郎中、知制诰,依前充职者。"可知,张玄晏乾宁年间曾为驾部郎中、知制诰。

11. 张文蔚(乾宁时)

字右华,河间人。《旧唐书》有传,见卷一七八。另《旧五代史》卷十八,

《新五代史》卷三四有传。

任职考：

《旧传》："乾宁中，以祠部郎中知制诰，正拜中书舍人，赐紫。崔胤擅朝政，与蔚同年进士，尤相善，用为翰林学士、户部侍郎，转兵部。"《旧五代史》本传："拜司勋郎中、知制诰，岁满授中书舍人。丁母忧，退居东畿。"《册府元龟》卷七五六《总录部》"孝"条第六也记载："张文蔚为中书舍人丁母忧，退居东畿哀毁过人。"①可知，乾宁中，其为祠部郎中、知制诰，后拜中书舍人，丁忧免官。

纠谬：

《全唐文》卷八一二有刘崇望《中书舍人苗深母琅琊郡太君王氏封琅琊郡太夫人祠部郎中知制诰张文蔚母扶风郡太夫人苏氏封封翊郡太夫人等制》，《旧五代史》本传记载其为司勋郎中，当为祠部郎中。

12. 薛贻钜（乾宁末）

字式瞻，一字熙用，河东闻喜人。两《五代史》有传，见《旧五代史》卷一八，《新五代史》卷三四。

任职考：

《旧五代史传》："历度支巡官，集贤校理、殿中、起居舍人，召拜翰林学士，加礼部员外郎，知制诰，转司勋郎中，其职如故。乾宁中，天子幸石门，贻钜以私属相失，不及于行在，罢之。"在昭宗回京后，即乾宁二年八月，"旋除中书舍人，再践内署，历户部、兵部侍郎，学士承旨"。可知其乾宁二年八月自司勋郎中、知制诰，约乾宁末改中书舍人，后为户部侍郎。

13. 杜彦林（？ 至光化元年）

字宁臣。《旧唐书》有传，见卷一七七。

任职考：

《旧传》："光化中累官至尚书郎、知制诰，拜中书舍人。天祐初，为御史中丞。"《新唐书》卷九六《杜让能传》："弟彦林，官御史中丞；弘徽，户部侍郎，皆及诛。"均未言中书舍人事。

任职据《旧唐书·昭宗本纪》：天祐元年六月，"甲戌，制以中大夫、中书

舍人、上柱国、赐紫金鱼袋杜彦林为太中大夫、守御史中丞"。可知,杜彦林任职当在光化元年。

14.杨　钜(? 至光化三年)

两《唐书》有传,见《旧唐书》卷一七七,《新唐书》卷一八四。

任职考:

《旧传》:"乾宁初以尚书郎知制诰,召充翰林学士,拜中书舍人、户部侍郎,封晋阳男,食邑三百户。"《新传》较略。任户部侍郎时间《唐仆尚丞郎表》考订在光化三年。[①] 推断杨钜约乾宁元年为郎官知制诰,约光化初为中书舍人,光化三年迁官。

15.李　渥(光化初至光化三年)

《旧唐书》有传,见《旧唐书》卷一七八。

任职考:

《旧传》:"咸通末进士及第,释褐太原从事,累拜中书舍人、礼部侍郎。光化三年,选贡士。"可知,李渥约光化初中书舍人在任,三年时为礼部侍郎。

16.颜　荛(光化三年至?)

两《唐书》无传。

任职考:

《旧唐书·昭宗本纪》:光化三年八月,"丁卯,以朝请大夫、虞部郎中、知制诰、上柱国、赐紫金鱼袋颜荛为中书舍人"。可知,颜荛光化三年八月稍前为虞部郎中、知制诰,本月为中书舍人。

又据《旧唐书》卷一七九《柳璨传》:"柳璨……光化中,登进士第。尤精《汉史》,鲁国颜荛深重之。荛为中书舍人,判史馆,引为直学士。"曾提携柳璨。

---

① 严耕望:《唐仆尚丞郎表》,上海古籍出版社,2007 年,第 217 页。

17. 韩　偓（光化三年至天复二年）

字致光,京兆万年人。《新唐书》有传,见卷一八三。

任职考:

《新传》:"后迁累左谏议大夫。宰相崔胤判度支,表以自副。王溥荐为翰林学士,迁中书舍人……至凤翔,迁兵部侍郎,进承旨。"据《资治通鉴》卷二六二,光化三年十一月,刘季述谋反,天复元年正月被诛杀,故其在光化三年已任中书舍人。霍松林、邓小军有《韩偓年谱》,考订韩偓任职中书舍人在光化三年,天复二年七月改户部侍郎。① 从之。

18. 吴　融（？ 至天复元年）

字子华,越州山阴人。《新唐书》有传,见卷二〇三。

任职考:

《新传》:"以礼部郎中为翰林学士,拜中书舍人。昭宗反正,御南阙,群臣称贺,融最先至。于时左右欢骇,帝有指授,叠十许稿,融跪作诏,少选成,语当意详,帝咨赏良厚。进户部侍郎。"《唐才子传》记载近似:"召为左补阙,以礼部郎中为翰林学士,拜中书舍人。天复元年元旦,东内反正,既御楼,融最先至,上命于前座跪草十数诏,简备精当,曾不顷刻,皆中旨,大加赏激,进户部侍郎。"②可知,吴融天复元年稍前任中书舍人③,后迁户部侍郎。

19. 令狐涣（天复元年）

两《唐书》无传。《旧唐书》卷一七二《令狐楚传》:"涣、泭俱登进士第。涣位至中书舍人。"

任职考:

《新唐书》卷一八三《韩偓传》:"中书舍人令狐涣任机巧,帝尝欲以当国,俄又悔曰:'涣作宰相或误国,朕当先用卿。'辞曰:'涣再世宰相,练故事,陛下业已许之。若许涣可改,许臣独不可移乎?'帝曰:'我未尝面命,亦

① 霍松林、邓小军:《韩偓年谱》(上),《陕西师大学报》,1988 年第 3 期,第 103 页。
② 傅璇琮主编:《唐才子传校笺》第 4 册,中华书局,1987 年,第 227—228 页。
③ 柏俊才:《吴融年谱》考订其昭宗光化元年任中书舍人。参见《文献》,1998 年第 5 期。

何惮?'"此事又见《资治通鉴》卷二六二:天复元年六月,"上之返正也,中书书舍人令狐涣、给事中韩偓皆预其谋,故擢为翰林学士,数召对,访以机密"。又见《韵语阳秋》卷五:"予按《唐书韩偓传》:偓尝与崔胤定策诛刘季述,昭宗反正为功臣,与令狐涣同为中书舍人。"①又韩偓《无题》序:"余辛酉年戏作无题十四韵,故奉常王公相国首于继和,故内翰吴侍郎融、令狐舍人涣、阁下刘舍人崇誉、吏部王员外涣相次属和。"辛酉年为光化四年即天复元年。

综上,令狐涣当在天复元年时为中书舍人。

20. 苏　检(？至天复二年)

字子忠。两《唐书》无传。

任职考:

《新唐书·昭宗本纪》:天复二年,"六月丙子,中书舍人苏检为工部侍郎同中书门下平章事"。又见《资治通鉴》卷二六三。可知苏检在天复初在任,二年六月为相离任。

21. 姚　洎(天复三年至天祐二年)

两《唐书》无传。

任职考:

姚洎曾为翰林学士,但在天复三年崔胤得势之时被逐,见《资治通鉴》卷二六四:天复三年二月,"朝臣从上幸凤翔者,凡贬逐三十余人。"《旧唐书》卷一七七《崔胤传》:"及还京,胤皆贬斥之。又贬……姚洎景王府咨议。"又据《旧唐书·哀帝本纪》:天祐二年八月,"戊子,制中书舍人姚洎可尚书户部侍郎,充元帅府判官"。其任中书舍人当在天复三年末,天祐二年八月迁户部侍郎。

22. 封　渭(约天复末至天祐二年)

两《唐书》无传。

任职考:

---

① (宋)葛立方:《韵语阳秋》,上海古籍出版社,1979 年,第 71 页。

　　《旧唐书·哀宗本纪》：天祐二年三月，"甲戌，敕中书舍人封渭贬齐州司户"。可知，封渭任中书舍人当在天祐二年前。又据黄滔《寄同年封舍人渭》一诗，傅璇琮考订为天复三年、天祐元年间作，①可知封渭天复末、天祐初在任，二年贬官。

　　又《册府元龟》卷七七一《总录部》"世官"条："舜钦从子渭，昭宗迁洛时为翰林学士，舜钦为中书舍人，叔侄对掌内外制。"②

23. 韦　郊（天复时）

　　字延休。《旧唐书》有传，卷一五八。
　　任职考：
　　《旧传》："自礼部员外郎知制诰，正拜中书舍人。昭宗末，召充翰林学士，累官户部侍郎、学士承旨。"云昭宗末，当在天复末，可知，韦郊约天复初为礼部员外郎、知制诰，天复时迁中书舍人。

24. 沈栖远*（天祐元年）

　　字子鸾，两《唐书》无传。
　　任职考：
　　据《旧唐书·昭宗本纪》：天祐元年五月，"乙酉，翰林学士、左谏议大夫、知制诰沈栖远守本官"。故可知此时沈栖远为谏议大夫、知制诰。

25. 杨　注（天祐元年）

　　两《唐书》有传。见《旧唐书》卷一七七，《新唐书》卷一八四。
　　任职考：
　　《旧传》："昭宗朝，累官考功员外、刑部郎中。寻知制诰，正拜中书舍人，召充翰林学士。"《新传》记载较略。据《旧唐书·昭宗本纪》：天祐元年六月，"丙申，通议大夫、中书舍人、赐紫金鱼袋杨注可充翰林学士"。可知，杨注任中书舍人在天祐元年。

---

　　①　傅璇琮：《唐翰林学士传论》（晚唐卷），辽海出版社，2011 年，第 613 页。
　　②　（宋）王钦若等：《册府元龟》第 10 册，中华书局，1960 年，第 9169 页。

26. 张茂枢*（天祐二年）

字休府,《新唐书》有传,见卷一二七。

任职考:

《新传》:"天祐中,累迁祠部郎中,知制诰。坐柳璨事,贬博昌尉。"又据《旧唐书·昭宗本纪》:天祐二年十二月,"敕右常侍王钜……祠部郎中知制诰张茂枢……等,随册礼使柳璨魏国行事"。可知,张茂枢天祐二年祠部郎中、知制诰在任。

27. 杜　晓*（天祐三年至四年）

字明远,京兆杜陵人。《梁书》有传,见《旧五代史》卷十八。

任职考:

《旧五代史》本传:"及昭宗东迁,宰相崔远判户部,又奏为巡官兼殿中丞……未几,拜左拾遗,寻召为翰林学士,转膳部员外郎,依前充职。及崔远得罪,出守本官,居数月,以本官知制诰,俄又召为学士,迁郎中充职。太祖受禅,拜中书舍人,职如故。开平三年,转工部侍郎,充承旨。"《旧唐书·昭宗本纪》:天祐二年十二月,"敕……膳部员外知制诰杜晓……等,随册礼使柳璨魏国行事。"所谓太祖受禅,指朱全忠天祐四年三月立国,故杜晓在天祐三年至四年当为唐郎官知制诰。四年三月后为梁中书舍人。

28. 张　策（天祐四年至？）

字少逸,敦煌人。两《五代史》有传,见《旧五代史》卷一八,《新五代史》卷三四。

任职考:

《旧五代史》本传:"天祐初,表其才,拜职方郎中,兼史馆修撰,俄召入为翰林学士,转兵部郎中、知制诰,依前修史。未几,迁中书舍人,职如故。"《新五代史》本传较略。又据《旧唐书·哀帝本纪》:天祐四年三月乙酉,"中书侍郎、平章事杨涉押传国宝使,翰林学士、中书舍人张策为副"。可知,张策约在天祐二、三年为兵部郎中、知制诰,四年时已然正拜中书舍人。梁时转为工部侍郎。

参 考 文 献

古 代 典 籍

[1]（清）李道平撰：《周易集解纂疏》，北京：中华书局，1994年。

[2]（唐）孔颖达撰：《尚书正义》，上海：上海古籍出版社，2007年。

[3]李学勤主编：《毛诗正义》（标点本），北京：北京大学出版社，1999年。

[4]（清）孙诒让撰，王文锦、陈玉霞点校：《周礼正义》，北京：中华书局，1987年。

[5]（汉）郑玄注，（唐）孔颖达撰：《礼记正义》，上海：上海古籍出版社，1990年。

[6]（清）孙希旦撰，沈啸寰、王星贤点校：《礼记集解》，北京：中华书局，1989年。

[7]程树德撰，程俊英、蒋见元点校：《论语集释》，北京：中华书局，1990年。

[8]（清）焦循撰，沈文倬点校：《孟子正义》，北京：中华书局，1987年。

[9]（汉）司马迁撰：《史记》，北京：中华书局，1972年。

[10]（汉）班固撰：《汉书》，北京：中华书局，1962年。

[11]（南朝宋）范晔撰：《后汉书》，北京：中华书局，1965年。

[12]（北齐）魏收撰：《魏书》，北京：中华书局，1974年。

[13]（唐）房玄龄等撰：《晋书》，北京：中华书局，1974年。

[14]（梁）沈约撰：《宋书》，北京：中华书局，1974年。

[15]（唐）姚思廉撰：《陈书》，北京：中华书局，1972年。

[16]（唐）李百药著：《北齐书》，北京：中华书局，1972年。

[17]（唐）李延寿等撰：《南史》，北京：中华书局，1975年。

[18]（唐）魏征等撰：《隋书》，北京：中华书局，1973年。

[19]（五代）刘昫等撰：《旧唐书》，北京：中华书局，1975年。

[20]（宋）欧阳修、宋祁撰：《新唐书》，北京：中华书局，1975年。

[21]（宋）司马光撰：《资治通鉴》，北京：中华书局，1956年。

[22]（唐）杜佑撰，王文锦等点校：《通典》，北京：中华书局，1988年。

[23]（唐）刘知几著，张振佩笺注：《史通笺注》，贵阳：贵州人民出版社，1985年。

[24]（宋）郑樵编：《通志》，北京：中华书局，1987年。

[25]（宋）赞宁撰，范祥雍点校：《宋高僧传》，北京：中华书局，1997年。

[26]（宋）宋敏求编：《唐大诏令集》，上海：上海学林出版社，1992年。

[27]（宋）吴缜撰：《新唐书纠谬》：《四部丛刊》本。

[28]（元）马端临著：《文献通考》，北京：中华书局，1986年。

[29]（清）赵翼著，王树民校正：《廿二史札记校正》，北京：中华书局，1994年。

[30]（清）钱大昕撰：《廿二史考异》，南京：凤凰出版社，2008 年。

[31]（唐）李林甫等撰，陈仲夫点校：《唐六典》，北京：中华书局，1992 年。

[32]（宋）孙逢吉编：《职官分纪》，北京：中华书局，1988 年。

[33]（宋）王溥撰：《唐会要》，上海：上海古籍出版社，2006 年。

[34]（汉）卫宏撰：《汉旧仪》，（清）孙星衍校：《丛书集成》本。

[35]（汉）应劭撰：《汉官仪》，北京：商务印书馆，1939 年。

[36]岳纯之点校：《唐律疏议》，上海：上海古籍出版社，2013 年。

[37]（宋）陈振孙撰：《直斋书录解题》，上海：上海古籍出版社，1987 年。

[38]（唐）元照：《贞元新定释教目录》，上海：上海辞书出版社，1998 年。

[39]（清）纪昀等纂：《四库全书总目提要》，石家庄：河北人民出版社，2000 年。

[40]（清）劳格、赵钺著：《唐尚书省郎官石柱题名考》，北京：中华书局，1992 年。

[41]（清）徐松著：《登科记考》，北京：中华书局，1984 年。

[42]（清）王夫之著：《读通鉴论》，北京：中华书局，1975 年。

[43]（清）王昶辑：《金石萃编》，北京：中国书店，1985 年。

[44]（清）黄本骥编：《历代职官表》，上海：上海古籍出版社，2005 年。

[45]（清）赵翼撰，曹光甫校点：《陔余丛考》，上海：上海古籍出版社，1957 年。

[46]（宋）陈公亮撰：《严州图经》，北京：商务印书馆，1936 年。

[47]（宋）乐史著：《太平寰宇记》，王文楚等点校，北京：中华书局，2007 年。

[48]（唐）徐坚等编：《初学记》，北京：中华书局，1962 年。

[49]（宋）王钦若等编：《册府元龟》，北京：中华书局，1973 年。

[50]（宋）李昉等编：《太平广记》，北京：中华书局，1986 年。

[51]（宋）王应麟著：《玉海》，南京：江苏古籍出版社；上海：上海书店，1987 年。

[52]（唐）颜师古著，刘晓东平议：《匡谬正俗平议》，济南：山东大学出版社，
1999 年。

[53]（唐）孟棨撰：《本事诗》，上海：古典文学出版社，1957 年。

[54]（唐）张鷟撰：《朝野佥载》，北京：中华书局，1979 年。

[55]（唐）李肇撰：《唐国史补》，上海：上海古籍出版社，1983 年。

[56]（唐）吴兢撰：《贞观政要》，上海：上海古籍出版社，1978 年。

[57]（唐）孙光宪撰：《北梦琐言》，北京：中华书局，2002 年。

[58]（唐）赵璘撰：《因话录》，上海：上海古籍出版社，1979 年。

[59]（唐）范摅撰：《云溪友议》：《四部丛刊》本。

[60]（唐）郑处诲撰：《明皇杂录》（附补遗、校勘记），《丛书集成》本。

[61]（唐）封演撰，赵贞信校注：《封氏闻见记校注》，北京：中华书局，2005 年。

[62]（唐）刘肃撰，许德楠、李鼎霞点校：《大唐新语》，北京：中华书局，1984 年。

[63]（唐）李冗撰，张永钦、侯志明点校：《独异志》，北京：中华书局，1983 年。

[64]（唐）张读撰，张永钦、侯志明点校：《宣室志》，北京：中华书局，1983 年。

[65]（唐）刘餗撰，程毅中点校：《隋唐嘉话》，北京：中华书局，1979 年。

［66］（五代）王定保撰，江汉椿校注：《唐摭言校注》，上海：上海社会科学院出版社，2003年。

［67］（宋）王谠撰，周勋初校正：《唐语林校正》，北京：中华书局，1987年。

［68］（宋）程大昌撰，黄永年点校：《雍录》，北京：中华书局，2002年。

［69］（宋）叶梦得著，李欣校注：《石林燕语》，西安：三秦出版社，2004年。

［70］（宋）叶梦得撰，田松青、徐时仪校点：《避暑录话》，上海：上海古籍出版社，2012年。

［71］（宋）钱易撰：《南部新书》，北京：中华书局，1958年。

［72］（宋）王楙撰，王文锦点校：《野客丛书》，北京：中华书局，1987年。

［73］（宋）洪迈撰，孔凡礼点校：《容斋随笔》，北京：中华书局，2005年。

［74］（清）李慈铭撰，田云龙辑：《越缦堂读书记》，北京：中华书局，1963年。

［75］（唐）林宝撰，岑仲勉校记：《元和姓纂》（附四校记），北京：中华书局，1994年。

［76］（宋）吕大防等撰：《韩愈年谱》，北京：中华书局，1991年。

［77］（唐）沈佺期、宋之问撰，陶敏、易淑琼校注：《沈佺期宋之问集校注》，北京：中华书局，2001年。

［78］（唐）张九龄撰，熊飞校注：《张九龄集校注》，北京：中华书局，2008年。

［79］（唐）杜甫撰，（清）仇兆鳌注：《杜诗详注》，北京：中华书局，1979年。

［80］（唐）陆贽撰，王素点校：《陆贽集》，北京：中华书局，2006年。

［81］（唐）李德裕撰，傅璇琮、周建国校笺：《李德裕文集校笺》，石家庄：河北教育出版社，2000年。

［82］（梁）刘勰撰，范文澜注：《文心雕龙注》，北京：人民文学出版社，2015年。

［83］（唐）白居易撰，朱金城笺校：《白居易集笺校》，上海：上海辞书出版社，1988年。

［84］（唐）元稹撰，杨军笺注：《元稹集编年笺注》（散文卷），西安：三秦出版社，2008年。

［85］（唐）刘禹锡著，瞿蜕园笺证：《刘禹锡集笺证》，上海古籍出版社，1989年。

［86］（宋）李昉等编：《文苑英华》，北京：中华书局，1966年。

［87］（宋）李昉等编：《太平御览》，北京：中华书局，1995年。

［88］（清）严可均编：《全后汉文》，北京：商务印书馆，1999年。

［89］（清）严可均编：《全梁文》，北京：商务印书馆，1999年。

［90］（清）董诰等编：《全唐文》，北京：中华书局，1983年。

［91］（清）彭定求等编：《全唐诗》，北京：中华书局，1960年。

［92］（宋）计有功撰，王仲镛校笺：《唐诗纪事校笺》，北京：中华书局，2007年。

［93］（清）何文焕编：《历代诗话》，北京：中华书局，1981年。

［94］丁福保编：《历代诗话续编》，北京：中华书局，1983年。

［95］（明）吴讷撰，于北山校点：《文章辨体序说》，北京：人民文学出版社，1998年。

今 人 专 著

[96]韩国磐:《隋唐五代史纲》,北京:人民出版社,1979 年。

[97]卞孝萱:《元稹年谱》,济南:齐鲁书社,1980 年。

[98]孙国栋:《唐宋史论丛》,香港:龙门书店,1980 年。

[99]傅璇琮:《唐代诗人丛考》,北京:中华书局,1980 年。

[100]汪篯:《隋唐史论稿》,北京:中国社会科学出版社,1981 年。

[101]王拾遗:《白居易生活系年》,银川:宁夏人民出版社,1981 年。

[102]朱金城:《白居易年谱》,上海:上海古籍出版社,1982 年。

[103]刘国盈:《唐代古文运动论稿》,西安:陕西人民出版社,1984 年。

[104]陈祖言:《张说年谱》,香港:香港中文大学出版社,1984 年。

[105]孙昌武:《唐代古文运动通论》,天津:百花文艺出版社,1984 年。

[106]傅璇琮:《唐代科举与文学》,西安:陕西人民出版社,1986 年。

[107]姜书阁:《骈文史论》,北京:人民文学出版社,1986 年。

[108]张国刚:《唐代官制》,西安:三秦出版社,1987 年。

[109]岑仲勉:《岑仲勉史学论文集》,北京:中华书局,1990 年。

[110]于景祥:《唐宋骈文史》,沈阳:辽宁人民出版社,1991 年。

[111]段晴、钱文忠编:《季羡林教授八十华诞纪念论文集》,南昌:江西人民出版社,1991 年。

[112]周绍良编:《唐代墓志汇编》,上海:上海古籍出版社,1992 年。

[113]周祖谟主编:《中国文学家大辞典》(唐五代卷),北京:中华书局,1992 年。

[114]韩理洲:《唐文考辨初编》,西安:陕西人民出版社,1992 年。

[115]方积六、吴冬秀编:《唐五代五十二种笔记小说人名索引》北京:中华书局,1992 年。

[116]陈仲安、王素:《汉唐职官制度研究》,北京:中华书局,1993 年。

[117]吴汝煜等编:《唐五代人交往诗索引》,上海:上海古籍出版社,1993 年。

[118]尹恭弘:《骈文》,北京:人民文学出版社,1994 年。

[119]袁刚:《隋唐中枢体制的发展演变》,台北:文津出版社,1994 年。

[120]吴钢编:《全唐文补遗》(第一辑),西安:三秦出版社,1994 年。

[121]吴在庆:《唐五代文史丛考》,南昌:江西人民出版社,1995 年。

[122]周勋初主编:《唐人轶事汇编》,上海:上海古籍出版社,1995 年。

[123]《中国典籍与文化》(第二辑),北京:中华书局,1995 年。

[124]蒋寅:《大历诗人研究》,北京:中华书局,1995 年。

[125]吴钢编:《全唐文补遗》(第三辑),西安:三秦出版社,1996 年。

[126]钱基博:《中国文学史》,北京:中华书局,1996 年。

[127]吴宗国:《唐代科举制度研究》,辽宁:辽宁大学出版社,1997 年。

[128]陈国灿,刘健明主编:《全唐文职官丛考》,武汉:武汉大学出版社,1997 年。

[129]吴钢编:《全唐文补遗》(第四辑),三秦出版社,1997年。

[130]李锦绣:《唐代政治制度史略论稿》,北京:中国政法大学出版社,1998年。

[131]傅璇琮主编:《唐五代文学编年史》,沈阳:辽海出版社,1998年。

[132]《历代碑志丛书》,南京:江苏古籍出版社,1998年。

[133]陈克明:《韩愈年谱及诗文系年》,成都:巴蜀书社,1999年。

[134]吴钢编:《全唐文补遗》(第六辑),西安:三秦出版社,1999年。

[135]陈冠明:《李峤苏味道年谱》,北京:中央文献出版社,2000年。

[136]陈钧:《苏颋诗文集编年校考》,太原:山西古籍出版社,2000年。

[137]郁贤皓:《唐刺史考全编》,合肥:安徽大学出版社,2000年。

[138]毛蕾:《唐代翰林学士》,北京:社会科学文献出版社,2000年。

[139]吴钢编:《全唐文补遗》(第七辑),西安:三秦出版社,2000年。

[140]任爽:《唐朝典章制度》,长春:吉林文史出版社,2001年。

[141]周绍良、赵超编:《唐代墓志汇编续集》,上海:上海古籍出版社,2001年。

[142]王勋成:《唐代铨选与文学》,北京:中华书局,2001年。

[143]陈寅恪:《唐代政治史述论稿》,上海:三联书店,2001年。

[144]陈寅恪:《隋唐制度渊源略论稿》,上海:三联书店,2001年。

[145]陈寅恪:《元白诗笺证稿》(增订本),上海:三联书店,2001年。

[146]傅璇琮主编:《唐才子传校笺》,北京:中华书局,2002年。

[147]蹇长春:《白居易评传》(附《元稹评传》),南京:南京大学出版社,2002年。

[148]傅璇琮、施纯德编:《翰学三书》,沈阳:辽宁教育出版社,2003年。

[149]孟二冬:《登科记考补正》,北京:北京燕山出版社,2003年。

[150]李希泌编:《唐大诏令集》(补编),上海:上海古籍出版社,2003年。

[151]傅绍良:《唐代谏议制度与文人》北京:中国社会科学出版社,2003年。

[152]罗尔纲:《金石萃编校补》,北京:中华书局,2003年。

[153]郁贤皓、胡可先:《唐九卿考》,北京:中国社会科学出版社,2003年。

[154]吴宗国主编:《盛唐政治制度研究》,上海:上海辞书出版社,2003年。

[155]岑仲勉:《郎官石柱题名新考订》(外三种),北京:中华书局,2004年。

[156]吴宗国:《中国古代官僚政治制度研究》,北京:北京大学出版社,2004年。

[157]傅璇琮:《唐代文史论丛及其它》,郑州:大象出版社,2004年。

[158]刘后滨:《唐代中书门下体制研究》,济南:齐鲁书社,2004年。

[159]熊飞:《张九龄年谱新编》,香港:香港教育出版社,2005年。

[160]陈尚君编:《全唐文补编》,北京:中华书局,2005年。

[161]傅璇琮:《唐翰林学士传论》,沈阳:辽海出版社,2005年。

[162]郭英德:《中国古代文体学论稿》,北京:北京大学出版社,2005年。

[163]李福长:《唐代学士与文人政治》,济南:齐鲁书社,2005年。

[164]吴钢编:《全唐文补遗》(第八辑),三秦出版社,2005年。

[165]李德辉:《唐代文馆制度及其与政治和文学之关系》,上海:上海古籍出版社,

2006 年。

[166]吴钢编:《全唐文补遗》(千唐志斋新藏专辑),西安:三秦出版社,2006 年。

[167]《全宋文》,上海:上海辞书出版社;合肥:安徽教育出版社,2006 年。

[168]吴钢编:《全唐文补遗》(第九辑),西安:三秦出版社,2007 年。

[169]傅璇琮:《唐翰林学士传论》(晚唐卷),沈阳:辽海出版社,2007 年。

[170]戴伟华:《唐方镇文职僚佐考》,桂林:广西师范大学出版社,2007 年。

[171]严耕望:《唐仆尚丞郎表》,上海:上海古籍出版社,2007 年。

[172]吴夏平:《唐代中央文官制度与文学研究》,济南:齐鲁书社,2007 年。

[173]傅璇琮:《唐代科举与文学》,西安:陕西人民出版社,2007 年。

[174]林大志:《苏颋张说研究》,济南:齐鲁书社,2007 年。

[175]蒋寅:《大历诗人研究》,北京:北京大学出版社,2007 年。

[176]陶敏:《全唐诗人名汇考》,沈阳:辽海出版社,2007 年。

[177]赖瑞和:《唐代基层文官》,北京:中华书局,2008 年。

[178]赖瑞和:《唐代中层文官》,台北:联经出版事业股份有限公司,2008 年。

[179]孙国栋:《唐代中央重要文官迁转途径研究》,上海:上海辞书出版社,
2009 年。

[180]宋靖:《唐宋中书舍人研究》,哈尔滨:黑龙江大学出版社,2010 年。

[181]毛阳光、余扶危编:《洛阳流散唐代墓志汇编》,北京:国家图书馆出版社,
2013 年。

[182]陈铁民:《唐代文史研究丛稿》,北京:中国社会科学出版社,2013 年。

[183]梁尔涛:《初唐弘文馆与文学》,郑州:郑州大学出版社,2014 年。

[184]谭淑娟:《唐代判体文研究》,济南:齐鲁书社,2014 年。

[185]卢燕新:《唐人编选诗文总集研究》,北京:中国人民大学出版社,2014 年。

[186]曲景毅:《唐代"大手笔"作家研究》,北京:中国社会科学出版社,2015 年。

[187]陈飞:《文学与制度:唐代试策及其他考述》,北京:商务印书馆,2015 年。

[188][日]东洋文库唐代史研究委员会:《唐代诏敕目录》,东京:东洋文库
1981 年。

[189][日]平冈武夫等编:《唐代的散文作品》,上海:上海辞书版社,1989 年。

[190][日]平冈武夫、今井清编:《唐代的散文作家》,上海:上海辞书出版社,
1990 年。

[191][日]中村裕一:《唐代制敕研究》,东京:汲古书院,1991 年。

[192][日]中村裕一:《唐代官文书研究》,京都:中文出版社,1991 年。

[193][日]中村裕一:《唐代公文书研究》,东京:汲古书院,1996 年。

学 位 论 文

[194]张连城:《论唐后期中书舍人的职权》,北京大学,1990 年硕士论文。

[195]李蓉:《唐代前期中书舍人参议表章问题》,北京大学,1995 年硕士论文。

[196]张超:《唐代诏敕研究》,郑州大学,2007 年硕士论文。

[197]王蝉:《元稹公文研究》,河南师范大学,2007 年硕士论文。

[198]付兴林:《白居易散文研究》,陕西师范大学,2006 年博士学位论文。

[199]朱红霞:《唐代制诰研究》,复旦大学,2007 年博士论文。

[200]王晓坤:《论大手笔苏颋的骈文》,华中科技大学,2007 年硕士学位论文。

[201]宋靖:《唐宋中书舍人研究》,东北师范大学,2008 年博士论文。

[202]宋颖芳:《〈全唐文〉唐玄宗李隆基诏敕考辨》,西北大学,2008 年硕士学位论文。

[203]罗妮:《〈全唐文〉唐代宗李豫诏敕考辨》,西北大学,2008 年硕士学位论文。

[204]党秋妮:《〈全唐文〉晚唐诏敕考辨》,西北大学,2008 年硕士学位论文。

[205]韩治宇:《元稹公文研究》,长春理工大学,2010 年硕士学位论文。

[206]鞠岩:《唐代中书舍人与文学研究》,中国人民大学,2011 年博士学位论文。

[207]侯佳:《中书舍人与北宋诗文研究》,河南大学,2012 年博士学位论文。

[208]史文靓:《唐五代公务文书汇编研究》,南京师范大学,2014 年硕士学位论文。

期 刊 论 文

[209]陈铁民:《王维年谱》,《文史》第 16 辑,中华书局,1983 年。

[210]李光霁:《隋唐职官制度渊源小议》,《中国史研究》,1985 年第 1 期。

[211]姚澄宇:《唐朝的文官制度》,《江海学刊》,1985 年第 4 期。

[212]王祥:《初盛唐文的演进与古文运动》,《文学遗产》,1987 年第 1 期。

[213]张连城:《唐后期中书舍人草诏权考述》,《文献》,1992 年第 2 期。

[214]张东光:《唐宋的知制诰》,《文史知识》,1993 年第 1 期。

[215]方本新:《简论唐代的知制诰》,《芜湖师专学报》,1993 年第 3 期。

[216]袁刚:《隋唐三省体制析论》,《北京大学学报》,1994 年第 1 期。

[217]张东光:《唐宋时期的中枢秘书官》,《历史研究》,1995 年第 4 期。

[218]郁贤皓:《苏颋年谱》,《中国典籍与文化》第 2 辑,中华书局,1995 年。

[219]张东光、李中:《唐宋中书舍人院名物制度述略》,《河南教育学院学报》,1996 年第 4 期。

[220]袁刚:《唐朝的五花判事和六押制度》,《安徽史学》,1996 年第 4 期。

[221]张东光:《唐代的内供奉官》,《社会科学辑刊》,2005 年第 1 期。

[222]禹成旼:《唐代德音考》,《中国史研究》,2006 年第 2 期。

[223]裴恒涛:《唐代墨敕斜封官初探》,《青海社会科学》,2006 年第 2 期。

[224]熊燕军:《唐初中书舍人"参议表章"辨》,《中国典籍与文化》第 2 辑,中华书局,2007 年。

[225]马自力:《中唐文人社会角色与文学》,《北京科技大学学报》,2007 年第 3 期。

[226]付兴林:《从白居易诏诰文看中唐的对外交往和外交政策》,《渭南师范学院学报》,2008 年第 6 期。

[227]傅绍磊:《论宦官内争与元稹及其制诰改革》,《西南交通大学学报》,2009 年第 5 期。

[228]鞠岩:《贾至中书制诰与唐代古文运动》,《北京大学学报》,2010 年第 4 期。

[229]鞠岩:《唐代中书舍人权知贡举的文学史意义》,《社会科学研究》,2011 年第 1 期。

[230]鞠岩:《唐代制诰文改革与古文运动之关系》,《文艺研究》,2011 年第 5 期。

[231]张超:《唐代诏敕的"典雅"之美》,《名作欣赏》,2011 年第 5 期。

[232]周京艳:《中唐元、白制诰研究》,《北京大学学报》,2012 年第 4 期。

[233]王使臻:《唐五代"墨敕"与"斜封"辨》,《青海社会科学》,2012 年第 4 期

[234]朱红霞:《唐代中书舍人盛事类比及因素研究》,《兰州学刊》,2013 年第 8 期。

[235]魏丽:《论唐代皇帝与朝臣制令权之争》,《青海师范大学学报》,2013 年第 3 期

[236]朱红霞:《"典故"与唐代制诰草拟》,《宁夏师范学院学报》,2013 年第 4 期。

[237]张超:《唐代诏敕的用典艺术》,《贵州文史丛刊》,2014 年第 1 期。

[238]张超:《〈全唐文〉初唐诏敕编年考辨》,《山东师范大学学报》,2014 年第 1 期。

[239]赖瑞和:《唐代知制诰的使职特征》,《史林》,2014 年第 6 期。

[240]赖瑞和:《唐后期三大类词臣的升迁与地位——以白居易、元稹、权德舆、李德裕为例》,《学术月刊》,2014 年第 9 期。

[241]沈悦:《古代中央秘书机构职权膨胀及其原因初探》,《文教资料》,2014 年第 31 期。

[242]张超:《初唐诏敕文撰制者述论》,《北京化工大学学报》,2015 年第 1 期。

[243]胡燕:《论苏颋制敕新变与唐文演变之关系》,《海南师范大学学报》,2015 年第 1 期。

[244]赖瑞和:《论唐代中书舍人的使职化》,《清华大学学报》,2015 年第 2 期。

附录1:唐中书舍人任职年表①

时间	中书舍人					
武德元年	唐俭	孔绍安	刘林甫	王孝远	颜师古	崔善为
武德二年	郑德挺	孔绍安	刘林甫	封德彝	颜师古	
武德三年	温彦博	孔绍安	刘林甫	封德彝	颜师古	
武德四年		孔绍安	刘林甫		颜师古	
武德五年		孔绍安	刘林甫		颜师古	
武德六年			刘林甫		颜师古	
武德七年			刘林甫		颜师古	
武德八年			刘林甫		颜师古	
武德九年	崔敦礼		刘林甫		颜师古	
贞观元年	崔敦礼	李百药	辛谞			
贞观二年	崔敦礼	李百药				
贞观三年	崔敦礼	杜正伦				
贞观四年	崔敦礼	杜正伦	岑文本			
贞观五年	崔敦礼					
贞观六年	崔敦礼					
贞观七年	崔敦礼					
贞观八年						
贞观九年	许敬宗					
贞观十年	许敬宗					
贞观十一年						
贞观十二年	马周					
贞观十三年	马周	裴孝源				
贞观十四年	马周					
贞观十五年	马周	萧钧				
贞观十六年						

---

① 表格只列入唐代正拜的中书舍人,不能准确确定任职始终具体时间的只在确定年份标注。

续表

时间	中书舍人				
贞观十七年	柳奭	高季辅			
贞观十八年	来济				
贞观十九年	来济	崔仁师	杨弘礼		
贞观二十年	来济	崔仁师			
贞观二十一年	来济	崔仁师			
贞观二十二年	来济	崔仁师			
贞观二十三年	来济				
永徽元年	来济	李义府	刘祥道		
永徽二年	来济	李义府	薛元超	李友益	
永徽三年		李义府	薛元超		
永徽四年		李义府	薛元超		
永徽五年	李安期	李义府	薛元超		
永徽六年	王德俭	李义府			
显庆元年	孙处约				
显庆二年	孙处约				
显庆三年	孙处约	袁公瑜			
显庆四年	王德本	袁公瑜			
显庆五年		袁公瑜			
显庆六年		袁公瑜			
龙朔元年		袁公瑜			
龙朔二年		袁公瑜	张文瓘		
龙朔三年			张文瓘		
麟德元年	高正业		张文瓘		
麟德二年 乾封元年	李敬玄				
乾封二年	李敬玄	李虔绎			
乾封三年	李敬玄				
总章元年	李敬玄				
总章二年	李敬玄				
总章三年					
咸亨元年	徐齐聃				
咸亨二年	徐齐聃				

续表

时间	中书舍人					
咸亨三年	徐齐聃					
咸亨四年	徐齐聃					
咸亨五年	徐齐聃	郭正一				
上元元年	徐齐聃	郭正一				
上元二年	徐齐聃	郭正一				
上元三年仪凤元年	徐齐聃	郭正一				
仪凤二年	刘祎之	郭正一		欧阳通	裴敬彝	
仪凤三年	刘祎之	郭正一			裴敬彝	
仪凤四年		郭正一			裴敬彝	
调露元年		郭正一			裴敬彝	
调露二年		郭正一		欧阳通	裴敬彝	姚璹
永隆元年		郭正一		欧阳通	裴敬彝	姚璹
永隆二年开耀元年		郭正一		欧阳通	裴敬彝	姚璹
开耀二年永淳元年				欧阳通	裴敬彝	姚璹
永淳二年弘道元年	贾大隐			欧阳通		姚璹
中宗嗣圣睿宗文明武则天光宅	贾大隐	邓玄挺	李景谌	欧阳通	元万顷	姚璹
垂拱元年	贾大隐	孟诜	陆元方	欧阳通	元万顷	范履冰
垂拱二年	贾大隐	孟诜		欧阳通		
垂拱三年	贾大隐					
垂拱四年						
永昌元年	王隐客					
永昌二年载初元年						
载初二年天授元年	韩大敏	王勮				
天授二年	张嘉福					
天授三年如意长寿元年	杜景佺	韦承庆		李峤		

续表

时间	中书舍人					
长寿二年	杜景佺	韦承庆	苏味道	李峤		
长寿三年 延载元年	逢弘敏	韦承庆		李峤		
证圣 天册万岁元年	王处知	韦承庆		李峤		
天册万岁二年 万岁登封 万岁通天		韦承庆		李峤		
万岁通天二年 神功	薛稷	韦承庆		李峤		
圣历元年	薛稷	韦承庆	张柬之	李峤	韦嗣立	李迥秀
圣历二年	薛稷	韦承庆		李峤	韦嗣立	李迥秀
圣历三年 久视	薛稷	崔融		郑惟忠	韦嗣立	李迥秀
大足 长安元年	薛稷		崔玄暐	郑惟忠	陆庆余	李迥秀
长安二年	薛稷	崔融		郑惟忠	刘允济	马吉甫
长安三年	薛稷	崔融	张说/刘穆之	郑惟忠	刘允济	桓彦范/宋璟
长安四年	薛稷	崔融	刘知几	郑惟忠	刘允济	魏知古
神龙元年	毕构	崔融	刘知几/徐坚	郑惟忠/崔湜	刘允济	魏知古/岑羲
神龙二年		刘宪	徐坚	崔湜	郑愔	
神龙三年 景龙元年	徐坚	卢藏用	徐坚	崔湜	郑愔	李乂
景龙二年	冉祖雍	卢藏用	苏颋	崔湜		李乂
景龙三年	卢从愿	卢藏用	苏颋	马怀素	李适	李乂
景龙四年 唐隆 睿宗景云	卢从愿	刘幽求	苏颋	张廷珪	韩思复	李乂/韦元旦
景云二年	裴漼	沈佺期				
太极 延和 玄宗先天	苏晋	贾曾				
先天二年 开元元年	苏晋	贾曾	李歆	吕延祚	倪若水	郑勉
开元二年	苏晋	贾曾		吕延祚	倪若水	郑勉
开元三年	高仲舒	贾曾	齐澣	吕延祚	倪若水	

续表

时间	中书舍人					
开元四年	高仲舒	贾曾	齐澣	萧嵩	王丘	
开元五年	崔璩	崔琳/柳涣	齐澣	萧嵩	王丘	王瑨/韩休
开元六年	崔璩/源光裕	刘令植	齐澣	萧嵩	王丘	韩休
开元七年	源光裕	刘令植	齐澣	萧嵩	王丘	韩休
开元八年	王易从	苗延嗣	吕太一	萧嵩	许景先	韩休
开元九年	王易从		吕太一	萧嵩	许景先	韩休
开元十年	张九龄		吕太一	萧嵩	许景先	
开元十一年	张九龄	陆坚	吕太一			
开元十二年	张九龄	陆坚	寇泚			
开元十三年	张九龄	陆坚				
开元十四年	张九龄	宋遥				
开元十五年	刘升	席豫				
开元十六年		席豫				
开元十七年	张均					
开元十八年						裴敦复
开元十九年						裴敦复
开元二十年		徐安贞				裴敦复
开元二一年	崔翘	徐安贞	吕向		徐峤	裴敦复
开元二二年	崔翘	徐安贞	吕向	卢奂/王敬从	徐峤	裴敦复
开元二三年	崔翘	李彭年	吕向	王敬从	徐峤	裴敦复
开元二四年		李彭年	吕向	王敬从/苗晋卿	梁涉	孙逖
开元二五年	韦陟	李彭年	吕向	苗晋卿	梁涉	孙逖
开元二六年	韦陟	李彭年	吕向	苗晋卿	梁涉	孙逖
开元二七年	韦陟	李彭年	吕向	苗晋卿		孙逖
开元二八年	韦陟	李彭年	吕向	苗晋卿		孙逖
开元二九年	韦陟		吕向			孙逖
天宝元年	韦斌		吕向			孙逖
天宝二年	韦斌	李玄成	吕向			孙逖
天宝三载	韦斌	李玄成	吕向			孙逖
天宝四载		李玄成				孙逖
天宝五载	苑咸	李玄成				
天宝六载						

时间	中书舍人					
天宝七载						
天宝八载						
天宝九载			窦华			
天宝十载			窦华			
天宝十一载			窦华	张渐		
天宝十二载			窦华	张渐	宋昱	
天宝十三载		李彭年	窦华	张渐	宋昱	
天宝十四载	苑咸		窦华	张渐	宋昱	
天宝十五载			窦华	张渐	宋昱	
至德元载	贾至	杜鸿渐	徐浩	崔漪	李揆	
至德二载	贾至	萧昕	徐浩	崔漪	李揆	
至德三载 乾元元年	贾至	萧昕	王维		李揆	
乾元二年		萧昕			李揆	
乾元三年 上元元年	阎伯屿	萧昕			姚子彦	
上元二年		萧昕		苏源明	姚子彦	
上元三年 宝应元年	贾至	萧昕	徐浩	苏源明	韦少华	杨绾
宝应二年 广德元年	贾至	李季卿	徐浩	苏源明	王延昌	潘炎
广德二年			徐浩	苏源明	王延昌	
永泰元年	常衮		徐浩		王延昌	
永泰二年 大历元年	常衮	杨炎	徐浩			
大历二年	常衮	杨炎	徐浩	张延赏		
大历三年	常衮	杨炎	郗纯			
大历四年	常衮	杨炎	郗纯			
大历五年	常衮	杨炎				
大历六年	常衮	杨炎				
大历七年	常衮	杨炎				
大历八年	常衮	杨炎				
大历九年	常衮	杨炎				

时间	中书舍人					
大历十年						
大历十一年	李纾					
大历十二年	李纾	崔祐甫				
大历十三年	李纾	崔祐甫				
大历十四年	令狐峘	崔祐甫	薛播			
建中元年	赵赞		薛播	于邵		
建中二年	赵赞	卫晏	张荐	于邵		
建中三年	赵赞	朱巨川				
建中四年		刘太真				
兴元元年	陆贽	刘太真	齐映			
贞元元年	陆贽	高参	齐映			
贞元二年	陆贽	高参	齐映			
贞元三年	陆贽	高参				
贞元四年						
贞元五年						
贞元六年						
贞元七年	韩皋	顾少连	吴通微			
贞元八年	高郢	顾少连	吴通微	吕渭	郑珣瑜	奚陟
贞元九年	高郢		吴通微		郑珣瑜	奚陟
贞元十年	高郢		吴通微		郑珣瑜	奚陟
贞元十一年	高郢		吴通微			奚陟
贞元十二年	高郢		吴通微			
贞元十三年	高郢		吴通微			
贞元十四年	高郢		吴通微			
贞元十五年	高郢	权德舆				
贞元十六年	高郢	权德舆	杨於陵			
贞元十七年		权德舆	杨於陵			
贞元十八年	崔邠		杨於陵			
贞元十九年		席夔	杨於陵			
贞元二十年						
贞元二一年	郑絪	崔枢				
永贞元年	李吉甫					

续表

时间	中书舍人					
元和元年	李吉甫	张弘靖	裴佶			
元和二年	李吉甫	裴垍				
元和三年	卫次公	裴垍				
元和四年						
元和五年	李绛	韦贯之	裴度			
元和六年	李绛	韦贯之	裴度	卢景亮		
元和七年		韦贯之	裴度	崔群		
元和八年		韦贯之	裴度	崔群		
元和九年	李逢吉	韦贯之	裴度	崔群	王涯	
元和十年	李逢吉	李直方	钱徽		王涯	
元和十一年	李逢吉	李程	韩愈			
元和十二年	令狐楚	李程				
元和十三年	令狐楚	李程				
元和十四年	张仲素	武儒衡	卫中行			
元和十五年	杜元颖	武儒衡	段文昌	韦处厚	王起	李宗闵
长庆元年	白居易	武儒衡	元稹/王仲舒	韦处厚	王起/沈传师	李宗闵
长庆二年	白居易	冯宿	李绅	韦处厚	李德裕	
长庆三年	杨嗣复	冯宿	徐晦	韦处厚		
长庆四年	杨嗣复	冯宿	崔郾	高釴	路随	
宝历元年	郑涵	韦表微	崔郾	高釴	路随	
宝历二年	郑涵	韦表微	崔郾	高釴	路随	韦辞
宝历三年 大和元年	郑涵	韦表微	王源中	高釴		韦辞
大和二年	郑涵		王源中	高釴		韦辞
大和三年	李翱/贾悚	李肇	宋申锡	高釴	杨汝士	韦辞/崔咸
大和四年	贾悚	崔郸	宋申锡/高元裕	高釴/许康佐	杨汝士	崔咸
大和五年	贾悚	崔郸	高元裕	许康佐	杨汝士	崔咸/路群
大和六年		崔郸	高元裕	许康佐	杨汝士	路群
大和七年	崔楠/张元夫	崔郸	高元裕	许康佐	杨汝士/李珏	路群
大和八年	孙简	崔郸/权璩	高元裕	归融	李珏	路群
大和九年	高锴	权璩	高元裕/唐扶	归融	李珏	崔龟从
开成元年	高锴		唐扶		李景让	崔龟从

续表

时间	中书舍人					
开成二年	敬昕		唐扶	李让夷	李回	
开成三年	崔蠡		唐扶	李让夷	李回	丁居晦
开成四年	崔蠡	周墀	唐扶	李让夷	李回	丁居晦/黎埴
开成五年	裴素	周墀	唐扶/柳璟	李让夷	李回	黎埴
会昌元年	周敬复	李褒				
会昌二年	周敬复	李褒	崔铉			
会昌三年	周敬复		崔铉			
会昌四年	周敬复	白敏中	魏扶		封敖	韦琮
会昌五年	徐商		魏扶			韦琮
会昌六年			魏扶			韦琮
大中元年	孙毂		魏扶	崔玙		
大中二年	孙毂	裴谂	宇文临	崔玙	崔碬	
大中三年	刘瑑	令狐绹	宇文临	崔玙	崔慎由	
大中四年	刘瑑		郑薰	崔玙	崔慎由	
大中五年		萧邺		崔玙	崔慎由	
大中六年	崔瑶/萧寘	萧邺	杜牧	韦澳	崔慎由	杜审权
大中七年	萧寘	萧邺/郑颢	杨绍复	韦澳	崔慎由	杜审权
大中八年	萧寘	郑颢		韦澳	崔慎由	杜审权
大中九年	曹确	李汶儒	沈询		崔慎由	杜审权
大中十年	曹确	李汶儒				
大中十一年	曹确	李汶儒	郑宪	裴坦	李藩	
大中十二年	苗恪	孔温裕	皇甫珪	裴坦	李藩/杨知温	于德孙
大中十三年	苗恪	高湘	皇甫珪	裴坦	杨知温	于德孙
大中十四年咸通元年	薛耽	高湘	郑从谠	裴坦	杨知温	
咸通二年	卫洙	严祁	郑从谠		王凝	
咸通三年	王铎	杨收	郑从谠	刘邺	王凝	
咸通四年	王铎	路岩	曹汾	刘邺	王凝	
咸通五年	王铎	赵骘	李瓒	刘邺	王凝	于琮
咸通六年	裴璩	李蔚		独孤霖	侯备	崔彦昭
咸通七年	裴璩		李骘			崔彦昭
咸通八年	裴璩		李骘			

时间	中书舍人				
咸通九年	卢深	崔虔	李骘	刘瞻	
咸通十年	卢深	张裼	郑畋	韦蟾	
咸通十一年	高湜	郑延休		韦蟾	
咸通十二年	封彦卿			韦蟾	
咸通十三年	崔沆				
咸通十四年	崔沆				
咸通十五年 乾符元年	崔沆	豆卢瑑	卢携	孔纬	卢携
乾符二年	崔澹				
乾符三年	魏笃	崔胤	高湘		
乾符四年		崔胤			
乾符五年	张读	王徽			
乾符六年	韦昭度	张祎	萧遘		
广明元年					
广明二年 中和元年	柳玭	韦庚	侯翻	杜让能	
中和二年	卢胤征				
中和三年	崔凝				
中和四年	沈仁伟	郑昌图			
中和五年 光启元年	司空图	李磎	徐彦若		
光启二年	司空图		徐彦若		
光启三年			徐彦若		
光启四年 文德元年		孙揆	徐彦若		
龙纪元年	司空图	崔昭纬			
大顺元年					
大顺二年	崔涓				
景福元年	牛徽				
景福二年	陆扆	崔远			
景福三年 乾宁元年	陆扆	崔远			
乾宁二年	钱珝	崔远	薛廷珪		

续表

时间	中书舍人				
乾宁三年	钱珝	崔远	薛廷珪	薛昭纬	
乾宁四年	钱珝	薛贻钜			
乾宁五年 光化元年	钱珝	杨钜	杜彦林	李渥	
光化二年	钱珝		薛廷珪	李渥	
光化三年	钱珝	韩偓	颜荛	李渥	
光化四年 天复元年	吴融	韩偓	令狐涣	苏检	
天复二年	韦郊	韩偓		苏检	
天复三年			姚洎		
天复四年 天佑元年	封渭	杨注	姚洎		
天佑二年			姚洎		
天佑三年					
天佑四年	张策				

附录 2：人名索引

后　记

唐代中书舍人与文学的研究，是我在厦门大学读博时在庆师建议的题目。当时所属专业是历史文献学，我便以唐代前期的中书舍人群体为对象进行了博士论文的写作，论文重心主要在人物生平考辨。毕业时，答辩委员会在充分肯定的同时，均鼓励将研究进一步深入，把这一职官群体与文学关系梳理清楚。但博士毕业后忙于各类琐事，论文被晾在一边。其后课题被国家社科基金后期资助立项，我对相关问题重新进行了思考和写作。虽然此时这一选题已经不再新鲜，鞠岩、朱红霞等学者也进行了相关问题的探讨，我仍力求面对同样的史料发现新的角度，说出自己的见解，也算是一家之言。完成书稿的那一刻，没有如释重负之感，因为在阅读大量史料和学界成果之后，愈发感到在无涯的学海中自己捞起的只是一块普通的贝壳，还有很多人物自己没有考辨清楚，还有很多诗文自己没有分析透辟，也还有很多复杂的关系自己在解决时无能为力。这些遗憾，在今后的研究中，我会尽力弥补。

在书稿的写作中，我的博士导师吴在庆先生、博士后合作导师王长华先生都始终关注并指导我，每每想起，我都心头温暖。感谢詹福瑞、张国星、廖可斌、朱万曙、李金善、阎福玲、霍现俊等诸多师长曾为我提出写作建议，感谢河北师范大学文学院胡景敏、闫东利、曾智安诸位领导对我的关心和帮助。研究生张聪、齐晓玉、王彩微曾热情地为我查找资料，在此也一并致谢。

书稿被国家哲学社会科学办公室列入后期资助项目，人民出版社加以推荐并出版，都是对这个选题的肯定。人民出版社副总编辑陈鹏鸣老师对书稿的关注，责编刘畅老师在编辑过程中热情而认真的建议和意见，让小书减少了不少错疏。再次致谢！同时，也感谢河北师范大学出版基金对书稿的培育与资助。

年虽四十，但来日方长。

刘万川

2017 年秋

责任编辑:刘 畅
封面设计:毛 淳 徐 晖
版式设计:周方亚

图书在版编目(CIP)数据

唐代中书舍人与文学/刘万川 著. —北京:人民出版社,2017.11
(国家社科基金后期资助项目)
ISBN 978-7-01-018218-6

Ⅰ.①唐… Ⅱ.①刘… Ⅲ.①中国文学-古典文学研究-唐代
Ⅳ.①I206.42

中国版本图书馆 CIP 数据核字(2017)第 220144 号

唐代中书舍人与文学

TANGDAI ZHONGSHUSHEREN YU WENXUE

刘万川 著

人民出版社 出版发行
(100706 北京市东城区隆福寺街 99 号)

北京市文林印务有限公司 新华书店经销

2017 年 11 月第 1 版 2017 年 11 月北京第 1 次印刷
开本:710 毫米×1000 毫米 1/16 印张:33.5
字数:583 千字

ISBN 978-7-01-018218-6 定价:98.00 元

邮购地址 100706 北京市东城区隆福寺街 99 号
人民东方图书销售中心 电话 (010)65250042 65289539